AF217024

In der Wohnung des reichen Geschäftsmanns Jesper Orre wird die Leiche einer jungen Frau gefunden – auf brutale Art ermordet. Von ihm fehlt jede Spur. Vor zehn Jahren gab es einen ganz ähnlichen Fall – ungelöst. Hanne, die Profilerin von damals, soll deshalb ermitteln. Sie muss in die Vergangenheit eintauchen, dabei verschwimmt gerade ihre Gegenwart. Sie fürchtet, an beginnendem Alzheimer zu leiden. Ihre Existenz bekommt zunehmend Risse, und die beiden Fälle verbinden sich auf ungute Weise. Kann Hanne sich selbst und ihren Erinnerungen trauen? Wann bricht das Eis, und was kommt darunter zum Vorschein?

CAMILLA GREBE, geboren 1968 in Älvsjö in der Nähe von Stockholm. Sie studierte an der Stockholm School of Economics, hat den Hörbuchverlag »StorySide« gegründet und betreibt ein Beratungsunternehmen. Gemeinsam mit ihrer Schwester schrieb sie die erfolgreiche Krimi-Reihe um die Stockholmer Psychotherapeutin Siri Bergman.
»Wenn das Eis bricht« ist ihr erster eigener Roman, der für seine einzigartige Stimme in der Presse hochgelobt wurde. Bei btb erscheint mit »Tagebuch meines Verschwindens« der zweite Fall der Profilerin Hanne. Camilla Grebe lebt mit ihrer Familie in Stockholm.

Camilla Grebe

Wenn das
Eis bricht

Psychothriller

Aus dem Schwedischen
von Gabriele Haefs

btb

Die Originalausgabe erschien 2015 unter dem Titel »Älskaren
från huvudkontoret« bei Wahlström & Widstrand, Stockholm.

Sollte diese Publikation Links auf Webseiten Dritter enthalten,
so übernehmen wir für deren Inhalte keine Haftung,
da wir uns diese nicht zu eigen machen, sondern lediglich auf
deren Stand zum Zeitpunkt der Erstveröffentlichung verweisen.

Dieses Buch ist auch als E-Book erhältlich.

Verlagsgruppe Random House FSC® N001967

1. Auflage
Genehmigte Taschenbuchausgabe Oktober 2019
© by btb Verlag in der Verlagsgruppe Random House GmbH,
Neumarkter Str. 28, 81673 München
Copyright der Originalausgabe © 2015 by Camilla Grebe
Published by agreement with Ahlander Agency.
Copyright der deutschsprachigen Ausgabe © 2017 by btb Verlag in
der Verlagsgruppe Random House GmbH, München.
Umschlaggestaltung: semper smile, München nach einem Entwurf
von Miroslav Šokčić
Umschlagmotiv: © Arcangel/Stephen Carroll; Shutterstock/dwph
Druck und Einband: GGP Media GmbH, Pößneck
mb · Herstellung: sc
Printed in Germany
ISBN 978-3-442-71925-9

www.btb-verlag.de
www.facebook.com/btbverlag

Für Estelle und Fredrik

Wer dein Freund und wer dein Feind ist, weißt du erst,
wenn das Eis unter deinen Füßen bricht.

Inuitisches Sprichwort

PETER

Ich stehe im Schnee vor Mamas Grabstein, als das Telefon klingelt. Es ist ein schlichter Grabstein, knapp kniehoch, aus grob zurechtgehauenem Granit. Wir haben eine Weile nachgedacht, meine Mutter und ich. Darüber, wie schwierig es ist, in einer Stadt Polizist zu sein, in der sich niemand für andere interessiert, nur noch für sich selbst. Und vielleicht noch wichtiger: über die Schwierigkeit, Mensch zu sein, in einer solchen Stadt, in einer solchen Zeit.

Ich trete den feuchten Schnee von den Turnschuhen und drehe mich weg. Es kommt mir nicht richtig vor, an einem Grab zu telefonieren. Vor mir breitet sich die wellige Friedhofslandschaft aus. Nebelschwaden liegen zwischen den Tannenwipfeln, unter ihnen ragen die dunklen Baumstämme aus dem Schnee wie Ausrufezeichen, die auf die Vergänglichkeit des Lebens hinweisen. Es tropft aus den Baumkronen und von den Grabsteinen. Überall Schmelzwasser. Es dringt durch meine dünnen Schuhe, es sammelt sich um meine Zehen wie eine feuchte Erinnerung daran, dass ich mir endlich Stiefel kaufen sollte. Weiter vorn auf dem Gelände ahne ich dunkle Gestalten, die sich durch den Wald entfernen. Vielleicht wollen sie Laternen aufstellen. Oder Tannenzweige auslegen.

Bald ist Weihnachten.

Ich mache einige Schritte auf den sorgfältig geräumten Weg zu und werfe einen Blick auf das Display, obwohl ich sowieso schon weiß, wer anruft. Das Gefühl in meinem Zwerchfell ist unverkennbar. Das bohrende, pochende Gefühl, das ich so gut kenne.

Ehe ich antworte, drehe ich mich ein letztes Mal zum Grabstein um. Winke unbeholfen und murmele etwas in der Art, dass ich bald wiederkommen werde. Das ist natürlich unnötig, sie weiß ja, dass ich immer zurückkomme.

Der Nynäsväg liegt schwarz und fast leer da, als ich auf die Stadt zufahre. Nur die roten Rücklichter einiger Autos glitzern vor mir auf der Fahrbahn, zeigen den Weg. Am Straßenrand türmen sich große Haufen aus schmutzigbraunem Schnee vor den niedrigen, deprimierend eintönig gebauten Häusern auf, die die Einfahrt nach Stockholm säumen. Einzelne Weihnachtssterne leuchten hinter den Fenstern, wie ein Flackern in der Nacht. Es schneit jetzt wieder. Ein Gemisch aus Regen und Matsch lagert sich an den Rändern der Windschutzscheibe ab und verwischt die scharfen Umrisse der Umgebung, macht die Landschaft weicher. Das Einzige, was ich höre, ist das Geräusch der arbeitenden Scheibenwischer, das sich mit dem sanften Schnurren des Motors vermählt.

Ein Mord.

Noch ein Mord.

Wenn ich früher, als relativ junger Polizist und frischgebackener Ermittler, an einen Tatort gerufen wurde, fand ich die Nachricht über einen Mord immer überaus anregend. Der Tod war für mich ein Synonym für ein Mysterium, das geklärt werden sollte, aufgerollt wie ein verwickeltes Wollknäuel. Denn alles konnte man klären, aufrollen. Wenn man nur Energie und Ausdauer besaß und zur richtigen Zeit am richtigen Faden zog. Die Wirklichkeit war einfach ein komplexes Gewebe aus solchen Fäden.

Kurz gesagt: Die Wirklichkeit konnte entwirrt werden, geklärt.

Jetzt bin ich mir da nicht mehr sicher. Vielleicht habe ich das Interesse an diesem Gewebe verloren, das Gespür dafür, an welchem Faden ich ziehen muss. Mit der Zeit hat auch der Tod eine andere Bedeutung bekommen. Mama, die im feuchten Boden des Waldfriedhofs schläft. Annika, meine Schwester, die auch hier liegt, ein kleines Stück weiter. Und Papa, der sich an der Sonnenküste nach und nach zu Tode säuft, wird wohl auch bald dort landen. Die Verbrechen, mit denen ich zu tun habe, kommen mir nicht mehr so wichtig vor. Natürlich kann ich dazu beitragen, sie aufzuklären. Kann das Unfassbare – jemand ist ums Leben gebracht worden – in Worte fassen und die Ereignisse beschreiben, die dazu geführt haben. Vielleicht kann ich auch feststellen, wer der Schuldige ist, und bestenfalls dazu beitragen, dass dieser Jemand vor Gericht gestellt wird. Aber die Toten sind doch weiterhin tot, oder?! Inzwischen fällt es mir schwer, den Sinn meiner Tätigkeit zu sehen.

Bei Roslagstull setzt die Dämmerung ein, und mir fällt auf, dass es heute zu keinem Zeitpunkt ganz hell geworden ist. Dass dieser Tag in dem grauen Dezembernebel ebenso unbemerkt vorübergegangen ist wie der gestrige und der davor. Der Verkehr verdichtet sich, als ich auf die E18 nach Norden abbiege. Ich komme an einer Baustelle vorbei, die Löcher in der Fahrbahn lassen den Wagen zittern, der Wunderbaum hüpft bedrohlich vor der Windschutzscheibe auf und ab.

Irgendwo auf Höhe der Universität ruft Manfred an. Erklärt, dass eine verdammte Aufregung herrscht, dass irgendein hohes Tier mit der Sache zu tun hat, und dass es gut wäre, wenn ich verdammt noch mal weniger herumtrödelte, sondern endlich loslegte. Ich schaue aus zusammengekniffenen Augen in die industriegraue Dämmerung, antworte, dass er sich beruhigen solle, die Fahrbahn sei löchrig wie ein Schweizer Käse und ich könnte mir blaue Flecken an den Eiern holen, wenn ich schneller führe.

Manfred lässt sein vertrautes grunzendes Lachen hören, das ein wenig an das Geräusch eines Schweins erinnert. Vielleicht bin ich jetzt ungerecht: Manfred ist ziemlich fett, und vielleicht beeinflusst sein Körperbau mein Bild von seinem Lachen, lässt mich an ein wollüstiges Grunzen denken. Vielleicht klingt sein Lachen auch einfach genauso wie meins.

Vielleicht klingen wir alle genau gleich.

Wir arbeiten seit über zehn Jahren zusammen, Manfred und ich. Jahr für Jahr stehen wir nebeneinander an Obduktionstischen, befragen Zeugen und sprechen mit verzweifelten Angehörigen. Jahr für Jahr nehmen wir Verbrecher fest und machen die Welt zu einem sichereren Ort. Aber tun wir das wirklich? All die Menschen, die in den Kühlfächern der Rechtsmedizin in Solna gelegen haben, sind doch trotzdem tot und werden es auch immer bleiben. Letztlich sind wir nur der Putztrupp der Gesellschaft, der lose Fäden verknotet, wenn das Gewebe gerissen und das Unvorstellbare bereits passiert ist.

Janet sagt, ich sei deprimiert, aber ich höre nicht auf Janet. Außerdem glaube ich nicht an Depressionen. Ich glaube einfach nicht daran. Es ist eher so, dass ich die Bedingungen des

Daseins erkannt habe, und das Leben zum ersten Mal nüchtern betrachte. Wenn ich Janet das sage, erwidert sie, es gehöre zum Krankheitsbild, dass der Deprimierte den Blick nicht von seinem eigenen gefühlten Elend heben kann. Ich antworte dann immer, dass Depression die vielleicht einträglichste Erfindung der Arzneimittelbranche ist, und dass ich weder Zeit noch Lust habe, rotzreiche Pharmakonzerne noch reicher werden zu lassen. Und wenn Janet dann weiter über mein Befinden reden will, lege ich auf. Wir sind schließlich seit fünfzehn Jahren nicht mehr zusammen, es gibt keinen Grund dafür, solche Fragen mit ihr zu besprechen. Dass sie zufällig die Mutter meines einzigen Kindes ist, ändert nichts an diesem Sachverhalt.

Albin ist ein Kind, das eigentlich gar nicht existieren dürfte. Nicht, dass an Albin irgendetwas auszusetzen wäre – er ist, wie die meisten halbwüchsigen Jungen nun mal sind: picklig, aller Wahrscheinlichkeit nach total sexfixiert und krankhaft interessiert an Computerspielen. Nein, ich war einfach nicht bereit, Vater zu werden. In meinen düsteren Augenblicken, die sich mit den Jahren häufen, denke ich oft, dass sie es damals darauf angelegt hat. Dass sie die Pille nicht mehr genommen hat und aus Rache wegen der Sache mit der Hochzeit schwanger geworden ist. Ich werde es niemals sicher wissen, und es spielt jetzt auch keine große Rolle mehr. Albin existiert, das ist sicher, und lebt in bestem Wohlergehen bei seiner Mutter. Wir sehen uns manchmal, nicht besonders oft – zu Weihnachten und Mittsommer und an seinem Geburtstag. Ich glaube, so ist es besser für ihn, also, dass wir nicht so besonders viel Kontakt haben. Die Gefahr besteht doch, dass er sonst von mir enttäuscht wäre.

Ab und zu denke ich, ich müsste ein Foto von ihm in der Brieftasche haben wie die anderen, die richtigen Eltern. Ein scheußliches Schulfoto vor bräunlichem Hintergrund in einer Turnhalle, von einem Fotografen, dessen Träume ihn nicht weitergeführt haben als bis zum Gymnasium von Farsta. Aber dann sehe ich doch sehr schnell ein, dass das niemanden täuschen würde, schon gar nicht mich selbst. Eltern zu sein, das verdient man sich nicht so einfach, denke ich. Es ist ein Recht, das sich durch Nachtwachen, Windelwechseln und all das einstellt, was man eben tut, wenn man da ist. Es hängt sehr wenig mit den Genen zusammen, mit dem Sperma, das ich vor ungefähr fünfzehn Jahren gespendet habe, damit Janet sich ihren Traum von einem Kind erfüllen konnte.

Ich sehe das Haus schon aus der Ferne. Nicht, weil das weiße viereckige Gebäude in irgendeiner Weise auffiele in dem exklusiven Villenviertel, sondern weil es von Streifenwagen umringt ist. Das Blaulicht jagt über den Schnee, und der unverkennbare weiße Minibus der Kriminaltechnik steht ein Stück weiter am Straßenrand. Ich halte unten am Hang und gehe das letzte Stück bis zum Haus zu Fuß. Begrüße die Kollegen, zeige meinen Dienstausweis und bücke mich unter dem blauweißen Absperrband, das sich in dem leichten Wind langsam hin und her bewegt, hindurch.

Manfred steht in der Haustür. Seine ausladende Gestalt verbirgt fast die ganze Umgebung, als er die Hand zum Gruß hebt. Er trägt einen Tweedblazer, aus der Brusttasche ragt ein kleines rosa Seidentaschentuch. Die großzügig zugeschnittene Wollhose ist sorgfältig in hellblaue Schuhüberzüge gestopft.

»Zum Teufel, Lindgren. Ich dachte schon, du kommst überhaupt nicht mehr.«

Ich erwidere seinen Blick. Die kleinen Pfefferkornaugen liegen tief eingesunken in dem geröteten Gesicht. Seine schütteren rotblonden Haare sind sorgfältig mit Wasser gekämmt worden, die Frisur erinnert an die eines Schauspielers aus Filmen der Fünfziger. Er sieht nicht aus wie ein Polizist, eher wie ein Antiquitätenhändler, ein Historiker oder ein Sommelier. Aber egal, er sieht jedenfalls nicht aus wie ein Bulle – eine Tatsache, derer er sich zweifellos bewusst ist. So sehr, dass ich den Verdacht habe, dass er das zu seinem Tick gemacht hat, dass es ihn ungeheuer befriedigt, seinen exzentrischen Kleidungsstil zu übertreiben, um die echt wirkenden Bullen zu provozieren.

»Wie gesagt ...«

»Ja, ja, schieb du das nur auf den Verkehr«, sagt Manfred. »Ich weiß ja, wie das ist, wenn man einen scharfen Porno gefunden hat. Da kann man sich nicht so leicht losreißen.«

Manfreds ungehobelte Sprache bildet einen Kontrast zu seinem verfeinerten Kleidungsstil. Er reicht mir Schuhüberzüge und Handschuhe und sagt leiser:

»Du. Das hier ist so ungefähr das Scheußlichste ... schau's dir einfach an.«

Ich streife Schuh- und Handschutz über und trete auf die Trittbrettchen aus durchsichtigem Kunststoff, die die Techniker scheinbar ohne System in der Diele ausgelegt haben. Der Blutgeruch ist so intensiv, dass ich fast zurückzucke, obwohl er mir so vertraut ist. Das Pochen im Zwerchfell wird stärker. Obwohl ich schon so viele Tatorte besucht, so viele Leichen gesehen habe, sorgt an jedem plötzlichen, gewaltsamen Tod etwas dafür, dass sich mir die Nackenhaare aufstellen. Vielleicht ist es das Wissen, wie schnell es gehen kann. Wie schnell ein Leben ausgelöscht werden kann. Aber ab und zu kann es natürlich auch das Gegenteil sein, was so schwer auszuhalten ist – wenn ein Tatort oder ein Leichnam von einem unerträglich langen Todeskampf zeugt.

Ich nicke den Kriminaltechnikern in den weißen Overalls zu und schaue mich in der Diele um. Die ist überraschend anonym, fast geschlechtslos. Oder vielleicht einfach nur männlich? Das ist wohl fast dasselbe. Jedenfalls, wenn es um Einrichtung geht. Weiße Wände, grauer Boden. Nirgendwo eine Spur von den persönlichen Dingen, die man sonst in einem Eingangsbereich findet: Kleider, Taschen oder Schuhe. Ich trete auf die nächste Plastikplatte und schaue in eine Küche. Schwarzlackierte Schränke, auch sie glänzend. Ein elliptischer Tisch mit Stühlen, die ich aus irgendeiner Einrichtungszeitschrift kenne. Messer, in einer Reihe an der Wand. Ich registriere, dass keines fehlt.

Manfred legt mir die Hand auf den Arm.

»Hier. Komm.«

Ich steige weiter über die Platten, gehe durch den Flur. Vorbei an einem Kriminaltechniker mit Kamera und Notizblock. Ein großer Blutfleck breitet sich unter den Platten aus. Nein, es ist kein Fleck, es ist schon eher ein See. Ein roter, klebriger See aus frischem Blut, der den ganzen hinteren Teil des Raums zu bedecken scheint. Von Wand zu Wand und weiter über die Treppen in den Keller. Aus dem See führen viele unterschiedlich große Fußspuren zur Haustür.

»Verdammt viel Blut«, murmelt Manfred und läuft überraschend geschmeidig weiter, obwohl die Platten unter seinem

Gewicht bedrohlich knacken. Ein Schild mit einer Nummer steht neben einem blutigen Kleiderbündel. Ich sehe ein Bein und einen hochhackigen schwarzen Stiefel, und dann den Unterleib einer Frau. Sie liegt auf dem Rücken und hat den Kopf von mir weggedreht. Ich brauche einige Sekunden, bis ich verstehe, dass sie geköpft worden ist, und dass das, was ich zuerst für ein Kleiderbündel hielt, in Wirklichkeit ein Kopf ist, der auf dem Boden liegt. Oder genauer gesagt: Er steht dort, wie aus dem Boden gewachsen.

Wie ein Pilz.

Manfred holt tief Luft und geht in die Hocke. Ich lasse den makabren Anblick auf mich wirken. Nehme ihn in mich auf – das ist wichtig. Die natürliche Reaktion wäre eigentlich, zurückzuweichen, das Entsetzliche nicht anzusehen, aber als Mordermittler habe ich schon vor langer Zeit gelernt, solche Reflexe zu unterdrücken.

Das Gesicht und die braunen Haare der Frau sind vom Blut verklebt. Wenn ich ihr Alter erraten sollte, was nicht so leicht ist bei dem Zustand, in dem sich der Leichnam befindet, dann würde ich sie auf vielleicht fünfundzwanzig schätzen. Ihr Körper ist ebenfalls mit Blut beschmiert, und ich ahne tiefe Wunden an den Unterarmen. Sie trägt einen schwarzen Rock, eine schwarze Strumpfhose und einen grauen Pullover. Unter ihr, blutdurchtränkt, sehe ich eine Stoffjacke.

»O verdammt.«

Manfred nickt und fährt sich über die Bartstoppeln.

»Sie ist enthauptet worden.«

Ich nicke. Gegen diese Feststellung lässt sich nichts einwenden. Es ist ganz klar, dass genau das passiert ist. Man braucht entweder ziemlich viel Kraft oder muss sich viel Mühe geben, um Kopf und Halswirbel von einem Rumpf zu trennen. Das sagt uns etwas über den Täter. Was genau, weiß ich noch nicht, aber das hier hat kein Schwächling getan. Der Mörder war beeindruckend stark. Oder sehr motiviert.

»Wissen wir, wer sie ist?«

Manfred schüttelt den Kopf.

»Aber wir wissen, wer hier wohnt.«

»Nämlich?«

»Jesper Orre.«

Der Name klingt bekannt, wie der eines alternden Sportlers oder eines abgedankten Politikers. Es klingelt irgendwo, aber ich kann mich nicht erinnern, wo ich ihn schon einmal gehört habe.

»Jesper Orre?«

»Ja. Jesper Orre. Der Geschäftsführer von Clothes & More.«

Und dann weiß ich es wieder. Der umstrittene Chef von C&M, der am schnellsten wachsenden Bekleidungskette Nordeuropas. Der Mann, den die Medien leidenschaftlich hassen. Wegen seiner Managementmethoden, wegen seiner Frauengeschichten und wegen seiner ebenso häufigen wie politisch inkorrekten Äußerungen in der Presse.

Manfred seufzt tief und richtet sich auf. Ich folge seinem Beispiel.

»Die Mordwaffe?«, frage ich.

Er zeigt stumm in die Diele. Ganz hinten, neben der Treppe, die vermutlich in den Keller führt, liegt ein großes Messer, oder vielleicht eine Machete. Ich kann es nicht richtig sehen. Daneben ist ein Schild mit der Ziffer Fünf aufgestellt worden.

»Und Jesper Orre, haben wir den schon erreicht?«

»Nein. Offenbar weiß niemand, wo er sich aufhält.«

»Was wissen wir sonst noch?«

»Die Tote wurde von einer Nachbarin entdeckt, die gesehen hatte, dass die Tür offen stand. Wir haben schon mit ihr gesprochen. Sie ist jetzt im Krankenhaus, bekam durch den Schock offenbar Herzprobleme. Egal, sie hat jedenfalls nichts gesehen, was uns weiterhilft. Leider ist sie hier hin und her gelaufen, wir müssen also abwarten, ob die Technik irgendwelche brauchbaren Fußspuren findet. Es gibt auch noch Blut draußen im Schnee. Vermutlich hat der Täter nach dem Mord versucht, sich dort abzuwischen.«

Ich schaue mich um. Der Boden vor der Haustür ist von einem Wirrwarr aus roten Spuren überzogen. An den Wänden im Haus sehe ich Blutspritzer und blutige Handabdrücke. Das Blut erinnert an ein Bild von Jackson Pollock. Es sieht aus, als hätte jemand rote Farbe auf den Boden gegossen, sich darin gewälzt und dann alles noch einmal mit Farbe übersprüht.

»Der Mord scheint auf eine handfeste Prügelei gefolgt zu sein«, sagt jetzt Manfred. »Die Leiche der Frau weist Abwehrspuren an Unterarmen und Händen auf. Die vorläufige Einschätzung des Rechtsmediziners ist, dass sie gestern zwischen drei und sechs Uhr nachmittags gestorben ist. Das Opfer ist eine Frau von etwa fünfundzwanzig Jahren, und die Todesursache waren vermutlich mehrere Stich- und Schnittwunden am Hals sowie der Kopf, der … ja. Das siehst du ja.«

Manfred verstummt.

»Und der Kopf«, sage ich. »Wie ist er da gelandet, so aufrecht? Kann das ein Zufall sein?«

»Rechtsmedizin und Technik sagen, dass der Mörder ihn vermutlich so aufgestellt hat.«

»Ganz schön pervers.«

Manfred nickt und hält meinen Blick mit seinen kleinen braunen Augen fest. Senkt dann die Stimme, als ob niemand sonst im Raum hören soll, was er sagt, warum auch immer. Hier sind doch nur die Kollegen von der Technik.

»Du, das hier hat verdammte Ähnlichkeit…«

»Das ist doch zehn Jahre her.«

»Aber trotzdem.«

Ich nicke. Kann ja nicht abstreiten, dass eine Ähnlichkeit mit dem zehn Jahre zurückliegenden Mord auf Södermalm besteht, den wir niemals aufklären konnten, trotz einer der umfassendsten Ermittlungen in der schwedischen Kriminalgeschichte.

»Wie gesagt, es ist zehn Jahre her. Es gibt keinen Grund zu der Annahme, dass…«

Manfred macht eine abwehrende Handbewegung.

»Nein. Ich weiß. Sicher hast du recht.«

»Und dieser Orre, der Typ, der hier wohnt, was wissen wir über den?«

»Noch nicht sehr viel, außer dem, was in den Zeitungen gestanden hat. Aber Sanchez ist schon dran. Sie hat versprochen, sich heute Abend zu melden.«

»Und was steht in den Zeitungen?«

»Tja, der übliche Klatsch. Er wird Sklaventreiber genannt. Die Gewerkschaft hasst ihn, und es laufen mehrere Prozesse vor dem Arbeitsgericht. Offenbar ist er auch ein bekannter Frauenheld. Hat jede Menge Affären.«

»Keine Frau? Kinder?«

»Nein, er wohnt allein hier.«

Ich schaue mich in der Diele um, lasse meinen Blick durch die große Küche wandern.

»Braucht man so ein Riesenhaus, wenn man alleine lebt?«

Manfred zuckt mit den Schultern.

»Was heißt schon brauchen. Die Nachbarin, die Frau, die sie ins Krankenhaus gebracht haben, sagt, dass wechselnde Frauen hier gewohnt haben, aber sie habe längst den Überblick verloren.«

Wir gehen wieder hinaus, streifen Schuhüberzüge und Handschuhe ab. Ein paar Meter weiter, neben dem Eingangstor, steht etwas, das wie ein abgebrannter Schuppen aussieht, er ist zum Teil mit Schnee bedeckt.

Manfred steckt sich eine Zigarette an, hustet und dreht sich zu mir um.

»Das hab ich vergessen. Offenbar hat es vor drei Wochen in seiner Garage gebrannt. Die Versicherungsgesellschaft geht der Sache nach.«

Ich sehe die Reste der verkohlten Balken an, die aus dem Schnee ragen, und muss an die Tannen auf dem Friedhof denken. Die gleichen stummen und dunklen Gestalten, die sich vor dem Schnee abzeichnen. Und sie beschwören dasselbe beunruhigende Gefühl von Tod und Vergänglichkeit herauf.

Als ich in die Stadt zurückfahre, denke ich wieder an Janet. Etwas an den allerbrutalsten Verbrechen, an den schlimmsten Grausamkeiten, erinnert mich immer an sie. Ich vermute, es liegt daran, dass Janet mich aus dem Gleichgewicht geworfen hat, genau wie solche Verbrechen es tun. Oder daran, dass ich auf irgendeiner primitiven, unterbewussten Ebene ab und zu wünsche, sie wäre tot, wie die Frau in dem weißen Haus. Natürlich wünsche ich ihr nicht wirklich den Tod, sie ist doch Albins Mutter, aber das Gefühl ist trotzdem da.

Mein Leben war so unendlich viel einfacher, als wir uns noch nicht kannten.

Janet arbeitete in einem Café in der Nähe der Wache auf Kungsholmen. Wir grüßten uns immer, wenn ich hereinschaute. Ab und zu, wenn nicht so viele Gäste da waren, setzte sie sich einen Moment zu mir. Lud mich zum Kaffee ein und wir redeten ein bisschen. Sie hatte kurze, blondierte und punkige Haare und eine Lücke zwischen den Vorderzähnen, die ziemlich charmant war, vielleicht wurde sie dadurch ein bisschen entstellt, ich bin nicht sicher, aber es war etwas, auf das ich meinen Blick richten, ein fester Punkt, den ich fixieren konnte, wie die an die Wand gemalte Fliege in einem Pissoir. Außerdem hatte sie fantastische Titten. Ich hatte natürlich schon vor ihr Freundinnen gehabt. Viele sogar, aber keine ernsthafte Beziehung. Sie kamen und gingen, ohne bei mir einen tieferen Eindruck zu hinterlassen. Ich glaube auch nicht, dass ich in deren Leben einen tieferen Eindruck hinterlassen hatte.

Aber Janet war anders. Sie war starrköpfig, verdammt starrköpfig. Ich glaube, wir waren vielleicht drei- oder viermal essen gewesen und ungefähr genau so oft im Bett gelandet, und schon wollte sie unbedingt mit mir zusammenziehen. Natürlich sagte ich Nein. Ich wollte nicht mit ihr zusammenwohnen, und Janets ewiges Geplapper über alles und nichts ging mir schon damals auf die Nerven. Ich ertappte mich immer öfter dabei, wie ich mir wünschte, dass sie einfach mal die Klappe hielt. Aber ab und zu, wenn sie schlief, nackt in meinem schmalen Bett, dann fand ich sie unbeschreiblich schön. Stille und Schweigen standen ihr so viel besser als ihr ewiges Gerede. Ich hatte mir damals gewünscht, sie könnte immer so sein. Aber das ist natürlich ein unmöglicher Wunsch.

Man kann seine Freundin nicht bitten, stumm und nackt zu sein.

Jedenfalls nicht immer.

Anfangs plapperte sie vor allem über Kleinigkeiten wie Urlaubsreisen. Sie konnte mit der Tasche voller Reisebroschüren nach Hause kommen und sich einen ganzen Abend lang in die Suche nach dem besten Urlaubsort vertiefen. Mallorca oder Ibiza. Die Kanarischen Inseln oder Gambia. Rhodos oder Zypern. Es konnte darum gehen, wo das beste Wetter war, welches Essen am besten schmeckte oder wo man die spannendsten Dinge kaufen konnte.

Am Ende fuhren wir dann tatsächlich in Urlaub, und das war eigentlich gar nicht so schlimm. In dem Dorf an der Ostküste von Mallorca gab es nicht viel zu tun, und Janet saß im Bikini da und las fast die ganze Woche *Ayla und der Clan des Bären*, was bedeutete, dass sie immerhin stumm war. Und fast nackt.

Und dann hatten wir ja Sex.

Der Sex mit ihr war fantastisch, das kann ich nicht leugnen. Vielleicht halfen uns auch Wein und Sangria dort unten in der Wärme auf die Sprünge. Ab und zu ertappte ich mich bei dem Gedanken, dass ihr Verhalten im Bett fast etwas Männliches hatte. Diese anspruchsvolle, unersättliche Lust, die sofortige Befriedigung verlangte, und das auf fast egoistische Weise. Sie nahm sich, was sie haben wollte, und das war gerade ich, mein Körper. Und vielleicht kam es manchmal vor, in der Hitze des Augenblicks, dass ich ernsthaft mit dem Gedanken an ein Leben mit ihr spielte. Vielleicht sagte ich das auch. Ich erinnere mich nicht mehr.

Es gibt so vieles, woran man sich nicht erinnert.

Aber kaum waren wir wieder zu Hause, fing sie erneut an mit einer gemeinsamen Wohnung. Ich erklärte ihr ziemlich klar und deutlich, dass ich noch nicht bereit sei, mit ihr zusammenzuziehen, aber sie schien das einfach nicht zu begreifen. Wie immer war sie auf ihr Ziel konzentriert, und das Ziel waren eine Wohnung und eine Familie. Und hätte es mir nicht ebenso gehen sollen, ich war doch schon dreiunddreißig?

Sie ließ sich noch dazu meinen Namen auf den Rücken tätowieren, »Peter«, auf eine von zwei Tauben getragene Schleife. Das war mir peinlich, obwohl ich nicht so genau wusste, warum. Eine Tätowierung ist doch für die Ewigkeit, und bei der Vorstellung, die Ewigkeit zusammen mit Janet zu verbringen, lief es mir eiskalt den Rücken runter.

Zu dieser Zeit fing ich dann an, als Ermittler bei der Kriminalpolizei zu arbeiten, und es lag in der Natur der Sache, dass ich sehr viel zu tun hatte. Ich nahm damals jeden Fall sehr ernst, glaubte wirklich, dass ich half, die Welt besser zu machen. Dass es überhaupt möglich sei, zu ergründen, wie die aussehen sollte.

Eine bessere Welt?

Jetzt, fünfzehn Jahre später, weiß ich, dass sich nie etwas verändert. Ich habe eingesehen, dass die Zeit nicht geradlinig verläuft, sondern eher in Kreisen. Das klingt vielleicht hochgestochen, ist im Grunde aber banal. Die Zeit ist ein Kreis, wie ein Ring aus Würsten. Es gibt keinen Grund, lange darüber nachzudenken. So ist es einfach: neue Morde, neue Polizisten, die sich mit einem romantischen Bild von dieser Arbeit in ihre Aufgaben stürzen. Neue Täter, die von noch neueren Verbrechern ersetzt werden, sobald sie im Gefängnis sitzen.

Es nimmt nie ein Ende.

Die Ewigkeit ist eine Kette aus Würsten. Und Janet wollte sie mit mir teilen.

Ich denke oft, dass ich zu Beginn unserer Beziehung standhafter war. Denn damals wehrte ich mich gegen ihre Einfälle. Aber mit der Zeit wurde mein Widerstand zersetzt, vielleicht änderte ich auch meine Abwehrtechnik. Ich wich immer öfter aus. Antwortete: »Vielleicht können wir nächstes Jahr zusammenziehen«, wenn sie die Frage zur Sprache brachte. Fand dann seltsame Makel an allen Wohnungen, die ich mit ihr besichtigen musste: zu weit unten, zu weit oben (Stell dir vor, es brennt!), zu weit von der Stadt entfernt, zu zentral (Laut!), oder was auch immer.

Janet sah immer niedergeschlagen aus, wenn wir von solchen Besichtigungen kamen. Schaute stumm den Asphalt an, und der lange blonde Pony hing wie ein Vorhang vor ihren Augen. Sie drückte sich die Handtasche an die Brust wie einen Schild. Kniff die Lippen zu einem dünnen, blutlosen Strich zusammen.

Janet kannte alle Tricks. Wusste, dass die Schuldgefühle, die sie hervorrief, mich noch schwächer und umgänglicher machen würden. Ab und zu fragte ich mich, wo sie das alles gelernt haben könnte, wie eine so junge Frau schon so geschickt im Manipulieren sein konnte.

Vielleicht war es meine Erfahrung aus meiner Beziehung zu Janet, die dafür sorgte, dass ich von Manfred so fasziniert war, als wir dann einige Jahre darauf anfingen, zusammenzuarbeiten. Obwohl er einen fast komischen Eindruck machte – zum Teil wegen seines Äußeren und seiner unverblümten Sprache –, schien er eine innere Stärke zu haben, die ich sofort bewunderte. Nach nur zwei Tagen nahm er mich beiseite und erklärte, er werde sich scheiden lassen, und das sollte ich doch wohl wissen, da es seine Arbeitssituation beeinflussen könnte.

Manfred war damals mit Sara verheiratet und sie hatten drei Kinder im Teenageralter. Ich weiß noch, dass ich fragte, was Sara denn dazu sagte, und dass Manfred antwortete: »Das spielt keine große Rolle, ich bin ja entschlossen.« Etwas an dieser Aussage gab mir das Gefühl, als seien Ameisen in meinem Kopf freigelassen worden. Er hatte diesen Entschluss also ganz allein gefasst, und er wollte die Scheidung durchsetzen, egal, was Sara davon hielt.

Ich verstand das eigentlich.

Zugleich wurde ich nervös. Denn ich hatte Angst, dass Manfred, der offenbar klarsichtig und stark war, mich durchschauen würde. Und meine Schwäche sehen würde, meine Ambivalenz und meinen Widerwillen dagegen, mich zu binden. Schlechte Eigenschaften, von denen ich gelernt hatte, dass man sie lieber verstecken sollte. Eigenschaften, die stanken, wenn sie an die Oberfläche kamen, wie Abfälle, die in einem Fluss treiben.

Einige Jahre später erzählte ich Manfred die Sache mit der Hochzeit. Zuerst machte er ein überraschtes Gesicht, als habe er nicht richtig verstanden, was ich gesagt hatte, dann lachte er. Er lachte und lachte, bis ihm Tränen über seine runden, geröteten Wangen liefen und sein Doppelkinn bebte. Er lachte, bis er fast auf dem Boden lag.

Man kann vieles über Manfred sagen, aber er besitzt die Fähigkeit, das Leben von der lichten Seite zu betrachten.

Es ist dunkel, als ich die Wache auf Kungsholmen erreiche. Es scheint auch kälter geworden zu sein, denn statt des Schneeregens fallen große flaumige Schneeflocken über die Polhemsgata. Wenn die Wache nicht so verdammt hässlich wäre, könnte das alles ein schöner Anblick sein, aber hier dominieren die riesigen Häuser im Stil der postindustriellen Brutalarchitektur, die in den sechziger Jahren so dermaßen en vogue war. Vierecke aus Licht, die sich an der Fassade abzeichnen, verraten, dass dort Kollegen arbeiten, dass es im Kampf gegen die Verbrecher nie eine Pause gibt. Nicht einmal an einem Freitagabend kurz vor Weihnachten. Und schon gar nicht, wenn eine junge Frau brutal ermordet worden ist.

Auf der Treppe zum dritten Stock begegnet mir Sanchez.

»Du siehst müde aus«, sagt sie.

Sie trägt eine cremefarbene Seidenbluse und eine schwarze Hose, und damit sieht sie genau wie die Schreibtischpolizistin aus, die sie auch ist. Sie hat die dunklen Haare hochgesteckt und ich sehe, dass sie im Nacken tätowiert ist. Ich glaube, mit einer Schlange, die sich vom Rücken zum linken Ohr hochwindet, als zupfe sie ihr am Ohrläppchen.

»Du siehst auch nicht so toll aus«, sage ich.

Sie lacht betont fröhlich und ich weiß sofort, dass ich für diesen Kommentar noch büßen werde.

»Ich habe einiges über Jesper Orre in Erfahrung gebracht. Ich habe das Material bei Manfred abgegeben.«

»Danke«, sage ich und gehe weiter die Treppe nach oben.

Als ich hereinkomme, trinkt Manfred vor seinem Rechner Tee und winkt mir zu, macht ein Zeichen, dass ich mich setzen soll. Auf dem Schreibtisch stehen Bilder seiner jungen Frau Afsaneh und ihrer bald ein Jahr alten Tochter Nadja.

»Was gegessen?«, fragt er.

»Keinen Hunger. Danke.«

»Na. Ist auch nicht so leicht nach dem Anblick.«

Ich denke an den Kopf in der Blutlache. An alles Seltsame, was die Menschen einander antun, manchmal scheinbar ohne irgendeinen Grund, und in anderen Fällen aus Rache in Fehden, die schon seit Generationen fortgesetzt werden und sich immer wieder erneuern. Mir fällt eine Sendung ein, die ich vor einigen Monaten gesehen habe, es ging um die Frage, ob der Mensch ein friedliches oder ein mörderisches Tier ist. Ich fand die Frage an sich schon merkwürdig. Es kann doch kein Zweifel daran bestehen, dass der Mensch das gefährlichste Tier auf diesem Planeten ist, weil wir doch andauernd jagen und töten, und zwar nicht nur andere Arten, sondern auch unsere eigene. Der Firnis der Zivilisation ist so dünn und künstlich wie der schrille Nagellack, den Janet so gern benutzte.

»Irgendwas über Jesper Orre rausgefunden?«

Manfred nickt und fährt mit einem wohlgenährten Finger über den vor ihm liegenden Text.

»Jesper Andreas Orre. Fünfundvierzig Jahre alt. In Bromma geboren und aufgewachsen.«

Manfred legt eine Pause ein und greift nach seiner Lesebrille, während ich überlege. Fünfundvierzig Jahre, also vier Jahre jünger als ich, und hat vielleicht einen bestialischen Mord begangen. Oder er ist auch ein Opfer, das wissen wir noch nicht, wenngleich die Statistik annehmen lässt, dass er in das Verbrechen verwickelt ist. Denn die einfachste Erklärung ist oft die, die sich am Ende auch als die richtige erweist.

Manfred räuspert sich. Fügt hinzu:

»Arbeitet seit zwei Jahren für die Kette Clothes & More. Er ist... sagen wir, umstritten. Ganz einfach unbeliebt, weil er hart zupackt. Er hat offenbar Leute entlassen, weil die bei ihrem kranken Kind zu Hause geblieben sind und sowas. Behauptet jedenfalls die Gewerkschaft. Es laufen gerade etliche Prozesse vor dem Arbeitsgericht. Er hat im vergangenen Jahr vor Abzug der Steuern 4 378 000 Kronen verdient. Nicht vorbestraft, nie verheiratet. Wird oft in den Medien erwähnt, vor allem in der Klatschpresse, und dann geht es meistens um seine Frauengeschichten. Sanchez hat mit seinen Eltern und seiner Sekretärin gesprochen, keiner hat seit gestern was von ihm gehört. Aber am Freitag hat er wie immer gearbeitet und *total normal* gewirkt.«

Manfred zeichnet mit den Fingern Anführungszeichen in die Luft, als er das Wort *normal* sagt, und erwidert meinen Blick über den Brillenrand hinweg.

»Irgendwelche Beziehungen?«

»Den Eltern nach nein. Und die Sekretärin sagt, dass er sein Privatleben für sich behält, seit die Medien über ihn schreiben. Wir haben die Adressen einiger seiner Freunde, und Sanchez wird sich da mal umhören.«

»Und was war mit diesem Brand?«

»Eben. Der Brand.« Manfred blättert wieder in seinem Papierstapel. »Jesper Orre hat sich gerade eine Garage gebaut, aber vor drei Wochen ist sie abgebrannt, außerdem zwei Autos, die ihm gehörten. Offenbar ziemlich teure Autos. Ein... mal sehen... MG und ein Porsche. Die Versicherungsgesellschaft ist noch dabei festzustellen, ob es Brandstiftung war. Sanchez wird auch mit ihnen reden.«

Ich schaue aus dem Fenster. Der Schnee fällt jetzt dichter, man kann fast gar nichts mehr sehen. Manfred sieht meinen Blick.

»Bald«, sagt er. »Ich muss auch nach Hause. Nadja hat eine Ohrenentzündung.«

»Schon wieder?«

»Du weißt doch, wie das in dem Alter ist.«

Ich nicke, denke aber, dass ich das eigentlich nicht weiß. Albin ist schon so lange nicht mehr klein, und als er das noch war, habe ich ihn fast nie gesehen. Ohrenentzündung, Kotzgrippen – von alldem habe ich nichts mitbekommen.

»Du«, sagt Manfred. »Es kann ja wohl nicht schaden, noch mal in der alten Ermittlung zu stöbern. Die Herangehensweise ist so ähnlich, dass wir das nicht ignorieren dürfen. Ich kann ein bisschen mit denen reden, die damals dabei waren. Vielleicht auch diese Hexe noch mal ausgraben. Wie hieß sie doch gleich? Hanne?«

Ich drehe mich langsam zu Manfred um. Achte genau darauf, meine Gefühle nicht zu verraten, ihn nicht eine Sekunde lang verstehen zu lassen, welche Wirkung dieser Name auf mich ausübt. Wie die Erinnerungen hervorbrechen, sich in jeder Zelle meines Körpers ausbreiten.

Hanne.

»Nein«, sage ich, vielleicht ein wenig zu schrill, ich weiß nicht. Ich habe meine Stimme nicht mehr unter Kontrolle. »Nein, zu der brauchen wir wirklich keinen Kontakt aufzunehmen.«

EMMA

Zwei Monate früher

»Shit, was für ein Riesendiamant!«

Olgas magere Finger reißen mir den Ring aus der Hand und halten ihn ins Licht, als wollte sie überprüfen, ob er echt ist.

»Sehr schön«, stellt sie fest und reicht ihn mir zurück. »Der hat sicher gekostet?«

»Das war ein Geschenk. Danach fragt man doch nicht.«

»Nein?«

»Nein. Das tut man einfach nicht.«

Es wird still.

»Dann erzähl«, sagt Mahnoor. »Wer ist der Prinz?«

»Ich kann nicht …«

»Ach«, Mahnoor schnaubt. »Ihr seid doch jetzt verlobt. Dann kann es doch nicht mehr so geheim sein.«

Ein dicker schwarzer Zopf hängt über ihre Schulter. Um die Augen hat sie einen fetten Kajalstrich gezogen.

»Es ist kompliziert«, beginne ich.

»Meine Tante war mit einem Vetter zusammen. Zehn Jahre lang haben sie das niemandem erzählt«, wirft Olga hilfsbereit dazwischen. »Dann hatten sie sogar zwei Kinder. *Das* war kompliziert. Aber richtig …«

»Glaubt mir. Es ist kein Verwandter. Es ist nicht so eine Inzestkiste. Es ist nur … kompliziert.«

»Wie bei Facebook? *It's complicated.*«

Olga lacht vielsagend.

Es wird still, und der Kühlschrank in der kleinen Teeküche springt mit einem Seufzer an. Ich kann die Neugier meiner Kolleginnen verstehen. Ich würde genauso reagieren. Aber das hier ist anders. Das hier ist eine außergewöhnliche Situation. Es wäre falsch und verantwortungslos von mir, es zu erzählen, vor allem Olga und Mahnoor. Es könnte Jesper und dadurch auch mir selbst schaden.

Außerdem habe ich es versprochen.

Olga fegt die Brotkrümel auf dem Tisch zusammen und zeichnet mit ihren langen weißen Acrylnägeln Muster hinein.

»Ich verstehe das nicht, warum so geheim«, quengelt sie. »Es wäre anders, wenn er verheiratet wäre, aber jetzt seid ihr doch verlobt. Also könntest…«

Mahnoor hebt die Hand.

»Sie will es nicht erzählen. Das musst du einfach respektieren.«

»Danke«, sage ich lautlos, Mahnoor lächelt mich an und wirft den Zopf in den Rücken. Olga presst ihre dünnen Lippen aufeinander und verdreht die Augen.

»Von mir aus.«

Es wird wieder still. Mahnoor räuspert sich.

»Wie war die Beerdigung deiner Mutter, Emma? Ging das gut?«

Mahnoor. Immer so behutsam und fürsorglich. Sanfte Stimme und Worte, die langsam hervorkommen, vorsichtig. Wie kleine weiche Liebkosungen auf der Haut. Ich schiebe den Ring zurecht. Hole Luft.

»Es war schön. Nicht viele Leute, nur die nächsten Angehörigen.«

In Wirklichkeit waren in der kleinen Kapelle nur fünf Personen gewesen. Zwei einsame Kränze lagen auf dem schlichten Holzsarg. Der Organist spielte Choräle, obwohl ich wusste, dass Mama Choräle und Gebete verabscheut hatte. Im Tod wie im Leben muss man sich der Tradition beugen, denke ich.

»Und wie fühlst du dich jetzt?«

Mahnoor sieht besorgt aus.

»Geht schon.«

Die Wahrheit ist, dass ich nicht so recht weiß, wie es mir geht, aber auch das kann ich nicht richtig erklären. Die Situation ist so unwirklich, ich kann nicht begreifen, dass Mama tot ist, dass ihr großer, dicker Leib in diesen Sarg eingepfercht ist. Dass jemand sie angezogen, ihre brüchigen, grell blondierten Haare gekämmt und sie dort hineingelegt hatte. Dass der Deckel geschlossen und zugenagelt worden war, oder was immer man in einem solchen Fall macht.

Was müsste ich denn jetzt empfinden?

Verzweiflung, Trauer? Erleichterung? Meine Beziehung zu Mama war gelinde gesagt kompliziert; nachdem sie angefangen hatte, rund um die Uhr zu trinken, wie eine meiner Tanten das nannte, hatten wir nicht mehr viel Kontakt.

Und jetzt das hier mit Jesper. Mitten in allem Elend schenkt er mir den Ring, sagt, dass er mit mir zusammenleben will. Ich schaue den Diamanten an, der an meinem Finger funkelt, denke, egal, was passiert ist, den kann mir niemand wegnehmen. Ich bin es wert, ich habe es verdient.

Die Tür wird lärmend aufgeschlagen.

»Wie oft muss ich euch noch sagen, dass ihr mich im Laden nicht allein lassen dürft? Ihr sitzt hier rum und raucht, während ich …«

»Wir rauchen nicht«, fällt ihm Olga mit scharfer Stimme ins Wort und fährt sich mit der Hand durch die langen, dünnen Haare.

Ihr Widerspruch überrascht mich. Sich gegen Björne zu wehren, rächt sich meistens. Er erstarrt, reckt seinen langen schmalen Körper und bohrt die Hände tief in die Taschen seiner Jeans, die gerade in diesem perfekten Stadium der Verschlissenheit ist, und genau so weit über dem Hintern hängt, wie sie das tun soll. Dann wippt er in seinen Cowboystiefeln auf und ab, starrt Olga an und hebt das Kinn, was seinen Unterkiefer noch weiter vorstehen lässt als sonst. Er sieht aus wie ein Fisch, denke ich. Ein fieser Fisch, der im trüben Wasser auf der Lauer liegt und auf seine Beute wartet. Die dunklen, verfilzten Haare fallen weit über seinen Hals bis auf die Schultern hinunter, als er den Kopf in den Nacken wirft.

»Hab ich etwa um deine Meinung gebeten, Olga?«

»Nein, aber ...«

»Na also. Dann schlage ich vor, du hältst die Klappe und kommst raus und hilfst mir, die Jeans auszuzeichnen, statt hier rumzusitzen und deine neuen russischen Nägel zu bewundern.«

Er dreht sich um und knallt die Tür zu.

»Schwanz!«, sagt Olga, die auch nach zehn Jahren in Schweden nicht immer das passende Schimpfwort für jede Gelegenheit findet.

»Wir gehen wohl lieber raus«, sagt Mahnoor und steht auf, zupft ein wenig an ihrer Bluse, wie um sie glattzustreichen, und öffnet die Tür.

Auf dem Weg nach Hause kaufe ich ein. Jesper isst gern Fleisch, und heute Abend wollen wir feiern – also gibt es Rinderfilet, die teure Biosorte, obwohl ich mir das eigentlich gar nicht leisten kann. Ich kaufe Salat, Kirschtomaten und Ziegenkäse, um Schnittchen zu überbacken. Im Alkoholladen zögere ich lange vor den Regalen. Streiche mit der Hand über die dickbauchigen Flaschen, die in den Fächern hab Acht stehen. Mit Wein kenne ich mich nicht besonders gut aus, aber wir trinken immer roten, und Jesper liebt südafrikanische Weine, deshalb entscheide ich mich endlich für einen Pinotage für fast hundert Kronen.

Als ich über den Valhallaväg nach Hause gehe, ist es dunkel geworden. Ein kalter Wind kommt von Norden, und kleine harte Regentropfen peitschen in mein Gesicht. Ich schaue die nasse schwarze Fahrbahn an und laufe das letzte Stück zur Haustür.

Das Haus wurde 1925 gebaut und liegt genau am Einkaufszentrum Feltöversten auf Östermalm in Stockholm. Eine meiner Tanten hat bis zu ihrem Tod vor drei Jahren hier gewohnt. Aus irgendeinem unerfindlichen Grund habe ich die Wohnung geerbt, was in der Familie ziemliches Aufsehen erregt hat. Warum sollte ich, Emma, die Agneta nicht einmal nahegestanden hatte, ihre Wohnung mitten in der Stadt erben? Wie hatte ich mir dieses Erbe erschlichen? Ganz unlogisch war das aber nicht. Tante Agneta hatte keine eigenen Kinder, und wir hatten durchaus ab und zu Kontakt gehabt. Meine Tanten trafen sich gelegentlich, fest entschlossen, ihr dysfunktionales Matriarchat fortleben zu lassen, und manchmal war ich eben auch dabei.

Ich schließe die Tür auf und drücke auf die Messingklinke.

Ein vertrauter Geruch nach Toast und Reinigungsmittel schlägt mir entgegen. Und dann noch etwas anderes, etwas irgendwie Widerliches, das ich nicht identifizieren kann. Etwas Organisches und Bekanntes. Vorsichtig stelle ich meine Tüten auf den Boden, knipse die Lampe in der Diele an und streife meine nassen Schuhe ab. Meinen Mantel hänge ich über einen Kleiderbügel, und danach hole ich ein Handtuch und wische vorsichtig die Regentropfen ab.

Auf dem Boden liegen drei Briefumschläge. Rechnungen. Ich hebe sie auf und gehe damit in die Küche. Lege sie auf den Stapel zu den anderen Rechnungen und Mahnungen. Der Stapel ist beunruhigend hoch und ich nehme mir vor, mit Jesper über das Geld zu sprechen. Vielleicht nicht gleich heute Abend, aber bald. Ich kann die Rechnungen nicht einfach nur sammeln. Irgendwann müssen sie auch bezahlt werden.

Ich rufe Sigge und nehme das Katzenfutter aus dem Schrank. Sobald er die Tür quietschen hört, ist er da. Drückt sich an meine Waden. Ich bücke mich, streichele sein schwarzes Fell, rede ein wenig mit ihm und gehe dann ins Wohnzimmer.

Meine Wohnung ist spärlich möbliert. Die Carl-Malmsten-Sessel habe ich auch von Tante Agneta geerbt. Den kleinen Ausklapptisch und die Stühle in der Diele habe ich übers Internet gekauft, und das Bett ist von Ikea. Ich habe auch einen Schreibtisch, den ich gebraucht gekauft habe. Er ist bedeckt mit Büchern und roten Notizblöcken. Neben meinem Job im Laden versuche ich, das Gymnasium fertig zu machen. Den naturwissenschaftlichen Zweig. Ich habe die Schule abgebrochen. In meinem Leben waren Dinge passiert, die dafür gesorgt hatten, dass ich nicht büffeln konnte und nicht büffeln wollte, obwohl mir das Lernen immer leichtgefallen war. Vor allem Mathe. Die Welt der Ziffern hat etwas Befreiendes. Es gibt keine Grauzonen, keinen Raum für Subjektivität oder Deutungen; entweder rechnest du richtig oder falsch.

Ich wünschte, alles im Leben wäre einfach.

Eine Sekunde lang denke ich an Nagel, seine langen schwarzen Haare, die er im Nacken zu einem Pferdeschwanz gebunden hatte. Seine Gewohnheit, sich die Hand an die Wange zu legen, wenn er zuhörte – denn er schien immer mit einer erstaunlichen Intensität zu lauschen. Als ob wir alle etwas wirklich Wichtiges zu sagen hätten. Und vielleicht hatten wir das ja. Ich schüttele diese Erinnerung ab und gehe ins Wohnzimmer.

Eines Tages werde ich nicht mehr an Nagel denken, rede ich mir ein. Eines Tages wird die Erinnerung an ihn verblassen wie ein altes Polaroidfoto, und ich werde weitergehen, als ob es ihn niemals gegeben hätte.

Einen wertvollen Gegenstand gibt es in meiner Wohnung – das Bild von Ragnar Sandberg, das im Wohnzimmer hängt. Eine Komposition von Fußballspielern in Gelb und Blau, im Stil naiver Malerei. Ich liebe dieses Bild sehr. Mama meinte oft, ich sollte es verkaufen, dann könnten wir das Geld teilen und sie könnte ihren Anteil versaufen, aber ich weigerte mich. Ich finde es schön, es an der Wand zu haben, dort, wo es immer schon gehangen hat.

Tante Agneta hat mir auch etwas Geld hinterlassen. Hunderttausend, genauer gesagt. Sorgfältig eingewickelte Packen von Hundertern, die ich im Bettzeug im Wäscheschrank fand.

Ich habe Mama das nie erzählt. Ich wusste nur zu gut, wie sie reagieren würde.

Ich gehe ans Fenster und schaue hinaus.

Fünf Stockwerke unter mir streckt sich der Valhallaväg aus wie eine riesige schwarze Ader, die den Verkehr zum Lidingöväg und ins Zentrum führt, ein Teil von Stockholms gewaltigem Blutkreislauf. Der Regen ist stärker geworden. Er trommelt gegen mein Fenster, das trüb anläuft. Es ist kalt, fast unter null, denke ich und fröstele.

Ich packe meine Einkäufe aus, schneide den Ziegenkäse und verteile ihn auf Schnittchen. Schalte den Backofen ein und bereite den Salat vor. Dann dusche ich. Spüre, wie das heiße Wasser über meinen Körper strömt. Atme den heißen Dampf ein. Wasche jeden Zentimeter meiner Haut mit der Duschcreme, die er so gern riecht. Meine Brüste fühlen sich wund und geschwollen an, als ich sie massiere. Ich strecke die Hand nach dem Shampoo aus, wasche mir die Haare und steige dann aus der altmodischen Sitzbadewanne.

Der Raum ist voller Wasserdampf, ich öffne die Tür einen Spaltbreit, wische den Spiegel mit einem Handtuch ab und beuge mich vor. Mein Gesicht sieht geschwollen und ein bisschen rot aus. Die Sommersprossen zeichnen sich deutlich auf der bleichen Haut ab, wie hunderte von Inselchen, die einfach so im Meer verstreut worden sind. Einige sind größer, andere kleiner. Manche drängen sich zusammen und bilden auf dem blassen Meer unregelmäßige kleine Kontinente aus rotbrauner Haut.

Vorsichtig fange ich an, meine langen braunroten Haare mit einem grobzinkigen Kamm auszukämmen. Untersuche meine Brüste. Sie sind groß, zu groß für meinen Körper, mit breiten hellrosa Warzenhöfen. Ich habe sie immer gehasst, schon seit die widerlichen kleinen Ausbeulungen anfingen, sichtbar zu werden, wie Eiterbeulen unter meiner blassen Haut. Ich habe alles versucht, um sie zu verstecken: habe weite Pullover getragen und den Rücken gekrümmt. Zu viel gegessen.

Jesper sagt, dass er meine Brüste liebt, und ich glaube ihm. Er liegt zwischen meinen Beinen, streichelt sie wie Hundebabys und redet liebevoll zuerst mit der einen und dann mit der anderen. Ich denke, dass Liebe nicht nur bedeutet, einen anderen Menschen zu lieben, sondern sich auch mit den Augen der geliebten Person zu sehen. Schönheit zu entdecken, wo man vorher nur Fehler und Mängel finden konnte.

Sorgfältig schminke ich mich. Jesper mag es nicht, wenn ich zu viel Schminke trage, was aber nicht bedeutet, sie ganz wegzulassen, es bedeutet nur, dass ich ungeschminkt aussehen soll. Es dauert länger, den richtigen ungeschminkten Look hinzukriegen, als sich das die meisten vorstellen können. Als ich fertig bin, verteile ich Parfüm auf allen strategisch wichtigen Stellen, auf den Handgelenken, zwischen den Brüsten, im Nacken. Ein wenig auch an den Leisten. Dann ziehe ich das schwarze Kleid an, ganz ohne Unterwäsche, trockne mir die Füße sorgfältig an der Badezimmermatte ab und gehe hinaus.

Jesper kommt immer pünktlich, deshalb hätte ich die Schnittchen fast schon um sieben in den Backofen geschoben, aber sie brauchen nur einige Minuten, ich warte also doch besser noch einen Moment. Der Regen trommelt noch immer kräftig gegen die schwarze Fensterscheibe. Irgendwo höre ich Sirenen, dann werden sie leiser. Ich zünde die Kerzen auf dem

Tisch an. Der Luftzug, der durch die alten undichten Fenster kommt, lässt sie flackern, und die Schatten im Zimmer erwachen zum Leben, scheinen sich zu bewegen. Wogend zeichnen sie sich an den abgenutzten Schranktüren und dem Tisch ab. Eine Sekunde lang scheint der ganze Raum zu schwanken, und plötzlich wird mir schlecht.

Ich kneife die Augen zusammen, packe einen Stuhlrücken. Denke an ihn.

Jesper Orre. Natürlich hatte ich von ihm gehört, sein Bild im Fernsehen und in den Klatschzeitschriften gesehen. Und natürlich wurde bei der Arbeit über ihn gesprochen. Der Geschäftsführer des Unternehmens war nicht unumstritten, weder geschäftlich noch in anderer Hinsicht. Er war so eine Art *bad boy* der Modebranche, und er galt als harter Hund und skrupelloser Geschäftsmann. Bei seinem Amtsantritt feuerte er innerhalb eines Monats den gesamten Vorstand und ersetzte alle durch seine eigenen Leute. Dann kamen die Veränderungen Schlag auf Schlag. Zwanzig Prozent der Angestellten wurden entlassen. Neue Direktiven für den Umgang mit der Kundschaft wurden ausgegeben. Eine strengere Kleiderordnung für das Personal eingeführt. Kürzere Mittagspause. Nicht so viele kleine Pausen zwischendurch.

Als er an dem Tag im Mai den Laden betrat, hätte ich ihn fast nicht erkannt. Seine ganze Erscheinung hatte etwas Verwirrtes. Er stand mitten in der Herrenabteilung und drehte sich langsam um, wie ein Kind, das mitten in einer Zirkusmanege steht und sein Publikum aus großen Augen mustert. Ich ging zu ihm und fragte ihn, wie ich ihm behilflich sein könnte. Das ist meine Aufgabe, und die Firma hat Hand-

bücher mit vorgedruckten Fragen, die wir Angestellten ein-
üben sollen – noch eine von Jespers Ideen, die bei der Gewerkschaft überhaupt nicht gut ankamen.

Er drehte sich zu mir um, noch immer dieser verwirrte
Gesichtsausdruck, fuhr sich mit der Hand verlegen über die
Hemdbrust und zeigte auf einen großen orangeroten Fleck.

»Ich habe in einer halben Stunde Vorstandssitzung«, sagte
er, wich weiterhin meinem Blick aus und schaute sich im
Laden um. »Ich brauche ein neues Hemd.«

»Spaghetti bolognese?«

Er erstarrte, die Andeutung eines Lächelns huschte über
sein sonnengebräuntes Gesicht. Dann erwiderte er meinen
Blick, und in diesem Moment erkannte ich ihn. Zum Glück
schaute er schnell wieder weg, denn ich spürte seine Nähe
plötzlich so deutlich, so greifbar, dass ich gar nicht wusste,
was ich tun sollte. Und er ließ mich in diesem Schweigen allein, konnte mit der Situation überhaupt nicht umgehen.

Einige Sekunden vergingen. Dann riss ich mich zusammen.

»Welche Größe?«

Er schaute mich wieder an und nun bemerkte ich, dass er
müde aussah. Dunkle Ringe unter den Augen, breite graue
Streifen an den Schläfen, eine traurige Furche zog einen
Mundwinkel nach unten, ließ das Gesicht fast bitter wirken.
Er sah älter aus als auf den Bildern. Älter und müder.

»Größe?«

»Ja, Ihre Hemdengröße.«

»Entschuldigung, natürlich. Dreiundvierzig.«

»Und welche Farbe hätten Sie gern?«

»Ich weiß nicht. Weiß vielleicht. Etwas Neutrales. Etwas Passendes für eine Vorstandssitzung.«

Er kehrte mir den Rücken zu und sah sich im Laden um. Ich holte drei Hemden, von denen ich annahm, dass sie ihm passen könnten. Als ich zurückkam, stand er noch immer mitten im Raum.

»Meinen Sie denn, Sie könnten mir einen guten Rat geben?«, fragte er.

»Natürlich.«

Das war keine seltsame Frage, es gehörte zur Arbeit, der Kundschaft bei der Auswahl der passenden Kleidung zu helfen. Ich wartete vor der Umkleidekabine, bis er im ersten Hemd herauskam, dem weißen.

»Geht das?«

»Absolut. Das sitzt perfekt. Aber probieren Sie auch die anderen an.«

Die Schwingtür der Umkleidekabine schloss sich lautlos. Zwei Minuten später kam er im nächsten Hemd heraus, einem blauweiß gestreiften mit Button-Down-Kragen.

»Hm.«

»Das gefällt Ihnen nicht?«

Er sah plötzlich so besorgt aus, dass ich fast losgelacht hätte.

»Doch, schon, aber nicht für eine Vorstandssitzung. Dann nehmen Sie vielleicht etwas … Formelleres.«

Er nickte, als wäre er bereit, dem kleinsten Wink zu gehorchen, und verschwand wieder in der Umkleidekabine.

»Soll ich auch das dritte anprobieren, was meinen Sie?«, fragte er von drinnen.

»Das sollten Sie unbedingt.«

Jetzt fand ich die Situation lustig. Es war ein witziges kleines Spiel mit dem Geschäftsführer der Firma, der sich inkognito in den Laden geschlichen hatte. Wie ein König in einem alten Märchen, der sich als Bettler verkleidet, um sich unters Volk mischen zu können.

Die Tür zur Umkleidekabine wurde wieder geöffnet, und er trat in einem hellblauen Hemd heraus.

»Das da ist perfekt. Das nehmen Sie«, sagte ich. »Es ist nüchtern, aber nicht so trist wie das weiße.«

»Also ... wir verkaufen in diesem Laden hier *triste* Sachen?«

Seine Augen waren plötzlich lebendig geworden, und er musterte mich mit einer ganz neuen Aufmerksamkeit.

»Sogar *unsere* Kundschaft braucht manchmal triste Kleidung.«

»Touché.«

Er lächelte, drehte sich um, blieb aber plötzlich mitten in der Bewegung stehen.

»Sie gefallen mir. Wie heißen Sie?«

»Emma. Emma Bohman.«

Er nickte und verschwand ohne ein weiteres Wort in der Umkleidekabine.

Als er das Hemd bezahlen wollte, passierte das, was mein Leben für immer verändern sollte. Jesper suchte fieberhaft nach seiner Brieftasche. Er fand sie nicht, die Lage wurde ihm immer peinlicher.

»Ich versteh das nicht. Die müsste doch ...«

Er suchte in seinen Hosentaschen, schüttelte verzweifelt den Kopf.

»Verdammt«, murmelte er verbissen.

»Aber Sie können das Geld doch später vorbeibringen. Ich weiß ja, wer Sie sind.«

»Nein, das geht nicht. Dann stimmt Ihre Kasse nicht. Ich will Ihnen wirklich keine Schwierigkeiten machen.«

»Wenn Sie mich betrügen, hetze ich Ihnen die Polizei auf den Hals.«

Er schien meinen Scherz gar nicht gehört zu haben. Ich ahnte feine Schweißtropfen, die auf seiner Kopfhaut hervortraten. Sie glitzerten in dem grellen, künstlichen Licht wie Kristalle.

»Verdammt«, sagte er noch einmal, und irgendwie klang es wie eine Frage, als ob er in dieser peinlichen Lage meinen Rat hören wollte.

Ich lehnte mich vor, legte ihm vorsichtig die Hand auf den Arm.

»Hören Sie. Ich lege das Geld aus. Hier, das ist meine Telefonnummer. Sie zahlen es zurück, sobald Sie können.«

Und so geschah es.

Er nahm den Zettel mit erleichterter Miene entgegen. Als er den Laden verließ, schwenkte er ihn durch die Luft, als ob ich ihm eine Art Diplom verliehen hätte, und er lächelte mich noch einmal an.

Ich schaue auf die Uhr, die über dem Fernseher hängt. Zwanzig nach sieben. Wo bleibt er? Vielleicht hat er sich in der Zeit vertan. Er hat vielleicht gedacht, wir wären um acht verabredet und nicht um sieben. Trotzdem krampft sich mein Magen zusammen. Ich habe noch nie einen so pünktlichen Menschen gekannt wie Jesper. Er kommt immer zur verabredeten Zeit. Er bringt immer frische Blumen mit. Er ist, kurz gesagt, ein echter Mann von Welt. Er kann ungehobelt und arrogant wirken, von außen fast brutal, aber innerlich ist er sensibel, feinfühlig und verspielt wie ein Kind. *Und pünktlich.*

Ich gieße mir noch ein Glas Wein ein und schalte die Nachrichten an. Französische Bauern haben auf der Ringstraße um Paris tonnenweise Kartoffeln abgeworfen, aus Protest, weil die Vorschriften für Zuschüsse von der EU verändert worden sind. Ein Wirbelsturm ist am Nachmittag durch Sala gezogen und hat an einer neugebauten Schule große Schäden angerichtet. Chinesische Forscher haben ein Gen gefunden, das, wenn es defekt ist, Prostatakrebs verursachen kann. Ich schalte den Fernseher wieder aus. Fingere ungeduldig an meinem Telefon herum. Ich will nicht quengeln, aber ich habe Sorge, dass Jesper vielleicht etwas missverstanden hat: Zeit, Ort, Tag?

Ich schicke ihm eine kurze SMS, frage, ob er unterwegs ist, und hoffe, dass das nicht allzu aufdringlich wirkt.

Jesper Orre. Wenn das Olga und Mahnoor wüssten.

Und wenn Mama das wüsste.

Mein Zwerchfell verknotet sich. Jetzt nicht an Mama denken. Aber es ist zu spät. Schon spüre ich ihre Nähe in dem kleinen Wohnzimmer. Nehme den Geruch nach Bier und Schweiß wahr. Sehe ihre bleiche Masse über das Sofa quellen, wo sie in sich zusammengesunken vor dem Fernseher sitzt und laut schnarcht, während eine halbleere Bierdose zwischen ihren Knien klemmt.

Mama hat immer ein großes Gewese darum gemacht, dass sie niemals etwas Stärkeres trank als Bier. Lena, eine meiner Tanten, erwiderte oft, die Bieralkis seien die Tragischsten von allen Säufern, die Süchtigen, die ganz unten ständen, mit einem Fuß schon im Grab, mit dem anderen auf dem Weg zum Supermarkt, um ihren Kühlschrank aufzufüllen.

Das Tragischste war vielleicht, dass Mama nicht immer so war. Vor langer Zeit einmal war sie anders gewesen. Ich kann mich noch immer deutlich daran erinnern, und ab und zu frage ich mich, ob ich der Mama von früher nicht viel mehr nachtrauere als der, die sie bei ihrem Tod gewesen ist.

Eine frühe Erinnerung.

Ich saß mit Mama in meinem schmalen Bett im Zimmer mit den schmutzigen Vorhängen, mit den Abdrücken von Fingern und Handflächen und sogar Füßen. »Was machst du hier eigentlich, kletterst du wie ein Affe die Fenster hoch?«, fragte Mama oft, und dann seufzte sie theatralisch, wenn sie ab und zu versuchte, die Abdrücke mit einem feuchten Lappen wegzuwischen. Draußen war es dunkel. Irgendwer schaufelte im Innenhof Schnee. Ich konnte das scharfe Geräusch des Aufpralls hören, wenn der Spaten durch die Schneedecke schnellte und auf die Pflastersteine, die darunterlagen, knallte. Im Zimmer war es kalt, und Mama und ich trugen Schlafanzüge mit langen Ärmeln und dicke Socken. Das Buch über die drei kleinen Bären ruhte auf Mamas Knie.

»Weiterlesen!«, sagte ich.

»Okay, aber nur noch ein kleines Stück«, sagte Mama, gähnte und schlug die abgegriffene Seite um, die an einer Ecke mit Klebeband repariert war.

Sie musterte den Text mit konzentrierter Miene.

»Wer hat in meinem Bettchen geschlafen?«, fragte ich und folgte den Wörtern mit dem Zeigefinger.

Ich war sieben Jahre alt und ging in die erste Klasse. Ich hatte schon vorher lesen können. Ich weiß nicht mehr, wie ich das gelernt hatte. Ich nehme an, manche Kinder schnappen das einfach auf, knacken den Code auf eigene Faust. Die Lehrerin war jedenfalls sehr zufrieden gewesen, als sie bei Mama anrief und erzählte, dass ich im Lesen den anderen in der Klasse weit voraus war. Und da das »Lesen die Grundlage für alles andere« bedeutet, hieß das doch, dass es mir im Leben gutgehen würde.

»Und die nächste Zeile?«

»Der kleine Bär schaute den großen Bären an und … schüttelte den Kopf«, las ich.

Mama nickte konzentriert. Als ob sie über ein ungeheuer verzwicktes mathematisches Problem nachgrübelte. In diesem Moment wurde leise an die Schlafzimmertür geklopft. Papa schaute herein. Er hielt ein Buch und eine Packung Zigaretten in der Hand. Seine halblangen Haare fielen als sanfte Welle über sein Gesicht. Ich fand immer, dass Papa aussah wie ein Rockstar, mit seinen langen Haaren und seiner lässigen Kleidung. Er war auf ganz andere Weise cool als alle anderen Eltern, und oft wünschte ich mir, dass er mich zur Schule brächte und nicht Mama.

»Ich wollte nur gute Nacht sagen«, sagte er und kam herein. Kam zum Bett, beugte sich über mich und küsste mich auf die Wange. Seine Bartstoppeln kratzten meine Haut, und der Geruch des Zigarettenrauches brannte in meinen Nasenlöchern.

»Gute Nacht«, sagte ich und schaute hinter ihm her, als er wieder ging. Sein magerer Rücken und die Frisur, oder der Mangel an Frisur, und seine Art, im Gehen mit den Armen zu schlenkern, ließen ihn aussehen wie einen Teenager.

Ich sah wieder zu Mama. Sie war wirklich das Gegenteil von Papa. Der Körper groß und länglich, wie ein Tier, das im Meer lebt, ein Seelöwe vielleicht oder ein Wal. Ihre blondierten Haare standen in alle Richtungen ab und die Brüste drohten, den karierten Flanellschlafanzug zu sprengen, wenn sie tief Luft holte.

»Jetzt bist du dran«, sagte ich.

Mama zögerte eine Sekunde, aber dann führte sie langsam den Zeigefinger unter dem Text entlang.

»Ich habe ni... ni...«

»Nicht«, sagte ich.

Mama nickte und machte einen neuen Versuch.

»Ich habe nicht in... in deinem Bett geschlafen, sagte der kl... kl... kleine B... B...«

»Bär«, sagte ich.

Mama ballte die Faust.

»Verflixt aber auch. Bär, das ist ein schwieriges Wort.«

»Bald wirst du es leicht finden«, sagte ich ernst.

Mama schaute mich an. Sie hatte plötzlich ganz glasige Augen und presste meine Hand.

»Glaubst du?«

»Aber klar doch. Alle in meiner Klasse können lesen.«

Dass auch alle Mamas und Papas lesen konnten, sagte ich ihr nicht, denn obwohl ich erst sieben war, wusste ich genau, dass es sie traurig machen würde. Nur ich wusste, dass sie es nicht konnte. Nicht einmal Papa oder Mamas Kolleginnen kannten ihr Geheimnis.

»Wir üben morgen weiter«, sagte Mama und gab mir einen Kuss auf die Wange. »Und kein Wort zu Papa über...«

»Versprochen.«

Sie löschte das Licht und verließ das Zimmer. Ich blieb im Bett liegen. Ein warmes und weiches Gefühl breitete sich in mir aus. Es war das Gefühl, nicht nur geliebt, sondern auch gebraucht zu werden.

Angenommen, Mama könnte das hier miterleben, mich und Jesper sehen. Was würde sie dann denken? Aus irgendeinem Grund glaube ich, dass ihr die Aufmerksamkeit, die unsere Beziehung vermutlich erwecken wird, gar nicht gefallen würde. Sie würde den Mund verziehen, eine enttäuschte, selbstmitleidige Miene machen und irgendetwas darüber murmeln, dass sie mir jetzt ja wohl egal sei, dass man auch gar nichts anderes habe erwarten können, und dass ich ihr ja sowieso nie bei irgendetwas geholfen hätte. Dann würde sie über die Tochter der blöden Löfberg reden, die noch immer zu Hause wohnte, obwohl sie schon über dreißig war, und ihr altes Mütterchen pflegte.

Ich schaue verstohlen auf die Uhr. Halb zehn. Ein vages Gefühl des Unbehagens wächst in meiner Brust, und ehe ich ein Wort dafür finden kann, weiß ich, was es ist: Angst. Was, wenn Jesper etwas passiert ist? Es ist dunkel, windig und die Straßen sind sicher von einer Schicht eiskalten Regenwassers bedeckt. Ich überlege einige Sekunden, dann greife ich zu meinem Telefon, das auf dem Tisch liegt. Zögere. Es ist seltsam, dass es mir so widerstrebt, ihn anzurufen. Es ist, als ob mein Wert auf irgendeine Weise davon abhängt, dass er mich mehr begehrt als ich ihn – oder jedenfalls genauso sehr. Nur verzweifelte Frauen klammern, denke ich, und verzweifelte Frauen sind schwer zu lieben.

Dann rufe ich doch an.

Sofort höre ich den Anrufbeantworter, offenbar hat er sein Telefon ausgeschaltet. Ich trinke das Weinglas bis zum letzten Tropfen aus, ziehe mir die Decke über den Kopf und schließe die Augen.

Es dauerte eine Woche, bis Jesper sich meldete und erklärte, dass er das Geld zurückzahlen und mich zudem zum Mittagessen einladen wollte, wenn mir das recht wäre.

Wir trafen uns an einem Samstag in der Nähe seiner kleinen Wohnung, die er als eine Art Übernachtungswohnung auf Söder hatte. Das Restaurant war voll besetzt und es war sehr laut. Zuerst hätte ich ihn fast nicht erkannt. Er trug Jeans und T-Shirt und sah viel jünger aus als in seinem Anzug ein paar Tage vorher im Laden. Seine ganze Haltung war anders. Der leicht hilflose, verwirrte Ausdruck war wie weggeblasen. Sein Rücken war durchgestreckt. Er lächelte und sah mich selbstsicher an.

»Emma«, sagte er und küsste mich auf die Wange.

Ich war verlegen. Niemand küsste mich auf die Wange, nicht einmal Mama. Schon gar nicht Mama.

»Hallo«, sagte ich.

Er lehnte sich zurück und musterte mich schweigend, so lange, dass es mir peinlich wurde und ich mich gezwungen fühlte, etwas zu sagen, und sei es nur, um die erdrückende Stille zwischen uns zu durchbrechen.

»Und, wie war die Vorstandssitzung?«

»Gut.«

Er lächelte. Sein Blick hatte etwas Lüsternes, fast Hungriges, als sähe er etwas Essbares, wenn er mich anschaute. Ich fühlte mich plötzlich ziemlich unwohl.

»Warum wollten Sie mich eigentlich zum Mittagessen einladen?«

Die Frage kam ganz ungeplant, aber er verwirrte mich so sehr, dass mir in diesem Moment brutale Ehrlichkeit als einziger Ausweg erschien.

»Weil ich neugierig auf dich bin«, antwortete er ohne zu zögern und ohne mich aus den Augen zu lassen.

Ich schaute mein Knie an, musterte meine neuen Jeans, die ich extra für dieses Essen gekauft hatte. Wie albern. Als ob Jesper Orre sich für meine Kleidung interessierte. Die Kleidung einer Verkäuferin.

»Ich bin neugierig auf dich geworden, weil du mich wie deinesgleichen behandelt hast«, erklärte er.

Ich erwiderte seinen Blick. Für einen Moment glaubte ich, dort etwas anderes zu sehen, Schmerz vielleicht, oder Ekel, als ob er auf etwas Bitteres gebissen hätte.

»Wie meinesgleichen?«

Er nickte langsam. Aus der Bar war ein vielstimmiges Gebrüll zu hören. Ich drehte mich um. Auf dem an der Wand angebrachten Bildschirm hatte Arsenal gerade das 2–0 gegen Manchester United geschossen.

Jesper beugte sich über den Tisch, bis sein Gesicht dicht vor meinem war. So dicht, dass ich den Geruch seines Rasierwassers und des Biers wahrnehmen konnte, das er gerade trank. Wieder überkam mich dieses Gefühl des Unbehagens.

»Wenn man so einen … wenn man meinen Job hat«, korrigierte er sich, »wird man nur von wenigen Menschen normal behandelt. Die meisten zeigen einen übertriebenen Respekt. Einige wagen nicht einmal, mit mir zu reden. Nur wenige sagen, was sie wirklich denken und meinen. Das kann ungeheuer anstrengend sein. Und man fühlt sich einsam, wenn du verstehst, was ich meine. Aber du hast deine Meinung gesagt. Du hast mich wie einen normalen Menschen behandelt.«

Ich zuckte mit den Schultern.

»Bist du das denn nicht?«

Er lachte und trank einen Schluck Bier. Seine Arme waren braungebrannt und von goldenen Härchen bedeckt.

»Du kannst es verrückt finden, aber ich habe eine Art *connection* zu dir gespürt. Wenn du ehrlich bist…«

»Ja?«

»Du bist doch auch eine, die sich einsam fühlen kann? Überflüssig? Anders als die Menschen um einen herum? Eine… *Zuschauerin?*«

Ich nickte langsam. Er hatte recht. Ich hatte mich immer schon anders gefühlt. Schon als kleines Kind. Hatte das seltsame Gefühl gehabt, dass ich in meinem Leben eine Nebenrolle spielte. Dass ich in einer Blase saß und mich selbst von außen sah. Die Frage war nur, wie Jesper Orre das in den zehn Minuten, die er im Laden gewesen war, hatte durchschauen können.

Von der Bar war resigniertes Seufzen zu hören.

»Idioten«, stellte Jesper fest.

»Woher… woher weißt du das alles?«

»Was denn?«

Er schaute verwirrt zum Fernseher hinüber, als ob ich eine Frage nach dem Spiel gestellt hätte.

»Über mich. Du hast ein Hemd bei mir gekauft, und jetzt sitzt du hier und sagst, wir seien uns ähnlich. Und wir seien einsam! Du weißt nichts über mich. Nicht, wer ich bin oder woher ich komme oder was ich mit meinem Leben anfangen will. Aber hier sitzt du und sagst… das alles eben. Wieso glaubst du, du könntest in mir lesen wie in einem offenen Buch?«

Er hob das Bierglas, zwinkerte mir zu.

»Wie gesagt, es gefällt mir, dass du mich wie deinesgleichen behandelst. Du hast keine Angst. Und du bist mir ähnlich.«

Ich verließ das Restaurant mit weichen Knien. Meine Wangen glühten, und meine Hände waren schweißnass. Ich weiß nicht, welches Gefühl stärker war: mein Ärger darüber, dass er sich die Freiheit herausnahm, mir eine Menge Eigenschaften zuzuschreiben, von denen er doch gar keine Ahnung haben konnte, oder wie sehr ich mich schon jetzt zu ihm hingezogen fühlte. Und außerdem musste ich mich ja doch fragen, ob er vielleicht recht hatte. Waren wir uns ähnlich? Gab es eine *connection*, ein unmittelbares Gefühl von Zusammengehörigkeit, das alle Mauern übersprang, die Klasse und Alter und Beruf errichten?

Es war kurz nach vier, als ich auf dem Weg in Richtung Slussen am Björns-Park vorbeikam. Der Nachmittag war warm, und ich trug nur ein dünnes Hemd. Trotzdem lief mir der Schweiß zwischen den Brüsten herunter, und mitten in der Götgata musste ich stehen bleiben, so atemlos war ich. Die Menschen liefen an mir vorbei, Wochenendflaneure und Leute auf Einkaufsbummel, Bettler und verschleierte Frauen auf dem Weg zur Moschee. Ich kam mir vor wie mitten in einem reißenden Strom, als ob ich plötzlich das Steuer losgelassen hätte und jetzt umhertrieb wie ein herrenloses Boot in einem Meer aus Menschen.

Als ich den Eingang zur U-Bahn erreicht hatte, sah ich an der Tür eine bekannte Silhouette: Jesper Orre. Irgendwie hatte er vorausgesehen, welchen Weg ich nehmen würde, und war mir zuvorgekommen.

Er nahm meine Hand.

»Komm.« Mehr sagte er nicht.

Er zog mich mit zurück, den Götgatsbacken hinunter, und ich konnte nicht protestieren, konnte mich nicht wehren. Das Ohnmachtsgefühl war betäubend, aber zugleich seltsam befreiend. Eine Befreiung von eigener Verantwortung und dem Schuldgefühl, das damit einhergeht. Ich lief einfach mit. Schloss die Augen und ließ mich von ihm durch den Menschenstrom führen.

Um drei Uhr nachts erwache ich in einer seltsamen, halb liegenden Haltung im Sessel. Mein Nacken ist steif und tut weh, als ich mich aufrichte. Die Dunkelheit hat sich vor dem Fenster zu einer kompakten Wand verdichtet, und der Wind weht jetzt stärker. Vom Fenster kommt ein pfeifender Luftzug, den ich kalt an meinen Knöcheln spüre.

Aus irgendeinem Grund muss ich an Papa denken und an das Insekt, das wir gefunden hatten. Ich war damals zehn oder elf. Die Larve, die auffallend groß und hellgrün war, erinnerte mich an ein Weingummi mit Haaren. Sie hatte dieselbe runde und durchscheinende Gestalt. An ihrem Bauch hatte sie viele Beinchen und ganz hinten einen kleinen Stachel. Es kitzelte, wenn sie über den sommersprossigen Handrücken meinen Arm hinaufkroch.

»Kann die beißen?«, fragte ich.

Papa schüttelte den Kopf.

»Nein, der kleine Stachel ganz hinten ist der Analrüssel. Der ist ganz ungefährlich.«

Die Larve kroch weiter und ich drehte die Unterseite des Armes nach oben, damit der staubige Sonnenstreifen, der durch das Fenster kam, den kleinen grünen Körper beleuchtete. Plötzlich war er fast ganz durchsichtig. Wie ein funkelnder, perfekt geschliffener Edelstein ruhte er auf meinem Handgelenk.

»Wo hast du die gefunden?

»Bei den Schaukeln im Gebüsch.«

Er nickte.

»Die frisst Blätter. Komm, wir holen Futter für sie.«

Wir schlichen uns durch die Diele, um Mama nicht zu wecken. Die Wohnungstür schloss sich mit einem Klicken, und Papa nickte mir zu, ihm zu folgen. Der kleine Innenhof war umringt von Häusern, sie umarmten das spärliche Grün mit ihren hohen Betonkörpern. Die Sonne stand noch nicht höher als die Dächer lagen, es war schattig. Die Schaukeln hingen verlassen an ihren Metallgestellen und der Sandkasten wartete leer auf die Kinder, die bald aufwachen würden. Einige zerbrochene Plastikschaufeln lagen auf dem Kiesweg daneben. Aus der Ferne war orientalische Musik zu hören, und ein Kind schrie. Kaffeeduft schwebte in der Frühlingsluft.

»Hier«, sagte ich und zeigte auf einen Busch mit dornigen Zweigen.

Papa brach schweigend einige taufrische Zweige ab und sah mich mit ernster Miene an.

»Jetzt bauen wir ein kleines Haus für sie.«

Wir legten die Zweige in ein Glas, das Papa mitgenommen hatte, und schlichen uns dann wieder ganz leise zurück in die

Wohnung. Es war dunkel im Flur, und es roch ganz schwach nach Mamas Zigaretten. Ich konnte sie im Schlafzimmer nebenan schnarchen hören. Papa suchte im Schrank. Er klapperte mit dem Werkzeugkasten. Als er zurückkam, hielt er einen scharfen kleinen Gegenstand in der Hand.

»Das ist eine Ahle«, flüsterte er und bohrte damit mehrere Löcher in den Plastikdeckel, sorgte für Luftlöcher für die grüne Glasbewohnerin. Die Larve war mit ihrem neuen Heim offenbar zufrieden. Ich vermutete, dass sie keine großen Ansprüche ans Leben stellte. Einen Zweig und einige grüne Blätter, denn sie machte sich sofort über einen der dornigen Zweige her.

»Was passiert jetzt?«

»Etwas Fantastisches«, sagte Papa und wischte sich Schweißtropfen von der sonnenbraunen Stirn. »Etwas einfach Fantastisches. Aber du musst Geduld haben. Hast du die?«

Ich greife nach meinem Telefon. Keine verpassten Anrufe. Keine SMS. Jesper ist ohne Erklärungen nicht zu unserem Verlobungsessen erschienen. Soll ich wütend sein oder mir Sorgen machen? Ich beschließe, dass er ordentlich zusammengestaucht werden muss, falls er nicht beide Beine in Gips hat und auf der Unfallstation liegt.

Ich lege mir die Decke über die Schultern und laufe in die Küche. Stelle Salat, Schnittchen und Wein in den Kühlschrank. Dann rufe ich Sigge und gehe ins Bett.

Graublaues Morgenlicht sickert durch die dünnen Vorhänge. Das Zimmer kommt mir kalt vor und ich krieche auf der Suche nach Wärme tiefer unter die Decke. Sigge, der zu einem kleinen Ball zusammengerollt auf meinen Füßen liegt, leckt sich die Pfoten. Einige Sekunden lang denke ich an nichts Besonderes, genieße nur die angenehme Wärme und das leise Geräusch der Regentropfen, die an das Fenster klopfen.

Dann fällt es mir wieder ein.

Jesper ist gestern nicht gekommen. Aus irgendeinem Grund ist er zu seinem eigenen Verlobungsessen nicht gekommen, und ich hatte allein in der Küche gestanden, in meinem ausgeschnittenen schwarzen Kleid, ohne Unterwäsche und mit Tellern voller Schnittchen.

Das Telefon liegt auf dem Boden. Noch immer kein entgangener Anruf. Keine SMS.

Ich setze mich im Bett auf. Es ist kalt im Zimmer und es zieht durch die undichten Fenster. Obwohl ich mich in die Decke wickele, als ich aufstehe, spüre ich, wie die eiskalte Luft durch die Ritzen strömt.

Draußen sehe ich den Morgenverkehr, der langsam über den Valhallaväg nach Norden fließt. Kleine Menschen, kaum größer als Ameisen, bewegen sich auf den U-Bahn-Eingang zu. Ich gehe ins Wohnzimmer, um die Nachrichten einzuschalten. Wenn etwas passiert ist – ein Unfall, ein Verbrechen –, dann wird es vielleicht erwähnt. Als ich in einen der grünen Sessel sinke, wird mir plötzlich schlecht. Wie viel habe ich gestern eigentlich getrunken? Ich sollte vielleicht etwas essen.

Ich gehe in die Küche und öffne den Kühlschrank.

Die Schnittchen liegen ordentlich arrangiert auf dem Teller. Ich nehme zwei in die Hand, gehe zurück ins Wohnzimmer und schalte den Fernseher ein. Aber das Bild ist schwarz und ein kurzer gelber Text teilt mit, dass es kein Signal gibt. Ich stopfe mir ein Schnittchen in den Mund und gehe zurück in die Küche. Ahne, was passiert ist. Vorsichtig nehme ich mir den Stapel Rechnungen und setze mich an den Tisch, stopfe mir das zweite Schnittchen in den Mund und fange an, die Umschläge aufzureißen. Ich ziehe eine Mahnung nach der anderen heraus, von der Elektrizitätsgesellschaft, Telefongesellschaft und von Versandhäusern.

Das alles ist irgendwie auch Jespers Schuld. Vor einem Monat habe ich ihm Geld geliehen, und seither die Rechnungen gestapelt, statt sie zu bezahlen. Mein Gehalt reicht nicht aus – das hat es noch nie getan – aber bisher hatte ich immer eine kleine Reserve.

Ich öffne den letzten Umschlag und überfliege den Text, der droht, mir Fernsehen und Breitband zu sperren, wenn ich nicht innerhalb von zehn Tagen bezahle.

Der Brief ist zwei Wochen alt.

Ich werfe den Umschlag auf den Stapel aus Rechnungen. Zögere zuerst, weiß nicht so recht, was ich damit machen soll. Dann stopfe ich alles in die leere Brottrommel. Es raschelt, als ich den Deckel schließe.

In der U-Bahn lese ich die Nachrichten auf dem Handy. In Rinkeby wurde jemand erstochen, in Malmö gab es Krawalle, aber nichts über Jesper. Es ist auch keine Rede von einem größeren Verkehrsunfall, der heute Nacht passiert ist.

Der U-Bahn-Wagen ist bis zum Bersten vollgestopft, und von Wärme und Geruch der zusammengedrängten Körper wird mir wieder schlecht. Ich muss am Östermalmstorg aussteigen, muss meine Jacke ausziehen und mich erst einmal auf eine Bank setzen. Ich lege die Hände vors Gesicht. Aus dem Augenwinkel sehe ich, wie andere Fahrgäste mich überrascht und vielleicht auch besorgt mustern, aber niemand bleibt stehen, um zu fragen, wie es mir geht, und dafür bin ich dankbar.

Ich kann nur eins denken, ich will nur eins wissen: Wo ist Jesper, und warum ist er gestern nicht gekommen?

HANNE

Alle, die behaupten, dass man unglücklich wird, weil man zu hohe Erwartungen an das Leben stellt, irren sich. Ich hatte niemals besondere Erwartungen ans Leben, habe weder mit Glück noch Geld oder Erfolg gerechnet. Und doch sitze ich jetzt hier, erfüllt von einer Enttäuschung, die ich nicht richtig in Worte fassen kann. Sie lässt sich nicht definieren, reicht über das hinaus, was sich mit Worten beschreiben lässt. Vielleicht ist sie größer als ich. Vielleicht wohne ich in der Enttäuschung, und nicht umgekehrt.

Als wäre sie ein Haus, in das ich eingesperrt bin.

Ein Teil der Erklärung ist natürlich, dass ich mich nicht mehr auf meinen Körper verlassen kann. Dass mein Intellekt und mein Gedächtnis langsam zerfallen, in Stücke brechen und sich in kleine, ungreifbare Brösel verwandeln, die sich nicht mehr zu einer sinnvollen Einheit zusammenfügen lassen.

Ich sehe mir die Dosierungsschachtel auf der Anrichte an. Sehe die kleinen weißen und gelben Pillen in den mit den Namen der Wochentage gekennzeichneten Fächern. Frage mich, ob die vielen Medikamente, die ich in mich hineinstopfe, irgendeine Wirkung haben. Als ich zuletzt beim Arzt war, sagte der, man könne nichts Bestimmtes über den Krankheitsverlauf sagen. Es kann schnell oder langsam gehen, Monate oder Jahre dauern, bis man in Vergessen und Verwirrung versinkt. Die Medikamente können helfen oder nicht – auch das lässt sich nicht voraussagen –, aber die Tatsache, dass ich relativ jung an diesem Leiden erkrankt bin, kann auf einen aggressiven Verlauf hinweisen.

Als er das sagte, dass der Verlauf aggressiv sein kann, legte ich den Notizblock mit den Fragen, die ich vorbereitet hatte, weg. Ich wollte nichts mehr hören.

Ab und zu ist es besser, nichts zu wissen.

Ich nehme das Hundefutter aus dem Schrank, und sofort sind aus dem Schlafzimmer näher kommende Pfoten zu hören. Dann steht sie vor mir, schaut mich aus ihren dunklen Augen an. Sie hat den Kopf ein wenig nach vorn gebeugt und ihr Blick ist aufmerksam, bittend. Du bettelst, denke ich. Warum? Habe ich denn je vergessen, dir Futter zu geben?

Dann sehe ich ein, dass ich natürlich vergessen habe, Frida Futter zu geben, ich vergesse dauernd irgendetwas und merke das nicht einmal. Ich schaue mich in der gemütlichen Küche um. Die Schranktüren sind beklebt mit meinen gelben Zetteln, die ich aufgehängt habe, um mich an Dinge zu erinnern. Owe hasst diese Zettel. Vielleicht liegt es daran, dass er meine Krankheit hasst, das, was sie aus mir macht, aber ich habe eher den Verdacht, dass er verabscheut, was die Krankheit mit ihm macht. Wie sie droht, sein Selbstbild und sein Lebenswerk zu zerstören, das perfekte Zuhause, die schöne intellektuelle Ehefrau, die Essen mit Freunden, mit denen wir bis spät in die Nacht hinein zusammensitzen. Er hat angedeutet, dass er lieber niemanden mehr einladen will, wenn die Küche so aussieht wie jetzt, und im tiefsten Inneren weiß ich, dass er sich schämt. Denn es ist ja auch schändlich;

die Kontrolle über sich selbst auf diese Weise zu verlieren ist schändlich.

Ich gehe ins Wohnzimmer. Lasse den Blick über mein geordnetes Leben wandern: die einladende Weichheit der Kissen, die antiken Kerzenhalter aus Walknochen und das Bücherregal, das von der Decke bis zum Boden reicht. Die Masken und die kleinen Statuen aus aller Welt, die sich zwischen den Büchern drängen, und die von den Reisen berichten, aus denen nie etwas geworden ist: *This Cold Heaven: Seven Seasons in Greenland; Inuit Art* und *Eskimo Essays – Tales From the Top of the Earth.*

Owe teilt meine Faszination für Grönland und die Inuit nicht. Kann nicht begreifen, was an dem ungastlichen, kulturlosen arktischen Kontinent so interessant sein soll. Dort kann man nicht Golf spielen, das Essen schmeckt scheiße – Owes Worte –, und außerdem kostet die Reise dorthin ein Vermögen.

Ich glaube, ich habe die Hoffnung aufgegeben, Grönland jemals zu sehen. Denn ich weiß nicht, ob ich es wagen würde, mich allein auf eine solche Reise zu begeben. Nicht jetzt, wo die Krankheit immer auf der Lauer liegt. Darauf wartet, mich zu verschlingen, so wie in der Sage das Meer die Göttin Sedna verschlungen hat.

Die schöne, aber eitle junge Inuitfrau Sedna brannte mit einem Sturmvogel durch, den sie heiraten wollte. Der Vogel versprach Sedna, sie in ein wunderbares Land zu bringen; sie würde niemals Hunger leiden müssen, ihr Zelt würde aus den feinsten Fellen gemacht werden und sie würde auf weichem Bärenpelz schlafen. Aber als Sedna dort ankam, war das Zelt aus alten Fischhäuten, die Kälte und Wind durchließen, ihr

Bett war nur aus harten Walrossfellen gemacht und sie musste rohe Fischreste essen.

Als der Frühling kam, machte sich der Vater auf die Suche nach seiner Tochter und fand sie verzweifelt und erschöpft im Land der Sturmvögel. Er brachte ihren Mann um und nahm Sedna in seinem Kajak mit.

Aber die Vögel wollten Rache. Sie peitschten einen heftigen Sturm herbei, und der Vater musste seine Tochter dem Meer opfern, um die Vögel zu besänftigen. Er stieß sie über Bord in das eiskalte Wasser, und als sie sich am Boot festklammerte, schnitt er ihr einen Finger nach dem anderen ab. Die Finger fielen ins Wasser und verwandelten sich in Wale und Seehunde. Am Ende verschlang das Meer Sedna und sie wurde zu dessen Herrscherin – zur Göttin des Meeres.

Die uralte Sage von Sedna soll natürlich junge Inuitmädchen davor warnen, eitel zu sein und ihrem Vater nicht zu gehorchen, aber sie handelt auch von den unerbittlichen Elementen, die wir nicht beherrschen können, sondern besänftigen müssen, um zu überleben.

Ich selbst habe Essen auf dem Tisch und kann jeden Abend in ein warmes Bett zurückkehren, aber die Krankheit ist trotzdem da, bereit, mich zu verschlingen. Mich zu ihrer Herrscherin in dem leeren, erinnerungslosen Dasein zu machen, das auf mich wartet.

Owe findet nicht, dass wir unseren Freunden von meiner Krankheit erzählen sollten. Noch nicht. Er wiederholt das irritierend häufig, fügt aber immer hinzu, dass er für mich da sein und sich um mich kümmern wird. Aber das hast du doch immer getan, denke ich dann, sage es aber nicht. Denn genauso ist es: Owe hat sich immer um mich gekümmert. Seit wir uns kennengelernt haben, als ich neunzehn war und er neunundzwanzig, kümmert er sich um mich. Holt mich auf der Autobahn ab, wenn der Wagen liegen geblieben ist, bezahlt meine Rechnungen, liest mich auf Festen auf, wenn ich zu viel getrunken habe. Hat mich sogar behutsam aus fremden Betten gezogen, wenn ich wieder und wieder versucht habe, mich aufzulehnen, indem ich ihn hinterging. Und danach war er immer gleich verständnisvoll. Verständnisvoll und gebieterisch. Gab mir Tabletten, die betäubten und beruhigten. Erklärte, er wisse, dass es mir schlecht gehe, das Problem werde aber nicht durch die Flucht in die Umarmung eines Kollegen oder zufälligen Bekannten gelöst. Und dass ich nicht begriffe, was gut für mich sei, dass er mich aber dennoch liebe.

Diese aufdringliche Fürsorge hat im Laufe der Jahre dazu geführt, dass ich das Gefühl habe, zu ersticken. Es kommt mir vor, als ob ich in seiner Nähe nicht richtig atmen könnte, als ob er so viel Platz einnimmt, dass es für mich keinen Sauerstoff mehr gibt. Ab und zu sage ich ihm das auch, und dann erklärt er, wenn ich nicht so verantwortungslos und unreif wäre, wäre er auch nicht gezwungen, sich so zu verhalten. Und er behauptet, dass ich ihn zu dem gemacht habe, der er ist.

Meine Schuld also. Schon wieder.

Ich denke oft, dass es vielleicht ein Teil der Wahrheit ist, aber wohl kaum die ganze. Sein Kontrollbedürfnis ist pathologisch und durchsäuert mein ganzes Leben: was ich esse, mit wem ich mich treffe, ja, sogar, was ich denke.

Vor zehn Jahren hätte ich ihn fast verlassen. Wenn an jenem Tag nicht alles fehlgeschlagen wäre, würde ich jetzt nicht mehr mit Owe zusammenleben. Aber so darf man nicht denken. Dann wird man verrückt. Es gibt so vieles im Leben, was nicht so wird, wie man es sich gedacht hat, aber das ist doch keine Entschuldigung für Verbitterung. Also kämpfe ich gegen das Gefühl der Enttäuschung wie gegen Unkraut, ich weigere mich, es sich richtig festsetzen zu lassen. Ich versuche, mir alles Positive vor Augen zu halten: meine Arbeit, die Forschung, der ich in den vergangenen zehn Jahren mein Leben gewidmet habe, meine Freunde, die zu meiner Familie geworden sind, zum Ersatz für die Kinder, die niemals in mein Leben gekommen sind.

Ich stelle den Fressnapf an seinen üblichen Platz auf dem Boden und sehe zu, wie Frida sich gierig darüber hermacht. Ich frage mich, ob ein Leben als Hund nicht doch besser wäre. Dann suche ich meine Sachen zusammen. Hole mir den Notizblock und schreibe: »Ikea-Café, 14.00 Uhr, Gunilla Möbel aussuchen helfen.« Eine einfache kleine Erinnerung, für den Fall, dass ich vergesse, wohin ich unterwegs bin. Ganz so schlimm ist es allerdings noch nicht. Ich weiß normalerweise schon noch, wohin ich will, und ich kann immer noch Autofahren. Aber ich habe Angst vor dem Tag, an dem ich Owe bei diesen Dingen um Hilfe bitten muss.

Während des Wochenendes ist die Temperatur ein ganzes Stück unter null gesunken, deshalb ziehe ich den Daunenmantel und die warmen Stiefel an. Schließe beide Schlösser ab (ja, auch daran denke ich) und gehe zum Auto, das unten am Hang zum Strandväg steht. Es ist von einer zehn Zentimeter dicken Schneeschicht bedeckt, und ich brauche ziemlich lange, um die Fenster so weit freizukratzen, dass ich losfahren kann.

Der Himmel hängt bedrohlich düster und schwer über

Nybroviken, und die sanft wogende Wasseroberfläche sieht fast schwarz aus. Der Wetterbericht hat noch mehr Schnee gemeldet, und ich beschließe, so schnell wie möglich loszufahren, lasse den Motor an und fahre Richtung Norden. Ich muss spätestens um fünf wieder zu Hause sein, denn Owe und ich wollen zum Adventskonzert in die Hedvig-Eleonora-Kirche.

Owe ist Kultur wichtig. Musik, Theater und Bücher sind nicht nur ein Zeitvertreib, sondern sind auch die Grundlage fast aller Gespräche, die wir mit unseren Freunden führen. Wer mit den neuesten Entwicklungen nicht mitkommt, soll sich schämen und wird bei Essen und anderen Treffen rasch zu einem passiven Zuhörer reduziert.

Noch ein Beweis für Owes unersättliches Kontrollbedürfnis: zu entscheiden, worüber diskutiert wird, wenn man sich trifft. Ab und zu überkommt mich ein fast unbezwingbarer Drang, über etwas ganz anderes zu reden. Über belanglose, oberflächliche Dinge, damit Owe sich schämt und mich ausschimpft, wenn die Gäste nach Hause gegangen sind. Ich will laut erzählen, dass ich eine wunderbare Gesichtsbehandlung mit ätherischen Ölen gemacht habe, vielleicht über Kleider und Schmuck und Reisen in die Sonne sprechen. Oder, das Unvorstellbarste, mit gespieltem Ernst behaupten, ich hätte *Fifty Shades* gelesen, und zwar mit Vergnügen.

Während ich in Richtung Barkarby abbiege, fasse ich die Gründe zusammen, aus denen ich Owe verabscheue:

Selbstgerechtigkeit.

Egozentrik.

Narzissmus.

Dominanz.

Er stinkt.

Gunilla sitzt schon an einem Tisch im Café. Sie hat ihre Pelzjacke über die Stuhllehne gehängt und scheint ihre Nägel zu betrachten. Ihre langen rotblonden Haare sind perfekt geföhnt und mit ihrem schlanken Oberkörper passt ihr der Polopullover wie angegossen.

Es gibt mehrere Gründe, warum Owe Gunilla nicht mag. Einerseits ist sie eine der oberflächlichen Personen, die er so verachtet, eine von denen, die sich die Nägel lackieren, sich schminken und sich teure Kleider kaufen. Andererseits lacht sie zu laut und zu lange, wenn sie uns besucht, und oft über die falschen Dinge. Aber das Schlimmste von allem: Sie hat nach fünfundzwanzig Ehejahren ihren Mann verlassen. Einfach so, weil sie ihn satthatte. Das tut man einfach nicht. Jedenfalls nicht in Owes Welt.

Jedenfalls nicht als Frau.

Ihre Umarmung ist warm und duftet nach teurem Parfüm.

»Hier, setz dich, dann hole ich uns was«, sagt sie.

Ich nicke und lasse mich ihr gegenüber auf den Stuhl sinken. Streife den Daunenmantel ab und sehe mich um. Es ist seltsam, wie viele Menschen sich im Ikea-Café zusammendrängen. Der Geruch von nasser Wolle und Safranschnecken mischt sich mit Schweiß und Essensdämpfen. An den Nachbartischen sind Gelächter und leise Gespräche zu hören.

Gunilla kehrt mit einem roten Plastiktablett mit Safranschnecken und zwei Tassen zurück. Der würzige Duft ist unverkennbar.

»Punsch? Ist der alkoholfrei?«

Sie lacht nachsichtig. Legt ihr hübsches Gesicht schräg.

»Nein, ich dachte, wir könnten uns mal was Gutes gönnen. Feiern, dass ich eine Wohnung gekauft habe.«

»Aber ich muss doch fahren.«

»Ach was. Das ist doch nur eine kleine Tasse. Und wir bleiben doch eine Weile, oder?!«

Ich schüttele belustigt den Kopf.

»Du bist witzig. Feiern? *Bei Ikea?*«

»Warum nicht?«

»Gibt es denn etwas Tragischeres, als im Ikea-Café zu feiern?«

Gunilla schlürft das heiße Getränk und schaut sich um. Sieht sich die Menschen an, die an den Tischen in unserer Nähe sitzen. Ihre hellen Augen bleiben an einem älteren Paar haften, das schweigend je eine Kinderportion Frikadellen isst.

»Ich kann mir Schlimmeres vorstellen. Wie geht es dir?«

Gunilla ist neben Owe die Einzige, die es weiß. Die Wahrheit ist, dass ich es ihr schon erzählt hatte, bevor ich Owe eingeweiht habe. Vielleicht bedeutet das, dass sie mir nähersteht als mein eigener Mann. Ich nehme an, so ist es.

»Mir geht es gut.«

»Was hat der Arzt gesagt?«

»Ach. Das Übliche.«

Sie nickt und macht plötzlich ein ernstes Gesicht. Nimmt meine Hand, drückt sie ein wenig. Ich spüre, wie die Wärme von ihr in mich hereinströmt.

»Du sagst doch Bescheid, wenn du bei irgendetwas Hilfe brauchst?«

»Ich will keine Hilfe.«

»Eben deshalb.«

Sie macht ein so ernstes Gesicht, dass ich lachen muss.

»Und du?«, frage ich. »Was macht die Liebe?«

Gunilla lacht und reckt sich wie eine Katze. Stellt die Tasse auf den Tisch und flüstert, als wolle sie ein Geheimnis verraten:

»Einfach fantastisch. Und wir sind so ungeheuer… voneinander angezogen! Geil, um es vulgär zu sagen. Darf man das in unserem Alter sein?«

»Aber meine Liebe. Du hast keine Ahnung, was ich geben würde, um ein bisschen geil zu werden.«

Owe und ich haben keinen Sex mehr, aber das möchte ich Gunilla nicht sagen. Nicht, weil sie irgendeine Meinung dazu vertreten würde, sondern weil ich es selbst so verdammt tragisch finde, mit einem Mann zusammenzuleben, den ich nicht begehre. Nur schwache Menschen halten schlechte Beziehungen aus. Und ich will nicht schwach sein – nicht einmal in Gunillas Augen.

Trotz des Stimmengewirrs um uns herum, höre ich mein Mobiltelefon. Ziehe es hervor und werfe einen Blick aufs Display. Erkenne die Nummer nicht.

»Geh ruhig ran«, sagt Gunilla. »Ich muss sowieso mal kurz verschwinden.«

Ich melde mich, als Gunilla aufsteht und in Richtung Toiletten humpelt. Sie hat Ischias, und ich habe den Verdacht, dass sie schlimmere Schmerzen hat, als sie zugeben will.

Der Anrufer hat eine sanfte, klangvolle Stimme. Er stellt sich als Manfred Olsson vor, Ermittler bei der Zentralen Kriminalpolizei. Ich habe schon lange nichts mehr von der Kripo gehört. Ich habe vor fünf oder sechs Jahren aufgehört, für sie zu arbeiten, damals hatte ich beschlossen, mich ganz auf meine Forschungsarbeit zu konzentrieren und keine Beraterinnenaufträge mehr für die Polizei anzunehmen. Oder eigentlich war es Owe, der das für mich beschlossen hatte.

Er fand, dass ich zu viel arbeitete, das mache mich nur übellaunig und reizbar.

Außerdem brauchten wir das Geld ja nicht.

»Wir hatten damals ziemlich viel Kontakt, ungefähr vor zehn Jahren«, sagt Manfred Olsson. »Aber ich weiß ja nicht, ob du dich noch daran erinnerst.«

Ich kann mich an keinen Manfred Olsson erinnern, aber ich bin nicht wirklich in der Stimmung darüber zu reden, woran ich mich erinnere und woran nicht. Deshalb sage ich gar nichts.

»Es ging damals um die Ermittlungen in einem Mord auf Södermalm, hier in Stockholm«, sagt er nun. »Ein junger Mann wurde enthauptet. Der Kopf war...«

»Das weiß ich noch«, sage ich. »Und ihr habt doch nie irgendjemanden festgenommen?«

Demenz hin oder her. Die Erinnerung daran, dass der Kopf dieses Mannes auf den Boden gestellt worden war, hat sich in meine Erinnerung eingebrannt. Vielleicht, weil der Mord so brutal war, vielleicht, weil wir uns alle solche Mühe gegeben haben, den Täter zu finden. Als ich dazugeholt worden war, waren die Ermittlungen schon seit zwei Monaten gelaufen. Damals hatte die Zentrale Kriminalpolizei noch keine Profiler, deshalb habe ich den Job übernommen, um dem Ermittlungsteam bei der Erstellung eines psychologischen Täterprofils zu helfen. Eigentlich bin ich Verhaltensforscherin, aber mit den Jahren hat sich meine Forschung immer mehr auf psychologische Erklärungsmodelle für Verbrechen verlagert. Ich bin eigentlich nur durch Zufall an die Polizei geraten und habe dann mehrere Jahre lang regelmäßig als Profilerin für sie gearbeitet.

»Das ist es ja gerade. Wir haben ihn nie gefunden. Und

jetzt hatten wir gerade einen ähnlichen Mord. Die Herangehensweise ist der von damals geradezu erschreckend ähnlich. Und da wollte ich fragen, ob wir uns vielleicht zu einem Kaffee treffen können. Ich weiß noch, dass ich deine Überlegungen damals sehr interessant fand.«

Gunilla ist wieder da. Sie setzt sich und trinkt ihren Punsch in einem Zug aus.

»Ich arbeite nicht mehr für die Polizei«, sage ich.

»Das weiß ich. Es geht auch nicht um einen regulären Auftrag. Ich würde nur gern hören, was du darüber denkst. Bei einem Kaffee. Wenn das möglich ist, meine ich.«

Er verstummt und Gunilla hebt die Augenbrauen.

»Ich werde es mir überlegen«, sage ich.

»Du hast meine Nummer«, sagt er.

Als ich nach Hause komme, steht Owe in der Diele, als ob er auf mich gewartet hätte. Seine struppigen grauen Haare sind zur Seite gekämmt, in einem Versuch, ordentlich auszusehen und die kahle Stelle auf seinem Kopf zu verbergen. Der Bauch wölbt sich unter dem Hemd, sein Gesicht ist knallrot und glänzt, er schwitzt, als ob er gerade vom Joggen kommt. Er schaut demonstrativ auf die Uhr, die teuer ist, ohne protzig zu wirken, und die genau die richtigen Signale an die Umgebung sendet.

»Zehn vor«, sage ich.

Owe dreht sich wortlos um und geht ins Schlafzimmer. In wenigen Minuten wird er in einer Strickjacke zurückkehren. Ich stelle die Tüte mit Teelichtern und Servietten von Ikea auf den Boden und begrüße Frida, die um meine Beine springt, um meine Aufmerksamkeit zu erregen. Streiche mit den Händen durch den lockigen schwarzen Pelz, der an Schaffell erinnert. Owe kommt in seiner senfgelben Strickjacke zurück in den Flur. In der scheußlichen Strickjacke. Zieht Dufflecoat und Stiefel an und erwidert meinen Blick.

»Wir müssen los, wenn wir rechtzeitig kommen wollen.«

In der Kaptensgata ist nicht geräumt worden, und ich versuche vergeblich, keinen Schnee in die Stiefel zu bekommen, indem ich in bereits ausgetretenen Spuren gehe, während wir uns in der Dunkelheit auf die Artillerigata zubewegen.

»Die Zentrale Kripo hat heute angerufen«, sage ich.

»Ach«, sagt Owe mit einer neutralen Stimme, die nichts über seine Gefühle verrät. Aber das kann täuschen, denn Owe ist vergleichbar mit einer Dampfmaschine: Er lässt seine Gefühle erst heraus, wenn der Druck sich dem Zerreißpunkt nähert. Dann explodiert er.

»Die wollen mich treffen.«

»Ach.«

Wir gehen den Hang zur Kirche hoch, kommen vorbei am Restaurant des Armeemuseums, wo wir manchmal zu Mittag essen.

»Offenbar ist ein Mord geschehen, der stark an eine Ermittlung erinnert, mit der ich vor zehn Jahren zu tun hatte …«

»Aber verdammt! Sag, dass das ein Witz sein soll!«

»Was denn?«, frage ich unschuldig.

Er bleibt ganz plötzlich stehen, erwidert meinen Blick aber noch immer nicht. Starrt die Kirche an, die links von uns im Flutlicht im Schnee thront. Der spitze Turm nagelt den schwarzen Nachthimmel an die Ewigkeit. Ich kann sehen, dass Owe die Fäuste geballt hat, und ich weiß genau, wie wütend er ist. Es ist seltsam, aber irgendwie gefällt mir das, es erfüllt mich mit einer primitiven, unbekannten Freude. Als wäre ich ein Teenager, der einem sonst sehr beherrschten Elternteil endlich eine Reaktion entlocken konnte.

Er dreht sich um, legt mir leicht die Hand auf den Arm und diese subtile Geste hat etwas, das mich wütend macht – weil sie sowohl Nachsicht als auch Besitzanspruch gleichermaßen signalisiert.

»Was denn?«, frage ich noch einmal. »*Was denn?*«

»Ist das denn wirklich sinnvoll?«

Er spricht jetzt leiser, und ich weiß, dass er um Kontrolle ringt. Owe hasst es, die Beherrschung zu verlieren, er verabscheut das fast ebenso sehr wie er es hasst miterleben zu müssen, dass ich die Beherrschung verliere.

»Was ist denn nicht sinnvoll?«

»So viele Aufträge zu übernehmen, in deinem ... *Zustand?*«

»*Zustand?* Das klingt, als ob ich schwanger wäre.«

»Schön wär's.«

»Und wer sagt denn, dass ich Aufträge für sie übernehmen werde?«

»Aber zum Teufel. Du weißt doch selbst, worauf es hinausläuft, wenn die dich anrufen.«

Er hebt das Kinn, um auf mich herabblicken zu können. Er weiß genau, dass ich diese Geste verabscheue, dann holt er tief Luft.

»*Ich* sage das. Du bist nicht gesund genug, um solche Aufträge zu übernehmen, und ich als dein nächster Angehöriger muss dir das sagen.«

Und jetzt, genau in diesem Augenblick, weiß ich, dass ich eine tödliche Antwort finden müsste; ihm vielleicht ganz einfach eine Ohrfeige geben oder jedenfalls auf das Weihnachtskonzert pfeifen, kehrtmachen und zu Frida nach Hause gehen müsste. Im Kamin ein Feuer machen und mir ein Glas Wein einschenken. Aber ich sage nichts, und wir wandern schweigend durch die Dunkelheit zur Kirche hoch.

EMMA

Zwei Monate früher

»Und, wie war es gestern?«

Olgas Blick ist neugierig, aber wohlwollend. Ihre grauen Augen ruhen auf mir, während sie gleichzeitig die Jeans auf dem langen Tisch neben der Kasse faltet.

Ich weiß plötzlich nicht, was ich antworten soll. Ein Teil von mir will sagen, dass es schön war, dass das Essen lecker war und wir die ganze Nacht fantastischen Sex hatten. Ein anderer Teil von mir will die Wahrheit gestehen, wehrt sich aber dagegen.

»Er ist nicht gekommen.«

»Er ist nicht gekommen?«

Olga legt die Jeans, die sie gerade in der Hand hat, ungefaltet vor sich und sieht mich mit neuer Aufmerksamkeit an.

»Nein, er hat sich nicht blicken lassen. Und ich konnte ihn auch nicht erreichen. Ich weiß also nicht, was passiert ist.«

»Er hat nicht angerufen?«

»Nein.«

Das Schweigen, das sich jetzt ausbreitet, ist erdrückend. Ich kann Olga ansehen, dass sie mit dieser Situation nicht umgehen kann, nicht so ganz weiß, was sie sagen soll.

»Aber ruft er sonst an, wenn er sich verspätet oder etwas dazwischenkommt?«

Ich zögere eine Sekunde.

»Er kommt nie zu spät. Und bisher ist nie etwas dazwischengekommen.«

Plötzlich kommt mir der Laden eng vor, obwohl wir gerade erst geöffnet haben und sich noch kein Kunde hereingewagt hat. Das grelle künstliche Licht tut meinen Augen weh und ich ahne ein dumpfes Pochen im Hinterkopf. Ich beuge mich über den Tisch mit den Jeans und spüre die Tränen hinter den Augenlidern brennen.

»Aber wenn etwas passiert ist ...?!«

Olgas Stimme ist leise, fast schon ein Flüstern. Zwischen den hart geschminkten Augenbrauen ist eine kleine Falte aufgetaucht. Ich kann nicht antworten, deshalb nicke ich nur.

»Hast du versucht, ihn anzurufen?«

»Ja. Eben noch. Ehe wir aufgemacht haben.«

Sie sagt nichts, sondern faltet weiter die Jeans und schaut sich zugleich verstohlen im Laden um.

»Er kommt«, flüstert sie auf einmal, ohne mich anzusehen. Ich nehme eine Hose, die in meiner Nähe liegt, und fange an, sie zu falten. Lege sie oben auf den Stapel, aber es ist schon zu spät.

»Steht ihr hier schon wieder untätig herum? Emma, du machst die Kasse.«

Björne hat sich die Haare schneiden lassen. Die dunklen Strähnen im Nacken sind verschwunden. Die Haare oben auf dem Kopf sind zur Seite gekämmt und eine lange Locke hängt über ein Auge. Seine o-beinige Erscheinung und diese Frisur erinnern mich an Lucky Luke. An einen arroganten, alternden Lucky Luke.

Ich drehe mich um und gehe zur Kasse, ohne etwas zu antworten. Denke wieder an Mama. An Mama und die Tanten und alles andere, was es nicht mehr gibt. Daran, wie verdammt falsch es ist, dass meine brüchigen, schönen Erinnerungsbilder sich wie Rauch im Nebel aufgelöst haben und Björne und den Stapeln von Jeans und Stringtangas weichen mussten.

Das Gelächter gluckste und kullerte durch das Zimmer in der kleinen Wohnung im Värtaväg, wo Tante Agneta wohnte. Der Duft von frisch aufgebrühtem Kaffee hing in der Luft, wie der Rauch von Mamas Zigaretten. Tante Christina, die gerade mit dem Rauchen aufgehört hatte, seufzte und fand Mama unsolidarisch. Ich dachte schon, sie sei böse, aber dann lachte sie ihr heiseres Lachen und ich verstand, dass es ein Witz gewesen war.

Es war der erste Samstag im Monat und die Tanten trafen sich zum Mittagessen, das war ihr Brauch. Es war eine geräuschvolle, kalorienstrotzende Veranstaltung, an der nur die Tanten und ich teilnehmen durften.

Stimmen wurden gesenkt, gingen in ein Gemurmel über, hier und dort von einem Kichern unterbrochen. Ich brauchte nicht zuzuhören, um zu wissen, worüber sie sprachen: Lenas neuen Freund, Christinas einfältigen Mann und Mamas schmerzenden Rücken.

Mama war die jüngste Schwester. Sie war das wilde, ungezogene, aber innig geliebte Nesthäkchen, das zum Entsetzen meiner Großeltern schon mit achtzehn von meinem Papa schwanger geworden war. Eine weitere Lachsalve wanderte durch das Zimmer, eine Woge aus reiner Freude und Begeisterung. Agneta prustete los, es klang fast wie ein Husten, dann hörte ich klirrendes Porzellan.

Ich saß ganz still im Schlafzimmer auf dem Parkettboden, mit übereinandergekreuzten Beinen. Auf meinen Knien lag das Glas mit der Schmetterlingslarve. Die Blätter waren schon längst verwelkt und auf den Boden des Glases gefallen, eins nach dem anderen, und die kahlen Zweige sahen jetzt aus wie ein Gewirr aus Stacheldraht. Die hellgrüne Larve war nicht mehr zu sehen. Aber Papa hatte mir erklärt, was passiert war. In der glatten Puppe, die an einem der Zweige hing, geschah etwas ganz Fantastisches. Die Larve machte eine Verwandlung durch, und wenn ich Geduld hätte und Gott es so wollte, würde ich sehen, wie aus der Hülle ein ganz anderes Tier herausschlüpfte.

Ich war ein bisschen beunruhigt, denn ich wollte so schrecklich gern sehen, wie dieses andere, das verwandelte Tier zum Vorschein kam, aber ich wusste ja nicht, wann es so weit sein würde. Das Erste, was ich morgens und das Letzte, was ich vor dem Schlafengehen tat, war, die Puppe sorgfältig zu untersuchen, damit mir keine noch so kleine Veränderung entging.

Ich hatte Papa gefragt, warum die Larve sich in dieser blanken graubraunen Schale verkriechen müsste, warum sie nicht einfach Larve bleiben könnte, aber Papa hatte nur den Kopf geschüttelt und traurig gelächelt.

»Sie hat keine Wahl, Wuschel. Sie muss sich verwandeln oder sterben. So ist die Natur.«

Ich dachte lange über diese Aussage nach, versuchte mir vorzustellen, was es wohl für ein Gefühl wäre, vor eine solche Wahl gestellt zu werden: verwandeln oder sterben. Aber sosehr ich mich auch bemühte, ich konnte mich nicht in eine solche Situation hineinversetzen.

Wenn ich vom Glas aufschaute, fiel mein Blick auf Tante Agnetas schmales Bett. Dass sie es schon lange mit niemandem geteilt hatte, das hatte Tante Lena Mama vorhin auf der Treppe ins Ohr geflüstert. Erwachsene glaubten immer, dass Kinder nichts hörten, und falls doch, dass sie dann nichts begriffen. Das stimmte natürlich überhaupt nicht. Ich musste mir immer große Mühe geben, um ein gleichgültiges und kindlich verständnisloses Gesicht zu machen, wenn ich die Geheimnisse der Tanten aufschnappte.

Über dem Bett hing das kleine Bild mit den Fußballspielern. Ich wusste nicht, was so besonders an ihnen war, weshalb die Tanten mit eifrigen, leisen Stimmen darüber redeten, während sie in einem Halbkreis vor dem Bild standen, rauchten und es bewunderten. Ich wollte es nicht laut sagen, aus Angst, die Tanten zu verletzen, aber ich fand das Bild eigentlich ziemlich scheußlich. Die Figuren hatten keine scharfen Konturen, sie schienen miteinander zu verschwimmen und der Künstler hatte es einfach nicht geschafft, sie so zu malen, wie sie wirklich aussahen. Die Frage war, ob ich das nicht besser gemacht hätte. Aber das sagte ich natürlich nicht, ich war ja trotz allem einigermaßen gut erzogen.

»Aber kleiner Schatz, du sitzt ja hier auf dem Boden!«

Tante Agneta tauchte in der Türöffnung auf. Sie ging neben mir in die Hocke. Ihre dicken Beine sahen in einer Entfernung von wenigen Zentimetern noch dicker aus, und die Kniestrümpfe schnitten auf unkleidsame Weise in die Waden.

»Willst du nicht lieber im Sessel sitzen? Oder vielleicht auf meinem Bett?«

Ich schüttelte wortlos den Kopf und Tante Agneta seufzte leise.

»Ja, ja. Mach, was du willst. Was hast du da eigentlich in dem Glas?«

»Das ist eine Puppe.«

»Eine was?«

»Eine Puppe. Die hat die Larve gebaut, um sich darin zu verwandeln.«

»Du meine Güte. Wo ist die Puppe?«

Ich zeigte sie ihr. Vorsichtig nahm Tante Agneta das Glas, hielt es ins Licht und kniff die kleinen blauen Augen zusammen, bis unter den Augenlidern die Pupillen nicht mehr erkennbar waren.

»Die ist ja kaum zu sehen.«

»Das ist ja auch der Sinn der Sache. Sonst würden Vögel sie fressen. Die lieben Larven.«

Sie sah mich mit ernster Miene an und nickte.

»So ist das also. Das habe ich mir noch nie überlegt.«

Aus der Nähe sah Tante Agneta älter aus, als sie war. Die Wangen hingen ihr bis zum Hals hinunter, und die Brüste ruhten schwer auf ihren Knien, wenn sie in die Hocke ging.

»In der Natur fressen sich alle gegenseitig, so schnell sie können.«

Agneta fuhr mir mit ihrer schwieligen Hand über die Haare.

»Emmachen«, sagte sie mit einer schokoladenglatten Stimme. Bei ihr klang es so, als ob ich ihre unausgesprochene Frage beantworten sollte. Ich nahm das Glas wieder entgegen und stellte es vorsichtig auf den Parkettboden.

»Wie geht es dir denn, Emma? Zu Hause, meine ich …«

Tante Agneta hörte sich plötzlich nervös an, und in ihrem Tonfall war ein Unterton, den ich noch nicht kannte.

»Wie meinst du das?«

Sie legte eine Pause ein und schaute sich im Zimmer um. Aus der Küche war gedämpftes Murmeln zu hören, ein sicherer Hinweis darauf, dass es um einen Mann ging. Die Männer der Tanten waren entweder Schurken oder Dummköpfe, und da hatte Agneta eigentlich Glück gehabt, weil ihr eine Ehe erspart geblieben war.

»Trinken Mama und Papa viel Wein und Bier, Emma?«

Ich wusste nicht so recht, wie ich diese Frage beantworten sollte. Natürlich hatte ich sie verstanden, es war nur so, dass ich nicht wusste, was mit »viel« gemeint war. Wie viel war denn viel? Auf der Anrichte in der Küche standen immer einige Bierdosen, und morgens im Wohnzimmer auch, aber war das viel? War das *zu* viel? Wie viele Bierdosen und Weinflaschen leerten Mama und Papa denn eigentlich an einem Abend? Ich wusste es wirklich nicht, und deshalb antwortete ich wahrheitsgemäß.

»Ich weiß nicht.«

Tante Agneta seufzte und richtete sich mühsam auf. Dabei knackten und ächzten ihre Knie, als ob sie aus trockenem Birkenholz wären und nicht aus Sehnen und Fleisch und Knochen und Blut.

»Jesus«, sagte sie und unterdrückte einen kleinen Rülpser. »Willst du nicht in die Küche kommen und mit uns Kuchen essen, Emma?«

»Später. Vielleicht.«

Als Agneta in die Küche ging, wurde das Gemurmel zu einem Flüstern. Das war normalerweise ein Zeichen dafür, dass ein interessantes Thema besprochen wurde, deshalb nahm ich das Glas in die Hand, schlich mich in die Diele und legte mich zum Lauschen auf den Boden. Ich konnte nur Bruchstücke von dem Gesagten verstehen. Ich hörte Agnetas raue Stimme:

»… ein *anderes* als andere Kinder.«

Und dann hörte ich Mama, deren Stimme jetzt etwas lauter war:

»Anders bedeutet nicht unbedingt *schlechter*.«

Darauf sagte keine Tante etwas.

Als ich gerade in Agnetas Schlafzimmer zurückkriechen wollte, fing etwas im Glas meinen Blick. Die Puppe hing an ihrem Zweig, genau wie vorher, aber etwas war passiert. Es war, als ob die Schale etwas durchsichtiger geworden wäre, sie ähnelte schmutzigem Glas oder einem verdreckten Stück Eis. Und hinter dieser blanken Schale ahnte ich eine zitternde Bewegung.

Die Verwandlung hatte begonnen.

Der Mann an der Kasse streckt mir die Hand entgegen und lächelt strahlend.

»Anders Jönsson, Journalist.«

Ich zögere, dann nehme ich seine Hand und lächele zaghaft.

»Emma.«

Seine Augen sind hellblau, und die dünnen Haare sind gelb wie Hundepisse im Schnee. Er trägt einen schmutzigen grünen Militärparka und verschlissene Jeans, er ist sicher so Mitte dreißig.

»Kann ich irgendwie behilflich sein?«, frage ich, als er meine Hand nicht loslässt.

Er grinst.

»Ich würde gern eine Reportage über die Arbeitsbedingungen hier machen. Angeblich dürft ihr nicht mit der Presse sprechen, stimmt das?«

»Ob wir das nicht dürfen? Na, ich weiß nicht so ganz…«

»Und ihr habt kaum genug Zeit zum Pinkeln«, schiebt er nach, als er mein Zögern bemerkt.

Er hat ja nicht ganz unrecht. Alles ist strenger geworden, seit Jesper da ist, und das haben die Medien ja auch ausreichend besprochen. Aber ich kann nichts darüber sagen, schon gar nicht bei meiner Beziehung zu Jesper.

»Ich möchte hier nicht darüber reden«, sage ich und spüre, wie meine Wangen glühen.

»Wir können uns ja woanders treffen, wenn dir das lieber ist«, sagt er. Die wässrigen Augen lassen mich nicht los. »Du bleibst anonym, niemand erfährt etwas.«

»Ich will lieber nicht.«

Plötzlich sehe ich aus dem Augenwinkel eine Gestalt, die sich uns von der Seite her nähert.

»Sie hat doch gesagt, dass sie nicht mit Ihnen reden will. Sind Sie schwer von Begriff, oder was?«

Der Journalist in dem grünen Parka richtet sich gerade auf.

Jetzt kann ich sehen, dass Björne wütend ist. Er hat die Fäuste geballt und presst die Lippen aufeinander. Er streift sich mit geübter Geste die Stirnlocke hinters Ohr, schiebt den Unterkiefer vor und sagt langsam:

»Jetzt sind Sie schon zum zweiten Mal hier und belästigen mein Personal. Wenn Sie nicht sofort verschwinden, rufe ich die Polizei. Verstehen Sie, was ich sage?«

»Ich habe jedes Recht, hier zu…«

»Aber hallo, haben Sie nicht gehört, was sie gesagt hat?

Muss ich es für Sie buchstabieren? Sie will einfach nicht mit Ihnen reden!«

Kleine Speicheltropfen fliegen aus Björnes Mund, als er das faucht. Dann dreht er sich um und geht in den hinteren Teil des Ladens. Ehe er verschwindet, ruft er mir über die Schulter zu:

»Gut gemacht, Emma.«

Ich sehe wieder den Journalisten an. Das breite Grinsen ist verschwunden. Er sucht in seiner Jackentasche etwas, legt es auf den Tresen, schiebt es mir mit dem Ringfinger langsam zu. Es ist eine Visitenkarte. Seine hellen Augen fangen abermals meinen Blick auf.

»Hier. Ruf mich an, wenn du es dir anders überlegst.«

Dann ist er verschwunden.

Vorsichtig nehme ich die Karte, schaue sie eine Weile an, dann stecke ich sie in die Hosentasche.

Jesper Orre. Die großen warmen Hände. Die weiche, ein wenig runzlige Haut seines Gesichts. Die Bartstoppeln, hier braun, dort grau, die sich über seinem markanten Kinn ausbreiten. Wie er mich ansieht, mit einem Blick, der mich daran erinnert, wie ein ausgehungerter Mensch verlockendes Gebäck im Schaufenster einer Bäckerei betrachtet.

Was sieht er eigentlich in mir? In meinen Augen bin ich ganz normal, habe eine langweilige Arbeit und ein ereignisloses Privatleben. Warum verbringt er so viel Zeit mit mir? Was ist der Grund, warum er stundenlang in meinen Armen liegen und seine Hand über meinen Körper gleiten lassen kann? Körperteile aufsucht, denen ich bisher niemals besondere Aufmerksamkeit geschenkt habe.

Ich erinnere mich daran, wie er vor einigen Wochen bei mir zu Hause war.

»Wir sind uns so ähnlich, Emma«, murmelte er. »Ab und zu habe ich fast das Gefühl, deine Gedanken lesen zu können, verstehst du?«

Ich dachte, dass ich das eigentlich nicht verstehen könnte. Denn ich empfinde keine telepathische Zusammengehörigkeit mit ihm, weiß nicht, was er denkt. Ich liebe ihn, aber ich verstehe nicht, was er meint, wenn er anfängt, von *connection* zu plappern.

Aber das habe ich ihm nicht gesagt.

»Ich hab ein solches Glück«, flüsterte er und schob zugleich seinen schweren Körper über meinen. Mit den Knien drückte er meine Beine auseinander, presste sich fest, sehr fest an mich.

»Ich bin der glücklichste Mann auf der Welt.«

Er drang in mich ein, worauf ich gar nicht vorbereitet war. Küsste meinen Hals, ließ einen Finger über meine Brust wandern.

»Ich liebe dich, Emma. Eine wie du ist mir noch nie begegnet.«

Ich sagte noch immer nichts, wollte die Spannung dieses Augenblicks nicht stören. Wollte noch ganz lange in diesem Gefühl bleiben. Mein Unterleib brannte. Es war brutal und nicht schön, aber magisch war es auf irgendeine seltsame Weise trotzdem.

Geliebt zu werden. Begehrt. Wie der Himbeerkuchen im Schaufenster der Bäckerei.

Er bewegte sich energischer in mir. Er packte meinen Arm fester. Schweißtropfen fielen auf meine Wange wie Tränen. Er jammerte, es klang, als ob es ihm wehtäte.

»*Emma.*«

Es klang wie eine Frage, oder vielleicht wie eine Aufforderung.

»Ja?«, fragte ich.

Er hielt inne, atmete heftig. Küsste mich.

»Emma, würdest du alles für mich tun?«

»Ja«, sagte ich. »Das würde ich.«

Würde ich alles für Jesper Orre tun? Das ist eine rhetorische Frage. Er hat mich noch nie um etwas gebeten, abgesehen davon, dass er sich Geld von mir geliehen hat, um die Handwerker bezahlen zu können. Und ich musste sogar darauf bestehen, dass er es annahm. Ich wollte, dass er bei mir blieb, statt zur Bank zu fahren.

Ich weiß noch, dass er meine Augenlider küsste.

»Liebling. Es ist doch klar, dass ich lieber bleiben möchte, aber ich habe versprochen, die Handwerker heute zu bezahlen. In bar. Und ich habe keine hunderttausend in der Tasche. Also muss ich leider noch zur Bank.«

Ein Mittagspausenfick.

Das war Olgas Ausdruck. Sie hatte laut gelacht, als ich gesagt hatte, dass ich mich mit meinem Freund zum Mittagessen treffen würde. Bei mir zu Hause. Olga war so. Geradeheraus. Sie sagte, was sie dachte, und sie schämte sich deshalb nicht.

Jesper richtete sich auf, stützte sich auf die Unterarme.

»Ich muss los, Emma.«

»Du kannst es dir von mir leihen«, schlug ich vor.

»Von dir?«

Er sah überrascht aus, schien aber meinen Vorschlag nicht

annehmen zu wollen, denn er stand auf, ging zum Fenster, schaute hinaus und kratzte sich dabei im Schritt.

»Ich hab Geld hier.«

Er drehte sich mit belustigter Miene zu mir um.

»Du hast *hunderttausend* hier? In deiner Wohnung?«

Er fuhr mit der Hand durch den Raum.

Ich nickte.

»Ich habe Geld im Wäscheschrank«, sagte ich, stand auf und kicherte. Dann zog ich ein T-Shirt an, nicht, weil es eine Rolle spielte, ob Jesper mich ohne Kleider sah, sondern vor allem aus alter Gewohnheit. Es war mir unangenehm, bei Tageslicht meine Brüste zu zeigen. Egal, wer sie sah.

Das galt sogar für Jesper.

Er folgte mir zum Kleiderschrank, sah schweigend zu, wie ich den Korb mit den Tischdecken herausnahm und vorsichtig den roten Weihnachtswandbehang hochhob, so dass das Geld zum Vorschein kam. »Einmal gelacht, schon ist Heilige Nacht«, stand dort in Kreuzstichstickerei.

»Hast du denn vollkommen den Verstand verloren? Hast du Hunderttausend zu Hause herumliegen, im Wäscheschrank?«

»Ja. Und?«

»Warum hast du das Geld nicht auf der Bank? Wie ein normaler Mensch?«

»Wie meinst du das?«

»Du kannst doch ausgeraubt werden oder so. Nur alte Tanten haben ihr Geld unter der Matratze und zwischen der Bettwäsche liegen.«

Ich erinnerte ihn daran, dass ich die Wohnung ja auch von einer alten Tante geerbt hatte. Er lachte leise und zuckte mit den Schultern.

»Na gut. Du kriegst es zurück. Bald.«

Dann küsste er meinen Nacken, umarmte mich von hinten, legte langsam die Hände über meine Brüste.

»Ich will dich noch mal ficken, du reiche Schlampe.«

PETER

Manfred beugt sich über den Leichnam, scheinbar unberührt. Sein Blick gleitet von dem sorgsam zusammengenähten Schnitt über Brustkorb und Bauch zu den tiefen Wunden in den Unterarmen.

»Sie hat sich also heftig gewehrt?«

Die Gerichtsmedizinerin nickt. Fatima Ali ist um die vierzig, kommt eigentlich aus Pakistan, hat in den USA studiert. Ich habe schon mehrmals mit ihr zusammengearbeitet. Wie die meisten Gerichtsmediziner ist sie peinlich genau und hat furchtbare Angst davor, in irgendeinem Zusammenhang zu viel zu sagen. Aber ich vertraue ihr. Sie hat noch nie etwas übersehen. Und es scheint nichts zu geben, wovor ihre großen dunklen Augen und ihre geschickten Hände zurückschrecken.

»Sie hat Schürfwunden am Hinterkopf und im Gesicht und insgesamt achtzehn Schnittwunden in Unterarmen und Handflächen. Die meisten rechts, was bedeutet, dass sie von rechts angegriffen worden ist.«

Fatima schiebt die Wundränder eines Schnitts im rechten Arm ein wenig auseinander und legt das rote Fleisch bloß.

»Sieh mal hier«, sagt sie. »Die Wunden hier sind die tiefsten, also ist der Täter vermutlich Rechtshänder und hat so zugeschlagen.«

Sie hat den Arm der Toten losgelassen, hebt die mit einem blauen Gummihandschuh bekleidete Hand und macht eine fegende Bewegung auf Manfred zu. Der weicht instinktiv zurück.

»Kannst du ungefähr sagen, wie lange sie gekämpft haben?«, frage ich.

Fatima schüttelt beschämt den Kopf.

»Lässt sich nicht entscheiden. Aber keine dieser Verletzungen war tödlich. Sie ist an denen am Hals gestorben.«

Ich sehe den Kopf der Frau an, der auf dem Tisch aus rostfreiem Stahl ruht. Braune Haare, von vertrocknetem Blut verklebt. Wohlgeformte Augenbrauen. Und darunter eine unförmige Masse aus Fleisch und Gewebe.

»Und die Verletzungen am Hals?«, frage ich.

Fatima nickt und streicht sich mit der Rückseite des Arms über die Stirn. Blinzelt in dem grellen Licht, als ob das ihre Augen reizte.

»Sie hat mehrere Hieb- und Stichwunden am Hals. Nur eine davon wäre tödlich gewesen, aber der Täter hatte offenbar beschlossen, ihren Kopf vom Rumpf zu trennen. Die Wirbelsäule ist zwischen dem dritten und dem vierten Wirbel gekappt worden. Um das zu schaffen, braucht man vermutlich viel Kraft. Oder einen sehr starken Willen.«

»Wie viel Kraft?«, fragt Manfred und beugt sich ebenfalls über den Kopf.

»Schwer zu sagen.«

»Hätte eine Frau oder ein schwächerer Mensch das schaffen können?«

Fatima hebt die Augenbrauen und verschränkt die Arme über ihrer Plastikschürze.

»Wer sagt denn, Frauen seien schwach?«

Manfred windet sich ein wenig.

»Das war nicht so gemeint.«

»Ich weiß, wie das gemeint war«, sagt Fatima und seufzt demonstrativ. »Ja, eine Frau hätte das schaffen können. Oder ein älterer Mensch. Oder ein junger, starker Mann. Das zu klären, ist eure Aufgabe.«

»Und sonst?«, frage ich.

Fatima nickt kurz und zeigt auf den bleichen Leichnam.

»Ich würde sagen, dass sie zwischen fünfundzwanzig und dreißig ist. Sie ist eins zweiundsiebzig groß und wiegt sechzig Kilo. Normaler Körperbau, mit anderen Worten: gesund, durchtrainiert.«

Von dem Geruch im Raum wird mir langsam schlecht. Ich möchte glauben, dass ich abgehärtet bin, nach all den Jahren, aber dieser Geruch hat etwas an sich, woran ich mich niemals gewöhnen werde. Es riecht nicht direkt schlecht, eher wie eine Mischung aus mehrere Wochen alten Schnittblumen und rohem Fleisch, aber ich merke, dass ich nach draußen muss. Sehne mich plötzlich nach der kalten frischen Luft.

»Also. Da ist noch was«, murmelt Fatima. »Sie muss ein Kind haben, oder ist jedenfalls mal schwanger gewesen.«

»Ein Kind? Oder mehrere?«, fragt Manfred.

»Kann man nicht sagen«, antwortet Fatima und streift sich mit einem klatschenden Geräusch die Handschuhe ab. »Sind wir dann fertig?«

Manfred fährt, als wir nach Kungsholmen zurückkehren. Ein wenig Schnee rieselt auf den dichten Verkehr. Es wird schon dunkel, obwohl es erst drei ist.

»Attraktive Frau«, sagt Manfred und schaltet das Radio ein.

»Fatima?«

»Nein, die ohne Kopf.«

»Verdammt, du bist ja total gestört!«

»Echt? Du hast es doch selbst gesehen. Die muss sauscharf gewesen sein. Ich meine, so ein Körper. Die Brüste…«

Ich denke über seinen Kommentar nach und schaue aus dem Fenster.

»Wissen wir inzwischen, wer sie sein könnte?«, frage ich.

»Nö.«

»Und haben wir diesen Orre erreicht?«

»Nein. War gestern offenbar nicht im Büro.«

»Und heute?«

»Weiß ich noch nicht. Sanchez wollte das überprüfen. Aber halb Schweden sucht ihn ja inzwischen, also wird er sich nicht mehr lange verkriechen können.«

»Und der vorläufige Bericht der Kriminaltechnik?«

»Liegt auf deinem Tisch. Es gibt keine Anzeichen für Einbruch, also wurde der Täter offenbar freiwillig reingelassen, oder er hat ohnehin im Haus gewohnt. Was bedeutet, dass es Orre gewesen sein könnte. Sie haben Urin auf dem Boden gefunden. Und alle möglichen Hand- und Fußabdrücke am Tatort, aber die Nachbarin ist ja dermaßen durch die Gegend getrampelt, dass es völlig unklar ist, was wir da rausholen können. Dann gibt es natürlich noch eine Menge anderer Spuren, aber nichts Aufsehenerregendes. Die Mordwaffe war übrigens eine Machete. Die haben wir ins Labor geschickt. Wir müssen abwarten, was die da finden. Und dann haben sie diesen Splatterheini eingeschaltet, Lindbladh, der kümmert sich um die Blutflecken. Er soll offenbar helfen, den Verlauf zu rekonstruieren.«

Wir schweigen. Manfred trommelt mit den Fingern im Takt der Musik auf das Lenkrad und ich habe das Gefühl, dass er gestresst ist. Seine Bartstoppeln sind länger als sonst, und seine Augen sehen müde aus.

»Geht es Nadja besser?«, frage ich.

Er wirft mir einen kurzen Blick zu und fährt sich mit der Hand über seinen Kamelhaarmantel.

»Hat die ganze verdammte Nacht geschrien. Afsaneh wäre fast verrückt geworden. Sie musste früh raus. Einer von ihren Doktoranden hat Disputation. Und dann redete sie mitten in dem ganzen Elend wieder vom Heiraten. Warum tun Frauen das?«

Ich habe darauf keine Antwort. Weiß nur zu gut, was aus meiner eigenen Hochzeit wurde.

Ich war seit vielleicht einem Jahr mit Janet zusammen, als ihr Gerede über das Heiraten fast unerträglich wurde, und um ganz ehrlich zu sein, weiß ich nicht so recht, wie es passiert ist, aber plötzlich behauptete sie, ich hätte ja gesagt und wollte sie heiraten. Ich hätte natürlich Klarheit schaffen müssen, statt wie sonst abweisend und ausweichend zu sein. Aber ich vermute, dass ich sie nicht enttäuschen wollte – oder mich nicht getraut habe.

Also ließ ich sie gewähren.

In den folgenden Monaten war sie wie besessen von Blumenarrangements, Menüs und Gästelisten. Kam mit Kostproben für Torten nach Hause, zeichnete Sitzordnungen auf riesige Bögen aus Papier und ließ auf dem Ghettoblaster Hochzeitsmärsche laufen.

Und machte Diät.

Manchmal machte ich mir fast schon Sorgen um sie. Sie aß wie ein Vögelchen, um in ein bestimmtes Kleid zu passen. Eines, das ich vor der Hochzeit um keinen Preis sehen durfte. Das war offenbar ungeheuer wichtig.

Ich floh in die Arbeit. Wir ermittelten im Mord an einer Politesse in Tensta, und da ich soeben befördert worden war, war es besonders wichtig, mich auf die Hinterbeine zu stellen. Ich kann nicht behaupten, dass Janet dafür besonderes Verständnis gezeigt hätte. Stattdessen verlangte sie mehr Zeit und Engagement von mir. Sie wollte mit mir zusammen Kirchen ansehen, die Hochzeitsreise buchen und unsere Gelöbnisse üben – die sie verfasst hatte.

Eines Abends brachte sie mir ein Bündel Briefe. Ich weiß noch, dass sie dabei so aufgeregt aussah wie nur dann, wenn sie etwas viel zu Teures gekauft oder vielleicht in einer der Broschüren, die sie immer mit nach Hause schleppte, eine Urlaubsreise gesehen hatte. Ihre Augen leuchteten und ihre kurzen blonden Haare standen von ihrem Kopf ab.

Sie erklärte, die Einladungen seien fertig, reichte mir die Briefe und bat mich, sie einzuwerfen. Ich weiß nicht mehr genau, was ich geantwortet habe. Vermutlich so in etwa, dass wir später darüber reden würden, aber wie üblich hörte sie mir nicht zu.

Ich weiß jedenfalls noch, dass ich später an diesem Abend im Sessel saß, mit den Einladungen auf den Knien, und mich fragte, was zum Teufel ich damit anfangen sollte. Natürlich müsste ich sie einwerfen, das wäre wirklich das Einfachste auf der Welt. Kurz zur Kreuzung gehen und sie in den gelben Briefkasten stecken und dann wochenlang nicht mehr an den ganzen Mist denken müssen, aber ich konnte es einfach nicht. War nicht bereit zu einem so endgültigen Schritt, den entscheidenden in die Zweisamkeit, die ich mir doch gar nicht ausgesucht hatte. Eine Sekunde lang hatte ich das Gefühl, mit Janet reden, es offen sagen zu müssen: dass diese ganze Hochzeitskiste mir eine Scheißangst machte und dass ich sie lieber noch aufschieben würde. Aber als ich ins Schlafzimmer kam, um mit ihr zu sprechen, schlief sie schon. Also legte ich die Einladungen in die Schreibtischschublade und beschloss, mit dem Gespräch noch zu warten.

Und dann nahm die Sache ihren Lauf. Ich kann nicht behaupten, ich hätte die Einladungen in der Schublade richtig vergessen, es war mehr so, dass mir die Energie fehlte, das Thema zur Sprache zu bringen. Immer, wenn ich beschlossen hatte, mit Janet zu sprechen, kam etwas dazwischen, oder sie war schlecht gelaunt und gestresst und wollte nicht reden. So konnte sie sein, abweisend und übellaunig. Meistens, ohne dass ich begriff, weshalb.

Wenn ich an diese Zeit zurückdenke, dann merke ich, dass ich immer noch Ausflüchte für mein Verhalten suche und mir manche sogar glaube. Aber eigentlich gibt es wohl keine Entschuldigung. Was ich getan habe, war dumm und unreif und hat Janet auf eine Weise verletzt, die ich mir vorher nicht hatte vorstellen können und die ich wirklich nicht gewollt hatte.

Ich wollte Janet nicht wehtun. Ich wollte nur, dass sie mich in Ruhe ließ.

Egal wie, die Hochzeit rückte näher – ich glaube, es waren noch drei oder vier Wochen, und dann kam Janet eines Abends und setzte sich neben mich auf die Bettkante. Die

Haare, die sie wachsen ließ, um sie hochstecken zu können, fielen in Strähnen um ihr mageres Gesicht, und ihre Brust hing beunruhigend tief über ihren abgemagerten Brustkorb.

»Noch hat niemand auf die Einladung geantwortet«, sagte sie und drehte mir ihr Gesicht zu. »Ist das nicht seltsam?«

Ich las gerade das Protokoll einer Voruntersuchung, das ich dem Staatsanwalt für den nächsten Morgen versprochen hatte, also hatte ich gerade wirklich keine Zeit, um mit ihr darüber zu diskutieren. Aber ich weiß noch, dass ich mich peinlich berührt fühlte. Dass ich mich sogar schämte.

»Glaubst du, die können in der Post verloren gegangen sein?«, fragte sie leise.

Etwas an ihrer zusammengesunkenen Haltung und ihrer ungewöhnlich tonlosen Stimme traf mich jetzt. Brachte mich dazu, zu begreifen, wie sehr ich sie im Stich gelassen hatte.

Mir war wirklich elend zumute.

Aber ich brachte es nicht über mich, die Wahrheit zu sagen. Noch nicht. Ich beschloss, das Thema am nächsten Morgen wieder anzusprechen. Aber dazu kam es nicht, und im Nachhinein muss ich wohl zugeben, dass ich mich falsch verhalten habe, aber hinterher ist man ja immer klüger.

Nachts, als ich schlief, durchsuchte Janet die Wohnung. Sie schien gespürt zu haben, was passiert war, als ob sie eine Art teuflischen sechsten Sinn hätte. Ich wurde von einem so schrecklichen Schrei geweckt, ich hatte niemals, nicht davor und nicht danach, etwas Ähnliches gehört. Ich dachte, sie würde umgebracht, jemand sei vielleicht eingebrochen und versuche, sie zu vergewaltigen. Ich sprang auf und stolperte über einen Stuhl, knallte mit dem Kopf gegen den Couchtisch und schlug mir eine tiefe Wunde ins Kinn. Während mir das Blut über den Hals lief, rannte ich weiter durch die Wohnung. Fand Janet schließlich vor dem Schreibtisch. Die Briefe lagen wie welkes Laub überall auf dem Boden, als ob sie sie in die Luft geschleudert hätte. Sie schrie einfach nur. Sie schrie und schrie, obwohl ich sie in die Arme nahm und sie hin und her wiegte wie ein Kind. Und als ich ihr die Hand vor den Mund hielt, um sie zum Schweigen zu bringen, biss sie mich.

Ich weiß noch, dass ich ungeheuer erleichtert war, trotz der Schmerzen. Und da ich die Hand in ihrem Mund hatte, konnte sie immerhin nicht mehr schreien.

Manfred, Sanchez und ich sitzen in dem kleinen Besprechungszimmer im dritten Stock, dem rechts neben der Kaffeeküche. Es sieht genauso aus wie alle anderen Besprechungszimmer hier im Haus: weiße Wände, Sitzmöbel aus hellem Holz mit blauem Polster, weißer Laminattisch. Auf der Fensterbank steht ein Kerzenleuchter, den Gunnar in dem Versuch von zu Hause mitgebracht hat, eine Art Weihnachtsstimmung hervorzurufen. An der Wand hängt ein verblasstes Plakat über Herz-Lungen-Wiederbelebung.

Wir müssen das morgige Treffen mit der Ermittlungsgruppe und dem Leiter der Voruntersuchung vorbereiten – das ist einer der neuen Staatsanwälte, Björn Hansson. Ich kenne ihn noch nicht, aber Sanchez schildert ihn als »smart, aber er hat meistens den Kopf im Arsch von anderen und ist viel zu sehr von sich überzeugt«.

Manfred hat die Kaffeekanne mitgebracht und Sanchez zerteilt mit einem Buttermesser Luzia-Gebäck von 7-Eleven. Daneben sind auf dem Tisch die Bilder vom Tatort ausgebreitet. Ich versuche, nicht den abgehackten Kopf anzusehen, als ich die Hand nach einem Stück Gebäck ausstrecke.

Zwei Tage sind vergangen, seit die Ermordete in Jesper Orres Haus in Djursholm gefunden wurde, und wir wissen noch immer nicht, wer sie ist. Irgendwo schweben ihre Angehörigen in Ungewissheit darüber, dass ihre Tochter, Schwester oder Mutter ermordet worden ist.

Irgendwo läuft ein Mörder frei herum.

Sanchez fasst die Lage zusammen.

»Jesper Orre ist zuletzt am Freitag bei der Arbeit gesehen worden. Die Kollegen, mit denen wir gesprochen haben, sagen, er habe ganz normal gewirkt und es sei auch nichts Außergewöhnliches vorgefallen. Er hat sein Büro gegen halb fünf verlassen und wollte nach eigener Aussage nach Hause fahren. Er hat niemandem gesagt, was er während des Wochenendes vorhatte, aber er hatte sich bis Mittwoch freigenommen, es ist also möglich, dass er verreisen wollte. Sein Mobiltelefon und seine Brieftasche haben wir in seinem Haus gefunden. Sämtliche Kreditkarten waren in der Brieftasche, und seit voriger Woche hat er nichts von seinem Konto abgehoben. Die Technik hat blutige Abdrücke der Größe 43 im Flur und draußen im Schnee gefunden, was darauf hinweisen könnte, dass er nach dem Mord das Haus verlassen hat. Sie haben auch die Abdrücke der Nachbarin und unseres unbekannten Opfers gefunden. Die Analyse der Fingerabdrücke auf der Machete ist noch nicht fertig, aber das Labor lässt ausrichten, dass da immerhin welche vorhanden sind.«

»Was ist er denn für ein Mensch, dieser Jesper Orre?«, fragt Manfred und schlürft laut hörbar seinen Kaffee.

»Er scheint bei seinen Kollegen und in der Firmenleitung

sehr beliebt zu sein, aber die anderen Mitarbeiter im Hauptbüro finden ihn offenbar ganz schön hart und viele fürchten
sich sogar vor ihm«, sagt jetzt Sanchez. »In den Läden dagegen, also beim Fußvolk, wenn man so sagen will, wird er für
sein hartes Durchgreifen verabscheut. Und die Gewerkschaft
hasst ihn. Ja, das wisst ihr ja schon. Seine Eltern sind Lehrerin und Lehrer im Ruhestand und leben in Bromma, in dem
Haus, in dem Jesper Orre aufgewachsen ist. Sie beschreiben
ihn als fleißig, sportlich und lebhaft. Von psychischen Problemen wissen sie nichts. Die Eltern bestätigen auch, dass er
seit vielen Jahren Single ist, aber das hat, was sie ein ›aktives
Liebesleben‹ nennen.«

»Was zum Teufel soll das denn bedeuten?«, fragt Manfred.

Sanchez fängt Manfreds Blick ein. Stopft sich den letzten
Rest Gebäck in den Mund.«

»Das bedeutet, dass er im Bett verdammt viel mehr Spaß
hat als du, Manfred.«

»Das muss ja wohl nicht so viel heißen«, werfe ich dazwischen, worauf Sanchez losprustet und ihr die Krümel aus dem
Mund und auf den kurzen schwarzen Rock fallen.

Manfred scheint das Gespräch nicht übertrieben komisch
zu finden. Er zieht sein kariertes Sakko aus, hängt es betont
sorgfältig über die Stuhllehne und klopft mit seiner Pranke
kurz auf den Tisch, wie um sich unsere Aufmerksamkeit zu
erbitten.

»Wenn wir uns vielleicht mal kurz konzentrieren, dann
kommen wir heute noch mal hier raus. Sanchez, wie sieht
deine Theorie aus?«

Als Dienstjüngste am Tisch wird Sanchez logischerweise
als Erste gefragt, so läuft das in der Praxis. Die älteren, erfah-

reneren Ermittler lernen die jüngeren an. Das ist ein Teil des Kreislaufs. Sanchez setzt sich gerade hin und macht plötzlich ein ernstes Gesicht. Faltet die Hände vor sich auf dem weißen Tisch.

»Das liegt doch sicher auf der Hand? Jesper Orré ist mit einer seiner Freundinnen zu Hause, und dann geht irgendetwas schief. Es kommt zum Streit, und es endet damit, dass er sie umbringt. Nach dem Mord ergreift er die Flucht.«

»Warum nimmt er weder Telefon noch Brieftasche mit?«, fragt Manfred und wischt sich einige unsichtbare Krümel von seinem rosa Hemd.

»Weil die im Wohnzimmer lagen, und er wollte am Tatort nicht zu viel hin- und herlaufen«, schlägt Sanchez vor. »Oder er hat es vergessen, er hatte ja sicher genug anderes im Kopf.«

»Was ist mit dem Mord an sich«, sage ich und zeige auf das Bild des Kopfes, der aus dem Boden zu wachsen scheint. »Warum so brutal? Hätte es nicht gereicht, sie einfach umzubringen? Warum musste er sie auch noch enthaupten?«

Sanchez runzelt die Stirn.

»Er war sicher wahnsinnig wütend, hat sie richtig gehasst. Ich frage mich auch, ob die Platzierung des Kopfes eine besondere Bedeutung hat. Der scheint auf die Tür zu schauen, auf die Leute, die hereinkommen. Habt ihr euch das schon überlegt? Ich wüsste gern, ob er uns damit etwas sagen will.«

»Was zum Beispiel?«, fragt Manfred.

Wir sehen wieder das Foto an. Die Augen der Frau sind geschlossen und die blutigen Haare hängen in Strähnen über ihr Gesicht.

Sanchez zuckt kurz mit den Schultern.

»Ich weiß es nicht. Seht mal her. Das passiert, wenn man

mich betrügt oder belügt, oder was sie in seinen Augen eben verbrochen hatte.«

Manfreds Mobiltelefon klingelt, und er zieht es hervor. Hört zu, dann sagt er:

»Wir sitzen in dem kleinen Besprechungsraum im dritten Stock. Kannst du sie herbringen? Gut. Sicher. Okay.«

Danach schiebt er die Fotos vom Tatort zusammen, dreht sie um und legt sie vor sich auf einen ordentlichen Stapel. Holt tief Luft und lässt sich auf seinem Stuhl zurücksinken.

»Wir bekommen Besuch«, sagt er. »Wisst ihr noch, dass wir über diesen Mord auf Söder von vor zehn Jahren gesprochen haben, der solche Ähnlichkeit mit diesem Fall hat? Ich habe mir die Freiheit genommen, eine von den Personen herzubitten, die damals bei der Ermittlung mitgewirkt haben. Nicht notwendigerweise, weil es einen Zusammenhang gibt, sondern weil ich glaube, sie kann uns vielleicht helfen, unserem Täter ein bisschen näherzukommen.«

In diesem Moment wird an die Tür geklopft, und ich merke, wie mir kalt wird, wie alle Wärme für einen Moment meinen Körper verlässt, einem eisigen Gefühl und einem Hämmern im Brustkorb weicht. Das Zimmer schrumpft und die Decke kommt auf mich zu, als ob sie jeden Moment einstürzt, direkt über mir.

Die Tür wird geöffnet, und da steht sie, sie trägt einen schlecht sitzenden schwarzen Daunenmantel und Stiefel, die aussehen, als seien sie dick genug für eine Expedition zum Nordpol. Aber Kleider waren nie ihre Stärke. Die fülligen hellbraunen Haare weisen jetzt breite graue Strähnen auf, und sie trägt eine Brille, durch die sie ein wenig streng aussieht, ansonsten sieht sie aber genauso aus wie vor zehn Jahren.

Sie ist vielleicht sogar noch schöner geworden. Etwas an dem feinen Netz aus Furchen um die Augen, an dem ein wenig mageren Gesicht, lässt sie verletzlich aussehen. Als habe die Zeit sie nur zerbrechlicher und dünner gemacht.

»Das hier ist Hanne Lagerlind-Schön«, sagt Manfred.

EMMA

Zwei Monate früher

Es gibt eine besondere Art von Müdigkeit, die Menschen überkommt, die in Geschäften arbeiten. Das grelle künstliche Licht und die ewig laufende Hintergrundmusik haben eine seltsam einschläfernde Wirkung. Tatsache ist, dass ich schwören könnte, ab und zu eingeschlafen zu sein, obwohl ich mit geschäftiger Miene meine Runden durch das Geschäft gedreht habe. Ab und zu können ganze Stunden einfach verschwinden, wie aus der Erinnerung ausradiert. Ich komme aus der Mittagspause zurück, räume ein wenig im Lager auf und stelle dann fest, dass schon fast Feierabend ist, aber ich weiß nicht, wo der Tag geblieben ist.

Draußen gehen Menschen vorbei, sie tragen nasse Mäntel und halten Regenschirme in der Hand. Mahnoor zeichnet Pullover aus der Sommerkollektion für den Schlussverkauf aus. Sie bewegt sich langsam im Takt der Musik. Ihre langen dunklen Haare fallen über Schultern und Rücken, eine schwarze Flut über der roten Tunika. Die schmalen Beine in den Jeans, die darunter hervorschauen, machen kleine diskrete Tanzschritte. Olga ist nicht zu sehen. Vielleicht steht sie draußen und raucht, vielleicht macht sie schon früh Pause.

Von Jesper habe ich nichts gehört.

Er ist und bleibt verschwunden, und ich weiß noch immer nicht, was passiert ist. Ich gehe davon aus, dass ich erfahren hätte, wenn ihm etwas Schlimmes zugestoßen wäre. Das wäre doch in den Nachrichten erwähnt worden. Aber wenn ihm einfach etwas dazwischengekommen ist, hätte er sich inzwischen doch gemeldet, oder?!

Ihm ist noch nie etwas dazwischengekommen.

Der Laden ist leer. Meine Augen fühlen sich trocken an, als ich in dem weißen Licht blinzele. Die Lautsprecher pumpen dieselbe Musik aus sich heraus wie vor einer Stunde. Die Titelliste, die die Marketingabteilung einmal im Monat aktualisiert, wird wieder und wieder durchgeleiert.

»Wirst du da nicht verrückt?«, hat Mama mich einmal gefragt. Die Wahrheit ist, dass man sich daran gewöhnt. Am Ende hört man die Musik nicht mehr. Dann kann man schlafen und gleichzeitig arbeiten, sich ohne zu denken im Laden bewegen. Auf den Tönen schweben, ohne in die Melodie hineingezogen zu werden, alle höheren intellektuellen Funktionen sind ausgesperrt, man ist wie ein Blatt, das auf Wasser treibt.

»Fühlst du dich wohl?«, fragte Jesper bei unserer ersten Verabredung.

Ich wand mich, wusste nicht, was ich antworten sollte. Wir hatten uns gerade in dem Restaurant am Stureplan gesetzt, dem Restaurant, an dem ich so oft vorbeigekommen war, ohne es jemals zu betreten. Ich beschloss, es wäre doch besser zu lügen. Ich kannte ihn ja kaum, und was sollte es bringen, sich jemandem anzuvertrauen, der ja eigentlich mein oberster Vorgesetzter war.

»Unbedingt, ja«, sagte ich. »Ich fühle mich sehr wohl.«

Eine Kellnerin auf himmelhohen Schuhen brachte die

Speisekarte. Sie ging neben dem Tisch in die Hocke, um die Getränkewünsche aufzunehmen. Ihr Rock war so kurz, dass ich durch ihre hauchdünne Strumpfhose ihren Slip ahnen konnte. Ich war dankbar für diese Ablenkung, denn ich fühlte mich an diesem Tisch überhaupt nicht wohl.

»Was möchtest du?«

»Ich nehme das, was du nimmst.«

Er hob die Augenbrauen, musterte mich eine Sekunde, drehte sich dann zur Kellnerin um und bestellte zwei Drinks. Dann lockerte er seine Krawatte, ließ sich mit einem Seufzen tiefer in den Sessel sinken.

»Ich verabscheue meine Arbeit ab und zu wirklich«, sagte er nachdrücklich und sah aus dem Fenster. Die tiefstehende Frühlingssonne malte draußen goldene Streifen auf den feuchten Asphalt.

»Echt? Das hätte ich nicht gedacht.«

»Warum nicht? Nur weil ich eine … hohe Stellung habe? Einen wichtigen Job. Jedenfalls von außen gesehen.«

Er sah plötzlich müde aus. Müde und zynisch und gar nicht wie ein Chef.

»Nein, ich … ich weiß nicht.«

»Denn das glauben die meisten doch. Dass mein Job so wahnsinnig toll ist, so interessant. Aber weißt du, das ist ein Mythos. Eigentlich ist es ganz anders.«

»Wie ist es denn? Eigentlich?«

Die Drinks wurden serviert. Ich war nervös, merkte, dass meine Hand zitterte, als ich das Glas an den Mund hob. Ich musste es mit beiden Händen halten, aber trotzdem schwappte die Flüssigkeit über. Meine Finger wurden nass. Klebrig. Blieben am Glas haften. Ich versuchte, sie an der Serviette abzuwischen, aber die löste sich in kleine Papierfussel auf, die an meinen Fingern kleben blieben. Jesper schien nichts zu bemerken. Er lächelte zerstreut, fast ein wenig gleichgültig.

»Ehrlich?«, fragte er.

»Ehrlich.«

Er trank einen Schluck und beugte sich zu mir. Seine Augen nahmen für einen Moment einen seltsamen Ausdruck an, einen, den ich nicht erkannte. Feine Fältchen zeichneten sich um seine Augen ab. Wie viele Jahre war er wohl älter als ich? Er war sicher über vierzig. Also: fünfzehn? Zwanzig?

»Es ist einsam«, sagte er.

»Einsam?«

»Du glaubst mir nicht, oder?! Aber so ist es. Nichts ist so einsam, wie im Rampenlicht zu stehen, im Fernsehen und in Zeitungen aufzutauchen. Der oberste Chef zu sein. Alle wissen, wer du bist, aber du kennst niemanden. Alle wollen dein Freund sein, aber du kannst dich auf niemanden verlassen. Nicht richtig. Verstehst du?«

»Ich verstehe.«

Er lächelte. Eine freudlose Grimasse zeigte unnatürlich weiße Zähne. Wie machte er das? Hatte er sie gebleicht?

»Ich wusste, dass du das verstehen würdest. Wir sind uns ähnlich, Emma. Wir empfinden gleich.«

Wieder hatte ich dieses schleichende Gefühl, dass etwas nicht stimmte, dass er in mir Dinge sah, Eigenschaften, die gar nicht vorhanden waren. Dass er mich für etwas hielt, das ich vielleicht gar nicht war. Ein anderes Gefühl drängte sich ebenfalls auf: Angst. Würde er enttäuscht sein, wenn ihm aufginge, wie ich wirklich war, wenn er mich richtig kennenlernte?

War ich für diesen mächtigen Mann nur ein Zeitvertreib? Würde er mich danach wegwerfen wie ein benutztes Spielzeug?

»Aber privat. Hast du keine Familie?«, fragte ich.

Die Frage war, jedenfalls teilweise, rhetorisch. Ich wusste sehr gut, dass Jesper weder Frau noch Kinder hatte. Dass sich die Freundinnen in den letzten Jahren die Klinke in die Hand gegeben hatten.

Das wussten alle, die lesen konnten. Übrigens: Man brauchte nicht einmal lesen zu können. Es reichte, sich die Bilder auf den Titelseiten der Klatschzeitschriften anzusehen.

Jesper sah traurig aus. Seine Mundwinkel senkten sich um einige Millimeter.

»Das hat sich nicht ergeben«, sagte er kurz. »Sehen wir uns die Speisekarte an?«

Wir bestellten.

Draußen vor dem Fenster küsste sich ein Paar in der Abendsonne. Ich wurde verlegen, wusste nicht, wohin ich blicken sollte. Versuchte vergeblich, die Papierfussel von meinen klebrigen Händen zu zupfen.

»Und du«, fragte er. »Hast du Familie?«

»Ich?«

Er lächelte.

»Ja. Du, Emma.«

Ich merkte, wie meine Wangen heiß wurden und verfluchte mich dafür.

»Wenn du meinst, ob ich einen Freund habe, ich habe keinen. Und Familie … ich habe meine Mutter.«

»Ach. Trefft ihr euch oft? Steht ihr euch nahe?«

»Es geht. Wir sehen uns vielleicht zweimal pro Jahr, und

ich würde nicht unbedingt sagen, dass wir uns besonders nahestehen.«

»Aha.«

Plötzlich kam mir eine Eingebung, ein Wunsch, mich anzuvertrauen. Ich erzählte sonst nicht von meiner Mutter, aber aus irgendeinem Grund kam es mir jetzt richtig vor, hier bei Jesper.

»Meine Mutter ist Alkoholikerin«, sagte ich.

Er richtete seinen dunklen Blick auf mich und drückte meine klebrige Hand.

»Ach. Entschuldige, das wusste ich nicht.«

Ich nickte, schaute die Tischplatte an, brachte plötzlich kein Wort mehr heraus, konnte seinen Blick nicht erwidern.

»Hat sie schon lange Probleme?«

Ich musste erst überlegen, wie ehrlich ich zu sein wagte.

»Solange ich mich zurückerinnern kann.«

Ich dachte nach. Gab es eine Zeit, in der Mama nicht getrunken hatte? In meiner Erinnerung nicht. Aber als ich klein war, war sie viel aufmerksamer und voller Energie gewesen. Wir konnten noch spät am Abend aus dem Haus schleichen, wenn alle anderen schon schliefen, und barfuß im Schnee Fangen spielen. Einmal waren wir im Tiergeschäft und kauften ein Hundebaby, als Mama betrunken war. Sie schwankte auf dem Weg dorthin und ich musste sie stützen. Und einmal hatten wir kein Geld und klauten im Laden.

Schöne Erinnerungen, trotz allem.

»Wo war dein Vater?«, fragte Jesper.

»Der ist gestorben, als ich in der Oberstufe war.«

»Denkst du viel an ihn?«

»Manchmal. Ich träume von ihm.«

Er nickte, als ob er das gut verstehen könnte.

»Stiefvater?«

Kents Bild tauchte vor meinem inneren Auge auf und ich bekam sofort eine Gänsehaut. Mama war einige Jahre mit ihm zusammen gewesen. Ich hatte nie begriffen, was sie gemeinsam hatten, außer das Trinken.

»Es muss furchtbar hart sein, mit einem alkoholkranken Elternteil aufzuwachsen.«

Jespers Hand ruhte auf meiner. Die Wärme strahlte von ihm aus und in mich herein, wie Sonnenschein.

»Es war … einsam.«

»Siehst du«, sagte er triumphierend und presste meine Hand noch fester.

»Was?«

»Du bist auch einsam. Ich hab es ja gesagt. Ich wusste es einfach.«

Auf dem Heimweg gehe ich nach der Arbeit an Slussen vorbei. Ein kalter Wind fegt durch die Götgata und trägt Blätter und weggeworfene Kippen zum Medborgarplats. Auf dem feuchten Boden haben sich winzige Eiskristalle gebildet. Sie glitzern im Licht der Straßenlaternen. Es ist glatt und ich verliere fast das Gleichgewicht, als ich nach links in die Högbergsgata einbiege. Zwei Typen teilen sich in einem Hauseingang eine Zigarette. Sie sehen mich an, als ob ich störte, als ob ich sie bei einer intimen Handlung unterbräche. Ihre Blicke kommen mir fast bedrohlich vor. Ich ziehe die Lederjacke fester um meinen Körper und gehe so schnell ich kann weiter, dabei starre ich die vereiste Fahrbahn an.

Dann stehe ich vor dem Eingang in der Kapellgränd.

Ich erkenne ihn sofort. Der verwelkte Rosenstrauch davor, die bunten Glasscheiben in der Tür. Als ich gerade die Hand ausstrecken will, wird die Tür geöffnet und ein älterer Mann mit einem Hund kommt heraus. Er grüßt mich und hält mir die Tür auf. Ich nicke ihm zu.

Ich kenne ihn nicht.

Auf der Tür steht kein Name, es ist nur das kleine Schild mit dem Text »Keine Werbung«, das Jesper geschrieben hat, und das mir verrät, dass ich hier richtig bin. Ich habe es immer seltsam gefunden, dass er kein Namensschild wollte, aber er hat es damit erklärt, dass er seine Ruhe haben will. Sich vor neugierigen Nachbarn und Presseleuten schützen will. Ich drücke auf die Klingel. Nichts passiert. Ich warte ein bisschen, drücke dann noch einmal, halte den Knopf etwas zu lange fest. Der Klingelton hallt wütend hinter der Tür wider. Irgendwo höre ich Schritte, dann wird die Tür aufgerissen.

»Ja?«

Der Mann trägt ein Unterhemd und eine Art Trainingshose, und er hat eine Bierdose in der Hand. Seine Arme sind von Tätowierungen bedeckt und er hat die Haare zu einem Pferdeschwanz gebunden. Aber etwas anderes lässt mich erschrecken: In der Diele stehen ganz andere Möbel, als Jesper sie hatte. Die roten Sessel und der kleine Tisch sind verschwunden. Stattdessen lehnen Bilder an der Wand und in einer Ecke liegen Mäntel auf einem Berg. Der Teppich, den Jespers Mutter selbst gewebt hat, ist ebenfalls verschwunden.

»Entschuldigung, ist Jesper da?«

»Jesper? Welcher Jesper?«

Der Mann öffnet die Bierdose. Es klickt, zischt. Er hebt die Dose zum Mund, trinkt einen demonstrativ großen Schluck.

»Der, der hier wohnt. Jesper Orre.«

»Nie von gehört. Hier wohne nur ich, bestimmt haben Sie sich in der Adresse geirrt.«

Er zieht die Tür zu, aber ich bin schneller, schiebe meinen Fuß in den Türspalt, ehe er sie ganz schließen kann.

»Moment mal, ist das die einzige Wohnung hier im Parterre?«

»Ja.«

»Wissen Sie, ob vor Ihnen ein Jesper hier gewohnt hat?«

»Keine verdammte Ahnung. Ich wohne seit einem Monat hier, und ich ziehe bald wieder aus. Das Haus wird abgerissen. Da sitzt irgendein Scheiß in den Wänden. Wenn Sie jetzt entschuldigen, ich habe zu tun.«

Ich weiche zurück. Bitte um Entschuldigung. Der Mann zieht die Tür zu, ohne noch etwas zu sagen.

Ich laufe zu Hause in der Wohnung hin und her. Hin und her auf dem knarrenden Parkettboden. Die Dunkelheit draußen ist kompakt. Von hier aus sieht es aus, als ob jemand das Fenster zugemauert hätte. Der Wind heult um die Ecken, lässt das Haus fast erzittern, und mit jedem Windstoß klappern die Fenster, als ob sie gegen diese unsanfte Behandlung protestieren wollten.

In meiner Wohnung kann man im Kreis gehen, und mir fällt auf, dass ich mich genauso verhalte wie bei der Arbeit. Ich drehe planlos meine Kreise, als ob mir das helfen könnte, Ordnung in meine Gedanken zu bringen.

Kein Anruf, keine SMS.

Ich habe sogar die Post durchgesehen. Nur Werbung und Rechnungen. Ich habe es nicht über mich gebracht, die Briefe zu öffnen, ich habe sie nur auf die anderen in die alte Brottrommel gelegt.

Ich lasse mich in einen der grünen Sessel sinken. Spiele an meinem Verlobungsring. Er kommt mir groß vor und scheuert ein bisschen. Vorsichtig ziehe ich ihn vom Finger, halte ihn in die Lampe. Es ist noch nichts eingraviert. Wir haben abgemacht, das später zu erledigen.

Der Stein ist lächerlich groß.

Tatsache ist, dass ich in Wirklichkeit noch nie einen so großen Diamanten gesehen habe. Ich denke an Olga, die den Preis wissen wollte. Eigentlich eine total berechtigte Frage, auch wenn man so etwas ja eigentlich nicht fragen darf. Was kostet so ein Ring? Jesper fand es sehr wichtig, dass ich den Preiszettel nicht sah. Und ich, ich fand das romantisch, kam mir vor wie *Pretty Woman*, als ich dort tief im Plüschsofa des Goldschmiedes versunken saß.

Mindestens fünfzigtausend, denke ich. Wenn ich daran denke, was die anderen Ringe kosteten, die mit den kleineren Steinen, dann müssen es mindestens fünfzigtausend sein. Bei dieser Vorstellung wird mir schwindlig. Ich habe noch nie so viel Geld für etwas ausgeben können, das eigentlich total unnötig ist, und ich glaube nicht, dass irgendwer in meiner Familie das jemals konnte. Vielleicht mit Ausnahme meiner Tante.

Ich trage ein Vermögen am Finger, aber der Mann, der es mir gegeben hat, hat sich in Luft aufgelöst. Warum sagt man, dass man jemanden liebt, verschenkt einen teuren Verlobungsring und lässt sich dann nicht mehr blicken? Gibt es andere Erklärungen als Unfälle, plötzliche Krankheit oder ein verlorenes Mobiltelefon? Kann er es vielleicht darauf angelegt haben? Gibt es ihm eine Art krankhafte Befriedigung, zu wissen, dass ich mir Sorgen mache, dass ich hier zu Hause sitze und warte, nicht weiß, was passiert ist?

Ich verdränge diesen Gedanken.

Es ist klar, dass er zurückkommen wird. Ich weiß nur nicht, wann.

Ich putze mir die Zähne und verkrieche mich im Bett, spüre die kühle Bettwäsche an meiner Haut. Obwohl sich die Gedanken in meinem Kopf drängen, auf mich einschlagen, schlafe ich fast sofort ein.

Ich träume, dass er an meinem Bett steht, ganz still, und mich betrachtet, ohne etwas zu sagen. Der Mond scheint durch das Fenster und obwohl ich mir alle Mühe gebe, versuche, richtig hinzusehen, kann ich sein Gesicht nicht erkennen. Er ist nur eine schwarze Silhouette, die sich vor dem silberweißen Licht abzeichnet, ein Umriss eines Mannes, den ich nicht mehr kenne. Den ich vielleicht nie gekannt habe. Ich will mit ihm reden, ihm eine Erklärung abverlangen, aber als ich versuche, den Mund zu öffnen, stelle ich fest, dass mein Körper gelähmt ist. Und als ich versuche zu schreien, kommt kein Laut über meine Lippen.

Dann ist er verschwunden.

Graues Morgenlicht sickert durch das Fenster. Ich stehe im Bett auf, streife mit der Hand über die vergilbte Tapete. Versuche, Ordnung in meine Gedanken zu bringen und zu verstehen.

Das Bild von Ragnar Sandberg ist verschwunden.

Dort, wo es gehangen hat, zeichnet sich auf der Tapete ein

helleres Rechteck ab. Der Nagel steckt noch immer in der Wand. Obwohl ich weiß, dass es eine unmögliche Erklärung wäre, ziehe ich das Bett von der Wand und schaue dahinter nach. Dort liegt nichts, nur Wollmäuse und eine alte Quittung aus dem Alkoholladen.

Ich steige aus dem Bett, formuliere in Gedanken langsam die Frage: Wer war hier und hat das Bild gestohlen, als ich geschlafen habe, oder war es schon gestern weg, als ich nach Hause gekommen bin? Ich versuche, mich zu erinnern, ob mir am Vorabend irgendetwas aufgefallen ist, aber mir fällt nichts ein. Es war ein Abend wie alle anderen. Ein einsamer Abend in der Wohnung, in Sigges Gesellschaft im Herbststurm, der draußen vor den schwarzen Fenstern wütete.

Das Bild war mein einziger wertvoller Besitz. Und das Geld, das ich Jesper geliehen habe. Wie soll ich jetzt über die Runden kommen? Die Rechnungen stapeln sich in der rostigen alten Brottrommel wie schimmelige Brotscheiben. Natürlich gibt es in einer Woche Gehalt, aber lange wird das Geld nicht reichen.

Was, wenn jemand in der Wohnung war und das Bild gestohlen hat? Und was, wenn dieser Jemand heute Nacht eingebrochen ist, sich über meinen schlafenden Körper gebeugt und das Bild von der Wand genommen hat? Wenn er auf meine Atemzüge gehorcht hat, während ich keine Ahnung davon hatte, was hier vor sich ging?

Plötzlich erinnere ich mich an meinen Traum. Die Silhouette, die sich im Mondschein abgezeichnet hat. Das lähmende Gefühl der Angst, als mir aufging, dass ich mich nicht rühren und nicht schreien konnte.

Die Übelkeit explodiert in meinem Zwerchfell. Ich schleppe

mich zur Toilette, falle auf die Knie und erbreche eine bittere gelbe Flüssigkeit. Kaum versuche ich, mich aufzurichten, muss ich wieder würgen. Ich lege mich auf den kalten Boden im Bad, drehe mich auf den Rücken und strecke Arme und Beine aus wie ein Seestern.

An der Decke hängen lange Staubfäden. Sie bewegen sich in dem schwachen Luftzug des Lüftungsventils. Irgendwo im Haus spült jemand seine Toilette, es gluckst und wispert in den Rohren, die an der Wand entlanglaufen, als ob sie in einer fremden Sprache auf mich einredeten.

Sigge kommt, macht ein verdutztes Gesicht. Er fragt sich vermutlich, was ich da auf dem Boden tue. Dann macht er kehrt und geht mit hocherhobenem Schwanz davon.

Wenn du reden könntest, denke ich. Dann könntest du mir erzählen, was passiert ist, während ich geschlafen habe.

HANNE

Eigentlich ist Owe daran schuld, dass ich hier stehe, im Eingang des Polizeigebäudes. Am Abend, nach dem Konzert in der Hedvig-Eleonora-Kirche, hatten wir einen schrecklichen Streit. Eine wahnwitzige Eruption. Das heißt, *er* war wahnsinnig. Erklärte, wie verantwortungslos und kindisch ich doch sei, dass ich auch nur daran denken könnte, mich mit der Polizei zu treffen und über einen Auftrag zu sprechen, wo die Küche voller Merkzettel hing und ich mich nicht einmal erinnern konnte, welches Brot ich für ihn kaufen sollte (das mit Dinkel und Kürbiskernen, ich hatte das durchaus gewusst, ich hatte nur ein anderes gekauft, um ihn zu ärgern).

Ich wollte antworten, er könnte sich sein verdammtes Brot selbst kaufen, aber das tat ich natürlich nicht. Ich ging mit Frida ins Gästezimmer und legte mich dort auf das schmale Bett. Versuchte zu begreifen, warum es mir so schwerfällt, Owe zu widersprechen, warum ich mich von ihm auf diese Weise überfahren lasse.

Mir fiel aber keine vernünftige Erklärung ein.

Am nächsten Morgen, als Owe zur Arbeit gegangen war, rief ich diesen Polizisten an und sagte, ich würde gern vorbeikommen und mich mit ihm unterhalten. Ob es morgen passte?

Er antwortete, das sei perfekt und ich sei willkommen.

Die Frau, die mich zu dem Besprechungszimmer im dritten Stock führt, ist jung und plappert irgendetwas über das Wetter. Fragt, ob es schwer war, durch das Schneechaos herzukommen. Ich antworte höflich, dass die U-Bahn problemlos fahre und dass ich so warm angezogen sei, dass ich ohne zu frieren draußen übernachten könnte.

Sie lächelt mitleidig und wirft einen Blick auf meinen ausgebeulten Mantel.

Dann stehen wir vor einer Tür. Die Frau klopft an und nach einigen Sekunden wird die Tür geöffnet. Ich weiß nicht, was ich erwartet hatte, aber nicht das hier.

Mitten im Zimmer, vor dem Fenster, sitzt er.

Peter.

Das Blut sackt mir in die Beine. Die Luft wird auf eine geheimnisvolle Weise durch die Risse neben dem Fenster aus dem Raum hinausgesaugt und hinterlässt ein Vakuum. Meine Fingerspitzen prickeln und mein Herz springt in meiner Brust auf und ab, als ob es ebenfalls wegwollte: fliehen vor diesem scheinbar harmlosen Mann mittleren Alters, der dort drüben im Sessel sitzt.

Er sieht genauso aus wie in meiner Erinnerung. Nur müder und vielleicht ein wenig runder um die Taille. Helle, graumelierte, kurzgeschnittene Haare und tiefliegende grüne Augen. Eine scharf gezeichnete Adlernase, wegen der man an Mafiafilme aus den sechziger Jahren denken muss. Schmale Hände, so schmal, dass sie auch einer Frau gehören könnten.

Ich weiß genau, was er mit diesen Händen machen kann.

Dieser Gedanke kommt von nirgendwoher und mir wird schlecht. Noch einmal muss ich gegen den Impuls ankämpfen, auf dem Absatz kehrtzumachen und davonzustürzen.

Aber ich zwinge mich zum Stillstehen, obwohl mein Körper etwas ganz anderes will.

»Hallo«, sage ich.

»Willkommen«, sagt ein kräftiger Mann mit rötlichem Teint und einem rosa Hemd mit gelbem Einstecktuch.

Er sieht lustig aus. Fehl am Platz im behördengrauen Inneren des Polizeigebäudes. Wie ein Kamerad aus Owes Jagdgesellschaft, der sich aus irgendeinem unerklärlichen Grund hierher verirrt hat.

Eine dunkelhaarige Frau von vielleicht Mitte dreißig kommt auf mich zu und stellt sich vor. Ich lächele, nehme ihre Hand, höre aber nicht, was sie sagt. Dann steht er vor mir. Genau wie früher hat sein Körper etwas Jungenhaftes, seine Art, sich zu bewegen. Etwas Schlaksiges, das sich niemals richtig ausgewachsen hat. Er streckt die Hand aus und ich sehe deutlich, dass er sich gar nicht wohl fühlt in seiner Haut.

Ich nehme seine Hand, weiche den grünen Augen aber aus. Dennoch ist die Reaktion meines Körpers auf diesen Händedruck so greifbar, fast physisch, dass ich Angst bekomme. Es ist wie ein brutaler Schlag in den Magen. Dann ist der Moment vorüber und wir lassen einander los. Ich streife den Mantel ab, lasse mich auf einen Stuhl sinken und lehne den Kaffee ab, den die Frau mir anbietet; ich verlasse mich nicht darauf, dass meine Hände die Tasse festhalten könnten.

Ich schaue die weiße Tischplatte an. Kleine Kratzer laufen kreuz und quer über die blanke Fläche. Aus dem Augenwinkel ahne ich Peter. Offenbar schaut er aus dem Fenster.

»Wie gesagt. Vielen Dank dafür, dass du kommen konntest«, beginnt der kräftige Mann. »Wir hatten vor zehn Jahren kurz miteinander zu tun, damals ging es um die Ermittlungen im Mordfall Miguel Calderón.«

Ich nicke, erwidere seinen Blick. Er zieht einen dicken Ordner hervor und fängt an, eine Art Bericht und Fotos herauszunehmen. Das Papier ist vergilbt und die Fotos haben Eselsohren. Alles liegt jetzt auf dem Tisch.

Ich mustere die schwarzweißen Bilder. Die Erinnerungen brechen unkontrolliert hervor: die Gerüche in der Leichenhalle, der Kopf des jungen Mannes, der einige Zentimeter neben seinem Rumpf stand, absichtlich aufrecht hingestellt und zur Tür hin gedreht. Die halbverklebten Augen des Opfers, die mich noch monatelang in meinen Träumen verfolgten.

»Miguel Calderón, fünfundzwanzig, Aushilfslehrer«, sagt der kräftige Polizist mit der sanften Stimme, der Manfred heißt, wie ich mich jetzt erinnere. »Wurde am 15. August vor zehn Jahren in seiner Wohnung in der Hornsbruksgata am Zinkensdamm tot aufgefunden, von seiner Schwester Lucia. Sie hatte seit einer Woche erfolglos versucht, ihn zu erreichen, und fing an, sich Sorgen zu machen. Sie hatte einen Schlüssel zu seiner Wohnung, deshalb ging sie hinein und fand ihn ermordet in der Diele vor. Die Todesursache waren viele Stichwunden im Hals, ausgeführt mit einem schwertähnlichen Gegenstand, der niemals gefunden wurde. Der Kopf war vom Rumpf getrennt worden und stand neben dem Körper auf dem Boden, die Augenlider waren mit Klebeband festgeklebt, als wollte der Mörder alle, die das Zimmer betraten, zwingen, den Blick des Opfers zu erwidern.« Ich nicke, konzentriere mich auf die Bilder und merke, wie mein Herz sich langsam beruhigt. Wie der Sauerstoff in die

Luft zurückkehrt. Denke, dass die ganze Situation seltsam ist, dass aber ein zehn Jahre zurückliegender brutaler Mord ausgezeichnet als Ablenkung fungiert. Vielleicht kann ich so tun, als ob er gar nicht dort säße, nur wenige Meter von mir entfernt. Vielleicht kann ich ihn wegdenken, wenn ich mich nur richtig anstrenge.

Ich konzentriere mich stattdessen auf den Tod.

Manfred Olsson lässt die dicken Papierstapel mit einem Knall auf den Tisch fallen und sagt dann:

»Die Ermittlungen gehörten zu den umfassendsten in der modernen schwedischen Kriminalgeschichte, vielleicht waren sie die aufwendigsten, mal abgesehen von denen im Palme-Mord natürlich. Wir haben hunderte von Zeugen und Bekannten vernommen, eine Menge Menschen überprüft und Speichelproben genommen. Wir hatten vor dem Eingang eine Kippe gefunden, deshalb hatten wir DNA, die vom Täter stammen könnte. Der Fall wurde im Fernsehen nachgestellt. Ein Journalist hat sogar ein Buch darüber geschrieben und behauptet, Calderón sei das Opfer eines chilenischen Berufskillers geworden, der in Schweden mit Billigung des schwedischen Sicherheitsdienstes politische Flüchtlinge jagte. Du weißt das sicher alles noch, Hanne?«

Ich nicke.

»Und jetzt das hier«, fährt Manfred Olsson fort und legt langsam Fotos auf den Tisch, die viel neuer aussehen. »Am Sonntagabend wurde eine junge Frau auf Djursholm ermordet aufgefunden. Todesursache waren etliche Schnittwunden am Hals, und wie bei Calderón ist der Kopf vom Rumpf entfernt worden und stand neben der Leiche auf dem Boden, den Blick auf die Eingangstür gerichtet.«

»Und gab es Klebeband an den Augenlidern?«

Ich staune fast darüber, dass ich es wage, diese Frage zu stellen, dass ich überhaupt reden kann.

Die dunkelhaarige Frau schüttelt langsam den Kopf.

»Nein, kein Klebeband. Und in dem Fall lag die Mordwaffe noch am Tatort. Eine Machete. Die ist jetzt zur Analyse im Labor.«

Ich muss einfach zu Peter hinüberschauen. Er sieht bleich aus und hat die Arme vor der Brust verschränkt. Er ist offenbar peinlich berührt, und mir kommt das vor wie ein Triumph, ein kleiner schmutziger, aber absolut angenehmer Sieg.

Manfred Olsson redet weiter.

»Ich weiß noch, dass du damals einige interessante Theorien über den Mörder hattest. Ich wollte dich fragen, ob du meinst, wir könnten es hier mit demselben Täter zu tun haben.«

Ich sehe mir die Bilder von Tod und Chaos an, die vor mir verteilt sind. Verspüre wie immer eine Art Trauer, aber ich bin auch immer wieder fasziniert von diesem scheinbar unbezwingbaren menschlichen Drang zu töten. Und ich spüre noch etwas anderes, ein Prickeln, vielleicht eine Sehnsucht danach, mich richtig in diesen Fall einzugraben, ihn nach allen Seiten zu drehen und zu wenden. Mir langsam ein Bild des Täters zu machen, ihn in einen Menschen aus Fleisch und Blut zu verwandeln.

Ich liebe meine Forschung, aber etwas an der Arbeit für die Polizei schenkt mir eine ganz andere Art von Befriedigung. Sonst beschäftige ich mich ja nur mit Theorien. Es ist so ungeheuer faszinierend, mein Wissen in der Praxis anwenden zu können. Plötzlich geht mir auf, wie sehr mir das gefehlt hat.

»Wie ihr sicher begreift, kann ich dazu erst etwas sagen,

wenn ich mich genauer in die Unterlagen eingearbeitet habe«, sage ich. »Aber spontan… die Opfer sind natürlich unterschiedlich, sind Mann und Frau, und auch die Tatorte unterscheiden sich. Und in ihrem Fall wurde ja offenbar die Mordwaffe am Tatort zurückgelassen, was sich ebenfalls vom Fall Calderón unterscheidet. Aber trotzdem würde ich sagen, dass die Parallelen in der Herangehensweise zu groß sind, um ignoriert werden zu können. Ihr müsst euch das unbedingt näher ansehen. Aber das ist euch ja schon klar, sonst hättet ihr mich wohl nicht hergebeten?!«

Der kräftige Polizist nickt.

»Wer tut so was?«, fragt die dunkelhaarige Frau. »Ein Verrückter?«

Ich lächele. Das Wort *Verrückter* wird in unserer Gesellschaft so oft missbraucht.

»Es kommt darauf an, wie du verrückt definierst. Man könnte natürlich behaupten, dass jemand nicht bei Verstand sein kann, um ein solches Verbrechen zu begehen. Aber wenn wir es mit einem Täter zu tun hätten, der psychisch so krank wäre, dass er nicht allein zurechtkäme, dann hätte er seine Spuren auch nicht verbergen und verschwinden können. Dann hättet ihr ihn aller Wahrscheinlichkeit nach schon festgenommen.«

»Du hast gesagt, er?«

Die Polizistin erwidert meinen Blick.

»Ja, denn die allermeisten Morde werden von Männern begangen. Vor allem diese Art von… gewaltsamen Morden. Aber es ist natürlich nicht auszuschließen, dass es eine Frau war. Wir reden hier von Wahrscheinlichkeiten, es ist keine exakte Wissenschaft.«

»Und den Kopf abzuhauen und auf den Boden zu stellen, was bedeutet das?«, fragt sie.

Ich zucke mit den Schultern.

»Wenn ich das wüsste. Ich weiß noch, dass wir damals überlegt haben, ob das Opfer erniedrigt werden sollte, ob der Täter Calderón kannte und ihn inbrünstig hasste. So sehr, dass er das aller Welt zeigen wollte. Die Tat an sich, jemandem den Kopf abzuschlagen, weist ja auch hin auf… Wut. Historisch gesehen wurde Enthauptung in aller Welt als Strafe für die schlimmsten Verbrechen vollzogen. Der Begriff *capital punishment* kommt ja vom lateinischen caput, also Kopf. Und noch heute wird diese Strafe zum Beispiel in Saudi Arabien verhängt. In Schweden wurde der letzte Mörder im Jahre 1900 geköpft, in vielen anderen europäischen Ländern wurde noch viel später damit aufgehört. Man nimmt zum Beispiel an, dass zwischen 1933 und 1945 in Deutschland und Österreich über fünfzehntausend Menschen enthauptet worden sind. In vielen europäischen Ländern galt es als ehrenhafter, enthauptet statt gehängt oder verbrannt zu werden, deshalb war diese Hinrichtungsmethode für Adlige oder Soldaten reserviert. Aber in anderen Kulturen galt es als Schande, auf diese Art getötet zu werden. Bei manchen keltischen Völkern wurden die Feinde im Kampf enthauptet, dann wurden die Köpfe an die Pferde gehängt. Nach dem Kampf wurden sie dann einbalsamiert und als Trophäen aufbewahrt – was die Römer empörte, sie hielten die Kelten für Barbaren. Aber für die Kelten war es natürlich, ihre Feinde zu enthaupten, da der Kopf schließlich das Leben symbolisierte, die Seele.«

Es ist still im Raum, und ich überlege, dass mein Vortrag meine Zuhörer vielleicht schockiert haben könnte.

»Gibt es irgendeine Verbindung zwischen den Opfern?«, frage ich.

»Nicht, dass wir wüssten, aber wir untersuchen das noch«, sagt Manfred Olsson. »Wir haben für den Mord am Sonntag einen Verdächtigen, und wir wollen feststellen, ob er irgendetwas mit Calderón zu tun gehabt haben könnte.«

Ich schaue mir wieder die Bilder des abgehackten Frauenkopfes an. Versuche mir vorzustellen, was passieren muss, damit man das einem anderen Menschen antut. Welche Mechanismen ausgeschaltet werden müssen, damit jemand ein solches Verbrechen begehen kann.

»Wer war sie?«, frage ich und streiche vorsichtig mit dem Finger über das Foto.

Es wird wieder still. Vor dem Fenster fällt weiter der Schnee. Große weiche Flocken wehen im kräftigen Wind vorbei und versperren alle Sicht.

»Das wissen wir nicht«, sagt Peter plötzlich und erwidert zum ersten Mal meinen Blick.

Ich ahne den Schmerz in seinen Augen, ehe er den Blick sinken lässt. Die anderen scheinen die Spannung zwischen uns zu bemerken, denn der kräftige Polizist sagt eilig:

»Ich wollte fragen, ob du uns ein wenig bei diesem Fall helfen könntest. Als Beraterin, meine ich. Und es ist kein Vollzeitjob, es geht nur um einige Stunden. Wenn du also Zeit und Lust hast ...«

Stockholm ist in einen weißen, wattigen Nebel gehüllt, als ich durch die Hantverkargata zum Stadthaus gehe. Die Schneeflocken treffen mein Gesicht und alles ist ganz still. Mit der U-Bahn wäre ich schneller da, aber ich gehe zu Fuß, ich hatte das Gefühl, meinen Kopf auslüften und Peter aus meinen Gedanken vertreiben zu müssen, der sich wieder in mein Leben geschlichen hat. Der Verkehr wälzt sich träge durch den dichten Schneefall und meine Schritte knirschen, als ich mich langsam auf die Innenstadt zubewege.

Peter Lindgren.

Eigentlich ist es seltsam, dass ich ihm erst jetzt begegne. Ich habe doch danach noch häufiger für die Polizei gearbeitet. Manchmal habe ich an ihn gedacht, daran, dass er vielleicht dort saß, irgendwo im Polizeigebäude, und arbeitete, als ob nichts passiert wäre. Damals empörte mich das so, dass es mir manchmal den Atem verschlug. Aber so ist das Leben nun einmal. Menschen lassen einander immer wieder im Stich, und das Leben geht weiter, ob uns das nun passt oder nicht. Dem Leben ist es egal, was wir wollen.

Der rotbraune Turm des Stadthauses verschwindet im Nebel, als ob er bis in den Himmel und noch weiter reichte, in den schwarzen Raum und weiter in die Ewigkeit. Vielleicht kommt ein Tag, an dem meine Erinnerung so zerfressen ist, dass Peter verschwindet, denke ich. So verwischt wird wie die Stadt im Schneegestöber.

Das hoffe ich.

Aber schlimmstenfalls passiert genau das Gegenteil, alles andere verschwindet, und das Einzige, was bleibt, ist die Erinnerung an ihn, seinen Körper, seine Worte.

Wir lernten uns kennen, als ich der Polizei bei der Ermittlung in einem Mordfall an zwei Prostituierten in Märsta im Norden von Stockholm half. Ich weiß noch, dass er anfangs keinen besonderen Eindruck auf mich machte. Er war nur einer der vielen Polizisten, die meinen Weg kreuzten. Vielleicht wirkte er ein bisschen schwach auf mich, er hatte etwas Unsicheres, nicht physisch gesehen, sondern eher seine Ausdrucksweise, die zögerlich war, ein wenig umständlich. Ich weiß noch, dass ich dachte, er sei ein seltsamer Polizist, denn Polizisten seien doch geradeheraus, klar und selbstsicher.

Und dann passierte die Sache mit dem Fahrstuhl.

Das Polizeigebäude wurde renoviert, und aus irgendeinem Grund wurde ein Stromkabel gekappt, als Peter und ich gerade irgendwo zwischen dem ersten und zweiten Stock mit dem Fahrstuhl unterwegs waren. Alles wurde plötzlich schwarz und der Fahrstuhl stand still. Einige Sekunden darauf wurde eine schwache, bläuliche Lampe auf Fußhöhe eingeschaltet, sicher eine Art Notbeleuchtung. Wir sprachen lange durch eine kleine, in die Wand eingelassene Kommunikationseinheit mit einem verwirrten Hausmeister, ehe wir erfuhren, dass uns nichts anderes übrig blieb, als uns zu setzen und auf Hilfe zu warten, was sicher eine ganze Weile dauern würde.

Am Ende saßen wir über drei Stunden fest, bis uns die Feuerwehr endlich zu Hilfe kam. Und in diesen drei Stunden lernte ich Peter kennen.

Zuerst redeten wir über Gott und die Welt. Vor allem über die Arbeit, den Fall, mit dem wir uns beschäftigten, und darüber, wie es möglich war, dass ganz normale junge Mädchen sich prostituierten, wenn sie scheinbar doch alles hatten, was sie brauchten. Bald aber kamen wir auf persönlichere Dinge zu sprechen. Ich erzählte von meiner Beziehung zu Owe, und ich weiß noch, wie sehr es mich überraschte, dass ich Peter so dicht an mich heranließ, dass ich ihm Dinge über mich und Owe anvertraute, die ich nicht einmal meinen Freunden erzählt hatte. Aber es war etwas an seiner Art, dieser sanften, aber zielstrebigen Suche nach den wichtigen Dingen im Leben, die mich ermutigte, ihm meine allerprivatesten Räume zu öffnen.

Vielleicht lag es auch daran, dass er sich traute, seine schmutzigsten, allerprivatesten Gedanken mit mir zu teilen.

Er erzählte von seiner großen Schwester, die als Teenager gestorben war, und von einer in die Brüche gegangenen Beziehung. Von seinem fünf Jahre alten Sohn, den er fast nie sah, und von seiner Trauer darüber, dass er zu jemandem geworden war, den er eigentlich gar nicht leiden konnte. Was es für ein Gefühl gewesen war, zu der unangenehmen Erkenntnis zu gelangen, dass er kein besonders guter Mensch war. Mit genau diesen Worten beschrieb er sich: »Ich bin wirklich kein besonders guter Mensch.« Er teilte das in einem sachlichen Tonfall mit, ungefähr so, als ob er über ein Auto oder eine Wohnung spräche. Und er schien wirklich zu glauben, dass Albin, so hieß sein Sohn, es ohne ihn besser hatte.

Ich versuchte, ihm zu erklären, dass alle Menschen Fehler und Mängel haben, und dass Kinder – vor allem vielleicht kleine Jungs – einen Vater brauchen, auch wenn der nicht perfekt ist. Dass unsere Gesellschaft uns einredet, für die Kinder sei die Perfektion der Eltern wichtig, obwohl doch deren Anwesenheit im Grunde viel bedeutsamer ist.

Aber was wusste ich denn eigentlich darüber? Ich hatte doch keine Kinder.

Er sagte auch, dass er nur eins mit Sicherheit wisse, nämlich, dass er ein guter Polizist sei, und dass er beschlossen habe, dabeizubleiben. Vielleicht hätte ich damals schon gewarnt sein sollen, aber ich wurde natürlich nur neugierig.

Wie immer, wenn ich Menschen kennenlernte, die ein wenig beschädigt waren, hatte ich das Bedürfnis, Wunden zu heilen und zu verbinden.

Als ob ich Peter hätte heilen können.

Zwei Wochen später ging ich nach der Arbeit mit ihm nach Hause. Ich weiß nicht wirklich, warum, es passierte einfach. Wir waren in seiner kleinen Zweizimmerwohnung in Farsta und wir schliefen miteinander, die ganze Nacht. Ich weiß noch, dass es mir magisch vorkam, dass es etwas in mir weckte, das viele Jahre lang verborgen geblieben war. Dieses Gefühl vollständiger Zusammengehörigkeit, physisch, emotional, ja, fast geistig.

Mich schaudert, wenn ich jetzt daran denke. Es kommt mir jetzt so furchtbar banal vor, zehn Jahre später hier im Schneechaos. Was hatten wir denn eigentlich gemeinsam, außer einer Art Verbitterung, weil das Leben nicht ganz so geworden war, wie wir uns das vorgestellt hatten? Eine Einsamkeit, die uns einander in die Arme stieß. Wie hätten wir ein gemeinsames Leben aufbauen können – er war zehn Jahre jünger als ich und ich war verheiratet. Sehr verheiratet. Wir teilten weder Hintergrund noch Interessen oder ein soziales Umfeld.

Und dennoch.

Alle Nächte, alle Tage. Wie seine Arme gierig meinen Körper suchten. Wie wir uns in seinem Bett liebten, im Dienstwagen und auf der Toilette im Büro. Wie die Teenager. Wir konnten kaum im selben Zimmer sitzen, ohne einander anzuschauen, rot zu werden und zu kichern. Die Kollegen wechselten über unsere Köpfe hinweg vielsagende Blicke.

Ich bleibe vor dem Berzelii-Park stehen. Halte im Schneegestöber Ausschau nach den Umrissen des Theaters. Hebe den Kopf, öffne den Mund und lasse die Schneeflocken auf meiner Zunge landen. Koste den Himmel, der auf mich herabrieselt.

Owe merkte natürlich, dass ich verliebt war. Andere sehen das ja doch – auch wenn man selbst es nicht glaubt. Aber er sagte nichts dazu. Noch nicht.

Nach ungefähr einem Jahr fingen Peter und ich an, darüber zu reden, wirklich ein Paar zu werden, zusammenzuleben. Und ich hatte die größten Zweifel – aus ganz falschen Gründen, das kann ich jetzt zugeben. Ich dachte viel zu viel darüber nach, was die Leute sagen würden, wenn ich meinen Mann für einen zehn Jahre jüngeren Polizisten verließe und in einen Vorort übersiedelte. Ich hatte doch alles: eine schöne Wohnung, eine strahlende Karriere und einen Mann, den alle bewunderten.

Nur ich nicht.

Und Peter ließ nicht locker. Er wollte mich. Obwohl wir niemals Kinder bekommen würden und sicher einen hohen Preis für unsere Liebe bezahlen müssten. Er wollte mich, weil er mich liebte und nicht ohne mich leben konnte.

Blabla.

Worte, nichts als Worte. Wenn es ihm vielleicht sogar so vorkam, in diesem Augenblick. Ja, das kann sogar sein.

Jedenfalls konnte er mich dann am Ende überreden und ich beschloss, Owe zu verlassen. Ich fuhr nach Hause, um die wichtigsten Sachen zusammenzupacken, und Peter versprach, mich am selben Nachmittag um fünf vor meiner Haustür abzuholen.

Ich weiß noch, wie aufgeregt und zugleich schuldbewusst

ich war, wie ein Kind, das gleich Süßigkeiten stehlen wird, während ich meine Tasche packte. Als ich gerade die Wohnung verlassen wollte, kam Owe nach Hause, was ich nicht vorhergesehen hatte – er kam sonst immer erst um sechs. Ich sagte wahrheitsgemäß, dass ich einen anderen kennengelernt hatte und ihn verlassen würde. Dass ich ihn nicht liebte und dass unsere Ehe mir wie ein Gefängnis vorkam. Er wurde wütend und schrie, das würde ich noch bereuen, es sei nur eine Frage der Zeit, bis ich angekrochen käme und ihn anflehte, mich wieder aufzunehmen. Ich gab keine Antwort, ich ging nur hinaus und zog nicht einmal die Tür hinter mir zu. Den ganzen Weg nach unten hörte ich ihn da oben schreien. Auch als ich kein Wort mehr verstehen konnte, hallte sein wütendes Gebrüll im Treppenhaus wider.

Draußen war es dunkel und Nieselregen fiel auf den Asphalt. Ich stellte meine Tasche auf die Treppe und setzte mich daneben, plötzlich überwältigt von einer betäubenden Müdigkeit. Ich hatte das Gefühl, dass mich etwas zu Boden zog und dass meine Beine unter mir nachgaben, so erschöpft war ich. Und da blieb ich sitzen. Es wurde fünf und halb sechs. Um Viertel vor sechs rief ich Peter an, um zu fragen, wo er bleibe, aber er ging nicht ans Telefon. Um halb sieben sah ich langsam ein, dass er nicht kommen würde, aber ich brachte es nicht über mich, aufzustehen, hatte keine Kraft, die Steintreppe zu verlassen. Es regnete nicht mehr, und vom Strandväg her kam ein kalter Wind, der nach Meer und Abgasen roch. Er stahl sich unter meine dünne Jacke und legte sich um mein Herz. Ließ mich von innen auskühlen.

Als Owe gegen neun nach unten kam, um mich zu holen, wehrte ich mich nicht, obwohl sein harter Griff um meinen

Oberarm wehtat. Ich folgte ihm widerspruchslos nach oben in die Wohnung.

Eine Woche später kam ein Brief. Peter erklärte, dass er nicht mit mir leben könnte, er würde mir nur wehtun – so sei er, er verletze Menschen –, und es sei besser für alle Beteiligten, auch für mich, wenn wir uns nicht wiedersähen.

Ich habe jetzt den Einrichtungsladen Svensk Tenn im Strandväg erreicht, presse meine Nase gegen die schneefeuchte Fensterscheibe und schaue hinein. Es sieht fast aus wie zu Hause bei Owe und mir. Bunte bürgerliche Eleganz mit ethnischem Einschlag. Exklusiv, aber nicht protzig. Geschmackvoll, aber nicht ängstlich. Eine Straßenbahn fährt vorbei und ich schließe die Augen, versuche, Peter aus meinem Bewusstsein zu verdrängen. Nur hier und jetzt zu sein, mitten im Schneechaos. Auf dem Weg in mein Zuhause, zu meinem Mann, den ich noch immer nicht liebe. Die Hoffnung auf Vergessen als einzige Rettung.

PETER

Eine Mordermittlung ist genau wie das Leben, sie hat einen Anfang, eine Mitte und ein Ende. Und genau wie im Leben weiß man erst, wenn alles vorüber ist, wo man sich gerade befunden hat. Ab und zu ist alles zu Ende, fast noch ehe es angefangen hat, und andere Male geht die Ermittlung scheinbar bis in alle Ewigkeit weiter, ehe sie im Sande verläuft oder eingestellt wird.

Der einzige Unterschied ist wohl, dass eine Ermittlung nur das eine Ziel hat: dem Scheiß ein Ende zu setzen, anders als das Leben eben. Obwohl ich mich ab und zu frage, ob es im Leben nicht genauso ist.

Ich habe oft gedacht, es gehöre zu den aufregenden Seiten meiner Arbeit, dieses Unvorhersehbare, das Element Zufall, das sich der Kontrolle entzieht. Aber jetzt ist wohl auch das zur Routine geworden, wie so vieles andere.

Die Frau, die mir gegenüber im Vernehmungsraum sitzt, heißt Anja Staaf. Ob sie uns der Lösung des Rätsels, was in Jesper Orres Haus passiert ist, näherbringen kann, weiß ich nicht, aber sie ist jedenfalls eine der Frauen, mit denen er im vergangenen Jahr am meisten zu tun gehabt hatte, das sagen seine Freunde.

Sie hat dunkle, fast schwarze Haare, eine sorgfältig gestylte Frisur, die an altmodische Pin-up-Girls erinnert. Ihre Haut ist blass, und das Make-up kräftig, mit betonender Wimperntusche und dunkelroten Lippen. Sie trägt ein Kleid mit Tupfen, das um die Brüste eng anliegt, eine kleine Jacke und schwarze Stiefel. Und sie sieht gelassen aus, ungewöhnlich gelassen dafür, dass sie in einem Vernehmungsraum der Polizei sitzt.

Manfred gießt ihr Wasser ein und schaltet das Tonbandgerät an, erklärt, dass sie im Zusammenhang mit dem Mord in Jesper Orres Haus aussagen wird. Sie nickt mit ernster Miene und spielt ein wenig an ihrer Jacke herum, zupft an den kleinen blinkenden Perlmuttknöpfen.

»Schönes Jackett«, sagt sie und nickt zu Manfreds senfgelbem Wollblazer hinüber.

Manfred behält die Fassung, fährt sich aber mit der linken Hand über das rechte Revers.

»Danke. Man gibt sich Mühe«, murmelt er. »Können Sie uns erzählen, wann und wie Sie Jesper Orre kennengelernt haben?«

Ihr Blick wandert zur Decke, als ob sie sich anstrengen müsste, sich zu erinnern.

»Das war im Klub«, sagt sie dann. »Im Vertigo, da arbeite ich. Er war manchmal da, und, naja, dann kamen wir ins Gespräch. Danach haben wir uns ab und zu getroffen. Waren manchmal essen, oder er kam einfach nur zu mir und blieb über Nacht.«

»Wann war das?«

Sie zögert.

»Vielleicht vor einem Jahr. Aber jetzt habe ich ihn seit einigen Monaten nicht mehr gesehen.«

»Und dieser Klub, Vertigo. Was ist das für ein Lokal?«

»Tja, ein ganz normaler Klub, aber die meisten Gäste interessieren sich für Fetisch- oder Queer-Kultur und lassen sich gern mal gehen. Nicht alle sind kinky, aber sie müssen sich richtig anziehen, um reinzukommen. Sloggi-Unterhosen und Crocs gehen gar nicht.«

Sie rümpft ein bisschen die Nase, als sie das sagt, als seien Sloggi-Unterhosen das Allerwiderlichste, das sie sich überhaupt vorstellen kann. Auf irgendeine Weise unanständig.

»Und Jesper ist also … gewissermaßen … *kinky*?«

Ich muss einfach über Manfred grinsen, der sichtlich aus dem Gleichgewicht geraten ist, trotz seiner langen Erfahrung in der Befragung der unterschiedlichsten Menschen. Aber vielleicht ist es nicht das Fetischgerede, das ihn aus der Fassung bringt, sondern die Tatsache, dass sie jung und schön ist und ihm noch dazu ein Kompliment für sein geliebtes Jackett gemacht hat.

»Äh, Jesper ist eigentlich nicht besonders kinky. Ich glaube nur, dass er neugierig ist und gern ein bisschen seine Grenzen austesten möchte. Sucht den Kick, so könnte man das vielleicht sagen. Aber im Grunde ist er ein sehr lieber und freundlicher Junge.«

»Lieb und freundlich sind nicht gerade die Worte, die seine Kollegen benutzen.«

Die Frau seufzt.

»Aber also … Ich weiß ja nicht, wie er im Büro ist oder so. Nur wie er war, wenn wir uns getroffen haben.«

»Und wie war er dann?«

Wieder wandert ihr Blick an die Decke.

»Tja. Klug, lieb. Er konnte bisweilen gestresst sein, die ganze Zeit sein Telefon anstarren und so. Aber ich habe gedacht, das hätte mit seinem Job zu tun, damit, dass er immer zu erreichen sein musste. Ich weiß noch, dass er mir leidtat. Und natürlich hatte er auch Angst davor, mit mir gesehen zu werden. Das hing sicher damit zusammen, dass die Zeitungen immer hinter ihm her waren. Doch, er hat mir wirklich leidgetan.«

Sie verstummt. Ihre aufmerksamen blauen Augen begegnen meinen.

»Und wo haben Sie sich dann getroffen?«, fragt Manfred.

»Wie gesagt, im Klub oder bei mir zu Hause in meiner Wohnung bei Midsommarkransen.«

»Und wie lange waren Sie zusammen? Sie haben gesagt, Sie haben sich vor einem Jahr kennengelernt und nun seit Monaten nicht mehr gesehen.«

Die Frau lacht leise.

»Aber großer Gott. Nein, wir waren nicht *zusammen*. Wir haben uns nur ab und zu getroffen. Waren befreundet. Hatten Sex. Sie wissen schon.«

Manfred sieht aus, als ob er gar nichts wüsste.

»Unverbindlicher Sex?«

»Das ist doch sicher der beste Sex. Meinen Sie nicht?«

Manfred nickt zögernd.

»War er je gewalttätig, wenn Sie Sex hatten? Kam es vor, dass Sie Angst hatten?«

»Angst?«, sie lacht. »Nein, er war lieb, das hab ich doch gesagt. Naja, manchmal hat er ein bisschen fest zugepackt. Mochte harten Sex. Aber das tu ich auch, das war also kein Problem.«

»Fest zugepackt? Wie ein Sadomasochist?«

»Wirklich nicht. Er war nur … ach, Sie wissen schon. Hat mich gern hart rangenommen und so.«

Sie sieht jetzt engagiert aus, als sei es ihr wichtig zu erklären, auf welche Weise Jesper Orre fest zugepackt hat. Als wollte sie jegliches Missverständnis in Bezug auf seine Veranlagung ausräumen.

»Waren Sie auch manchmal bei ihm zu Hause?«

Sie schüttelte den Kopf.

»Nie. Er wohnt doch draußen in den Vororten.«

»Und worüber haben Sie gesprochen, wenn Sie gerade keinen Sex hatten?«

»Alles Mögliche. Politik, Sport. Ja, er hat sich sehr für Sport interessiert. Ich glaube, er hat auch selbst ziemlich viel Sport gemacht, denn er war für sein Alter ganz schön durchtrainiert. Man merkte, dass er sich um seinen Körper kümmerte. Aß im Klub auch nie Erdnüsse oder Chips oder so was. Hat meistens Wasser mit Eis und Zitrone getrunken.«

»Ach ja. So ein richtiger Gesundheitsfreak?«

Sie runzelt die Stirn und lässt sich ein wenig zurücksinken. Verschränkt die Arme vor der Brust, und ich ahne, dass ihr diese Entwicklung des Gesprächs überhaupt nicht zusagt.

»Ja. *Allerdings*«, sagt sie.

Als Manfred Anja schon zur Rezeption zurückbringen will, dreht sie sich um und erwidert meinen Blick.

»Übrigens, da war noch etwas.«

»Ach?«, frage ich.

»Er hat ab und zu meine Unterwäsche mitgehen lassen.«

»Er hat Ihre Unterwäsche mitgehen lassen?«

»Ja, ich habe angenommen, dass er auf Unterwäsche stand. Mir war das eigentlich egal, auch wenn sie ganz schön teuer war, und da hätte er mir doch wenigstens neue kaufen können, so gut, wie er verdient hat. Oder nicht?«

Als Jesper Orres Freundin verschwunden ist, gehen Manfred und ich wieder nach oben in den dritten Stock. Manfred keucht ein wenig. Es liegt sicher an den Treppen, aber ich habe aufgehört, ihm zu sagen, dass er sich mehr bewegen soll, um abzunehmen. Er ist ein erwachsener Mensch und ich gehe davon aus, dass er genau weiß, wie ungesund diese fünfundzwanzig Kilo Übergewicht sind.

»Ja, verdammt«, sagt er. »Ein Pervo.«

»Es ist nicht verboten, Latexbräute zu ficken und seine Sexpartnerinnen hart anzufassen.«

»Aber Unterwäsche zu klauen wohl.«

»Verdammt gute Idee. Wir schnappen ihn wegen Diebstahls.«

Manfred grinst. Zieht das Jackett aus und wischt sich den Schweiß von der Stirn.

»Die halbe Truppe sucht nach Orre. Wir brauchen keinen Vorwand, um ihn festzunehmen.«

Manfred scheint nicht zuzuhören.

»Man staunt doch immer wieder darüber, wie die Menschen unter der polierten Oberfläche wirklich sind«, sagt er.

Ich nicke, denke aber zugleich, dass es Schlimmeres gibt, als ein spannendes Sexualleben zu verbergen. Menschen, die gar nichts unter der Oberfläche haben, zum Beispiel. Die innen hohl sind, wie ein leerer Milchkarton.

Wie ich.

»Von außen gesehen ein respektierter und hart arbeitender Chef, aber eigentlich ein Latexficker, der keine richtige Beziehung eingehen will. Angst vor Verantwortung. Angst vor dem Leben«, sagt Manfred wie ein Arzt, der mit selbstverständlicher Autorität eine tödliche Diagnose verkündet.

Ich sitze noch lange am Schreibtisch, nachdem Manfred schon gegangen ist. Sehe, wie der Himmel über Stockholm dunkel wird. Wie sich die Farbe von Schmutziggrau zu Tiefschwarz verändert. Der kräftige Wind lässt einsame Schneeflocken vorüberwirbeln. In den Häusern auf der anderen Straßenseite leuchten die Fenster in warmem Gelb, sie erzählen, dass alle normalen, verantwortungsbewussten Menschen – was immer das sein mag – Essen machen oder träge vor dem Fernseher sitzen.

Hannes Bild taucht vor meinem inneren Auge auf. Wie sie im Besprechungsraum meine Hand genommen hat, ohne meinen Blick zu erwidern. Sie schien die Wand neben meinem Kopf anzustarren. Und natürlich empfand ich etwas, als wir einander berührten, eine Art Trauer um alles, was es nie gegeben hat, vielleicht. Oder einen törichten Wunsch, zu erklären, verständlich zu machen, warum ich mich so verhalten habe. Alles zu sagen, was ich damals nicht zu sagen gewagt hatte.

Als ob das irgendetwas besser machen könnte.

Dann denke ich daran, was Manfred gesagt hat, darüber, dass Jesper Orre Angst vor Verantwortung hat. Wenn meine Mutter noch lebte, wenn sie mir hier gegenübersäße und über mich ausgefragt würde, würde sie sicher sagen, dass ich Angst vor Verantwortung habe. Vor jeglicher Verantwortung. Verantwortung für Beziehungen, für Geld. Ja, für den ganzen verdammten Planeten.

Ich stelle mir vor, wie Mama mir gegenüber auf dem Stuhl sitzt. Die dunklen langen Haare im Rücken zu einem dicken Zopf geflochten. Der schmale Leib mit dem etwas zu breiten Hintern. Die Brille aus den achtziger Jahren, die in dem mageren, braungebrannten Gesicht viel zu groß aussieht.

»Ulla Margareta Lindgren. Ich habe Sie hergebeten, um Ihnen einige Fragen über ihren Sohn zu stellen, Peter Ernst Lindgren. Ja, über mich eben.«

»Muss das unbedingt sein?«

»Es dauert nur ein paar Minuten.«

»Aha. Na dann. Aber wenn wir uns ein wenig beeilen könnten. Ich habe nicht den ganzen Tag Zeit.«

Pause. Mama streicht ihre Haare glatt und mustert mich mit ihrem strengen Blick, der niemals ausweicht.

»Würdest du mich als verantwortungsbereiten Menschen beschreiben?«

Tiefer Seufzer.

»Du weißt, dass ich dich immer geliebt habe, Peter. Du hast ein Herz aus Gold, das weißt du. Etwas anderes kann man einfach nicht behaupten. Aber Verantwortung hast du noch nie übernommen. Sieh dir doch nur an, wie du lebst. Schlampig und schusselig. Isst Fertiggerichte aus umweltschädlichen Plastikverpackungen. Und den Müll trennst du auch nicht. Du hast keinen Kontakt zu deinem Sohn. Die arme Janet musste die ganze Last allein tragen – ja, ich habe nichts dagegen, dass ihr nicht zusammenlebt. Erwachsene Menschen entscheiden so etwas selbst, und wenn ich ehrlich sein soll, dann habe ich auch nie gefunden, dass ihr besonders gut zusammenpasst. Aber du hättest trotzdem helfen können. Albin ist doch dein eigenes Fleisch und Blut. Und überhaupt, du zeigst nie Interesse an der Gesellschaft, obwohl du doch bei der Polizei bist. Du liest ja kaum die Zeitung. In Syrien und im Gazastreifen sterben Kinder wie die Fliegen, aber alles, was dich interessiert, sind miese Filme und deine Arbeit. Das ist so… armselig, Peter! Mehr sage ich nicht. Als ich jung war, habe ich mich engagiert. Habe politisch für das gearbeitet, woran ich geglaubt habe. Und das, obwohl ich einen Beruf und kleine Kinder hatte. Ihr seid mit zu den Demos gekommen, das war ganz normal. Ich verstehe nicht, warum du nicht auch etwas tun kannst. Sei vorsichtig. Du stehst jetzt mitten im Leben. Ehe man sich's versieht, ist Schluss.«

Ich stehe auf, gehe zum Fenster und lehne die Stirn an die kalte schwarze Scheibe. Schließe die Augen und lasse die Erinnerungen auf mich einströmen.

Mama war in der NFB-Bewegung engagiert, und als ausgebildete Grafikerin arbeitete sie beim Layout des Vietnam Bulletin und an allerlei Plakaten und Broschüren mit. Ab und zu durften meine Schwester Annika und ich mitkommen und helfen, in dem kleinen Haus in Kronobergsparken, wo sich die Gruppe traf, um Plakate zu malen oder die Zeitung zusammenzulegen. Ich weiß noch, dass Papa das nicht wollte, er fand uns zu klein, um irgendeine Meinung zum Vietnamkrieg zu haben, oder zu irgendeiner politischen Frage überhaupt. Aber wir bettelten und flehten, und am Ende gab er sich geschlagen, küsste Mama auf die Wange und ermahnte sie, auf uns aufzupassen und uns wenigstens vor der übelsten antiamerikanischen Propaganda zu beschützen.

Ich liebte diese Treffen.

Es waren immer andere Kinder dabei, und die Stimmung war locker, es war einfach schön. Alle arbeiteten hart, aber niemand hatte es eilig. Die Kinder liefen überall herum, waren aber nie im Weg.

Da ich so klein war, wurden mir die leichtesten Aufgaben zugeteilt, zum Beispiel die Buchstaben auf einem Plakat auszumalen, wie: »USA raus aus Indochina«, in Rot vor weißem

Hintergrund. Annika, die älter war, durfte die amerikanischen Raketen färben, was mich ungeheuer neidisch machte.

Wenn wir mit der Arbeit fertig waren, tranken die Erwachsenen Wein und spielten Gitarre, oder sie diskutierten über die Situation in Indochina. Ich spielte mit den anderen Kindern. Und ab und zu schlief ich vor Mamas Füßen auf dem Boden ein.

Manchmal sang die Gruppe Freedom Singers, und was als normaler Arbeitsabend angefangen hatte, endete – oder eskalierte vielleicht – als richtiges Fest.

Es kam vor, dass einer der mageren jungen Männer mit Cordjacke und Koteletten sehr dicht neben Mama saß, ihr Zigaretten anbot und wütend die Hornbrille die Nase hochschob, während sie über das Schwedische Vietnamkomitee oder die freundlichen, aber ach so naiven Radikalpazifisten redeten. Ab und zu legte einer dieser Männer einen Arm um meine Mama, spielte ein wenig mit ihren langen dunklen Haaren. Aber sie lächelte immer und rückte ein wenig von ihm weg. Und irgendwie verstand ich, obwohl ich noch so klein war, dass das Geborgenheit und Stabilität bedeutete. Dass Mama zu Papa gehörte, auch wenn sie ihn in regelmäßigen Abständen als »reaktionär« bezeichnete, was ein ganz besonders schlimmes Wort war.

Aber eines Tages war der Krieg zu Ende. Die Freiheitskämpfer hatten gewonnen und die Imperialisten gingen zurück in die USA, um ihre Hamburger zu essen und ihre Coca-Cola zu trinken. Es fielen keine Brandbomben mehr auf Dschungel und Reisfelder, auf ungeschützte Kinder. Kein Napalm brannte sich mehr durch Fleisch und Knochen, wie ein heißes Messer Butter durchschneidet.

Und ich weiß noch, dass ich begriff, dass ich mich darüber freuen müsste. Mama sagte, alles sei gut geworden und ich könne stolz sein, weil ich »Verantwortung gezeigt« und geholfen hatte, den Krieg zu beenden, aber stattdessen war ich traurig. Leer.

Keine weiteren großen Treffen. Keine Demonstrationen. Keine Plakate, die ausgemalt werden mussten.

Ich betete um einen neuen Krieg, aber ich hatte keine großen Hoffnungen, da Mama schon längst erklärt hatte, Gott sei eine kapitalistische Erfindung, um die Armen zu unterdrücken.

Ich drehe mich um. Mama ist weg, in Sekundenschnelle von dem Stuhl mir gegenüber in die kalte Erde des Friedhofs verschwunden. Auf dem Gang draußen höre ich, dass meine Kollegen ihre Büros verlassen. Gespräche und vereinzeltes Lachen entfernen sich und verhallen.

Es ist Zeit, nach Hause zu gehen.

Den Fernseher einzuschalten und noch einen Abend in meinem Leben totzuschlagen.

EMMA

Zwei Monate früher

»Meine Güte, bist du krank?«

Olgas Stimme klingt ehrlich interessiert. Im Hintergrund kann ich die elende Musik hören, und plötzlich kommt es mir wie eine Befreiung vor, heute nicht arbeiten zu gehen.

»Ist nicht so schlimm. Ich glaube, ich habe einfach irgendwas gegessen, was ich nicht vertrage. Morgen bin ich sicher wieder da. Kannst du Björne Bescheid sagen?«

Pause.

»Sicher.«

Ich sehe sie vor mir, wie das Telefon zwischen Schulter und Kinn ruht, während sie jedem Nagel ihre volle Aufmerksamkeit widmet und ihn ins Licht hält, um sich davon zu überzeugen, dass es keine Kratzer oder Risse gibt und dass die funkelnden Strasssteinchen alle noch an Ort und Stelle sind.

»Dann bis morgen«, sage ich, aber sie hat schon aufgelegt.

Ich versuche wieder, Jesper anzurufen, auch wenn ich nicht mehr mit einer Antwort rechne. Ich will vor allem seine Stimme auf dem Anrufbeantworter hören, aber diesmal komme ich nicht bis zu dieser Mitteilung. Stattdessen erklärt eine Stimme, dass dieser Anschluss auf Wunsch des Kunden nicht mehr existiert.

Ich beschließe, es auf andere Weise zu probieren. Suche mir die Telefonnummer des Hauptbüros heraus. Mit zitternden Fingern wähle ich. Die Frau, die antwortet, stellt mich ohne weitere Fragen durch, als ich sage, dass ich mit Jesper Orre reden möchte, was mich ein wenig erstaunt. Kann man den Chef wirklich einfach so erreichen? Kann alle Welt bei der Zentrale anrufen und sich zu ihm durchstellen lassen?

Natürlich ist es nicht Jesper, der sich meldet.

Eine Frau mit unklarem Akzent stellt sich als Jespers Assistentin vor und fragt, wie sie mir behilflich sein kann. Ich erkläre, dass ich mit Jesper sprechen möchte und dass es sich um eine Privatangelegenheit handelt. Sie bittet um meinen Namen und meine Nummer, damit er zurückrufen kann. Ich zögere. Das ist doch sicher der Grund, warum Jesper mich gebeten hat, ihn nicht im Büro anzurufen: damit Sekretärinnen und die Telefonzentrale meinen Namen nicht erfahren.

Ich frage sie, ob sie mich nicht direkt durchstellen kann, und sie antwortet höflich, er sei in einer Besprechung.

»Geht es ihm denn gut?«

Sie schweigt einen Moment.

»Wie meinen Sie das?«, fragt sie dann und ich ahne in ihrer Stimme Misstrauen.

»Es ist nur, dass er versprochen hatte, mich vor... vor einigen Tagen anzurufen, und als ich ihn dann nicht erreichen konnte, habe ich mir Sorgen gemacht, es könnte etwas passiert sein.«

»Es geht ihm gut. Wenn Sie Ihren Namen und Ihre Nummer hinterlassen, dann kann ich ihn bitten, Sie nach der Besprechung anzurufen«, sagt sie mit ihrer professionell-freundlichen Stimme, die in einen Werbefilm für Waschmittel gepasst hätte.

Ich frage, ob ich später noch einmal anrufen kann, und sie

sagt, das sei kein Problem, dann legen wir auf und ich sitze noch immer an meinem Küchentisch. Die Uhr über dem Tisch tickt so laut, dass ich das Gefühl habe, der Zeiger sitze in meinem Kopf.

Warum geht Jesper mir aus dem Weg? Hat er kalte Füße bekommen, bereut er die Verlobung? Oder ist er einfach ein kranker Arsch, ein Sadist, der es genießt, mich leiden zu lassen?

Gibt es noch eine andere Erklärung? Kann etwas passiert sein, weshalb er sich zurückgezogen hat – ein Todesfall in der Familie, eine Krise in der Firma? Sicher, denke ich, das ist möglich, aber es kann doch nichts so ernst und zeitraubend sein, dass man nicht kurz anrufen oder eine SMS schicken kann?!

Noch vor drei Wochen lagen wir nackt mitten im Wohnzimmer auf dem Boden. Durch die Jalousien strömte das sepiabraune Abendlicht herein. Zeichnete ein weiches Gitter aus Licht und Schatten auf unsere Körper. Das Fenster war einen Spaltbreit geöffnet und die Vorhänge blähten sich ein wenig in der kalten Luft.

Jesper rauchte. Das kam nicht oft vor, nur, wenn wir ein paar Gläser Wein getrunken hatten, oder manchmal nachdem wir miteinander geschlafen hatten. Er schaute zur Decke hoch, während seine große Hand auf meinem Bauch ruhte. Mit den Fingern zeichnete er kleine Kreise auf meine schweißnasse Haut.

»Was ist passiert?«, fragte er.

»Sie ist krank geworden und jetzt ist sie gestorben.«

Jesper machte einen tiefen Zug.

»Ja. Das habe ich schon verstanden. Aber woran ist sie gestorben?«

»Eine Entzündung der Bauchspeicheldrüse. Wahrscheinlich, weil sie zu viel getrunken hat.«

»Wie traurig.«

»Ja und nein. Manchmal denke ich sogar, dass sie ja eigentlich selbst schuld daran war. Es war doch sonst niemand daran schuld, dass sie getrunken hat.«

Jesper drehte seinen Kopf zu mir hin. Erwiderte meinen Blick.

»Ich habe auch nicht an sie gedacht. Sondern an dich.«

»An mich?«

Er lachte und schüttelte den Kopf ein wenig, als ob ich etwas Dummes gesagt hätte.

»Ja. An dich.«

»Ich brauche dir doch nicht leidzutun.«

Wir schwiegen eine Weile. In der Ferne hörten wir einen Rettungswagen. In der Küche schaltete sich der Kühlschrank mit einem Seufzer ein.

»Es tut mir so leid, dass ich nicht mit dir zur Beerdigung gehen kann«, sagte Jesper nach einer Weile, als ob er lange darüber nachgedacht hätte.

»Ich schaffe das schon allein.«

»Niemand sollte allein zur Beerdigung seiner Mutter gehen müssen.«

Ich gab keine Antwort. Was hätte ich sagen sollen? Er hatte ja recht, wir trafen uns jetzt seit Monaten, und es wurde immer klarer, dass es ihm wirklich ernst damit war, unsere Beziehung geheim zu halten.

»Bleibt das denn so, für immer?«

Er drückte die Zigarette im Weinglas aus, das neben ihm auf dem Boden stand, und drehte sich zu mir um. Stützte sich auf die Ellbogen, küsste mich sanft. Es war ein Kuss, der nach Asche und Rotwein schmeckte. Ich wandte den Kopf ab, was er als Protest gegen unsere Situation deutete, obwohl es mir eher um seinen Mundgeruch ging.

»Natürlich bleibt das nicht für immer so.«

»Aber wie lange denn noch?«

Er ließ sich wieder auf den Rücken sinken. Seufzte tief, offenbar frustriert.

»Darüber haben wir doch schon tausendmal gesprochen. Du weißt, wie die Zeitungen mich jagen. Erst gestern haben zwei Journalisten den Begriff ›Sklavenarbeit‹ benutzt, als sie über die Arbeitsbedingungen unserer Angestellten geschrieben haben. Wenn die Medien von uns hier Wind bekämen… Du kannst dir doch vorstellen, was dann passieren würde. Ich würde gefeuert werden. Wir müssen warten, bis sich die Lage beruhigt hat.«

»Und wann genau wird sich die Lage beruhigen?«

»Bitte. Woher zum Teufel soll ich das wissen? Sicher, wenn die Hyänen ein anderes Unternehmen finden, über das sie herfallen können. Vielleicht solltest du dir auch einen anderen Job suchen. Es wäre leichter, wenn du nicht bei uns angestellt wärst.«

Er griff nach der Decke und zog sie über uns.

»Es ist kalt«, meinte er. »Soll ich das Fenster zumachen?«

»Es ist einfach so anstrengend. Alle möchten wissen, wer du bist, und ich darf nichts verraten. Das kommt mir ein bisschen… pubertär vor.«

Er drehte mir sein Gesicht zu, seine Miene war weicher geworden. Ein Lächeln spielte in den Mundwinkeln.

»Pubertär?«

»Ja, ich stehe doch da wie ein blöder Teenie. Mit irgendeinem heimlichen Verhältnis … und überhaupt.«

Er lachte. Küsste meinen Hals und wanderte weiter über meinen Bauch.

»Bin ich dein heimliches Verhältnis?«

»Ja, das bist du wohl.«

»Und was bist du? Mein kleines Lammfilet?«

Ich kicherte. Seine Zunge huschte über meine Brust, bohrte sich in meinen Nabel, beschrieb Kreise, als ob er von meinem Körper ein unsichtbares Gericht verzehrte. Dann ging er tiefer, ließ seine Zunge an der Unterseite meines Oberschenkels entlanglaufen. Ich erstarrte. War mir meines Körpers auf unangenehme Weise bewusst. All seiner Hohlräume, Gerüche und Geräusche. Er hatte offenbar bemerkt, dass ich mich anspannte, denn er hob den Kopf einige Zentimeter und erwiderte meinen Blick.

»Ganz locker, Emma. Du musst lernen, ganz locker zu sein.«

Er redete immer davon, ich müsse entspannt und locker sein, und das nicht nur im Bett. Und ich gab mir wirklich Mühe, aber etwas an seinem Verhalten sorgte dafür, dass ich immer irgendwie wachsam war. Etwas an unserer ganzen Beziehung. Es war vielleicht zu schön, um wahr zu sein. Ich und Jesper Orre. Arme Verkäuferin lernt älteren, vermögenden und erfolgreichen Mann kennen.

Was fand er eigentlich an mir? Warum war er eine Beziehung zu einer zwanzig Jahre jüngeren Angestellten eingegangen?

Vielleicht hatte er recht. Vielleicht war mein geringes

Selbstvertrauen das Problem. Warum sollte ich denn nicht interessant für ihn sein? Warum war es so schwer für mich, unsere Beziehung zu akzeptieren? Warum fiel es mir so schwer, an seine Liebe zu glauben?

»Ganz locker, Emma«, sagte er noch einmal. »Ich will dich, und du verdienst es, geliebt zu werden. Wie soll ich dir das nur begreiflich machen? Was muss ich tun, damit du mir glaubst?«

An diesem Abend schliefen wir auf dem Boden ein.

Als ich aufwachte, war es dunkel und mein Rücken tat weh. Ich griff zur Seite, tastete auf dem Teppich herum, aber Jesper war nicht da. Langsam erhob ich mich. Mein Körper kam mir steif und ungeschickt vor, als ich ins Schlafzimmer tappte. Der Boden war kalt und das Fenster noch immer einen Spaltbreit geöffnet.

Dann sah ich ihn.

Er stand ganz still in der Dunkelheit. Sein Blick haftete an dem Bild von Ragnar Sandberg, das über meinem Bett hing. Seine Haare waren zerzaust und hingen ihm in die Stirn, als ob er gerade aufgestanden wäre. Er hatte sich die Decke über die Schultern gelegt.

»Ich glaube, ich liebe dich, Emma«, murmelte er.

Ich sitze im Bett und versuche, meinen Laptop zum Leben zu erwecken, aber irgendetwas stimmt nicht mit der Verbindung. Erst viel später fällt mir auf, dass das sicher mit den unbezahlten Rechnungen zu tun hat. Jetzt funktionieren weder Fernsehen noch Internet, stelle ich fest, und an allem ist Jesper schuld.

Ich beschließe, nach unten ins Café im Karlaväg zu gehen.

Dort haben sie WLAN. Mir ist nicht mehr ganz so schlecht, und zum ersten Mal heute habe ich ein bisschen Hunger. Als ich meine Jeans hochziehe, spüre ich etwas in meiner Tasche. Es ist eine Visitenkarte. Ich drehe sie um und dann fällt mir der Journalist ein, der vor kurzem im Laden war. Ich zögere einige Sekunden, dann gehe ich in die Küche, öffne die Brottrommel und lege die Visitenkarte auf den Stapel der unbezahlten Rechnungen.

Ich sitze mit einem halbvollen Latte in einer Ecke. Ein Stück weiter sitzt ein Junge mit Dreadlocks und einem Mac auf den Knien. Zwei Frauen unterhalten sich flüsternd in einer Ecke, als ob es um Staatsgeheimnisse ginge. Durch die großen Fenster kann ich den Herbstregen fallen sehen. Die Bäume in der Karlavägsallee brennen in allen möglichen gelben, orangen und braunen Farbtönen. Hier und dort fällt ein Blatt von einem Baum, taumelt sanft in das Gras darunter.

Ich sehe online-Artikel über Jesper durch. Er wird abwechselnd »Modekönig« und »Sklaventreiber« genannt. Dann finde ich in einer Finanzzeitschrift einen Artikel: »Wer ist eigentlich Jesper Orre?« Ich lese weiter. Jesper kommt aus Bromma, beide Eltern waren Lehrer. Er hat in Uppsala Betriebswirtschaft studiert, hat das Studium aber nach zwei Jahren geschmissen. Danach, meint der Autor, gibt es viele Fragezeichen. Lange Zeiträume, für die er keine »zufriedenstellenden Erklärungen« liefern kann. Jahre, die tiefe und unerklärliche Löcher in seine Vita gebohrt haben. Ich lese weiter. Der Journalist hat Jespers soziales Umfeld untersucht und behauptet, er habe Kontakte in kriminelle Kreise. Zwei enge Freunde sind wegen wirtschaftlicher Vergehen verurteilt worden, ein weiterer wegen Drogenbesitzes. Ich kenne diese Leute nicht. Jesper hat nie von ihnen erzählt.

Ich suche also Bilder.

Jesper im Anzug. Jesper in Trainingskleidung. Jesper im Smoking. Jesper mit aufgekrempelten Hemdsärmeln auf einer Bühne, wo er auf einen Bildschirm mit Zahlen zeigt.

Ein anderes Bild: Jesper in Großaufnahme, er lächelt etwas gequält, aber ich sehe die tiefe Furche in seiner Stirn und weiß, dass er sich nicht wohlfühlt in seiner Haut. Er wird nicht gerne fotografiert, wir haben oft darüber gesprochen, wie sehr er es verabscheut, sein Bild in Zeitungen und im Fernsehen zu sehen.

Es gibt auch andere Bilder: Jesper mit einer blonden Frau im Arm. Sie lehnt sich zurück und lacht. Ihr Kleid ist sehr weit ausgeschnitten. Er sieht müde aus. Sein Hemd ist zerknittert und der Kragen offen. Auf dem Hosenbein ist ein großer Fleck zu sehen, als ob jemand ein Weinglas darüber ausgeleert hat. Ich suche weiter. Es gibt viele Bilder von Jesper und Frauen – immer neuen Frauen. Keine sehe ich zweimal an seiner Seite.

Ich schließe die Augen und lasse mich auf dem Sofa zurücksinken, versuche, klar zu denken. Gab es irgendwelche Zeichen während unserer letzten gemeinsamen Zeit? Einen Hinweis darauf, dass er das mit uns sattbekam? Mir fällt nichts ein. Alles war wie immer. Er war so liebevoll wie sonst auch. Wir trafen uns, aßen köstliche Mahlzeiten, hatten Sex. Kicherten in meinem schmalen Bett. Sprachen über die Zukunft, darüber, was wir dann machen würden, wenn wir *richtig* zusammen sein könnten.

Wenn wir uns nicht mehr verstecken müssten.

Dann erinnere ich mich an eine unserer letzten Begegnungen. Wir waren bei ihm, in seiner Übernachtungswohnung in der Kapellgränd. Ich lag im Bett auf der Seite, zur Wand hingedreht, und er kam mit einem Handtuch um die Hüfte aus der Dusche und strich mir über die Haare.

»Liebst du mich?«

Das war eine seltsame Frage. Er hatte mich noch nie gefragt, ob ich ihn liebte. Wir benutzten dieses Wort gar nicht, vielleicht, weil es verpflichtete, so groß wirkte, fast ein wenig beängstigend.

»Ja«, sagte ich.

»Ich kann verstehen, wie schwer das für dich sein muss. Die ganze Zeit alles geheim zu halten.«

Er legte sich ins Bett, schmiegte sich an mich und umarmte mich von hinten. Ich spürte die Wärme seines feuchten, frischgeduschten Körpers, sog den Duft von Seife und Rasierwasser in mich auf. Schloss die Augen.

»Versprich mir, auf mich zu warten. Nicht aufzugeben.«

»Das verspreche ich.«

»Versprich mir, keinen anderen zu finden.«

»Wie bitte? Du weißt doch, dass es keinen anderen gibt.«

Sein Griff um meinen Körper wurde härter. »Und vor mir?«

Ich war verwirrt.

»Wie meinst du das? Wieso vorher?«

»Ehe wir uns kennengelernt haben. Hattest du da einen anderen?«

Vor Jesper!

Ich dachte an mein Leben, wie es war, als wir uns noch

nicht gekannt hatten, einsame Abende vor dem Fernseher, zusammen mit dem Kater, endlose Tage im Laden. Fertigmenüs
aus dem Supermarkt, für eine Person. Es gab absolut nichts zu
erzählen. Nichts, wofür ich mich schämen oder was ich ver-
schweigen müsste.

»Du musst doch vor mir irgendwen gehabt haben?«, fragte
er.

Ich gab zuerst keine Antwort. Es hatte jemanden gegeben,
aber über den wollte ich jetzt nicht reden.

»Natürlich.«

»Wen denn?«

»Du weißt, den Typen, von dem ich erzählt habe. Nagel.«

»Dein Werklehrer?«

Ich nickte und schloss die Augen. Und sofort war alles wieder da, trotz der seither vergangenen Jahre. Die langen, kalten
Gänge, das Klappern in der Mensa, der Geruch verbrannter
Sägespäne aus dem Werksaal. Und ich liege auf der Arbeits-
bank. Nagel steht vor mir, im Flanellhemd, die Jeans auf die
Knie heruntergelassen. Sein Gesicht verbissen, als er in mich
eindringt.

Ich war verrückt nach ihm. Und zu Hause war alles nur
Chaos. Ich war so verletzlich. Erst jetzt begriff ich, wie verletzlich ich damals gewesen war. Er hatte das ausgenutzt. Ich
ging in die neunte Klasse, war unglücklich, und er verführte
mich.

»Ich werde wahnsinnig, wenn ich daran denke«, murmelte
Jesper.

»Hör auf, das ist doch eine Ewigkeit her.«

»Ihr hattet Sex im Werksaal!«

»Aber…«

Plötzlich packte er mich so fest, dass es fast wehtat, ich konnte kaum noch atmen.

»Lass los. Das tut weh.«

»Hat es dir gefallen?«

»Was denn?«

»Ihn da zwischen den Sägespänen zu ficken? Hat dir das gefallen?«

Jesper hielt mich fest wie in einem Schraubstock. Ich konnte mich nicht bewegen. Aber ich merkte deutlich, wie ihn das erregte.

»Du bist krank«, sagte ich.

Er streifte das Handtuch ab, presste sich fester an mich. Dann klingelte sein Telefon und sein Griff lockerte sich für einen Moment, aber ich blieb liegen wie versteinert. Konnte mich nicht rühren.

»Es hat dir gefallen«, flüsterte er. »Oder nicht?«

Ich gab keine Antwort.

Ich verlasse das Café und gehe durch den Regen nach Hause. Wind ist aufgekommen, die Blätter fallen nicht mehr einfach zu Boden, sie tanzen im Wind und legen sich ins Gras neben der Allee. Warum war Jesper so eifersüchtig auf meine Vergangenheit? Obwohl ich vorher kaum Beziehungen gehabt hatte, war er eifersüchtig. Obwohl ich es doch war, die wirklich Grund zur Eifersucht gehabt hätte, lag er da und machte *mir* Vorwürfe. Und warum erregte es ihn so sehr, wenn wir über Nagel redeten?

Mir wird wieder schlecht. Ich verstehe das nicht. Es gibt so viel, was ich nicht verstehe.

Ich überquere den Karlaplan. Der Springbrunnen ist leer.

Blätter und Abfall liegen in einer der Ecken. Kein Mensch ist zu sehen.

Als ich die Wohnung betrete, merke ich sofort, dass etwas anders riecht. In der Luft hängt ein leichter Geruch nach feuchter Wolle und Seife, als ob jemand durch das Zimmer gegangen ist und den Duft dagelassen hat. Ich laufe durch den Raum, untersuche alle Ecken, aber mir fällt nichts auf. Alles steht so da, wie ich es verlassen habe. Nichts fehlt. Der alte Parkettboden knarrt unter meinem Gewicht.

Ich gehe ins Schlafzimmer, sehe mir das helle Rechteck über meinem Bett an, wo das Bild gehangen hat. Der Fleck sieht aus, als werde er beleuchtet, er vibriert, scheint sich für eine Sekunde von der schmutziggelben Tapete zu lösen und auf mich zuzukommen, als ob er mir etwas sagen wollte. Aus der Küche höre ich das Knuspern, als Sigge seine Tagesration langweiliges Trockenfutter verzehrt, das jetzt seine einzige Nahrung ist.

Alles sieht aus wie immer. Das Einzige, was nicht stimmt, was mich beunruhigt, ist der Geruch.

Morgen muss ich arbeiten, denke ich, und setze mich auf mein Bett. Egal, wie es mir geht, ich muss arbeiten. Ich habe in diesem Monat schon fünfmal gefehlt, und ich weiß, dass Björne wahnsinnig werden wird, wenn es so weitergeht. Die Fehltage werden mit wütenden roten Aufklebern im Kalender in der Kaffeeküche markiert. Alle Angestellten können sehen, wie viele Tage die Kollegen krank waren oder sich freigenommen haben – noch so eine Maßnahme, die die Gewerkschaft zum Toben bringt und die Medien ganze Seiten über Jespers Sklaventreibermethoden schreiben lässt.

Ich streiche mit der Hand über die Wand. Die vergilbte

Tapete lässt mich an eine andere Wand denken, in einem anderen Leben.

Es war Abend und ich lag im Bett und schaute an die Wand, die einmal weiß gewesen war, jetzt aber eine reiche Patina aus Zigarettenrauch, Fett und Staub aufwies. Wenn man einen spitzen Gegenstand hatte, einen Zahnstocher oder einen Zweig, konnte man Buchstaben und Figuren in die talgige Fläche ritzen.

Ich gab mir große Mühe, aber ich konnte nicht einschlafen. Das lag zum einen an der Frühlingsnacht, blassblaues Licht sickerte durch das Fenster und schien sich dann hinter meine geschlossenen Augenlider zu bohren, zum anderen lag es an Mamas und Papas wütenden Stimmen in der Küche.

Sie stritten sich.

Ich hatte keine Ahnung, worum es diesmal ging, und es war auch egal. Sie stritten sich ja doch jeden Abend. Der Trick war, einzuschlafen, ehe sie damit anfingen, dann konnte man bis zum nächsten Morgen durchschlafen. Morgens waren sie immer lieb, wenn auch müde, weil sie nicht so gut geschlafen hatten.

Dann wurden ihre Stimmen irgendwann leiser und waren schließlich nicht mehr zu hören. Dann hielt ich den Atem an. Nach einigen Sekunden war ein klarer Ton zu hören, als ob jemand sang. Der Ton hob und senkte sich, wurde zu einem langgedehnten Geheul.

Mama weinte.

Immer weinte Mama. Nicht Papa. Ich wusste nicht, ob Papas überhaupt weinen konnten. Vielleicht weinten Papas nie?

Auf ein dumpfes Dröhnen folgten Schreie, und plötzlich bekam ich es wirklich mit der Angst zu tun. War jemand gestürzt und hatte sich verletzt? Ich sprang aus dem Bett, schnappte mir das Glas mit der Puppe und lief auf die Tür zu. Der Linoleumboden war kalt und glatt unter meinen Füßen. Die einzigen Geräusche, die ich hörte, als ich in die Halle kam, waren Mamas leises Schluchzen und das gleichgültige Ticken der Wanduhr.

Papa saß auf dem Boden und hatte die Hände vors Gesicht geschlagen, Mama saß auf einem Holzstuhl und weinte. Aus irgendeinem Grund machte ich mir viel größere Sorgen wegen Papas Schweigen und seiner seltsam zusammengesunkenen Haltung als wegen Mamas Weinen. Papas sollten nicht so dasitzen: zusammengesunken und resigniert, die Hände vors Gesicht geschlagen, ohne etwas zu sagen.

Dann bewegte er sich ein wenig. Es war nur eine kleine Drehung, einige Millimeter in meine Richtung, als ob er mich auf irgendeine seltsame Art und Weise durch seine Hände entdeckt hätte. Seine Stimme war tonlos, als er sagte:

»Emma, Herzchen. Geh schlafen. Du musst jetzt schlafen.«

Mama sprang auf. Ihre Augen hatten diesen wilden Ausdruck, den sie nur spätabends zeigten, wenn Mama und Papa lange in der Küche gesessen hatten. Sie erinnerte mich an irgendein Tier. Ein wildes und unglückliches Tier, das gefangen und in einen Käfig eingesperrt worden war und deshalb sehr gefährlich ist.

»Verdammtes Balg«, schrie sie. »Hast du wieder gelauscht, du Missgeburt!«

Papa sprang ebenfalls auf und trat zwischen mich und Mama.

»Hör auf«, murmelte er. »Das ist ja wohl nicht ihre Schuld.«

»Ich weiß genau, dass du gelauscht hast«, nuschelte Mama. »Und was machst du danach? Rufst du Tante Agneta zum Tratschen an? Was?«

»Nein«, sagte ich, aber Mama hörte nicht. Stattdessen stützte sie sich auf den Tisch, hielt sich daran fest, und kam auf mich zu. Bei jedem Schritt umklammerten ihre Hände die Tischplatte. Ihr Körper war seltsam klobig und sie stieß den Stuhl um, als sie versuchte, sich an Papa vorbeizudrängen.

»Lass sie in Ruhe«, sagte Papa.

»Sie muss lernen, nicht zu lauschen«, nuschelte Mama.

Sie drängte sich an Papa vorbei und streckte die Hand nach mir aus. Ich war jedoch schneller, sprang zur Seite. Als Mama mich nicht fangen konnte, sank sie hilflos zu Boden.

»Verdammt«, murmelte sie und kam mühsam in die Hocke. Ein schmaler Blutfaden zog sich von einem Nasenloch zu ihrem Mund. »Siehst du jetzt, was du angerichtet hast, Emma? Was?«

Sie stand langsam auf.

»Aber ich hab doch gar nicht ...«

Die Ohrfeige kam blitzschnell, und diesmal wagte ich nicht, zur Seite zu springen, aus Angst, Mama könne wieder hinfallen und der schmale Blutfaden werde sich in einen Wasserfall verwandeln, oder vielleicht in ein Meer.

»Jetzt hältst du die Fresse!«

Mama schwankte ein wenig, und ihre Haare standen zu Berge, wie sie es taten, wenn sie gerade aufgewacht war. Papa war wieder in sich zusammengesunken und hatte die Hände vors Gesicht geschlagen, wie um diesen ganzen Anblick auszusperren. Ich wünschte, dass er aufstand und sagte, Mama solle aufhören. Dass er erklärte, es sei doch wirklich nicht meine Schuld gewesen. Ich wünschte, dass Morgen wäre und dass sie wieder müde und lieb wären, und dass ich Geld bekommen würde, um etwas zum Frühstück zu kaufen, weil sie Kopfschmerzen hatten. Ich wünschte, ich wäre eine andere, an einem anderen Ort. Nur nicht Emma. Nicht hier. Nicht jetzt.

Mama riss das Glas mit der Puppe an sich.

»Gib mir das blöde Glas«, knurrte sie. »Das schleppst du überall mit dir herum. Das scheint dir ja sehr wichtig zu sein. Wichtiger als deine Mama vielleicht. Hm?«

Ich gab keine Antwort.

»Jetzt zeig ich dir mal, was wichtig ist«, sagte Mama, ging zum Küchenfenster, riss es auf und warf das Glas hinaus.

Nach vielleicht einer Sekunde war das Krachen zu hören, als es unten auf dem Asphalt zerbrach.

»Nein«, schrie ich. »Nein, nein. Nein.«

»Doch«, sagte Mama. »Doch. Ich werd dir zeigen, was wirklich wichtig ist. Das da ist ein Scheißglas. Ist das klar? Ein totes Ding!«

Ich hörte nicht mehr zu, ich rannte zur Haustür, riss sie auf und lief die Treppen hinunter, hinaus auf die Straße. Die Glasscherben funkelten wie Sterne auf dem schwarzen Asphalt. Ich setzte vorsichtig einen Fuß vor den anderen, um mich nicht zu schneiden. Dann tastete ich mit den Händen über den kalten, feuchten Asphalt. Das Einzige, was ich fand, waren ein paar trockene Blätter.

»Hier, Emma.«

Ich drehte mich um. Papa hockte neben mir und hatte die Hand ausgestreckt. Auf seiner Handfläche lagen einige dornige Zweige. Die Puppe hing noch immer fest. Im Mondlicht sah sie aus, als könnte sie von selbst leuchten.

»Das klingt doch total krank.«

Olga schüttelt so heftig den Kopf, dass die schweren Ohrringe klirren. Wir stehen am Tisch mit den Jeans und falten Hosen. Björne ist nicht zu sehen, aber wir wissen, dass er in der Nähe ist. Es ist ein bisschen, wie in der Savanne zu sein und zu wissen, dass irgendwo Raubtiere lauern, ohne zu wissen, wo genau.

»Was soll ich machen?«

Olga schüttelt langsam den Kopf, als ob sie diese Situation zu seltsam findet, um etwas dazu sagen zu können. Dann zieht sie ihre verschlissene Jeans hoch, die ihr über die Hüfte gerutscht ist.

»Er verlobt sich mit dir und verschwindet dann einfach. Wer ist er? Jetzt kannst du es doch sagen.«

Ich könnte Olga natürlich von Jesper erzählen, aber etwas lässt mich zögern. Wenn ich es jetzt erzähle, wissen es bald alle. Und das kann auch mir Probleme machen, nicht nur Jesper. Was würde zum Beispiel Björne sagen, wenn er von meinem Liebhaber aus dem Hauptbüro wüsste?

»Er ist… niemand. Nur jemand, der manchmal in den Zeitungen zu sehen ist. Egal. Auch wenn er Schluss machen möchte, will ich mein Geld zurück.«

Olga gibt keine Antwort, sie greift nach einer Jeans, die fast von dem kleinen Tisch auf den Boden gerutscht wäre. Sie hat sie noch im letzten Augenblick erwischt.

»Welches Geld?«, fragt sie mit gleichgültiger Stimme, und mir fällt ein, dass ich ihr davon noch gar nichts erzählt habe.

»Ich habe ihm hunderttausend geliehen, weil er Handwerker bezahlen musste.«

»Was? Spinnst du? Dem hast du hunderttausend geliehen?«

»Und?«

Ich zuckte mit den Schultern.

»Komm.« Olga packt mich am Arm und zieht mich zum Personalzimmer.

Plötzlich steht Björne vor uns. Er sieht wütend aus. Stemmt die Hände in die Seiten und tritt so dicht vor uns hin, dass es richtig unangenehm wird. Ich sehe, dass er sich offenbar einen Bart wachsen lässt. Rötliche Bartstoppeln bedecken sein schmales, spitzes Kinn.

»Und was habt ihr jetzt vor?«

»Pause machen«, sagt Olga einfach und kneift die Lippen zu einem dünnen Strich zusammen.

In diesem Moment kommt Mahnoor aus dem Personalzimmer. Sie schiebt sich die langen dunklen Haare im Nacken zu einem Knoten zurecht.

»Kannst du die Kasse machen?«, fragt Olga blitzschnell.

»Sicher.«

Sie schaut uns fragend an, aber Björne gibt sich mit dieser Antwort offenbar zufrieden, macht kehrt und geht in die Herrenabteilung. Olga zieht mich ins Personalzimmer, drückt mich auf einen der weißen Stühle in der Kaffeeküche.

»Was ist das für ein Arsch«, murmele ich. »Hast du eigentlich gehört, dass die in Ringen eine Frau gefeuert haben, weil die zu oft bei ihrem drei Jahre alten Kind zu Hause war? Sie hatte in zehn Monaten so etwa zehn Fehltage. Aber sie haben behauptet, sie brauchten sie nicht mehr, weil sie nicht genug Arbeit hätten, deshalb konnte die Gewerkschaft nichts machen.«

Aber Olga hört nicht zu. Sie blättert in dem Zeitschriften-stapel, der im Regal in der Ecke liegt.

»Und du hast versucht, deinen Typen zu erreichen?«, fragte sie leise und lädt sich zugleich einen zehn Zentimeter hohen Stapel auf die Knie.

»Ich habe angerufen, SMS geschickt. Alles. Er antwortet nicht.«

»Hast du versucht, ihn zu Hause zu besuchen?«

Ich denke an meinen Besuch in der Kapellgränd: den Mann mit dem Pferdeschwanz, das demonstrative Klicken und Zischen, als er die Bierdose öffnete, die Möbel, die ich nicht kannte.

Olga blättert nicht mehr in der Zeitschrift. Sie schaut mich mit echter Sorge im Blick an, unruhig.

»Ich bin mal abends zu ihm nach Hause gefahren…«

»Und?«

»Da wohnte ein anderer. Seine Möbel waren verschwun-den.«

Sie sagt nichts mehr, wendet stattdessen ihr Interesse den Zeitschriften zu.

»Was machst du da?«

»Etwas suchen. Warum hast du ihm so viel Geld geliehen?«

»Weil… ich weiß nicht. Ich hatte gerade Geld zu Hause, und er brauchte welches, um seine Handwerker zu bezah-len.«

»Du hattest hunderttausend zu Hause?«

»Ja.«

»Entschuldige, aber das ist wirklich nur noch krank. Hat er dir sonst noch was geklaut?«

»Nein«, antworte ich, aber sofort muss ich an das Bild von

Ragnar Sandberg denken, das über meinem Bett hing. Nur Jesper wusste, dass ich dieses Bild besaß. Außer Mama natürlich, aber die ist ja tot.

»Hier«, murmelt Olga und blättert in einer Zeitschrift, die mehr aus Bildern von Promis als aus Text zu bestehen scheint. »Hier ist es.«

Sie blättert langsam. Sieht sich alles genau an. Ihre Hand ruht auf einem Artikel. »Sind Sie mit einem Psychopathen zusammen?«

»Schwanz aber auch. Dein Typ ist ein Psychopath«, murmelt sie und lässt den Finger unter den Zeilen entlangwandern. Ihr schmaler Zeigefinger liest den Text, als wäre er in Blindenschrift geschrieben.

»Was steht da?«

Sie räuspert sich kurz, trommelt mit den langen Nägeln auf die Seite.

»Der Psychopath ist anfangs bezaubernd, aber bald entpuppt er sich als manipulativ und egozentrisch. Da er keine Empathie besitzt, nimmt er keinerlei Rücksicht auf Ihre Gefühle und Bedürfnisse. Er lügt und betrügt ohne Hemmungen. Er stiehlt und hintergeht, ohne Reue oder Schuldgefühle zu empfinden.«

Ich überlege. Für mich ist Jesper warm, liebevoll und einfühlsam. Aber wenn er mich nun wirklich aufgegeben hat? Wenn er das Bild gestohlen hat. Wenn er das Geld nicht zurückzahlen will? Dann hat Olga vielleicht recht.

»Steht da, was man machen soll?«

Olga nickt und bewegt lautlos den Mund, während sie die letzten Zeilen liest.

»Du musst dich so weit wie möglich von ihm entfernen,

denn er wird sich nicht ändern. Psychopathen können sich nicht ändern. Das steht hier.«

Sie beugt sich zu mir, legt mir eine Hand auf den Arm, sagt nichts, sondern sieht mich unruhig aus großen bleichen Augen an. Ich merke, wie mir die Tränen kommen. Aber wieder ist etwas anderes stärker als meine Verzweiflung – der Drang, die Wahrheit zu erfahren.

»Ich verstehe das nicht«, murmele ich. »Er hat doch so viel Geld. Und ist bekannt. Warum sollte er das alles aufs Spiel setzen, um von mir die hunderttausend zu bekommen?«

»Vielleicht geht es ihm nicht um das Geld«, sagt Olga langsam.

»Wie meinst du das?«

»Vielleicht will er dich demütigen. Auf dich pissen. Verstehst du?«

Ich stehe zu Hause im Badezimmer vor dem Spiegel. Meine langen rotbraunen Haare hängen in nassen Strähnen über die Schultern. Meine Brüste, diese verhassten Euter, sind größer denn je und schmerzen bei jeder Bewegung.

Langsam lehne ich mich nach vorne, wische das Glas ab und mustere mein Spiegelbild. Meine Sommersprossen sind jetzt besonders gut zu sehen, ohne Schminke im kalten Neonlicht. Ich wickele mich in ein grünes Handtuch und gehe in den Flur. Auf dem Boden vor der Wohnungstür liegen drei Briefe.

Einer kommt von der Bank, einer vom Finanzamt und auf dem dritten Umschlag steht kein Absender. Ich gehe mit den Briefen in die Küche und lege sie ungeöffnet auf die anderen in die Brottrommel. Als ich versuche, sie zu schließen, ist das fast unmöglich, so voll ist sie.

Mir ist schon klar, dass die Lage unhaltbar ist, irgendwann muss ich die Rechnungen doch bezahlen. Aber ich weiß nicht, wie ich das machen soll. Ich habe kein Geld auf der Bank, keine Aktien oder Fonds, die ich verkaufen könnte. Meine Freundinnen haben nicht so viel Geld, dass sie mir genügend leihen könnten.

Und Familie habe ich auch nicht mehr.

Jesper ist doch meine Familie, denke ich. So seltsam es klingen mag, er ist der Mensch, der mir am nächsten steht. Ich denke an unseren letzten Abend. Wir hatten uns wie die Irren gestritten. Es war immer dasselbe: Wie lange sollte das noch so weitergehen? Ich wollte unter Menschen, ins Kino und ins Restaurant gehen. Er war gestresst und irritiert, hatte offenbar einen Scheißtag im Büro gehabt. Wir liefen durch den Regen und ich weiß noch genau, dass ich dachte, jetzt, jetzt reicht es.

Ein feiner Nieselregen fiel über Stockholm, verwandelte die Götgata in einen blankschwarzen Spiegel, der die Straßenlaternen und Schaufenster leuchten ließ wie Juwelen. Ich hatte einen Schirm, ließ Jesper aber nicht darunter. Ihm schien das egal zu sein. Er ging neben mir, gestikulierte und redete mit wütenden Gebärden.

»… kaum meine Schuld. Oder? Außerdem hab ich dir doch schon vor einem Monat gesagt, dass du dir einen anderen Job suchen musst. Hast du das getan? Nein. Warum ist das denn so verdammt schwer? Warum muss ich mich immer um alles kümmern?«

Wir bogen in die Högbergsgata ab. Ich konnte seine Körpersprache lesen, seine ganze Haltung verriet, dass er wütend war. Wir schwiegen beide, bis wir vor der Haustür in der Kapellgränd standen.

»Ich will ein Datum«, sagte ich und legte die Hand auf die kalte Messingklinke. »Das hier ist wie ein Verhältnis mit einem verheirateten Mann. Ich will ein Datum. Ich will wissen, wann du mich anerkennen wirst.«

Wir gingen ins Treppenhaus, und Jesper zog sein Schlüsselbund hervor, suchte nach dem Schlüssel für die Wohnungstür.

»Wieso denn anerkennen? Du bist ja wohl kein verdammter afrikanischer Staat, der von der UN anerkannt werden muss? Und ich habe keine andere, das weißt du. Es geht doch nur darum, wie lange wir noch warten wollen, um unsere Beziehung bekanntzugeben.«

Drinnen war es dunkel, aber wir machten uns nicht die Mühe, die Lampen anzuknipsen. Ich streifte die Stiefel ab. Warf meine Jacke in eine Ecke auf dem Boden.

»Und wann gedenkst du, das zu tun? Du weichst immer nur aus. Du lügst und weichst aus.«

»Hast du denn vollkommen den Verstand verloren? Ich habe dich noch nie belogen. Noch nie!«

Jetzt schrie er. Schleuderte seine Jacke an die Wand. Sie landete auf der kleinen Kommode, stieß die Vase um, von der ich wusste, dass seine Mutter sie irgendwann in den siebziger Jahren getöpfert hatte. Die Vase ging krachend zu Boden.

»Doch, du belügst mich und nutzt mich aus.«

»Ich nutze dich aus? Wieso das denn?«

Seine Stimme klang plötzlich kalt, herablassend.

»Alles läuft immer nur so, wie du das willst. Du glaubst, du kannst kommen und dir das von mir nehmen, was du willst und wann du es willst. Meinen Körper, meine Gefühle. Du glaubst, dass sie dir gehören.«

Jetzt stand er ganz still da. Sein Blick war auf das Fenster gerichtet. Das Licht der Neonreklame am Haus gegenüber malte blaue und rosa Streifen in seine dunklen Haare. Ich konnte die winzig kleinen Regentropfen auf seiner Stirn sehen.

»Tun sie das denn nicht?«, fragte er gelassen, als ob es das Selbstverständlichste auf der Welt sei.

Sein Kommentar warf mich um. Ich brachte nicht sofort eine Antwort heraus.

»Wie meinst du das?«, fragte ich dann, mit einer so leisen Stimme, dass ich sie selbst kaum hören konnte.

Er drehte sich zu mir, und sein Gesicht sah plötzlich gespenstisch leer aus. Wie eine Hülle. Eine leere Hülle, ganz ohne Gefühle.

»Ich meine, dass du mir gehörst, Emma.«

Er kam auf mich zu, bis wir direkt voreinander standen. Aus der Ferne waren Sirenen zu hören, die näher kamen. Ansonsten war alles still. Er zog mich an sich, aber es war eine seltsame Umarmung, eine steife, ruckhafte Umarmung ohne wirkliche Wärme. Er markiert sein Revier, dachte ich. Es geht hier nicht um Liebe, sondern um etwas anderes. Macht, vielleicht.

»Entschuldige«, murmelte er in mein Ohr. »Natürlich hast du recht. So kann das nicht weitergehen.«

Ich spürte, wie er mich losließ und mit der Hand in seiner Hosentasche suchte.

»Ich liebe dich, Emma. Egal, was passiert, das darfst du nicht vergessen. Kannst du mir das versprechen?«

Mir war plötzlich sehr unwohl.

»Was sollte denn passieren?«

Er überhörte meine Frage.

»Und das ist für dich.«

Er streckte die Hand aus und ich konnte sehen, dass in seiner Handfläche etwas funkelte. Langsam griff ich danach, schloss vorsichtig die Hand um das kleine kalte Metallstück.

Es war ein Ring.

Ich halte ihn ins Licht. Ein dünner Ring aus Weißgold mit einem gewaltigen Solitär – ein großer Diamant mit Brillantschliff. Er funkelt und glitzert im Licht, als ob nichts geschehen wäre.

Mir wird wieder schlecht. Ich setze mich aufs Bett. Das Zimmer sieht ohne das Bild über dem Bett seltsam leer aus. Alles scheint sich zu drehen, die Proportionen sind verzerrt. Das Fenster verwandelt sich langsam in einen hohen, schmalen Strich. Die Decke senkt sich bedrohlich.

Sigge scheint zu merken, dass es mir nicht gutgeht, denn plötzlich ist er da. Schmiegt seinen kleinen weichen Körper an meine Beine. Ich schlage die Hände vors Gesicht, aber meine Brüste tun so weh, als ich mich vorbeuge, dass ich mich sofort wieder gerade hinsetzen muss.

Und plötzlich begreife ich.

Es ist, wie auf einen sehr hohen Berg mitten in einem tiefen Wald zu klettern, nachdem man tagelang im Dunkeln unter den hohen Bäumen gewandert ist. Plötzlich ist das Licht scharf und die Sicht klar. Die Erkenntnis trifft mich wie ein Schlag und plötzlich bekomme ich kaum noch Luft.

Voller Entsetzen ziehe ich mein Telefon hervor, klicke mich

zum Kalender durch und fange an, Tage zu zählen. Ich zähle einmal, zweimal. Dann zähle ich noch einmal. Und doch kann ich es nicht fassen, es ist zu bizarr.

Aber es gibt keine andere Erklärung.

Ich bin schwanger.

HANNE

HANNIE

Die Besprechung wird eröffnet von Manfred, dem dicken Polizisten mit dem rötlichen Teint. Er steht auf, dreht sich zur Tafel und schiebt sich mit dem Zeigefinger die altmodische Hornbrille die Nase hoch. Am Tisch sitzen der Leiter der Voruntersuchung, ein junger blonder Staatsanwalt namens Björn Hansson, und der Chef der Zentralen Mordkommission, Greger Sävstam. Die dunkelhaarige Frau, Sanchez, ist zugegen, und auch Peter, der sich schräg hinter mich gesetzt hat. Ich bin dankbar dafür, dass er heute dort sitzt und nicht mir gegenüber. Ich weiß nicht, ob ich es ertragen hätte, ihn die ganze Besprechung hindurch anzusehen.

Ich habe sorgfältig die Namen aller Anwesenden, ihre Titel und etwas zu ihrem Aussehen in meinen kleinen Notizblock geschrieben. Einfach zur Sicherheit. Mich zu erinnern fällt mir besonders in Sachen Namen schwer.

Ich habe mich zur Teilnahme an der Ermittlung bereiterklärt, unter der Bedingung, dass die Arbeitsbelastung nicht zu hoch werden wird. Vielleicht ist es naiv zu glauben, dass ich diese Aufgabe trotz meiner Krankheit bewältigen kann, aber ich rede mir ein, dass es möglich sein müsste. So verwirrt bin ich nun auch wieder nicht. Noch nicht. Probleme habe ich vor allem mit dem Kurzzeitgedächtnis und bestimmten Wörtern, die einfach verschwinden (wie die Namen von Ministerpräsident und König, wonach der Arzt bei meinem letzten Besuch gefragt hat).

Ich stelle mir das Gedächtnis oft als ein Gewebe vor, und mein Gewebe hat an der einen oder anderen Stelle Löcher. Kleine scheußliche Löcher, die wachsen und sich vermehren werden, als könnte jemand nicht aufhören, diese mit einer Kippe in das Gewebe zu brennen. Bisher kann ich die Löcher noch unsichtbar machen, kann sie vor meiner Umgebung verbergen. Aber irgendwann wird die Krankheit das Gewebe zerfressen haben, bis nur noch dünne Fäden die wenigen übriggebliebenen Flächen zusammenhalten.

Ab und zu frage ich mich, was dann übrig sein wird. Ich meine, ein Mensch besteht doch aus seinen Erfahrungen, Gedanken und Erinnerungen. Wenn es die nicht mehr gibt – was bin ich dann? Jemand anderes? *Etwas* anderes?

Manfred Olsson räuspert sich und lehnt sich an die Wand.

»Also, ich wollte mit euch die neuen Tatsachen durchgehen, die in diesem Fall dazugekommen sind. Wir haben jetzt mit neun von Jespers Kollegen gesprochen, mit fünf Freunden, mit seiner Mutter und mit zwei ehemaligen Freundinnen. Seit Freitag hat niemand von denen irgendetwas von Jesper Orre gehört. Niemand weiß, wo er an den Tagen hinfahren wollte, für die er sich freigenommen hatte, oder wo er sich jetzt befinden könnte. Das Bild, das sich bei diesen Gesprächen ergeben hat, ist das eines überaus ehrgeizigen und geschäftigen Mannes, mit wenigen Interessen neben seiner Arbeit, abgesehen von Sport und Frauen. In den Medien wird angedeutet, dass Orre Kontakte in kriminelle Kreise hatte, aber dafür haben wir bisher keine Beweise. Er hat einen entfernten Bekannten, der wegen Drogenbesitzes zu geringfügigen Strafen verurteilt worden ist. Dann haben wir mit den Nachbarn gesprochen. Niemandem ist am betreffenden Abend irgendetwas aufgefallen. Die Hinweise aus der Öffentlichkeit, die hier eingelaufen sind, seit wir Orres Verschwinden bekanntgegeben haben, haben auch nichts gebracht. Wir haben seine Mails und SMS durchgesehen, ohne etwas Interessantes zu finden, aber das muss nichts bedeuten. Er kann noch ein privates Mobiltelefon gehabt haben, von dem wir nichts wissen. Dieser Frage gehen wir gerade nach. Er ist seit gestern zur Fahndung ausgeschrieben, er kann das Land also nicht verlassen haben, da alle Grenzkontrollen informiert sind. Und wenn er versuchen sollte, Geld abzuheben, würden wir das sofort merken. Ja, das ist leider alles, was wir im Moment über Jesper Orre wissen. Dann haben wir mit dem kriminaltechnischen Labor gesprochen. Sie sagen, dass es sich bei der in Orres Wohnung gefundenen Machete um eine *Panga* handelt, eine Variante, die in Ostafrika benutzt wird, und die eine breitere Klinge und eine eckigere Spitze hat als eine normale Machete.«

Manfred befestigt ein Bild der Machete an der Tafel, zeigt auf den Schaft und fügt hinzu:

»Der Handgriff ist aus geschnitztem Ebenholz. Eine ziemlich seltene Waffe, sagen sie, vermutlich ziemlich alt. Man kann solche Stücke auf Sonderauktionen finden. Am Schaft konnten keine Fingerabdrücke nachgewiesen werden, was annehmen lässt, dass der Täter sie nach dem Mord abgewischt hat. Dagegen finden sich auf der Klinge an einer Stelle die Fingerabdrücke von Jesper Orre.«

Sanchez stößt einen leisen Pfiff aus.

»Dann haben wir ihn«, sagt sie.

»Naja. Wir können eigentlich nur beweisen, dass er die

Machete angefasst hat, mehr nicht. Labor und Rechtsmedizin arbeiten daran, die Verletzungen unseres Opfers mit denen zu vergleichen, die vor zehn Jahren Miguel Calderón zugefügt worden sind, und sie haben versprochen, morgen oder spätestens übermorgen einen Bericht zu schicken. Das im Flur gefundene Blut kann vom Opfer stammen. Der Urin dagegen stammt von einem Mann. Das Labor hat noch kein vollständiges DNA-Profil erstellen können, aber sie arbeiten daran. … Ja, wie ihr wisst, ist es ja schwerer, aus Urin DNA zu gewinnen als aus Blut und Gewebe.«

»Der Urin stammt also von einem Mann. Was bedeutet das?«, fragt Sanchez.

»Dass ein Mann in die Wohnung gepisst hat«, antwortet Manfred.

Im Raum ist unterdrücktes Kichern zu hören.

»Sicher, das ist mir schon klar, aber warum?«

»Das werden wir noch herausfinden«, sagt Manfred.

»Wurde damals im Calderón-Fall auch Urin am Tatort gefunden?«, frage ich.

Manfred schüttelt den Kopf und fügt hinzu:

»Nein. Dann habe ich mit den Technikern gesprochen, die Orres Haus durchsucht haben. Da gab es nichts Bemerkenswertes, außer einem Korb mit benutzter Damenunterwäsche, der in einem Schrank im Waschkeller versteckt war. Aus dem Gespräch, das Peter und ich mit Anja Staaf geführt haben, und von dem ich ja schon erzählt habe, schließen wir, dass Orre benutzte Damenunterwäsche sammelt. Dass ihn das ganz einfach hochbringt.«

Hier und da wird jetzt gelacht. Das Lachen verstummt sofort, als sich Greger Sävstam, der Leiter der Zentralen

Mordkommission, umdreht und alle Anwesenden der Reihe nach ansieht.

»Sie haben noch etwas anderes gefunden«, sagt Manfred nun. »Eine blutige, benutzte Unterhose, die unter Orres Bett gestopft war. Das Bett steht im oberen Stockwerk.«

»Eine der Damen, die hier zu Besuch waren, hatte ihre Tage?«, schlägt Sanchez vor.

Manfred schüttelt den Kopf.

»Die Kollegen vermuten eher, dass jemand versucht hat, mit der Unterhose eine Blutung zu stoppen. Indem sie zum Beispiel um einen Arm oder eine Hand gewickelt wurde. Ob das für unsere Ermittlung von Bedeutung ist, wissen wir noch nicht, aber es war wie gesagt der einzige interessante Fund.«

Manfred blättert in seinem in Leder gebundenen Notizbuch und fügt dann hinzu:

»Richtig, noch etwas. Peter hat sich bei der Versicherungsgesellschaft erkundigt, bei der die ausgebrannte Garage versichert war. Die sagen, dass es sich mit größter Wahrscheinlichkeit um Brandstiftung handelt, und dass bei der chemischen Analyse Spuren von Benzin in den Brandresten gefunden worden sind. Die Bezirkspolizei ist eingeschaltet worden, und wir versuchen, Kontakt zu ihnen aufzunehmen. Bisher gibt es keine Verdächtigen, aber die Versicherungsleute haben angedeutet, dass sie auf Orre selbst tippen.«

»Wie sieht eigentlich seine finanzielle Situation aus?«, fragt der Leiter der Voruntersuchung mit breitem schonischen Akzent.

»Die sieht gut aus«, sagt Peter hinter mir.

Ich drehe mich nicht um und denke noch einmal, dass es vielleicht nicht so klug war herzukommen, trotz allem. Aber ich sage mir, dass ich stark genug bin, um einige wenige Begegnungen mit dem Mann auszuhalten, der an jenem Abend vor zehn Jahren mein Leben zerstört hat. Dass es ein Sieg für ihn wäre, wenn ich auf das verzichtete, wofür ich brenne, aus Angst, mit meiner Vergangenheit konfrontiert zu werden. Dass es wichtiger ist, meine Zukunft zu priorisieren, da es davon nur noch so wenig gibt.

»Er wird auf ein jährliches Einkommen von über vier Millionen Kronen geschätzt«, sagt jetzt Peter. »Außerdem besitzt er Aktien im Wert von etwa drei Millionen. Und er hat keine Schulden, soweit wir das sehen können.«

Greger Sävstam rutscht auf seinem Stuhl hin und her.

»Wie kann sich ein Mann wie Jesper Orre so einfach in Luft auflösen?«

Manfred räuspert sich.

»Alle suchen nach ihm.«

»Ich hab ein verdammt mieses Gefühl«, sagt Greger Sävstam, steht auf und bohrt die Hände in die Taschen seiner zerknitterten Hose. »Wir haben doch scheiß gar nichts. Eine alte Machete mit Ebenholzgriff und eine blutige Unterhose werden uns den Fall nicht lösen lassen. Wir sind da schon drei Tage dran, dauernd ruft die Presse an, und wir wissen noch nicht einmal, wer das Opfer ist oder wo sich Jesper Orre aufhält. Ich habe nicht vor, mich bei meinen Chefs zu blamieren, bloß weil ihr nicht irgendwas Brauchbares finden könnt.«

»Morgen sprechen wir den Oberbuchhalter von Clothes & More«, sagt Manfred. »Die führen offenbar eine interne Untersuchung über Orre. Angeblich hat er sich das Fest zu seinem fünfundvierzigsten Geburtstag von der Firma bezahlen lassen. Vielleicht bringt das was.«

Greger Sävstam sieht schlecht gelaunt und müde aus. Verdreht die Augen, als ob Manfreds Antwort ihn provoziert hätte.

»Auch wenn er Firmengelder unterschlagen hat, dann wird uns das in der Mordermittlung nicht weiterhelfen. Können wir etwas anderes tun? Etwas Radikaleres? An die Öffentlichkeit gehen und um Hilfe bitten?«

»Dass Jesper Orre verschwunden ist und dass in seinem Haus eine Tote gefunden wurde, ist ja schon bekannt«, sagt Manfred.

Greger Sävstam macht eine irritierte Handbewegung.

»Ja, ich weiß. Das habe ich nicht gemeint. Können wir ein Bild des Opfers veröffentlichen? Damit wir sie identifizieren können.«

»Sie ist übel zugerichtet… Sonst machen wir doch nie…«, sagt Manfred unsicher.

»Ich scheiß drauf, was ihr sonst macht. Wir müssen in diesem Fall vorankommen. Statt hier zu sitzen, im Nabel zu stochern und uns zu fragen, warum er im Bett gern an benutzter Unterwäsche geschnüffelt hat.«

»Wir können einen unserer Zeichner bitten, eine Rekonstruktion vorzunehmen«, schlägt Sanchez vor. »Das ist nicht so unangenehm, wie ein… einen abgehackten, misshandelten Kopf abzubilden.«

Greger sieht sie müde an.

»Das ist das Beste, das du seit langem gesagt hast, Sanchez, verdammt. Also gib das in Auftrag.«

Ich sitze in dem alten Ledersessel vor dem offenen Kamin und lese in dem Voruntersuchungsprotokoll des Calderón-

Mordes. Das Feuer knistert und auf dem niedrigen marmornen Couchtisch brennt ein Teelicht. Es ist ein seltsames Gefühl, einen alten Bericht zu lesen, an dessen Formulierung ich mitgewirkt habe. Es ist so viele Jahre her, und doch ist so wenig passiert, denke ich. Ich wohne noch immer in derselben Wohnung, mit demselben Mann. Nur der Hund ist neu.

Ich schaue auf Frida hinunter, die zusammengerollt auf dem Fell zu meinen Füßen liegt. Ihr schwarzer Körper zittert und ihre Pfoten bewegen sich manchmal ruckhaft in der Luft, vielleicht ein heftiger Traum von Jagd und Flucht.

Ich widme mich wieder der Lektüre. Weiß noch, dass wir uns lange mit den festgeklebten Augenlidern des Opfers beschäftigt haben. Ich schließe die Augen, spüre, wie die Wärme des Feuers meinen Körper liebkost, und überlege. Warum klebt ein Täter die Augenlider seines toten Opfers fest – denn Rechtsmedizin und Kriminaltechnik kamen zu dem Schluss, dass es wohl so gewesen sein müsse. Die Augenlider waren *post mortem* festgeklebt worden, nach Eintritt des Todes. Diese Theorie wurde mit den Blutflecken unter dem Klebeband belegt.

Also, ein Mörder klebt die Augenlider seines Opfers fest und stellt den Kopf so hin, dass alle, die die Wohnung betreten, dem Blick des Toten begegnen müssen. Warum? Wusste der Mörder, wer Calderón finden würde? War es eine Nachricht an diese Person? Oder wollte er sein Opfer einfach erniedrigen? Wie diese keltischen Stämme, die die Köpfe ihrer Feinde an ihre Pferde hängten und mit diesen Trophäen im Triumph nach Hause ritten.

So weit bin ich in meinen Gedanken gekommen, als ich einen Schlüssel im Schloss höre. Frida erstarrt, springt dann auf und läuft schwanzwedelnd in den Flur. Ich weiß, ich müsste das Protokoll der Voruntersuchung verstecken, weiß, dass Owe wütend werden wird, wenn er es findet, aber ich bringe es nicht über mich. Stattdessen bleibe ich mit den Unterlagen auf den Knien sitzen.

Dann steht er in der Tür. Die grauen Haare sind zerzaust, seine Wangen dunkelrot vor Kälte. Sein weinroter Pullover spannt über dem Bauch, und seine Haltung verrät seine üble Laune. Er ist manchmal so, schon sauer, wenn er nach Hause kommt. Meistens hat er sich dann bei der Arbeit mit jemandem gestritten. Nach einer Weile kommt sie dann heraus, die Frustration darüber, dass ein inkompetenter Kollege oder ein undankbarer Patient ihn schlecht behandelt hat.

»Hallo, du«, sagt er.

»Hallo.«

Er bleibt in der Türöffnung stehen, verlagert sein Gewicht von einem Bein auf das andere, als wisse er nicht so genau, wohin er jetzt gehen soll.

»Wie war dein Tag?«

»Gut«, antworte ich. »Und deiner?«

Er zuckt mit den Schultern.

»Ja, du. Was soll ich sagen? Die Verwaltung heuert ja nicht gerade die schärfsten Messer in der Schublade an. Ich hab es so verdammt satt, alle diese ausländischen Ärzte anzulernen, die den Unterschied zwischen einem schizophrenen und einem bipolaren Patienten nicht erkennen können. Und die kaum einen lesbaren Krankenbericht schreiben können, weil sie so schlecht Schwedisch sprechen.«

»Das klingt anstrengend.«

Er grunzt eine Antwort, ich verstehe sie nicht richtig. Es ist eines von diesen gutturalen Geräuschen, die er bisweilen von sich gibt. Vielleicht müsste ich sie inzwischen deuten können, nach so vielen Jahren, ungefähr so wie die Eltern kleiner Kinder instinktiv verstehen, was ihr Baby will, wenn es schreit.

»Hast du eigentlich Wein gekauft für morgen?«

»Nein, ich... ich hatte noch etwas anderes, das...«

Meine Stimme versagt. Ich habe nicht vergessen, Wein zu kaufen, ich war einfach anderweitig zu sehr beschäftigt, im Polizeigebäude. Aber das kann ich ihm einfach nicht sagen.

Er seufzt leise und dreht sich um, erstarrt dann aber mitten in der Bewegung.

»Was liest du da eigentlich?«

Ich lege die Hände auf die Unterlagen, aber es ist zu spät. Er hat mein Zögern schon registriert, gesehen, wie meine Hände instinktiv versuchen, das zu verstecken, was auf meinen Knien liegt.

»Nichts Besonderes«, sage ich.

Er bleibt direkt vor mir stehen, eine riesige dunkle Silhouette vor dem Feuer. Beugt sich zu mir herunter und hebt mit festem Griff meine Hände hoch.

»Was zum Teufel ist das da?«

Sein Geruch schlägt mir entgegen, die widerliche Mischung aus Rauch und Schweiß und etwas anderem, das ich nicht definieren kann, das aber vor allem an gekochten Kohl erinnert.

»Das ist ein... Voruntersuchungsprotokoll.«

»Das sehe ich doch«, antwortet er mit einer Stimme, die eine Oktave höher liegt als noch vor ein paar Sekunden. »Was ich wissen will, ist, was zum Teufel das hier zu suchen hat, bei uns zu Hause? Du hast doch gesagt, dass du keinen Auftrag von der Polizei mehr annehmen wirst.«

»Das habe nicht ich gesagt. Sondern du.«

Mit einer einzigen Bewegung packt er die Unterlagen und schleudert sie quer durchs Zimmer. Aus dem Augenwinkel sehe ich, wie Frida mit eingezogenem Schwanz aus dem Zimmer rennt.

»Zum Teufel, Hanne. Wir haben das doch schon besprochen und entschieden, dass es so nicht geht. Dass du nicht stark genug für diese Arbeit bist. Und dann hintergehst du mich also und tust es doch.«

Und als er das sagt, in vollem Ernst, und als er dort steht und stinkt, zerbricht irgendetwas in mir. Zerbricht ganz buchstäblich, wie eine tragende Wand, die einstürzt, woraufhin das ganze Haus in sich zusammenfällt. Es ist, als ob die ganze Wut, die ich aufgestaut habe, jetzt verlangt auszubrechen, in Form von tausend Explosionen.

Ich springe aus dem Sessel und hämmere mit den Fäusten auf seinen breiten Brustkorb ein. Es sind keine wirkungsvollen Schläge – sie sind planlos, Resignation und Verzweiflung entsprungen, die ich nicht in Worte fassen kann –, er sieht überrascht aus.

»Du Arsch«, brülle ich. »*Wir* haben überhaupt nichts entschieden. *Du* hast gesagt, dass ich nicht arbeiten darf. *Du* hast das entschieden. Wie immer. Du, du, du. Ich hab es so verdammt satt, dass du mir immer sagst, was ich zu tun habe.«

Er fängt meine Arme in der Luft ein, presst sie mit festem Griff zusammen.

»Beruhige dich. Hast du denn total den Verstand verloren? Das hier ist ein Teil deiner Krankheit, verstehst du? Aggressivität, Niedergeschlagenheit. Das ist die Krankheit!«

Es ist nichts Neues, dass Owe meine Stimmungen auf die

Krankheit schiebt. Er hat mich schon mehrmals aufgefordert, es mit Antidepressiva zu versuchen – einer wohlmeinenden, rezeptpflichtigen Form von Glück, die mir größere Angst macht als die Krankheit selbst.

»Schieb nicht immer alles auf die verdammte Krankheit! Es geht hier nicht um die Krankheit. Es geht um mich. Darum, dass ich deine ewige Besserwisserei und deine Kontrollsucht satt habe.«

Ich verstumme, und da stehen wir, im Wohnzimmer vor dem Kamin. Plötzlich ist alles still. Ich höre nur das Knistern des Feuers und meinen angestrengten Atem. Der Griff um meinen Arm ist so hart, dass es wehtut.

»Lass mich los!«, sage ich.

Er gibt nach und bleibt stehen, während ich meine Papiere zusammenraffe und ins Schlafzimmer stürze.

»Aber Hanne. Liebste. Was ist denn passiert?«

»Ich habe ihn verlassen«, sage ich und stelle meine schwere Reisetasche neben mich auf den Steinboden.

»Ach, meine Liebe. Komm rein.«

Gunilla hebt die Tasche hoch.

»Jesus. Was hast du denn da drin?«

»Pass auf deinen Rücken auf. Das sind Bücher. Über Grönland. Nur die wichtigsten.«

Gunilla schüttelt langsam den Kopf.

Frida springt vor mir her in Gunillas helle Wohnung, und ich folge ihr. Trete vorher den Schnee von den Schuhen und ziehe den Mantel aus. Hänge ihn an einen der bunten Haken, gehe ins Wohnzimmer und lasse mich auf Gunillas weißes Sofa fallen.

»Erzähl!«, sagt sie, und ich erzähle. Über die Begegnung mit der Polizei und mit Peter. Über den zehn Jahre alten Fall, der jetzt wieder aktuell ist, und über meinen Wunsch, mit meiner Zeit etwas Sinnvolles anzufangen. Das Wissen anzuwenden, das ich während eines ganzen Arbeitslebens angesammelt habe. Und dann erzähle ich von Owe, schildere seinen Kontrolldrang, seinen Egoismus, ja, sogar seinen Geruch, alles, was mich in den Wahnsinn treibt. Dass ich während der letzten Monate eine Menge Wut angehäuft habe, die immer wieder auflodert wie ein Waldbrand und mich leer und handlungsunfähig zurücklässt. Dass ich diese emotionale Brandrodung nicht mehr aushalte.

»Aber dann war es doch wohl höchste Zeit, dass du ausgezogen bist?«, ist alles, was sie sagt, als ich fertig bin.

Die Frage, auf die ich warte, kommt erst später, als wir mehrere Gläser Wein getrunken und gemeinsam Gunillas alten Käse aufgegessen haben.

»Ist es denn so klug, ihn gerade jetzt zu verlassen, obwohl du nicht weißt, wie es dir in einem Monat oder in einem Jahr gehen wird?«

Ich schweige kurz, dann erwidere ich ihren Blick und antworte:

»Eben deshalb ist es wichtig. Ich will die Zeit, die mir noch bleibt, nicht mit ihm verbringen.«

Als ich am nächsten Morgen aufwache, scheint zum ersten Mal seit mehreren Wochen die Sonne, und schwere Schmelzwassertropfen fallen auf die Fensterbank. Es kommt mir vor wie ein Zeichen, und in mir wächst ein Gefühl von Erwartung und Erleichterung. Es ist fast wie eine Droge, eine Welle, auf der ich surfen kann und die mich trägt, heraus aus meinem ganzen Elend.

Jetzt kann es nur besser werden, denke ich und greife zu Louis-Jacques Dorais' Buch über Kultur und Sprachen der Inuit. Blättere ein wenig darin herum.

Dass die Inuit so viele Wörter für Schnee haben sollen, ist ein Mythos, entsprungen der romantischen abendländischen Schwärmerei für Naturvölker und deren angeblich symbiotische Beziehung zu den Elementen. Die Inuit haben zwar unterschiedliche Wörter für Schnee – aber das haben wir auch. Und es gibt ja nicht nur eine Inuitsprache. Sondern mehrere Sprachen und Dialekte, die in den arktischen Teilen Alaskas, Kanadas, Sibiriens und Grönlands gesprochen werden.

Aber wie üblich haben wir das dringende Bedürfnis, alles zu vereinfachen, damit wir die Wirklichkeit in den Griff bekommen. Eigentlich geht es auch in dem neuen Fall, mit dem wir uns im Polizeigebäude beschäftigen, genau darum: zu vereinfachen, versuchen zu verstehen, Zusammenhänge und Muster in komplexem Ermittlungsmaterial zu erkennen. Und vielleicht begehen wir auch hier genau denselben Fehler: Wir schreiben Menschen bestimmte Eigenschaften zu und benutzen bestimmte Erklärungsmodelle für Geschehnisse, nur weil sie eben in unser Weltbild passen.

Wieder denke ich an den zehn Jahre zurückliegenden Mord an Calderón. Haben wir damals etwas übersehen? Haben unsere vorgefassten Meinungen unser Bild des Ereignisverlaufs geprägt?

Ein behutsames Klopfen an der Tür reißt mich aus meinen Gedanken.

»Frühstück?«, fragt Gunilla.

»Gern. Ich bin total ausgehungert«, sage ich und denke, dass das wirklich stimmt.

Zum ersten Mal seit Monaten habe ich richtigen Hunger.

EMMA

Ein Monat früher

Ich fahre mit der U-Bahn zur Arbeit und versuche zu verstehen, was passiert ist. Jespers Kind, unser Kind, wächst in mir heran. In einem dunklen, geheimen Hohlraum existiert eine kleine Kaulquappe mit Schwanz und Kiemen und ist dabei, menschliche Formen anzunehmen.

Das ist nicht zu begreifen.

Ich kann nicht begreifen, dass ich wirklich schwanger bin, dass es hier nicht mehr nur um mich und meine Beziehung zu Jesper geht. Jetzt muss ich entscheiden, ob ich das Kind behalten will oder nicht. Es bedeutet auch, dass es keine Alternative mehr ist, Jesper abzuhaken und einfach weiterzugehen, als wäre nichts geschehen. Die Gleichung ist erweitert worden, und er hat ein Recht zu erfahren, dass ich ein Kind bekomme, ganz egal, ob er der größte Mistkerl des Jahrhunderts ist oder nicht.

Ich muss zu ihm gehen und ihm sagen, was passiert ist.

Mahnoor und Olga sitzen im Personalzimmer, als ich im Laden ankomme. Wir machen erst in zwanzig Minuten auf, und Björne ist noch nirgends zu sehen, da ist es doch gut, jetzt einen Kaffee zu trinken.

»Kaffee?«, fragt Mahnoor.

»Gern.«

Ich streife die Jacke ab und setze mich auf einen der weißen

Stühle, die um den Tisch herum stehen. Mahnoor stellt vorsichtig die Kaffeetasse vor mich hin. Ihre Haare streifen über den Tisch, und ich denke, dass sie wunderschön aussehen. Sicher wird sie von vielen darum beneidet.

»Wo ist Björne?«, frage ich.

»Keine Ahnung«, sagt Olga. »Kommt vielleicht zu spät.«

»Zu spät? Sonst ist er doch immer so früh dran. Er hat in sechs Monaten noch nicht einen einzigen roten Punkt bekommen.«

Wir schweigen. Ich nippe an dem heißen Kaffee und versuche, meine Übelkeit zu ignorieren. Gebe mir alle Mühe, nicht an den blinden Passagier zu denken, der sich irgendwo in meinem Körper festgesetzt hat.

»Du hast in diesem Monat schon zehn Punkte bekommen«, sagt Olga und sieht mich an. In ihrer Stimme liegt nichts Versöhnliches oder Mitfühlendes. Sie stellt die Tatsache so sachlich fest, als ob sie einer Kundin den Preis einer Unterhose genannt hätte.

»Das ist sicher nicht so schlimm«, sagt Mahnoor und streift meine Hand.

»Natürlich ist das schlimm. Wer viele Punkte hat, wird gefeuert«, sagt Olga.

»Ich war krank«, sage ich.

»Das spielt keine Rolle«, sagt Olga, als ob sie einem sehr kleinen und vielleicht auch begriffsstutzigen Kind die einfachste Sache der Welt erklärte. Ihre Nägel trommeln auf die Tischplatte, als ob sie sich gleich selbstständig machen und davonlaufen wollten. Sie sind so lang, dass ihre Hände mich an irgendeine lebensgefährliche Waffe erinnern.

»Man muss sich für seinen Job bemühen, und auch wenn

man zwischendurch krank ist, muss man arbeiten. Sich anstrengen«, sagt Olga und betont jedes Wort.

»Du meinst, man muss sich *um* seinen Job bemühen«, sagt Mahnoor, aber Olga hört ihr nicht zu. Sie fügt hinzu:

»Man muss sich für *alle* Beziehungen bemühen. Ab und zu muss man Dinge tun, die man nicht will, um des lieben Friedens willen. Wenn ich möchte, dass Alex gute Laune hat, zum Beispiel, dann blas ich ihm einen, wenn er nach Hause kommt.«

»Aber hallo«, protestiert Mahnoor. »Das ist ja wohl nicht dasselbe.«

»Ist es wohl. Man muss sich anstrengen, zu Hause und im Job.«

Mahnoor ist sichtlich verärgert. Sie springt auf, knallt ihre Kaffeetasse ins Spülbecken. Braune Flüssigkeit spritzt auf.

»Du bist krank, weißt du das? Wir sind hier nicht in Russland«, sagt sie und verlässt mit energischen Schritten die Kaffeeküche. Der Duft schweren Parfüms hängt trotzdem noch im Raum.

»Warum ist die denn jetzt so sauer?«, murmelt Olga.

»Keine Ahnung.«

»Vielleicht, weil sie Muslimin ist.«

»Vielleicht.«

Wir denken eine Weile darüber nach. Das Telefon klingelt, aber Mahnoor ist schneller als wir, sie nimmt den Anruf offenbar bei der Kasse an, denn ich kann hören, dass sie da draußen mit jemandem redet.

»Willst du sie um Entschuldigung bitten?«, frage ich.

»Entschuldigung? Warum sollte ich sie um Entschuldigung bitten? Wenn hier eine querliegt, dann doch wohl sie.«

»*Falschliegt*, meinst du.«

»Whatever. Sie hält sich für etwas Besonderes, weil sie auf die Universität geht.« Olga presst die Lippen aufeinander und verschränkt die Arme vor der Brust.

Draußen nähern sich Schritte. Mahnoor tritt wieder in die Tür, und noch ehe sie etwas gesagt hat, sehe ich an ihrer Haltung, dass etwas passiert ist.

»Das war Björne«, sagt sie und sie keucht dabei fast. »Er ist von einem Bus angefahren worden. Er wird nicht sterben oder so, aber er wird eine Weile nicht zur Arbeit kommen können. Mindestens einen Monat.«

Weder Olga noch ich sagen etwas. Wir können Björne zwar nicht leiden, aber einen Unfall haben wir ihm nicht gewünscht. Als ich mir seinen mageren Körper unter einem Bus vorstelle, wird mir gleich wieder schlecht.

»Der arme Björne«, flüstert Olga.

»Ja, der arme Björne«, sagt Mahnoor.

»Was passiert jetzt?«, frage ich.

»Wir müssen den Laden allein schmeißen«, sagt Mahnoor und reckt sich ein bisschen. »Sie haben mich gebeten, fürs Erste die Verantwortung zu übernehmen.«

Ich überlege, ob Mahnoor wirklich dazu ausersehen worden ist, oder ob sie einfach gefragt wurde, weil sie zufällig als Erste am Telefon war.

»Und also, da ist noch was«, sagt Mahnoor. »Die Zeitungen schreiben offenbar wieder über unseren geliebten Geschäftsführer. Wenn irgendwelche Presseleute sich hier melden, sollen wir keinen Kommentar geben. Wir sollen in allen Fragen auf das Hauptbüro verweisen.«

»Hat er wieder etwas angestellt?«

Olga lächelt vielsagend.

Mahnoor zuckt mit den Schultern.

»Keine Ahnung.«

Aber Olga lässt nicht locker.

»Deine Freundin in der Personalabteilung. Die ihn untersucht?«

»Sie arbeitet nicht in der Personalabteilung, sondern in der Buchhaltung, aber ja, offenbar hat Jesper Orre sich sein Geburtstagsfest von der Firma bezahlen lassen. Genauer weiß ich das allerdings auch nicht.«

Mein Mittagessen besteht aus einem in Plastikfolie verpackten Salat. Die Krabben schmecken nach nichts und sind so matschig, dass ich mir nicht vorstellen kann, dass sie irgendwann wirklich im Meer gelebt haben sollen. Ich habe eher das Gefühl, dass sie aus Weizenmehl und Fischbrühe gepresst worden sind.

Ich sitze an dem kleinen Schreibtisch im Personalzimmer vor dem Computer. Von hier aus kann ich in die Kaffeeküche links von mir blicken. Der Tisch ist voll mit Illustrierten, und eine Salatschüssel wie meine, mit einigen einsamen Krabben, steht neben dem Spülbecken.

Ich wische mir die Hände an der Serviette ab, ziehe die Tastatur zu mir heran und gebe in die Suchmaske ein: Jesper Orre. Nach nur wenigen Sekunden taucht der Artikel auf: »Jesper Orre wegen sexueller Belästigung verklagt.« Ich klicke mich zur Website der Zeitschrift durch und scrolle herunter. Eine Frau, die ein Jahr lang »in Jespers Nähe« gearbeitet hat, hat ihn wegen sexueller Belästigung angezeigt. Dort steht nicht, wer sie ist oder was genau ihre Arbeit war, aber ich schließe daraus, dass sie zusammengearbeitet haben, dass es jemand aus dem Hauptbüro sein muss. Vielleicht eine Sekretärin aus der Marketingabteilung. Weder Jesper noch die Firma geben einen Kommentar ab, aber »sichere Quellen« verraten, dass eine firmeninterne Untersuchung eingeleitet worden ist. Ich überlege. Aus irgendeinem Grund stört mich der Artikel nicht weiter. Jesper hat oft darüber gesprochen, dass die Personen in seiner Nähe in zwei Gruppen eingeteilt werden können: die Ja-Sager, die hart arbeiten, um möglichst oft in seiner Nähe zu sein, und die, die sich alle Mühe geben, um ihm in jeder Hinsicht Steine in den Weg zu legen. Nicht selten beginnt jemand als Ja-Sager und verwandelt sich langsam in einen Saboteur, wenn Jesper nicht wie gewünscht auf die Annäherungsversuche reagiert.

Ich nehme an, dass diese Frau eine Saboteurin ist. Jesper ist durch ihre Behauptung jetzt zum Abschuss freigegeben. Die Treibjagd ist in vollem Gange. Es ist leicht, sich auf diese Weise Aufmerksamkeit zu verschaffen und sich vielleicht für eine alte Kränkung zu rächen. Jesper hatte recht. Wenn man ganz oben steht, weht ein harter Wind. Man ist gefährdet und kann sich auf niemanden verlassen.

Und trotzdem. Es besteht ja immer die Möglichkeit, dass ich mich irre.

Wie gut kenne ich Jesper eigentlich?

Ich sehe mir den Artikel noch einmal an, mein Blick bleibt an dem Namen ganz unten hängen. *Anders Jönsson,* der Name kommt mir bekannt vor. Wo habe ich den schon gehört?

Dann weiß ich es wieder. Der Journalist, der im Laden war, der mit mir über die Arbeitsbedingungen bei uns im Laden reden wollte und der mir seine Visitenkarte gegeben hat. Die jetzt zu Hause in der vollgestopften Brottrommel liegt, zusammen mit den vielen Rechnungen.

Mahnoor kommt herein und setzt sich auf den Stuhl mir gegenüber.

»Was machst du?«

Rasch schließe ich das Fenster, dann fahre ich den Computer herunter.

»Nichts Besonderes. Mein Internet zu Hause funktioniert bloß nicht.«

Sie nickt langsam.

»Ist bei dir eigentlich alles in Ordnung?«, frage ich. »Vorhin hast du ein bisschen genervt gewirkt.«

Mahnoor seufzt und verdreht die Augen.

»Olga hat einfach ein unmögliches Frauenbild. Das stört mich. Man könnte glauben, dass sie aus dem 19. Jahrhundert zu Besuch gekommen ist. Findest du nicht?«

Ich denke nach. Olga ist anders. Ich habe mir noch nie Gedanken über ihr Frauenbild gemacht, wohl aber über ihre Taktlosigkeit, darüber, dass sie gar nicht merkt, dass ihre Kommentare – vermutlich unbeabsichtigt – wehtun können.

»Das habe ich mir noch nie überlegt«, sage ich.

»Aber ich«, sagt Mahnoor.

»Ist es übrigens in Ordnung, wenn ich heute ein bisschen früher gehe?«, frage ich.

Sie blickt mich forschend an und schlägt dann die Beine übereinander.

»Sicher. Mach ruhig, ich muss ja ohnehin den Laden schließen. Wo ich doch … verantwortlich bin und so.«

Sie macht ein düsteres Gesicht, das komisch und genervt zugleich ist.

»Vielen Dank«, sage ich. »Ich muss noch etwas erledigen.«

Als ich den Laden verlasse, kommt mir draußen eine dicke Frau mit blondierten Haaren und einem viel zu engen Mantel entgegen, und unwillkürlich muss ich an Mama denken. An einen Tag, als wir im Bett lagen, sie und ich. Es war einer der seltenen und kostbaren Augenblicke der Nähe und Liebe, die meistens dann eintrafen, wenn Mama und Papa lange sauer und müde gewesen waren.

Mama fuhr mir mit der Hand über die Haare. Sie machte ein ernstes Gesicht.

»Geliebte kleine Emma.«

Ich gab keine Antwort, ich machte einfach die Augen zu und ließ mich von der Wärme der Decke und Mamas Fürsorge umschließen.

»Verzeih mir, dass ich... dass ich... ich bin manchmal so wütend und gemein«, sagte sie plötzlich.

Ich öffnete die Augen und erwiderte ihren Blick. Sie sah gequält aus, als ob sie wieder Bauchschmerzen hätte und eine der kleinen weißen Tabletten brauchte, die sie ganz oben im Schrank aufbewahrte.

»Das macht doch nichts«, sagte ich.

Sie schien aufzuatmen.

»Es ist nur, dass... manchmal ist alles so stressig... und ich bin so müde. Und dann kommt es vor, dass ich... dass ich einfach die Laune verliere.«

Man konnte also die Laune verlieren, so, wie man eine Tasche oder eine Flasche verlor. Aber wenn man sie verlor, musste man sie doch auch suchen und wiederfinden können?

Das sagte ich aber nicht, denn ich wollte diesen verletzlichen und perfekten Augenblick nicht zerstören. Ich sah schließlich ein, dass ich dafür verantwortlich war, ihn festzuhalten.

»Ist schon gut.«

»Nein, Herzchen, das ist überhaupt nicht gut. Ich will nur, dass du das weißt. Wenn ich so wütend werde, ist das falsch von mir. Es ist falsch und es ist dumm und ich als Erwachsene müsste meine Stimmungen besser im Griff haben.«

Ihre Stimme klang jetzt tränenerstickt, und ich wollte wirklich nicht, dass sie anfing zu weinen. Plötzlich kam es mir als meine wichtigste Aufgabe auf der Welt vor, zu verhindern, dass sie traurig wäre. Denn wenn sie anfing zu weinen, würde sie nicht aufhören können, und dann wäre der Tag ruiniert, und alles wäre meine Schuld.

»Ich finde dich nicht wütend. Ich finde dich lieb.«

»Ach, Mamas kleiner süßer Liebling«, murmelte sie und küsste mich auf den Mund.

Sie stank nach Kaffee und saurer Milch, aber ich wich nicht zurück, sondern lag ganz still da, damit sie mich noch einmal küssen könnte. In diesem Moment klingelte das Telefon im Flur.

»Ich komme sofort«, murmelte sie. Dann stand sie auf und wickelte den rosa Morgenrock um ihren umfangreichen Leib.

Draußen vor dem Fenster schien die Sonne, und die Kinder aus den Nachbarhäusern waren auf dem Weg in die Schule. Ich hustete seit mehreren Tagen und Mama wollte mich unbedingt zu Hause behalten, was Papa ärgerte. Er fand, man sollte sich nicht so *anstellen*. Und wenn man im Bett lag und hustete, ohne Fieber zu haben, dann *stellte man sich an*.

Ich genoss diese Tage allein zu Hause mit Mama. Ich erlebte

sie nur selten, wenn sie so guter Laune war. Abends saß sie immer nur mit Papa in der Küche und trank Bier, und morgens war sie immer müde und kaputt und musste sich lange ausruhen, ehe sie aufstehen konnte.

»Nein, wir haben hier keine Haustiere. Wieso?«

Ich hörte Mama ganz deutlich sprechen. Sie hatte diese kleine spitze Stimme, die verriet, dass sie sich über jemanden ärgerte. Diese Stimme hatte sie auch abends, ehe sie richtig wütend wurde und Bierdosen und Teller durch die Küche in Richtung Papa flogen.

»Das verstehe ich nicht. Wieso denn nicht mit anderen Kindern umgehen? Meine Tochter hat überhaupt keine Probleme damit, mit anderen Kindern zu spielen. Sie hat hier in der Nachbarschaft jede Menge Freundinnen.«

Dann schwieg sie wieder.

»Das glaube ich nicht. Ich werde sie fragen, aber ich habe den Eindruck, dass sie auch in der Schule viele Freundinnen hat.«

Ich stand auf, um die Tür zu schließen. Meine Brust zog sich plötzlich zusammen, obwohl ich nicht husten musste.

»*Besondere Bedürfnisse*? Sie machen wohl Witze. Und warum sollte es besser werden, wenn sie Kontakt zu Tieren hätte? Das ist doch der pure Unfug. Nur, weil man ein Pferd striegeln oder ein Hundebaby streicheln darf, wird man doch wohl nicht weniger schüchtern? Und ja, ich glaube, es ist eine Frage der Schüchternheit, das ist alles.«

Ich zog die Tür zu und ging zurück ins Bett.

Vor dem Fenster war der Frühling explodiert. Bäume und Büsche zeigten sich in allen Grüntönen. Die Stauden im Beet gegenüber waren aufgeblüht, die Hagebuttensträucher bei den Schaukeln waren übersät von kirschroten Blüten, die sich bald in harte, mit erstklassigem Juckpulver gefüllte Früchte verwandeln würden.

Ich legte mich aufs Bett und hoffte, dass Mama irgendwann aufhören würde zu reden. Dass sie zurückkommen und sich auch ins Bett legen und wieder lieb und weich sein würde.

Ich sehnte mich danach, mich wieder mit ihr zusammen *anzustellen*.

Meine Brust kam mir noch immer seltsam eng vor. Als ob jemand ein Springseil viele Male ganz fest um meinen Körper gewickelt hätte.

Dann sah ich plötzlich etwas. Eine Bewegung auf dem Boden neben dem Bett. Ganz vorsichtig hob ich das neue Glas auf. Auf einem der kahlen dornigen Zweige saß ein großer blauer Schmetterling. Sein Körper war schwarz und rund und ein bisschen zottig. Die Flügel waren von einem leuchtenden Kobaltblau, am oberen Rand schwarze Linien, fast sahen sie aus wie eine Zeichnung. Er hob und senkte die Flügel elegant, trotzdem sah es aus, als ob er nach der langen Zeit in der kleinen Puppe die Bewegungen erst üben müsste.

Es ist dunkel, als ich vom Sergelstorg zur Hamngata hinuntergehe. Der Schirm beschützt mich nur wenig – die Windstöße fegen den Regen von allen Seiten durch die Luft. Die Straßen wirken seltsam verlassen, nur vereinzelte Fußgänger hasten in der Dunkelheit vorüber. Als ich die Regeringsgata erreiche, ist es fünf Uhr. Der große H&M-Laden ist erleuchtet wie eine Finnlandfähre, schreit seine Botschaft heraus; verspricht auf der anderen Seite des Schaufensters ein besseres, spannenderes Leben. Einige Frauen mit nassen Haaren wandern planlos zwischen den Regalen hin und her, fassen vorsichtig einzelne Kleidungsstücke an.

Ich biege nach links ab, in die Norrlandsgata, und gehe vielleicht hundert Meter weit. Dann sehe ich auf der anderen Straßenseite den Eingang zum Hauptbüro von Clothes & More. Die Holztür wird schwach angestrahlt. Sieht in der Dunkelheit fast so aus, als leuchte sie von allein.

Gleich neben mir ist ein Hauseingang. Ich gleite in die Dunkelheit, bin froh über diesen Schutz vor dem Regen. Hier kann ich stehen und warten, ohne dass mich jemand sieht. Die Frage ist nur, ob ich wirklich sehen kann, wer auf der anderen Straßenseite aus der Tür kommt. Es ist dunkel und ich stehe schon ein Stück entfernt.

Ich ziehe die Handschuhe an und mache mich bereit. Jetzt muss ich warten. Nach vielleicht fünf Minuten öffnet sich die Tür und zwei Frauen in meinem Alter kommen heraus. Sie lachen laut und überqueren die Straße, während sie ihre Regenschirme aufspannen. Der Wind packt den einen und stülpt ihn um. Die Frauen lachen noch lauter. Ich bin ziemlich sicher, dass sie nicht sehen können, wie ich hier in der Dunkelheit kauere.

Mehrmals drängt sich mir der Gedanke auf: Bin ich dabei, den Verstand zu verlieren? Hier stehe ich im Regen und belauere Jesper. Wie eine Stalkerin. Wenn mir das jemand vor einem Monat gesagt hätte, hätte ich diesen Jemand für verrückt gehalten.

Dennoch. In meiner Lage weiß ich nicht, was ich sonst tun soll. Ich muss doch irgendwann mit ihm reden. Ich sehe ein, dass es vieles gibt, was ich über Jesper nicht weiß, es gibt so unendlich viele Lücken, die gefüllt werden müssen. So viele

Löcher und so wenige Dinge, an die ich mich halten könnte. Ich frage mich inzwischen, ob ich ihn jemals gekannt habe.

Der Regen fällt in der folgenden Stunde mit unverminderter Intensität. In regelmäßigen Abständen wird die Tür auf der anderen Straßenseite geöffnet, und Menschen kommen heraus und verschwinden in der Dunkelheit. Nicht ein einziges Mal blickt jemand in meine Richtung. Es ist, als ob ich wirklich unsichtbar wäre, als ob ich mich in einen Stein auf dem Boden verwandelt hätte. Obwohl ich im Hauseingang stehe, verirren sich einzelne Regentropfen dorthin. Lagern sich auf meiner Kopfhaut ab, in meinem Nacken und an meinen Handgelenken. Ich trete auf der Stelle, um ein wenig Wärme in meinen Gliedern zu spüren. Schlinge mir immer wieder die Arme um den Körper.

Um genau zehn nach sechs kommt er aus der Tür.

Ich erkenne ihn sofort. Er trägt einen schwarzen offenen Mantel über seinem Anzug, und der Mantel flattert im Wind hinter ihm her, als er mit schnellen Schritten in Richtung Hamngata davongeht. Plötzlich kann ich mich nicht bewegen, es ist, als ob mein Körper mir nicht mehr gehorcht, als ob er sich in ein Stück widerspenstiges Fleisch verwandelt hat, festgefroren auf dem nassen Boden.

Vor nur wenigen Wochen haben wir uns noch getroffen, denke ich. Aber mir kommt es vor, als wären seitdem Monate vergangen. Ich denke an all die Gespräche, all die SMS, und jetzt das hier, der Mann, den ich liebe, ist ein Schatten vor mir im Regen.

Dann lässt mich die Lähmung los. Ich mache einige Schritte aus dem Toreingang und fange an, hinter ihm herzulaufen. Der Regen peitscht mir ins Gesicht, aber ich kann nicht stehen bleiben, um den Regenschirm zu öffnen, wage nicht zu riskieren, dass Jesper in der Dunkelheit verschwindet.

Seine Schritte sind selbstsicher und irgendwie elegant, er tanzt fast durch den Regen. Dann ist er plötzlich verschwunden, wie verschluckt vom schwarzen Asphalt der Regeringsgata. Ich laufe schneller, und als ich an der Stelle ankomme, wo er zuletzt stand, sehe ich den Eingang zum Parkhaus.

Natürlich.

Warum habe ich nicht daran gedacht? Natürlich fährt er mit dem Auto zur Arbeit. Wie soll ich ihm da folgen können?

Ich schaue mich um. Kein Auto ist zu sehen, weder ein Taxi noch ein anderes. Ich sehe, wie zwanzig Meter vor mir ein Tor aufgeht. Scheinwerfer tauchen dahinter auf. Er fährt einen schwarzen Lexus. Einige Sekunden lang sehe ich seine Silhouette hinter dem Lenkrad, die Beleuchtung des Parkhauses strahlt ihn an. Dann fährt er aus der Einfahrt heraus und verschwindet in der Dunkelheit in Richtung Stureplan.

Der Regen ist mir jetzt egal, ich bemerke ihn nicht einmal. Ich gehe durch die Hamngata zum Nybroplan. Wenn ich mich beeile, bin ich in einer Viertelstunde zu Hause, aber was spielt das für eine Rolle? Auf mich wartet doch niemand, und ich habe nichts Wichtiges zu erledigen.

Der Park liegt dunkel und verlassen da, ich habe plötzlich Lust, die Straße zu überqueren, in den Park zu gehen und mich einfach irgendwo hinzulegen, vielleicht unter einen hohen Baum. Mich von dem nassen Gras umfangen zu lassen, einzuschlafen. Eins mit Gewächsen und Kies und dem feuchten Herbstlaub werden. Verschwinden. Vergessen. Sterben, vielleicht.

Dann denke ich an Nagel.

Es ist schwer, nicht an ihn zu denken, jetzt, wo alles ist, wie es ist.

Auf den ersten Blick wirkte er ziemlich normal und unauffällig. Dunkel, halblange Haare, abgewetzte Jeans, die immer ein bisschen zu groß aussahen. Karierte Hemden. Und natürlich war er alt.

Mindestens fünfundzwanzig.

In diesem Schuljahr wurde viel über Nagel geredet. Alle Mädchen in der Klasse klatschten über ihn. Ich kann nicht gerade behaupten, dass ich mich daran beteiligt hätte, ich war eher eine Außenseiterin, so eine, die sich das soziale Leben ansah, ohne sich wirklich daran zu beteiligen. Vielleicht war ich ein bisschen schüchtern, vielleicht hatte ich auch einfach kein Interesse.

Vielleicht stimmt auch meine Erinnerung nicht.

In diesem Herbst drechselten wir Buttermesser und Schalen und anderen unnützen Kram, den wir Familienangehörigen oder Freunden schenken konnten. Mein Buttermesser wollte einfach keine richtige Gestalt annehmen. Zuerst wurde es klobig und viel zu groß, und als ich versuchte, es auf die angemessene Größe zu reduzieren, schrumpfte es viel zu sehr, verwandelte sich in etwas, das vor allem einem Trommelstock ähnelte.

»Pass auf, damit es nicht ganz verschwindet«, sagte Nagel und zwinkerte mir zu.

Ich wusste nicht, was ich antworten sollte, aber ich merkte, dass ich rot wurde. Findest du ihn attraktiv, hatte Elin mich an diesem Morgen gefragt. Ich weiß nicht, hatte ich wahrheitsgemäß geantwortet, weil ich wirklich noch nie darüber nachgedacht hatte. Er war einfach ein Lehrer, wenn auch vielleicht ein bisschen jünger und weniger öde als die anderen.

Aber dennoch. Uralt.

»Ich kann dir nachher helfen«, sagte Nagel und strich mit dem Finger über die raue Kante des Messers, so dass winzige Sägespäne auf den Tisch fielen. Ich spürte seinen Blick, wagte es aber nicht, ihn zu erwidern, ich nickte nur stumm.

Es war in dem Frühling, in dem Papa in sein düsteres Loch fiel. Das nur er sehen konnte, und das aus irgendeinem unerfindlichen Grund so tief war, dass er unmöglich wieder herausklettern konnte. Gefangen in Hoffnungslosigkeit und Angst verbrachte er seine Tage in selbst gewählter Isolation zu Hause in der Wohnung in der Kapellgränd. Offenbar wurde dieser Zustand »Depression« genannt. Vor unserem Küchenfenster erwachte der Frühling zum Leben, während Papa in seinem Bett lag und immer müder wurde, die Seegrastapeten anstarrte, als ob die langen Halme irgendeine Art von Antwort auf etwas liefern könnten. Mama versuchte, mit ihm zu reden. Sie führten im Schlafzimmer lange gemurmelte Gespräche. Ich versuchte zu hören, was sie sagten, aber das gelang mir nicht. Aber was es auch war, es war schlimm genug, um flüsternd abgehandelt werden zu müssen.

Je schlechter es Papa ging, desto schneller verschwanden Bierdosen und Weinflaschen aus der Küche. Es kam jetzt aber manchmal vor, dass Mama dort kochte, wenn ich nach Hause kam. Sie formte Frikadellen oder belegte Faluwurst zum Überbacken mit Tomaten- und Zwiebelscheiben. Ich war nicht daran gewöhnt, sie die Hausfrau spielen zu sehen, und ich wurde sofort nervös. Mamas kleine Projekte endeten meistens in einer Katastrophe. Wie damals, als sie Vorhänge nähen wollte. Als es ihr nicht gelang, die Bahnen symmetrisch zurechtzuschneiden, riss sie den Stoff in lange Streifen und warf alles aus dem Fenster. Diese Streifen flatterten dann noch monatelang an den Büschen vor dem Haus herum, wie zur Erinnerung an die Vorhänge, die niemals fertig geworden waren, und an Mamas gefährlich explosive Stimmung. Die Nähmaschine hatte sie Papa gegen das Schienbein geknallt, und er hatte einen großen dunkelblauen Bluterguss davongetragen.

Ich sah wieder mein Buttermesser an. Seufzte.

»Was?«, fragte Elin, die meinen kritischen Blick bemerkt hatte.

»Das ist scheußlich.«

Elin gab keine Antwort. Sie wandte sich wieder der eleganten kleinen Holzdose zu, an der sie arbeitete. Alles, was Elin im Werkunterricht anfing, wurde gut. Ihre Hände schienen geheimnisvolle Kenntnisse zu besitzen, instinktiv zu wissen, was sie zu tun hatten, wenn sie in Kontakt mit Holz oder Papier kamen. Nicht wie meine Hände. Die taten einfach nicht, was ich ihnen sagte: Sie zerstörten und verdarben alles, was sie anfassten. So kam es mir jedenfalls vor.

Elin bewegte vorsichtig das Sandpapier über den ohnehin schon perfekten Deckel, um irgendeine unsichtbare unebene Stelle zu entfernen, und dabei blies sie eine riesige Kaugummiblase. Marie, die vor uns saß, drehte sich auf ihrem Stuhl um und fragte Elin:

»Gehst du auf Mickes Party?«

Elin zuckte kurz mit den Schultern.

»Weiß noch nicht. Petra hat an dem Abend ja auch ein Fest.«

»Petra ist doch die totale Missgeburt.«

Elin grinste.

»Und Micke ist lächerlich.«

Marie lachte begeistert über Elins Analyse der potentiellen Lustbarkeiten dieses Freitags, schleuderte ihre langen Haare in den Nacken und drehte sich um. Ich selbst starrte mein deformiertes Buttermesser an. Ich wurde nie gefragt, ob ich mit auf irgendein Fest gehen wollte. Aber ich wurde auch nicht gemobbt. Es war überhaupt noch nie jemand aus der Klasse gemein zu mir gewesen. Es war eher so, als ob ich für die anderen nicht existierte. Ich hätte auch einfach einer der Stühle im Raum sein können.

Ich wusste nicht so recht, wie ich damit umgehen sollte. Vielleicht hätte ich traurig sein sollen, mich ausgestoßen fühlen, beleidigt sein. Aber Tatsache war, dass ich es durchaus gut fand, mich an diesem Spiel nicht beteiligen zu müssen. Ich hatte kein Bedürfnis danach, auf Mickes Fest zu gehen, mich zu betrinken und in den Garten zu kotzen oder im Badezimmer einzuschlafen. Ich mochte mir nicht Maries ewiges Geplapper über ihren Freund anhören oder mit Elin vor dem Kiosk herumhängen. Ich wollte viel lieber zu Hause vor dem Fernseher sitzen.

Die Schulglocke ertönte.

Der Saal leerte sich, und Nagel winkte mich zu sich.

»Du sagst ja nicht besonders viel«, sagte er.

Ich wusste nicht, was ich antworten sollte. Ich hielt das Buttermesser verkrampft umklammert und merkte, dass meine Hand schweißnass wurde. Meine Wangen glühten.

»Du bist niedlich, weißt du das?«

Nagel zog einen Stuhl heran und setzte sich neben mich.

Kam immer näher, bis unsere Gesichter dicht voreinander waren.

»Danke«, sagte ich.

Zum ersten Mal erwiderte ich seinen Blick. Seine Augen saßen eng nebeneinander, sie waren warm und braun, er hatte lange schwarze Wimpern. Hier und da war eine graue Strähne in seinen dichten schwarzen Haaren zu sehen, wie tote Bäume in einem ansonsten dichten Wald.

»Entschuldige, ich will mich ja nicht aufdrängen, aber eines wüsste ich gern…«

Er verstummte, lachte kurz und schüttelte langsam den Kopf, fast, als ob ihm etwas peinlich wäre. Draußen auf dem Gang entfernten sich Gelächter und Schritte und Stille machte sich breit.

»Ja?«

Er blinzelte.

»Hast du einen Freund, Emma?«

Der vertraute Geruch von Essen und altem Zigarettenrauch im Treppenhaus, als ich nach Hause komme, ist seltsam beruhigend. Ich sehe meine Hände an. Sie sind nass und bleich, aber sie zittern nicht mehr. Irgendwo draußen in der Dunkelheit hat Jesper Orre seinen großen schwarzen Lexus abgestellt und das betreten, was er sein Zuhause nennt. Ich versuche, nicht daran zu denken, aber das Wissen, dass er vermutlich irgendwo auf einem Sofa sitzt, vielleicht mit einem Glas Wein in der Hand, tut mir weh.

Als ich die Treppe hochgehe, hinterlassen meine Stiefel auf den abgenutzten Steinstufen feuchte Flecken. Langsam verstehe ich, dass Jesper etwas vor mir verborgen hat. Warum haben wir uns immer nur in seiner Übernachtungswohnung oder bei mir getroffen? Warum war es ihm so ungeheuer wichtig, dass wir nicht zusammen gesehen wurden? Es kann doch nicht nur wegen meines Jobs gewesen sein. Oder?

Ich stehe vor meiner Tür, atemlos vor Anstrengung, nachdem ich in der fünften Etage angekommen bin. Mein Körper ist weicher geworden, fühlt sich endlich wärmer an.

Als ich den Schlüssel ins Schloss stecke, merke ich sofort, dass etwas nicht stimmt. Die Tür ist nicht abgeschlossen, und als ich sie öffne, höre ich aus der Wohnung einen Knall. Ich schließe immer hinter mir ab, und außer mir hat niemand einen Schlüssel, nur Jesper.

Ich schaue mich um. Das Treppenhaus liegt dunkel und stumm hinter mir. Wenn sich da unten in der Dunkelheit jemand versteckt, dann kann ich ihn nicht sehen. Ich strecke die Hand nach dem Lichtschalter aus. Gleich darauf ist der Flur lichtdurchflutet, und ich mache einen vorsichtigen Schritt hinein.

Hier scheint nichts angerührt worden zu sein, aber ich spüre, dass etwas anders ist. Ein kalter Luftzug streicht durch die Wohnung, streift meine Knöchel. Ich ziehe die Wohnungstür hinter mir zu, und wieder ist es still, aber es ist kalt, viel zu kalt, und ich frage mich, warum. Ohne die Stiefel auszuziehen, gehe ich ins Wohnzimmer und schalte die Deckenlampe ein. Alles sieht aus wie immer; die eleganten grünen Malmstensessel, der kleine Schreibtisch, auf dem noch immer die aufgeschlagenen Physikbücher liegen. In der vergangenen Woche habe ich an die Schule nicht einmal denken können. Für einen kurzen Moment überlege ich, ob ich auch die Physikbücher in den Brotkasten stecken soll, um mir ihren Anblick zu ersparen.

Als ich in Richtung Küche weitergehe, ist mir klar, dass etwas passiert sein muss. Ich kann den Regen und die Geräusche der Stadt viel zu deutlich hören, es ist fast so, als ob ich wieder draußen im Unwetter stünde. Ich mache Licht und bleibe in der Türöffnung stehen.

Das Fenster ist offen.

Ich mache es fast nie auf, aber nun ist es sperrangelweit geöffnet, lässt die Nacht in die Wohnung ein. Ich beginne mich zu bewegen, um es zu schließen, und plötzlich weiß ich es.

Sigge.

Ich rufe und suche in allen Zimmern. Unter dem Bett und dem Sofa, in den geschlossenen Schränken, auf der Hutablage, in der Badewanne. Sigge hat sich nirgendwo versteckt. Er versteckt sich nie, deshalb weiß ich, dass er aus dem Fenster gefallen sein muss.

Während ich wieder in die Küche gehe, versuche ich mich zu erinnern, ob ich vergessen haben könnte, die Wohnung abzuschließen, als ich zur Arbeit gegangen bin. Aber ich habe kein Bild davon, kann nicht vor mir sehen, was ich morgens getan habe. Es ist nur wenige Stunden her, denke ich, aber schon so weit weg.

Ich beuge mich aus dem Küchenfenster, so weit ich es wage. Und rufe Sigges Namen. Der Regen peitscht mir in den Nacken. Fünf Stockwerke tiefer zeichnet sich der Hof wie ein dunkles Dreieck ab. Bäume und Büsche tanzen im Wind, aber kein Sigge ist zu sehen. Rasch ziehe ich eine Jacke über, öffne die Wohnungstür und renne die Treppen hinunter und hinaus auf den Hof.

Der Geruch von verrottendem Laub und feuchter Erde ist überwältigend. Ich gehe über die Pflastersteine zu der Stelle, die unter meinem Küchenfenster liegen muss, schaue nach oben und kneife im Regen die Augen zusammen. Hoch über mir ahne ich das offene Fenster. Es ist ein Sturz von mindestens zehn Metern, vielleicht auch mehr.

Kann eine Katze das überleben?

Der Innenhof liegt leer vor mir. Ich gehe in die Hocke. Neben der Wand, dort, wo die Steine fast trocken sind, sehe ich einen dunkleren Fleck. Ich betaste ihn vorsichtig und sehe dann meine Finger an.

Es ist Blut.

Ich ahne eine schwache Blutspur in Richtung der Mauer zur Straße. Ich folge ihr geduckt, um zu sehen, wohin sie führt, aber der Regen hat sie weggewaschen.

Zwischen Mauer und Haus gibt es einen Spalt, gerade breit genug für eine Katze, der zum Valhallaväg führt. Ich schaue hinaus in den Regen, sehe aber nur Autos, die gleichgültig in der Dunkelheit vorüberfahren.

PETER

Die letzten Tage waren verdammt anstrengend. Einerseits ist die Ermittlung total zum Stillstand gekommen, andererseits macht mich Hannes Anwesenheit in den Besprechungen nervös. Sie sitzt einfach da, ohne etwas zu sagen, was ja eigentlich auch der Sinn der Sache ist, sie muss sich erst in den Fall einarbeiten. Aber es stört mich. Außerdem hat sie etwas Vorwurfsvolles im Blick.

Ab und zu habe ich das vage Gefühl, dass sie irgendeine Art von Initiative von mir erwartet. Dass sie will, dass ich mit ihr spreche. Vielleicht erkläre, warum es damals so gekommen ist. Vielleicht macht sich aber auch nur mein Gewissen bemerkbar.

Aber so ist es wohl im Leben. Es juckt und brennt wie eine Beule am Arsch, und man kann dem Elend nur ein Ende setzen, indem man dem Leben selbst ein Ende setzt.

Aber ganz so weit bin ich noch nicht.

Der Wagen hält an und Morrissey verstummt.

»Öh, Lindgren, schläfst du?«

Ich drehe mich zu Manfred, lächele verlegen und springe ebenfalls aus dem Wagen, den er soeben in der Tiefgarage unter dem Kaufhaus abgestellt hat.

»Wollte nur sehen, ob du noch dabei bist.«

»Klar doch.«

Wir gehen die Treppen im Parkhaus hinunter und dann in die Hamngata. Das Weihnachtsgeschäft ist voll im Gange und es wimmelt nur so von Menschen. Es tropft von Dächern und Fensterbänken und fast der ganze Schnee ist verschwunden. Nur kleine schmutzige Haufen liegen noch herum und drücken sich an die Hauswände. Der Himmel ist blau, und die Luft kommt mir feucht, rein und frisch vor, wie eben erst aufgehängte Wäsche. Einige Sonnenstrahlen haben ihren Weg zwischen den hohen Häusern gefunden und spielen vor uns auf der Fahrbahn, als wir die Straße überqueren. Ich kneife in dem scharfen Licht die Augen zusammen und suche mit Blicken nach dem Eingang zum Hauptbüro von Clothes & More.

Agnieszka Lindén erwartet uns an der Rezeption. Sie ist um die vierzig und trägt ein perfekt geschnittenes dunkelblaues Kostüm. Die blonden, ein wenig dünnen Haare sind zu einem adretten Pagenschnitt frisiert, und ihre Wangen sind voll und rosig. Sie sieht gesund aus und erinnert mich an eine meiner alten Sportlehrerinnen aus der Oberstufe – Sirkka, die jeden Morgen eine kalte Dusche empfahl (nach dem Lauftraining, das ebenfalls vor dem Frühstück erledigt werden sollte).

»Willkommen«, sagt sie und reicht uns die Hand, lässt für einen Moment ihren Blick auf mir ruhen, dann zeigt sie auf den Gang, an dessen Wänden riesige Modebilder hängen.

»Die Frühjahrskollektion«, erklärt sie und führt uns in einen kleinen Raum mit einem Fenster zur Regeringsgata.

Wir setzen uns in die schwarzen Besuchersessel vor ihrem Schreibtisch und ziehen unsere Notizbücher hervor. Agnieszkas Tisch ist ganz leer, ein paar Stifte sind ordentlich in einem kleinen Behälter aus grauem Plastik angeordnet. Sie faltet die Hände und lächelt.

»Also, womit kann ich Ihnen behilflich sein? Es geht um Jesper, nehme ich an? Wir haben dauernd die Presse an der Strippe.«

Manfred nickt.

»Wir ermitteln in dem Mordfall im Haus von Jesper Orre. Und wir haben von Ihren Kollegen gehört, dass Sie eine Untersuchung über ihn leiten. Können Sie uns etwas mehr darüber sagen?«

»Natürlich. Im Juni hat Jesper ein Fest veranstaltet. Es war eine Mischung aus Geburtstagsfeier, weil er fünfundvierzig wurde, und Repräsentationsessen für ausgewählte Filialleiter und Großkunden. Eine Hälfte der Kosten sollte die Firma übernehmen, Jesper die andere. Im September kam eine anonyme Klage von jemandem, der behauptete, Jesper habe seine Stellung missbraucht und die Firma für sein privates Geburtstagsfest bezahlen lassen. Ich arbeite hier in der Buchhaltung, muss mich unter anderem um solche Angelegenheiten kümmern und den Vorstand darüber informieren, deshalb habe ich mir die Sache etwas genauer angesehen.«

»Und zu welchem Ergebnis sind Sie gekommen?«, frage ich.

»Sie können einen Teil meiner Notizen haben, wenn Sie wollen. Kurz gesagt war es im Grunde nur richtig, dass die Firma einen Teil der Kosten übernommen hat, da viele der Gäste des Festes direkt oder indirekt mit uns Geschäfte machen.«

»Er hat sich also nichts zuschulden kommen lassen?«, fragt Manfred.

Agnieszka Lindén deutet ein Lächeln an und fährt mit der Hand über ihren überaus ordentlichen Schreibtisch.

»Ja und nein. Es wäre natürlich besser gewesen, wenn er schon vor dem Fest mit unserem Finanzchef gesprochen hätte. Außerdem hat er die Rechnungen selbst unterschrieben, was natürlich total inakzeptabel ist und gegen alle unsere Vorschriften verstößt.«

»Was hat der Vorstand dazu gesagt?«, fragt Manfred.

»Ich weiß es nicht. Bei den Vorstandssitzungen bin ich nie zugegen. Aber ich habe gehört, dass sie verärgert waren. Es wurde ja im letzten Jahr ziemlich viel Wind um Jesper gemacht. Ja, Sie lesen sicher die Zeitungen. Und jetzt auch noch das hier … Ich kann mir vorstellen, dass seine Position hier alles andere als sicher ist, aber das muss unter uns bleiben.«

Manfred nickt und sagt:

»Sie haben erwähnt, dass es ziemlich viel Aufregung um Orre gab. Gab es noch andere Probleme?«

Agnieszka reckt sich und seufzt kurz.

»Ja, Sie werden es ja doch erfahren. Eine Projektleiterin aus der Marketingabteilung hat Jesper offenbar wegen sexueller Belästigung verklagt. Mehr weiß ich auch nicht, aber es gibt natürlich eine Menge Gerüchte.«

»Dürfen wir den Namen der Kollegin erfahren?«, frage ich.

»Natürlich. Sie heißt Denise Sjöholm und ist krankgeschrieben. Ich kann Ihnen ihre Telefonnummer und Adresse geben.«

Als wir auf die Regeringsgata hinaustreten, hat sich die Sonne hinter Wolken verkrochen und der Himmel ist dunkel.

»Tut mir leid«, sagt Manfred. »Ich dachte wirklich, dass das etwas bringen könnte.«

»Wir müssen ja wohl mit dieser Denise reden. Warum hat sie wohl keiner von Orres anderen Kollegen erwähnt?«

Manfred zuckt mit den Schultern, hält mir die Tür zum Parkhaus auf und ich schlüpfe an seiner imposanten Gestalt vorbei.

»Sie haben sich vielleicht nicht getraut. Orre ist ja schließlich ihr Chef«, sage ich laut zu mir selbst.

Manfred antwortet nur brummend.

Wir bleiben eine Weile schweigend im Auto sitzen. Als wir zum Polizeigebäude zurückfahren, herrscht dichter Verkehr, und ich bemerke, dass Manfred mich seltsam ansieht, als wir auf dem Klarabergsviadukt dahinkriechen. In seinem Blick liegt Unruhe, und das stört mich.

»Ist alles in Ordnung?«, fragt er endlich.

»Sicher«, antworte ich.

Er sagt nichts mehr. Stattdessen schaltet er wieder die Musik ein.

Das ist noch etwas, das ich an Manfred schätze: dass er nicht immer so verdammt viel in den Gefühlen anderer herumwühlen muss (abgesehen davon, wenn die Arbeit das verlangt). Nicht wie Frauen, die immer wieder fragen, was man *denkt,* und die sich nicht mit einer kurzen Antwort wie *nichts Besonderes* zufriedengeben. Sogar Sanchez ist so, und dabei ist sie Polizistin. Muss immer fragen, wie es mir geht, auch wenn ich tausendmal sage, dass es mir gutgeht.

Ich wüsste gern, ob das genetisch bedingt ist.

Als wir beim Polizeigebäude ankommen, setze ich mich in das kleine Besprechungszimmer, um die alten Unterlagen vom Calderón-Fall zu lesen. Seite um Seite Vernehmungsprotokolle, Auszüge aus den Berichten der Techniker. Analysen von Blutspritzern, Fasern, Schuhabdrücken und Bilder vom Tatort.

Draußen wird es jetzt dunkel, und ich höre, dass der Wind auffrischt. Kleine harte Schneeflocken schlagen gegen die Scheiben.

Wir haben keinen gemeinsamen Nenner zwischen den Opfern gefunden. Aber dennoch scheint sich ein unsichtbarer Faden durch Zeit und Raum zu ziehen, von Calderón zu der nicht identifizierten Frau in Orres Haus. Wenn ich das Bild von Calderóns Kopf neben das vom Kopf der Frau lege, kann ich die Augen vor den Parallelen nicht verschließen. Ist es wirklich möglich, dass zwei Täter dermaßen ähnliche Verbrechen begangen haben? Wie groß ist wohl die Wahrscheinlichkeit?

Es klopft an der Tür, und als ich aufschaue, steht Hanne dort.

»Ach, Entschuldigung«, sagt sie und dreht sich um.

Es ist ein reiner Impuls, vielleicht, weil sie aussieht wie ein geprügelter Hund, aber ich bitte sie, hereinzukommen. Sie tut es, zieht vorsichtig die Tür hinter sich zu und lässt sich mir gegenüber in einen Sessel sinken.

»Was machst du hier?«, fragt sie.

Ich sehe die Papiere an, die den halben Tisch bedecken. Die Bilder von gewaltsamem, plötzlichen Tod, die Berichte, die so viel sagen und so wenig erklären.

»Lese den alten Kram.«

»Ach.«

Sie sieht ein wenig verwirrt aus. Fährt sich mit der Hand über die Haare, wie um sich davon zu überzeugen, dass ihre Frisur richtig sitzt. Das tut sie nicht. Die vollen braungrauen Haare, die in alle Richtungen abstehen, erinnern mich an ein Gewächs mit spitzen Nadeln, das auf kargen Felsen draußen im Schärengürtel gedeiht.

»Ich habe nachgedacht«, sagt sie vorsichtig.

»Ach?«

»Dass wir vielleicht miteinander reden sollten. Wenn wir zusammenarbeiten werden und so.«

»Okay. Und worüber?«

Sie erwidert meinen Blick, und die schönen grauen Augen, die ich so gut kenne, füllen sich plötzlich mit Trauer. Und ich weiß, dass ich es gleich wieder tun werde: sie verletzen, obwohl ich das nicht will.

»Du. Entschuldige«, sage ich. »So war das nicht gemeint. Natürlich können wir reden.«

Sie entspannt sich, atmet aus und legt die feinen Hände auf die Knie.

»Du bist ein richtiger *Arsch,* Peter. Weißt du das?«

Ich nicke.

»Ich wollte das nicht. Ich wollte dir nie wehtun, Hanne. Glaub mir. Du bist die letzte auf der Welt, der ich wehtun wollte.«

»Und doch hast du es getan. Und du tust es weiter, wenn du vorgibst, es wäre nichts passiert. Verstehst du?«

Ich schaue die Tischplatte an. Versuche vergeblich, Ordnung in die Gedanken zu bringen, die mir durch den Kopf wirbeln. Suche vergeblich nach einer Möglichkeit, es ihr zu erklären. Aber die Wörter haben mir noch nie besonders gut gehorcht. Immer entsteht irgendein Fehler auf dem Weg vom Kopf zum Mund, sie geraten durcheinander und kommen ganz anders heraus, als ich das wollte.

»Es ist so schwer zu … erklären«, ist alles, was ich sagen kann. »Ich dachte, so wäre es das Beste für dich.«

Sofort schäme ich mich. Was für eine idiotische Behauptung. Was für eine peinliche Scheißerklärung für eine Frau, die an der Schwelle zu ihrem neuen Leben verlassen wurde. Aber Hanne scheint nicht zu reagieren, sie schaut aus dem Fenster in die Dämmerung, die sich über die Stadt senkt, und in den dicken Schneeregen, der die Scheibe hinunterläuft.

Ich ertappe mich bei dem Wunsch, ihr Gesicht zu berühren, die Hand über ihre Wangen und weiter in die dicken, ungebändigten Haare wandern zu lassen. Der Impuls ist so verlockend, dass ich mich fast mit Gewalt zurückhalten muss. Mich zwingen, auf dem unbequemen Stuhl sitzen zu bleiben.

»Bereust du es manchmal?«, fragt sie mit einer so leisen Stimme, dass ich kaum hören kann, was sie sagt.

»Jeden Tag«, antworte ich, ohne nachzudenken, und in derselben Sekunde begreife ich, dass es die Wahrheit ist.

Als Hanne gegangen ist, sitze ich allein im Zimmer. Frage mich, wann es angefangen hat, wann ich zum ersten Mal jemanden im Stich gelassen habe, obwohl ich die Antwort schon kenne.

Annika. Meine Schwester. In jenem Sommer auf Rönnskär.

Dem Sommer, der genauso anfing wie alle anderen Sommer, der aber mit einer Katastrophe endete, die mein Leben und das meiner Familie für immer veränderte.

Ich lief gerade die Treppe zum Steg an unserem Sommerhaus bei Dalarö hinunter. Ich glaube, ich suchte etwas, kleine Schätze, die zwischen den Felsen lagen. In der Hand hielt ich ein Abzeichen der Kommunistischen Partei, das ich im Haus gefunden hatte. Vielleicht hoffte ich, dass irgendwelche Nachbarskinder unten am Wasser sein würden, dann könnten wir am Steg herumlungern oder Baader-Meinhof spielen.

Die Wellen schlugen gegen die Felsen, der Seewind blies mir die Haare aus dem Gesicht und überzog meine mageren Oberarme mit Gänsehaut. Ich weiß noch, dass ich schwachen Zigarettenrauch wahrnahm und für einen Moment verwirrt war; Papa war doch oben beim Haus. Im selben Moment sah ich sie: Annika, meine drei Jahre ältere Schwester, saß im Bikini auf dem Felsen rechts vom Steg und rauchte eine Zigarette.

Sie rauchte.

Sie hatte das eine Bein verspielt ausgestreckt und das andere angezogen, damit sie den Arm mit der Zigarette darauf abstützen konnte. Ihre rotbraune Haut glänzte und ihre blonden Haare waren zu einem Dutt hochgesteckt. Ihre spitzen Brüste waren unter den minimalen Dreiecken ihres Bikinioberteils verborgen.

In dem Moment, in dem sie mir ihr Gesicht zuwandte und mich anstarrte, gab sie ein Geräusch von sich. Es war kein Wort, es war eher ein kleines Kläffen.

Ich stand ganz still. Das war natürlich eine Bombe. Annika, die heimlich auf den Felsen rauchte. Das war eine sensationelle Information, und wie jede Information hatte sie einen Wert. Sie konnte gegen Gefallen oder Vertraulichkeiten eingetauscht werden, als Rache benutzt oder vielleicht bei passender Gelegenheit in kleine Andeutungen umgemünzt werden.

Ich weiß noch, dass ich es trotz der Entfernung in ihren Augen sehen konnte: die Angst.

»Das tust du nicht.«

Ihre Stimme war leise. An der Oberfläche beherrscht, aber ich ahnte die Panik, die darunterlag.

So ein Privileg: Sie in der Hand zu haben. Das kam nicht häufig vor.

Jetzt stand sie auf, legte sich das Handtuch um die Schultern. Ich war näher gekommen, konnte sehen, dass sie eine Gänsehaut hatte und dass sich die Brustwarzen deutlich unter dem winzigen Bikinioberteil abzeichneten.

»Das tust du nicht«, sagte sie noch einmal. »Das ist unser Geheimnis. Okay? Und ein Geheimnis ist eine Verantwortung. Kannst du diese Verantwortung übernehmen?«

Aber ich konnte nur lachen. Und je mehr ich lachte, desto stärker fühlte ich mich. Die ganze Situation schien mich mit einem schäumenden Übermut zu erfüllen, einem berauschenden Machtgefühl. Und obwohl ich das gar nicht vorgehabt hatte, lief ich nun zurück, die Treppe hoch zum Haus. Langsam zuerst, dann immer schneller.

Annika rannte hinter mir her, noch immer mit der Zigarette im Mundwinkel. Ich konnte ihre Schritte auf der wackligen Holztreppe hören.

»Du verdammter Drecksbengel, komm zurück!«

Aber ich rannte. Und wenn ich etwas konnte, dann schnell laufen. Meine Beine jagten über Felsen und Treppenstufen. Über Heidekraut und Tannennadeln, die die dünne, empfindliche Haut zwischen meinen Zehen durchbohrten.

Annika fiel zurück, atemlos. Chancenlos.

Ich hatte es nicht sagen wollen, aber aus irgendeinem Grund stand meine Mutter auf der Terrasse, als ich oben ankam. Ruhte die breiten Hüften am Geländer aus und schaute mit einer unergründlichen Miene auf das Meer. Sie strich sich eine dunkle, ein wenig fettige Haarsträhne aus dem Gesicht hinter das Ohr.

»Annikarauchtaufmfelsen!«

Mama sah mich voller Misstrauen an.

»Was sagst du da?«

»Annika raucht. Auf dem Felsen.«

Dann stürzte sie sich auf mich. Ihre sehnigen Arme griffen nach meinem Kopf, versuchten, mich zum Schweigen zu bringen. Pressten mein Gesicht aufs Heidekraut, auf die rosa, zundertrockenen Pflanzen. Auf die Tannennadeln, die den Boden bedeckten.

»Halt jetzt die Fresse. Dreckskerl!«

Für ein Mädchen war sie stark. Presste mich so fest nach unten, dass ich mich nicht bewegen konnte. Sie war so nah, dass ich ihren Schweiß roch.

»Annikarauchtauf… Annikarauchtauf…«

»Sofort aufhören!«

Mamas Stimme klang schrill. Innerhalb von zwei Sekunden hatte sie uns erreicht. Packte Annika am Arm und riss sie hoch, weg von mir. Dann holte sie tief Luft und verpasste Annika eine schallende Ohrfeige.

Mamas Reaktion schockierte mich. Dass sie, die immer so lieb und verständnisvoll war, so wütend sein konnte, dass sie zuschlug, war unbegreiflich.

Annika blieb wie erstarrt stehen, schaute zu Boden und presste die Hand auf die Stelle, auf die Mama sie geschlagen hatte.

»Wie kannst du es wagen!« Mamas Stimme war ein Fauchen, als sie Annikas Blick erwiderte. »Du weißt, wie schlecht es mir geht, wenn du… *dich so aufführst.«*

»Ihr zerstört mein Leben!«

Annikas Stimme war dünn und auf irgendeine Weise zerbrechlich, und ich konnte sehen, dass die Röte des Schlages sich über ihrer ganzen Wange ausgebreitet hatte.

»Jetzt übertreib nicht«, sagte Mama und schnaubte.

Nun weinte Annika. Sie schluchzte so heftig, dass sie zitterte, und das Handtuch fiel von ihren Schultern auf die Wiese.

»Halt die Fresse! Haltet alle die Fresse!«, schrie sie. »Ihr seid schuld. An allem seid ihr schuld. Ihr seid verrückt. Ich hasse euch!«

Und plötzlich stand Papa da, mit der Sonne im Rücken und Haaren, die aussahen wie ein glühender Heiligenschein.

»Annika, jetzt kommst du her. Hast du mich gehört?« Seine Stimme war trügerisch ruhig, wie immer, wenn er wirklich außer sich war.

Und Mama griff sich an die Brust, wie immer, wenn sie außer sich war.

Annika zitterte am ganzen Leib, sie stieß noch einen kurzen Schrei aus, richtete sich auf, fuhr herum und rannte dann zurück zum Steg.

Papa zuckte mit den Schultern.

»Sie beruhigt sich schon wieder«, seufzte er und kehrte zu seinem Radio zurück.

Ich leistete ihm dann auf der Terrasse Gesellschaft, während ich unten am Steg nach Annika Ausschau hielt. Dann sah ich sie. Sie lief über den Steg und bückte sich und ... Was? Zog sie ihren Bikini aus? Warum?

Annika warf den Bikini auf den morschen Steg, und ohne sich auch nur einmal umzusehen, sprang sie ins Wasser.

Es war ein eleganter Sprung. So einer, der kein Kräuseln auf der Wasseroberfläche hinterlässt. Aber vom Haus aus war das natürlich nicht zu sehen.

Dann tauchte sie wieder auf, jetzt ein ziemliches Stück vom Steg entfernt. Sie schwamm zielstrebig hinaus. Weg vom Steg. Weg von Rönnskär. Und plötzlich, es war unmöglich zu sagen, wann genau, war es da: das erstickende Gefühl, dass etwas nicht stimmte. Vielleicht, weil sie vom Boot wegschwamm, vielleicht lag es an der Entschiedenheit und Kraft ihrer Schwimmzüge. Vielleicht auch daran, dass die Luft plötzlich kühler wirkte.

»Papa!«

Aber Papa hob nur die Hand und drehte das Radio lauter.

»Papa!«

Nun schaute er mich mit müder Miene an und rieb sich mit der großen Hand den Schweiß von der Stirn.

»Was?«

Ich gab keine Antwort, zeigte nur auf Annika, die so schnell aufs Meer hinaus und auf die Fahrrinne zuschwamm.

Papa erhob sich langsam und legte die Hand an die Stirn.

»Was zum Teufel!«

In Sekundenschnelle hatte er das Radio auf die Schubkarre fallen lassen und rannte die Treppe hinunter. Die morsche Holzkonstruktion bog sich unter seinem Gewicht.

Dann war auch Papa unten auf dem Steg.

Ich konnte hören, dass er Annika etwas zurief, aber wenn sie es auch hörte, dann reagierte sie nicht, sie schwamm nur weiter auf das kalte Wasser zu. Ihr Kopf hob und senkte sich in den Wellen wie ein Korken.

Und gleichzeitig sah ich aus dem Augenwinkel etwas näher kommen. Es war die Solöga, die von Utö über Ornö nach Dalarö fuhr. Jeden Nachmittag machte sie diese Tour. Papa war immer des Lobes voll über diese neue Fähre und nannte sie ein echtes Arbeitstier. Sie hatte zudem einen Kühlraum und konnte Lebensmittel für die Läden auf den Schären mitnehmen.

Ich weiß noch, dass ich mich fragte, ob Papa die Gefahr erkannt hatte. Er stand noch immer auf dem Steg und brüllte hinter Annika her. Dann schien er einen Entschluss zu fassen. Er machte das Ruderboot los und sprang hinein.

Das ging aber sehr langsam. Annika schwamm langsam. Papa schien noch langsamer zu rudern. Die Solöga ihrerseits kam in ziemlichem Tempo näher. Ich spürte plötzlich eine Hand auf der Schulter und drehte mich um. Es war Mama.

»Großer Gott. Das verdammte Kind! Was macht sie denn nur?«

Papa holte auf, aber er war noch immer an die fünfzig Meter von Annika entfernt. Und ich hatte wieder das erstickende Gefühl von heraufziehender Gefahr. Wie eine leichte Übelkeit, eine Kälte im Bauch.

»Aber warum tut sie das?«, fragte Mama, als sei es jetzt das Wichtigste, den Grund dafür zu finden, dass Annika mit einem eleganten Schwanensprung den Steg verlassen hatte und jetzt mitten in der Fahrrinne schwamm.

»Man schwimmt doch nie mitten in der …«

Nun hatte sich Papa im Ruderboot aufgerichtet. Er schwenkte die Ruder durch die Luft, signalisierte dem näher kommenden Schiff die Gefahr. Nach einigen Sekunden hörten wir die Schiffssirene lange tuten, ein Brüllen, das einfach kein Ende zu nehmen schien.

Sie hatten ihn also gesehen.

Aber die Fähre fuhr mit unvermindertem Tempo weiter, und was eben noch so langsam ausgesehen hatte, ging jetzt ganz schnell. Papa, der noch immer in dem kleinen Ruderboot stand. Jetzt mit gesenktem Kopf und schlaff nach unten hängenden Rudern. Die Fähre, die das Wasser durchpflügte.

Dann blieb die Zeit stehen.

Die letzten Details sind für immer quälend in meine Erinnerung eingeätzt. Die Fähre, die noch einmal aufbrüllte. Annikas Kopf, der irgendwo hinter oder unter der weißen Schiffsschraube verschwand. Die dunklen Umrisse der Fahrgäste, die an Deck zusammengeströmt waren und sich über die Reling lehnten, um das Drama mitzuerleben. Die Sonne, die hinter den Wolken verschwand. Mama, der ihr Glas aus der Hand fiel. Die Nadel meines Parteiabzeichens, die sich immer tiefer in meine Handfläche bohrte.

Dann Stille. Eine Stille, die aufkommt, wenn die Zeit stehenbleibt.

Und irgendwie wusste ich es schon.

Wusste, dass sie nicht mehr da war.

EMMA

Ein Monat früher

Ich liege wach im Bett und lausche dem Unwetter. Egal, mit wie vielen Decken ich mich zudecke, ich werde nicht warm. Die Kälte hat mich in Besitz genommen, denke ich. Wie eine Hausbesetzerin ist sie in meinen Körper eingezogen und weigert sich, sich vertreiben zu lassen.

Ich habe lange gesucht, dachte, Sigge sei vielleicht verletzt und habe sich irgendwo verkrochen. Das tun Tiere doch? Aber er war nirgendwo. Es ist so, als sei er ausgelöscht worden, habe sich in nichts aufgelöst, sei von der fetten schwarzen Erde unter den Büschen hier im Hof verschlungen worden. Oder schlimmer noch – gedankenlos im Verkehr des Valhallaväg verschwunden, als der dumme Stubentiger, der er eben war.

Steckt Jesper hinter all dem? Er hat mein Geld genommen, mein Bild, und jetzt auch Sigge, das Einzige, was ich noch hatte und das mir etwas bedeutete. Jetzt kann er mir nichts mehr nehmen, nichts kann er mir noch stehlen, denke ich.

Ich zittere vor Kälte. Meine Finger sind noch immer taub. Kleine Wunden überziehen meine Hände, Spuren der Dornen, die mich zerkratzt haben, als ich den Hof durchsucht habe. Mein Mund schmeckt nach Eisen, und in meinen Augen brennen Tränen. Zugleich hat sich ein seltsam gleichgültiges Gefühl in mir breitgemacht. Empfindet man so, wenn man nichts mehr zu verlieren hat? Mitten in diesem Gefühl, im Herzen des Hurrikans, gibt es eine Art Ruhe. Einen seltsamen Trost, weil das Schlimmste jetzt passiert ist, weil es hinter mir liegt. Ich denke, dass ich dieses Gefühl kenne, dass ich es schon einmal erlebt habe, denn das, was in der letzten Zeit geschehen ist, erinnert mich unangenehm an die Sache mit Nagel. Jesper hat den Abgrund zu meiner Vergangenheit wieder aufgerissen, obwohl ich in all den Jahren so hart darum gekämpft habe, ihr auszuweichen.

Schließlich sehe ich ein, dass ich heute Nacht nicht schlafen werde. Ich stehe auf, ziehe einen dicken Pullover und Wollsocken an und setze mich an den Schreibtisch. Vorsichtig schiebe ich die Schulbücher zur Seite, nehme das Briefpapier aus der obersten Schublade und fange an zu schreiben.

Ich sage offen, was ich empfinde, dass ich ihn noch immer liebe, obwohl er ohne Erklärung verschwunden ist, dass etwas passiert ist und dass wir uns sehen müssen.

Ich überlege eine Weile, dann schreibe ich weiter. Erzähle von dem Kind, von dem ich noch nicht weiß, ob ich es behalten werde oder nicht. Schreibe, dass ich nicht von ihm erwarte, dass er irgendeine Art Vaterrolle übernimmt, aber dass ich doch mit jemandem reden muss, und dass auch er dafür verantwortlich ist, was alles geschehen ist.

Ich adressiere den Brief ans Büro, schreibe seinen Namen dazu und setze »VERTRAULICH« daneben.

Dann lege ich mich wieder ins Bett. Ziehe mir die Decke über den Kopf und lasse den Gedanken an Nagel freien Lauf.

Seit Papas Tod waren damals zehn Tage vergangen. Zehn Tage, die ich allein mit Mama in unserer staubigen, mit

Möbeln vollgestopften kleinen Wohnung verbracht hatte, ehe ich endlich wieder zur Schule gegangen war. Ich wusste noch nicht so ganz, wie mir zumute sein sollte. Es war, als ob noch immer alle Gefühle durcheinanderwirbelten, noch nicht gelandet waren, wie Papierschwalben, die der Herbstwind gefangen genommen hatte.

Ich hatte versucht, darüber nachzudenken, mir klarzumachen, dass Papa nie wieder hier sein würde, aber ich begriff es nicht. Dieser Gedanke war einfach viel zu groß für meinen Kopf. Mir war natürlich klar, dass er nicht mehr da war, aber es kam mir so vor, als ob er ganz bestimmt irgendwann zurückkommen würde. Im Winter vielleicht. Oder zu meinem Geburtstag.

Tot. Begraben. Verschwunden. Für immer.

Das konnte ich mir einfach nicht vorstellen, und vielleicht war es ja auch gut so.

Mama lag meistens im Badezimmer auf dem Boden. Ich brachte ihr Essen, und sie aß brav, ohne etwas zu sagen. Wie ein Tier im Zoo.

Tante Agneta kam fast jeden Tag vorbei. Sie drückte mich an sich, hart, so hart, dass mein Kopf mitten in die Kluft zwischen ihren gewaltigen Brüsten gepresst wurde, während sie fragte, ob alles in Ordnung sei. Ich antwortete immer mit ja, denn Tante Agneta neigte dazu, sich immer Sorgen zu machen. Jedenfalls sagte Mama das immer. Danach stopfte Agneta die portionsweise verpackte Hausmannskost, die sie mitgebracht hatte, in unseren kleinen Kühlschrank und ging zu Mama ins Badezimmer. Da saßen sie dann stundenlang auf dem kalten Badezimmerboden und rauchten und redeten. Ich hörte Tante Agneta Mama mehrere Male fragen, ob ich nicht für einige Wochen zu ihr ziehen sollte, bis die Lage sich beruhigt hätte, aber Mama wollte unbedingt, dass ich bei ihr blieb, sie dachte, es könnte schädlich für mich sein, jetzt die Umgebung zu wechseln. Und Agneta müsse doch wissen, wie *empfindlich* ich sei.

Ich begriff nicht so ganz, was Mama damit meinte. Ich war immer vom genauen Gegenteil ausgegangen. Ich war nicht empfindlich, mir war eigentlich ziemlich viel egal. Was andere dachten und meinten, interessierte mich nicht besonders, und ich hatte selten, eigentlich nie, das Bedürfnis, mit den Mädchen in der Klasse zusammen zu sein, und mit den Jungs auch nicht.

Unempfindlich. Vielleicht sogar desinteressiert. So hätte ich mich wohl eher beschrieben.

»Emma, kommst du mal eben mit in den Lagerraum?«

Die Frage klang harmlos, und niemand in der Klasse reagierte. Steffe und Robin waren in das Modell einer Guillotine versunken. Was für ein Thema für den Werkunterricht! Neben ihnen lag die Tube mit Vierkomponentenkleber, von der ich annahm, dass sie sie am Ende der Stunde klauen wollten. Die Mädchen standen an der Hobelbank und kicherten geziert. Nur Elin sah mich. Sie warf mir einen langen, unergründlichen Blick zu, als ich aufstand.

»Klar«, sagte ich.

»Schön.«

Nagel berührte kurz meinen Arm und ging vor mir her zum Lagerraum. Ich ging ihm auf unsicheren Beinen hinterher. Er hatte einen besonderen Gang, wiegte sich irgendwie ungewöhnlich hin und her.

»Was?«, formte Elin mit den Lippen, aber ich zuckte nur

mit den Schultern, als ob ich keine Ahnung hätte, warum Nagel im Lager nun gerade meine Hilfe brauchte.

Das Klirren seines Schlüsselbundes mischte sich mit seinem Pfeifen. Er schien an diesem Tag gut gelaunt zu sein. Die Tür quietschte, als er sie öffnete. Er streckte den Arm aus und winkte mich vor sich in den Raum. Seine Geste hatte etwas Ungeduldiges, als müssten wir uns beeilen. Als ob dort etwas Wichtiges auf uns wartete.

Eine Sekunde lang zögerte ich.

Irgendetwas sagte mir, dass nichts mehr so sein würde wie früher, wenn ich jetzt mit Nagel in den engen Lagerraum ging. Ich würde als eine andere wieder herauskommen, die Welt würde verändert sein und die alte Emma verschwunden. Vielleicht hätte ich Nein sagen, mich umdrehen und zu meinem schrumpfenden Buttermesser zurückkehren müssen, aber meine Neugier war zu groß. Die Sehnsucht nach diesem anderen Ort, nach der neuen Emma, war stärker als meine Angst.

Die Tür fiel mit einem Knall zu, Nagel schloss ab und kam langsam auf mich zu. Ich blieb stehen, unsicher, wie ich mich verhalten sollte, ich starrte die Bretter und die sorgfältig an Haken an der Wand befestigten Werkzeuge an. Nahm den Geruch von frischem Holz wahr. Verschränkte die Arme vor der Brust.

Nagel starrte mich an, und für einen Moment überkam mich eine lähmende Furcht. Nicht davor, was passieren würde, sondern vor meiner Unfähigkeit, mit dieser Situation umzugehen. Ich wünschte, ich wäre erfahrener. Gelassener.

Er legte mir die Hände auf die Schultern, zog mich vorsichtig und sehr langsam an sich.

Ich wehrte mich nicht, als er mich küsste und mich an sich presste. Ihn zu küssen war ganz anders als alles, was ich je erlebt hatte. Seine Zunge war glatt und ein wenig knotig, und sie bewegte sich in meinem Mund wie ein zappelnder Fisch. Und ich wusste nicht, was er von mir erwartete. Sollte ich den Kuss erwidern, mit seiner Zunge ringen? Sollte ich mich so hart an ihn drücken, wie er sich an mich?

»Emma«, murmelte er.

Aber mehr sagte er nicht. Seine Hände machten sich unter meinem Pullover zu schaffen. Am Rücken, über meinen Brüsten. Pressten sie brutal zusammen, kneteten sie. Dann hob er meinen Rock hoch und schob die Hände in meine Unterhose, tastete meinen Körper ab. Strich über meine Oberschenkel. Steckte einen Finger in mich, dann zwei. Ich wand mich, unsicher, wo ich die Grenze ziehen sollte, ob ich eine Grenze ziehen wollte. Aber mein Widerstand war bereits gebrochen. Ich wusste, dass wir schon längst gegen alle Tabus verstoßen hatten. Dass es jetzt keinen Weg mehr zurück gab.

Er schob mich vor sich her. Ich wich zurück, passte mich seinen Bewegungen an, ließ mich von ihm lenken, bis ich gegen den kleinen Tisch ganz hinten im Raum stieß. Mit einem festen Griff um meinen Hintern hob er mich auf die Tischplatte und machte sich an seinem Gürtel zu schaffen, knöpfte seine Hose auf und drückte sich gegen mich.

»Wenn jemand kommt …«

»Pst«, er presste mir die Hand auf den Mund. Dann küsste er mich wieder. Seine Zunge schob sich in meinen Mund, wirbelte dort herum, als ob sie nach etwas suchte.

Ich zog den Kopf zurück.

»Ich weiß nicht, ob …«

»*Emma*«, sagte er. Dann presste er sich in mich hinein.

Jesper. Nagel. Jesper. Nagel. Namen und Gesichter verschwimmen miteinander. Orte, Körper, Worte und Versprechen vermischen sich, ergeben eine zusammengeschmolzene Masse wie Lakritzkonfekt. Jespers Gesicht auf Nagels Körper. Die Sägespäne aus dem Werksaal auf dem Boden der Übernachtungswohnung in der Kapellgränd. Die Blicke der anderen aus meiner Klasse, die in meinem Rücken brennen, noch heute.

Es ist halb drei und ich habe mich entschieden. Morgen werde ich herausfinden, wo Jesper wohnt. Ich muss ihn zur Rede stellen, ich kann nicht mehr warten. Ich strecke die Hand nach dem Telefon aus, das auf dem Nachttisch liegt, gebe Olgas Nummer ein.

»Kann ich mir morgen nach der Arbeit dein Auto ausleihen?«, frage ich.

An diesem Morgen gibt es in der U-Bahn irgendwelche Probleme. Sie bewegt sich unendlich langsam zwischen den Haltestellen, und die Gereiztheit der Fahrgäste ist nicht zu übersehen. Regennasse Menschen schwanken ungeduldig hin und her, Telefone werden hervorgezogen, Kollegen wird mitgeteilt, dass jemand zu spät kommt, etwas stimmt nicht, und nein, was es ist, das wissen sie nicht.

Irgendwann teilt der Fahrer mit, dass die Verspätung an einem technischen Fehler liege und dass es dauern werde, lange dauern, bis der Zug die Endhaltestelle erreicht.

Ich hatte Glück. Ich habe einen Sitzplatz ergattert, und

wenn der Geruch nach Schweiß und nasser Wolle nicht wäre, von dem mir wieder schlecht wird, dann hätte ich nichts dagegen, noch eine ganze Weile hier sitzen zu bleiben. Vor dem Fenster zieht langsam die schwarze Tunnelwand vorüber. Die Umrisse zersprengter Felsmasse verbergen sich hinter meinem müden Spiegelbild im Fenster. Die Haare fallen mir über die sommersprossigen Wangen, und die dunklen Löcher, die meine Augen sind, starren mich an.

Zwei Teenies führen ein geflüstertes Gespräch. Sie kichern und tuscheln und kichern dann noch mehr. Die Verspätung scheint ihnen überhaupt nichts auszumachen. Man riecht die Zigaretten, obwohl sie einige Meter von mir entfernt stehen. Plötzlich merke ich, dass meine eigene Teenagerzeit unendlich lange her zu sein scheint. Obwohl es noch gar nicht so viele Jahre her ist, dass ich in ihrem Alter war, kommt es mir vor wie eine Ewigkeit.

Die Oberstufe. Die knallharte Hierarchie und der Kampf zwischen den Mädchen in der Klasse, aus dem ich mich irgendwie heraushalten konnte, vermutlich, weil alle wussten, dass ich anders war, dass ich mich am Wettstreit nicht beteiligte. Die langen Gänge mit ihren tabakfleckigen Wänden. Der Raucherhof hinter dem Gebäude. Die Mopeds, die draußen nebeneinanderstanden.

Nagel.

Ich habe nie begriffen, warum er sich ausgerechnet mich ausgesucht hat. Es gab so viele Mädchen in der Klasse, die hübscher waren, cooler. Die genug Selbstvertrauen hatten, um sich ihm gegenüber herausfordernd zu verhalten. Die die Haare nach hinten schleuderten und ihre Brüste vorschoben, wenn er ihnen beim Drechseln half. Ich saß meistens nur stumm in einer Ecke. Viele, nicht zuletzt die Lehrer, hielten mich für schlecht gelaunt und trotzig. Andere, wie Mama, hatten entschieden, dass Schüchternheit das Problem sei.

Ich brauchte ziemlich lange, um zu begreifen, dass Nagel wohl kein hübsches, selbstbewusstes Mädchen wollte, das auffiel in der Klasse. Dass er sich mich ausgesucht hatte, weil ich eben anders war und ein wenig beschädigt. Ich glaube, dass er mich so deutlich witterte wie ein Raubtier eine verletzte Beute. Es war sicher auch kein Zufall, dass er es gleich nach Papas Tod bei mir versuchte. Er musste meine Trauer, meine Verletzlichkeit gesehen haben. Und beschlossen haben, das auszunutzen.

Jesper, Nagel. Nagel, Jesper.

Wieder wird mir schlecht. Stärker diesmal. Mein Körper erinnert mich daran, was in meinem Inneren vor sich geht. Jesper und ich haben nie über Kinder gesprochen, aber aus irgendeinem Grund ging ich davon aus, dass es dazugehörte. Dass unsere gemeinsame Zukunft, die wir schließlich planten, auch Kinder und ein Haus in einem passenden Vorort bedeutete.

Wie ich mich getäuscht habe!

Ich muss an jenen Abend im August denken, als wir in Djurgården gepicknickt hatten. Jesper hatte einen anstrengenden Tag hinter sich gehabt. Ein besonders missgünstiger Journalist von einer Finanzzeitung war in der Rezeption des Hauptbüros aufgetaucht und hatte sofort ein Interview verlangt.

»Und was hast du gemacht?«, fragte ich Jesper.

Er sah mich überrascht an, als ob er nicht verstehen konnte, dass ich die Frage überhaupt gestellt hatte, und goss mehr Wein aus dem Karton in mein Plastikglas. Trotz der Sonnenbräune sah er müder aus als sonst. Die dünne Haut schien sich über Wangenknochen und Kinn zu spannen, und die Fältchen um seine Augen sahen aus wie tiefe Risse, eingekerbt mit einem scharfen Messer.

»Ich hab ihm sein verdammtes Interview gegeben.«

»Aber warum denn, er hat sich doch … so aufgeführt?«

»Gegen die kannst du nicht gewinnen. Man ist so verdammt ohnmächtig. Wenn ich nicht mit ihm gesprochen hätte, hätte er daraus eine große Nummer gemacht. Mich bestraft. Und das alles ist der Grund, warum … du weißt. Warum ich nicht will, dass wir zusammen gesehen werden. Die Medien würden mich dafür kreuzigen, dass ich etwas mit einer Angestellten habe.«

Er zog eine Packung Zigaretten hervor, schüttelte eine heraus und hob sie an den Mund – ein sicheres Zeichen dafür, dass er gestresster und frustrierter war als sonst.

Wir saßen auf einer Decke auf dem Rasen unter einer großen Eiche, ein Stück von dem Weg zum Rosendals-Park entfernt. Trotz des schönen Wetters waren nicht viele Menschen zu sehen. Hier und da kam ein Radfahrer oder ein Hundebesitzer vorbei. Über den Baumwipfeln wurde der Himmel dunkler.

Jesper gab sich Feuer, machte einen tiefen Zug und hustete.

»Du solltest doch nicht«, murmelte ich.

»Bitte!«

»Entschuldige. Ich will nur nicht …«

Er hob die Hand.

»Nein. Das ist meine Schuld. Du willst nur das Beste, und ich lasse meinen Ärger an dir aus. Entschuldige, Emma.«

Es wurde still. Aus der Ferne hörte ich Vogelgesang. Die Feuchtigkeit des Bodens drang durch die dünne Decke, und mir war plötzlich kalt.

»Ist schon gut«, sagte ich.

Er nahm meine Hand, presste sie und starrte mich an.

»Bist du sicher?«

»Was?«

»Dass du mir verzeihst?«

Der Griff um mein Handgelenk wurde stärker und er drehte meine Hand ein wenig um. Der Schmerz kam unerwartet und schoss zu meiner Schulter hoch, während meine Finger taub wurden.

»Lass los. Das tut weh.«

Er ließ sofort los, lächelte fast verlegen.

»Oh«, sagte er, als ob er ein Glas Wasser umgestoßen hätte, statt mir fast den Arm auszukugeln.

Ich seufzte. Rieb mir das Handgelenk.

»Musst du immer so verdammt fest zupacken?«

»Verzeih mir. Bitte.«

»Ich verzeihe dir. Alles.«

Als ich das sagte, sah er sofort erleichtert aus, fast zufrieden, aber zugleich entdeckte ich in seinem Blick auch etwas Schelmisches. Er stand auf, wischte sich die Jeans ab.

»Komm«, flüsterte er.

»Warum?«

Er winkte nur, richtete sich ganz auf und sah sich um.

»Ich will dir etwas zeigen.«

Ich erhob mich. Mein Körper tat weh, nachdem ich so lange auf der kalten Decke gesessen hatte. Um uns herum wurde es dunkel. Die Augustdämmerung hatte sich unbemerkt angeschlichen. Der Geruch nach feuchter Erde hing schwer in der Luft. Er nahm meine Hand und zog mich in den Wald, hinter die große Eiche.

»Was …?«

Er gab keine Antwort, drehte sich nur um, nahm mein Gesicht in die Hände und küsste mich. Seine Handflächen fühlten sich eiskalt an auf meinen Wangen. Ich erwiderte seinen Kuss und legte ihm die Arme um die Taille. Ein Zweig knackte, und wir fuhren beide zusammen, kicherten. Irgendwo hörten wir ein Boot, das in den Schärengürtel hinausfuhr.

Dann schob er seine eiskalten Hände unter meinen Pullover, streichelte meinen Rücken mit langsamen, kreisenden Bewegungen und ging dann tiefer, auf meinen Hosenbund zu, unter meine Jeans.

»Ich will hier im Wald mit dir vögeln.«

»Das kann doch jemand sehen.«

»Ach was. Sei nicht so spießig.«

Er klang ein wenig gereizt, wie er das sein konnte, wenn ich für seine kleinen Einfälle nicht dieselbe Begeisterung zeigte wie er. Seine Hände lagen noch immer auf meinen Hinterbacken, wie zwei Kühlakkus. Dann ließ er los, knöpfte meine Jeans auf und küsste mich dabei wieder. Seine Zunge war ebenfalls kalt, und sie schmeckte nach Weißwein und Zigarettenrauch. Ich schob ihn energisch von mir weg.

»Ich hab diese Woche die Pille vergessen, du musst aufpassen.«

Er zuckte mit den Schultern.

»Spielt das eine Rolle?«

»Natürlich tut es das. Was ist denn, wenn ich schwanger werde?«

Er beugte sich ein wenig zurück, damit er meinen Blick erwidern konnte. Seine Züge verschwammen in dem trüben Dämmerlicht fast mit der Rinde der uralten Eiche.

»Das ist ernst gemeint, Emma. Spielt das eine Rolle?«

HANNE

Heute Morgen sind zwei Dinge passiert, die mich aus dem Gleichgewicht gebracht haben. Erstens fuhr ich in kaltem Schweiß gebadet und mit hämmerndem Herzen aus dem Schlaf hoch, was sonst nur geschieht, wenn ich bei einem von meinen und Owes Essen zu viel Wein getrunken habe. Und als ich dann aufwachte, wusste ich nicht, wo ich war. Gunillas Gästezimmer schien mir plötzlich ganz unbekannt zu sein. Die weißen Wände, die bunten Kissen, die verwelkten Pelargonien auf der Fensterbank – alles sah fremd aus. Und für einen Moment hatte ich das Gefühl zu stürzen, ja, vor Schreck wurde mir richtig schwindlig. Denn natürlich war mir klar, dass mein Gedächtnis mich im Stich ließ.

Es dauerte vielleicht eine oder zwei Minuten, dann fiel mir ein, wo ich war. Aber in dieser kurzen Zeit hatte die Angst mich zum Weinen gebracht, und Gunilla, die aus der Küche gelaufen kam, musste mich trösten.

Ich sagte ihr nicht, warum ich geweint hatte. Wollte sie nicht erschrecken. Vielleicht war es auch nicht die Krankheit, die sich in Erinnerung brachte, sondern einfach nur Stress. Gunilla stellte keine Fragen. Dachte sicher, ich sei traurig, weil ich Owe verlassen hatte.

Das andere war, dass Owe vor Gunillas Haustür herumlungerte, als ich mit Frida losgehen wollte. Kaum war ich aus der Tür getreten, kam er hinter einem parkenden Auto hervor und schrie, ich müsste mit ihm nach Hause kommen, ich käme doch allein nicht zurecht, und er würde dafür sorgen, dass ich zwangsweise in eine psychiatrische Klinik verlegt würde – das war natürlich Unsinn, ich habe das entsprechende Gesetz gegoogelt, als ich wieder zu Hause war.

Auch diesmal kam mir Gunilla zu Hilfe. Sie musste zur Arbeit und platzte mitten in unseren Streit. Sie hob in gespieltem Erstaunen die Augenbrauen, so wie nur sie das kann, und stellte sich breitbeinig und mit verschränkten Armen vor Owe.

Es sah fast komisch aus. Gunilla war zwei Köpfe kleiner als Owe, trotz der hochhackigen Stiefel, aber sie strahlte eine Würde und eine Ruhe aus, die ihn ungeheuer reizten.

»Aber Owe, was machst du denn hier?«, fragte sie auf ihre lässige Art.

»Ich will Hanne nach Hause holen. Sie begreift nicht, was gut für sie ist.«

»Nicht?«

Gunilla erwiderte meinen Blick und fügte hinzu:

»Weißt du, was gut für dich ist, Hanne?«

Ich war so außer mir, dass ich keine Worte fand, und deshalb nickte ich nur.

»Aha«, sagte Gunilla. »Dann fährst du jetzt wohl besser wieder nach Hause, Owe.«

»Ich fahre nirgendwohin!«

Gunilla seufzte laut hörbar.

»Ja, dann muss ich wohl die Polizei anrufen.«

»Misch du dich hier nicht ein«, knurrte Owe. »Das ist eine Frage, die wir in der Familie klären.«

»Aber verdammt, Owe. Hör doch auf. Sie will nicht bei dir wohnen. Hanne hat dich so verdammt satt, dass sie Dinge zerschlägt, wenn ich nur deinen Namen nenne. Lass sie doch einfach in Ruhe. Gib ihr ein bisschen Zeit. Dann kommt sie vielleicht zurück.«

»Wie gesagt«, wiederholte Owe. »Das ist eine Familienangelegenheit.«

Gunilla zog ihr Telefon hervor und sah uns beide müde an. »Ich rufe jetzt die Polizei.«

Owe trat einen Schritt auf mich zu, riss Fridas Leine an sich und machte auf dem Absatz kehrt.

»Verdammte Weibsbilder«, murmelte er. »Frida wirst du jedenfalls nicht vernachlässigen, dafür werde ich sorgen. Die kommt mit mir.«

Dann verschwand er mit Frida im Schlepptau in der Brännkyrkagata. Frida sah sich die ganze Zeit ängstlich nach mir um.

Und das war's.

Noch mehr Tränen. Gunilla versuchte, mich zu trösten, zum zweiten Mal an diesem Morgen.

»Du. Das findet sich«, sagte sie. »Sei froh, dass ihr keine Kinder habt, dann wäre es wirklich schwierig.«

Ich dachte an die Kinder, die nie gekommen sind, und musste noch mehr weinen.

Aber auch das konnte ich Gunilla nicht sagen. Deshalb ging ich in die Wohnung, duschte und schminkte mich sorgfältig. Mein Gesicht war rot und geschwollen und die Haut unter meinem Kinn, an den Armen und an allen anderen Stellen, wo das Alter seinen Tribut fordert, war schlaffer als sonst. Ich stellte sachlich fest, dass es widerlich aussah – dass mein Körper ganz einfach hässlich geworden war. Weibliche Reife (oder wie man das nun nennen soll, ich finde den Begriff »Reife« gar nicht so toll, weil man dann an verfaulendes Obst denkt) ist nicht attraktiv. Sie ist nur so grauenhaft hässlich, und es ist das Beste, sie unter Schminke und so vielen Kleiderschichten wie möglich zu verstecken.

So. Da stand ich nun, mit neunundfünfzig Jahren, mit beginnender Demenz, frischgetrennt und zudem mit Fettwülsten und Doppelkinn. Die Erkenntnis machte sich in mir breit, und ich fragte mich, ob es wirklich richtig gewesen war, meine Sachen zu packen und die Geborgenheit der Skeppargata zu verlassen. Zugleich wusste ich mit erschlagender Sicherheit, dass ein Leben mit Owe keine Alternative wäre. Obwohl die Zukunft nicht vorhersagbar und bedrohlich war, kam es mir unmöglich vor, zu ihm zurückzukehren.

In dieser Situation wäre es leicht gewesen, mich aufs Sofa zu legen und mir die Decke über den Kopf zu ziehen, aber das tat ich nicht. Vor allem, weil ich Owe nicht recht geben wollte. Ich war entschlossen, zu beweisen, dass ich allein zurechtkommen konnte, ohne seine Fürsorge. Noch einmal erinnerte ich mich an die Gründe, warum ich ihn nicht ertragen konnte:

Selbstgerecht.

Egozentisch.

Narzisstisch.

Dominant.

Stinkt.

Dann ging ich zur Arbeit.

Der Erste, den ich sehe, als ich die hellen Räumlichkeiten im Polizeigebäude betrete, ist Peter. Er sitzt vor seinem Computer. Sein langer Körper ist in einer Weise gebeugt, die unbequem aussieht, er sieht sich offenbar etwas auf dem Bildschirm an. Als er mich entdeckt, springt er auf, kommt auf mich zu und packt meinen Arm, als ob wir eng befreundet wären, als ob unser kleines Gespräch am Vorabend die Tatsache weggezaubert hätte, dass dieser Mann mein Leben zerstört hat.

Seine Hand ist warm und trocken. Und es ist seltsamerweise ein gutes Gefühl, dass sie dort liegt – auf meinem Unterarm.

Als sei es das Natürlichste auf der Welt.

»Komm«, sagt er. »Ich will mit einer Mitarbeiterin von Jesper Orre sprechen. Sie hat ihn wegen sexueller Belästigung angezeigt. Komm mit.«

»Okay«, sage ich, denn ich habe nichts Besonderes vor.

Denise Sjöholm ist achtundzwanzig Jahre alt und hat Betriebswirtschaft studiert. Ich ertappe mich bei dem Gedanken, dass sie zu jung aussieht, um auch nur im staatlichen Alkoholladen einzukaufen. Aber es ist sicher nur ein Hinweis darauf, dass ich älter geworden bin – noch ein Beispiel dafür, wie sich der Bezugsrahmen mit den Jahren verschiebt, ohne dass man selbst es merkt. Ich muss mich daran erinnern, dass Owe und ich schon seit mehreren Jahren verheiratet waren, als ich so alt war wie sie jetzt.

Also ist sie wohl kaum noch ein Kind.

Sie sieht ein wenig verloren aus im Vernehmungsraum, irgendwie fehl am Platz. Sie trägt einen ausgebeulten Strickpullover und verschlissene Jeans und ist ungeschminkt. Ihre großen braunen Augen sehen ängstlich aus, was vielleicht kein Wunder ist. Ich stelle mir vor, dass es ganz schön problematisch für sie gewesen sein muss, ihren obersten Chef wegen sexueller Belästigung anzuzeigen.

Auch Peter scheint ihre Angst bemerkt zu haben, denn er erklärt pädagogisch, dass ihr hier niemand etwas vorwirft und dass wir nur im Zusammenhang mit dem Mord in Orres Haus und seinem Verschwinden mit ihr sprechen möchten.

Sie nickt stumm und spielt an einem losen Faden an ihrer Jeans herum.

»Wie lange arbeiten Sie schon bei Clothes & More?«, fragt Peter.

»Ein Jahr.«

»Und was sind Ihre Aufgaben?«

»Ich war ... ich bin! ... Projektleiterin in der Marketingabteilung. Entwickele Werbekampagnen und solche Dinge. Zum Beispiel bin ich für die Weihnachtskampagne verantwortlich, die jetzt im Fernsehen läuft. Also, das war ich, ehe ich krankgeschrieben wurde.«

Ihr Blick irrt zwischen mir und Peter umher, wie ein unruhiger Vogel, der sich nirgendwo niederzulassen wagt.

»Und wann haben Sie Jesper Orre kennengelernt?«

»Gleich nachdem ich angefangen hatte. Wir sind ja nicht so wahnsinnig viele im Hauptbüro. Und er kam immer bei uns in der Marketingabteilung vorbei, um zu sehen, was wir machten. Ich weiß noch, dass ich ihn toll fand. So lässig irgendwie. Obwohl ja die Rede davon war, wie gemein er sein konnte. Dass er die Leute wegen nichts feuerte und so.«

»Und was passierte dann?«

Denise schaut zu Boden und ihre dünnen braunen Haare fallen ihr vors Gesicht.

»Er fragte, ob ich mit auf ein Fest gehen wollte. Das war im Frühjahr.«

»Okay. Was war das für ein Fest?«

»Also. Das sagte er nicht, aber wir verabredeten, dass er mich am Samstagabend auf dem Stureplan abholen sollte. Und das tat er. Aber dann fuhr er zu sich nach Hause. Und da war sonst kein Mensch. Nur er und ich. Jedenfalls... wir aßen dann etwas, er hatte Hummer und Champagner besorgt. Ich war ziemlich beeindruckt, weil er mit mir essen wollte, einfach so. Ich meine, Jesper Orre kann doch jede kriegen, die er will...«

Ihre Stimme versagt und sie schüttelt langsam den Kopf.

»Ich war so verdammt naiv«, sagt sie dann. »Kaum hatten wir gegessen, da wollte er mit mir ins Bett.«

»Und was haben Sie gemacht?«

Denise sieht ein wenig verwirrt aus, als habe sie die Frage nicht ganz verstanden.

»Wir hatten Sex. Und dann haben wir uns ab und zu getroffen. Mir war bald klar, dass er keine richtige Beziehung wollte, also habe ich nach zwei Monaten Schluss gemacht, oder wie ich das nennen soll. Wir waren ja nicht richtig zusammen.«

»Wie hat er reagiert?«

»Er wurde wütend. Sagte, dass er entschied, wann Schluss wäre und wann nicht. Und ich würde es bereuen, wenn ich das nicht kapierte.«

Denise zieht so fest an dem Faden an ihrer Jeans, dass der mit einem leisen Knipsgeräusch abreißt.

»Und was haben Sie dann gemacht?«

Sie schüttelt den Kopf und lacht leise.

»Ich hätte ja begreifen müssen, dass ich keine Chance hatte. Ich hätte mitspielen müssen, aber ich wurde wütend, sagte, er solle sich zum Teufel scheren, und ich entschiede selbst, mit wem ich wann ins Bett ginge, und dann ging er einfach, ohne ein Wort. Und danach, bei der Arbeit, war er nur noch gemein zu mir. Stellte bei den Besprechungen wahnsinnig schwere Fragen, von denen er wusste, dass ich sie nicht beantworten konnte. Machte alle meine Vorschläge herunter. Sorgte dafür, dass ich bei spannenden Projekten nicht mitmachen durfte. Bestrafte mich sozusagen. Und dann bin ich zum Personalchef gegangen und habe geklagt, und damit ging der eigentliche Zirkus los. Ich wurde in seinem Beisein von der Personalabteilung ausgefragt. Und es war ja nicht so richtig toll, dazusitzen und über unsere … Beziehung zu erzählen, während er zuhörte. Am Ende ging es mir so schlecht, dass ich krankgeschrieben wurde.«

»Wann war das?«

»Krankgeschrieben bin ich seit …« Denise zählte an den Fingern ab. »Acht Wochen. Nein, morgen sind es neun.«

Peter nickt und macht sich eine Notiz.

»Das klingt jetzt vielleicht merkwürdig, aber war er brutal im Bett?«

Denise sieht verlegen aus, verschränkt die Arme vor der Brust.

»Naja. Nicht besonders.«

»Hat er jemals Unterwäsche von Ihnen gestohlen?«

»Unterwäsche?«

»Ja, ist es vorgekommen, dass er Ihre Unterwäsche mitgenommen hat?«

»Nicht, dass ich wüsste.«

»Haben Sie seit der Krankschreibung von ihm gehört?«

Sie schüttelt den Kopf.

»Kein Wort.«

»Wissen Sie, ob er das auch bei anderen Frauen aus dem Büro so gemacht hat?«

»Nein. Aber es würde mich nicht wundern. Der Kerl ist doch total gestört.«

Als wir Denise zurück zur Rezeption bringen, kann ich mich nicht beherrschen. Ich lege ihr eine Hand auf den Arm und sehe ihr ins Gesicht.

»Ihnen ist doch klar, dass *Sie* keinen Fehler gemacht haben«, sage ich. »Dass er Sie ausgenutzt hat, weil seine Position ihm das erlaubt hat.«

Sie sieht mich lange an und zuckt dann mit den Schultern.

»Vielleicht. Aber ich bereue trotzdem, dass ich zur Personalabteilung gegangen bin. Er hätte mich doch sicher ohnehin bald sattgehabt.«

Sie trottet mit gesenktem Kopf davon.

»Was für ein verdammter Mistkerl«, sage ich zu Peter, als sie im Nebel verschwunden ist.

Peter zuckt mit den Schultern, sieht mich an, und ich muss einfach denken:

Wie du, Peter. Ein richtiger Mistkerl, genauso wie du.

Er scheint fast zu ahnen, was ich denke, denn er sieht plötzlich verlegen aus. Schaut in eine andere Richtung, während er auf die Fahrstühle zugeht und murmelt:

»Er hat nichts Verbotenes gemacht.«

Als ich drei Stunden später zu Gunillas Wohnung zurückgehe, ist es schon dunkel. Ein kalter Wind reißt an meinen

Kleidern, und es ist kälter geworden. Der nasse Bürgersteig ist von hartem Glatteis überzogen, und ich muss langsam gehen, um nicht auszurutschen.

Frida fehlt mir jetzt schon, aber ich weiß nicht, wie ich sie zurückholen soll. Ich kann Owe ja nicht wegen Diebstahls anzeigen. Frida ist doch auch sein Hund, und man kann nichts stehlen, was einem schon gehört. Oder vielleicht doch?

Owe hat Frida nie besonders geliebt. Fand, dass sie zu viel bellte und stank (als ob er das nicht täte!). Er hat sie nicht mitgenommen, um sie vor mir zu beschützen, sondern um mich zu verletzen. Genau wie Jesper dieses arme Mädchen gequält hat, weil sie nicht seine Sexsklavin sein wollte.

Macht, denke ich. Immer geht es um Macht.

Bei jedem Kiosk, an dem ich vorbeikomme, bleibe ich stehen und lese die Schlagzeilen. Die Zeichnung der in Orres Haus ermordeten Frau ist überall in der ganzen Stadt zu sehen, und die fetten Schlagzeilen schreien ihre Botschaft: »Wer ist die Frau, die beim Modekönig ermordet wurde?«

Wenn wir sie jetzt nicht identifizieren können, dann weiß ich auch nicht, wie wir das jemals schaffen sollen.

Als ich Slussen erreiche, fängt es wieder an zu schneien. Kleine harte Flocken, die auf meine Wangen peitschen und sie brennen lassen. Mein Telefon klingelt, ich drehe dem Wind instinktiv den Rücken zu und ziehe es aus meiner Tasche.

Es ist Peter.

»Du«, sagt er. »Ich habe gerade mit dem Labor gesprochen. Die Machete, die bei dem Mord in Orres Haus benutzt worden ist, ist dieselbe wie damals beim Calderón-Mord. Sie haben an den Halswirbeln beider Opfer Spuren gefunden, die sich mit der Machete in Verbindung bringen lassen. Die Spuren der Hiebe stimmen perfekt mit der Schneide dieser Machete überein. Du verstehst doch, was das bedeutet, oder?«

EMMA

Ein Monat früher

»Aber warum hätte er deinen Kater umbringen sollen? Ich kapier das nicht!«

Olga runzelt die Stirn und spielt an ihren schweren, mit Strass besetzten Armreifen. Ich schaue mich in dem leeren Laden um und überlege einen Moment. Die Musik strömt aus den Lautsprechern. Mahnoor lässt sich nicht blicken. Sie ist vermutlich mit ihren neuen ladenbewahrenden administrativen Aufgaben befasst.

»Wenn es so ist, wie du sagst, und wenn er ein Psychopath ist, dann will er mich auf irgendeine Weise verletzen. Vielleicht genießt er es ganz einfach, mein Leben zu ruinieren.«

Olga macht ein skeptisches Gesicht. Wie erwartet kann sie es sich leichter vorstellen, dass es Jesper um Sex und Geld ging, als dass er ein echter Sadist ist. Und irgendwie kann ich sie verstehen. Auch ich kann nur mit Mühe glauben, dass er etwas davon hat, mein Leben zu zerstören, aber ich kann einfach keine andere Erklärung für sein Verhalten finden.

»Aber der Kater, was hat der denn damit zu tun?«

»Sigge ist wichtig für mich. Wenn er Sigge etwas antut, dann tut er mir etwas an, verstehst du?«

»Wenn es so ist«, fängt Olga an und reicht mir einen Kassenblock, damit ich den aufgebrauchten ersetzen kann, »dann ist er total gestört.«

»Das sag ich doch.«

»Was weißt du eigentlich über ihn? Vielleicht hat er so was schon mal gemacht? Vielleicht hat er im Knast gesessen oder in der Psychiatrie.«

Diese Vorstellung ist fast lächerlich, und sofort sehe ich Jesper Orre vor mir, den Geschäftsführer der Firma, in der wir beide arbeiten, in Zwangsjacke in einer geschlossenen Abteilung. Oder vielleicht in einem gestreiften Overall wie die Panzerknacker, hinter dicken Eisengittern.

»Vielleicht hat er jemanden umgebracht«, flüstert Olga, als ob sie Angst habe, in dem leeren Laden von irgendwem gehört zu werden.

Ich erwidere ihren Blick, sage aber nichts. Sie scheint ihre Bemerkung sofort zu bereuen.

»Entschuldige, Liebes. Natürlich hat er niemanden umgebracht. Ich meine ja nur, dass man die Menschen manchmal nicht kennt, auch wenn man das glaubt.«

»Das ist wohl wahr«, sage ich und denke, dass sie nicht weiß, wie recht sie hat.

»Was hast du jetzt vor? Willst du ihn anzeigen?«

Ich zögere, schließe die Kasse und ziehe einen weißen Papierstreifen heraus.

»Ich will zuerst mit ihm reden.«

»Du hast vor, ihn zu suchen?«

Ich nicke und schaue mich im Laden um. In der Ecke beim Tisch mit den Jeans lungern zwei Jungen im Teenageralter herum, sie starren mich an, und ich habe das Gefühl, dass sie irgendetwas klauen wollen. Das sieht man meistens, jedenfalls bei Kids, die noch nicht gelernt haben, eine Maske vor sich herzutragen, und die außerdem fast immer in Gruppen stehlen, als wäre Ladendiebstahl ein Mannschaftssport.

»Ich weiß, was du tun musst«, sagt Olga und sieht plötzlich begeistert und listig zugleich aus. »Du musst dich rächen. Die Macht zurückholen. Ich kenne mich damit aus. Wie man nicht den Kürzeren zieht, meine ich. Nicht, um zu prutzen, aber so ist das.«

»*Protzen* meinst du.«

»Was?«

Olga sieht mich verwirrt an.

»*Protzen* heißt das.«

»Ist doch egal. Rechtschreibung können wir später noch üben. Jetzt reiß dich erst mal zusammen und knöpf dir den Arsch vor. Du musst rausfinden, wo er steckt, und dann hingehen und Antworten verlangen. Lass ihn nicht damit durchkommen. Zeig ihm, wer hier bestimmt, was passiert.«

Die Typen vom Jeanstisch bewegen sich jetzt in Richtung Ausgang. Einer hat eine verdächtig große Trainingstasche. Olga sieht sie ebenfalls, scheint aber auch nicht die Energie zu haben, etwas zu unternehmen.

»Du meinst also, ich soll mich rächen?«

Sie nickt. In diesem Moment kommt ein Mann zur Tür herein und geht auf die Kasse zu. Er sieht zielstrebig aus, als ob er genau wüsste, was er will. Das ist oft so mit etwas älteren Männern. Die suchen nicht gern lange nach neu hereingekommener Ware. Sie kommen direkt auf uns zu und fragen nach Socken oder Hemden oder Unterhosen. Dann kaufen sie von jeder Sorte fünf Packungen und verlassen den Laden wieder.

»Willkommen. Wie kann ich Ihnen behilflich sein?«, fragt

Olga vorschriftsmäßig und lächelt mechanisch, während sie ihre Strassarmreifen ein weiteres Mal herumdreht.

»Ich suche Emma Bohman«, sagt der Mann, ohne das Lächeln zu beantworten.

»Können wir uns hier hinsetzen?«

Sein Gesicht ist ausdruckslos. Er hat sehr kurze rotblonde Haare und runde Wangen, obwohl sein Körper schmal ist, fast mager. Er hebt seine Tasche hoch, eine alte lederne Aktentasche mit Fettflecken, und zieht einen Stapel Papiere hervor.

Er stellt sich als Sven Ohlsson vor, Personalchef der Region Ost, und schon als er seinen Namen nennt, weiß ich natürlich, was anliegt.

»Sie sind seit drei Jahren bei uns, Emma.«

Ich nicke, plötzlich unsicher, ob das eine Frage ist, die ich beantworten soll, oder ob er nur eine Feststellung macht, ob er aus seinen Unterlagen abliest. Dann zieht er eine Hornbrille hervor. Greift zu einem kleinen Taschentuch aus blauem Stoff und putzt schweigend und sorgsam seine Brille.

»Möchten Sie einen Kaffee?«, frage ich. Vor allem, weil ich nicht weiß, was ich sonst sagen soll.

»Danke, gern«, sagt er, ohne den Blick von seiner Brille zu heben.

Die Uhr in der Ecke tickt plötzlich ohrenbetäubend laut und der Kaffeeduft drängt sich auf, ich kann mich nicht dagegen wehren. Ich stelle ihm eine Tasse hin, lasse mich wieder auf den Stuhl gegenüber sinken, überwältigt von einem Gefühl der Ohnmacht.

Ich hätte niemals im Ernst geglaubt, dass dieser Augenblick kommen könnte, das hier passiert anderen, aber nicht mir.

Ich habe immer alles richtig gemacht. Außer vielleicht in letzter Zeit, die roten Flecken drängen sich auf dem Abwesenheitsprotokoll an der Wand wie die Vogelbeeren.

»Wir stehen vor einer schwerwiegenden finanziellen Herausforderung«, sagt er und setzt die Brille auf. Zum ersten Mal erwidert er meinen Blick. Seine Augen sind blassgrau und verraten keine Gefühle. Er ist ein höflicher Bürokrat in tödlicher Mission, ausgesandt von den Männern im Hauptbüro. Langsam legt er das blaue Taschentuch in seine Aktentasche und redet weiter:

»Wir haben nicht genug zu tun. Wir werden in den kommenden Monaten zwei Filialen schließen müssen.«

Ich weiß noch immer nicht, was ich sagen soll. Nicke nur. Er verstummt. Sieht plötzlich müde aus. Vielleicht ist er wirklich müde. Vielleicht ist er in Wirklichkeit ja auch sympathisch.

»Nicht genug zu tun?«, frage ich, als ob ich ihm auf die Sprünge helfen wollte.

Er erwidert meinen Blick. Noch immer, ohne das geringste Gefühl zu zeigen.

»Nicht genug zu tun, ja. Danke. Sie haben hier gute Arbeit geleistet, Emma, das wissen wir von Björne Franzén, aber leider hat die Betriebsleitung beschlossen, dass wir die Personalkosten senken müssen, um unser langfristiges Überleben zu sichern.«

»Ich verstehe.«

»Das ist nicht persönlich gemeint, Emma. Es geht nur um die ökonomische Wirklichkeit, der wir uns stellen müssen.«

Ich wünschte, er benutzte nicht dauernd meinen Namen. Ich kenne ihn nicht, ich will nicht Emma für ihn sein.

»Sicher«, sage ich.

»Es ist eine Frage der Ökonomie.«

»Ich verstehe. Es hat also nichts zu tun mit…« Ich zeige auf die Abwesenheitsliste an der Wand. Die wütenden roten Punkte leuchten wie entzündete Pickel auf bleicher Haut.

Er lächelt, zum ersten Mal, seit er gekommen ist. Es ist ein bleiches, fast trauriges Lächeln.

»Alle haben das Recht, krank zu sein«, sagt er. »Oder zu Hause zu bleiben und sich um ein krankes Kind zu kümmern. Das ist kein Kündigungsgrund. Das sind nur böswillige Gerüchte, Sie wissen ja, wie die Medien über uns schreiben.«

Er schlürft seinen Kaffee, und ich ertappe mich bei dem Wunsch, dass er sich verbrennt. Aber das ist ein Wunsch, der nicht in Erfüllung gehen wird. Der Kaffee wird in unserer Maschine nur lauwarm, bestenfalls, so ist das schon seit einem Jahr, seit Björne ihr bei einem Wutanfall einen Tritt versetzt hat.

Der Bürokrat legt die Papiere, die er auf den Knien hatte, auf den Tisch, schiebt sie mit einem Zeigefinger langsam zu mir herüber.

»Wir müssen jetzt ein bisschen über die praktischen Dinge reden, Emma.«

»Wer war das?«, fragt Mahnoor und schaut dem komischen Mann mit den kurzen roten Haaren und der Hornbrille hinterher, einem in die Jahre gekommenen Tim ohne Struppi, der der Welt der Comics entflohen ist.

»Er war von der Personalabteilung. Wo ist eigentlich Olga?«

Ich habe keine Lust, über das Gespräch zu reden, das ich eben geführt habe, über den Papierstapel, der die Bedingungen meiner Kündigung enthält: dass ich sofort aufhöre, zwei Monate Gehalt bekomme und meinen Firmenausweis in einem bereits frankierten Umschlag zurück ans Hauptbüro schicke.

»Olga?«, fragt Mahnoor zerstreut.

»Ja, wo ist sie?«

»Keine Ahnung.« Sie zuckt mit den Schultern. »Wahrscheinlich googelt sie Schminke oder Unterwäsche, dieser kleine Misogyn.«

»Was?«

Mahnoor winkt ab.

»Ach, nichts.«

»Als ich sie zuletzt gesehen habe, hat sie sogar ein Buch gelesen«, sage ich und mir fällt ein, dass Olga mit einem Taschenbuch in der Hand am Esstisch in der Kaffeeküche saß, als der Mann von der Personalabteilung gerade gegangen war.

Mahnoor hebt eine sorgfältig gezupfte Augenbraue.

»Sicher irgendein Dreck, den sie im Supermarkt gefunden hat.«

Mahnoors schlecht verhohlene Verachtung macht mich traurig.

»Vielleicht war es ein ganz normales, gutes Buch«, schlage ich vor.

»Machst du Witze? Ich glaube, die würde ein gutes Buch nicht mal erkennen, wenn es sich aufgeschlagen über ihr Gesicht setzte.«

Mahnoor macht sich an den Haarspangen und Halsketten zu schaffen, die neben der Kasse hängen. Rückt einige schief gerutschte gerade und fragt dann in neutralem Tonfall:

»Also, was wollte er, der Kerl aus dem Hauptbüro?«

Ich zögere einen Moment.

»Ach, nichts Besonderes. Er wollte nur wissen, wie es hier läuft, jetzt, wo Björne krank ist.«

»Und was hast du gesagt?«

»Die Wahrheit. Dass wir ohne ihn sehr gut zurechtkommen.«

Ich sitze in Olgas Wagen. Der Regen prasselt auf das Dach und es ist feucht in dem engen Wageninneren. In regelmäßigen Abständen muss ich die von innen beschlagene Windschutzscheibe abwischen, um hindurchsehen zu können.

Es ist kurz nach sechs, und ich stehe hier seit ungefähr einer Stunde. Wenn ich Pech habe, kommt er heute nicht. Er ist vielleicht auf Dienstreise oder irgendwo anders zu einer Besprechung.

Ich trinke einen Schluck von dem Mineralwasser mit Zitrone, das wie Spülmittel schmeckt, und denke an den rothaarigen Mann aus dem Hauptbüro. An seine unmoderne Brille und seine verschlissene Aktentasche. Ich hätte nie erraten, dass er für eine Modefirma arbeitet.

Ist auch das Jespers Werk? Ist das noch ein Stück in seinem teuflischen Puzzle? Ziemlich genial, wenn es so ist. Denn er hat mir nun noch etwas wegnehmen können, das wichtig für mich ist: meine Arbeit. Ich muss zugeben, daran hatte ich überhaupt nicht gedacht – als ich mir in meinem Selbstmitleid ganz sicher war, dass er mir schon alles gestohlen hätte, was mir etwas bedeutete. Vielleicht habe ich noch mehr zu verlieren, Dinge, an die ich noch gar nicht gedacht habe, die ich für selbstverständlich halte. Mein Zuhause? Meine Gesundheit?

Mein Leben?

Bei diesem Gedanken bekomme ich eine Gänsehaut.

Ich denke an die Wohnung in der Kapellgränd. An den Teppich in der Diele und die roten Holzstühle, die sorgfältig vor der Wand aufgestellt waren wie Spanische Reiter. Vor meinem inneren Auge kann ich Jesper nackt auf dem bunten Flickenteppich mit den gelben Blumen sehen. Er scheint fast in einer Wiese voller Sonnenblumen zu liegen. Sein Körper ist entspannt, sein Gesicht weich wie das eines Kindes. Sein Mund ist ein wenig geöffnet und sein Brustkorb hebt und senkt sich im Rhythmus seines Atems. Ich sitze im Regen im Auto, und stehe gleichzeitig in der Wohnung in der Kapellgränd und sehe Jesper an. Versuche zu verstehen, warum der Mann, der Junge, der *Mensch*, der dort liegt und so unschuldig aussieht, mir etwas antun will.

Ein Mann läuft einige Meter vor dem Auto über die Straße. Ich wische mit der Handfläche die Scheibe ab, um besser sehen zu können. Es ist nicht Jesper. Der Mann ist zu klein und außerdem blond. Mit raschen Schritten verschwindet er in Richtung Gallerian in der Dunkelheit.

Wenn ich mich selbst jetzt sehen könnte, so, wie ich eben noch Jesper vor mir gesehen habe, was würde ich dann beobachten können? Würde ich eine Verrückte sehen, die ihrem Liebhaber in der Dunkelheit vor seinem Büro auflauert? Werde ich jetzt wirklich verrückt?

Ist er vielleicht darauf aus, will er mich um den Verstand bringen? Die schlimmste Verletzung überhaupt – einen Menschen in den Wahnsinn treiben.

Wenn das hier sein Theaterstück ist, bei dem er sehr sorgfältig Regie führt, weiß er dann, dass ich hier bin? Hat er sich schon den nächsten Schritt überlegt? Werde ich die Wahrheit finden, wenn ich ihm folge, oder nur den Teil der Wirklichkeit, den er mir zeigen will?

Die Fragen nehmen kein Ende. Jede Überlegung hat weitere zur Folge. Es ist, wie in einen Spiegel zu blicken, der einen Spiegel zeigt. Der wiederum einen weiteren Spiegel in sich trägt. Mir wird schwindlig, als ich versuche, zu begreifen, was hier gerade passiert und warum es passiert. Und dabei habe ich noch nicht einmal angefangen, mir zu überlegen, wie ich meine dringendsten Probleme lösen soll: das Kind, die Rechnungen, die Arbeit, die verschwunden ist, wie weggezaubert von dem rothaarigen Mann aus dem Hauptbüro.

Vielleicht hat Olga recht. Vielleicht sollte ich mich rächen. *Vielleicht will er ja gerade das?*

Mich überkommt ein Gefühl der Unwirklichkeit. Es ist, als ob ich mich mitten in einem Film befände. Als ob ich nur glaube, dass ich mein eigenes Verhalten bestimme, während in Wirklichkeit schon längst jemand anderes entschieden hat, was ich tun werde. Als befände ich mich im freien Fall, als ob ich keine Kontrolle mehr über mein Leben hätte. Dann fällt mein Blick auf den Ring, der an meinem Finger funkelt. Ich denke: Der ist doch echt, er sitzt doch wirklich hier, wie eine Erinnerung daran, dass ich nicht verrückt bin.

Dann sehe ich ihn.

Er zieht im Regen den Kopf ein, und sein Mantel flattert hinter ihm her wie ein zerfetztes Segel, genau wie beim letzten Mal, als ich hier in der Dunkelheit stand. Ich würde am liebsten aus dem Auto springen, hinter ihm herlaufen und ihn fragen, was zum Teufel er eigentlich macht, aber irgendetwas hindert mich daran. Ich will wissen, was er verbirgt, will sehen, wo er wohnt.

Will mehr wissen, ehe ich mich vor ihm entblöße.

Einige Minuten später kommt sein großer schwarzer SUV aus dem Parkhaus. Ich lasse den Motor an und folge ihm, achte darauf, ihm nicht zu nahe zu kommen. Bei jeder zweiten roten Ampel verreckt der Motor, ich bin nicht daran gewöhnt, mit manueller Gangschaltung zu fahren. Ich fluche und zwinge das Auto wieder in Gang, habe furchtbare Angst, Jesper zu verlieren, jetzt, wo ich ihn endlich gefunden habe.

Bei Roslagstull ist der Verkehr um einiges dichter geworden. Ich halte mich direkt hinter Jesper in dem Meer von Autos, die in der Dunkelheit nach Hause fahren. Er nimmt die E18 nach Norden und biegt in Richtung Djursholm ab. Als er langsamer fährt, folge ich seinem Beispiel, lasse den Abstand zwischen uns wachsen. Weder vor uns noch hinter uns sind andere Autos zu sehen. Wir fahren an großen Villen mit parkähnlichen, beleuchteten Gärten vorbei. Dann taucht auf der linken Seite ein kleiner Marktplatz auf, mit einigen kahlen Bäumen, einem Supermarkt und einem Buchladen. Wieder stellt sich dieses Gefühl ein: Ich bin in einem Film, bewege mich durch einsame Kulissen, auf dem Weg zu irgendeiner Lösung. Aber was für ein Film das ist, weiß ich nicht. Ein Drama, ein Thriller? Eine Tragödie?

Wir erreichen das Wasser. Schwarz und glatt wie ein Stück Seide breitet es sich vor mir in der Dunkelheit aus. Jesper biegt nach rechts ab und ich folge ihm. Die Neugier erwacht zum Leben, und das Gefühl, einer Art Auflösung sehr nahe zu sein, wird immer stärker. Wir fahren eine Weile am Ufer entlang. Hier sind die Villen noch größer, schlossähnlich fast, und ich frage mich, ob hier wirklich normale Menschen wohnen, ob die Häuser von Firmen genutzt werden oder vielleicht Botschaften sind.

Ich habe nicht gemerkt, dass er langsamer wird, und fast wäre ich auf das schwarze Auto aufgefahren. Er biegt in eine kleine Straße nach rechts ein, und ich warte einige Sekunden, ehe ich ihm folge. Die schmale Straße wird von wintergrünen Buchsbaumhecken, Eiben und Thujen umsäumt. Nasse Blätter liegen in Haufen auf dem schmalen Bürgersteig. Die Häuser hier sind kleiner, sehen eher wieder wie normale Wohnhäuser aus. Ich mache die Scheinwerfer aus, fahre langsam hinter ihm her. Fast finde ich dieses Spielchen jetzt lustig. Ich habe noch nie jemanden beschattet.

Er bleibt vor einem weißen Haus im Bauhausstil stehen. Warmes Licht strömt aus den Fenstern, malt die Rasenfläche und das nasse Herbstlaub vor dem Haus golden. Ich schalte den Motor aus. Warte. Sehe zu, wie er seine schwarze Aktentasche aus dem Auto nimmt, auf das schmiedeeiserne Tor zugeht und die Hand hebt, um es zu öffnen. Aber dann bleibt er stehen, tritt einen Schritt zurück, geht einige Meter auf dem Bürgersteig zurück, kommt auf mich zu.

Zuerst habe ich Angst, er könnte mich entdeckt haben, aber dann sehe ich, wohin er gehen will.

Neben dem Zaun liegen Stapel aus nassem Holz. Eine grüne Plane schützt einen der Stapel. Jesper klettert über ein paar Bretter und geht zu einem anderen Gebäude, viel kleiner, vielleicht eine Garage rechts neben dem Zaun. Es sieht neuer aus als das Haus. Die Wand ist noch nicht angestrichen worden, und dort, wo die Tür sein müsste, flattert eine Plastikplane im Wind. Er geht in die Hocke, sieht sich etwas an der

Fassade an. Dann richtet er sich auf, macht kehrt und läuft zurück zum Haus.

Sofort ist der Gedanke da – ist das mein verschwundenes Geld? Wurde damit dieses Gebäude, das hier vor mir in der Dunkelheit liegt, finanziert? Sind meine gesamten Ersparnisse zu einer Garage für sein großes schwarzes Auto geworden?

Dann steht er vor der Haustür. Als er klingelt, statt aufzuschließen, bin ich plötzlich unsicher. Wohnt er hier oder ist er nur zu Besuch? Dann zieht er einen Schlüssel hervor, steckt ihn ins Schloss, und gleichzeitig wird die Tür geöffnet. Eine Frau steht in der Türöffnung. Sie ist dunkel und groß und schön, das kann ich deutlich sehen, obwohl ich so weit entfernt bin. Sie hat diese selbstsichere Ausstrahlung, die nur schöne Frauen haben, als ob sie allein mit ihrer Haltung ihren Wert mitteilten.

Die Frau beugt sich vor, und Jesper küsst sie. Es ist kein rascher Kuss auf die Wange, so einer, der für Freunde und Familienmitglieder reserviert ist, sondern ein langer und intimer Kuss.

Dann sehe ich nichts mehr. Das Haus verblasst, das Geräusch des Regens, der auf mein Dach prasselt, verstummt. Alles wird gnädig schwarz und still.

Ich renne durch die Dunkelheit. Jemand schreit. Es ist ein herzzerreißendes, endloses Gebrüll, und erst nach einigen Sekunden merke ich, dass ich es bin, die schreit. Zweige peitschen mein Gesicht. Eiskaltes Wasser läuft mir in den Nacken. Aus dem Nirgendwo taucht plötzlich direkt vor mir ein Gartenstuhl auf. Ich mache einen Schritt zur Seite, stoße aber trotzdem gegen den Stuhl, und der fällt krachend um. Ich laufe schneller, komme mir vor wie ein gehetztes Tier. Weiß nicht mehr, warum ich hier draußen in der Dunkelheit bin, weiß nur, dass ich um mein Leben rennen muss. Weg von etwas Entsetzlichem, von etwas, das meine gesamte Existenz bedroht.

Meine Stiefel versinken im Matsch, ich rutsche aus, kann aber das Gleichgewicht halten, ich renne weiter mit vor mir ausgestreckten Händen wie eine Blinde.

Ein Zaun taucht vor mir auf. Er ist nicht besonders hoch, vielleicht einen Meter. Ohne zu überlegen, klettere ich drüber, springe auf die andere Seite. Aber dabei merke ich, dass ich hängen bleibe, dass meine Jacke sich irgendwo am Zaun verfangen hat. Ich stürze zu Boden und etwas trifft mich mit voller Wucht an der Seite. Der Schmerz ist unbeschreiblich, ich bekomme keine Luft mehr, kann nicht denken, mir wird schwarz vor Augen.

Etwas berührt meine Wange. Ich öffne die Augen. Versuche zu denken. Mich zu erinnern.

Es ist dunkel. Ich liege auf einer Wiese auf dem Boden. Nur wenige Meter vor mir sehe ich einen Sandkasten. Eimer und Spaten und kleine gelbe Lastwagen liegen im Sand und im Gras verteilt wie Pfifferlinge an einem Hang im Wald.

Wie lange liege ich hier schon? Ich versuche mich aufzusetzen, es gelingt mir aber nicht. Mein Bauch zieht sich zu einem schmerzhaften Krampf zusammen. Ich rolle mich zu einem Ball zusammen, aber der Schmerz in meinem Bauch will nicht aufhören. Ein kurzer Blick nach links, meine Armbanduhr. Sie zeigt kurz nach neun, also liege ich hier seit ungefähr einer Stunde.

Ich zittere vor Kälte, als ich es schaffe, in die Hocke zu gehen. Ich fahre mir mit der Hand übers Gesicht, streiche mir Erde und Zweige von der Wange. Versuche zu verstehen.

Langsam, aber unerbittlich holen die Erinnerungen mich ein. Ich bin in Djursholm, irgendwo in der Nähe von Jesper Orres Haus – dem Haus, das er offenbar mit einer wunderschönen Frau teilt. Ich bin betrogen worden, viel heftiger, als ich mir das jemals hätte vorstellen können. Ich bin doppelt hintergangen und beleidigt worden. Um Geld und Liebe betrogen. Noch dazu von demjenigen, den ich geliebt habe.

Jesper hat eine andere, und das hatte er sicher schon, als wir zusammen waren. Sicher wollte er deshalb unsere Beziehung geheim halten. Das war der Grund, warum wir uns immer in der kleinen Wohnung in der Kapellgränd oder bei mir zu Hause treffen mussten.

Aber trotzdem verstehe ich das alles nicht. Wenn er nur ein kleines Abenteuer wollte, Sex, dann hätte er sich doch sicher nicht mit mir verlobt? Warum hat er mir dann Sigge, das Geld und das Bild genommen? Und warum bin ich gekündigt worden?

Und noch etwas anderes stimmt hier nicht. Mir fallen Olgas Worte ein:

Dein Typ ist ein Psychopath.

Will er mich erniedrigen? Mich vernichten? Gehörte das hier auch zu seinem Plan, sollte ich ihn mit seiner Freundin sehen, glücklich?

Ich finde eine Lücke im Zaun und zwänge mich hindurch. Ich habe Glück, denn ich weiß nicht, ob ich noch einmal rüberklettern könnte. Der Schmerz in meinem Bauch zwingt mich wieder in die Hocke, ich muss gekrümmt das nächste

Grundstück überqueren. In der Dunkelheit vor mir sehe ich den umgekippten Gartenstuhl und weiß immerhin, dass ich in die richtige Richtung gehe.

Ehe ich die Straße erreiche, komme ich an einer alten gelben Holzvilla vorbei. Durch die Fenster sehe ich eine Frau und zwei Kinder, die vor einem Fernseher auf dem Sofa sitzen. Sie essen Popcorn und sehen glücklich aus, als sei alles gut. Glücklich und richtig.

Alles das, was ich nicht bin.

Die Autotür ist nicht abgeschlossen, und die Schlüssel stecken noch immer im Zündschloss. Ich lasse mich auf den Fahrersitz sinken und verriegele die Tür. Der Anblick meines verschmutzten, geschwollenen Gesichts im Rückspiegel macht mir Angst. Ich sehe wahnsinnig aus. Gefährlich. Ich wische mir mit einem Schal das Gesicht ab, aber ich verschmiere den Schmutz nur noch weiter.

Ich fahre langsam zurück in die Stadt. Vermeide plötzliches Bremsen und starke Beschleunigungen, aus Angst, den Schmerz in meinem Bauch schlimmer zu machen. Als ich den Wagen abgestellt habe und auf meine Haustür zugehe, bete ich, dass mir keine Nachbarn begegnen. Ich kann mir jetzt einfach keine Erklärung für mein Aussehen ausdenken. Aber es kommt niemand. Der muffige, staubige Geruch im Haus ist derselbe wie immer. Das Treppenhaus liegt dunkel und still. Das Haus könnte auch unbewohnt sein, ein Spukhaus.

Der Fahrstuhl bleibt im fünften Stock mit einem lauten Ächzen stehen, und ich gehe hinaus. Schließe meine Tür auf und betrete die Wärme. Mache mich an den Knöpfen meiner Jacke zu schaffen, streife sie ab und lasse sie auf den Boden fallen. Aus alter Gewohnheit halte ich Ausschau nach Sigge, ehe mir einfällt, dass er nicht mehr da ist. Ich steige aus den Stiefeln und schleppe mich ins Badezimmer. Meine Jeans sind nass und verschlammt, aber etwas anderes fängt meinen Blick ein, als ich sie ausziehe. Ein großer Fleck im Schritt. Ich krümme mich, um ihn besser sehen zu können, aber ich weiß schon in diesem Moment, was geschehen ist.

Es ist Blut.

Ich habe das Kind verloren.

PETER

Die Ermittlung hat ihre Richtung geändert, konzentriert sich von einem Tag auf den anderen auf etwas ganz anderes, wie das manchmal eben passiert. Die Mitteilung aus dem Labor, dass die Machete bei dem Mord in Jesper Orres Haus und bei dem an Miguel Calderón verwendet worden ist, ist im Polizeigebäude wie eine Bombe eingeschlagen. Die Aktivitäten sind genauso hektisch wie vorher, aber etwas von der Resignation ist einer Erwartungshaltung gewichen. Die große Wandtafel in unserem gemeinsamen Arbeitsraum, die mit Bildern aus Orres Haus tapeziert ist, mit Fotos von Orres Arbeitskollegen und Bekannten, wurde jetzt um eine weitere ergänzt, die Bilder aus dem alten Fall zeigt.

Sanchez hat offenbar die halbe Nacht gearbeitet und sich über den Calderón-Fall informiert, und nun sucht sie Gemeinsamkeiten zwischen Calderón und Orre. Die werden sehr schwer zu finden sein, vermute ich, denn von außen sehen ihre Leben ganz unterschiedlich aus, und offenbar sind sich die beiden nie begegnet.

Calderón war fünfundzwanzig Jahre alt, als er im September vor zehn Jahren in seiner Mietswohnung auf Södermalm in Stockholm tot aufgefunden wurde. Er hatte alle möglichen Jobs gehabt. Unter anderem hatte er als Koch, persönlicher Assistent, Zeitungsbote und Aushilfspfleger im Krankenhaus gearbeitet. In seiner Freizeit trainierte er Karate und spielte Bass in einer Jazzband. Er hatte keine Freundin, und seine Schwester hatte angedeutet, dass er wohl schwul gewesen sei. Fünf Jahre vor dem Mord wurde er wegen Körperverletzung und Diebstahls verurteilt, aber laut der Voruntersuchung gab es keinen Grund zu der Annahme, dass er in der Zeit vor seinem Tod irgendwelche kriminellen Beziehungen gehabt hätte. Es gibt auch keine Belege dafür, dass er sich in denselben Szenen aufgehalten haben könnte wie Orre: Sandhamn, Verbier, Marbella oder den Nachtklubs um den Stureplan.

Weil Orre noch immer verschwunden ist, wächst die Wahrscheinlichkeit, dass wirklich er es war, der die Frau ermordet hat – und vielleicht auch für den Mord an Calderón verantwortlich ist. Aber einige gestohlene Stringtangas und rücksichtsloses Verhalten in der Firma reichen wohl kaum aus als Beweise. Wir brauchen eine Verbindung zwischen ihm und Calderón – und wenn es eine gibt, dann werden wir sie finden. Und wenn wir jeden Zentimeter ihres elenden Lebens vermessen müssen.

Und jetzt spüre ich, wie die vertraute Traurigkeit und Resignation sich anschleichen. Ich habe diese zähen Mordermittlungen so satt. Wenn mich vor zehn Jahren jemand gefragt hätte, dann hätte ich vielleicht gesagt, dass dieser Fall das Spannendste und Herausforderndste sei, an dem ein motivierter Ermittler sich die Zähne ausbeißen kann, aber jetzt verspüre ich vor allem eine lähmende Müdigkeit. Ich würde mir am liebsten ein Sixpack Bier kaufen und nach Hause fahren und mich vor den Fernseher aufs Sofa legen, Sport gucken. Ich glaube nicht, dass jemand, der selbst nicht bei der Polizei ist, verstehen kann, wie aufwendig es ist, das Leben eines Menschen zu untersuchen. Dass viele hundert Stunden Befragungen, Suchen in allen möglichen Registern und unendlich viel Papierkram nötig sind, ehe das Bild klar wird und das Wesentliche hervortritt.

Und dann ist da noch die Sache mit Hanne.

Irgendwie war es wohl gut, dass wir miteinander gesprochen haben, auch wenn ich eigentlich nicht so viel gesagt habe. Aber seit diesem Gespräch hat sich etwas zwischen uns verändert. Ich spüre das deutlich, auch wenn ich es in Worten nicht wirklich ausdrücken kann. Es ist wie ein Geräusch, ein tiefer, vibrierender Ton, der immer zu hören ist, wenn sie da ist. Fast eine Art Tinnitus. Und ich weiß verdammt noch mal nicht, wie ich mich jetzt davon befreien soll.

Ab und zu ertappe ich mich dabei, dass ich sie ansehe, wenn sie in ihrem fusseligen Pullover, mit ihren graumelierten Haaren zu einem achtlosen Dutt gebunden, an ihrem Schreibtisch sitzt. Vielleicht fliegen meine Gedanken auch an diesen verbotenen Ort, an dem wir wieder zusammen sind. Gestern, als meine Hand auf ihrem Unterarm lag, habe ich zu meiner Überraschung gedacht, dass sie noch immer die schönste Frau ist, die ich jemals kennengelernt habe. Und vielleicht die einzige, mit der ich jemals ernsthaft gesprochen habe.

Ich weiß nicht warum, aber ich finde es verdammt schwer, mit anderen über wichtige Dinge zu sprechen, vor allem mit Frauen. Vielleicht wage ich nicht, jemanden an mich heranzulassen, das hat Janet immer wieder gesagt. Oder es liegt daran, dass ich nicht sehr viel zu sagen habe, dass ich im Grunde ziemlich uninteressant bin.

Aber mit Hanne gab es immer Gesprächsthemen. Damals,

meine ich, als wir zusammen waren. Wir konnten stundenlang im Bett liegen und über Politik oder Liebe reden, oder
über albernen Kleinkram, ob es nur in Schweden Käsehobel
gibt oder wieso der D-Zug D-Zug heißt. Und manchmal erzählte sie mir von Grönland und den Inuit, die dort seit Jahr-
tausenden leben, in perfektem Gleichgewicht mit der Natur.
Sie träumte davon, hinzufahren, mit dem Kajak zwischen den
Eisschollen zu paddeln und Seehunde zu jagen.

Die Inuit hatten offenbar keine besonderen Hochzeitszere-
monien. Sie legten ihre Schlafsäcke nebeneinander, und damit war der Fall erledigt. Wir machten Witze darüber, dass
wir uns doch als verheiratet betrachten könnten, aus Inuit-
Perspektive.

Ich weiß noch, dass ich sie so wunderbar lebensbejahend
fand und irgendwie frech für ihr Alter.

Zehn Jahre älter als ich.

Mir war das egal, auch wenn sie mir das nicht zu glauben
schien. Sie redete immer wieder darüber, dass ich nicht vergessen dürfte, dass wir keine Kinder bekommen könnten und
dass sie lange vor mir alt sein würde. Ob ich denn mit einer
Oma zusammen sein wollte?

Das wollte ich. Und das sagte ich auch.

Und doch konnte ich es dann nicht. Und doch ließ ich sie
an jenem Abend vergeblich warten. Ich saß wie erstarrt zu
Hause auf dem Bett, mit den Wagenschlüsseln in der Hand
und der Wodkaflasche zwischen den Knien. Vor Angst in kalten Schweiß gebadet und unfähig, mich zu bewegen. Als sie
dann anrief, konnte ich nicht einmal antworten. Konnte den
verdammten Hörer nicht abheben und die Wahrheit sagen.
Dass ich nicht bereit war, mich zu binden.

Nicht bereit, mich zu binden.

Was für ein Scheißausdruck übrigens. Was für eine unbeschreiblich blöde Ausrede für das, was sich in mir wand und pulsierte und mir keine Ruhe ließ. Für dieses Untier, diese wahnsinnige Beklemmung, die sich nicht benennen lässt.

Angst. Ich hatte ganz einfach Angst.

Wenn ich das doch bloß hätte sagen können. Mit schlichten Worten und ohne Beschönigungen erklären, was mich so fertigmachte.

Dann würde mein Leben heute vielleicht ganz anders aussehen.

Manfred kommt an meinen Schreibtisch und rümpft die Nase.

»Du siehst total beschissen aus, Lindgren.«

»Danke, danke. Und du willst auf Fuchsjagd, sehe ich.«

Er grinst und zieht seine karierte Weste gerade. Wie immer ist er tadellos gekleidet – ein lebender Anachronismus im dritten Stock des Polizeigebäudes, in seinem dreiteiligen Tweedanzug mit dem Seidentuch in der Brusttasche.

»Man tut, was man kann.«

»Gibt's was Neues?«, frage ich.

»Wir haben allerlei Tipps bekommen, was das Phantombild angeht. Bergdahls Gruppe hilft uns, die durchzusehen. Aber Orre ist weiterhin spurlos verschwunden. Und da ist noch was. Ein Glaser aus Mörby hat angerufen. Offenbar wurde neulich in Orres Keller eine Fensterscheibe eingeschlagen. Orre sagte, es sei eingebrochen worden, aber nichts gestohlen. Was vielleicht erklärt, dass er die Sache nicht angezeigt hat.«

»Das müssen wir uns dann wohl ansehen. Sanchez soll mal mit ihm reden«, sage ich.

»Ja, großer Gott, was wären wir ohne Sanchez!«

Manfred singt den Nachnamen mit einem kräftigen Vibrato, wie ein Opernsänger, und hebt zugleich theatralisch den rechten Arm über den Kopf.

Sanchez wirft uns von ihrem Schreibtisch aus einen verärgerten Blick zu, verkneift sich aber einen Kommentar.

Ich verlasse das Polizeigebäude gegen acht. Es gibt Grenzen dafür, wie lange ich im Büro sein kann, auch wenn wir uns mitten in einer wichtigen Ermittlung befinden und Überstunden angesagt sind. Niemand dankt es einem Bullen, wenn er für seine Arbeit sein Leben vernachlässigt.

Als ich in meiner Straße gegenüber meiner Wohnung halte, habe ich das seltsame Gefühl, dass etwas nicht stimmt. Die Lampen im Treppenhaus sind eingeschaltet und die Haustür ist ein wenig angelehnt, als ob sie jemand nicht richtig hinter sich geschlossen hat. Ich nehme die Pizza vom Beifahrersitz, die ich unterwegs gekauft habe, gehe ins Haus und die Treppen hoch.

Das Haus wurde in den fünfziger Jahren gebaut, es hat grelle pistaziengrüne Wände und einen gepunkteten Boden. Es sieht aus, als ob jemand aufs Geratewohl schwarze und weiße Steinchen über dem Zement verteilt hätte. In jedem Stockwerk gibt es vier Türen und den obligatorischen Müllschacht. Ich wohne ganz oben, was mir als Vorteil erschien, bis ich mir vor drei Jahren den Fuß gebrochen hatte und den ganzen Weg mit Krücken in der Hand hochhumpeln musste.

Auf der Treppe vor meiner Tür sitzt Albin mit dem Skateboard in der Hand. Er trägt eine viel zu dünne Jacke und Jeans, die ihm tief auf den Hüften hängen, das sieht man sogar, wenn er sitzt. In der Hand hält er eine zerrissene Plastiktüte aus dem Supermarkt. Seine dünnen blonden Haare hängen ihm ins Gesicht, und die leicht abstehenden Ohren, die er von Janet hat, lugen durch die Strähnen.

»Hallo«, sagt er.

»Hallo«, sage ich. »Was machst du hier?«

»Hab mich mit Mama gestritten. Kann ich bei dir pennen?«

Ich bin sprachlos. Albin hat noch nie bei mir übernachtet.

»Ich weiß nicht. Es ist vielleicht besser, wir rufen erst mal Mama an«, sage ich, ziehe meine Schlüssel hervor und öffne die Tür. Auf dem Boden im Flur liegt ein Haufen alter Kleidung, Unterhosen und T-Shirts, die ich heute Abend waschen wollte. Ich ziehe die Tür wieder zu.

»Willst du mich nicht reinlassen?«

Albin steht langsam auf und begegnet meinem Blick. Er sieht verwirrt und besorgt aus. Weil er nicht weiß, ob er bei seinem Papa übernachten darf oder nicht.

»Doch. Sicher. Es ist bloß ... es ist nicht so richtig aufgeräumt.«

»Ist doch egal.«

»Ja, sicher.«

Ich öffne die Tür und wir gehen hinein. Albins schmale Gestalt gleitet wie ein Schatten an mir vorbei ins Wohnzimmer, und er lässt sich aufs Sofa fallen.

»Du«, sage ich. »Es ist schön, dich zu sehen, aber ich weiß nicht, ob es eine gute Idee ist, wenn du hier übernachtest.«

»Warum nicht?«

»Weil ...«

»Was denn?«

»Ich hab kein Bett für dich.«

»Ich kann hier schlafen«, sagt Albin und klopft mit der Hand auf das Sofa. Dann legt er sich hin, streift die Turnschuhe ab und hebt die Füße auf die Armlehne. Ich registriere, dass er sehr mager aussieht, und überlege, ob ich fragen sollte, ob er ordentlich isst. Das tun Eltern doch sicher?

»Ich muss morgen früh raus, da ist das nicht so gut«, sage ich stattdessen.

»Und? Ich kann doch hier liegen bleiben? Mama ist total ausgetickt, ich hab jetzt keinen Bock auf zu Hause.«

»Und ich muss heute Abend arbeiten.«

»Ich störe dich nicht.«

Ich tigere im Zimmer auf und ab, ohne zu wissen, wohin mit mir selbst. Dann stelle ich die Pizza, die ich noch immer in der Hand halte, auf den Couchtisch.

»Und Janet? Weiß sie, dass du hier bist?«

Albin legt den Arm über die Augen, als ob er die vielen Fragen nicht mehr aushält.

»Nö.«

»Aber hör mal. Sie macht sich sicher wahnsinnige Sorgen. Ich ruf sie gleich mal an.«

Eine Stunde später ist Janet da. Sie zwitschert und wirkt so gut gelaunt wie schon lange nicht mehr. Sie scheint sich bei ihrer neuen Ausbildung zur Nageldesignerin wohlzufühlen. Sie zeigt mir ihre neuen, langen schockrosa Nägel, und ich sage, die seien elegant, obwohl ich das überhaupt nicht finde.

Janet und Albin reden eine Weile mit leiser Stimme. Dann

umarmt sie ihn, und ich gehe davon aus, dass sie sich versöhnt haben.

Es war nicht schwer, sie zum Herkommen zu überreden. Ich brauchte ihr nur zu erklären, dass ich keinen Platz für Albin hätte, nicht heute Abend. Sie hörte sich weder überrascht noch empört an. Und warum hätte sie das auch sein sollen? Ich habe in meinem Leben doch noch nie Platz für Albin gehabt.

Ich stehe am Fenster und schaue ihnen hinterher, als sie zu Janets kleinem roten Golf gehen. Ehe Albin einsteigt, hält er mitten in der Bewegung inne, dreht sich um und schaut nach oben in meine Richtung. Ohne richtig zu begreifen, warum, trete ich einen Schritt zurück und stelle mich hinter den Vorhang. Kneife die Augen zu, bis ich das Auto wegfahren höre.

Ab und zu, als Albin noch jünger war, habe ich mit dem Gedanken gespielt, ihn häufiger zu sehen. Vielleicht im Freizeitpark Gröna Lund oder auf einem Fußballplatz. Aber wenn ich mir das vorstellte, verkrampfte sich etwas in mir. Ich wusste einfach nicht, wie ich mich in seiner Gesellschaft verhalten sollte.

Ich redete mir ein, es wäre sicher besser zu warten, bis er größer würde und mehr begriff. Mit Erwachsenen kann ich ja reden.

Aber mit jedem Jahr wurde es schwerer. Denn wie fängt man an, sich mit seinem eigenen Sohn zu treffen, wenn man ihn überhaupt nicht kennt? Was zum Teufel sollte ich zu einem Fremden sagen, der zugleich mein eigen Fleisch und Blut war und mich vielleicht hasste, weil ich nie für ihn da gewesen war? Nicht einmal das Fußballstadion erschien mir noch als adäquater Ort sich zu treffen. Sollten wir dastehen, eine verkrampfte Gemeinschaft, mit einem Bier in der Hand, und so tun, als seien wir Kumpel? Oder sollte ich weinend zusammenbrechen und schluchzend erklären, warum ich ihn in meinem Leben nie gewollt hatte?

Wir waren dann natürlich nie gemeinsam im Stadion.

Am Morgen danach fahre ich mit Manfred hinaus zu Jesper Orres Haus. Draußen hängen noch immer die Absperrbänder. Ich höre sie im Wind flattern, als wir den kurzen Weg vom Tor zur Haustür gehen. Manfred probiert die Schlüssel aus, die die Techniker uns gegeben haben, öffnet die Tür und schaltet die Lampe ein.

Das Blut ist verschwunden, der Raum sieht aus wie ein ganz normaler Flur. Nur wenn man genau hinschaut, kann man in den Fugen zwischen den Steinplatten auf dem Boden und zwischen Leisten und Wand schwache rostbraune Flecken erahnen. Der Tod neigt dazu, sich festzusetzen, denke ich. Er scheint die Orte, die er besucht, nicht loslassen zu wollen. Er setzt sich in Wände und Böden, hinterlässt einen bestimmten Geruch nach Vergänglichkeit, der sich nicht einfach wegwaschen lässt. Oft werden Häuser, in denen gestorben wurde, neu gestrichen oder renoviert.

»Was suchen wir eigentlich?«, frage ich Manfred.

»Keine verdammte Ahnung. Alles, was die Techniker übersehen haben könnten.«

Methodisch fangen wir an, das Haus abzusuchen. Gehen von Zimmer zu Zimmer, machen Bilder und wühlen zwischen Kleidern, Porzellan und Fläschchen mit Tabletten. Die Fotos, die wir machen, sollen unserem Gedächtnis später auf die Sprünge helfen – die offiziellen Tatortaufnahmen haben die Techniker schon vorher gemacht.

Das Haus ist ordentlich und gepflegt, fast schon steril, und es gibt nicht besonders viele persönliche Gegenstände. Das einzige Foto, das wir finden – Orre und einige Frauen an einem Strand –, steht in einem Regal im Wohnzimmer.

Manfred nickt in Richtung Foto.

»Das ist im Bericht der Techniker erwähnt. Das brauchst du nicht zu knipsen.«

»Warum ist das Glas gesprungen?«, frage ich und betaste die scharfen Glasscherben, die im Rahmen noch vorhanden sind.

Manfred zuckt mit den Schultern.

»Keine Scheißahnung.«

»Vielleicht ist eine der Frauen auf dem Bild das Opfer.«

»Vielleicht. Man kann aber leider niemanden wirklich erkennen, das Foto ist viel zu unscharf.«

Wie immer bei Hausdurchsuchungen fühle ich mich seltsam unwohl in meiner Haut. Wie ein Eindringling. Es ist mir zuwider, die alte Unterwäsche und die Lebensmittel eines anderen Menschen wie ein Geier zu durchwühlen, obwohl ich weiß, dass es sein muss.

Manfred sieht sich das Bücherregal an – in dem nicht besonders viele Bücher stehen, nur einzelne Dekorationsgegenstände und eine Menge Finanzzeitungen. Er hebt einen Stapel Bücher hoch:

»Sieh mal, was hier liegt, Lindgren!«

Ich trete neben ihn. In der Hand hat er eine DVD. Auf dem Cover liegt eine nackte, gefesselte Frau mit gespreizten Beinen auf dem Rücken, auf so etwas wie einem Parkplatz.

Ein Mann mit einer Peitsche steht neben ihr und hat der Kamera den Rücken zugekehrt.

»Verdammt…«

»Ich sage doch, der ist gestört«, murmelt Manfred.

»Willst du die mit nach Hause nehmen?«, frage ich.

Er sieht mich an und grinst.

»Ganz ehrlich. Afsaneh würde mir die Eier abschneiden, wenn sie die bei mir entdeckte. Aber du kannst sie doch vielleicht an dich nehmen? Du scheinst eine kleine Aufmunterung gebrauchen zu können.«

»Sicher. Gewaltpornos bringen mich immer zum Lachen.«

Wir legen den Film zurück, nicht ohne ein Foto zu schießen, und gehen weiter in die Küche. Die glänzendschwarzen Schränke und die rostfreien Arbeitsflächen erinnern mich an die Obduktionssäle in Solna. Sogar das Spülbecken und der verstellbare Wasserhahn mit dem duscheähnlichen Kopf sehen irgendwie amtlich aus.

»Nicht gerade gemütlich«, sagt Manfred und rümpft die Nase.

Ich bin ganz seiner Meinung, zugleich aber dankbar dafür, dass er meine Wohnung nie gesehen hat, obwohl wir schon so lange zusammenarbeiten. Denn ich ahne, wie armselig er mein Zuhause finden würde. Manfred und Afsaneh leben in einer Jugendstilwohnung mit Kachelöfen und Kunst an den Wänden. Sie haben Vorhänge, Kissen, bunte Teppiche, Bücher und alles, was ich mir nie zulegen wollte. Auflaufformen, Babyflaschen, Dinge wie eine Eismaschine und ein Entsafter drängen sich im Küchenschrank. Und Einladungen zu allen möglichen Veranstaltungen hängen am Spiegel im Flur und schreien einem entgegen, wie beliebt die beiden sind.

»Lass uns in den Keller gehen«, sagt Manfred und ist schon im Flur, bevor ich antworten kann. Ich folge ihm die Treppe hinunter, die Stufen ächzen unter unserem Gewicht.

Unten riecht es leicht nach Schimmel und Waschmittel. Ein brummendes Geräusch aus dem Heizungskeller. Aus irgendeinem Grund wird mir schwindlig. Ich würde mich gerne setzen, gehe aber weiter hinter Manfred her in die Waschküche. Er macht Licht und öffnet die Schränke. Handtücher und Laken liegen ordentlich zusammengefaltet neben dem Korb mit der Frauenunterwäsche, den die Techniker in einem Schrank gefunden und hier abgestellt haben. Vorsichtig legt Manfred die Kleidungsstücke auf den Tisch neben der Waschmaschine. Schwarze Spitzen und rote Seide, Rosen und funkelnder Strass. Hier haben wir sie – Jesper Orres Jagdtrophäen.

»Schau mal«, sagt Manfred und hält einen Slip hoch, der eigentlich aus fast nichts besteht, neben ein bisschen Stoff fast nur aus Perlen. »Sieht verdammt unbequem aus. Hat man diese … Perlenkette … im Arsch? Zwischen den Arschbacken, meine ich?«

Ich gebe keine Antwort. Denke nur, dass ich Hanne nie in einem solchen Kleidungsstück gesehen habe, und dass das auch niemals passieren wird.

Wir legen die Unterwäsche zurück und gehen die anderen Drahtkörbe mit Jespers schmutziger Wäsche durch. Identische weiße Hemden und Unterhosen sowie Handtücher und Trainingskleidung. Ich greife zu einer schmutzigen Jeans und halte sie vor mich hin. Sie sieht normal groß aus und hat keine seltsamen Flecken oder Risse, die von etwas Verdächtigem berichten könnten. Als ich die Hose schon wieder in den

Korb legen will, bemerke ich etwas in der Gesäßtasche. Eine kaum wahrnehmbare kleine Ausbuchtung, als ob jemand dort einen Zettel oder eine Quittung vergessen hätte.

Ich ziehe ein mit der Hand beschriebenes Blatt Papier hervor und falte es auseinander. Es ist ein halber A4-Bogen, mit der Hand beschrieben, die Schrift ist geschwungen und ein wenig nach links gelehnt, sie sieht fast kindlich aus.

Jesper,

ich schreibe dir, weil ich finde, dass du mir eine Erklärung schuldest. Ich weiß, dass Liebe enden kann, das ist mir schon klar. Aber mich bei unserem Verlobungsessen sitzen zu lassen, ohne die geringste Erklärung, ist etwas anderes. Und dann so zu tun, als ob ich nicht existierte, wenn ich versuche, dich zu erreichen – was glaubst du, was das für ein Gefühl ist? Wenn du mich verletzen wolltest, dann ist dir das wirklich gelungen.

Was du nicht weißt, ist, dass ich schwanger bin, von dir. Und egal, was du für mich empfindest, wir müssen über das Kind reden. Ich erwarte nicht, dass du das Kind anerkennst und Verantwortung übernimmst, aber ich muss die Lage mit dir besprechen können. Ich finde wirklich, dass du mir das schuldest.

Emma.

EMMA

Ein Monat früher

Ich liege im Bett, ich habe Bauchschmerzen und denke an Nagel. An damals, als Elin uns überrascht hat.

Wir waren im Lagerraum neben dem Werksaal, ich fragte Nagel:

»Hast du je das Gefühl gehabt, dass nichts echt ist? Dich gefragt, ob dein Leben nur ein Film ist?«

»Was für eine komische Frage. Wie meinst du das?«

Er hängte den Hammer, den er vom Unterricht draußen mit reingebracht hatte, an den Haken an der Wand. Der Saal draußen war jetzt leer, es war halb zwölf und die anderen waren entweder in der Mensa oder draußen auf dem Schulhof.

»Ich meine nur, dass das Leben manchmal irgendwie unwirklich zu sein scheint. Kommt dir das nie so vor?«

»Nein.«

Er warf mir einen langen, forschenden Blick zu.

»Das liegt vielleicht daran, dass du gerade erst deinen Vater verloren hast«, sagte er mit sanfterer Stimme.

Ich gab keine Antwort. Wollte nicht an Papa denken. An die Männer, die ihn abgeholt hatten, oder an Mama, die seit seinem Verschwinden im Badezimmer schlief.

Nagel griff zum Besen, fing schweigend an, den Boden zu fegen. Sein Schlüsselbund klirrte leise, wenn er einen Schritt nach hinten machte. Ich trat einen Schritt zurück, bis ich mit dem Rücken zur Wand stand, versuchte, so wenig Platz wie möglich einzunehmen, spürte die Kälte des Betons zwischen den Schulterblättern. Dann lehnte er den Besen an die Wand, lehnte sich über den Tisch, sah mich an und zuckte kurz mit den Schultern.

»Es wird leichter.«

»Woher weißt du das? Das sagen alle, aber woher wollen die das wissen?«

Nagel wischte sich ein wenig Holzstaub von den Jeans.

»Ich weiß es eben. Mein Vater ist gestorben, als ich in deinem Alter war. Er hat die Diktatur überlebt, aber als wir nach Schweden kamen, starb er an einem Herzinfarkt. Verrückt, oder?!«

Ich wusste nicht, was ich antworten sollte.

»Ich hatte mich für so stark gehalten«, fuhr Nagel fort. »Ich dachte, ich könnte mit all dem umgehen, aber ich stürzte wirklich ab. Ich wünschte, ich hätte damals mit jemandem reden können. Mit jemandem, der zuhörte und verstand.«

»Was ist passiert?«

Nagel sah seine Hände an. Hielt sie vor sich hin, wie um sich davon zu überzeugen, dass sie sauber waren. An einem Daumen hatte er einen hässlichen Schnitt, der aber langsam verheilte. Am kleinen Finger der anderen Hand klebte ein schmutziges Pflaster.

»Ich habe mir einen Haufen Ärger eingehandelt.«

»Wie denn?«

»Ich war mit den falschen Leuten zusammen, war in einer Clique, die nicht gut für mich war. Und das hätte fast meine ganze Zukunft ruiniert. Ich habe lange gebraucht, um … den

Schaden wiedergutzumachen, den ich in diesen Jahren ver-
ursacht hatte.«

»Hast du jemandem etwas getan?«

Er lachte kurz, als ob ich etwas Dummes gesagt hätte. Fuhr
sich mit der Hand durch die schwarzen Haare.

»Mir selbst, ja. Aber dir wird das nicht passieren, Emma.
Du bist… ein gutes Mädchen. Verstehst du? Du wohnst in
einer guten Gegend und du hast Verwandte und Freunde,
denen du wichtig bist. Du wirst besser zurechtkommen.«

Die Enttäuschung spülte über mich hinweg wie eine Welle.
Ich wollte kein gutes Mädchen sein. Ich wollte etwas anderes sein, etwas Wichtigeres und Größeres und vielleicht sogar
Gefährlicheres. Ich wollte etwas bedeuten, ganz einfach. Ich
wollte, dass es so wäre wie beim letzten Mal im Lagerraum.
Mein Name in seinem Mund, seine Hände auf meiner nackten Haut.

Vorsichtig trat ich einen Schritt auf ihn zu.

»Emma?« Er sah mich überrascht an.

Ich ging noch einen Schritt weiter, schlang die Arme um
ihn und schmiegte mich an seinen warmen Körper. Er roch
nach Zigarettenrauch und Schweiß und war stocksteif, aber er
legte mir die Hand auf die Schulter und streichelte sie, so, wie
man einen gehorsamen Hund streichelt.

»Es findet sich alles, Emma. Das verspreche ich dir.«

Seine Worte provozierten mich. Wer hatte denn gesagt,
dass ich wollte, dass sich alles fand? Ich lehnte mich zurück,
aber nur ein wenig, damit ich ihn ansehen, seinen Blick erwidern konnte. Ich war nicht sicher, aber ich glaubte fast, dass
er ängstlich aussah, und ich konnte in seinen Augen etwas
ahnen, eine Frage oder eine Art Unruhe.

Dann stellte ich mich auf Zehenspitzen und küsste ihn. Seine Lippen waren hart und schmal, sie fühlten sich überhaupt nicht so an wie beim letzten Mal. Er stand ganz still da, dann fuhr er zusammen, er zitterte am ganzen Körper und schob mich energisch von sich weg.

»Emma. Was …?«

Auf einmal war ein Geräusch aus dem Werksaal zu hören. Ich drehte mich um und sah eine Silhouette in der Tür, die gegen das Licht draußen aus dem Werkraum dunkel wirkte.

Es war Elin. Sie spähte in den dunklen Lagerraum, lehnte sich nach vorn, in den Raum hinein, ungefähr so wie am Rand eines Schwimmbeckens, ehe man ins Wasser springt. Ihr Mund stand halboffen und in der Hand hielt sie eine Limodose.

»Elin«, rief Nagel. »Komm her. Ich muss mit dir reden.«

Elin rührte sich nicht, aber die Dose glitt langsam aus ihrer Hand. Es kam mir vor wie eine Ewigkeit, bis sie auf den Boden traf und die Flüssigkeit über das Linoleum lief.

»Elin«, rief er noch einmal, aber sie hatte schon kehrtgemacht und war durch den Saal nach draußen gerannt. Ihre verschlissene Lederjacke und ihre rote Pudelmütze verschwanden durch die Tür, und gleichzeitig verstummte das Klappern ihrer Absätze.

Gegen drei Uhr nehme ich eine Schmerztablette. Die Schmerzen in meinem Bauch werden immer heftiger und ich blute. Immer wieder falle ich in einen Halbschlaf. Ich weiß nicht, ob ich träume oder wach bin, die Zeit vergeht, ich bleibe liegen, bis es Zeit zum Aufstehen ist.

Mein Bauch fühlt sich jetzt besser an, eigentlich merke ich kaum noch etwas. Vielleicht habe ich mich ja schon an die

Schmerzen gewöhnt. Mir kommt es so vor, als ob ich mich langsam in einen Stein verwandelte, dem es gleichgültig ist, wie die Welt ihn behandelt. Durch die Fenster ist nichts als die schwarze Nacht zu sehen, das Zimmer ist kalt. Es ist verlockend, im Bett liegen zu bleiben, aber ich weiß, dass ich irgendwann aufstehen muss, dass es Zeit wird, etwas an meiner Situation zu ändern. Ich darf keine Spielfigur bleiben, die Jesper nach Lust und Laune herumschiebt.

Ich beschließe, zur Arbeit zu fahren, obwohl ich dort eigentlich gar nicht mehr gebraucht werde, rede mir aber ein, es sei nur, um Olga ihr Auto zurückzubringen.

»Hallo.«

Sie erwidert den Gruß, ohne den Blick von ihrer Abendzeitung zu heben. Ich lasse mich auf den Stuhl ihr gegenüber sinken.

»Hallo.«

Olga blättert langsam um, streicht die Zeitung mit einer Hand glatt. In der anderen hält sie eine nicht angezündete Zigarette. Ich ziehe ihre Autoschlüssel hervor, lege sie mitten auf die Zeitung.

»Danke.«

»Absoluter Wahnsinn, die Leute vom ESC.«

Ich gebe keine Antwort.

»Du kommst mit?«

Sie hebt die Zigarette.

Ich zucke mit den Schultern.

»Sicher.«

Wir gehen in den Gang hinter der Küche, der zum Abfallraum führt. Das Rauchen ist dort streng verboten, aber es tun trotzdem alle. An den Wänden sind zusammengepresste Kartons aufeinandergestapelt. An der Tür nach draußen lehnt eine Sackkarre.

»Willst du?«

Olga zieht die Zigarettenpackung aus der Tasche. Ich schüttele den Kopf.

»Nein, danke.«

Sie schaut mich mit Augen an, die groß und glänzend wie Glaskugeln sind, als sie sich Feuer gibt. Dann lässt sie einen Finger über meine Wange laufen.

»Shit. Emma, was hast du getan?«

»Ich bin in einen Busch gestolpert.«

Sie macht ein skeptisches Gesicht.

»War er das wieder? Dein Typ? Hat er dich geschlagen? Dann musst du ihn anzeigen!«

»Niemand hat mich geschlagen. Aber ich bin ihm gestern gefolgt. Ich weiß jetzt, wo er wohnt. Ich ...«

Ich verstumme, spüre, wie die Tränen kommen. Olga drückt meinen Arm und ich spüre ihre langen Nägel durch meinen Jackenärmel.

»Was ist passiert, Emma? Erzähl! Wenn man es erzählt, fühlt man sich danach immer besser.«

»Er ... er wohnt in einem großen Haus auf Djursholm und da war eine andere Frau. Er hat mich von Anfang an betrogen. Er hat gesagt, unsere Beziehung dürfte wegen seines Jobs nicht öffentlich werden, dass er deshalb nicht mit mir gesehen werden wollte. Aber eigentlich war das gar nicht der Grund. Er hatte eine andere. Verstehst du? Das ist doch total ... krank. Und dann habe ich über alles andere nachgedacht, was du gesagt hast, dass er mich vielleicht verletzen will. Dass er ein

Psychopath ist. Und jetzt weiß ich nicht, was ich tun soll. Er hat mein Leben ruiniert und ich weiß nicht, wie ich mich verhalten soll.«

Olga seufzt und lehnt sich an die Betonmauer. Schaut die kahle Glühbirne unter der Decke an. Ein dumpfes Dröhnen ist zu hören, als irgendwo tief unter uns eine U-Bahn vorüberfährt. Der stechende Geruch von feuchtem Beton und Schimmel steigt mir in die Nase.

»Emma«, sagt sie und bläst langsam den Rauch aus. Eine Schwade steigt zur Decke hoch und löst sich dort oben auf. »Du musst ihn loslassen. Du bist … besessen. Wenn es das ist, was er wollte, dann hat er jedenfalls sein Ziel erreicht.«

»Ihn loslassen?«

»Ja. Du weißt schon. Weitergehen. Ehe du mit dem Rücken zur Mauer stehst und nicht mehr rauskommst aus der Situation.«

»Mit dem Rücken zur Wand.«

Olga ignoriert meinen Kommentar.

»Scheiß auf den Kerl. Such dir einen anderen. Der hat dich doch nicht verdient. Du musst weitergehen.«

»Das kann ich nicht.«

Meine Stimme ist dünn und kraftlos. Ich höre eine Tür knallen und plötzlich bemerke ich einen kalten Luftzug im Raum. Jemand kommt. Olga drückt die Zigarette an der Wand aus. Fügt noch einen schwarzen Fleck zu den hunderten hinzu, die bereits vorhanden sind.

»Warum nicht?«

Ihre Stimme klingt vorwurfsvoll.

»Weil … er hat mich nicht einfach nur verlassen. Er hat mein Geld und meinen Kater genommen und …«

»Du bist sicher, dass er deinen Kater geholt hat?«

»Nein, aber ...«

»Und als er das Geld geliehen hat, hat er dir eine Quittung unterschrieben?«

»Natürlich nicht. Von seinem Freund lässt man sich doch keine Quittung geben.«

»Dann kannst du das nie beweisen. Und bist selbst an allem schuld.«

Ich ärgere mich plötzlich über Olga. Sie kann so schroff sein, so total ohne Mitgefühl. Sie scheint meine Irritation nicht zu bemerken, sondern in Gedanken zu versinken. Auf dem Gang hören wir Schritte näher kommen. Dann strahlt sie mich an:

»Du musst dich rächen. Vielleicht kannst du ihn beladen.«

»Beladen?«

»Ja, vor Gericht.«

»Du meinst vorladen. Und weshalb?«

»Ach, dir wird schon irgendwas einfallen.«

Die Tür geht auf und Mahnoor schaut herein. Sie hat sich die dunklen Haare zu einem großen Dutt mitten auf dem Kopf hochgesteckt, und ihre Augen sind von dicken Kajalstrichen umrandet. Sie sieht aus wie eine Geisha.

»Ihr wisst doch, dass ihr hier nicht rauchen dürft?«

»Du hast gut reden«, murmelt Olga.

»Los jetzt. Ihr könnt nicht beide Pause machen und mich im Laden alleine lassen.«

Sie dreht sich um, ohne eine Antwort von uns abzuwarten, und die schwere Stahltür gleitet seufzend hinter ihr zu.

»Genau wie Björne«, stellt Olga fest und schnaubt.

»Was ist eigentlich mit deinem Vater passiert?«

Jesper und ich gingen unterhalb von Tantolunden am Wasser entlang. Es war einer der seltenen Tage, an denen wir zusammen unterwegs waren. Weil es so heiß und die Sonne so verlockend gewesen war, dass wir es nicht über uns gebracht hatten, den ganzen Nachmittag in seiner kleinen Übernachtungswohnung in der Kapellgränd zu verbringen.

»Er ist gestorben.«

»Ja, das ist mir schon klar, aber was ist genau passiert? Und wie alt warst du damals eigentlich?«

»Fünfzehn.«

»Verletzliches Alter.«

Ich überlegte. War es eigentlich schwieriger, fünfzehn zu sein als zwölf oder achtzehn? Oder sagte er das einfach nur aus Höflichkeit, vielleicht, um Mitgefühl zu zeigen?

»Vielleicht.«

»War er krank?«

Jesper blieb vor einem Schrebergarten stehen: Bunte Pelargonien und Porzellantiere auf einem kleinen Fleck Wiese. Ein kleiner Hund kam auf uns zugelaufen, sprang herum und bellte laut.

»Er hat sich aufgehängt.«

»Aber Himmel, Emma! Warum hast du mir das noch nicht erzählt?«

»Du hast mich nicht gefragt.«

»Du hättest es mir sagen müssen.«

Er umarmte mich, presste mich an sich.

»Hätte das etwas verändert?«, murmelte ich in seinen Nacken.

»Nein, natürlich nicht. Aber ich hätte dir helfen können. Eine Stütze sein.«

»Eine Stütze?«

Ich wollte nicht ironisch klingen, tat es aber. Die Vorstellung, dass er – der nicht einmal mit mir zusammen gesehen werden wollte – mir plötzlich eine Stütze sein wollte, kam mir absurd vor. Aber Jesper schien diese Ironie nicht zu hören. Er küsste mich und nahm meine Hand.

»Komm.«

Wir gingen schweigend am Wasser entlang. Überall waren leichtbekleidete Stockholmer zu sehen: zu Fuß, auf dem Rad, im Kanu. Zwei Asiaten saßen da und angelten. Schwimmer, die im Wasser am Kai auf und ab dümpelten, Fische sah man keine – die hatten vielleicht auch Ferien.

Jesper verflocht seine Finger mit meinen. Drückte meine Hand so sehr, dass mir die Fingerknöchel wehtaten, aber ich sagte nichts, dachte stattdessen an meine Familie, die verschwunden war. An Papa und Mama und die Wohnung und den ganzen Kram, der sich dort angehäuft hatte: kaputte Möbel, Fetzen von ausgedienten Handtüchern und Teppichen, leere Flaschen, Gläser in allerlei Größen, mit und ohne Deckel. Warum hatten wir eigentlich so viel Zeug gehabt? Wer hatte das alles gesammelt? Es musste Mama gewesen sein, denn in meiner Erinnerung war das nach Papas Tod nicht besser geworden. Ich dachte auch an die vielen Kleinigkeiten, über die wir uns stritten: wer spülen sollte, ob ich vor elf zu Hause sein müsste oder nicht, wie der Käse gehobelt werden musste, um sich nicht in eine Skipiste zu verwandeln, und warum Mama manchmal einige Biere brauchte, um sich zu entspannen und wieder ein Mensch zu werden.

Jetzt war nichts davon mehr da. Nur Erinnerungsfetzen an eine Zeit, die längst verschwunden war, an Menschen, die gestorben und verwest waren. An Orte und Gegenstände. Träume und Versprechen, Pläne, Liebe und Trauer.

»Warum hat er sich umgebracht?«

»Das weiß ich nicht. Er hat ziemlich viel getrunken, Mama auch, aber ich weiß nicht, ob das der Grund war. Es ist so verdammt seltsam. Es ist, als ob ich mich nicht richtig erinnern kann, als ob es in meiner Erinnerung ein Loch gibt. Mehrere Jahre, die sich irgendwie in Rauch aufgelöst haben.«

»Ist das nicht immer so? Man vergisst…«

»Meinst du?«

Er gab keine Antwort. Wir hatten einen kleinen Steg erreicht. Wie auf eine stillschweigende Abmachung hin, gingen wir hinaus, setzten uns auf das morsche Holz, das ein wenig nach Teer roch. Nur wenige Zentimeter unter unseren Füßen spielte Sonnenlicht auf der Wasseroberfläche, die von einer leichten Brise gekräuselt wurde und glitzerte. Am anderen Ufer saßen die Häuser von Årsta auf dem üppigen Grün, wie Kinder beim Versteckspiel hinter Gebüsch.

»Du brauchst nicht zu antworten, wenn du nicht willst. Aber wer hat ihn gefunden?«

Ich lehnte mich zurück, um meine Ellbogen auf das raue Holz des Steges stützen zu können, dann legte ich mich auf den Rücken und schaute in den Himmel. Kleine, postkartenperfekte weiße Wolken schwebten über uns. Möwen kreisten über dem Wasser. Schrien, wie Möwen es eben tun.

»Mama hat ihn gefunden. Er hatte sich in unserem Wohnzimmer erhängt. Sie holte ein Küchenmesser und schnitt ihn herunter. Als ich nach Hause kam, lag er mit dem Strick um den Hals auf dem Flickenteppich im Wohnzimmer.«

»Du hast ihn gesehen?«

»Ja.«

»Verdammt. Das hättest du erzählen müssen, Emma.«

Ich gab keine Antwort, aber als ich die Augen schloss, sah ich ihn wieder vor mir – wie er da auf der Seite lag, auf dem Flickenteppich mit den gelben Sonnenblumen, den eine meiner Tanten geknüpft hatte. Das blaue Nylonseil war fest gespannt, es sah aus wie ein Halsband, das sich um seine Kehle gelegt hatte. Sein Gesicht hatte eine seltsame Färbung angenommen, und die Zunge hing aus dem halboffenen Mund. Und dann war da Mama, die neben ihm hockte und sich hin und her wiegte und unzusammenhängende Dinge murmelte.

Jesper legte sich neben mich, blinzelte in die Sonne und legte seine Hand auf meine eine Brust.

»Arme kleine Emma«, murmelte er. »Ich werde mich um dich kümmern.«

Und in diesem Augenblick, mit der Sonne im Gesicht, umschlossen von Stockholms hinreißender, einfach perfekter Schönheit, glaubte ich ihm.

Ich glaubte einfach, was er mir sagte.

»Mützen und Schals nicht vergessen.«

Mahnoor zeigt auf die Auslage neben der Kasse. Ich nicke, sage aber nichts. Den ganzen Tag warte ich schon darauf, von ihr oder Olga nach Hause geschickt, daran erinnert zu werden, dass ich doch gekündigt worden bin.

Aber keine sagt etwas, und als die Stunden vergehen,

wächst meine Überzeugung, dass sie nichts von der Kündigung wissen, dass der Kontakt zwischen Personal und Personalabteilung nicht funktioniert, trotz des Namens der Abteilung. Ich habe das seltsame Gefühl, hier in meiner Blase bleiben zu können, solange ich will, als könnte ich entscheiden, wann mein Arbeitsvertrag wirklich endet.

Langsam fange ich an, das Gestell mit Mützen und Schals von der Kasse zum Eingang zu ziehen. Dieses ewige Verschieben von Kleidern und Einrichtung macht so müde. Ich weiß ja, dass es den Verkauf fördern soll, aber es gibt wenig Dinge, die mir so sinnlos vorkommen wie einen Stapel Jeans vom einen Ende des Ladens zum anderen zu bringen. Olga hilft mir. Sie holt die Schals, arrangiert sie neben Mützen und Handschuhen. Ich mustere die Anweisungen zur Anordnung der Sachen, die wir aus dem Hauptbüro bekommen haben, und dann die Auslage.

»Ich glaube, so ist es richtig.«

Olga streckt die Hand nach der Zeichnung aus.

»Lass mal sehen.«

Sie schaut abwechselnd zur Auslage und auf das Papier, dann nickt sie.

»So müsste es gehen«, sagt sie und schiebt ein wenig an den Mützen herum.

Es kommt vor, dass das Hauptbüro unangemeldete Inspektionen im Laden vornimmt. Sie überprüfen alles, von den Preisschildern an den Klamotten bis zur Sauberkeit in Kaffeeküche und Personaltoilette. Wenn sie nicht zufrieden sind, bekommt der Laden einen Minuspunkt, was die Bonusaussichten des Personals negativ beeinflusst. Und das Personal, das sind ja wir. Egal, was wir von den Chefs im Hauptbüro halten, wir müssen zugeben, dass ihr teuflisches Kontrollsystem verdammt wirkungsvoll ist.

»Du, Olga. Was du da über Rache gesagt hast. Was meinst du, was soll ich tun?«

Olga verschränkt die Arme vor der Brust, runzelt die Stirn.

»Weiß nicht so recht. Ihn erst mal treffen. Ihm so richtig die Meinung geigen.«

»Und wenn er nicht zuhört?«

Olga hebt Handschuhe auf, die auf den Boden gerutscht sind. Als sie mich wieder ansieht, ahne ich die Irritation in ihrem Gesicht.

»Aber woher soll ich das denn wissen?«

Die Schärfe in ihrem Tonfall überrascht mich.

»Nein, das ist klar. Aber du hast es doch vorgeschlagen. Und da dachte ich, du hättest vielleicht eine gute Idee.«

Sie gibt keine Antwort. Scheint sich in die Aufgabe zu vertiefen, ein paar rote Lederhandschuhe am Gestell aufzuhängen. Ich höre von der Kasse Mahnoors weiches Lachen, als sie mit einem Kunden redet. Ich zögere eine Sekunde, aber dann frage ich doch:

»Er schuldet mir hunderttausend. Heißt das, ich habe das Recht, ihm … hunderttausend zu klauen?«

Olga windet sich und weicht meinem Blick aus.

»Warum nicht?«

Ich ziehe die Mützen am Gestell noch einmal gerade. Überzeuge mich davon, dass sie so an den schmalen Metallstangen hängen, wie es die Anleitung vorschreibt.

»Stell dir vor, er hätte einen Hund«, sage ich. »Könnte ich den dann mitnehmen? Und zehn Kilometer weiter im Wald aussetzen?«

Olga erstarrt mitten in einer Bewegung und sieht mich endlich an. Ihre Augen sind voller Ekel.

»Warum willst du seinen Hund mitnehmen? Das ist doch total krank.«

»Aber er hat doch meinen Kater geholt.«

»Du weißt nicht, ob er das war. Vielleicht ist dein Kater einfach nur weggelaufen.«

Doch, ich weiß, dass er es war, denke ich. Aber ich kann jetzt keinen Streit mit Olga ertragen. Soll sie doch glauben, was sie will.

Ein leichter Duft nach Parfüm, Mahnoor taucht neben mir auf. Legt mir eine Hand auf die Schulter.

»Worüber redet ihr hier?«

»Ach, nichts Besonderes«, schwindelt Olga und reicht ihr die Skizze aus dem Hauptbüro. »Haben wir alles richtig hingestellt?«

Mahnoor sieht sich Skizze und Gestell schweigend an.

»Sehr gut«, sagt sie dann, während Olga sich umdreht und auf himmelhohen Absätzen zur Kaffeeküche stöckelt.

Ich denke, dass ich etwas tun muss, egal, welche Art von Rache nun richtig ist. Ich weiß, dass ich untergehe, wenn ich das nicht tue. Mein ganzer Körper weiß es.

Aber was kann ich gegen einen Mann wie Jesper Orre ausrichten? Einen Mann, der alles hat: Erfolg, Geld, Frauen. Logisch wäre es natürlich, mit gleicher Münze zurückzuzahlen – Auge um Auge, Zahn um Zahn. Er hat sich in meine Wohnung geschlichen und Besitztümer und mein Haustier gestohlen. Er hat mir meine Arbeit genommen, mein Geld, mein Kind. Aber Olga hat vielleicht recht, ich kann ihm wohl nicht dasselbe antun wie er mir.

Oder?

Als ich eine verrutschte Mütze geraderücke, sehe ich den Ring an meinem Finger funkeln, und plötzlich weiß ich genau, was ich zu tun habe.

Von der Decke bis zum Boden ist der Laden voll mit Uhren, Schmuck und Silbergegenständen. Das Licht ist trüb, aber vor mir auf dem Tresen stehen mehrere grelle Lampen. Hinter mir ein abgenutztes Ledersofa. Eine dunkelhaarige Frau mit roter Schirmmütze sitzt mit einer Tüte auf den Knien mitten auf dem Sofa. Als ich mich zu ihr umdrehe, schaut sie weg.

Ich wende mich wieder der Frau hinter dem Tresen zu. Sie ist um die sechzig, hat kurze blondierte Haare, trägt ein Twinset und einen Wollrock mit diskreten Falten. Sie sieht damit aus wie eine Frau aus einem Unterhaltungsfilm aus den fünfziger Jahren, eine gealterte Doris Day, die sich als Pfandleiherin etwas dazuverdient. Sie hebt den Ring hoch, mustert ihn durch etwas, das aussieht wie ein winzig kleines Fernglas.

»Sehr schön«, sagt sie. »Ein sehr, sehr schöner Stein.«

»Wir haben Schluss gemacht«, erzähle ich ihr.

Sie schaut von ihrem Fernglas auf und hebt fast unmerklich die Hand, wie um mir meine Worte wieder in den Mund zu stopfen, um klarzustellen, dass ich ihr durchaus nicht zu erklären brauche, warum ich den Ring verkaufen will. Dass diese Information hier keine Rolle spielt.

»Wir bekommen oft Verlobungsringe rein«, murmelt sie und widmet sich wieder dem Fernglas. Als sie sich über den Ring beugt, kann ich die grauen Haare sehen, die dicht wie Unkraut in der dunklen Mähne wachsen. Ohne den Ring aus den Augen zu lassen, fügt sie hinzu:

»Sie können zwanzigtausend haben.«

»Mehr nicht? Er hat viel mehr gekostet.«

Sie sieht plötzlich müde aus, legt das Fernglas auf den Glastresen. Legt danach den Ring auf ein kleines marineblaues Samtkissen.

»Mehr kann ich darauf nicht leihen. Tut mir leid.«

Es wird still. Ich sehe mich noch einmal im Laden um. An einer der Querwände hängt eine E-Gitarre, eine Gibson. Ich frage mich, ob die wohl zum Verkauf steht. In einem Regal links von mir liegen die Goldringe. Sie sehen alle aus wie Verlobungsringe. Hunderte von zerbrochenen Träumen auf dem Paradebett in einer Vitrine. Die Frau sitzt immer noch auf dem Ledersofa. Sie schaut abermals weg, als ich ihren Blick einfangen will.

»Na gut«, sage ich.

Doris Day nickt kurz und streicht sich mit einer Hand die Frisur glatt.

»Dann fülle ich den Leihschein aus. Dafür muss ich ein paar Dinge über Sie wissen.« Sie holt ein Formular und legt es vor mich hin. Kreuzt einige Stellen darauf an. »Das und das und dieses hier müssen Sie ausfüllen. Und dann brauche ich Ihren Ausweis.«

Ich reiche ihn ihr und denke, nein, ich schäme mich nicht, weil ich hier bin. Es ist nicht meine Schuld, dass ich in diese scheußliche Situation geraten bin, und ich habe nicht vor, mich zu schämen, weil ich mich endlich daraus befreie. Und plötzlich kommt es mir wichtig vor, das klarzustellen – dass ich keinen Grund habe, mich zu schämen.

»Wie gut, dann kann ich meine Rechnungen bezahlen. Damit mein Telefonanschluss wieder funktioniert. Und natürlich auch der Fernsehanschluss. Und die Miete, die hätte ich fast vergessen. Wenn mir nun gekündigt worden wäre. Das wäre unangenehm geworden.«

Doris Day gibt keine Antwort, sie nickt nur mit gesenktem Kopf. Die hat wohl alles schon mal gehört, denke ich. Die Frau auf dem Sofa hat rote Wangen und sieht aus, als ob sie mit ihrer Plastiktüte am liebsten sofort die Flucht ergreifen würde.

»Hallo«, sage ich zu ihr, bevor ich gehe. »Ich hoffe, Sie kriegen dafür, was Sie sich erhoffen.«

Sie drückt die Tüte an sich und antwortet nicht.

HANNE

Gunilla fährt mich in die Skeppargata. Es ist dunkel, obwohl es noch nicht mal vier ist, und gefährlich glatt. Sie hält in der Kaptensgata, schaltet den Motor aus und dreht sich zu mir. Ihre blonden Haare leuchten im Schein der Gaslaterne wie ein Heiligenschein.

»Soll ich mitkommen?«

Ich überlege.

»Ja, bitte. Wenn du nichts dagegen hast. Um diese Zeit ist er nie zu Hause, aber man weiß ja nie...«

»Natürlich. Komm, jetzt holen wir Frida.«

Wir gehen das kurze Stück zum Hauseingang.

Seltsam. Es ist nur wenige Tage her, dass ich zuletzt hier war, und schon kommt mir das Haus irgendwie verändert vor. Dunkler und abweisender, als ob es eigentlich nicht mehr mein Zuhause sein will. Als ob es den Vertrag gekündigt und mich vor die Tür gesetzt hätte. Aber in Wirklichkeit ist wohl das Gegenteil der Fall, denke ich. Ich bin es doch, die die Wohnung in der Skeppargata verlassen hat.

Ich gebe den Code ein und die Haustür öffnet sich mit einem leisen Summen.

Im Fahrstuhl suche ich in meiner Handtasche nach den Schlüsseln, merke, wie meine Finger zittern, als ich sie endlich finde, und als Gunilla die Fahrstuhltür öffnet, fallen sie mir auf den Boden. Sie liest sie auf und legt vorsichtig die Hand an meine Wange, wie um festzustellen, ob ich Fieber habe.

»Aber Liebes. Du zitterst ja!«

»Es ist bloß …«

Sie nickt kurz, nimmt meinen Arm und führt mich zur Tür. Nimmt mir die Schlüssel aus der Hand und schließt auf. Sofort kommt Frida angerannt und springt an mir hoch. Ich gehe in die Hocke. Schmiege das Gesicht in das schwarze zottige Fell und lasse die Tränen fließen. Frida leckt mir das Gesicht und fiept leise.

Diese bedingungslose Hundeliebe, denke ich. Womit habe ich die eigentlich verdient? Und warum geht die menschliche Liebe immer mit dem Verlangen nach Unterwerfung und Anpassung einher? Warum können wir einander nicht einfach lieben, ohne einander besitzen zu müssen?

Wir gehen weiter in den Flur und machen Licht. Es sieht genauso aus wie immer. Meine Kleider und Schuhe hängen ordentlich an den Haken unter der Hutablage. Die Briefe liegen auf einem kleinen Stapel auf der Kommode unter dem Spiegel. Gunilla geht hin, sieht den Stapel durch und sucht einige heraus, die wohl an mich adressiert sind.

Ich werfe einen Blick in die Küche. Meine kleinen gelben Zettel kleben noch immer auf den Schranktüren.

Die Merkzettel.

Das Ticken der Küchenuhr klingt plötzlich quälend laut, tut meinen Ohren weh. Ich drehe mich um und gehe ins Wohnzimmer. Lasse den Blick über das Bücherregal wandern. Überlege einige Sekunden und ziehe dann Halvorsens Memoiren heraus, die von dessen Umzug nach Grönland zu Beginn des Jahrhunderts erzählen, dazu die Essaysammlung über die

Inuit, die ich von meinem Vater zum Abitur bekommen habe. Danach sehe ich mir die anderen Gegenstände im Zimmer an: Masken und Statuen und alles andere. Aber ich verspüre nur Widerwillen, eine Art Übelkeit fast, wenn ich daran denke, warum ich die einmal bekommen habe. Ich bringe es nicht über mich, auch nur eine davon mit zu Gunilla zu nehmen.

»Hast du bei mir nicht genug Bücher? Sollen wir nicht lieber ein paar Kleider einpacken?«, fragt Gunilla.

Ich schüttele den Kopf.

»Ich muss neue kaufen.«

Es wird still, und das Ticken der Küchenuhr stiehlt sich ein weiteres Mal in meinen Kopf. Wird zwischen den Schläfen hin und her geschleudert und bohrt kleine Schmerzlöcher in mein Bewusstsein. Plötzlich scheint sich das Zimmer schräg zu legen, es schaukelt und mir wird schlecht. Ich trete zwei Schritte auf Gunilla zu und greife nach ihrer Hand.

Sie macht ein besorgtes Gesicht. Eine tiefe Furche ist zwischen ihren Augenbrauen aufgetaucht, und sie presst meine Hand zusammen.

»Und Kosmetiksachen? Brauchst du da irgendetwas?«

Ich schüttele den Kopf. »Nein«, sage ich. »Ich brauche nichts von hier.«

In ihrer Wohnung kocht Gunilla mir dann erst einmal einen Tee, während sie packt. Sie wird mit ihrem neuen Mann eine Vierundzwanzigstundenkreuzfahrt unternehmen. Es ist der, mit dem sie sich wieder jung fühlt.

Der Dinge in ihr auslöst, die ihr vorheriger Mann seit Jahren nicht mehr auslösen konnte.

Frida liegt auf der Sofadecke und schläft. In glücklicher

Ahnungslosigkeit über die Probleme der Menschen. Gunilla singt leise, ich höre nicht, was, aber es klingt schön und erinnert mich an längst vergangene Zeiten. An eine Zeit, die ich vergessen oder vielleicht nur sehr tief vergraben habe, weil der Gedanke daran zu schmerzlich wäre.

Noch einmal so sinnlos glücklich sein. Verliebt und leidenschaftlich, obwohl man fast schon in Rente ist und erwachsene Kinder hat. Auf Kreuzfahrt gehen und leckere Dinge essen und Sex mit jemandem haben, mit dem man das wirklich will. Aus Lust, nicht aus alter Gewohnheit oder Loyalität oder einfach aus Gehorsam.

War das so bei uns, bei Owe und mir, am Anfang? Als wir jung waren?

Eigentlich war ja nur ich jung, als wir uns kennengelernt haben. Neunzehn Jahre alt. Er war fast zweiunddreißig, war schon einmal verheiratet gewesen und hatte seine ersten Jahre als praktizierender Arzt hinter sich. Es lässt sich nicht bestreiten, dass ich aus einem Elternhaus ins andere ging, mich aus einer Unterwerfung befreite, um in die nächste zu geraten.

Aber leidenschaftlich waren wir doch wohl gewesen?

Ich versuche, mich zu erinnern, aber wie üblich, wenn ich an mich und Owe denke, ist so vieles nicht mehr greifbar. So viele Löcher in diesem spröden, brüchigen Gedächtnisgewebe, dass ich das Gefühl, wie es damals war, nicht mehr richtig aufrufen kann. Vielleicht liegt es daran, dass sich alles andere dazwischenschiebt: die Beschämung in Owes Blick, wenn er meine Merkzettel an den Küchenschränken sieht, der schwache, aber dennoch merkliche Geruch nach gekochtem Kohl, der seinen Körper umgibt, und die scheußlichen Pullover, die er unbedingt immer anziehen muss, sogar, wenn wir

Gäste haben. Und seine Art, die anderen mit seinem hochgestochenen Geplapper über Philosophie oder Theater zum Schweigen zu bringen – obwohl er eigentlich gar nicht weiß, wovon er da redet.

»Schaffst du das jetzt alleine?«, fragt Gunilla, als sie ihre kleine Übernachtungstasche in die Diele stellt und ihre Pelzjacke anzieht.

»Sicher doch.«

»Und du rufst an, wenn etwas sein sollte?« Ich gehe zu ihr und umarme sie lange. Sauge den Duft ihres Parfüms in mich ein und lasse meine Wange für eine Sekunde auf dem weichen Pelz ruhen.

»Amüsier dich«, sage ich und hoffe, dass es klingt, als ob ich es wirklich so meine.

Sie lässt mich ein wenig zögerlich los. Hebt die Hand zu einem Gruß, lächelt kurz, nimmt ihre Tasche und geht.

Ich lasse Wasser in ein Glas laufen und nehme meine Medizin, zwei weiße und eine gelbe Pille. Denke: Hier sitze ich und lebe über die Zeit hinaus. In Gunillas Küche, weit weg von Owe auf Östermalm.

Das Leben ist seltsam und es wird nicht weniger seltsam werden, nur weil man älter wird. Aber man gewöhnt sich an die Seltsamkeiten, lernt, sie zu akzeptieren. Es geht darum, sich damit abzufinden, dass das Leben nicht ganz so wird, wie man sich das mal gedacht hatte.

Es ist zwanzig nach neun und der Sturm rüttelt an den Küchenfenstern, heult, fährt um das Haus. Aber hier drinnen ist es warm und gemütlich. Das Zimmer ist voller geblümter Kissen, bunter Vorhänge mit Spitzen – voll von allem, was Gunillas Mann verabscheut hat. Jörn war Baumeister, hatte sich aber immer als Architekt betrachtet. Bei ihnen in der Wohnung gab es Weiß und verschiedene Grautöne, und alles war so minimalistisch und aseptisch eingerichtet wie ein medizinisches Labor. Gunillas Versuche, dieses strenge Haus mit bunten Kissen oder handbemaltem Porzellan aufzumuntern, waren immer schnell und brutal unterbunden worden.

Ich schaue aus dem Fenster und frage mich, wie es Gunilla wohl draußen im Sturm bei den Alandinseln geht.

Owe hat heute drei SMS geschickt. In der ersten bat er um Entschuldigung für sein Benehmen gestern vor Gunillas Haus. Erklärte, dass er mich liebt und dass es Frida gut geht. Dass ich beiden fehle. Beim zweiten Mal war er schon strenger. Er hatte entdeckt, dass Frida verschwunden war und schrie – so stellte ich es mir zumindest vor, als ich es las –, ich *hätte ihn ja wohl zumindest vorwarnen können*. Ich spürte seinen Ärger darüber, dass er mich nicht unter Kontrolle hatte, zwischen den Zeilen dieser kurzen Mitteilung, wie einen dumpfen, bedrohlichen Unterton in einem Musikstück.

Die dritte SMS kam vor einer Stunde und zeigte unterdrückten Zorn:

Schlage vor Tr. 20.00 KB, um über unsere Alternativen zu reden. Geh davon aus, dass du kommst. Owe

Ich kann ihn fast vor mir sehen, dort in der Bar, mit einem Glas Chablis in der Hand. Wütend, weil ich nicht komme, und die grauen Haare gesträubt wie bei einer wütenden Katze.

Wieder macht mein Telefon das Nachrichten-Geräusch, und ich schaue nach. Fühle mich nur müde, als ich seine Nachricht lese:

Rechne NICHT mit meiner Unterstützung. Ich war zum LETZTEN Mal für dich da. Dein Verhalten ist UNVERANTWORTLICH. Jetzt musst du allein zurechtkommen.

Ich schaue den Küchentisch an, der von Papieren bedeckt ist. Blättere planlos in den Berichten über den Calderón-Mord. Sehe mir noch einmal die Fotos des Kopfes und die festgeklebten Augenlider an. Lese die Worte, die ich vor Jahren selbst geschrieben habe:

Der Kopf wurde offenbar so aufgestellt, dass er von der Eingangstür gut zu sehen ist, die Augenlider wurden festgeklebt. Vermutlich, damit eventuelle Besucher dem Blick des Opfers begegnen müssen. Vorstellbare Gründe…

Irgendwo ganz hinten in meinem Bewusstsein formuliere ich einen Gedanken, so vage, dass er mir fast entgleitet. Ich strecke die Hand nach dem Bericht über Jesper Orres Haus aus und blättere darin. Mein Blick bleibt am Verzeichnis der Dinge haften, die auf dem Boden gefunden worden waren, und da ist es: zwei abgebrochene Streichhölzer neben dem Kopf der toten Frau.

Ich greife nach meinem Telefon und wähle Peters Nummer. Er meldet sich fast sofort, als ob er dort draußen im Sturm auf meinen Anruf gewartet hätte.

»Hanne?«, fragt er.

»Ich habe etwas gefunden.«

»Etwas gefunden?«

»Ja, im Bericht über Orres Haus.«

Pause. Ich höre Musik im Hintergrund.

»Ach. Sehen wir uns das morgen früh an? Ich bin auf dem Weg nach Hause.«

»Ich glaube, es ist wichtig.«

Neue Pause.

»Wo bist du?«

Fünfzehn Minuten später klingelt es an der Tür. Peter hat Schnee in den Haaren und auf der Nase; und ich würde gern alles vorsichtig wegwischen, reiße mich aber in letzter Sekunde zusammen.

»Komm rein.«

Er stampft sich den Schnee von den Schuhen und hängt die Jacke neben meine an den Haken. Schaut sich in der hellen Diele um. Seine mageren Wangen sind rot von der Kälte und in den hellen Augenbrauen funkeln Wassertropfen.

»Nette Wohnung. Deine?«

Ich schüttele den Kopf.

»Nein. Die gehört einer Freundin, ich wohne vorübergehend bei ihr.«

Ich führe ihn in die Küche und biete ihm einen Stuhl an.

»Setz dich. Möchtest du eine Tasse Tee?«

Er schüttelt den Kopf. »Danke. Alles gut.«

Ich setze mich neben ihn und blättere im Bericht über Orres Haus.

»Diese Nachbarin«, sage ich. »Hat die das Opfer berührt?«

Peter sieht verwirrt aus.

»Die Oma? Die sie gefunden hat?«

»Ja, genau die.«

Peter fährt sich mit der Hand durch die Haare und schaut zur Decke hoch.

»Ja. Das hat sie. Wenn ich das richtig in Erinnerung habe, wollte sie feststellen, ob die Frau wirklich tot war. Als ob da irgendein Zweifel möglich gewesen wäre.«

»Sie hat den Kopf also angefasst?«

»Das ist durchaus möglich, ja.«

»Hat sie ihn bewegt?«

Er erwidert meinen Blick. Die grünen Augen sind rot unterlaufen, als ob er geweint hätte, oder vielleicht ordentlich gezecht. Ich neige zur zweiten Möglichkeit.

»Ihn bewegt? Nein, das glaube ich nicht, aber vielleicht hat sie ihn berührt.«

»Es kann also … am Tatort kann etwas verändert worden sein.«

»Absolut. So, wie sie da herumgestiefelt ist.«

»Denn hier steht …« Ich fahre mit dem Finger über den Text, suche nach dem Absatz, der mein Interesse geweckt hat, und fahre fort: »Hier steht, dass auf dem Boden beim Kopf zwei abgebrochene Streichhölzer gefunden worden sind.«

Peter folgt meinem Finger auf dem Papier. Liest den Bericht.

»Ja. Zwei Streichhölzer, ein Einkronenstück, ein Feuerzeug und ein Lipgloss Marke Chanel. Vermutlich Dinge, die das Opfer in der Tasche hatte und die beim Handgemenge auf den Boden gefallen sind.«

»Und wenn die Streichhölzer nicht aus Zufall da lagen?«, frage ich.

»Wie meinst du das?«

»Wenn der Mörder sie dem Opfer in die Augen geschoben hatte, um sie offen zu halten.«

Peter vertieft sich in die Skizze, die dem Bericht beigelegt ist.

»Die Streichhölzer wurden hier gefunden«, sage ich und zeige auf die Skizze. »Neben dem Kopf. Wenn der Mörder sie dem Opfer in die Augen gesteckt hatte, dann können sie auf den Boden gefallen sein, als die Frau, die sie gefunden hat, den Kopf berührt hat.

Peter seufzt und schlägt die Hände vors Gesicht.

»Du sagst also, dass der Mörder vielleicht dafür sorgen wollte, dass die Augen des Opfers offen standen, wie im Fall Calderón?«

»Genau.«

»Damit alle, die zur Tür hereinkommen, den Blick des Opfers erwidern müssen.«

»Das ist das andere, worüber ich nachgedacht habe. Was, wenn es umgekehrt ist?«

»Umgekehrt?«

»Ja, wenn das Opfer zum Sehen gezwungen werden soll.«

»Aber das Opfer ist doch tot.«

»Das schon. Symbolisch, meine ich. Der Täter ermordet und verstümmelt das Opfer. Aber damit nicht genug. Nach dem Mord klebt er die Augen des Opfers fest oder sperrt sie auf, damit es zusehen muss, wie er geht. Die äußerste Erniedrigung. Ich nehme dir das Leben, und dann gehe ich von hier weg, als ob nichts passiert wäre. Und ich zwinge dich, mir dabei zuzusehen.«

Peter macht ein skeptisches Gesicht.

»Was macht das für einen Unterschied?«

»Das ist doch ein riesengroßer Unterschied! Die Augen zu öffnen, um sicherzustellen, dass der nächste Besucher den Blick des Opfers erwidern muss, ist eine gegen die Umwelt oder gegen den Besucher gerichtete Aggression. Die Augen so zu öffnen, damit das Opfer zusehen muss, wie der Täter es verlässt, ist eine gegen das Opfer gerichtete Handlung. Die endgültige Rache. Aus irgendeinem Grund war es dem Mörder wichtig, vom Opfer beim Gehen gesehen zu werden. Stell dir das als eine Art Befreiung vom Opfer vor.«

»Und was bedeutet das rein praktisch?«

»Vermutlich, dass Täter und Opfer in einer engen Beziehung zueinander standen.«

»In welcher Art von Beziehung?«

»Ich weiß nicht. Einer Liebesbeziehung vielleicht.«

Wir sitzen noch ungefähr eine Stunde in Gunillas Küche und reden über den Fall. Peter ist nicht so ganz überzeugt von meiner Theorie. Er glaubt eigentlich nicht, dass die Streichhölzer dem Opfer in die Augen gesteckt worden sein können, und obwohl ich es immer wieder erkläre, kann er offenbar nicht verstehen, warum es so wichtig ist, dass das Opfer zum Sehen gezwungen worden sein könnte.

Nach einer Weile sprechen wir dann über andere Dinge. Zögernde Bemerkungen über das Wetter und über die Kollegen. Über Politik und darüber, wie sich die Stadt in den vergangenen zehn Jahren verändert hat. Vorsichtige Fragen nach dem Leben – wir umgehen beide die seltsame Tatsache, dass wir hier sitzen, allein, in einer Küche, nach Feierabend. Dass wir nach so vielen Jahren wieder richtig miteinander sprechen.

Ich erlaube mir, eine Art Trauer darüber zu empfinden, was niemals geschehen ist. Über das Leben, das wir zusammen hätten haben können.

Gegen halb elf sagt er, er müsse gehen. Müsse früh aufstehen, um die Hinweise über die unbekannte Frau durchzugehen. Sein schlaksiger Körper hat etwas Rastloses, als er aufsteht, in den Flur geht und die Jacke überzieht. Er zieht seine Turnschuhe an, die mitten im Winter viel zu dünn sind.

Er hat sich immer schon zu dünn angezogen, denke ich, und mir fällt seine alte schwarze Lederjacke ein, die er bei Wind und Wetter getragen hat. Am Ende war die so abgenutzt, dass sie ganz einfach auseinanderfiel. Vielleicht hätte ich ihm eine wärmere Jacke kaufen sollen, aber das tut man doch nicht, nicht für einen Liebhaber. Diese Art von Fürsorge ist für Ehemänner reserviert.

»Also«, sagt er. »Bis morgen dann?«

»Bis morgen«, sage ich.

Dann stehen wir einander gegenüber in Gunillas Diele. Eigentlich viel zu dicht, als dass ich mich in dieser Situation wohl fühlen könnte. So dicht, dass ich seinen Geruch nach Schweiß und Zigarettenrauch wahrnehme und die Furchen sehe, die wie Jahresringe in seinem Gesicht das Vergehen der Zeit markieren.

Eine Sekunde lang glaube ich fast, dass er mich küssen will, denn er beugt sich ein wenig nach vorn, irgendwie unsicher. Aber dann streckt er die Hand aus.

Ich nehme sie ganz schnell und für einen Augenblick ist es wieder da, dieses verzweifelte Gefühl von Verletzung und Trauer darüber, dass er mich damals im Stich gelassen hat. Und Wut. Wut, weil seine Berührung meinen Körper noch immer spüren lässt, wie es einmal war. Damals.

Dann ist er verschwunden. Und ich kann nur denken: Er hat mir die Hand gegeben. Was für ein bizarrer Abschied von einer Person, der man so nahegestanden hat. Hätte er mich nicht wenigstens kurz umarmen können, wie normale Menschen das tun?

Er hat mir die Hand gegeben.

EMMA

Ein Monat früher

Ich denke an den Abend, an dem Mama den Schmetterling getötet hat.

Es gab mehrere Anzeichen dafür, dass es kein Abend war wie andere. Zuerst klapperte Mama in der Küche mit dem Porzellan. Teller, Gläser und Besteck schlugen aneinander. Und dann Weingläser. Ich konnte genau hören, dass es Weingläser waren. Sie klangen anders als Wassergläser, es war ein runderes und bedrohlicheres Geräusch.

Außerdem zog der Duft von Geflügeleintopf und frischen Kräutern durch die Wohnung.

Das war ziemlich schlimm. Ein normaler Abend war vorhersagbar monoton, aber ein Abend mit Wein und gutem Essen konnte einfach jedes Ende nehmen. Bestenfalls schliefen Mama und Papa auf dem Sofa vor dem Fernseher ein, aber wahrscheinlicher waren erboste Diskussionen, die dann in Streit übergingen und schließlich damit endeten, dass Geschirr an den Wänden und auf dem Boden zerschlagen wurde.

Einmal hatte die Polizei vor der Tür gestanden, weil sich die Nachbarn beschwert hatten. Ich schämte mich so sehr, dass ich mich unter dem Bett versteckte. Aber die, die sich hätten schämen müssen, Mama und Papa, waren total ungerührt von diesem Besuch. Sie rissen sich so sehr zusammen, dass sie fast nüchtern wirkten und mit leisen, reuevollen

Stimmen erklärten, sie würden sich jetzt beruhigen und still sein. Ja, sie hätten sich gestritten und es sei ein wenig laut geworden, aber das sollte sich nicht wiederholen. Und nein, sie hätten nichts getrunken, viel jedenfalls nicht. Ein paar Gläser Wein, allerhöchstens.

»Komm jetzt essen, Emma«, rief Mama aus der Küche.

Ich nahm das Glas mit dem blauen Schmetterling und ging zu ihnen. Papa saß schon am Esstisch, mit einem Glas Wein in der Hand und einem Bier daneben. Mama stand am Herd mit einer Schürze, und sie rührte in dem großen roten Topf. Sie sah genauso aus wie eine richtige Mama, wie aus dem Fernsehen. Das machte mich nervös, denn solche Versuche von aufgesetzter Häuslichkeit nahmen meistens ein böses Ende.

»Setz dich«, murmelte Mama und zeigte auf den Stuhl.

Ich setzte mich auf den Holzstuhl und stellte erleichtert fest, dass sie sauer und übellaunig klang. Vielleicht war alles doch wie immer? Ich stellte das Schmetterlings-Glas vorsichtig vor mir auf den Tisch, damit ich es beim Essen im Auge behalten konnte. Es war etwas über einen Tag her, dass die Puppe geborsten war, und der große blaue Schmetterling saß einfach nur auf einem Zweig und bewegte ab und zu vorsichtig seine perfekten tiefblauen Flügel.

»Weißt du schon, was du damit machen willst?«, fragte Papa.

Ich schüttelte den Kopf. Es wäre das Beste, ihn freizulassen, das fanden Mama und Papa beide. Dann würde er in die Natur zurückkehren und ein freies Leben führen. Ich begriff das ja, aber wenn ich daran dachte, dass ich den kleinen schwarzen Rumpf und die Flügel, die aussahen wie Seidenpapier, niemals wiedersehen würde, verkrampfte sich alles in mir. Es war genauso wie ein kleines Kind aufzufordern, seine Lieblingspuppe herzugeben. Und das war eben das Problem – ich war doch kein kleines Kind mehr. Ich hätte mich über den Drang, den Schmetterling zu besitzen, erheben müssen, und ich hätte sehen müssen, was richtig war, denn die Alternative war ja, ihn zu töten oder zu warten, bis er von selbst starb, um ihn dann mit einer Nadel an der Wand befestigen zu können. Auf diese Weise könnte ich ihn dann behalten, solange ich wollte. Aber die Vorstellung, eine Nadel durch den kleinen Körper zu stechen, kam mir einfach barbarisch vor.

»Ich weiß nicht, was ich machen soll.«

Papa leerte sein Bierglas in einem einzigen Zug.

»Du musst dich schnell entscheiden. Lange hält er das da drinnen nicht aus.«

Ich schaute in das Glas. Mein Atem hinterließ feuchte Spuren auf den Glaswänden, das machte das Hineinsehen unmöglich. Der Schmetterling verwandelte sich von außen gesehen in eine vage blaue Wolke, die im Glas umherzuschweben schien.

»Musst du den auf den Tisch stellen?«, fragte Mama mit ihrer spitzen, säuerlichen Stimme, die sie benutzte, wenn sie wütend wurde. Gleichzeitig knallte sie den Kochtopf auf den Tisch, und die Suppe schwappte über den Rand.

»Was spielt das denn für eine Rolle?«, schnaubte Papa und leerte auch das Weinglas. Mama öffnete eine weitere Weinflasche. Sogar das Plopp des Korkens klang unzufrieden und verbittert.

»Das ist ein Insekt!«

»Es sitzt doch in einem Glas«, sagte Papa.

»Ich will keine Insekten auf dem Esstisch!«

»Ach, lass jetzt das Glas in Ruhe«, sagte Papa.

Mama suchte das Besteck zusammen, das sie zum Kochen benutzt hatte, und legte es ins Spülbecken. Es klapperte und klirrte. Draußen senkte sich jetzt eine blaue Augustdämmerung über Stockholm. Durch das halboffene Fenster strömte warme Abendluft herein. Sie roch nach feuchter Erde und Hundekacke.

»Bitte, Emma. Bring das Glas in dein Zimmer«, sagte Mama.

Ich schaute zu Papa hinüber, um abzuschätzen, ob ich gehorchen musste oder nicht.

»Lass das Glas auf dem Tisch stehen«, sagte er mit bedrohlicher, dumpfer Stimme, und ich hatte das Gefühl, dass er Mama meinte, obwohl er mich ansah.

Mama setzte sich an den Tisch. Ihr Mund war ein dünner Strich, und sie massierte sich die rechte Schläfe mit der Hand. Die Haut zerknitterte unter ihren Fingern wie dünnes Papier. Papa aß, ohne etwas zu sagen. Ich hielt die Luft an und zählte. Wenn ich richtig einatmete, könnte ich bis fünfzig den Atem anhalten. Dragan schaffte es zweieinhalb Minuten lang, und Marie aus der Sonderklasse konnte die Luft anhalten bis sie in Ohnmacht fiel, obwohl Elin behauptete, das liege nur daran, dass sie irgendeine Störung im Gehirn hatte.

»Was machst du da?«, fragte Mama, legte die Gabel hin und starrte mich missbilligend an.

»Nichts. Ich wollte nur …«

»Hör sofort damit auf. Das sieht doch aus, als ob du … einen Tic hättest.«

Ich wusste nicht, was ein Tic war, und ich traute mich auch nicht zu fragen.

Mama drehte sich zu Papa um, ihre Wangen glühten und ich konnte sehen, dass ihre linke Hand, die auf dem Knie lag, zu einer harten Faust geballt war, als ob sie darin etwas Kleines und Wertvolles festhielte.

»Hast du heute die Miete bezahlt?«

Papa rührte mit dem Löffel in seinem Teller herum, sagte aber nichts.

»Das hast du versprochen«, flüsterte Mama. »Ich begreife nicht, warum ich mich auf dich verlassen habe. Du bist genauso weltfremd und verwirrt wie … wie das … Kind!«

Ich schaute in meinen Teller, wo einsame Hähnchenstücke in klarer Brühe herumschwammen. Wenn ich es gewollt hätte, hätte ich Mama jetzt richtig wütend machen können. Ich hätte sie nur daran zu erinnern brauchen, dass es durchaus möglich wäre, die Rechnung selbst zu bezahlen, auch wenn sie sie nicht so gut lesen könnte. Aber natürlich sagte ich nichts.

»Zieh Emma hier nicht rein«, murmelte Papa.

»Ihr seid genau gleich. Beide hoffnungslos«, erklärte sie.

»Weißt du. Jetzt bist du eine richtige Quengelfotze.«

Papa klang triumphierend und erleichtert zugleich, als ob er endlich das Blatt vom Mund genommen und einen lange ersehnten Ausspruch getätigt hätte.

»Quengelfotze«, sagte er noch einmal und betonte jede Silbe.

»Sieh dich vor«, schrie Mama. »Das brauch ich mir nicht gefallen zu lassen. Das weißt du. Es gibt genug Männer, die mich zu gern haben wollen. Es gibt genug Kandidaten …«

»Kandidaten? *In your dreams.* Wer will denn eine versoffene Alte, der die Titten auf die Knie hängen und die sich die ganze Zeit nur streiten will?«

»Jetzt reicht es aber, verdammt noch mal. Wenn dir das nicht gut genug ist, dann gehe ich. Das ist mein Ernst.«

»Das sagst du jedes Mal.«

»Emma, geh in dein Zimmer«, sagte Mama.

Ich sprang auf und lief aus der Küche.

»Und nimm das verdammte Insekt mit«, fügte sie hinzu.

Ich drehte mich in dem Moment um, als Mama das Glas durch die Küche schleuderte. Es flog in hohem Bogen über meinen Kopf, und obwohl ich versuchte, es zu fangen, hatte ich keine Chance. Es zerbrach mit einem Knall an der Küchenwand.

Ich sank in die Hocke.

Überall auf dem Boden lagen Glasscherben herum. Die Reste der alten, vertrockneten Zweige lagen vor der Wand, und daneben lag der Schmetterling. Vorsichtig streckte ich einen Finger aus und berührte ihn.

Der Schmetterling mit den wunderschönen blauen Flügeln war tot.

Es regnet, als ich nach Hause gehe. Die Bäume in der Karlavägsallé strecken ihre nackten Zweige aus, wie um den Himmel zu berühren. Auf dem Boden liegen Blätter in dicken nassen Haufen. Ob Sigge wohl irgendwo hier draußen ist, überlege ich. Im Innenhof war er jedenfalls nicht. Ich habe mehrmals nach ihm gesucht, aber nicht die geringste Spur von irgendeiner Katze gefunden. Ich konnte ihn auch im Valhalläväg nicht finden. Ist er in dem regennassen Gewirr aus

Straßen und Alleen verschwunden, aus dem Stockholm besteht? Liegt er vielleicht irgendwo, verletzt, zu schwach, sich nach Hause zu schleppen? Hat ihn vielleicht jemand zu sich genommen?

Das glaube ich nicht.

Ich glaube, dass Jesper ihn getötet hat. Ich bleibe für einen Moment stehen, schließe die Augen, hebe mein Gesicht in den Regen, versuche mir vorzustellen wie Jesper seine großen Hände um den Hals des Katers legt. Ihn aus dem Fenster wirft.

Aber es geht nicht.

Solche Bilder kann ich nicht herbeirufen. Das Einzige, was ich sehe, ist Jesper, der friedlich auf dem bunten Flickenteppich schläft. Auf der Sonnenblumenwiese. Sein Brustkorb, der sich im Rhythmus seines Atems hebt und senkt. Den halboffenen Mund.

Ich gehe weiter nach Hause. Vor mir liegt der Karlaplan im Dunkeln. Kein Mensch ist zu sehen. Der leere Springbrunnen ist voller Laub. Ein Teil von mir möchte sich dort auf den Rand legen, die Wange an die nassen Blätter schmiegen. Aber ein anderer Teil wehrt sich. Etwas Aufrührerisches, Tatkräftiges und Unversöhnliches ist in mir zum Leben erwacht. Vielleicht, weil ich den Ring verpfändet und mir Zeit erkauft habe. Vielleicht, weil die Schmerzen in meinem Bauch verschwunden sind.

Vielleicht, weil ich ganz einfach genug habe.

Als ich am U-Bahn-Eingang vorübergehe, höre ich ein Geräusch hinter mir. Es ist ein leiser Aufprall, als ob jemandem ein Buch oder eine Tüte Mehl auf den Boden gefallen wäre. Ich drehe mich um, kann in den tiefen Schatten der Bäume aber nichts sehen. Aus irgendeinem Grund habe ich keine Angst, bin nur wütend. Ich bin überzeugt davon, dass er dort in der Dunkelheit steht und auf mich wartet. Und das macht mich sauer.

»Hallo?«, rufe ich, aber nichts passiert. Ich höre nur den Regen, der fällt und fällt, und ein Auto, das in der Ferne verschwindet. Ein Fenster in einem Haus in der Erik-Dahlbergsallé steht offen. Musik und Stimmen strömen heraus in die Dunkelheit.

Ich drehe mich um, gehe auf die Schatten zu. Das Licht einer Straßenlaterne blendet mich und ich senke den Blick, schaue den regennassen Asphalt an.

»Komm raus, du feiger Arsch. Ich weiß, dass du da stehst!«

Da! Ein Schatten löst sich aus der Dunkelheit und gleitet die Erik-Dahlbergsallé hinab in Richtung Valhallaväg. Das Geräusch eiliger Schritte hallt zwischen den Mauern wider und verstummt.

Meine Beine kommen mir plötzlich nutzlos und schwach vor. Ich schaue meine hochhackigen Stiefel an, sehe ein, dass ich gegen den Schatten, der schon verschwunden ist, keine Chance habe.

»Du feiger Mistkerl! Ich werd's dir zeigen«, brülle ich.

Als ich gerade aufgeben will, spüre ich etwas. Eine Hand auf meiner Schulter. Ich drehe mich um. Eine ältere Dame in Regenjacke mustert mich besorgt. Ihre beiden Dackel sehen mich mit unergründlicher Hundemiene an.

»Sie sind doch hoffentlich nicht überfallen worden, Herzchen?«

»Nein, es war nur ...«

»Soll ich die Polizei verständigen?«

Ihre Augen sind groß wie Untertassen, und ich ahne, dass sie schon lange, vielleicht seit Jahren nicht mehr so etwas Spannendes erlebt hat. Einer der Dackel knurrt dumpf.

»Nein«, sage ich. »Ist schon gut. Darum kümmere ich mich selbst.«

PETER

Ich schäme mich auf dem ganzen Weg durch die Brännkyr-kagata. Warum um alles in der Welt habe ich ihr die Hand gegeben, als ob wir nur vage Bekannte wären? Aber etwas an Hanne macht mich so verdammt unsicher. Ich wüsste gern, ob sie das merkt und ob sie das irgendwann so ausnutzen wird wie Janet es immer getan hat.

Bei Frauen weiß man eben nie.

Nicht, weil sie intelligenter wären als Männer, sondern weil wir Männer es nicht über uns bringen, Energie dafür zu verwenden, ihre Pläne zu durchschauen. Also befinden wir uns in einer konstanten, selbstverschuldeten Unterlegenheit ihnen gegenüber.

Der Wagen steht im Parkverbot in der Hornsgata, und als ich den Schlüssel ins Türschloss schiebe, werde ich plötzlich unsicher. Vielleicht sollte ich zurückgehen und um Entschuldigung bitten. Aber wofür sollte ich mich denn entschuldigen? Dass ich ihr die Hand gegeben habe, obwohl ich lieber etwas anderes getan hätte? Dass ich an dem Abend vor zehn Jahren nicht gekommen bin oder dass ich mich in all der Zeit, die seither vergangen ist, nicht gemeldet habe?

Es ist sehr viel, wenn ich mich für all das auf einmal entschuldigen soll.

Ich setze mich ins Auto, lasse den Motor an und überlege

eine Weile. Ziehe mein Telefon hervor und wähle Manfreds Nummer, ehe ich mir die Sache anders überlegen kann.

Es klingelt siebenmal, ehe er sich meldet.

»Zum Teufel, Lindgren. Es ist gleich halb zwölf. Ich hoffe, es ist wichtig.«

»Ebenfalls guten Abend.«

Manfred klingt nicht verärgert, nicht richtig. Aber bei Vätern kleiner Kinder weiß man nie. Sie verteidigen ihren Nachtschlaf genauso energisch wie andere Jungs ihre Eier. Aber wer bin ich eigentlich, dass ich mich darüber aufrege, ich habe in meinem Leben ja noch keine einzige Windel gewechselt.

»Hast du den Bericht der Rechtsmedizin zur Hand?«

»Welchen denn?«

»Den über die Obduktion der Frau in Orres Haus.«

Er seufzt laut hörbar.

»Ja. Im Computer. Warte einen Moment.«

Einige Minuten später ist er wieder da. Im Hintergrund höre ich ein Kind weinen. Ein schrilles Geheul hebt und senkt sich rhythmisch wie ein defekter Rauchmelder.

»Entschuldige, wenn ich dich geweckt habe«, sage ich.

»Daran hättest du denken müssen, bevor du angerufen hast«, murmelt er. »Was willst du wissen?«

»Hatte das Opfer irgendwelche Kratzer oder Verletzungen in der Augenpartie? An den Augenlidern zum Beispiel?«

Es wird still, und ich schaue auf die Hornsgata, während ich warte. Einige abendliche Wanderer verschwinden im Wind in Richtung Södermalm. Auf dem Mariatorg sehe ich einen Mann mit einem Hund an der Leine gegen den Wind kämpfen. Ein einsames Auto fährt langsam in Richtung Hornstull davon.

»Augen, hast du gesagt? … Ja, allerdings. Da hast du Glück. Du kannst deinen Sternen dafür danken, dass Fatima Ali die Obduktion durchgeführt hat und nicht dieser schlampige Mistkerl aus Borås. Sie beschreibt … zwei kleine Stichwunden, in jedem oberen Augenlid eine und eine kleine Wunde achtzehn Millimeter unter dem rechten Auge. Die Wunde hatte zwischen einem und zwei Millimeter Durchmesser, und sie hatte die Unterhaut nicht penetriert. Äußerlich, mit anderen Worten. Sie hat keine Spekulationen darüber aufgestellt, wie die Wunden entstanden sein könnten. Wieso? Worauf willst du eigentlich hinaus?«

Es dauert eine Weile, bis Hanne öffnet. Sie trägt eine Trainingshose und ein verwaschenes T-Shirt und hält eine Zahnbürste in der Hand. Ihr Blick ist fragend, aber vielleicht auch ein wenig ängstlich, was ja kein Wunder ist. Man soll misstrauisch sein, wenn fremde Männer mitten in der Nacht vor der Tür stehen.

Und noch misstrauischer, wenn es keine fremden Männer sind.

»Du hattest recht«, sage ich.

Sie gibt keine Antwort, sondern tritt einen Schritt zurück. Lässt mich in die warme Wohnung.

Ich werde gegen sieben Uhr wach. Ich kann nur Hannes regelmäßigen Atem in der Dunkelheit und das Rauschen des Heizkörpers neben dem Bett hören. Unendlich behutsam rücke ich dichter an sie heran, bis mein Körper ihre Haut berührt und ihre Wärme zu meiner wird. Ich lege meine Hand auf ihre magere Hüfte und nehme ihren Geruch nach Zimt und

Schweiß in mich auf. Es ist ein so perfekter Augenblick, so rein. Wie Quellwasser oder klare, kalte Herbstluft auf den Felsen am Meer nach einem heftigen Regenguss. Ein funkelnder Augenblick, den man für immer aufbewahren möchte, zusammen mit allem Dreck, der sich in die Irrgänge der Erinnerung drängt. Und da ich mich kenne, habe ich furchtbare Angst, den Augenblick zu zerstören. Ihn so zu besudeln, wie ich immer alles besudele und zerstöre, was schön und rein ist.

Liebe und Schönheit sind vergänglich.

Der Dreck ist ewig. Ab und zu gibt es kleine, klare Augenblicke des Glücks. Und das Beste, was man tun kann, wenn man auf so einen Augenblick stößt, ist nichts.

Also liege ich ganz still unter der warmen Decke, atme, so leise ich kann. Lasse meine Fingerspitzen über die weiche Haut ihrer Lenden streichen, über die krausen Haare weiter unten.

Als sie richtig mir gehörte, als sie mir ihren Körper und ihr Vertrauen schenkte, war ich nie so vorsichtig gewesen. Ich vermute, auch das gehört zu den Dingen, die man im Leben lernt – man erfasst den Wert der Dinge, die man hat, erst, wenn sie verschwunden sind. Ein Klischee, ich weiß, aber es trifft doch zu. Wie sehr man etwas vermisst ist ein hervorragender Maßstab für den Wert des Verlorenen – eine ebenso zuverlässige Währung wie jede andere.

Gegen halb acht stehe ich ganz leise auf, ziehe mich an, schreibe ihr einen Zettel und lege ihn auf den Küchentisch. Schreibe, dass ich um acht im Büro sein muss und dass wir uns später sehen werden. Ich überlege eine Weile, ob ich »Kuss« schreiben oder mich für die schöne Nacht bedanken soll, aber ohne so recht zu wissen warum, beschließe ich, es nicht zu tun.

Sanchez und Manfred sind schon vor mir gekommen. Sie sitzen mit ihrem Kaffee vor ihren Bildschirmen. Manfred sieht müde aus, und ich frage mich, ob er nach unserem Telefongespräch überhaupt noch geschlafen hat. Nach einigen Minuten kommt auch Bergdahl, der Ermittler, der uns geholfen hat, die eingelaufenen Hinweise auf die Identität der Toten durchzugehen. Er hält in der einen Hand eine Dose Kautabak und in der anderen einen Stapel Papiere.

Manfred erhebt sich mühsam und schnauft.

»Vielleicht solltest du anfangen«, sagt er und winkt mir zu. »Du hast doch gestern Abend etwas gefunden, oder?«

Ich nicke und erzähle von den Streichhölzern, den kleinen Wunden an den Augen und Hannes Theorie, nach der der Mörder das Opfer zum Sehen zwingen will, nicht umgekehrt.

»Interessant«, sagt Sanchez und sieht aus, als ob sie das auch so meint. Ihre übliche Ironie ist wie weggeweht.

»Ich hab ja gesagt, dass die Hexe ihr Handwerk versteht«, murmelt Manfred.

»Wenn ich das richtig verstanden habe, dann müsste das Motiv also eine Art Rache sein?«, fragt Sanchez.

»So sehe ich das auch«, sage ich. »Aber ich glaube, es ist besser, wenn sie uns das selbst erklärt.«

»Weißt du, wann sie kommt?«, fragt Sanchez.

Ich zucke mit den Schultern.

»Keine Ahnung.«

»Okay«, sagt Bergdahl, der um die fünfzig ist und sich seiner Kahlheit zu schämen scheint, da er auch im Haus immer eine Mütze trägt – heute eine schwarze, gestrickte. Er fügt hinzu: »Ich wollte über die Hinweise aus der Bevölkerung sprechen, die gekommen sind, nachdem jedes Schmierblatt die Phantomzeichnung des Opfers veröffentlicht hat und es von fast allen Fernsehsendern ausgestrahlt wurde. Wir haben etwa hundert Anrufe bekommen, und die meisten, an die achtzig, konnten wir sofort vergessen, nachdem wir die Personen kontaktiert haben, die da benannt wurden. Bleiben achtzehn. Die haben wir in zwei Gruppen eingeteilt – interessant und weniger interessant, vor allem, was ihre physische Ähnlichkeit mit dem Opfer angeht. Wir werden heute damit weitermachen.«

Auf dem Gang sind Schritte zu hören und Hanne kommt herein, zieht ihren Mantel aus und setzt sich auf einen Stuhl neben Sanchez, ohne meinen Blick zu erwidern. Aber ich muss sie einfach ansehen. Das feingeschnittene Gesicht, die Haare, die feucht über die Schultern hängen, als ob sie gerade aus der Dusche kommt, und den fusseligen und viel zu großen Pullover. Mein Magen krampft sich zusammen.

»Wie viele interessante Kandidatinnen haben wir also?«, fragt Sanchez.

»Drei«, sagt Bergdahl, klebt drei verschwommene Bilder an die Tafel und zeigt auf das erste. »Wilhelmina Andrén, zweiundzwanzig Jahre alt, wohnhaft in Stockholm. Vor zwei Wochen während eines Freigangs aus der Abteilung 140 der Klinik Danderyd verschwunden, seither ist ihr Verbleib unbekannt. Sie leidet an Schizophrenie und wurde aufgrund des Gesetzes über psychiatrische Zwangsbehandlung eingewiesen. Aber ihre Angehörigen sagen, dass sie noch nie gewalttätig geworden ist. Sie hat Wahnvorstellungen. Glaubt offenbar, mit Vögeln kommunizieren zu können. Sie ist schon häufiger verschwunden gewesen, wurde aber meistens mit ihren Kumpels in irgendeinem Park gefunden.«

»Mit Vögeln?«, fragt Manfred.

»Genau. Das Problem ist, dass sie eigentlich zu klein ist, um unser Opfer sein zu können, aber wir gehen der Sache weiter nach. Dann haben wir Angelica Wennerlind, eine sechsundzwanzig Jahre alte Vorschullehrerin aus Bromma. Sie wollte am Mordtag mit ihrer fünf Jahre alten Tochter verreisen und hat sich seither nicht mehr gemeldet. Ihre Eltern sagen, sie habe irgendwo ein Ferienhaus gemietet, aber sie wissen nicht wo. Es ist ja möglich, dass sie da kein Telefonnetz hat und dass sie sich einfach deshalb nicht gemeldet hat. Aber sie hat große Ähnlichkeit mit dem Opfer. Leider ist der Leichnam ja in einem so schlechten Zustand, dass die Eltern ihn nicht identifizieren können, deshalb müssen wir auf die Erkenntnisse der Rechtsodontologie warten.«

»Und die dritte?«, fragt Sanchez.

Bergdahl schiebt seine alberne Mütze gerade und zeigt auf das letzte Bild.

»Emma Bohman, fünfundzwanzig Jahre alt. Bis vor einigen Wochen angestellt als Verkäuferin bei Clothes & More. Sie arbeitet also in der Firma, in der Jesper Orre Geschäftsführer ist. Aber das tun auch zweitausend andere. Sie wohnt allein im Värtaväg in der Stockholmer Innenstadt. Ihre Eltern sind tot. Ihre Tante hat sie vor drei Tagen als vermisst gemeldet und sich dann wieder an uns gewandt, als sie die Phantomzeichnung gesehen hatte. Die Tante sucht sie seit einer Woche, sagt aber, dass sie eigentlich keine wirkliche Ähnlichkeit mit der Frau auf dem Bild hat. Zum Beispiel hat sie viel längere Haare. Aber die kann sie ja abgeschnitten haben, also gehen wir auch diesem Hinweis nach. Wir haben Zahnarztberichte für alle drei Frauen angefordert und bekommen die hoffentlich noch heute. Danach müssten die Kollegen von der Odontologie ziemlich schnell feststellen können, ob eine der Frauen identisch mit unserem Opfer ist.«

»Emma«, sagt Manfred.

»Wie die, die diesen Brief geschrieben hat«, sage ich und schaue den handgeschriebenen Zettel an, der jetzt neben den anderen Unterlagen an der Tafel befestigt ist.

»Was?«, fragt Bergdahl und macht ein verwirrtes Gesicht.

»Wir haben bei Orre zu Hause einen Brief gefunden«, sage ich. »Von einer gewissen Emma, die offenbar ein Verhältnis mit ihm hatte und dann schwanger geworden ist.«

Bergdahl nickt langsam.

»Ach so. Ist der kürzlich erst geschrieben worden?«

»Das wissen wir nicht. Den Briefumschlag haben wir nicht gefunden, nur den Brief. Der steckte in seiner Hosentasche.«

»Können wir die Handschrift mit der der verschwundenen Emma Bohman vergleichen?«, fragt Manfred.

»Sicher«, sage ich. »Aber die Frage ist, ob die Rechtsodontologen nicht schneller sind als wir.«

Sanchez legt ihren Notizblock auf den Tisch und sagt:

»Fatima Ali, die Rechtsmedizinerin, sagt, das Opfer habe entbunden oder sei jedenfalls schon einmal schwanger gewesen. Angelica Wennerlind hat ein Kind, aber wie steht es mit den anderen Frauen?«

»Angelica ist die einzige, die ein Kind hat«, sagt Manfred. »Aber natürlich wissen wir ja nicht, ob bei den anderen Schwangerschaften vorgekommen sind. Aber wenn Emma Bohman mit der Emma identisch ist, die den Brief geschrieben hat, dann war sie jedenfalls schwanger.«

Alles schweigt eine Weile, dann sagt Manfred:

»Ich habe mit diesem Glaser gesprochen. Er hat vor zwei Wochen in einem Kellerfenster an der westlichen Querseite von Jesper Orres Haus eine Fensterscheibe erneuert. Orre hat ihm gesagt, bei ihm sei eingebrochen, aber nichts gestohlen worden. Ansonsten hatte der Glaser nichts Interessantes zu berichten. Er fand Orre ein bisschen arrogant, und Orre wirkte gestresst, aber beides ist ja nicht direkt verboten.«

Aus dem Augenwinkel sehe ich, dass Hanne sich in dem Notizbuch, das sie immer bei sich hat, etwas notiert. Sie ist mit den Jahren offenbar noch sorgfältiger geworden, denn sie schreibt die ganze Zeit mit, als ob sie auch ja kein Wort von dem verpassen wollte, was gesagt wird. Das ist ein bisschen seltsam, denn als wir viel miteinander zu tun hatten, vor zehn Jahren, kam sie mir eher schlampig und unstrukturiert vor. Fast schon bohemehaft. Und sie hat sich damals nie etwas notiert, sie schien sich auch so an alles erinnern zu können.

Sanchez steht auf. Zupft ein wenig an ihrer Seidenbluse.

»Wir hatten auch einen Anruf von der Bezirkspolizei. Die ermitteln wegen des Brands in Orres Garage. Sie gehen von schwerer Brandstiftung mit Mordversuch aus, da die Garage ja gleich neben dem Wohnhaus liegt. Sie bestätigen die Auskunft der Versicherungsgesellschaft, dass es Brandstiftung war. Die Techniker haben am Tatort Benzinspuren gefunden, und außerdem lagen in der Garage mehrere ausgebrannte Benzinkanister. Orre war am betreffenden Abend offenbar verreist. Er war in Riga, um baltische Filialleiter zu treffen. Er kann den Brand also nicht persönlich gelegt haben, falls es ihm um die Versicherungssumme ging.«

»Er kann doch jemanden beauftragt haben«, schlage ich vor.

Sanchez nickt und versucht, ihren Rücken zu entspannen,

streckt sich so weit, dass ihre Seidenbluse nach oben rutscht und einen flachen, tätowierten Bauch freilegt.

»Sicher. Aber es gibt keine Anzeichen dafür, dass Orre Geld gebraucht hätte. Außerdem gibt es eine neue Aussage, von einer Nachbarin. Sie sagt, sie habe eine Frau gesehen, die auf der Straße stand und dem Brand zusah. Sie kann die Frau nicht beschreiben, ist sich aber sicher, dass es eine Frau war, und dass diese Frau während des Brandes den Tatort verlassen hat.«

»Vielleicht kam sie ja zufällig vorbei?«, fragt Manfred.

»Kann schon sein. Oder sie hat wirklich Orres Garage angesteckt. Bisher können wir das nicht mit Sicherheit sagen. Wir wissen nur, dass diese Frau da war und dass sie eine Weile zugeschaut hat, wie es brannte. Als wäre das ein verdammtes Maifeuer. Ja, so hat sich die Nachbarin ausgedrückt.«

EMMA

Drei Wochen früher

»Ich hab einen Arzttermin. Ich muss um vier Uhr los. Tut mir leid, geht nicht anders«, sage ich und gebe mir alle Mühe, besorgt auszusehen.

Mahnoor hebt die zurechtgezupften Augenbrauen und nickt langsam, als müsste sie über meine Behauptung erst nachdenken.

»Sicher. Aber das gibt einen Punkt.«

Sie nickt zum Kalender hinüber.

»Ich weiß, aber es geht trotzdem nicht anders.«

Olga, die mit einer Teetasse in der Hand am Tisch sitzt, verdreht die Augen. Mahnoor dreht sich blitzschnell zu ihr um.

»Das hab ich gesehen!«

»Was denn?«, gibt Olga mit unschuldiger Miene zurück. Reißt die blassblauen Augen auf und legt den Kopf schräg, so dass ihr die blondierten Haare über die Schultern fallen.

»Hör auf. Ich bin ja nicht blöd. Ich an deiner Stelle wäre ein bisschen kooperativer. Du hast …« Mahnoor dreht sich zum Kalender um, lässt langsam den Finger über die Spalte mit Olgas Namen wandern und zählt. »Fünf Punkte in diesem Monat«, sagt sie zufrieden, dreht sich um und verlässt das Personalzimmer ohne weitere Kommentare. Ihre Schritte verhallen, mischen sich mit der vertrauten Musik, die aus den Lautsprechern gepumpt wird.

»Was hat die denn zum Frühstück gegessen?«, murmelt Olga und nagt an ihrem Fingernagel.

»Sei vorsichtig«, sage ich. »Das hier ist zwar nicht der schönste Job aller Zeiten. Aber es ist immerhin ein Job.«

Olga zuckt mit den Schultern.

»Na und? Ich kann in Alexejs Reinigungsfirma arbeiten, wenn ich will. Da gibt es immer Jobs.«

»Willst du wirklich Finnlandfähren putzen?«

Sie windet sich.

»Scheiße ist Scheiße, auch wenn wir sie hier eben jeden Tag mit Messer und Gabel fressen.«

»Hör doch auf. Der Job hier ist doch total okay. Hast du eine Ausbildung? Irgendwelche Berufserfahrung außer der hier? Glaubst du im Ernst, dass du morgen einen anderen Job finden kannst, wenn du hier gefeuert wirst?«

Olga sinkt auf ihrem Stuhl in sich zusammen und sieht plötzlich viel älter aus.

»Verdammt, was bist du jetzt für eine Bitterfotze.«

»Hör auf. Ich bin nicht bitter. Ich versuche doch, dir zu helfen. Ich will nicht, dass du deinen Job verlierst, bloß weil Mahnoor zu den Gegnern vom Hauptbüro übergelaufen ist. Das bringt doch nichts. Versuch es lieber mit Taktik. Achte nicht auf sie, wenn sie solchen Kram sagt. Geh weiter, vergiss solche Szenen. Sei nicht so verdammt stolz.«

»So wie du?«

Ihre Stimme ist ein Flüstern, aber ich ahne die Schärfe darin.

»Was hab ich denn damit zu tun?«

»Wie du und dieser Typ. Der, über den du dauernd redest. Du weißt, wie ich das sehe. Manchmal ist es nicht so leicht, weiterzugehen. Aber weißt du was? Ich hab einfach keinen Nerv, noch mehr über dich und diesen Blödmann zu hören. Ich finde das nicht mehr cool. Du kannst jetzt mal anderen mit deinem öden Privatleben auf die Nerven gehen.«

Ich bin sprachlos. Jesper hat mir das Leben gestohlen. Erst vor wenigen Tagen habe ich mein Kind verloren, und jetzt sitzt diese kleine geschminkte Ostblocktussi da und sagt, das sei nicht mehr *cool*. Was glaubt sie denn, wie mir bei alldem zumute ist?

»Das ist nicht dasselbe«, sage ich.

»Du bist doch total besessen von dem Kerl. Tu mal was anderes als die ganze Zeit darüber zu jammern. Liebe hört manchmal einfach auf, das muss man akzeptieren. Such dir ein neues Hobby oder unternimm was mit deinen Freundinnen. *Get a life.*«

Olga erhebt sich. Reckt sich wie eine Katze.

»Ich brauch 'ne Fluppe.«

Dann verschwindet sie auf dem Gang zum Müllraum ohne sich umzusehen.

Es ist vier, als ich die Wagenvermietung betrete. Alle Angestellten, nur Männer, scheinen unter achtzehn und Mitglied in derselben Basketballmannschaft zu sein. Sie sind groß, schlaksig und bartlos.

»Ich brauche den Wagen nur für vierundzwanzig Stunden«, erkläre ich Sean – das steht auf seinem Namensschild –, »und ich brauche kein großes Auto, aber es muss einen geräumigen Kofferraum haben.«

»Einen Kombi vielleicht?«, schlägt er vor und streicht sich mit der Hand über sein pickliges Kinn.

»Ja, gut.«

Ich reiche ihm meine Kreditkarte und meinen Führer-schein, während er die Bedingungen herunterleiert: Das Auto muss spätestens um achtzehn Uhr am nächsten Tag zurückge-bracht werden. Der Tank muss voll sein und die Schlüssel kann ich in den Briefkasten werfen. Habe ich sonst noch Fragen?

Ich schüttele den Kopf.

»Dann wünsche ich eine angenehme Reise.«

»Wer sagt denn, dass ich auf Reisen gehe?«

»Naja. Weiß nicht. Fahren Sie vorsichtig.«

»Werde ich«, sage ich und versuche ein Lächeln. »Num-mer 6, war das nicht so?«

Er nickt wortlos, und als ich den Laden verlasse ist er schon mit dem nächsten Kunden beschäftigt.

Im Farbenladen wimmelt es von Leuten. Herbstgefrorene Stockholmer stehen Schlange, um Holz, Lampenöl und Weih-nachtssterne zu kaufen. Der Regen prasselt gegen die Fenster, und die Stimmung ist fast ausgelassen, als ob wir alle vor dem Eincheckschalter zu einem Charterflug ständen und nicht in einem Farbenladen.

»Was ist das nur für ein Wetter«, sagt eine fette Frau in einem Lodenmantel, die einen Dackel an der Leine hat.

Mir fällt auf, dass sie der Frau ähnlich sieht, die ich neu-lich abends getroffen habe, als Jesper mir in den Schatten um den Karlaplan nachgeschlichen ist. Aber vielleicht haben alle Omas hier in der Gegend einen Dackel? Lodenmantel oder Steppjacke, Dackel und Tweedhut. Sie sehen aus, als ob sie alle zusammen auf irgendeinem Landsitz wohnten.

Ich stelle meine Kanister auf den Tresen. Meine Handflächen brennen und meine Muskeln zittern vor Anstrengung. Der Mann an der Kasse sieht die Kanister ungläubig an und stopft sich gleichzeitig einen Priem unter die Oberlippe. Dann schaut er mich wieder an, wie um sich davon zu überzeugen, dass ich nicht verrückt bin.

»Es gibt kleinere Behälter«, sagt er zögernd. »Wir haben auch Einliterflaschen.«

»Ich will diese hier. Danke.«

Er zuckt mit den Schultern, beschließt offenbar, dass es mein Problem ist, wenn ich zu viel kaufe. Die Ladentür wird wieder geöffnet und der Dackel bellt.

»Na gut, von mir aus.«

Er kippt einen Kanister zur Seite, um den Strichcode lesen zu können, und nickt mir zu.

»Wie viele haben Sie denn?«

Ich schaue zu Boden, zwei Kanister stehen zwischen meinen Füßen. »Insgesamt vier«, sage ich.

Ich fahre vorsichtig. Es ist kälter geworden, knapp über null, und ich habe das Gefühl, dass die blanke schwarze Fahrbahn trügerisch glatt ist. Seltsamerweise finde ich den Weg ohne Probleme. So, als ob mein Körper sich an alle Abfahrten erinnerte, als ob die Kurven und Winkel in dem exklusiven Wohngebiet sich irgendwo in mein Rückenmark eingeätzt hätten. Ich brauche nicht einmal nachzudenken, sondern kann einfach meinem Körper folgen.

Große Autos stehen in den gepflegten Auffahrten. Palastartige Häuser ragen in den sorgsam manikürten Gärten auf. Dann werden die Häuser wieder kleiner, und ich weiß, dass ich bald am Ziel bin.

Jetzt sehe ich sein Haus vor mir in der Dunkelheit. Es ist unbeleuchtet und kein Auto steht davor. Die mit Planen bedeckten Bretterstapel liegen noch immer auf dem Weg neben der neu gebauten Garage.

Ich halte ein Stück weiter entfernt an, will nicht zu nahe parken.

Die Kanister sind schwer und unpraktisch zu tragen. Ich muss zweimal gehen, um sie alle vier aus dem Auto zu holen. Auf dem Weg zu Jespers Zaun sehe ich mich um, kann aber nirgendwo ein Lebenszeichen entdecken. In den Häusern in der Nähe brennt Licht, doch ich sehe keinen Menschen.

Ich inspiziere das neue Gebäude neben der Auffahrt. Das Loch in der Fassade, das bei meinem ersten Besuch hier noch mit Plastik verdeckt war, ist jetzt durch ein richtiges Garagentor ersetzt worden, aber das kleine Fenster links vom Eingang klafft noch immer leer. Ich stelle mich auf Zehenspitzen und schaue hinein. Nach einigen Sekunden haben sich meine Augen an die Dunkelheit gewöhnt. In der Garage stehen zwei Autos – ein kleiner roter Sportwagen und ein Porsche älteren Modells. Du stehst also auf alte Autos, denke ich. Noch ein Geheimnis, das du nie mit mir geteilt hast.

Ich trete vom Fenster zurück, öffne den Verschluss des ersten Kanisters und gieße den Inhalt vor der Fassade aus. Schon nach kurzer Zeit wird der Kanister leichter und ich kann besser damit umgehen. Ich achte darauf, die Flüssigkeit so hoch gegen die Wand zu kippen, wie ich nur kann. Dann wiederhole ich die Prozedur mit den restlichen drei Kanistern. Wie viele brauche ich eigentlich? Ich konnte den Typen im Farbenladen ja schlecht um Rat fragen …

Die Arbeit ist schwer und ich merke, wie mir unter meiner dicken Jacke der Schweiß ausbricht. Es nieselt jetzt, kleine lautlose Tropfen, die ich kaum spüre, Gesicht und Hände werden aber nass.

Als ich fertig bin, drücke ich einen leeren Kanister nach dem anderen durch die Fensteröffnung. Sie fallen mit einem dumpfen Dröhnen auf den Garagenboden. Ich trete ein wenig zurück, überzeuge mich davon, dass ich meine Autoschlüssel in der Tasche habe. Das Letzte, was ich will, ist fliehen und das Auto zurücklassen müssen.

Dann nehme ich die Streichhölzer, schütze sie mit meinem Körper vor Regen und Wind, reiße eins an. Die Flamme lodert in der Dunkelheit auf.

Das ist für das Geld, das du gestohlen hast, du Arsch.

In dieser Nacht schlafe ich besser als seit langem, auch wenn sich der Rauchgeruch in meine Haut und Haare gefressen hat. Er geht nicht weg, obwohl ich zweimal geduscht habe. Als ich aufwache, sehe ich die Flammen vor mir, erinnere mich daran, wie sie die Herbstnacht erleuchtet haben, und wie die Hitze meine Haut brennen ließ, obwohl ich weit entfernt stand. Es kommt mir vor wie eine Läuterung. Ich weiß nicht, ob das am Feuer lag oder an der Tatsache, dass ich mir etwas zurückgeholt habe, etwas, das er mir genommen hatte.

Ich stehe auf, dusche noch einmal, ziehe mich an und esse eine Schüssel Müsli, während ich gleichzeitig meine Haare kämme und mich schminke. Es ist vielleicht Einbildung, aber ich finde, dass ich lebendiger aussehe. Stärker. Ich habe mich in den vergangenen Tagen irgendwie verändert. Vielleicht ist die Frau, die mich aus dem Spiegel ansieht, eine andere. Ehe ich gehe, fische ich die kleine Visitenkarte, die der Journalist mir gegeben hatte, aus dem Rechnungshaufen in der Brottrommel und stecke sie in die Jackentasche. Beschließe, dass es an der Zeit ist, ihn anzurufen.

Auf dem Weg zur U-Bahn kommt es mir so vor, als hätte sich noch etwas anderes verändert. Erst weiß ich nicht was, dann fällt es mir ein. Zum ersten Mal seit Wochen scheint die Sonne. Ich bleibe stehen, schließe die Augen und hebe das Gesicht zum Himmel. Nehme Wärme und Licht in mich auf. Bleibe stehen, bis meine Haut warm wird, hinter meinen Augenlidern flimmern weiße Punkte. Ich denke, dass das Leben gar nicht so schlecht ist, trotz allem.

Aus irgendeinem Grund taucht Papas Bild vor mir auf, und ich denke an ihn, daran, wie er am Abend vor seinem Tod war. Wie er ganz still in dem Bett in dem dunklen Zimmer lag. Draußen lief Mama mit unruhigen Schritten hin und her. Ich konnte nicht begreifen, warum sie, die Papa so zu hassen schien, sich jetzt, wo er krank war, solche Sorgen machte. Sie schien nur zwei Stimmungen zu haben, böse oder besorgt, und in diesem Moment war sie schrecklich besorgt.

Den halben Vormittag hatte sie mit den Tanten telefoniert. Ich hatte meine Physikhausaufgaben gemacht und dabei heimlich ihr langes, geflüstertes Telefonat über Papas Gesundheit mitangehört. Wörter wie »total passiv« und »absolut die Lebenslust verloren« mischten sich mit theatralischem Schluchzen und dem üblichen Gerede über das fehlende Geld, ihre langweilige Arbeit und den egozentrischen Chef. Alles mündete in der Erklärung, sie habe Besseres verdient, worin die Tanten ihr offenbar zustimmten, denn niemals widersprach ihr jemand, wenn sie das sagte.

Ich überlegte eine Weile, was sie wohl meinte, wenn sie sagte, sie habe »Besseres verdient«. War Mama mit ihrem Leben nicht zufrieden? Hätte sie lieber ein anderes gehabt? Eine andere Wohnung, einen anderen Mann? Ein anderes Kind vielleicht? Und war das also etwas, das man verdienen konnte, auf das man sozusagen ein Anrecht hatte, wenn man selbst ein besserer Mensch war? War Mama besser als Papa und ich? Und wenn ich schlecht war, was verdiente ich denn dann?

Ich setzte mich vorsichtig neben Papa auf das Bett. Es war stickig in dem düsteren Zimmer, roch nach Schweiß und Zigarettenrauch und nach etwas, das mich an ungewaschene Kopfhaut erinnerte. Ich dachte, dass ich mir absolut keine Sorgen zu machen brauchte, weil er niemals merken könnte, dass ich kurz vorher heimlich mit Elin geraucht hatte.

Ich begriff nicht, warum er unbedingt die Jalousien geschlossen lassen wollte, warum er den ganzen Tag im Dunkeln liegen musste. Die Matratze bewegte sich ein wenig, als ich mich setzte, obwohl ich versuchte, so schwerelos und vorsichtig zu sein wie überhaupt nur möglich.

»Kleine Emma«, murmelte er und drehte sich zu mir um.

Dann nahm er meine Hand. Das war alles. Er sagte nicht mehr, er lag nur still da und atmete schwer, als ob jeder Atemzug ihm zuwider wäre. Ich überlegte eine Weile, was ich tun könnte, um Papa froher zu stimmen. Normalerweise schlug ich vor, etwas zusammen zu unternehmen, spazieren zu gehen oder etwas zu kochen. Aber ich hatte das Gefühl, dass das dieses Mal nicht helfen würde.

»Geht es dir besser?«, fragte ich.

»Ja«, sagte er nach einer beängstigend langen Pause. Seine Stimme klang anders. Sie war sozusagen hohl, tonlos. Schien wie aus einer Büchse zu kommen.

»Kleine Emma«, sagte er noch einmal und drückte meine Hand noch fester. »Ich will nur, dass du weißt, wie sehr ich dich liebe und was für ein feines Mädchen du bist.«

Ich wusste nicht, was ich sagen sollte. Ich fühlte mich überhaupt nicht wohl in meiner Haut. Ich war nicht daran gewöhnt, Papa so schwach zu sehen. Er konnte müde und gleichgültig sein, oder wütend und jähzornig, oder sogar betrunken und ungerecht. Aber nicht schwach. Der Mann, der schon mein Idol gewesen war, als ich gerade erst laufen lernte, war nicht schwach. So einfach war das.

»Bitte, Papa …«

»Emma«, unterbrach er mich, »erinnerst du dich an die Schmetterlingslarve, die du damals in deinem Glas gehalten hast?«

»Ja?«

Ich fragte mich, worauf er hinauswollte.

»Es tut mir so verdammt leid, dass ich Mama nicht daran gehindert habe, das Glas zu zerschmettern. Ich wusste, wie dieser Abend enden würde, und trotzdem habe ich nicht versucht, sie zurückzuhalten.«

»Aber Papa, das war ja bloß ein blödes Insekt. Und außerdem ist es eine Ewigkeit her.«

»Ein Insekt, ja, so hat sie das genannt. Aber es war nicht nur ein Schmetterling, es war ein kleines Projekt, das dich schon den ganzen Sommer lang beschäftigt hatte. Es war damals das Einzige, was dir wichtig war, und trotzdem, oder vielleicht gerade deshalb, hat sie es zerstört. Und ich habe es zugelassen, deshalb war es ebenso sehr meine Schuld.«

Ich glaubte, in der Dunkelheit ein Schluchzen zu hören, war aber nicht sicher.

»Weißt du noch, wie schön er war«, fuhr Papa fort. »Aus einer unscheinbaren Puppe hatte sich dieser wunderschöne Schmetterling entwickelt. Dieses Blau, es hat fast von innen geleuchtet. Erinnerst du dich?«

Ich nickte, obwohl er das in der Dunkelheit nicht sehen konnte. Ich hatte jetzt einen Kloß im Hals, und ich wusste nicht, ob meine Stimme mir noch gehorchen würde.

»Ich will nur, dass du weißt... dass du genau wie diese Puppe bist, Emma. Eines Tages wirst auch du zu einem schönen Schmetterling werden. Vergiss das nie. Egal, was die Leute über dich sagen, das musst du mir versprechen.«

»Aber Papa«, ich kicherte, denn die Situation kam mir plötzlich absurd vor. Als ob ich in einer Art Melodram gefangen wäre. »Sag doch so was nicht. Du machst mir Angst. Okay?«

Er schwieg. Das einzige Geräusch im Zimmer waren seine schweren Atemzüge.

»Wenn jemand sagt, du seist anders, dann musst du an den Schmetterling denken. Anders bedeutet nicht schlechter. Anders kann genauso gut besser sein. Versprich mir, das nie zu vergessen.«

»Sicher, aber...«

Der Kloß in meinem Hals wurde immer dicker. Ich hatte Papa noch nie so reden hören. Das hier war etwas, mit dem ich nicht umgehen konnte. Kein noch so leckeres Essen und keine improvisierte Wanderung mit Papa am Wasser würden dieses Problem wegzaubern können.

»Ich will, dass du... wie vorher wirst«, flüsterte ich, denn ich wollte das Wort »gesund« vermeiden, es hätte doch bedeutet, dass er jetzt krank war, und das sagten wir nicht zu

Papa, weder Mama noch ich. Wir sagten es über ihn, aber nicht zu ihm.

»Mit mir, das ist alles ein Dreck«, sagte er mit überraschend munterer Stimme, so, als ob er gerade einen Witz gemacht hätte. »Nur Dreck.«

Und das war das Letzte, was Papa sagte, ehe Mama ihn am folgenden Tag erhängt in der Wohnung fand.

HANNE

Schon lange, ehe mein Interesse für Verhaltensforschung erwacht war, beschäftigte ich mich mit Völkerkunde. Ich las Franz Boas und Bronislaw Malinowski und träumte davon, unter den Inuit im Norden Grönlands eine jahrelange Feldforschung durchzuführen. Ich hatte als Kind den alten Dokumentarfilm »Nanuk, der Eskimo« gesehen. Aber nun lebten wir in den siebziger Jahren, und im Kielwasser der immer lauter werdenden Forderungen nach einer eher aktivistischen Völkerkunde ging das Interesse an pittoresken Urvölkern ohne erkennbares geopolitisches Gewicht zurück.

Die Eskimos waren einfach nicht mehr in.

Aber ich war weiter an dem Fach interessiert. Und vielleicht brachte mir Owe von seinen Reisen deshalb manchmal kleine Geschenke mit, die etwas mit ganz verschiedenen Urbevölkerungen zu tun hatten.

Das glaubte ich jedenfalls.

Irgendwann in den achtziger Jahren, als er einen Ärztekongress in Miami besucht hatte, schenkt er mir eine mit Perlen geschmückte Maske der Huichol-Indigenas in Westmexiko. Ein andermal, nach einer Psychiatriekonferenz in Südafrika, bekam ich einen uralten Tabaksbeutel der Xhosa. Und so ging es weiter. Am Ende war fast das gesamte Bücherregal vollgestellt mit Owes Reiseandenken.

Es dauerte sicher zehn Jahre, bis mir auffiel, dass diese Geschenke eigentlich ein Ausgleich für etwas ganz anderes waren. Ich weiß nicht mehr genau, wie ich ihm auf die Schliche kam. Vielleicht, weil ab und an mitten in der Nacht das Telefon klingelte und alles stumm blieb, wenn ich mich meldete. Vielleicht, weil Briefe mit dem Vermerk »vertraulich« bei uns ankamen. Aber vor allem lag es wohl an Evelyn.

Evelyn, eine Amerikanerin Mitte vierzig, war Owes Therapeutin, was an sich nicht weiter bemerkenswert war. In unserem Freundeskreis haben alle eine Therapeutin oder einen Therapeuten. Mindestens einen. Und es ist ganz normal, jede Woche mehrmals zur Psychoanalyse zu gehen. Ja, ich glaube sogar, dass es eine Art Statussymbol ist. Owe jedenfalls verbrachte einen beträchtlichen Teil seiner Freizeit damit, dass er auf Evelyns Couch am Odenplan seine Jugend durchexerzierte.

Ich weiß noch, dass er manchmal erschöpft war, wenn er nach Hause kam. Schweißnass, zerstreut und mit glasigem Blick sank er auf das Sofa im Wohnzimmer und verlangte, in Ruhe gelassen zu werden. Ich war dann immer besonders liebevoll, denn ich nahm an, dass sie über schwerwiegende Themen diskutiert hatten. Vielleicht über die Krankheit seines Vaters oder die Vorliebe seiner Mutter, sich mit Schmerz- und Beruhigungstabletten vollzustopfen. Aber an einem Abend Mitte Dezember, als wir seit ungefähr zehn Jahren verheiratet waren, kam ich ihm auf die Schliche. Ich weiß noch, dass ich wach wurde, weil ich fror. Die Heizung in unserer Wohnung funktionierte damals nicht besonders gut, und meine Decke war heruntergerutscht. Ich merkte, dass Owe nicht neben mir lag und ging in Richtung Wohnzimmer, um zu sehen, was er denn machte. Aus der Küche hörte ich ein Flüstern, und aus irgendeinem Grund sagte ich nichts, sondern schlich mich dichter heran, ohne mich bemerkbar zu machen.

Er sprach Englisch. Und es war kein berufliches Telefonat. Ich brauchte nicht lange, um zu begreifen, dass er mit Evelyn sprach und dass ihre Beziehung eine ganz andere war, als ich geglaubt hatte.

Ich spielte mit dem Gedanken, in die Küche zu stürzen und ihm den Hörer aus der Hand zu reißen, ihm eine Ohrfeige zu verpassen oder vielleicht etwas auf den Boden zu feuern, aber stattdessen machte ich kehrt, ging zurück ins Schlafzimmer und zog mir die Decke über den Kopf, erfüllt von einer so starken Verachtung, dass ich sie nicht in Worte fassen konnte. Denn ich empfand Verachtung, keine Trauer oder Wut oder Eifersucht. Ich konnte es nicht respektieren, dass er so verdammt scheinheilig war, dass er mir nie von Evelyn oder den anderen erzählt hatte, während er mir dauernd Vorwürfe wegen meiner Seitensprünge machte.

Denn auch ich hatte ihn hintergangen. Mehrmals sogar. Vor allem zu Beginn unserer Beziehung. Aber das war eine andere Zeit gewesen, offene Beziehungen, polygame Verhältnisse und was weiß ich nicht alles, das war damals eben angesagt. Ich log nie und vertuschte auch nie etwas, wenn es um meine Seitensprünge ging. Es kam vor, dass ich nach einem feuchtfröhlichen Fest mit einem anderen im Bett landete, und Owes Reaktion war immer dieselbe: Er brachte mich nach Hause – trug mich sogar, wenn das nötig war – und redete auf mich ein. Behandelte mich wie ein Kind, das gegen den Hausarrest verstoßen oder vielleicht Süßigkeiten geklaut hatte. Und das machte mich ihm gegenüber moralisch unterlegen. Und jetzt nutzte er das aus, um jede Woche dreimal auf der Couch am Odenplan mit Evelyn zu schlafen.

Ich glaube, damals fing ich an, ihn zu hassen.

Als ich dann Peter kennenlernte, sah ich keinen Grund, auf diese Verliebtheit zu verzichten, sie fühlte sich so richtig an. Warum hätte ich das tun sollen? Owe hatte es sich ja auch gestattet, sich in diese Amerikanerin zu verlieben.

Im Grunde glaube ich, dass es eine Art Aufbegehren war, eine Beziehung zu einem Mann wie Peter einzugehen. Er hatte nichts am Hut mit diesen intellektuellen Zirkeln, wohnte in einer kleinen Wohnung in einem Vorort und fühlte sich am wohlsten, wenn er sich im Fernsehen Sportsendungen ansehen konnte. Kurz gesagt, ein Mann, den unsere Freunde mit leichter Herablassung als ungebildeten Durchschnittsschweden bezeichnen würden. Einer, dessen Träume nicht weiter reichten als bis zum nächsten Urlaub oder dem neuen Auto, und der Tschechow für eine Wodkamarke hielt.

Ich wurde aus Peters Hintergrund aber eigentlich nicht richtig klug. Er hatte mir erzählt, dass seine Mutter politisch aktiv gewesen war und sich für die FNL engagiert hatte. Dass er als Kind mit ihr zu Veranstaltungen und Demonstrationen gegangen war. Ich dachte dann, dass er eigentlich gar nicht so anders aufgewachsen war als meine Freunde. Aber trotz seiner Geschichte wirkte er selbst nicht wirklich politisch interessiert. Ich nehme an, dass das oft so ist – dass wir ganz bewusst ein anderes Leben suchen als das, das unsere Eltern geführt haben.

Owes aufgeblasenes Selbstwertgefühl erlitt jedenfalls einen gewaltigen Dämpfer, als er begriff, dass ich ernsthaft vorgehabt hatte, ihn zu verlassen – selbst wenn Peter verschwunden war und mich an jenem Abend auf dem Bürgersteig in der Skeppargata meinem Schicksal überlassen hatte.

Aber meine ganze Frustration über Owe, die in jener Nacht ihren Höhepunkt erreicht hatte, ging nach und nach über in Resignation und Passivität. Mich wieder so zu verlieren, Vertrauen zu einem anderen Mann so aufzubauen, wie ich das mit Peter getan hatte – und dann vielleicht wieder im Stich gelassen zu werden –, das war unvorstellbar.

Also blieb ich bei ihm, weil ich keine bessere Alternative sah.

So etwas passiert wohl einfach.

Und jetzt war also Peter wieder in meinem Leben aufgetaucht.

Peter.

Der einzige Mann, der mir in den vergangenen fünfzehn Jahren wirklich etwas bedeutet hatte. Ein müder Polizist mit angeknackstem Selbstbewusstsein und pathologischer Bindungsangst. Vor nur wenigen Stunden hat er hier neben mir im Bett gelegen. Mit mir. In mir. Und ich kann nur daran denken, wann ich ihn wiedersehen werde.

Vielleicht werde ich langsam wie Gunilla, denke ich, und mir fallen ihre Worte ein. *Wir sind so ungeheuer… angezogen voneinander! Geil, um es vulgär zu sagen. Darf man das in unserem Alter sein?*

Unsere Beziehung wieder aufleben zu lassen, kommt natürlich überhaupt nicht in Frage. Nicht nur, weil ich Angst davor habe, wieder verlassen zu werden, sondern vor allem, weil ich eine Krankheit habe, für die es keine Heilung gibt. Weil mein Weg in einen dunklen Tunnel der Vergessenheit und des Verfalls führt. Wie eine Höhlenforscherin, die durch eine Felsspalte kriecht, auch wenn sie weiß, dass die Spalte immer enger werden wird, bis sie irgendwann im Urgestein festsitzt und keine Möglichkeit mehr hat, sich daraus zu befreien.

Und dort kann noch nicht einmal Peter mir helfen.

Als ich im Polizeigebäude ankomme, gehen die Kollegen gerade die Hinweise durch, die nach der Veröffentlichung des Phantombildes eingegangen sind. Ich sehe mir die Bilder der jungen Frauen an und hoffe bei jeder einzelnen, dass sie mit dem Opfer in Orres Haus nicht identisch ist. Aber irgendjemand muss es ja sein. Das lässt sich nicht abstreiten. Eine Frau liegt im Kühlfach bei der Rechtsmedizin in Solna und wartet darauf, ihren Namen und ihre Geschichte zurückzubekommen. Und sei es posthum.

Ich vermeide es, Peter anzusehen. Nicht, weil ich das bereue, was heute Nacht geschehen ist, sondern weil ich nicht so recht weiß, was ich sagen oder tun soll. Ich war schon so lange nicht mehr in einer solchen Situation. Einer echten Teeniesituation. *Also, naja, gestern, das war schon irgendwie gut, aber ich weiß nicht so ganz, was er von mir hält oder ob wir uns wiedersehen werden.*

Das ist doch eigentlich albern. Vielleicht das Komischste, was mir seit Jahren passiert ist.

Wie lange habe ich eigentlich keinen Sex mehr gehabt? Ich weiß es gar nicht mehr so recht, vielleicht fünf Jahre. Ich weiß noch, dass ich zu Owe immer gesagt habe, ich hätte Kopfschmerzen. Nicht, weil das eine gute Entschuldigung war, sondern, weil es eine so verdammt miese Entschuldigung war – eine Entschuldigung, die ihm ja eigentlich klarmachen musste, dass ich nicht mehr mit ihm schlafen wollte.

Er verstand das auch irgendwann.

Und hörte dann auch ganz auf, mich zu berühren. Ging abends nur stumm zu Bett und knipste die Lampe aus, ohne mir auch nur einen Kuss zu geben. Das war eine Strafe, das begriff ich durchaus. Aber mir kam das wie gerufen. Ich hatte ihn schon damals satt, auch wenn ich niemals im Ernst mit dem Gedanken gespielt hatte, ihn noch einmal zu verlassen.

Und dann kam die Krankheit. Es fing damit an, dass ich Namen vergaß. Sogar Namen von Freunden, die wir seit vielen Jahren kannten. Oder – was häufiger vorkam – Ortsnamen.

Sundsvall, Söderhamn, Sollefteå.

Örebro, Örkelljunga, Örgryte.

Arboga, Abisko, Arvika.

Wer zum Henker kann sich die überhaupt merken? Wenn es dabei geblieben wäre, wäre Owe wohl nichts aufgefallen. Aber dann vergaß ich Verabredungen, vergaß, unsere Freunde zurückzurufen, wenn ich das versprochen hatte, und verlegte Kreditkarten und mein Mobiltelefon.

Eines Tages vergaß ich Frida vor dem Supermarkt, und als ich nach Hause kam, wusste ich nicht mehr, wo ich sie gelassen hatte. Ich rief panisch Owe an, und eine Woche später zwang er mich, zu unserem Hausarzt zu gehen, der mich weiterverwies, um eine Gedächtniserfassung zu veranlassen.

Gedächtniserfassung.

Ich koste dieses Wort aus. Es klingt poetisch und absurd zugleich. Wie ein Stück von Kristina Lugn oder ein Buch von Kurt Vonnegut.

Die Untersuchung war allerdings nicht sonderlich poetisch oder auch nur absurd. Es gab vor allem Tests und Fragerunden, und nach einigen Monaten kamen die Ärzte zu dem Schluss, dass ich an Demenz litt, aber welche Form es genau war, konnten sie nicht sagen. Sie wussten auch nicht, wie schnell sich mein Zustand verschlechtern würde oder ob mir diese Pillen, die sie mir verschrieben, helfen könnten.

Ich sehe jetzt zu den Kollegen hinüber, die an ihren Schreibtischen sitzen. Frage mich, was sie wohl denken würden, wenn sie wüssten, dass eine Kollegin mit »mildem kognitiven Versagen« neben ihnen sitzt. Dass die erfahrene Verhaltensforscherin, die sie für neunhundert Kronen die Stunde berät, dabei ist, in tiefem Vergessen zu versinken. Dass ich in einigen Monaten vielleicht eine Banane nicht mehr von einem Baseballschläger unterscheiden kann.

Dann würden sie mich sicher nicht bitten, unter unschuldigen Männern einen Mörder zu suchen, denke ich.

Manfred kommt zu mir herüber. Er bewegt sich wie immer elegant wie ein Pfau, als er neben meinem Sessel in die Hocke geht.

»Verdammt gut, dass du das mit den Streichhölzern entdeckt hast«, sagt er und schiebt sich einen Priem unter die Oberlippe.

»Danke.«

»Du glaubst also, dass Opfer und Mörder sich gekannt haben?«

»So, wie der Mörder vorgegangen ist, ja. Ich glaube, sie hatten irgendeine Art von Beziehung zueinander, und der Mörder wollte sich aus irgendeinem Grund an dem Opfer rächen, an den Opfern. Sie bestrafen.«

»Und wenn du raten solltest: Welche Art Beziehung könnte das gewesen sein?«

»Es müssen starke Gefühle im Spiel gewesen sein. Hinter diesem Hass muss es noch etwas anderes gegeben haben. Etwas mindestens genauso Starkes. Hass ist nichts, das in einem Vakuum entsteht.«

»Was könnte dieses andere denn gewesen sein?«

Ich überlege eine Weile.

»Liebe. Zum Beispiel.«

In der Mittagspause kommt eine SMS von Owe. Er schreibt, dass er wegen seines Verhaltens und seiner Drohungen um Verzeihung bittet. Dass es ihm gutgeht, dass er mich liebt und dass er nicht glaubt, dass er ohne mich leben kann.

Das stimmt sicher. Aber ich antworte nicht. Ich kaufe mir einen Salat und setze mich ins Besprechungszimmer zu Sanchez und Manfred, die den Ermittlern bei der Auswertung der Hinweise aus der Bevölkerung helfen sollen. Eigentlich muss ich nicht dabei sein. Ich könnte in Gunillas Wohnung gehen, nach Hause, und mich mit einem Buch aufs Sofa setzen, aber dazu habe ich keine Lust.

Eine jüngere Ermittlerin, die Simone heißt und Dreadlocks bis zur Taille hat, legt den Kopf schräg und sagt:

»Wilhelmina Andrén können wir jedenfalls abschreiben. Die, die aus der Psychiatrie in Danderyd verschwunden war. Ein Hundebesitzer hat sie heute Morgen erfroren bei Brunnsviken in Solna gefunden. Ihre Eltern haben sie identifiziert.«

»Armes Mädchen«, murmelte Manfred und fährt sich mit der Hand über seine roten Bartstoppeln.

Simone nickt und fügt hinzu:

»Bleiben Angelica Wennerlind und Emma Bohman. Wir haben ihre zahnärztlichen Unterlagen nach Solna geschickt und müssten eigentlich spätestens morgen Antwort bekommen.«

»Ich dachte, heute Abend schon«, sagt Manfred.

»Der Rechtsodontologe ist in Skövde und braucht einige Stunden für die Rückreise«, sagt Simone.

In diesem Moment wird die Tür geöffnet und Peter kommt herein. Er hat rote Wangen und Schnee auf seiner Lederjacke. Er nimmt sich nicht die Zeit, die Jacke auszuziehen oder sich zu setzen. Er deutet erst auf Manfred, dann auf mich.

»Stellt euch vor. Wir haben eine Kollegin zu Besuch, die sagt, dass sie vor zwei Wochen mit Emma Bohman zu tun hatte. Offenbar hatten sie und Jesper Orre wirklich ein Verhältnis.«

EMMA

Drei Wochen früher

»Ich muss ein paar Rechnungen bezahlen. Kann ich kurz den Computer im Büro benutzen?«

Mahnoor zuckt mit den Schultern, trägt mit dem Zeigefinger ein wenig Lipgloss auf. Heute macht sie auf baggy. Die Jeans hängen gefährlich weit unten auf den Hüften, zeigen den Rand ihrer Spitzenunterhose.

»Sicher.«

Ich staune darüber, dass sie keinen Ärger macht. Habe mehrere Erklärungen auf Lager, warum ich das gerade jetzt erledigen muss, obwohl wir gleich aufmachen. Aber Mahnoor lächelt nur gnädig und verschwindet im Laden. Ich höre sie und Olga plaudern, sie scheinen zu lachen, ich muss aufhören zu lauschen und nachdenken.

Etwas kommt mir anders vor. Alles kommt mir anders vor. Der Laden wirkt heller, Olga und Mahnoor sind besserer Laune. Draußen scheint sogar die Sonne. Aber eigentlich hat sich doch nichts verändert, abgesehen davon, dass ich mir die Macht über mein Leben zurückerobert habe.

Vielleicht ist es genau das, was sich verändert hat?

Es ist leichter, als ich gedacht hatte, das, was ich suche, im Netz zu finden, auch wenn ich eine Weile brauche, um ein passendes Modell zu finden, ich habe keine Ahnung, welches das beste ist und wie viel Volt es haben muss. Nach zwanzig Minuten habe ich den kleinen Apparat bestellt, der an ein Mobiltelefon erinnert. Der Online-Shop verspricht Lieferung innerhalb von vierundzwanzig Stunden, aber ich denke, dass es mir absolut reicht, wenn er innerhalb von drei Tagen da ist. Dann ziehe ich die Visitenkarte aus der Hosentasche.

Anders Jönsson, freier Journalist.

Ehe ich anrufe, gehe ich zur Tür, öffne sie einen Spaltbreit und sehe mich im Laden um. Olga berät eine Kundin und Mahnoor faltet Jeans und bewegt sich leicht im Takt der Musik.

Anders Jönsson meldet sich nach dem dritten Klingeln. Erst scheint er sich nicht an mich zu erinnern, aber ich erkläre alles noch einmal: dass er bei uns im Laden war, dass ich damals aber nicht mit ihm reden wollte, dass ich meine Meinung jetzt aber geändert habe. Er schweigt für einen Moment. Klingt dann eifrig, als er erklärt, dass er sich gerne mit mir treffen möchte. Am liebsten so schnell wie möglich. Vielleicht sogar noch heute?

So leicht, denke ich. Das ist ja so leicht.

Der Sommer explodierte vor dem Fenster, alles war grün draußen, als wir durch den Gang liefen. Das Echo unserer Schritte prallte wie Pingpongbälle von den Wänden ab. Ich gab mir alle Mühe, mit ihm Schritt zu halten, aber er wurde immer schneller. Lief auf die Eingangshalle zu, wo die Sonne durch die großen Glastüren fiel und den schmutzigbraunen Boden zum Leuchten brachte.

»Wir können uns natürlich nicht treffen, Emma. Das siehst du doch selbst ein?«

Er drehte sich zu mir um, und wir blieben vor dem Physik-saal stehen. Die grauen Wände schienen auf mich zuzukommen, fast schien der Gang zu schrumpfen, und ich konnte plötzlich kaum noch atmen. Die Decke senkte sich bedrohlich herab. Sie war weiß und hatte hier und da schwarze Kautabakflecken. Ich hatte mich schon oft gefragt, wie der an der Decke gelandet war.

Nagel legte mir die Hand auf den Unterarm. Streichelte ihn ein wenig und gab mir wieder das Gefühl, ein kleines Kind zu sein. Begriff er nicht, wie das für mich war, wie erniedrigend und vernichtend diese schlichte kleine Geste wirkte?

Meine Wangen wurden heiß. Vor Scham, aber da war noch etwas anderes. Zorn. Er hatte mich ausgenutzt, mit mir gespielt. Geleckt und gesaugt und penetriert und geküsst und gestreichelt und alles andere hatte er mich. Aber dann wollte er nicht mehr. Dann war ich nicht mehr gut genug. Er hatte sich genommen, was er wollte, und dann wollte er nichts mehr von mir wissen.

Und hier stand ich nun.

»Wieso können wir uns nicht treffen?«, fragte ich und bereute das sofort, denn ich wollte wirklich nicht, dass er mich für eine klammernde, zudringliche Göre hielt.

Er sah mich verständnislos an, trat einen Schritt zurück, als ob er plötzlich bemerkt hatte, dass ich stank.

»Bisher war das doch nie ein Problem für dich«, fügte ich hinzu.

»Ich verstehe nicht«, sagte er, und in diesem Moment klingelte es und alle Türen auf dem Gang schlugen auf. Und er sah wirklich besorgt aus, das muss ich ihm lassen.

Die Schüler strömten aus den Klassenzimmern, drängten

sich an uns vorbei, ein Fluss aus willenlosen Teenagerkör-
pern, während sein Blick weiterhin an mir hing.

»Ich will dir ja helfen, Emma, aber doch nicht so!«

Und in diesem Augenblick zerbarst ich in tausend Stücke.

Der Gang um mich herum brach über mir zusammen, die
von Kautabak gesprenkelte Decke stürzte ein. Ich starb. Meine
Existenz endete in einer Wolke aus Betonstaub. Mein Körper
wurde zerschmettert. Der Schmerz bohrte und hämmerte in
jeder Zelle. Meine Atome wurden in Fetzen gerissen, vernichtet. Sie lösten sich auf. Das Einzige, was übrigblieb, waren der
pulsierende Schmerz und die Scham.

In der Lützengata stakse ich durch hohe Haufen aus gelbem
Herbstlaub. Ich habe das Gefühl, durch tiefen Schnee zu gehen. Der Geruch verrottenden Grüns prickelt in meiner
Nase. Ein Windstoß packt ein paar Blätter, sie wirbeln über
mir durch die Luft wie Schwalben. Ich bleibe mitten auf der
Straße stehen, den Blick fest auf das fliegende Laub gerichtet,
wie hypnotisiert von diesem Schauspiel.

Ich hatte vergessen, dass das Leben so schön sein kann. So
perfekt.

Er steht vor der Bäckerei im Valhallaväg, genau wie versprochen. Ich erkenne ihn sofort. Er trägt denselben abgenutzten Parka und der Wind lässt die dünnen hellgelben
Haare um seinen Kopf flattern. Es sieht komisch aus, und ich
muss mir alle Mühe geben, um ihn nicht anzustarren. Wir
begrüßen einander und gehen hinein ins Warme. Es ist eng
und dunkel, wie immer. An der Wand gibt es einige wenige
Sitzplätze, die wir mit Kaffee und Kardamomschnecken beziehen.

»Also, wie geht's bei der Arbeit?«

Die Frage klingt unschuldig. Als wären wir alte Freunde, die einen Kaffee trinken und darüber plaudern, was in den vergangenen Monaten so passiert ist.

»Geht schon.«

»Echt?«

Er hebt die blonden Augenbrauen. Sieht überrascht aus. Aber ich habe beschlossen, nichts von meiner Kündigung zu erzählen. Das riecht zu sehr nach Rache – was es ja auch ist.

Deinen Job für meinen Job, Jesper.

»Naja, du weißt doch, wie es da zugeht.«

Er nickt, verschlingt seine halbe Kardamomschnecke mit einem Bissen.

»Das ist einfach nur übel.«

Er betont jede Silbe, wie um klarzustellen, wie furchtbar er meine Situation findet.

»Mmm.«

»Wie haltet ihr das eigentlich aus?«

»Es ist ein Job. Und ich brauche das Geld.«

»Lang lebe der Kapitalismus«, murmelt er und sieht plötzlich bitter aus.

»Ich habe ja keine andere Wahl.«

Er nickt langsam.

»Ist mir schon klar. Gerade deshalb ist es sehr mutig von dir, dass du heute hergekommen bist. Was wolltest du also erzählen?«

Er sieht plötzlich neugierig aus. Seine besorgte Miene ist wie weggeblasen. Ich werde leise und lehne mich über den kleinen Tisch, damit die Frau hinter dem Tresen mich nicht hören kann.

»Jesper Orre. Ich weiß ein paar Dinge über ihn.«

»Ich bin ganz Ohr«, sagt er und beugt sich ebenfalls weiter vor, so weit, dass ich die Zuckerkörner in seinen Mundwinkeln sehe und in seinem Atem den Kaffee rieche.

Ich versuche, ein besorgtes Gesicht zu machen, und lasse mich auf meinem Stuhl ein wenig zurücksinken.

»Aber… Ich weiß nicht. Es kommt mir irgendwie nicht ganz richtig vor, dir das zu erzählen.«

Er richtet seine hellen Augen auf mich, berührt kurz meinen Unterarm.

»Es ist sehr gut, dass du deinem Arbeitgeber gegenüber loyal bist und überhaupt, aber denk jetzt an deine Kolleginnen und Kollegen. Denk daran, wie es euch geht, denn er tut das nicht. Das Einzige, was Jesper Orre interessiert, ist Geld. Ganz ehrlich gesagt, der scheißt auf euch. Vergiss das nie. Jesper Orre scheißt auf dich, Emma.«

Ich seufze. Nicke langsam. Wenn er wüsste, wie recht er hat.

»Na gut. Ich erzähle es dir. Darüber reden ja ohnehin schon alle. Sein Haus ist gestern abgebrannt, oder vielleicht war es die Garage. Und die Polizei glaubt anscheinend, dass er den Brand selbst gelegt hat.«

Sein Augenwinkel zuckt, als er sich wieder näher zu mir beugt. Etwas in seinem Blick ist zum Leben erwacht. Plötzlich sieht er richtig aufgeregt aus. Die halbe Kardamomschnecke hat er offenbar vergessen. Er hat den Teller zur Seite geschoben. Noch immer liegt seine Hand auf meinem Unterarm, ich entziehe mich seinem Griff vorsichtig.

»Entschuldige«, murmelt er, als ihm auffällt, dass er mich die ganze Zeit festgehalten hat. »Weißt du, warum er das getan hat?«

»Keine Ahnung. Aber in der Garage standen offenbar mehrere teure Autos.«

»Eine Versicherungsnummer also?«

Ich schüttele langsam den Kopf.

»Ich weiß nicht. Es hört sich doch verrückt an, dass er den Brand selbst gelegt haben soll. Vor allem, wenn da seine Autos drinstehen.«

Er lächelt nachsichtig und ich weiß, dass er mir meine gespielte Naivität bedingungslos abnimmt.

»Weißt du, ob das alles irgendjemand bestätigen kann?«

»Nein, aber die Polizei weiß doch wohl von dem Brand?«

Er nickt wortlos.

»Emma, das hier ist wichtig. Wenn du noch mehr über Jesper weißt, dann sag es mir jetzt.«

»Wie meinst du das?«

»Naja, hat er sonst irgendwelche Probleme?«

Ich versuche, auszusehen, als ob ich konzentriert nachdächte, als ob ich in allen Winkeln meiner Erinnerung suchte. Dann nicke ich.

»Wenn, dann das mit der internen Ermittlung.«

»Interne Ermittlung?«

»Ja, also, die Buchhaltung ermittelt doch gegen ihn.«

»Weißt du, warum?«

Ich lege den Kopf schräg. Mache große Augen und wickele mir eine Haarsträhne um den Finger.

»Angeblich hat er sich von der Firma sein privates Geburtstagsfest bezahlen lassen. Aber das ist sicher nur üble Nachrede. Ich meine, wenn jemand Geld hat, um so was selbst zu bezahlen, dann doch wohl er?«

An diesem Abend lade ich mich selbst zu Wein und Pizza vom Imbiss gegenüber ein. Zünde Kerzen an – dieselben wie zu unserem Verlobungsessen. Ich lasse Musik laufen und plötzlich kommt mir alles viel leichter vor. Alles zu bewältigen. Als ob ich jetzt eine klare Aufgabe hätte: Gerechtigkeit herzustellen. Vielleicht habe ich mich in eine Art Werkzeug verwandelt. Und darin liegt etwas Befreiendes. Sich etwas Größerem und Wichtigerem zu unterwerfen bedeutet, frei zu werden. Für eine Sache zu leben, heißt, eine Menge Entscheidungen nicht treffen zu müssen – der Weg ist ja festgelegt.

Ich darf nicht zu viel trinken, denke ich. Darf nicht riskieren, verkatert und langsam und dumm zu sein. Jetzt nicht. Jede Stunde, jede Minute, ja, jede Sekunde ist wichtig, wenn ich das schaffen will, was ich schaffen muss.

Disziplin. Beherrschung. Kontrolle.

Gerechtigkeit.

Ich presse nach dem zweiten Glas den Korken energisch in die Weinflasche. Gehe zum Wasserhahn in der Küche und trinke kaltes Wasser. Meine Haare fallen ins Spülbecken. Sie funkeln im Licht der Deckenlampe. Was habe ich für schöne Haare, denke ich.

Ich gehe ins Badezimmer. Trete vor mein eigenes Spiegelbild und es verschlägt mir fast den Atem. Meine Haare leuchten, meine Haut ist blass und schimmert fast. Und ich sehe es: Ich bin schön. Ich bin wirklich schön. Warum habe ich immer gedacht, ich sei unscheinbar und langweilig und kindlich, wenn ich in den Spiegel geschaut habe? Warum habe ich mich nie richtig gesehen? Es war ganz egal, wie oft Jesper es mir gesagt hat, ich habe ihm nie geglaubt. Aber jetzt kann ich es selbst sehen.

Ich bin stark. Und ich brauche keinen anderen Menschen. Nicht einmal Jesper.

Schon gar nicht Jesper.

Die U-Bahn hat Verspätung, aber das ist mir egal. Ich sitze auf dem Bahnsteig und stecke die Nase in die Zeitung. Folge dem Text mit dem Zeigefinger, als hätte ich Angst, irgendein Wort zu verpassen. »Umstrittener Direktor unter Verdacht wegen Brandstiftung und Unterschlagung«, lese ich. Dann folgt ein Text, der etliche Missstände beschreibt, die der Journalist in der Firma entdeckt haben will. »Das Netz um den Modekönig zieht sich zusammen«, erklärt er, dann endet er mit der Frage, wie lange die Teilhaber und der Vorstand Jesper Orre noch auf seinem Posten lassen können. Eine Grafik neben dem Text zeigt, dass der Aktienkurs des Unternehmens in den vergangenen Monaten in den Keller gesunken ist. Ganz unten sehe ich ein kleines Bild des Mannes, mit dem ich mich gestern getroffen habe. Der Journalist mit den Kuchenkrümeln in den Mundwinkeln, der meiner Geschichte mit so großem Interesse zugehört hat.

Das war fast zu leicht, denke ich. Er hat sofort angebissen, wollte mir so verzweifelt gern jedes Wort glauben. Oder?

Kosmisches Gleichgewicht?

Vielleicht gibt es ja doch eine Art höherer Macht.

Als ich den Platz überquere, sind meine Schritte leicht. Eine fast laue Brise streichelt meine Haare. Die Wolken jagen einander über meinem Kopf, und ab und zu entdecke ich zwischen ihnen eine blaue Stelle. Vor dem Laden sitzen Obdachlose und teilen sich schon die erste Schnapsflasche des Tages. Ich schaue sie an, und ich sehe, das sind Menschen, die nicht die Fähigkeit besaßen, die Macht über ihr eigenes Leben zu ergreifen, Menschen, die sich ihrem Schicksal unterworfen haben, statt sich zu erheben und zurückzuschlagen. Wenn ich mich nicht an Jesper gerächt hätte, wäre ich vielleicht so geworden wie sie: geduckt, gebrochen. Ein menschliches Wrack ohne Sinn oder Ziel, das planlos umhergetrieben wird wie ein Blatt im Wind.

Als ich den Laden erreiche, steht Olga davor und raucht. Ihre Haltung hat etwas Seltsames, die Art, wie sie die Zigarette an den Mund hebt. Irgendwie ruckhaft und steif. Sie sieht nervös aus. Außerdem raucht sie nie vor der Eingangstür, sondern geht immer zum Abfallraum. Die vom Hauptbüro aufgestellten Regeln verbieten es uns, vor dem Eingang zu rauchen. Weil es einen schlechten Eindruck machen könnte?

Als sie mich sieht, schwenkt sie beide Arme über dem Kopf. Sie wirft die Zigarette weg, und die wird sofort vom Wind erfasst, der sie wegträgt, vorbei an den wodkatrinkenden Männern in den verschlissenen Stoffjacken, und weiter zur Verkehrsinsel mit dem leeren Springbrunnen genau in der Mitte.

»Hallo«, sage ich.

»Die Polizei ist hier«, flüstert sie dramatisch und reißt dabei die hellblauen Augen auf. Ein Windstoß packt ihre dünnen Haare und lässt den dunklen Ansatz aufscheinen.

»Die Polizei?«

»Die wollen mit dir reden.«

»Mit mir?«

»Ja. Mit dir.«

»Worüber denn?«

»Keine Ahnung. Ich dachte, du wüsstest das.«

Ich zucke mit den Schultern, versuche, ungerührt auszusehen, aber als ich den Laden betrete, spüre ich, wie mein Puls schneller wird und wie ein Schweißtropfen zwischen meinen Schulterblättern nach unten läuft. Olgas Blick brennt in meinem Rücken. Nicht aus Nervosität hat sie vor dem Eingang gestanden und auf mich gewartet, sondern nur aus Neugier, das begreife ich jetzt.

Die Polizei steht mit Mahnoor bei der Kasse. Ein Mann und eine Frau, Mitte vierzig, sie sind ganz alltäglich gekleidet. Sie hätten auch Kunden sein können, so normal sehen sie aus. Der Mann ist ziemlich klein, kräftig gebaut, mit kurzgeschorenen graublonden Haaren. Er sieht mitgenommen aus, aber trotzdem irgendwie elegant. Wie ein Schurke in einem Actionfilm. Die Frau ist groß, mager und hat eine schlechte Haltung. Ihre Haare sind aschblond, dünn und etwas länger. Sie heben sich von den Schultern, als sie sich zu mir umdreht und mich mit kritischem Blick mustert.

»Emma Bohman?«, fragt sie und streckt eine magere Hand aus, die meine überraschend kräftig drückt. »Ich heiße Helena Berg und bin von der Polizei. Wir würden gerne kurz mit Ihnen sprechen.«

Weil ich mich auf sie konzentriert habe, habe ich nicht bemerkt, wie ihr Kollege sich neben mich gestellt hat.

»Johnny Lappalainen«, sagt er. Dann schweigen wir. Es kommt nichts mehr. Kein Titel, keine weitere Erklärung.

Hinter Johnnys Schulter sehe ich Mahnoor. Ihre Augen sind groß und schwarz, und natürlich will sie wissen, was hier vor sich geht. Ich schüttele langsam den Kopf, während ich ihrem Blick begegne: Nein, ich habe auch keine Ahnung, was diese Leute von mir wollen.

»Es wäre nett, wenn Sie zu einer Befragung mit auf die Wache kommen könnten«, sagt die magere Frau und sieht mich mit ausdruckslosem Blick an. Ich habe ihren Namen schon vergessen. In meinem Bewusstsein ist jetzt kein Platz für ihren Namen. Alle Winkel und Nischen sind besetzt. Verzweifelt versuche ich, Ordnung in die Geschehnisse der vergangenen Woche zu bringen. Alle kritischen Augenblicke durchzugehen. Hat mich an dem Abend vor Jespers Garage jemand gesehen? Kann der Mann im Farbenladen auf meine Einkäufe reagiert und die Polizei informiert haben? Hat Olga etwas gesagt? Aber die weiß doch nicht, was ich getan habe. Sie weiß nur, was Jesper mir angetan hat. Und eigentlich nicht einmal das, denn ich habe ja gar nicht alles erzählt.

»Muss das sein?«, frage ich.

»Ja«, sagt der Mann mit schroffer Stimme. »Aber es dauert nicht lange.«

Ich sehe noch einmal Mahnoor an. Sie schweigt, nickt mir aber zu, als sei es ihr wichtig, dass ich der Polizei gehorche.

Die Polizistin mit den strähnigen Haaren sitzt mir gegenüber in einem kleinen Raum mit weißen Wänden und weißen Holzmöbeln. Zwischen uns auf dem Tisch steht ein Laptop, das ist alles. Aus der Nähe sieht die Frau älter aus, tiefe Furchen ziehen sich von den Mundwinkeln zum Kinn hinunter, in den aschblonden Haaren sind graue Streifen zu sehen.

Der Mann sitzt stumm neben ihr. Er fährt sich über die kurzen Haare, wie um sich davon zu überzeugen, dass sie noch vorhanden sind, und schaut aus dem Fenster. Ich folge seinem Blick. Die blasse Herbstsonne scheint über dem Platz und dem ausgetrockneten Springbrunnen. Welkes Laub wirbelt in leichten Windstößen, die über das Pflaster streichen.

»Kennen Sie das hier?«, fragt die Polizei und öffnet einen braunen Umschlag. Etwas fällt auf die weiße Tischplatte. Eine winzige Plastiktüte mit einem kleinen Gegenstand, der aussieht wie ein Metallknopf, landet mit einem leisen Knall auf dem Tisch. Ich greife nach der Tüte, wiege sie in der Hand und öffne sie.

Es ist der Ring.

Mein Verlobungsring!

»Ja«, sage ich. »Das ist mein Verlobungsring.«

»Sind Sie sicher?«, fragt der Mann.

Ich nicke.

»Ganz sicher. Wir haben nichts hineingravieren lassen, aber es sieht aus wie mein Ring, ja.«

»Wann haben Sie den zuletzt gesehen?«, fragt er und lehnt sich zurück, wobei sein Stuhl ein wenig ächzt, wie um gegen dieses Gewicht zu protestieren.

»Als ich ihn ins Pfandhaus in der Storgata gebracht habe. Ich brauchte Geld.«

Der Mann und die Frau mir gegenüber tauschen einen kurzen einvernehmlichen Blick.

»Und wann und wo haben Sie ihn gekauft?«, fragt die Frau und beugt sich über den Tisch vor.

»Das ist ein Verlobungsring, habe ich doch gesagt. Ich habe ihn nicht gekauft, ich habe ihn geschenkt bekommen.«

»Schon gut, nur, damit wir das richtig verstehen. Wann und wo haben Sie ihn bekommen. Und von wem?«

Ich seufze. Begreife nicht, worauf sie hinauswollen. Schaue aus dem Fenster, wünsche plötzlich, ich könnte dort auf der

Parkbank sitzen, in einer schmutzigen Stoffjacke, mit einer Flasche Schnaps in der Hand. Wie die Penner heute Morgen vor dem Laden. Alles wäre doch besser als das hier.

»Ich habe ihn von meinem Freund bekommen, also von meinem Verlobten. Vor zwei Wochen. Aber danach hat er Schluss gemacht. Ich brauchte wirklich Geld, deshalb habe ich ihn ins Pfandhaus gebracht. Das kann ja wohl nicht verboten sein?«

Der Mann schüttelt den Kopf.

»Natürlich nicht. Aber es verhält sich nun so, dass der Ring vor zwei Wochen und ein paar Tagen aus einem Schmuckgeschäft in der Linnégata gestohlen worden ist. Wissen Sie etwas darüber?«

»Gestohlen?«

»Ja. Er wurde aus dem Laden gestohlen. Alle Leihhäuser vergleichen die bei ihnen abgelieferten Gegenstände mit unseren Diebstahllisten, Ihr Ring ist darauf verzeichnet. Das Leihhaus hatte Ihre persönlichen Daten. Deshalb sitzen wir jetzt hier.«

Kälte steigt langsam in mir hoch, von den Füßen über den Brustkorb in den Kopf, bis sie meinen ganzen Körper in eisigem Griff hält. Hat Jesper den Ring gestohlen? Und wenn ja, warum? Wollte er kein Geld für mich ausgeben, oder ist das hier noch ein Puzzlestück eines kranken Plans, den ich nicht durchschauen kann?

Die Frau beugt sich über den Tisch, richtet den Blick auf mich und sieht noch mürrischer aus als bisher. Ich kann die winzigen Haare sehen, die sich von der Haut auf ihrer Oberlippe abheben. Ich will, dass sie aufhört, nicht näher kommt. Mit jedem Zentimeter, den sie sich bewegt, wächst der kalte

Stein in meinem Bauch. Ich brauche Distanz. Abstand. Kann diese aufdringliche Nähe nicht ertragen.

»Wir glauben, dass Sie den Ring im Laden gestohlen haben, Emma.«

Ich kann nicht antworten, mein Mund ist wie ausgedörrt und fühlt sich an, als wäre er voller Sand. Die Zunge klebt an meinem Gaumen. Ich kann nur den Kopf schütteln. Dann seufzt der Mann mit dem finnischen Nachnamen tief. Ich nehme an, er hat in seiner Laufbahn bei der Polizei schon alle Ausflüchte gehört, die sich jemand ausdenken kann. Er glaubt mir nicht, denke ich. Sie glauben mir beide nicht.

»Emma. Sehen Sie sich das hier mal an.«

Er dreht den Laptop, der zwischen uns auf dem Tisch steht, zu mir, und ich sehe ein unscharfes Schwarzweißbild. Zuerst begreife ich nicht, was es darstellt, aber dann erkenne ich das Schmuckgeschäft. Ein kleiner weißer Text in der rechten Ecke gibt Datum und Uhrzeit an. Die Polizistin drückt auf einen Knopf und das Bild erwacht zum Leben. Eine Verkäuferin redet mit jemandem, der der Kamera den Rücken zukehrt. Die Bewegungen sind ruckhaft, als sie mit den Händen gestikuliert und eine kleine Schublade hochhebt. Dann zeigt sie auf einen kleinen Tisch mit zwei Stühlen und setzt sich mit dem Rücken zur Kamera. Die andere Person, eine Frau, folgt ihr und nimmt auf dem zweiten Stuhl Platz, zieht Mütze und Handschuhe aus.

Das bin ich. Sie ist ich.

Die Frau, die der Verkäuferin gegenübersitzt, bin ich.

Dann beugt sich die, die ich bin, über die Ringe. Probiert einen nach dem anderen an. Es sieht aus, als ob ich lächele, als ob ich die Situation genieße.

»Ich probiere den Ring an«, sage ich. »Jesper und ich probieren den Ring an.«

»Das sehen wir«, antwortet der Mann. »Aber soweit ich sehen kann, sind Sie allein im Laden.«

Ich verstehe nicht. Das kann nicht stimmen.

»Warten Sie, halten Sie das Bild an«, sage ich.

Er zuckt mit den Schultern. Stoppt den Film.

»Wir haben uns das viele Male angesehen.«

»Nur ein paar Sekunden.«

Er gehorcht und lässt den Film dann wieder laufen.

»Da«, sage ich. »Anhalten.«

Schräg hinter mir ahne ich einen vagen Schatten, der sich Richtung Bildmitte bewegt.

»Da ist er«, sage ich. »*Da ist er!*«

Die beiden wechseln einen Blick. Einen langen, ausdruckslosen Blick. Als die Frau dann etwas sagt, höre ich die Langeweile in ihrer Stimme.

»Sie behaupten also, es war jemand mit Ihnen im Laden?«

»Natürlich. Verlobungsringe probiert man doch nicht alleine an.«

»Und diese andere Person war …?«

»Jesper Orre. Mein Verlobter.«

»*Der* Jesper Orre?«

»Ja. Der Jesper Orre.«

PETER

Hanne und Manfred betreten hinter mir das kleine Besprechungszimmer und begrüßen Helena Berg. Sie stellt sich vor und erzählt, dass sie auf der Wache von Östermalm arbeitet. Ihr magerer Körper, die scharfen Züge und die dünnen hellbraunen Haare kommen mir vage bekannt vor. Ich überlege, ob wir uns vielleicht schon einmal begegnet sind, aber sie scheint mich nicht zu erkennen.

Ab und zu frage ich mich, ob irgendetwas an meinem Aussehen dafür sorgt, dass andere mich nicht mehr bemerken. Vielleicht bin ich einfach zu normal, um bei den Menschen, denen ich begegne, einen Eindruck zu hinterlassen. Vielleicht bin ich so einer, dem man im Bus eine Woche lang gegenübersitzen kann, ohne sich an ihn zu erinnern. Nicht wie Manfred, den alle im ganzen Haus sofort erkennen. Aber genau das will er ja mit seiner wohldurchdachten Kleidung auch erreichen.

Hanne und Manfred setzen sich neben Helena, ich nehme ihr gegenüber Platz. Ich luge verstohlen zu Hanne hinüber. Sie sieht ganz normal aus: konzentriert und mit dem Notizblock auf den Knien. Ihre Miene ist gleichgültig. Von der Intimität von gestern keine Spur, sie lässt sich nichts anmerken – sie könnte auch ein Fahrgast im Bus sein, eine von denen, die mich nicht sehen.

Janet konnte bisweilen so sein, sie konnte mich ignorieren, als ob ich nicht existierte. Meistens wollte sie mich damit bestrafen, weil ich ihren Geburtstag vergessen hatte oder nicht das ganze Wochenende mit Wohnungsbesichtigungen hatte verbringen wollen.

Aber Hanne ist nicht Janet.

Tatsache ist, dass Hanne und Janet so verschieden sind, wie zwei Menschen das nur sein können. Also gibt es keinen Grund, Hannes Verhalten mit dem von Janet zu vergleichen. Jedenfalls nicht, wenn ich wirklich verstehen will, wie Hanne denkt.

Ich wende mich Helena Berg zu, der Stadtteilpolizistin, die von ihrer Begegnung mit Emma Bohman erzählen will.

»Danke, dass du kommen konntest«, sage ich.

Sie zuckt mit den Schultern und lächelt verlegen.

»Ist doch klar. Ich wünschte bloß, ich hätte schon früher eins und eins zusammengezählt. Aber du weißt ja, wie das ist, wir haben mit so vielen Menschen zu tun. So vielen Verrückten …«

Ich nicke. Alle hier am Tisch wissen genau, wie das Leben bei der Stadtteilpolizei aussieht, wir waren ja alle schon mal dagewesen. Außer Hanne natürlich.

»Also erzähl«, sage ich. »Hanne und Manfred arbeiten mit an dem Fall, und ich habe ihnen noch nichts über dein Gespräch mit Emma Bohman gesagt.«

»Okay«, beginnt Helena, nickt nachdenklich und sagt dann: »Vor reichlich zwei Wochen meldete sich ein Leihhaus auf Östermalm in Stockholm bei uns. Sie hatten einen ziemlich wertvollen Brillantring bekommen. Und als sie den mit unserer Diebstahlliste verglichen, stellte sich heraus, dass der Ring vor ein paar Wochen aus einem Schmuckgeschäft in der Linnégata verschwunden war. Der Ring wurde von einer gewissen Emma Bohman versetzt, die im Värtaväg gemeldet ist. Ja, der liegt gleich beim Karlaplan, in der Nähe des Schmuckgeschäftes. Mein Kollege Johnny Lappalainen und ich haben vor zwei Wochen mit Emma Bohman gesprochen und ihr dabei einen Überwachungsfilm vorgeführt, der sie zum Zeitpunkt des Diebstahls in dem Schmuckgeschäft zeigt.«

»Und was hat sie dazu gesagt?«, frage ich.

»Sie sagte, sie sei zwar in dem Laden gewesen, aber nicht allein. Sie habe das Geschäft mit ihrem Freund Jesper Orre aufgesucht, um sich Verlobungsringe anzusehen. Und dann sagte sie noch, sie habe den Ring weder gestohlen noch gekauft, sondern Orre habe ihn ihr zu einem späteren Zeitpunkt geschenkt.«

»Konnte sie das beweisen?«

Helena zuckt abermals mit den Schultern.

»Eigentlich nicht. Sie zeigte auf eine Art Schatten, der im Überwachungsfilm kurz zu ahnen war, und sagte, das sei Orre. Aber ob das stimmte, ließ sich unmöglich feststellen, denn der Film war von sehr schlechter Qualität, und die Person war nur am Bildrand zu sehen. Wir haben dann aber Jesper Orre angerufen, um diese Aussagen zu überprüfen, und er sagte, er habe ihren Namen noch nie gehört und ihr schon gar keinen Verlobungsring gekauft. Dann sagte er, dass ihm dauernd irgendwelche verrückten Personen irgendwelche Vorwürfe machten. Dass er es verdammt satthabe, dauernd so in der Öffentlichkeit zu stehen. Und ja … das ist eigentlich alles. Wir haben ja ziemlich viel zu tun, deshalb blieb die Sache erst mal liegen.

Doch als ich jetzt im Fernsehen das Bild dieser Ermordeten gesehen und von Orres Verschwinden gehört habe, dachte ich, ich müsste mich bei euch melden. Ich habe das Vernehmungsprotokoll und den Überwachungsfilm gemailt, wenn ihr euch das mal ansehen wollt.«

Ich hole die Zeichnung der Toten hervor. Lege sie auf den Tisch und streiche mit der Hand darüber.

»Dieses Bild hast du also gesehen?«

»Genau«, sagt sie und runzelt die Stirn. »Schwer zu vermeiden. Stimmt es, dass sie enthauptet worden ist?«

Ich nicke.

»Oh verdammt. Was gibt es da draußen bloß für Monster?! Doch. Ich habe dieses Bild gesehen, und … naja, eigentlich sehen sie sich nicht wirklich ähnlich, finde ich. Wenn ich mich richtig erinnere, hatte Emma Bohman längere Haare. Aber die kann sie ja auch geschnitten haben, wer weiß?!«

Als Helena Berg gegangen ist, bleiben wir am Tisch sitzen. Sanchez ist aufgeregt, wie immer, wenn eine Ermittlung einen Sprung nach vorn machen könnte. Sie trommelt mit den Fingern auf die Tischplatte und fragt:

»Also, was meint ihr?«

Manfred räuspert sich und nimmt seine Brille ab.

»Der logische Schluss ist wohl, dass Jesper Orre eine Beziehung zu Emma Bohman hatte und nicht dazu stehen wollte. Es ist vorstellbar, dass sie ihn zu Hause aufgesucht hat, vielleicht, um eine Erklärung von ihm zu verlangen, und dass er sie umgebracht hat und dann geflohen ist.«

Hanne erwidert Manfreds Blick.

»Aber was ist mit diesem anderen?«

»Welchem anderen?«

Hanne sieht plötzlich verwirrt aus und eine deutliche Röte breitet sich auf ihren Wangen aus.

»Dem, der ermordet wurde, vor … zehn Jahren. Das war doch vor zehn Jahren? Ich weiß es nicht mehr genau … wie hieß er noch gleich? Der Chinese.«

»Chinese?«, fragt Sanchez.

»Ja, also. Der … der andere ohne Kopf.«

»Meinst du Calderón?«, fragt Sanchez.

Hanne scheint aufzuatmen, sieht aber seltsam verlegen aus. Zupft sich mit einer Hand an den Haaren und blinzelt heftig, wie um gegen Tränen anzukämpfen.

»Genau. Calderón.«

»Der war kein Chinese. Sondern Chilene.«

»Entschuldigung, ich habe mich versprochen. Aber warum hätte Jesper Orre ihn ermorden und enthaupten sollen?«

»Das wissen wir nicht«, sagt Manfred. »Noch nicht. Aber wenn wir lange genug in Orres Vergangenheit herumbohren, finden wir sicher eine Verbindung zwischen den beiden.«

Ich drehe mich zu Sanchez um und beschließe, diese ganze welpenhafte Energie zu nutzen, die sie im Moment in sich zu haben scheint. Die ich aus meinen frühen Jahren bei der Polizei so gut kenne, die ich aber seit Jahren schon nicht mehr verspürt habe.

»Emma Bohmans Eltern sind beide tot«, sage ich. »Aber ihre Tante hat sie als vermisst gemeldet. Kannst du sie anrufen und fragen, ob sie etwas über Emmas Beziehung zu Orre weiß? Und erkundige dich auch bei ihren Kolleginnen bei Clothes & More. Wir wissen ja nicht, wie nahe sie ihrer Tante steht.«

Sanchez nickt und verlässt von Manfred gefolgt das Zimmer. Lässt mich mit Hanne allein.

»Machen wir einen Spaziergang?«, frage ich.

Es schneit, wir gehen vorbei am Kungsholmstorg in Richtung Norr Mälarstrand. Der Wind kriecht unter meine dünne Jacke und der frischgefallene Schnee klebt als kalte Erinnerung statt an den Winterstiefeln, die ich noch immer nicht gekauft habe, an meinen Hosenbeinen und Knöcheln. Am Norr Mälarstrand biegen wir nach links ab, in Richtung Stadthaus. Der Schnee wirbelt über dem Riddarfjärd, hüllt das Wasser in eine weiße Decke und verwischt die Umrisse der Häuser von Söder.

»Alles in Ordnung bei dir?«, frage ich.

Hanne schaut mich an und mustert mich mit unergründlichem Blick.

»Warum sollte es das nicht sein?«

In ihrer Stimme liegt etwas Reserviertes, als ob sie mir gegenüber unbedingt eine gewisse Distanz betonen wollte.

»Ich meine das, was … gestern passiert ist.«

Sie bleibt stehen, dreht dem Wind den Rücken zu und zieht die Kapuze ihres Mantels hoch. Sieht mich traurig an. Schneeflocken schmelzen auf ihren Wangen, und ich möchte die Hand ausstrecken, sie wegwischen, aber ich weiß, dass ich das nicht darf. Dass sie mir niemals die Erlaubnis zu solchen Gesten gegeben hat.

»Was gestern passiert ist …«, beginnt sie. »Das war schön. Es hat mir gefallen. Aber ich muss dir gegenüber ganz ehrlich sein, Peter. Zwischen uns kann das nie wieder etwas werden. Nicht richtig. Wir können uns vielleicht treffen, wenn du willst, aber wir können nicht *zusammen* sein. Verstehst du?«

Aus irgendeinem Grund bin ich von ihren Worten enttäuscht. Obwohl ich nicht so ganz begreife, warum. Ich meine, was hatte ich denn erwartet? Dass wir nach einer gemeinsamen Nacht ein Paar sein würden? Dass das, was ich vor zehn Jahren getan habe, damit vergessen und vergeben wäre?

»Darf ich fragen, warum?«

Sie dreht sich um und geht auf den Kai zu. Bleibt stehen und schaut über das Wasser hinaus. Ich folge ihr und bleibe neben ihr stehen. Große schwarze Vögel kreisen über dem Wasser. Vielleicht Dohlen oder Krähen.

»Glaubst du, die frieren?«, fragt sie.

»Ich glaube, die frieren wie Hölle«, sage ich.

»Ich bin krank«, sagt sie und dreht sich zu mir um. »Ernsthaft. Und ich kann das nicht zu deinem Problem machen. Das wäre nicht richtig.«

Als sie das sagt, muss ich an Mama denken. Wie sie in einem der alten Korbstühle auf der Terrasse saß und rauchte. In der dicken Jacke, die sie trotz der Wärme trug, und mit einem Seidenschal um den Hals.

Etwas in mir wird weich bei der Erinnerung an die dünne Frau, die einmal meine Mutter gewesen war. Und all die Gerüche sind wieder da: Seife, Zigarettenrauch und alles andere. Das, was die Krankheit war: Desinfektionsmittel und nässende Wunden. Gerüche, die ich so gut kenne. Krankenhausgänge, vollgepisste Laken, gekochte Kartoffeln mit Haut und in Plastikfolie gewickelte schwitzende Käsebrote.

Die Gerüche der Anstalten.

»Hast du Krebs?«, frage ich.

Hanne lacht auf.

»Nein«, sagt sie. »Warum sollte ich ausgerechnet Krebs haben?«

»Ich weiß nicht. Viele ... kriegen das doch.«

Sie sagt nichts zu meiner seltsamen Behauptung. Schaut mich stattdessen still lächelnd und etwas fragend an.

Ich muss wieder an Janet denken. Vor einigen Jahren war sie überzeugt davon, dass sie einen Tumor in der Brust hatte. Rief an und weinte und jammerte, ich sollte versprechen, mich um Albin zu kümmern, wenn sie sterben müsste. Ich war damals nicht einmal besorgt. Die Vorstellung, dass die Mutter meines Kindes lebensgefährlich erkrankt sein könnte, ließ mich einfach kalt.

Ich wüsste gern, was das über mich aussagt.

»Was ist es dann?«, frage ich.

»Ich will nicht darüber reden«, sagt sie und dreht sich um. Verschwindet im Schneegestöber in Richtung Polizeigebäude, mit so energischen Schritten, dass ich ihr nicht zu folgen wage.

Als ich gerade zurückgehen will, klingelt mein Telefon. Es ist Janet. Ihre Stimme klingt noch gehetzter als sonst, und ich höre sofort, dass etwas passiert sein muss.

»Du musst mit Albin reden«, sagt sie atemlos.

Ich gehe in einen windgeschützten Hauseingang.

»Worüber denn?«

»Über ... er schwänzt neuerdings. Und er treibt sich mit dieser schrecklichen Bande aus Skogås herum, du weißt schon. Der, von der ich dir erzählt habe.«

Ich wärme eine Hand an meinem Hals. Meine Finger fühlen sich an wie Eiswürfel.

»Aha. Er treibt sich in Skogås herum. Und warum sollte ausgerechnet ich mit ihm darüber reden?«

Ich höre, wie meine Stimme klingt, und ich bereue es sofort. Ich will nicht gemein zu ihr sein, aber es ist immer so. Janet ruft mich an, sobald es irgendein Problem mit Albin gibt. Obwohl wir lange vor seiner Geburt entschieden hatten, dass sie ihn allein aufziehen sollte. Obwohl sie ihn gegen meinen Willen zur Welt gebracht hat.

»Weil du Polizist bist und alles Mögliche weißt. Über Drogen und so was. Und du weißt, was mit Jungen passiert, die auf die schiefe Bahn geraten. Und weil du … weil du sein Papa bist«, fügt sie rasch und fast lautlos hinzu, als ob sie ein verbotenes Wort ausgesprochen hätte.

Ich schaue hinaus ins Schneegestöber. Frage mich, wie ich sie zur Vernunft bringen kann, ohne abweisend zu wirken. Frage mich, welches Argument ihr Gerede wohl stoppen könnte.

»Es ist bestimmt nicht so schlimm«, sage ich, vielleicht ein wenig zu achtlos.

»Doch, es ist schlimm«, schreit sie. »Und es ist immer so. Du willst einfach keine Verantwortung für Albin übernehmen. Hilfst mir nie. Nicht einmal, wenn ich dich anflehe! Hast du überhaupt eine Vorstellung davon, wie hart es für mich ist, dich anzurufen und um so etwas zu bitten? Weißt du, wie lange ich gezögert habe, ehe ich zum Telefon gegriffen und deine verdammte Nummer gewählt habe? Ist dir das überhaupt klar?«

Ich winde mich. Komme zu dem Schluss, dass jetzt wohl nicht der richtige Moment ist, um sie an die Abmachung zu erinnern, die wir vor etwas mehr als fünfzehn Jahren getroffen haben.

»Na gut«, sage ich und wärme die andere Hand an meinem Hals.

»Gut. Und wann?«

»Wieso wann? Heute jedenfalls nicht. Ich stecke mitten in einer Mordermittlung.«

»Und morgen?«

»Morgen … nein. Morgen schaffe ich das nicht. Vielleicht nächste Woche.«

»Weißt du was, Peter? Das ist so verdammt typisch für dich. Ich weiß nicht mal, warum ich überhaupt angerufen habe. Du kannst dich mit deinem Scheißjob zum Teufel scheren, ich und Albin wollen dich jedenfalls nie wiedersehen. Hörst du das? Scher dich zum Teufel!«

Ich bleibe noch lange in dem Eingang stehen und schaue ins Schneegestöber hinaus. Sehe den schwarzen Vögeln zu, die über mir durch den Schnee kreisen. Denke an Mama und meine Schwester, die auf dem Waldfriedhof ruhen, und frage mich, ob sie frieren, begraben unter zwei Metern Erde. Dann denke ich, wie verdammt ungerecht es ist, dass ich Hanne verloren habe, obwohl ich sie doch gerade erst zurückbekommen hatte. Ja, ich weiß, das stimmt streng genommen nicht, aber irgendwie kommt es mir so vor.

Plötzlich fallen mir alle Menschen ein, die ich in meinem Leben verloren habe, auch wenn sie gar nicht gestorben sind – wie Albin und Janet. Alle, die ich zurückgewiesen habe, die ich belogen habe und vor denen ich weggelaufen bin. Wahrscheinlich geschieht es mir nur recht, dass Hanne niemals mit mir zusammen sein wird.

EMMA

Zwei Wochen früher

Eigentlich ist es der reine Wahnsinn. Ich habe nie auch nur einen Schokoriegel gestohlen, und jetzt wird mir der Diebstahl eines teuren Schmuckstückes unterstellt. Ich setze mich in einen meiner grünen Sessel und lege die Füße auf den Tisch. Merke plötzlich, wie sehr mir Sigge fehlt. Er war zwar nur ein Kater, aber er hat mir Gesellschaft geleistet und mit seiner Anwesenheit die Wohnung in ein richtiges Zuhause verwandelt. Ohne ihn wirkt sie plötzlich schrecklich leer, kahl und kalt. Vielleicht sollte ich mir eine neue Katze zulegen, aber irgendwie kommt mir das nicht richtig vor, ich habe das Gefühl, dass ich Sigge erst einmal betrauern muss, ehe ich ein neues Haustier bei mir aufnehmen darf.

Die Physikbücher liegen unangerührt da, Staub sammelt sich schon auf den Umschlägen. Ich habe durch Jesper mehrere Wochen Zeit zum Büffeln verloren. Er, der es so wichtig fand, dass ich das Abitur doch noch machte. Und danach studierte, wenn ich das wollte. Ich schließe die Augen. Lasse mich zurücksinken.

Versuche, mich zu erinnern.

»Aber warum bist du von der Schule abgegangen?«

»Jesus, müssen wir ausgerechnet jetzt darüber reden?«

Jesper zog sich aus mir heraus, drehte sich auf die Seite

und lag neben mir im Bett. Dann schob er sich ein Kissen als Stütze unter den Kopf. Seine Miene war belustigt, an der Grenze zum Spott. Als das Gewicht seines Körpers verschwand, fiel mir das Atmen sofort leichter. Ich holte Luft und erwiderte seinen Blick.

»Du willst nicht darüber sprechen, was?«

»Ehrlich gesagt, es macht mir nichts aus, darüber zu sprechen. Aber es ist ja nicht gerade besonders romantisch, oder?!«

»Aber ich will es wissen. Ich liebe dich und will begreifen, warum alles so ist wie es ist.«

»Muss man denn alles übereinander wissen?«

»Nein, absolut nicht.«

Eine Sekunde lang sah er ungeheuer ernst aus, es machte mir fast Angst. Als ob er plötzlich tief in sich hineinschaute, auf ein düsteres Geheimnis, das dort schlummerte – dann war dieser Moment vorüber und Jesper sah wieder aus wie immer. Ich seufzte, denn ich wusste, dass ich aus dieser Situation nicht hinauskommen würde, ohne irgendeine Erklärung zu liefern.

»Warum hast du während der Oberstufe einfach aufgehört?«, fragte er noch einmal und betonte dabei jede Silbe.

»Ich habe nicht während der Oberstufe aufgehört. Ich bin nie so weit gekommen. Als mein Vater gestorben ist …«

Pause.

»Ja?«

Er war über mir, schloss behutsam die linke Hand um meine Brust und küsste mich. Ich spürte die feuchte Wärme, die sein Körper ausstrahlte.

»Mein Leben war einfach zu chaotisch. Zuerst starb Papa,

dann passierte die Sache mit Nagel. Das war im Frühjahr in der neunten Klasse. Danach konnte ich die Schule einfach nicht mehr ertragen. Also bin ich nicht mehr hingegangen und nach dem Sommer habe ich ein halbes Jahr lang gar nichts getan. Dann habe ich mir einen Job gesucht.«

Er ließ meine Brust so plötzlich los, als ob er sich daran verbrannt hätte.

»Also war dieser verdammte Nagel daran schuld?«

»Ich weiß nicht. Wir waren wohl beide schuld.«

Er lachte trocken.

»Nein, also wirklich. Du warst ein Kind, und er war ein erwachsener Mann. Was er dir angetan hat, war widerlich und abstoßend und … ekelhaft, verdammt noch mal! Scheiß-pädo …«

»Aber ich hab doch mitgemacht.«

Jesper setzte sich auf, sah plötzlich wütend aus und wickelte sich die Decke um die Hüften.

»Du willst doch nicht behaupten, dass du nach all den Jahren die Schuld dafür, was damals passiert ist, bei dir selbst suchst?«

»Ich will nicht mehr darüber reden.«

Er seufzte.

»Entschuldige. Ich rege mich nur so verdammt auf, wenn ich daran denke, wie er dich ausgenutzt hat. Du warst unmündig, von ihm abhängig, und er hat sich an dir vergriffen.«

»Hör doch auf. Das war ja nun nicht gerade ein Übergriff.«

»Nenn es, wie du willst. Es war falsch, und das hätte er wissen müssen.«

»Wie nennst du das denn hier?«

Er erstarrte.

»Wie meinst du das denn?«

»Ich bin doch wohl auch von dir abhängig? Du bist doch der Chef der Firma, in der ich arbeite. Aber du hast kein Problem damit, mit mir ins Bett zu gehen.«

»Das ist ja wohl nicht dasselbe. Wir sind zwei erwachsene Menschen, die einander lieben. Hier wird niemand ausgenutzt. Das hier ist möglicherweise… ich weiß nicht. Es ist möglicherweise *unprofessionell* von mir.«

Er klang überzeugend, aber ich konnte seiner Haltung ansehen, dass ich einen wunden Punkt getroffen hatte. Er rutschte einige Zentimeter weg von mir. Tastete auf dem Nachttisch nach der Zigarettenpackung.

»Sei jetzt mal ehrlich, Jesper. Findest du, dass das hier eine normale Beziehung zwischen Gleichgestellten ist?«

Er gab keine Antwort.

Ich liege auf dem Rücken im Bett, vollständig angezogen, und schaue zur Decke hoch. In einer Ecke bewegt sich im Luftzug, der vom Fenster kommt, ein Spinngewebe. Ein langer Riss verläuft diagonal über die Decke, von einer Zimmerecke zur anderen. Die Wohnung muss renoviert werden, das ist mir klar, aber wie soll ich das jetzt bezahlen?

Jespers Schuld.

Alles ist Jespers Schuld. Ich fühle mich wieder kraftlos. Mut und Energie, die ich verspürt habe, nachdem ich Jespers Garage angesteckt hatte, sind wie weggeblasen. Ich habe das Gefühl, noch einmal in ein tiefes schwarzes Loch gefallen zu sein. Und draußen fällt der Regen über Stockholm. Sogar der Himmel weint.

Plötzlich überkommt mich eine gewaltige Lust, Jesper zur

Rede zu stellen. Ihn in die Ecke zu drängen und ihm eine Antwort darauf abzuringen, warum er mir das alles antut. Wenn mir das gelingt, wenn ich stark bin und es schaffe, ihm auf Augenhöhe zu begegnen, dann kann ich vielleicht die Kontrolle über mein Leben zurückgewinnen, und meine Würde.

Es muss gehen, denke ich. Bei Nagel hat es ja auch geklappt.

Das Schulsekretariat bestand aus einem kleinen Wartezimmer mit zwei verschlissenen Plüschsesseln und einem Büro hinter einer Tür mit Frostglas. Ich saß in einem der Sessel im Wartezimmer, und Mama saß in dem anderen. Vor uns stand ein niedriger Tisch aus Birkenfurnier, auf dem allerlei Zeitschriften lagen. Ich blätterte ein wenig: *Die Schule von heute, Pädagogische Zeitschrift*. Nichts Interessantes. Hinter der Frostglastür konnte ich Bewegungen ahnen, aber es war unmöglich zu sehen, wer sich dort aufhielt und wie viele es waren.

Mama fingerte an ihrer neuen kornblumenblauen Handtasche herum und stieß eine Art Fauchen aus, das zeigte, dass sie gereizt war.

»Ich begreife nicht, warum die nicht sagen, worum es hier geht. Ich muss zur Arbeit und kann hier nicht den ganzen Tag herumsitzen, wenn es nicht *sehr* wichtig ist. Das habe ich auch gesagt, als die Rektorin angerufen hat. Ich hoffe wirklich, dass das hier überaus dringend ist, denn ich muss zur Arbeit und an die Beerdigung meines Mannes denken. Und außerdem ...«

»Mama. Bitte, hör auf. Die können das hören.«

Sie warf mir einen eiskalten Blick zu.

»Ich hoffe wirklich, du hast dir nichts zuschulden kommen lassen. Hast du?«

»Nein. Ich weiß doch auch nicht, warum wir hier sitzen.«

Ich schaute zur Wanduhr hinüber. Der dünne schwarze Sekundenzeiger sah aus wie ein Spinnenbein, als er über das Zifferblatt wanderte. Als er bei zwölf ankam, machte der Minutenzeiger einen bebenden kleinen Ruck nach vorn.

»Hast du was geklaut?«

»Hör doch auf. Natürlich nicht.«

»Hast du geschwänzt?«

»Lass das. Hab ich nicht.«

»Kannst du mir dann erklären, warum ich hier sitze und nicht bei der Arbeit bin?«

Mama betonte immer wieder gerne, dass sie Arbeit hatte. Sie war, nachdem sie Rückenprobleme bekommen hatte, mehrere Jahre arbeitslos gewesen, deshalb war diese Stelle für sie sehr wichtig.

Sie schaute verstohlen auf die Wanduhr, die zehn nach elf zeigte.

»Ich habe dreißig Minuten. Mehr nicht.«

Sie faltete ihre fetten Hände auf den Knien zusammen. Wir schwiegen. Ich wusste nicht, was ich sagen sollte. Hinter dem Frostglas war das Geräusch von Stühlen zu hören, die über den Boden scharrten.

»Emma«, sagte Mama.

»Ja?«

»Du rauchst doch wohl kein Hasch?«

In diesem Moment wurde die Tür geöffnet und Britt Henriksson, die Rektorin, streckte ihr sonnenverbranntes Gesicht heraus. Das dünne Sommerkleid von Marimekko hing wie ein Sack um ihren mageren Körper.

»Wie schön, dass ihr da seid. Bitte, kommt rein.«

Sie trat einen Schritt zurück und öffnete die Tür. Mama trat vor und grüßte, ich ging zögernd hinterher. Rektorin Britts Lächeln war angestrengt, als sie meine Hand nahm.

In einem Drehsessel vor dem Schreibtisch saß Sigmund, auch Dr. Freud genannt, der Schulpsychologe. Mit seinen kurzen dunklen Haaren, seinem üppigen Bart und seinem großzügigen Umfang sah er jedoch weniger wie der strenge Wiener Psychologe aus, sondern eher wie Pippi Langstrumpfs Vater. Neben Sigmund saß Elin. Ihre Wangen waren glühend rot und sie starrte zu Boden.

»Danke, Elin. Du kannst gehen. Wir melden uns, wenn noch etwas sein sollte«, sagte Rektorin Britt.

Elin erhob sich, ohne den Linoleumboden aus den Augen zu lassen, und verließ das Zimmer.

»Hier ist es aber warm«, sagte Britt. »Sigmund, könntest du bitte ein Fenster aufmachen?«

Die Rektorin hatte recht. Es war stickig im Zimmer, und es roch nach verschwitzten alten Socken. Sigmund stemmte sich mit einer gewissen Anstrengung aus dem Sessel, watschelte zum Fenster und öffnete es. Ließ den Sommer in das kleine Zimmer.

»So ist es gleich viel besser«, zwitscherte Britt. »Möchtet ihr einen Schluck Saft?«

Ich nickte, aber Mama hob die Hand.

»Für mich bitte nicht. Ich muss so bald wie möglich wieder zur Arbeit.«

Britt nickte, goss Saft in einen weißen Plastikbecher und reichte ihn mir. Es waren die gleichen Becher wie in der Schulmensa. Das überraschte mich. Ich hatte mir vorgestellt, dass Lehrer und Rektorin echtes Porzellan und Gläser hätten.

Dass im Lehrerzimmer und bei der Rektorin alles feiner und sozusagen erwachsener wäre.

Britt strich ihr Marimekkokleid glatt und ließ sich vorsichtig auf der Stuhlkante nieder, als habe sie Angst, der Stuhl könnte in Stücke brechen, wenn sie sich richtig hinsetzte.

»Emma. Du weißt vielleicht schon, warum wir heute hier sitzen?«

Ich schüttelte den Kopf. Woher hätte ich das wissen sollen?

Britt räusperte sich und senkte den Blick. Es war deutlich, dass ihr die Situation zu schaffen machte. Sigmund schwieg, er spielte nur an seinem Bart herum und schaute sehnsüchtig aus dem Fenster.

»Was hat sie also angestellt?«, fragte Mama.

»Nein, nein«, sagte Britt. »Emma hat nichts angestellt. Wir haben nur erfahren, dass einer unserer Lehrer … dass ein gewisser Lehrer sich Emma genähert hat.«

»Was?«, fragte Mama und ließ ihre kornblumenblaue Tasche los. Die fiel mit einem Knall auf den Boden.

»Es geht um einen Vertretungslehrer. Einen Werklehrer. Ja, ein wirklich guter Lehrer, aber … unseres Wissens hat er also … Emma, das kannst du doch selbst erzählen? Stimmt das also? Hat er sich dir nähern wollen?«

Ich konnte nicht antworten, denn mein Mund schien sich mit Sand gefüllt zu haben und ein dicker Kloß steckte in meinem Hals.

»Emma«, sagte Sigmund in seinem nasalen Deutsch-Schwedisch. »Es ist sehr wichtig, dass wir erfahren, was passiert ist. Deinetwegen und für die anderen Jugendlichen hier an der Schule. Hat er sich dir jemals genähert?«

Ich zögerte eine Sekunde und nickte dann. Mama fauchte und hob ihre Tasche vom Boden hoch.

»Was hat er getan?«, fragte Britt mit sanfterer Stimme und legte ihre knochige Hand auf meine. Ich zog meine Hand weg, ohne zu antworten. Neben meinem Saftglas kroch ein kleiner Marienkäfer mit zwei Punkten über den Tisch. Wie war das noch, durfte man sich jetzt etwas wünschen, oder ging das nur bei vielen Punkten?

»Es tut mir leid, Emma, aber wir müssen das wissen. Hat er dich geküsst?«

Der Marienkäfer hatte die Tischkante erreicht. Er war jetzt so nahe, dass ich ihn berühren konnte. Ich streckte die Hand aus, um zu sehen, ob er über meinen Finger krabbeln wollte.

»Emma.«

Britts Stimme klang auffordernd.

»Hat er dich geküsst, dich angefasst?«

Ich nickte, ohne den Marienkäfer aus den Augen zu lassen. Es wurde still im Zimmer. So still, dass ich die Autos auf der Hauptstraße und die lachenden Kinder auf dem Schulhof hören konnte.

»Habt ihr …« Britt zögerte. »Hattet ihr … *Verkehr?*«

Verkehr. Ich schauderte zusammen. Das Wort klang wie eine ansteckende Krankheit. Ich tippte das kleine rote Insekt mit der Fingerspitze an.

»Ja«, sagte ich. »*Ja.*«

Der Marienkäfer änderte die Richtung und kroch wieder auf das Saftglas zu.

Die Frostglastür wurde hinter uns geschlossen und Mama zog ihre Jacke an. Jedem ihrer Atemzüge folgte ein lautes Zischen.

Ihr Gesicht war tiefrot und sie presste sich die Tasche gegen die Brust, als sie sich zu mir umdrehte.

Ich weiß nicht, was ich erwartet hatte. Einen Vortrag darüber, wie anstrengend das alles für sie sei, vielleicht. Oder Verärgerung darüber, dass sie wertvolle Arbeitszeit verloren hatte, weil sie mitten am Tag in die Schule bestellt worden war.

Die Ohrfeige kam ganz ohne Vorwarnung und warf mich fast aus dem Gleichgewicht. Eine Sekunde lang drehte sich das Zimmer um mich herum, dann breitete sich ein brennender Schmerz auf meiner Wange aus.

»Schlampe«, sagte Mama und verließ mit schweren Schritten den Raum.

HANNE

Auf dem Weg zum Polizeigebäude verirre ich mich. Ich weiß nicht, ob es daran liegt, dass ich nach dem Gespräch mit Peter zu aufgeregt bin, oder ob doch die Krankheit daran schuld ist.

Vielleicht ist es nur das Wetter. Durch den Schnee kann man nur wenige Meter weit sehen, und alle Gebäude sind in eine weiße Decke gehüllt. Die Straßennamen sind an den Häusern zwar deutlich lesbar angebracht, aber ich kann mich nicht mehr richtig erinnern, wohin ich genau muss, welche Straße zu welcher führt, als sei das gesamte Straßennetz von Kungsholmen auf einen Schlag aus meiner Erinnerung getilgt worden.

Der Schnee stiehlt sich unter meinen Schal, schmilzt und läuft mir über die Brust. Meine Hände sind eiskalt, und die Panik liegt irgendwo auf der Höhe des Schlüsselbeines auf der Lauer, wie eine geballte Faust in meinem Brustkorb. Es wäre so leicht, einen der vielen Menschen, die mir begegnen, nach dem Weg zu fragen: die junge Frau mit dem Kinderwagen, den Mann mit dem Tennisschläger über der Schulter oder vielleicht das Paar, das ganz ungeniert in einem Hauseingang knutscht. Aber ich kann das nicht, ich bringe es nicht über mich, mir einzugestehen, dass ich den Weg zum Polizeigebäude nicht finde.

Der Wind reißt an meiner Kapuze und kleine harte Schneeflocken peitschen an meine Wangen. Alles ist weiß. Alles ist Eis und Schnee. Ich könnte auch bei den Inuit in Grönland sein, so kalt ist es.

Ich denke an die Männer, die versucht haben, das Polargebiet zu erobern, oft mit katastrophalen Folgen: Amundsen, Andrée, Strindberg und Nansen. Aber vor allem an Claus Paarss, den dänisch-norwegischen Offizier, der 1728 nach Grönland reiste, um nach den norwegischen Siedlern zu suchen, mit denen seit zweihundert Jahren niemand mehr in Kontakt gewesen war.

Bei der Planung dieser Expedition herrschte rührende Einigkeit darüber, dass junge Norweger auf Skiern diesen unbekannten Kontinent ohne große Probleme in alle Richtungen erforschen könnten.

Paarss überquerte den Nordatlantik zusammen mit etwa zwanzig Soldaten, zwölf Strafgefangenen, einer Gruppe von Prostituierten und zwölf Pferden. Am Ziel begann dann der unerbittliche Kampf gegen die Elemente – und die eigenen Männer. Paarssens Männer meuterten nämlich, und kaum hatte er den Aufruhr niedergeschlagen, als die Besatzung anfing, an Skorbut und Pocken zu sterben. Die Pferde krepierten ebenfalls. Und zweimal scheiterte Paarss bei dem Versuch, zu Fuß über die scharfen Eisblöcke den Kontinent zu überqueren. Am Ende gaben sie sogar die Kolonie der grönländischen Eingeborenen auf und Paarssens Traum, diesen Erdteil mit dänischen Aristokraten und deren Familien zu bevölkern, zerbrach.

Woher kommt der Drang der Menschen, die Welt zu erobern und sie zu beherrschen? Der begrenzt sich übrigens nicht nur auf die Natur – wir Menschen wollen ja am liebsten auch einander beherrschen, in der Gesellschaft und in unseren zwischenmenschlichen Beziehungen.

Owe, denke ich. Sein ganzes Leben lang hat er versucht, mich zu zähmen. Aber es wird ihm nicht gelingen. Denn ich mache es wie das Polareis: Ich treibe ihn mit meiner sturen Kälte in die Erschöpfung, bis er aufgibt und sich eine andere sucht, die er beherrschen kann.

Ich blinzele, während der Schnee fällt. Versuche noch einmal, etwas zu finden, an dem mein Blick haften kann, einen Wegweiser inmitten des vielen Weiß. In gewisser Weise wäre es durchaus verlockend, Owe anzurufen, denn ich weiß, er würde alles stehen und liegen lassen und ins Auto springen, um mich zu holen. Mich so zu retten, wie er das immer getan hat, wenn ich mich in eine Notlage gebracht hatte.

Einige Sekunden darauf lässt das Schneetreiben nach und die vertrauten Umrisse des St.-Eriks-Krankenhauses tauchen auf. Ich hole tief Luft. Weiß plötzlich genau, wo ich bin, und auf welchem Weg ich in die Wärme des Polizeigebäudes zurückkehren kann. Aber dieses beängstigende, lähmende Gefühl der Hilflosigkeit steckt mir in den Knochen. Will mich nicht einmal dann loslassen, als ich wieder am Schreibtisch sitze und aus dem Fenster auf die Kungsholmsgata schaue. Und obwohl ich drei Tassen heißen Tee hintereinander trinke, zittere ich noch immer vor Kälte.

Ich schaue verstohlen zu Peter hinüber. Er sitzt einige Meter weit weg von mir, kehrt mir den Rücken zu und starrt seinen Bildschirm an. Die graublonden Haare sind feucht, und auf dem Boden unter ihm haben sich um die lächerlich dünnen Turnschuhe kleine Pfützen gebildet.

Ich wünschte, ich hätte Krebs, denn dann könnte ich mit ihm darüber sprechen. Aber man kann nicht sagen, dass man an beginnender Demenz leidet. Schon gar nicht jemandem, mit dem man eben erst im Bett gelandet ist. Das hier ist tausendmal schlimmer als eine Geschlechtskrankheit. Auf irgendeine Weise noch peinlicher. Den Verstand zu verlieren und sich in sich selbst zu verirren, ist beschämend. Abstoßend. Ich werde mich langsam von einem Menschen in eine Art Gegenstand verwandeln, so einen, den niemand will.

Außer Owe.

Vielleicht ist das eben doch Liebe. Füreinander da zu sein, egal, was passiert. Ich muss an die Worte aus dem Korintherbrief denken: *Sie erträgt alles, sie glaubt alles, sie hofft alles, sie duldet alles.*

Aber ich will nicht, dass Owe mich *erträgt* und *duldet*. Ich will nur in Ruhe gelassen werden.

Vielleicht sollte ich nach Grönland reisen. Diese Reise machen, aus der nie etwas geworden ist. Jetzt, solange ich noch Zeit habe. Aber stattdessen sitze ich hier, im Polizeigebäude, dem Ort, wo alles angefangen hat und wo vielleicht alles enden wird.

Gunilla sagt immer, dass ich die Hoffnung nicht aufgeben soll.

Siehe da, noch so eine Schandtat, die man so leicht begeht: die Hoffnung aufgeben. Kein Mensch, der schwer erkrankt ist, darf jemals die Hoffnung aufgeben, das wäre ein unverzeihlicher Verrat an Angehörigen und Ärzten. Ja, an unserer ganzen Gesellschaft, die auf dem Grundsatz aufgebaut ist, dass sich alle Probleme lösen und alle Krankheiten heilen lassen.

Gunilla sagt, solange es Leben gibt, gibt es auch Hoffnung. Denn wer weiß – vielleicht findet die Forschung morgen das Heilmittel.

Aber wenn man keine Kraft hat, um zu hoffen, was dann?

Die Hoffnung ist ein überschätzter Rettungsring, an den sich kranke Menschen klammern sollen, mit einem tapferen und dankbaren Lächeln auf den Lippen. Loszulassen ist offenbar nicht nur leichtsinnig, sondern auch unsolidarisch.

Und ich hab es so verdammt satt, solidarisch zu sein.

Nach der Mittagspause nehme ich mir die Befragung von Emma Bohman vor. Ich kann es nicht richtig definieren, aber etwas stimmt hier nicht, passt nicht so ganz zu unserer Theorie. Angenommen, die Frau in Jesper Orres Haus war wirklich Emma Bohman. Dann bleibt die Frage, warum hätte Orre sie ermorden sollen? Wenn sie eine Affäre hatten und er sie loswerden wollte, waren ja wohl bei ihm keine besonderen Gefühle im Spiel. Warum sie dann aber auf diese Weise umbringen? Die Vorgehensweise des Mörders, die Platzierung des Kopfes, die geöffneten Augen – das alles weist auf einen Täter hin, der das Opfer leidenschaftlich gehasst hat. Und ich kann mir nicht vorstellen, warum Orre Emma Bohman dermaßen hätte hassen sollen. Jedenfalls nicht mit dem sehr begrenzten Wissen über die beiden, das wir bisher haben.

Außerdem: Wenn Orre Emma Bohman wirklich umbringen wollte, warum hat er das dann in seinem eigenen Haus getan und den Leichnam dort zurückgelassen? Er muss doch gewusst haben, dass er entlarvt wäre, sobald jemand die Tote entdeckt hätte.

Und außerdem, wenn er es eben doch getan hat – aus Wut

oder vielleicht unter Einfluss eines plötzlichen psychotischen Schubes –, warum hat er sein Haus ohne Brieftasche und Mobiltelefon verlassen? Wohin geht man mitten im Winter ohne Geld und Telefon?

Draußen dämmert es jetzt, und das gelbe Licht der Laternen spiegelt sich in der Fensterscheibe wider. Ruhe hat sich über das Büro gesenkt. Nur einzelne leise Gespräche sind zu hören, dazu das Klicken auf Sanchez' Schreibtisch, wenn sie auf ihrem Computer schreibt.

Ich blättere weiter in den Ermittlungsunterlagen. Lese die Aussagen von Jespers Kollegen und Freunden. Nirgendwo wird etwas von möglichen psychischen Problemen erwähnt. Nirgendwo gibt es Informationen über gewalttätiges Verhalten. Auch das ist ein Problem. Diese Art von Verbrechen wird nicht von gesunden Menschen mit normaler Geschichte begangen. Brutale Gewaltverbrecher machen auch Karriere, oder wie man das nennen soll. Zumeist sieht man schon in jungem Alter alle möglichen Anzeichen dafür, dass etwas nicht stimmt – abweichendes Verhalten, frühe Kriminalität oder vielleicht Gewalt gegen Tiere oder kleinere Kinder. Dass Jesper Orre auf harten Sex stand und Damenunterwäsche mitgehen ließ, muss in diesem Zusammenhang eher als normal bewertet werden. Die meisten von uns haben ihre schmutzigen Geheimnisse, über die wir nicht gerne sprechen, aber nur sehr wenige ermorden andere und hacken ihnen den Kopf ab.

Es ist dermaßen abweichend, dass wir ein anderes Erklärungsmodell brauchen.

Und dann haben wir ja noch Calderón. Der also kein Chinese ist. Wie bin ich eigentlich auf diese blöde Idee gekommen? Das war eine von den Verrücktheiten, die mir neuerdings einfach so herausrutschen. Vielleicht werde ich richtig witzig, zum ersten Mal in meinem Leben, wenn ich dann endgültig krank bin. Eine von den Patientinnen, bei denen sich die Pflegerinnen im Heim vor Lachen krümmen, während den anderen Patienten der Kinderbrei im Hals stecken bleibt.

Egal. Obwohl Sanchez die Ermittlungen zum Fall Calderón noch einmal mit der Lupe durchgegangen ist und wieder mit seinen Angehörigen gesprochen hat, konnte sie keinerlei Zusammenhang zwischen ihm und Orre finden.

Ich werde durch einen Tumult an Sanchez' Tisch aus meinen Gedanken gerissen. Manfred redet mit lauter Stimme, fuchtelt mit den Armen und einige Sekunden später geht Peter zu ihnen hinüber. Manfred zieht sein Jackett an, Sanchez tut es ihm gleich, steckt das Telefon in die Tasche und löscht mit hastiger Bewegung ihre Schreibtischlampe.

Peter dreht sich um und kommt auf mich zu. Sein schlaksiger Körper strahlt Unruhe aus, und mir ist sofort klar, dass etwas passiert ist.

»In der Nähe von Orres Haus ist ein Toter gefunden worden. Kommst du mit, Hanne?«

Wir befinden uns in einem Waldgebiet, das vielleicht hundert Meter westlich von Jesper Orres Villa liegt. Es schneit jetzt nicht mehr so heftig, und das Blaulicht fegt über die Landschaft, die im Dämmerlicht liegt. Die Zweige der Bäume biegen sich unter der Last des frischgefallenen Schnees, unter unseren Schritten knirscht es, als wir aussteigen. Manfred hebt das blauweiße Absperrband hoch und winkt mich hinter sich her. Sanchez und Peter haben die Gruppe von Menschen, die sich vielleicht ein Dutzend Meter weiter versammelt hat, schon erreicht. Vor dem Absperrband drängen sich die Gaffer. Einige schlingen sich in der Kälte die Arme um den Leib, ein anderer fotografiert mit seinem Telefon. Uniformierte Polizisten halten sie auf Distanz. Erklären, dass es hier nichts zu sehen gibt und dass sie lieber nach Hause gehen sollten.

Als ich mich der Gruppe von Polizisten und Technikern nähere, die unter einem großen Baum stehen, sehe ich den bekannten grünen Kasten mit der Aufschrift STREUSAND aus dem Schnee aufragen.

»Ein paar Kinder haben ihn gefunden«, sagt Manfred und erwidert meinen Blick. »Warum müssen es immer Kinder sein, die Tote finden? Sie wollten sich offenbar in der Kiste verstecken, da haben sie den Leichnam gefunden. Steifgefroren wie ein verdammter Eiszapfen.«

Ich erreiche die Gruppe, die sich um den Sandkasten drängt. Nicke einigen bekannten Gesichtern zu und versuche zu sehen, was sich im Kasteninneren versteckt. Ganz unten ahne ich die Umrisse eines Mannes. Er liegt in Embryostellung da und trägt Jeans und einen dünnen Pullover. Sein Gesicht, das von schwarz gewordenem Blut und Reif bedeckt ist, kommt mir seltsam bekannt vor.

Es ist Jesper Orre.

EMMA

Zwei Wochen früher

Ich wühle planlos in meinem provisorischen Werkzeugkasten. Entscheide mich für Hammer und Brecheisen und lege sie in die Tasche. Es sind fast null Grad, deshalb ziehe ich meine dicke Jacke und die Winterstiefel an, dann verlasse ich die Wohnung und gehe hinaus auf den Valhallaväg, um mir ein Taxi zu suchen.

Ich friere, trotz Mütze und Handschuhen. Einige Hundebesitzer gehen in Pelzen und Daunenjacken vorüber, sie ziehen im Wind die Köpfe ein. Es sind nicht viele Autos zu sehen. Es wäre natürlich besser gewesen, das Taxi vorzubestellen, aber ich will im Buchungssystem der Taxifirma keine Spuren hinterlassen.

Nach vielleicht zehn Minuten kommt ein freies Auto und ich winke es an den Straßenrand. Die Windschutzscheibe ist von kleinen Eiskristallen bedeckt. Ich nenne dem Fahrer eine Adresse, die zwei Straßen von Jespers Haus entfernt liegt. Es ist besser, vorsichtig zu sein. Der Fahrer heißt Jorge und ist offenbar redselig. Ich gebe nur kurze Antworten auf seine Fragen und hoffe, dass er diesen Wink versteht, was er auch tut. Nach einer Weile ist alles still. Ich höre nur das Summen des Motors und das Radio, das klassische Musik spielt.

Wie schafft man das? Wie kann man monate-, jahrelang ein Doppelleben führen? Wie konnte Jesper mit mir zusammen sein, während er doch eine andere hatte? War das ein Spiel, ein Sport, mit dem er seine Umgebung – oder mich – so lange täuschen wollte wie möglich? Wollte er mir richtig schaden, mein Leben zerstören?

Ich habe noch immer keine Antworten, stelle mir nur immer mehr Fragen.

Und wer behauptet denn eigentlich, ich sei die Einzige? Vielleicht gibt es da draußen in der Dunkelheit noch weitere betrogene Frauen. Ich schmiege die Wange an die kalte Fensterscheibe und schließe die Augen. Versuche, mir andere vorzustellen, solche wie mich, verteilt über Stockholm, in einsamen Wohnungen. Aber das geht nicht. Ich kann und will das nicht glauben. Wie sollte er auch die Zeit dazu gehabt haben?

Ich gehe jetzt durch die schmale Straße. Nach einigen Metern trete ich in eine Pfütze. Eine dünne Eisschicht bricht und lässt ein leises Klirren hören. Auf beiden Seiten stehen große Villen, die meisten irgendwann um 1900 erbaut. Hinter den Fenstern brennt Licht, und ich denke, dass die, die in den großen schönen Häusern wohnen, bestimmt glücklich sind, aber das ist natürlich albern. Denn Geld oder Macht sind ja wohl keine Garantie für Glück?

Die Querstraße ist so klein, dass ich sie fast übersehen hätte. Hier sind die Häuser neuer, vielleicht aus den fünfziger Jahren, und etwas kleiner. Der Bürgersteig ist von Blättern bedeckt, die der Frost in einen trügerisch glatten Flickenteppich verwandelt hat. Über den Häusern auf der rechten Seite schwebt der Vollmond, perfekt rund und leuchtend, wie eine reife Frucht.

Ich erkenne das Haus sofort. Schwarzgebrannte Mauerreste

ragen aus dem Boden, dort, wo die Garage gestanden hat, und ein leichter Brandgeruch verrät noch immer, was hier passiert ist. Blauweißes Band mit der Aufschrift »Polizei« ist um die abgebrannte Garage angebracht, wie Geschenkband um ein riesiges Paket. Es flattert ein wenig im Wind. Mein Herz macht einen Sprung. Ich habe immerhin sein Leben beeinflusst, habe ihn berührt, wenn auch nicht so, wie ich mir das vorgestellt hatte.

Du hast es so gewollt, denke ich. Es hätte nicht so kommen müssen.

Hinter dem Fenster in der Haustür brennt schwaches Licht, ansonsten sieht das Haus dunkel aus, wie es da am Waldhang ruht. Ich zögere nur eine Sekunde, ehe ich das Tor öffne und zum Eingang hochgehe. Verwelkte, vom Frost gebeugte Sommerblumen rahmen den schmalen Kiesweg, dahinter breitet sich die Rasenfläche aus. Einige einsame Wacholderbüsche und Tannen ragen hier und dort auf, es sieht aus wie auf einer kahlen Felskuppe. Es ist ein ziemlich langweiliger Garten. Er ist offenbar kein begeisterter Gärtner. Was weiß ich eigentlich über seine Interessen, darüber, wer er ist?

Der Messingknopf der Türklingel ruht kalt unter meinem Finger. Eine Sekunde lang habe ich das Gefühl, dass eine wichtige Entscheidung bevorsteht, als ob ich durch den Druck auf diesen Knopf eine unwiderrufliche Entscheidung treffe. Ich schiebe diesen Gedanken als lächerlich beiseite. Das alles hat schon vor langer Zeit angefangen. Dass ich heute hier stehe, ist nur die natürliche Folge dessen, was Jesper mir angetan hat.

Aber vielleicht will er das ja gerade?

Dieser Gedanke macht mir zu schaffen, und ich gebe mir

alle Mühe, ihm nicht bis zur unvermeidlichen Schlussfolgerung nachzugehen. Stattdessen drücke ich auf den Klingelknopf. Sofort ist aus dem Hausinneren ein wütendes Summen zu hören. Mein Herz hämmert jetzt und mein Magen krampft sich zusammen. Ich weiß nicht so ganz, was ich tun werde, wenn er plötzlich die Tür öffnet und wir uns von Angesicht zu Angesicht gegenüberstehen. Vielleicht hätte ich mich besser vorbereiten, Notizen machen müssen, denn ich bin nicht sicher, ob ich mich an alles Wichtige erinnern kann, was gesagt werden muss.

Ich bleibe eine Weile stehen, ganz still auf der Treppe, mit dem Finger auf der Klingel, und ich sehe zu, wie sich mein Atem in kleine weiße Wolken verwandelt, die vom Wind aufgelöst werden, aber nichts passiert. Ich klingele noch einmal. Das Signal brummt. Bohrt tiefe, scheußliche Löcher in die Stille.

Dann schaue ich mich um.

Auf der anderen Straßenseite liegt ein Haus ganz im Dunkeln, und ein Stück weiter, zum Wasser hinunter, sehe ich noch andere. Hinter den Fenstern brennt Licht, und ich kann Rauch aus einem Schornstein aufsteigen sehen, aber nichts bewegt sich. Kein Mensch und kein Auto sind zu sehen.

Nach einigen Minuten steige ich die Steintreppe hinunter und gehe um das Haus herum, bis ich die Querseite des weiß verputzten Gebäudes erreicht habe. Hier gibt es zwei tiefsitzende Kellerfenster. Ich gehe in die Hocke und schaue hinein. Es brennt kein Licht, aber ein schwacher heller Schein fällt durch eine offene Tür ganz hinten. Nach einer Weile lösen sich die Konturen einer Waschmaschine aus der Dunkelheit. Ich gehe weiter um das Haus herum, inspiziere die Fenster.

Das Haus kommt mir leer vor. Ich überlege, wäge die Risiken ab. Es gibt natürlich die Möglichkeit, dass es eine Alarmanlage gibt, aber dann werde ich doch hören, wenn sie sich einschaltet? Außerdem habe ich keine Schilder oder Aufkleber einer Sicherheitsfirma gesehen.

Als ich zum Kellerfenster an der Querseite zurückkomme, stelle ich fest, dass man mich hier von außen nicht sehen kann. Die Hauswand liegt geschützt zwischen einer kleinen Felskuppe mit knorrigen Tannen. Zwischen den Zweigen leuchtet der Vollmond. Er gibt gerade genug Licht. Ich schaue wieder durch die Fensterscheibe. Die Waschmaschine steht praktischerweise genau unter dem Fenster. Das müsste gehen. Vorsichtig ziehe ich Brecheisen und Hammer aus der Tasche und stelle fest, dass ich nicht die geringste Ahnung habe, wie man ein Fenster aufbricht. Ich schlage versuchsweise mit dem Stemmeisen und dem Hammer gegen den Fensterrahmen und versuche, ihn aufzustemmen.

Das geht nicht.

Ich wische mir den Schweiß von der Stirn. Hebe dann den Hammer und schlage mit einem gewissen Zweifel genau in die Mitte der Fensterscheibe. Glasscherben regnen zu Boden und in den Keller. Wieder und wieder hebe ich den Hammer. Schlage jedes sichtbare Glasstück aus dem Rahmen. Dann gehe ich in die Hocke, halte den Atem an und lausche auf Schritte oder erregte Stimmen.

Nichts passiert.

Es ist genauso still und stumm wie zuvor. Der Vollmond spiegelt sich in den Glasscherben, die vor mir auf dem Boden liegen, als sei der Himmel in tausend Stücke zersprungen und mir vor die Füße gefallen.

Ich beuge mich durch das Fenster hinein und schaue in den dunklen Kellerraum. Ich könnte einfach hindurchkriechen und auf die Waschmaschine springen. Nach kurzem Zögern lege ich Stemmeisen und Hammer wieder in die Tasche und werfe sie in den Keller. Sie landet mit dumpfem Aufprall auf dem Boden. Dann krieche ich in die Fensteröffnung, setze mich auf die Fensterbank, stoße mich mit den Armen vom Fensterrahmen ab und springe hinunter.

Es ist viel leichter, als ich gedacht hatte. Jetzt stehe ich also in Jespers Keller und bereue, nicht schon früher gekommen zu sein. Es riecht nach Waschmittel und etwas nach Schimmel. Ein Trockenschrank steht der Waschmaschine gegenüber und in einer Ecke liegt ein Haufen schmutziger Wäsche.

Nicht gerade glamourös.

Als ich die Tür öffne, sehe ich, dass meine Hand blutet. Offenbar habe ich mich ohne es zu merken geschnitten, als ich durch das Fenster geklettert bin. Es tropft nicht, es fließt, und zwischen Daumen und Zeigefinger sehe ich einen tiefen Riss.

Ich gehe zum Schrank neben der Waschmaschine, öffne ihn und sehe einen Korb. Der scheint voller Unterwäsche zu sein. Ich suche mir ein kleines weißes Teil heraus. Erst als ich es mir um die verletzte Hand wickele, sehe ich, was es ist: eine Damenunterhose. Ich schaudere, aber ich beschließe, dass es gehen muss. Dann mache ich mich auf den Weg ins Haus.

Ich staune ein bisschen. Das Haus kommt mir heruntergekommen vor. Die weißen Wände sind verfärbt und der Parkettboden zerkratzt. An manchen Stellen fehlen sogar Stücke des Holzes. Aber die Möbel sind typisch für Jesper: strenges dänisches Design und Lampen, die ich aus Einrichtungszeitschriften kenne. Blanke, verchromte und lackierte Flächen spiegeln das Mondlicht zurück. An den Wänden hängen große Schwarzweißfotos von Tieren und nackten Frauen im Gegenlicht. Mein Herz krampft sich zusammen. Das hier hätte unser Zuhause sein können.

Plötzlich überwältigt mich das Weinen, das mir schon die Kehle zusammendrückt, seit ich ins Haus eingestiegen bin. Ich setze mich auf ein schwarzes Ledersofa und lasse den Tränen freien Lauf. Das sanfte Licht des Mondes über dem Boden. Herber Geruch nach altem Zigarettenrauch schwebt in der Luft. Es war vielleicht doch keine gute Idee, herzukommen. Alles wird so greifbar, wenn ich hier bin, in seinem Haus. Sein Verrat wird so viel größer und so unendlich schwer zu verstehen.

Ich schaue mich im Zimmer um. Im Bücherregal steht ein Foto: Jesper und eine Gruppe von Frauen an einem Strand. Die Frauen tragen Bikini, sind schlank und schön und haben kleine, wohlgeformte Brüste – ganz anders als meine. Eine dunkelhaarige Frau steht sehr dicht neben Jesper. Zu dicht. So dicht, dass mir klar ist, dass sie mehr ist als nur eine Freundin.

Ich wende mich ab, und wieder krampft sich mein Magen zusammen.

Weiß sie – die dunkelhaarige Frau –, dass er sie betrügt, oder lebt auch sie in dem Irrglauben, die Einzige zu sein? Muss ich es ihr vielleicht sagen? Plötzlich denke ich, dass sie vielleicht von mir weiß, dass Jesper mich vielleicht ihretwegen verlassen hat, statt uns beide zu hintergehen. Sie wusste vielleicht sehr gut, was sie tat, als sie etwas mit Jesper angefangen hat. Vielleicht hat sie mich ja sogar ganz zielgerichtet ausgebootet.

Eine andere.

Das könnte auch erklären, wieso er so plötzlich und ohne Begründung verschwunden ist. Plötzlich weiß ich, dass es so gewesen sein muss. Die schöne dunkelhaarige Frau hat mir Jesper vielleicht weggenommen, und egal, ob sie von mir wusste oder nicht, war sie die Ursache dafür, dass ich ihn verloren habe. Ich bin plötzlich wütend auf sie. Mit der Hand fege ich das Foto aus dem Regalfach. Es fällt zu Boden. Das Geräusch des zerbrechenden Glases klingt durch den Raum, als ich hinausgehe ohne mich umzusehen.

In der Küche ist alles neu und blankpoliert. Die in Schwarz gehaltene Kücheneinrichtung hat keine Handgriffe, und erst nach einer Weile begreife ich, dass man Schubladen und Schränke durch kurzes Antippen öffnet. Auch das Porzellan ist schwarz, und elegante Weingläser drängen sich zwischen Tellern und Schüsseln. Zwei schwarze Brettchen mit weißen Elefanten lehnen hinter dem verchromten Wasserhahn, der an einen Duschkopf erinnert.

Ich fahre mit der Hand über den rostfreien Spülstein. Kein Krümel, kein Staubkorn. Nur die kalte, klinisch reine Platte. Der einzige Unterschied zwischen dieser Küche und einem Obduktionssaal sind der mattschwarze Esstisch und die Zeichnung an der Wand darüber. Ich stelle mir vor, dass die einen Schneemann darstellen soll, bin mir aber nicht sicher. Besonders gut gelungen ist sie nicht. Man muss sicher Eltern sein, um eine solche Zeichnung zu lieben. Über dem Schneemann steht in krakeligen blauen Buchstaben »Für Jesper«.

Natürlich. So muss es sein. Die dunkelhaarige Frau hat ein Kind, aber Jesper ist nicht der Vater. Sie haben sich später kennengelernt, als Jesper und ich zusammen waren. Und dann hat er mich verlassen.

Wegen dieser beiden!

Hinter einer der Hochglanztüren verbirgt sich ein Kühlschrank. Ich sehe mir den Inhalt an: Milch, Saft, Butter, Eier und eine halbe Flasche Weißwein mit halbwegs hineingedrücktem Korken. Nichts besonders Spannendes. Ganz unten steht eine Plastikdose mit irgendwelchen Resten. Vorsichtig nehme ich sie heraus und hebe den Deckel. Es sind Frikadellen mit Nudeln. In der Ecke klebt ein einsamer, vertrockneter Klecks Ketchup.

Ich stelle die Plastikdose auf den Esstisch, gehe zurück zum Kühlschrank und hole mir den Wein. Stelle ihn neben die Dose und überlege eine Weile. Auf der Fensterbank, neben einem vertrockneten Efeu, der an einer Art Reifen befestigt ist, steht ein kleiner Verstärker mit einem iPod. Ich schalte ihn ein und gehe die Playlists durch, suche mir irgendein Stück aus und drücke auf Play. Dann setze ich mich an den Tisch.

Frank Sinatra singt für mich Weihnachtslieder, während ich kalte Frikadellen esse und Jespers Chardonnay trinke. Als Sinatra über *the happy season* singt, spüre ich, wie mein Zorn wieder zum Leben erwacht. Ich habe noch nie so deutlich gesehen, wie sehr sein wohlhabendes Hochglanzleben sich von meinem Einsiedlerinnendasein in der kleinen Wohnung unterscheidet. Es ist nicht gerecht, und jemand muss ihm das klarmachen. Und dieser Jemand kann nur ich sein.

Sein Bett ist weich und breit und kommt mir luxuriös vor. Ich probiere es aus, und ganz richtig, ich kann längs und quer liegen. Die Bettwäsche riecht ein wenig nach Seife oder einer Art Parfüm. Auf dem Nachttisch liegen ein Krimi und einige

Finanzzeitungen. Ich öffne vorsichtig die Schublade und schaue hinein: ein Ladekabel, ein Stift und eine Tube Gleitmittel.

Wieder spüre ich, wie sich etwas in mir zusammenkrampft. Mein Magen dreht sich um und der vertraute Kloß in meinem Hals wächst. Ich bin der Wahrheit, die ich gesucht habe, zu nahe gekommen, und jetzt muss ich den Preis für meine Neugier bezahlen. Dieses Wissen ist schmerzlicher, als ich mir das vorstellen konnte. Natürlich wollte ich wissen, wo Jesper war und warum er nichts von sich hören ließ. Aber ich wollte nicht das Bild von ihm und der dunklen Frau sehen, wollte nicht den Geruch ihrer Bettwäsche wahrnehmen oder in ihrer schmutzigen Wäsche wühlen.

Die Tränen drücken gegen meine Augenlider und ich lasse ihnen freien Lauf. Bohre das Gesicht in das Daunenkissen und weine laut. Lasse die Verzweiflung frei, die ich schon so lange mit mir herumschleppe.

Als ich aufwache, ist es hell. Ich weiß zuerst nicht, wo ich bin, dann sehe ich meine Hand. Die weiße Unterhose, die ich darum gewickelt habe, hat sich fast ganz mit vertrocknetem Blut vollgesogen.

Ich setze mich auf, wickele vorsichtig den provisorischen Verband ab. Es blutet immerhin nicht mehr. Ich schiebe die blutige Unterhose mit einem leichten Ekelgefühl hinter das Bett, aber ich empfinde auch Trauer, denn sie erinnert mich an das Kind, das ich verloren habe.

Als ich aufstehe, merke ich, wie steif ich bin. Mein Körper scheint mir nicht richtig gehorchen zu wollen, als ich ans Fenster gehe. Ich habe keine Ahnung, wie spät es ist und wie lange ich geschlafen habe, aber draußen ist es hell und die Welt ist leuchtendweiß. Eine ganz dünne Schneedecke ruht über Boden und Bäumen. In der Ferne kann ich ein näherkommendes Auto sehen.

Ich bleibe einige Sekunden stehen, dann verstehe ich, was gerade passiert. Der Wagen, der jetzt nur noch zwanzig Meter entfernt ist, ist Jespers schwarzer SUV. In mir steigt Panik auf und ich sehe mich im Zimmer um, schnappe mir meine Tasche und meine Jacke und renne die Treppe hinunter zurück in den Keller. Ich weiß nicht, wie viel Zeit ich habe. Eine Minute? Dreißig Sekunden? Ohne mich umzusehen, werfe ich die Tasche aus dem Fenster und klettere hinaus. Vielleicht bilde ich mir das ja ein, aber als ich mich draußen aufrichte, höre ich, wie die Haustür ins Schloss fällt.

Ich drehe mich um und laufe zwischen Tannen und Häusern in Richtung Wasser davon. Nach ungefähr einer Minute sehe ich ein Gartenhaus, das einsam auf einer kleinen Anhöhe liegt, mit Ausblick auf Jespers Haus. Ich schaue durch die schmutzigen Fensterscheiben. Drinnen sind Gartenmöbel aufgestapelt. Ein defekter Grill liegt in einer Ecke. Ein altes durchgesessenes Sofa steht einsam mitten im Raum. Ich drehe mich um, sehe das Haus, zu dem das Gartenhaus gehört. Es scheint verlassen zu sein. Die Fenster im Untergeschoss sind mit Holzplatten vernagelt, und unter der dünnen Schneedecke ahne ich die Umrisse einer Regenrinne, die sich von der Fassade gelöst hat, der Garten sieht wild und ungepflegt aus.

Als ich weitergehe, habe ich das Gefühl, soeben eine wichtige Entdeckung gemacht zu haben.

Neue Rechnungen sind gekommen. Ich sitze am Küchentisch und sehe den Haufen an, der innerhalb von nur wenigen Tagen doppelt so hoch geworden ist. Ich weiß nicht, was ich machen soll, denn ich habe keinen Schmuck und keine anderen Wertsachen mehr, die ich verkaufen könnte. Und das Bild, das über meinem Bett gehangen hat und das aus unerfindlichen Gründen so wertvoll war, ist verschwunden. Ich denke an die kindlich gemalten Fußballspieler in Pastellfarben, die sich um den Ball drängten. Wenn das stimmt, was ich gehört habe, als ich das Bild geerbt habe, war es mindestens dreihunderttausend wert. Aber das spielt jetzt ja keine Rolle mehr, Jesper hat es mitgenommen. Ich hätte Jespers Haus durchsuchen müssen, ich war ja ohnehin dort, statt mich mit angeschimmelten Frikadellen vollzustopfen und mich in seinem Bett in den Schlaf zu weinen.

Vor dem Fenster fällt der Schnee, und bald ist Weihnachten. Das wird mein erstes Weihnachten ohne Mama, und ich habe noch immer keine Ahnung, wie ich feiern soll. Weihnachten ist eigentlich nicht besonders wichtig für mich, mir reichen Pizza und ein geliehener Film. Vielleicht ist mir das sogar lieber als ein aufwendiges Weihnachtsmahl, denn etwas an Weihnachten löst in mir eine vage, aber deutlich spürbare Angst aus. Ich glaube, dass es mir schon als Kleinkind so ging, aber da richtete diese Angst sich auf andere Dinge: Ich musste die Weihnachtsgeschenke so schön finden, dass Mama und Papa nicht traurig wurden, und vor allem musste ich nach Karl-Bertils Weihnachtsfeier unsichtbar werden, denn in der Regel waren sie danach betrunken und laut und unberechenbar.

Ich wiege die Rechnungen in der Hand, überlege eine Weile und verstaue sie dann wieder in der Brottrommel. Der

Deckel schließt sich mit einem Geräusch, das wie ein Schnaufen klingt.

Ich gehe ins Badezimmer, ziehe mir die Bürste durch die langen Haare und denke, dass ich die Frau, die mich aus dem Spiegel anschaut, nicht wiedererkenne. Sie sieht älter aus als ich. Bitter. Schwach, auf eine feminine, ein wenig unterwürfige Weise. Wie eine Frau in einem unbekannten Kostümfilm, die gerettet und beschützt werden muss. Das macht mich wütend, schwach will ich nun wirklich nicht sein. Ich blinzele und erinnere mich an das Gefühl von Kontrolle und Stärke, das ich nach dem Brand hatte, und plötzlich weiß ich, dass ich wieder so werden muss: stark, konzentriert und furchtlos. Ich muss mich verändern, innerlich und vielleicht auch äußerlich.

Unter dem Spiegel liegt eine Nagelschere, sie ist alt und schief und so stumpf, dass sich die Nägel krümmen, wenn man sie benutzt. Aber ich nehme sie trotzdem und halte sie an mein linkes Ohr, fasse mit der linken Hand eine Haarsträhne und arbeite mich durch meine Haare hindurch. Sie fallen zu Boden wie die Schneeflocken vor meinem Fenster. Ich nehme noch eine Strähne und noch eine. Immer mehr liegen auf dem Boden, und die Frau im Spiegel verändert sich vor meinen Augen.

Zuerst bin ich nicht zufrieden. Meine Frisur sieht aus wie ein Pagenschnitt, und ich komme mir vor wie eine altmodische Lehrerin oder Bibliothekarin. Ich beschließe, dass die Haare noch kürzer werden müssen. Sorgfältig arbeite ich mich mit der kleinen Schere über meinen ganzen Schädel. Daumen und Zeigefinger brennen vor Anstrengung, aber am Ende bin ich zufrieden.

Ich bin wirklich eine andere.

PETER

Rasch senkt sich die Dunkelheit über Stockholm, und der Verkehr wird dichter, als ich von Djursholm nach Kungsholmen fahre. Ich denke an Jesper Orres steifgefrorenen Körper in dem grünen Sandkasten. An das von Reif überzogene blutige Gesicht. Und wie immer, wenn ich auf den Tod stoße, taucht das Bild meiner Schwester Annika vor mir auf: wie sie sich in jenem Sommer vor vielen Jahren auf den Felsen gesonnt hat. Der magere Körper, der gerade erst begonnen hatte, weibliche Formen anzunehmen, der Geruch des Zigarettenrauchs, der über dem trockenen Heidekraut schwebte, und das Gefühl der scharfen kleinen Tannennadeln unter meinen dünnhäutigen Kinderfüßen.

Was wäre passiert, wenn ich Mama nicht erzählt hätte, dass Annika da unten auf den Felsen heimlich rauchte? Wäre sie dann heute noch am Leben?

Ich glaube, Mama hatte den Verdacht, dass ich mich wegen Annikas Tod schuldig fühlte, denn immer redete sie darüber; es sei ein Unglück gewesen, an dem niemand etwas hätte ändern können. Sie wiederholte es fast wie ein Mantra. Aber es lag vielleicht daran, dass es zu wehtat, sich vorstellen zu müssen, dass Annika freiwillig in den Tod geschwommen war.

Annika war die Erste, die mir klarmachte, dass das Leben nicht ewig währt. Andere folgten: Petter, der rothaarige Junge aus der 7B, der bei der Würstchenbude mit dem Moped gegen einen Baum knallte und vier Wochen im Wachkoma lag, ehe sein Vater die Beatmungsgeräte abschalten ließ, seine Taschen packte und nach Thailand fuhr, um nie zurückzukehren. Marie, meine Kommilitonin an der Polizeihochschule, die mit nur fünfundzwanzig Jahren an Krebs erkrankte. Sie versprach allen, bald wieder bei uns zu sein, obwohl sie schon im Hospiz lag.

Und dann natürlich Mama.

Nach meiner Mutter hörte ich auf zu zählen. Ich hatte das Gefühl, dass alle um mich herum einfach starben – ein verdammt unangenehmes Gefühl, das zudem den Verdacht erweckte, dass ich als Nächster an die Reihe kommen könnte. Und dass alles, dem ich meine Zeit widmete – Mordermittlungen, Pizza vor dem Fernseher und Internetpornos, die ich mir müde ansah –, eigentlich sinnlos sei. Dass ich auch gleich von einer Brücke springen könnte, weil mich ja doch niemand vermissen würde. So schnell, wie das Kräuseln auf dem Wasserspiegel verschwinden würde, würde ich vergessen sein.

Und das stimmt ja auch: Es gibt nicht einen Menschen auf der Welt, der mich braucht. Der mich wirklich braucht. Nicht meine Kollegen, nicht Janet. Nicht Albin.

Eigentlich nicht.

Dennoch: Man kann sich das Leben nehmen, man kann aber auch ein Bier trinken. Und wenn ich mich zwischen der Brücke und der Kneipe entscheiden musste, entschied ich mich immer für die Kneipe.

Sanchez steht vor der Tafel, fasst ihre feuchten Haare zu einem dünnen Knoten zusammen und sagt:

»Der Notruf wurde kurz nach drei von einer gewissen Amelie Hökberg abgegeben, die im Strandväg in Djursholm wohnt. Sie ist die Mutter von Alexander Hökberg, zehn, der zusammen mit seinem Kumpel Pontus Gerloff Orres Leichnam in der Sandkiste gefunden hat. Offenbar hatten die Kinder an dem Nachmittag draußen gespielt, und Alexander wollte sich in der Sandkiste verstecken, fand dabei aber Orre. Die Sandkiste liegt vierhundert Meter westlich von Orres Haus, in einem Waldgebiet. Von dem Haus bis dorthin braucht man zu Fuß etwa sieben Minuten.«

Sanchez zeigt auf die an der Tafel befestigte Karte.

»Wie lange lag er schon da?«, fragt Manfred.

»Das kann die Rechtsmedizin uns noch nicht sagen. Er muss zuerst obduziert werden, und das geht erst, wenn der Leichnam aufgetaut ist. Das dauert mindestens vierundzwanzig Stunden.«

»Was kann die Rechtsmedizin uns denn jetzt schon sagen?«, frage ich.

»Dass er Verletzungen am Kopf hatte, an der Stirn. Er hat vermutlich einen Schlag erlitten. Und er ist wahrscheinlich erfroren.«

Ich schaue zu Hanne hinüber. Sie sieht seltsam ruhig aus, fast friedlich, wie sie da sitzt, an dem kleinen Fenster aus den siebziger Jahren mit dem Adventsleuchter. Sie wirkt überhaupt nicht krank, denke ich, und ich werde abermals an Mamas abgemagerten, vom Krebs verwüsteten Leib erinnert.

»Na gut. Orre ermordet Emma Bohman«, sagt Manfred und streckt dabei seinen umfangreichen Leib, sodass sich die Weste über seinem Bauch bedenklich spannt. »Aber wie zum Teufel ist er dann in den Streusandkasten gekommen?«

Wir schweigen eine Weile.

»Vielleicht hat er sich versteckt?«, schlägt Sanchez vor. »Er war auf der Flucht von einem Tatort, war verletzt und aus dem Gleichgewicht geraten. Vielleicht ist er jemandem begegnet und hat sich in der Kiste versteckt. Und dann …«

Sie verstummt. Nur das Brummen der Klimaanlage ist noch zu hören. Es ist nach zwanzig Uhr, und die meisten Kollegen sind schon nach Hause gegangen. Ein einsamer Ermittler sitzt ganz hinten im Raum vor seinem Rechner, offenbar vollkommen in seine Arbeit versunken. Draußen funkeln die Lichter von Kungsholmen vor dem schwarzen Winterhimmel.

»Orre ermordet also Emma Bohman, jedenfalls ist das unsere Theorie«, sagt jetzt Manfred. »Er haut ihr den Kopf ab. Steckt ihr Streichhölzer in die Augen und flieht, ohne Brieftasche, Telefon oder Mantel mitzunehmen. Nicht einmal eine benutzte Damenunterhose nimmt er als Schmuselappen mit. Und dann legt er sich zum Sterben in eine Sandkiste. Verdammt schön, dass wir den Ablauf der Geschehnisse so deutlich vor uns sehen. Wer ruft den Staatsanwalt an?«

Sanchez seufzt laut hörbar.

»Musst du immer so … so verdammt kritisch sein? Ich hab ja nicht behauptet, dass es so war. Ich versuche nur eine Erklärung zu finden, die mit den Beweisen übereinstimmt …«

»Das Problem ist aber, dass wir keine Beweise haben. Wir haben ja nicht einmal die Identität der Frau in Orres Haus feststellen können. Wie zum Teufel sollen wir dann sagen, was wirklich passiert ist? Kannst du mir das verraten?«

Sanchez verschränkt die Arme und presst die Lippen aufeinander. Schaut zur Decke hoch. Blinzelt. Für einen kurzen Moment sieht es aus, als ob sie gleich in Tränen ausbricht. Ich weiß, dass wir alle gestresst sind, und plötzlich tut sie mir leid. Sie gibt sich alle Mühe. Sie gibt sich immer alle Mühe. Ein Hund kann nur ein Hund sein. Und Sanchez kann nur Sanchez sein. Eines Tages wird sie eine absolut hervorragende Ermittlerin sein, und vielleicht ist es das, was Manfred so ärgert.

»Weißt du was? Ich brauch mir diesen Dreck von dir nicht sagen zu lassen, Manfred. Ich fahre zur Rechtsmedizin nach Solna und suche mir diesen Rechtsodontologen. Ihr könnt mich ja anrufen, wenn irgendwas passiert.«

Sie dreht sich um und verschwindet auf dem Gang. Langsam verhallt das Geräusch ihrer spitzen Absätze.

»Musste das sein?«, frage ich und sehe Manfred an.

»Aber zum Teufel, Lindgren. Du kannst doch wohl nicht behaupten, dass du ihr diese Geschichte abkaufst?«

»Sie gibt sich alle Mühe.«

Manfred schüttelt langsam den Kopf.

»Tut mir leid, aber das reicht nicht.«

Er steht auf, streckt die Hand nach seinem Mantel aus, der über dem Stuhl hängt, und sagt:

»Muss jetzt nach Hause und Afsaneh ablösen. Ruf mich an, wenn es was Neues gibt. Sonst komme ich in zwei, drei Stunden zurück.«

Er trottet davon und lässt mich mit Hanne allein. Ihr grauer Blick ruht schwer auf mir.

»Was denn?«, frage ich.

»Nichts. Ich frage mich nur … seid ihr immer so … hilfsbereit untereinander?«

Ich zucke mit den Schultern.

»Naja, das hier ist kein Kurs, um deine persönliche Entwicklung voranzubringen.«

Ich ahne ein leichtes Lächeln in ihrem mageren Gesicht.

Es wird still. Die Leuchtröhren flimmern und Hanne schließt die Augen, als ob sie das kalte Licht aussperren wollte. Sie sieht plötzlich älter aus. Nicht weniger schön, nur älter und vielleicht ein bisschen müder, so, wie man das mit den Jahren wird.

»Wie geht es dir?«, frage ich.

Sie öffnet die Augen. Fängt an zu kichern. Und plötzlich sieht sie aus wie ein Teenager – es ist etwas an ihrem sinnlosen Lachen, oder vielleicht daran, wie sie die Augen verdreht, das sie auf einmal viel jünger macht.

»Du bist witzig. Mir geht es gut.«

»Ich habe darüber nachgedacht, was du gesagt hast, und ...«

»Mach dir keine Sorgen. Diese Ermittlung werde ich schon noch überleben.«

Plötzlich kann ich mich nicht mehr beherrschen. Es ist, als ob mich plötzlich die Erkenntnis überkommt, wie wichtig sie ist. Sie ist der erste und einzige Mensch, den ich jemals wirklich gewollt habe, und das macht sie wichtiger als alles andere, ich habe das bisher nur noch nicht begriffen. Vielleicht liegt es auch daran, dass sie gesagt hat, dass sie krank ist, denn ich begreife, dass die Zeit nicht endlos ist. Stattdessen ist sie auf eine Anzahl kurzer Augenblicke reduziert worden, zu einer Aneinanderreihung von Tagen und Wochen, die viel zu schnell vorüber sein können.

»Ich liebe dich, Hanne«, sage ich. Und als ich diese Worte ausspreche, ist mir klar, dass ich es wirklich so meine, vielleicht zum ersten Mal in meinem Leben.

Hannes Augen glänzen auf einmal.

»Aber du, Peter. Das kannst du doch nicht wissen. Wir haben uns ja zehn Jahre lang nicht gesehen.«

»Doch. Ich weiß es. Und ich habe dich damals auch geliebt, ich war nur zu dumm, um es zu begreifen.«

Einige einsame Tränen rollen über ihre Wangen, aber sie achtet nicht darauf.

»Es spielt keine Rolle mehr«, flüstert sie und schaut ihre Hände an, die still auf ihren Knien liegen. »Ich bin krank, und wir können nicht zusammen sein.«

»Aber mir ist es doch egal, ob du krank bist. Ich kann mich um dich kümmern. Ich will mich um dich kümmern!«

Sie schaut mich an.

»Glaub mir. Das willst du nicht.«

Das Klicken der Tastatur des letzten Ermittlers hinten im Raum ist verstummt. Er steht auf, zieht eine Lederjacke an, knipst seine Schreibtischlampe aus und geht.

»Doch. Das will ich.«

Hanne seufzt und ihr Blick wandert wieder hoch zur Leuchtröhre unter der Decke. Im grellen Licht sieht die Haut um ihre Augen dünn und bläulich wie Perlmuttschimmer aus. Wie der Bauch eines Fisches.

»Großer Gott, Peter. Du bist wie ein eigensinniges Kind. Ich … ich verliere langsam das Gedächtnis. Bald werde ich vielleicht nicht mehr wissen, wie ich heiße. Du kannst nicht mein Pfleger sein, das musst du doch begreifen.«

»Das Gedächtnis verlieren? Wie? Wie bei Alzheimer?«

Hanne reibt sich mit den Händen über das Gesicht.

»Ich muss gehen«, sagt sie dann und steht auf, ohne mich anzusehen.

»Warte! Darf ich dich begleiten?«

Sie dreht sich um. Stemmt die Hände in die Seiten und schüttelt langsam den Kopf.

»Nein. Hör auf. Ich hab doch gesagt, dass es nicht geht.«

Ich weiß nicht, ob sie sauer ist oder mich nur aufdringlich findet.

Ehe sie den Raum verlässt, bleibt sie vor der Tafel stehen. Schaut lange das Bild von Emma Bohman an, ehe sie sich endlich zu mir umdreht und die Hand zu einem Gruß hebt.

Die Dunkelheit draußen sieht plötzlich schwärzer und dichter aus. Ich bleibe lange am Fenster stehen und halte Ausschau nach Hannes Gestalt, aber ich sehe nur einen Schneepflug, der weit hinten in der einsamen Straße fährt.

Ich frage mich, ob es stimmt, was sie gesagt hat, ob sie wirklich das Gedächtnis verliert. Aber warum sollte sie lügen?

Plötzlich bin ich von Trauer erfüllt. Denke an ihren schmächtigen Körper im Bett und an die Sommersprossen auf ihren Schultern, die im Licht der Dämmerung leuchteten. An ihr gieriges Verlangen, als wir uns geliebt haben, und an ihr lautes, unbändiges Lachen danach, als wir nebeneinander in dem schmalen Bett lagen und redeten. Ja, ich kann fast noch ihr Schnarchen hören – das mich an das Geräusch eines knarrenden Bootes erinnerte, wenn es in einem sicheren Hafen vor Anker liegt.

Ein Geräusch der Geborgenheit.

Aber vor allem denke ich daran, wie ich mich mit ihr zusammen gefühlt habe. Wie wunderbar weit offen, verletzlich und leicht ich wurde.

Wie eine Flaumfeder.

Wer behauptet, dass es nicht wieder so werden kann? Wer hat entschieden, dass es nicht passieren kann?

Im Leben geht es um Verluste, hat meine Mutter immer

gesagt, wenn sie unter dem Ventilator stand und rauchte. Um den Verlust der kindlichen Unschuld, mit der wir alle geboren werden, von Menschen, die wir lieben, von unserer Gesundheit und unseren physischen Fähigkeiten und endlich – natürlich – des eigenen Lebens.

Wie immer hatte sie recht.

Gegen einundzwanzig Uhr ruft Manfred an. Seine Stimme verrät Erregung und etwas anderes, eine Zielstrebigkeit, die ich sehr gut kenne.

»Bist du im Büro?«, fragt er.

»Ja. Wieso? Ich wollte gleich los.«

»Bergdahl hat mit einer Freundin von Angelica Wennerlind gesprochen.«

Ich schaue zur Tafel hinüber, wo das Bild von Angelica Wennerlind neben dem von Emma Bohman hängt.

»Und?«

»Du wirst nicht erraten, was er erfahren hat. Er ist jetzt unterwegs zum Polizeigebäude, mit einem Kollegen. Wir können in zwanzig Minuten mit ihm sprechen.«

Annie Bertrand ist klein und blond und trägt Trainingskleidung, als ob sie gerade aus dem Fitnessstudio gekommen ist. Wir setzen uns in ein kleines Vernehmungszimmer im Erdgeschoss, das nach Schimmel und Reinigungsmittel riecht. Manfred hat richtig guten Kaffee gekauft und Kuchen von 7-Eleven mitgebracht. Aber sie lehnt höflich ab und erklärt, dass sie keinen Kuchen mag.

Das scheint gerade umzugehen, diese Unsitte, kein Gluten, keinen Zucker oder keine Milch zu sich zu nehmen. Sanchez hat auch damit aufgehört. Sie behauptet, ihr Bauch schwelle an wie ein Ballon, wenn sie ein Rosinenbrötchen auch nur ansehe.

»Danke, dass Sie kommen konnten«, sagt Manfred. »Wir bestellen sonst um diese Zeit keine Zeugen her, aber die Mordermittlung in dem Fall der Toten in Jesper Orres Haus befindet sich in einer kritischen Phase und wir wollen keine Zeit verlieren. Können Sie uns sagen, woher Sie Angelica Wennerlind kennen?«

»Wir sind seit dem Gymnasium in Bromma befreundet. Wir waren damals viel zusammen, jetzt sehen wir uns vielleicht einmal im Monat. Ja, sie wohnt noch immer da draußen, arbeitet an einer Vorschule in Ålsten, und ich wohne in der Stadt. Außerdem hat sie ja Wilma, und da bleibt ihr nicht viel Zeit…«

Ihre Stimme versagt.

»Wilma, das ist ihre Tochter, ja?«, fragt Manfred.

»Ja. Einfach süß. Aber auch ganz schön anspruchsvoll, natürlich. Sie ist ja erst fünf.«

»Und Angelica lebt nicht mit Wilmas Vater zusammen?«

»Nö. Der ist Amerikaner. Wohnt in New York. Wilma war ein kleiner Fehltritt, wenn man das so sagen kann. Angelica hat Chris im Urlaub kennengelernt, sie hatten wohl nie eine richtige Beziehung. Aber als sie schwanger wurde, beschloss sie, Wilma zu behalten. Sie liebt Kinder.«

Manfred macht sich eine Notiz in seinem Block.

»Können Sie uns etwas über Angelica Wennerlinds neuen Freund erzählen?«

Annie Bertrand nickt und trinkt einen Schluck Kaffee.

»Ja, es war natürlich wahnsinnig geheim. Außer mir wusste

es niemand. Sie war mit Jesper Orre zusammen, und ich glaube, es war richtig ernst. Er kannte inzwischen sogar Wilma. Aber sie wollten sich bedeckt halten, ja, wo die Medien doch Jagd auf Jesper machten. Ich glaube nicht einmal, dass Angelica ihren Eltern von ihm erzählt hat. Sie wissen schon, er wird doch immer als Supermistkerl dargestellt, der dauernd neue Freundinnen hat. Es war sicher nicht so lustig für Angelica, das immer wieder in den Klatschzeitungen zu lesen. Aber ich glaube, sie waren wirklich glücklich. Das hat sie jedenfalls gesagt, dass es eine richtige Beziehung war, und dass Jesper gesagt hatte, er sei zum ersten Mal in seinem Leben verliebt. Er wollte mit ihr zusammenziehen, ein gemeinsames Leben aufbauen. Neu anfangen. Er spielte sogar mit dem Gedanken, zu kündigen. Hatte es satt, immer unter Stress und Überwachung zu stehen. Sie wollten verreisen. Sie hatten irgendwo ein Ferienhaus gemietet, glaube ich, aber sie hat mir nicht gesagt, wo. Sie wollten weg von allem. Ihre Ruhe haben.«

Manfred erwidert schweigend meinen Blick und klappt seinen Notizblock mit einem leisen Knall zu.

EMMA

Acht Tage früher

Ich fege Haare zusammen und weine. Nicht wegen meiner neuen Frisur, sondern weil ich jetzt die Veränderung durchgemacht habe, von der ich im tiefsten Herzen wohl gewusst hatte, dass sie kommen würde. Es kommt mir schicksalhaft vor, ich bin wehmütig und finde es großartig zugleich, und ich muss an die Puppe denken, die ich in dem Glas hatte und die sich am Ende in einen Schmetterling verwandelte.

Ich hatte Papa gefragt, warum die Larve keine Larve bleiben könnte, und er hatte geantwortet, die hätten keine Wahl: verändern oder sterben, so sei die Natur. Und hier bin ich, verändert und neugeboren. Nicht mehr Emma, sondern eine andere, eine, die stärker ist, die sich weigert, ein Opfer zu sein. Eine, die die Macht über ihr Leben zurückholt und sich an denen rächt, die sie im Stich gelassen haben.

Meine Haare verschwinden im Müllsack, dann packe ich die vielen Rechnungen und lege sie ins Spülbecken. Die Streichhölzer finde ich ganz unten in der Schublade. Ich zögere nur kurz, ehe ich das Papier anzünde. Das Feuer greift rasch um sich, und für eine Weile sind die Flammen besorgniserregend hoch, dann legen sie sich und nur noch die verkohlten Reste meiner Schulden sind übrig. Die federleichten Papierreste erinnern an schwarze Blütenblätter.

Im Badezimmer ist es warm und feucht. Ich ziehe mir mit

einem Kajalstift dicke schwarze Striche um die Augen und betrachte mein neues Gesicht im Spiegel. Emma ist verschwunden. Sie ist gestorben oder hat sich aufgelöst oder hatte das Dasein als Verliererin vielleicht einfach satt. Die Frau im Spiegel ist eine andere. Plötzlich muss ich daran denken, wie komisch das ist: In gewisser Weise ist es doch Jesper, der mich zu der gemacht hat, die ich jetzt bin. Sein Verrat hat mich zur Verwandlung gezwungen. Er war die Natur und ich war die Larve.

Und jetzt stehe ich hier.

Ich packe. Nur das Allernötigste landet im Rucksack: wollene Unterwäsche, die warmen Socken, die Agneta mir voriges Jahr zu Weihnachten geschenkt hat, und das Fernglas, das einmal Papa gehört hat. Das große Messer mit dem geschnitzten Griff, das Papa von Opa bekommen hat, der Seemann war. Dann höre ich meinen Anrufbeantworter ab. Es gibt nur eine Mitteilung. Und zwar von der Polizei. Die möchten gern noch einmal mit mir über den Verlobungsring sprechen. Das Wort »sprechen« ärgert mich, denn es klingt, als ob wir uns über etwas Angenehmes unterhalten würden. Unseren letzten Urlaub zum Beispiel oder die Wohnungspreise in der Innenstadt. Wenn es ein Verhör sein soll, können sie das ja wohl sagen?

Verändern oder sterben.

Ich gehe zum Küchenfenster, öffne es und schaue nach unten. Kalte Luft voller kleiner funkelnder Eiskristalle wirbelt in die Küche. Der Schnee legt sich wie ein dünner Film über meine Haut, wo er sofort schmilzt. Irgendwo tief dort unten ist Sigge verschwunden, denke ich. Ich weiß, dass es so war, auch wenn ich ihn nie gefunden habe. Ich nehme mein Mobiltelefon und halte die Hand aus dem Fenster. Dann lasse ich los, lasse es zu Boden fallen. Nach einigen Sekunden höre ich aus dem Innenhof einen leisen Knall. Ich brauche das Telefon nicht mehr.

»Welche Art Schlafsack? Welche Tiefsttemperatur muss der aushalten können?«

Ich weiß plötzlich nicht, was ich antworten soll. Ich kann ja nicht erklären, wofür ich den Schlafsack verwenden will. Eine Sekunde lang finde ich, dass die Verkäuferin mich seltsam ansieht, vielleicht liegt das an meiner handgeschnittenen Frisur oder der grellen Schminke. Aber großer Gott, das muss doch Einbildung sein – sieht nicht die halbe schwedische Bevölkerung so aus? Natürlich sieht sie mich nicht anders an als jede andere Kundin. Sie tut ganz einfach ihre Arbeit.

»Der muss Außentemperaturen so wie heute aushalten können«, sage ich in einem klaren Augenblick und zupfe ein bisschen an der Wunde, die ich mir beim Klettern durch Jespers Kellerfenster zugezogen habe.

»Mmm«, die junge Frau mit dem weizenblonden Dutt nickt und geht zum Regal am Fenster. Neben Rucksäcken und Eispickeln sind viele Schlafsäcke aufeinandergestapelt.

»Ich würde den hier empfehlen«, sagt sie und zeigt auf einen gelben. »Der ist aus Synthetik, das macht ihn besonders geeignet für feuchte Umgebung. Er wärmt bis zehn Grad minus, aber dazu brauchen Sie warme Unterwäsche und eine Mütze.«

Ich nicke, als ob ich genau wüsste, wovon sie da redet.

»Den nehme ich.«

»Sonst noch etwas?«

»Ja, Moment. Eben nachsehen.«

Ich ziehe die Liste hervor und lese die anderen Punkte ab. Zehn Minuten später und um etliche tausend Kronen ärmer trete ich hinaus auf die Straße. Jetzt habe ich kein Geld mehr. Mir bleiben einige hundert für Essen und einen Mietwagen.

Anstelle von kleinen scharfen Schneekristallen rieseln jetzt große daunenweiche Flocken langsam zu Boden. Es wird dunkel, ein graublauer Dunst hüllt die Stadt ein und die Straßenlaternen brennen.

Trotz des Gewichts meiner Einkaufstüten fühle ich mich stark und leicht. Weiß genau, was ich zu tun habe, und das ist eine gewaltige Befreiung. Ich gehe in den Lebensmittelladen am Marktplatz und suche mir, was ich brauche. Ich sehe jetzt sicher aus wie eine Obdachlose, denke ich plötzlich. Ich schleppe zwei große Tüten und meine Haare stehen zu Berge, aber niemand scheint mich zu sehen. Vielleicht bin ich wirklich unsichtbar geworden, wie Frodo, wenn er den Herrscherring trägt.

Heute grüßt keiner der pickligen Jungs hinter dem Tresen der Wagenvermietung. Sie erkennen mich offenbar nicht, was gut ist. Sehr gut. Ohne einen Blick auf meine Tüten tippt Peter – das steht auf dem Namensschild, jeder kann ihn so nennen, als wären alle dicke Freunde – meine Personen- und Adressangaben in den Computer.

»Wie lange brauchen Sie ihn?«

»Einen Tag«, antworte ich, obwohl ich eigentlich keine Ahnung habe. Aber mein Geld reicht eben nur für einen Tag.

Er reicht mir die Schlüssel.

»Finden Sie den Parkplatz?«

»Sicher.«

Ich komme mir fast vor wie auf dem Weg nach Hause. Jede Kreuzung, jede Abfahrt ist mir vertraut. Trotz der Dunkelheit weiß ich genau, wohin ich fahren muss. Ich halte drei Ecken weiter. Es wäre blöd, in der Nähe von Jespers Villa zu parken. Das könnte unnötige Aufmerksamkeit erwecken.

Aber ich bin nicht unterwegs zu Jespers Haus. Stattdessen gehe ich zu dem verlassenen Haus weiter oben am Hang. Dunkel und düster ruht es im Schnee, wie ein altes Schiffswrack. Vorsichtig schleiche ich mich über den dünnen Teppich aus frischgefallenem Schnee und weiter zu dem kleinen Gartenhaus. Ich hinterlasse deutliche Spuren, aber noch immer fällt dichter Schnee. Bald werden meine Spuren verschwunden sein, als ob ich niemals hier vorbeigekommen wäre.

Es ist nicht schwer, in das Gartenhaus zu kommen. Der Schlüssel, der unter der Plastikpelargonie auf der Holztreppe liegt, öffnet die Tür in weniger als einer Minute, obwohl ich noch nicht mal die Taschenlampe benutze. Es sieht seltsam aus, so eine blühende Pelargonie, die von Schnee bedeckt ist, auch wenn ich weiß, dass sie künstlich ist. Es passt einfach nicht zusammen. Mein Gehirn will es nicht akzeptieren. Die Bilder der grellrosa Blüten und die zentimeterdicke Schneedecke scheinen einander zu widersprechen.

Ungefähr wie an dem Tag, als Jesper die dunkelhaarige Frau geküsst hat.

Im Haus ist es dunkel und riecht nach Schimmel. Ich muss zwei Holzstühle verschieben, um meine Tüten abstellen zu können. Meine Arme schmerzen vor Anstrengung, nachdem ich alles hergeschleppt habe, und ich schwitze, obwohl die Temperatur jetzt sicher unter null gefallen ist.

Vorsichtig breite ich den gelben Schlafsack auf dem alten, verschlissenen Sofa mitten in dem kleinen Raum aus. Das Essen stelle ich auf den Gartentisch in der Ecke, alles andere verstaue ich unter dem Grill. Dann setze ich mich auf das provisorische Bett, mit dem Fernglas in der Hand, und schaue aus dem Fenster, aber der fallende Schnee macht es schwer, irgendetwas zu erkennen.

Ich lasse mich zurücksinken und schließe die Augen. Etwas liegt unter der Oberfläche meines Bewusstseins auf der Lauer, versucht, sich nach oben zu kämpfen, sich zu erkennen zu geben. Etwas Wichtiges.

Dann weiß ich es wieder.

Jesper stand neben mir im überfüllten Bus. Wir sahen einander nicht an, aber aus dem Augenwinkel nahm ich sein Lächeln wahr. Das Ganze war eine Art Spiel. Wir standen da wie Fremde, aber nach einer Weile würde er seine Hand senken und vorsichtig meinen Oberschenkel streicheln. Und dann kam das Wichtigste: Ich durfte nicht reagieren, mit keiner Miene verraten, dass ich diese Berührung spürte.

Dann würde seine Hand sich in meine Hose stehlen, oder unter meinen Rock oder meinen Pullover, und meine Haut streifen. Kein brutales Angrabschen, nur eine leichte Berührung, als ob das alles ein Versehen wäre. Und ich würde mich ein wenig recken, die Beine öffnen, ihn leichter an mich heranlassen. Dann würde er sich an mich drücken, damit ich spüren könnte, dass er hart war. Ja. So sollte es sein: Mitten im schaukelnden, schlingernden Bus würde unser Begehren uns miteinander verbinden.

Und ich würde vielleicht einen Blick auf ihn werfen, sozusagen im Vorübergehen. Als ob ich eigentlich nur aus dem Fenster schaute, feststellte, wo wir uns befanden. Und unsere Blicke würden sich treffen, und sein Gesicht würde so ausdruckslos und gleichgültig sein wie meins.

Es kam aber nicht so, wie wir das geplant hatten. Diesmal nicht. Denn als ich gerade seine Hand an meinen Hinterbacken spürte, hörte ich irgendwo weiter vorn im Bus eine Stimme:

»Jesper. Ja, verdammt. Ewig nicht gesehen.«

Er erstarrte hinter mir. Seine Hand war blitzschnell verschwunden.

»Hallo. Wie geht's denn so?«

Irgendwo bei den Türen drängte sich ein Mann von Mitte vierzig, der einen Anzug trug, auf uns zu. Schwamm durch das Menschenmeer, bis er vor Jesper stand.

Ich merkte, wie Jesper auf Abstand ging, wie er sich von mir wegbewegte, und mir war sofort klar, dass ich mit keinem Wort verraten durfte, dass wir uns kannten. Das hier war sein anderes Leben. Das richtige Leben: mit Arbeit und Freunden, in dem er eine Vergangenheit und eine Zukunft hatte.

Für mich und Jesper gab es nur das Jetzt.

»… verdammt gut. Und natürlich, wenn man es mit Österreich vergleicht, ist es teuer, aber das ist es verdammt noch mal wert. Ich weiß nicht, wie du das siehst, aber mir wird schlecht von dieser ganzen Charterkiste. Man will doch Qualität und etwas Authentisches. Das findest du nicht in St. Anton. So ist es einfach. Und dann ist da ja noch das Essen. Die Franzosen können eben wirklich kochen …«

Der Mann, der Jesper kannte, plapperte weiter über Skipisten und Michelinsterne und Après-Ski mit Masseusen, die in knappen Kleidchen aus Kaninchenfell zwischen den Tischen kreisen.

»Aber ihr? Was habt ihr in den Herbstferien gemacht?«

Ich friere. Meine Beine zittern unkontrolliert und ich strecke die Hand nach der Thermoskanne aus, die einen Liter glühend heißen Kaffee enthält. Staubige Streifen Mondlicht fallen durch das schmutzige Fenster herein, aber es ist trotzdem so dunkel in dem engen Raum, dass ich einen Karton Hagebuttensuppe umstoße, als ich nach der Thermoskanne taste.

Er hat *ihr* gesagt.

Jespers Bekannter hat nicht gefragt, was hast *du* gemacht, sondern, was habt *ihr* in den Herbstferien gemacht. Warum habe ich mir das nicht schon früher überlegt? Vielleicht, weil ich damals nicht begriff, dass es wichtig war. *Ihr* könnte sich ja auch auf Jesper und irgendwelche Kollegen oder Freunde beziehen. *Ihr* könnte alles sein. Aber das war es nicht.

Ihr war die Frau mit den dunklen Haaren.

Ihr war der Grund, aus dem Jesper mich verlassen hatte und aus dem auch alles andere zum Teufel ging.

Nach einigen Sekunden des Zögerns stehe ich auf, gehe zum Fenster und reibe mit dem Jackenärmel an den beiden untersten Fensterscheiben. Es schneit nicht mehr. Der Garten breitet sich im Mondschein unschuldig weiß aus. Der Schnee ruht dick auf Büschen und Bäumen. Gleich da unten liegt Jespers Haus. Das Licht scheint einladend aus den Fenstern. Es sieht richtig gemütlich aus. Wie eine Werbung für diese Skireisen, über die Jesper und der Mann im Bus gesprochen haben.

Ich sehe sie sofort. Sie sitzen in der Küche und essen, und das Fernglas bringt mich so dicht an ihre Familienidylle heran, dass ich eine Gänsehaut bekomme. Jesper kehrt mir den Rücken zu, die Frau mit den dunklen Haaren sitzt ihm gegenüber. Sie trägt ein T-Shirt und sie scheint in eine Diskussion mit Jesper vertieft zu sein, denn sie gestikuliert eifrig, während sie offenbar ein Stück Fleisch auf ihre Gabel spießt.

Ein blondes Mädchen von vielleicht sechs Jahren sitzt der Frau ebenfalls gegenüber. Das muss ihre Tochter sein, denke ich.

Mir ist plötzlich schlecht, und der Druck in der Brust ist wieder da.

HANNE

Gunilla wickelt mich in eine Decke und kocht Tee. Redet über die Verantwortung, die ich ihrer Ansicht nach jetzt mir selbst gegenüber trage.

»Wenn er dich mag und du ihn, dann begreife ich nicht, warum du ihn unbedingt abweisen willst.«

»Aber ich bin doch krank«, sage ich hilflos.

»Also bitte. Hör auf damit. Dein Zustand wird sich vielleicht über mehrere Jahre hinaus nicht verschlechtern. Willst du so lange einsam herumsitzen? Mit mir und Frida? Mach lieber was aus deinem Leben! Sonst kannst du auch gleich wieder zu Owe zurückgehen.«

Beim Gedanken an Owe und die öde Wohnung in der Skeppargatan zieht sich mir der Magen zusammen.

»Ich werde nie im Leben zu Owe zurückgehen!«

Gunilla seufzt und lässt sich mir gegenüber auf einen Stuhl fallen. Massiert sich mit einer Hand ihre Schultern, während sie zugleich ein Teelicht anzündet und gähnt.

»Das ist doch sicher genau so, wie Owe sich dein Leben wünscht. Du steckst fest in deinem Selbstmitleid. Wirst nicht aktiv und verhältst dich, als ob du noch immer mit ihm zusammen wärst. Erlaub es dir doch, das Leben zu genießen, statt dir gegenüber so verdammt streng zu sein.«

Ich denke über ihre Worte nach. Dass ich mir gegenüber

streng bin, ist ein ganz neuer Gedanke. Ich war doch immer diejenige, die aufbegehrt hat, jedenfalls, bis Owe mich zum Gehorsam zwang. Owe ist streng, nicht ich. Er ist der Vater und ich der trotzige Teenager. Aber vielleicht hat Gunilla doch nicht ganz unrecht, wenn sie behauptet, dass ich mir nichts gönne. Dass ich die Krankheit als Vorwand benutze, um nicht am Leben teilzunehmen – dem Leben, das mir wie Sand durch die Finger rinnt, ohne dass ich etwas dagegen unternehmen könnte.

»Ich meine nur, dass ich ihn nicht mit meiner Krankheit belasten kann. Dass ich nicht erwarten kann, dass er mich später pflegt.«

»Aber Himmel. Hör dir doch mal selbst zu! Er ist ein erwachsener Mann. Er kann selbst entscheiden, ob er bei dir sein will. Du warst doch ehrlich und hast ihm von der Krankheit erzählt.«

Ich nippe an dem heißen Tee, ohne zu antworten.

Vielleicht hat sie recht.

»Was soll ich also tun?«, frage ich nach einer Weile.

»Du brauchst jetzt doch keinen lebensentscheidenden Beschluss zu fassen. Triff dich lieber mit ihm. Erlaub dir, in Ruhe zu überlegen, was du willst. Nimm nicht alles so verdammt ernst, ihr wollt doch nicht heiraten und Kinder kriegen, oder?! Ihr seid zwei Menschen mittleren Alters, die sich gern mögen und miteinander zu tun haben wollen. Das ist alles.«

»Aber das ist doch schon das nächste Problem. Ich bin viel zu alt für ihn. Er sollte sich eine jüngere Frau suchen. Eine Familie gründen. Du weißt, diesen ganzen Kram.«

»Nun scheint er ja offenbar gar keine Familie zu wollen.

Das liegt ihm vielleicht nicht so. Außerdem hat er doch einen Sohn, oder?«

Ich denke an Albin, den Jungen, den er fast nie sieht und über den er nicht reden will. Es gibt so vieles an Peter, das ich nicht verstehe, so vieles, das mir seltsam vorkommt. Aber vielleicht ist das Leben so. Menschen treffen seltsame Entscheidungen, und man kann einen anderen niemals richtig verstehen. Ab und zu muss man sich damit begnügen, diesen Menschen so zu nehmen, wie er ist. Eigentlich ist es mit Owe ja auch so, da weiß ich auch nicht, warum er so ist, wie er ist. Obwohl wir so viele Jahre zusammengelebt haben. Das Einzige, was ich mit Sicherheit weiß, ist, dass ich ihn nicht mehr ertrage. Dass ich genug habe.

»Vielleicht«, sage ich. »Wir werden sehen.«

»Vielleicht ist gut«, sagt Gunilla und nickt langsam.

Als Gunilla im Keller verschwunden ist, um Wäsche aufzuhängen, bleibe ich in der Küche sitzen. Starre in die flackernde Flamme des Teelichts und denke an die Kinder, die nie gekommen sind. Die niemals in der großen Wohnung aufwuchsen, eingeschult wurden und zu den Pfadfindern gingen. Nie mit Schrammen an den Knien nach Hause kamen, niemals ein Computerspiel oder mehr Taschengeld verlangten. Niemals Abitur machten oder einen Freund oder eine Freundin hatten und von zu Hause auszogen.

Ehe es für Kinder zu spät wurde, habe ich sie nie vermisst. Aber danach, als ich keine mehr bekommen konnte, überkam mich die Trauer um das, was es nie gegeben hatte. Ab und zu habe ich fast das Gefühl, dass diese Trauer eine physische Gestalt angenommen hat, sich zwischen mir und Owe am Esstisch materialisierte und uns daran hinderte, einander zu erreichen.

Ich strecke die Hand nach dem Block aus, der auf dem Küchentisch liegt. Reiße ein Blatt heraus und nehme den Filzstift, der daneben liegt. Schreibe eine Liste mit der Überschrift: »Peter weiter treffen«:

In die Spalte für + schreibe ich:

Gesellschaft

Guter Sex (endlich!)

Richtige Liebe (?)

Etwas, das ich mir selbst ausgesucht habe, nur meinetwegen

Ich überlege eine Weile und mache dann in der Spalte für – weiter:

Wird kompliziert, falls/wenn es mir schlechter geht

Wird unerträglich, falls/wenn er mich wieder verlässt

Ich betrachte die Liste eine Weile, ohne daraus klüger zu werden. Halte sie dann an die Kerzenflamme und lasse sie Feuer fangen. Sie lodert auf und eine Welle der Wärme steigt in mein Gesicht, als meine Ängste und Hoffnungen sich in Asche verwandeln.

Als ich die Kerze gerade ausblasen will, klingelt mein Mobiltelefon. Es ist Manfred. Er hört sich außer Atem an, als ob er gerade eine Treppe hochgerannt wäre. Aber als ich höre, was er zu sagen hat, ist mir klar, dass er sich aus einem anderen Grund so gehetzt anhört: Aufregung und vielleicht eine Prise Stress.

»Jesper Orre hatte ein Verhältnis mit Angelica Wennerlind,

und es lässt sich nicht ausschließen, dass auch sie tot ist. Die Ermittlungsgruppe trifft sich in einer halben Stunde. Kannst du kommen?«

Auf dem Weg zur Polizei denke ich an Peter, wie seltsam es ist, dass er mir nie erklärt hat, warum er an jenem Abend vor zehn Jahren nicht gekommen ist. Ich würde ihn gern irgendwann danach fragen. Nicht, weil ich ihm noch immer böse bin, sondern, weil ich das Bedürfnis verspüre, zu verstehen, was passiert ist. Wie er gedacht und argumentiert hat, als er mich dort auf dem Bürgersteig sitzen ließ, allein mit meiner Schande und zwei verschlissenen Reisetaschen, die tapeziert waren mit Aufklebern von meinen Ferienreisen mit Owe.

Dieses Erlebnis war so schicksalhaft für mich, so lebensentscheidend, und er hat mir niemals eine Erklärung gegeben. Ich bekam nur diesen albernen Brief, in dem er schrieb, er könne nicht mit mir leben und würde mich nur verletzen.

Wie denn verletzen, würde ich ihn fragen. Als ob mich sein Verrat nicht zutiefst verletzt hätte, denke ich und schaue aus dem Autofenster, als das Taxi vor dem Eingang zum Polizeigebäude hält.

Ich steige hinaus in die Dunkelheit, die so schwarz und kompakt ist, dass ich sie fast greifen kann. Denke an die Inuit: Die haben keine Angst vor der Polarnacht. Sie liegen auf dem Eis und bewachen die Atemlöcher der Seehunde, bis das längliche fette Tier an die Oberfläche kommt. Warten auf den richtigen Moment, um ihre Harpune zu werfen.

Oder, genauer gesagt, das haben sie getan, ehe die Dänen kamen. Ich habe gehört, dass bei ihnen mittlerweile nur noch Bier und Filmeschauen angesagt sind, sogar in den abgelegensten Siedlungen. Dass das flimmernde Licht des Fernsehapparates noch in den kleinsten Dörfern über das Packeis huscht.

Vor sieben Jahren konnte ich Owe endlich überreden, mit mir dorthin zu fahren. Der Flug nach Nuuk war bereits gebucht, wie auch die Reise weiter nach Ittoqqortoormiit, über Kulusuk. Unser Hundesitter war bereit, sich zwei Wochen lang um Charlie zu kümmern, und Owe hatte sich mit seinem Chef auf diesen langen Urlaub geeinigt. Aber dann kam die Sache mit Edith dazwischen.

Edith war Ärztin im Turnusdienst, und Owe war während ihres Praktikums in der Psychiatrie ihr Betreuer. Aber ich durchschaute sehr schnell, dass er noch mehr war als das. Ich bemerkte es an der Art, wie er über sie redete, wie er immer wieder ihren Namen nannte, und wie er bei der ersten Silbe zu zögern schien, wenn er ihn aussprach.

Eeeedith.

Ich wusste ja, dass er sie bald satthaben würde. Das war immer so bei ihm. Vor allem bei den jungen Frauen, die ihm keinen richtigen intellektuellen Widerstand entgegenbrachten. Denn trotz aller Altersgeilheit war sein eitles Bedürfnis, seinen Intellekt widerzuspiegeln und sich bestätigen zu lassen, noch größer – und da konnten die jungen Mädels ihm in der Regel nicht helfen.

Und es kam so, wie ich es vorausgesehen hatte. Nach einigen Wochen hörte er auf, über Edith zu reden. Aber dann, eines Abends, zwei Tage vor unserer geplanten Abreise, kam er ins Schlafzimmer und trat hinter mich. Ich packte gerade und kehrte ihm den Rücken zu, als er mir ganz leicht die Hände auf die Schultern legte.

»Ich kann nicht fahren, Hanne.«

Ich faltete sorgfältig die Unterwäsche zusammen und legte sie in die Reisetasche, die auf dem Bett stand. Drehte mich um und erwiderte seinen Blick.

Er ließ mich los und schaute aus dem Fenster.

»Es geht um Edith. Sie hatte eine Fehlgeburt.«

Das Nervige an Edith war nicht, dass sie mit meinem Mann gevögelt hatte – da war sie bei Weitem nicht die Einzige. Das Nervige war, dass sie schwanger wurde, während ich selbst das nicht schaffte. Dass dieser junge Körper eben bereit war, Owes Kind auszutragen.

Aber eigentlich änderte Edith dann doch nichts zwischen mir und Owe. Unsere Beziehung war so, wie sie war. Und nach dieser Geschichte verging mir dann sowieso die Lust, mit ihm irgendwohin zu fahren. Jetzt aber kommt mir der Verdacht, dass es bei meiner Besessenheit auf Grönland um etwas ganz anderes geht. Dass Grönland nur eine Art Symbol für alles in meinem Leben ist, aus dem niemals etwas geworden ist. Dass dieses Land alle Hoffnungen und Wünsche verkörpert, die ich einmal hatte.

Das Büro leuchtet, als stünde ein großer Weihnachtsbaum darin, noch weit durch den Gang sieht man das Licht, und die Stimmung kommt mir aufgekratzt vor, aber auch nervös, als ob etwas Entscheidendes geschehen ist. Manfred und Peter reden miteinander, und Bergdahl, der Ermittler, der dabei geholfen hat, die Hinweise aus der Bevölkerung auszuwerten, dreht große Kreise durch den Raum und hat dabei die Hände tief in den Taschen vergraben.

Peter hebt die Hand zum Gruß und ich nicke zurück. Versuche, ihn nicht allzu oft anzusehen. Vielleicht habe ich Angst, dass mein Gesicht dann meine Gefühle verraten könnte.

Owe behauptete immer, er könnte meine Gedanken und Gefühle erraten, indem er mich nur ansah. Und im Laufe der Jahre glaubte ich dann fast, dass es stimmte, denn fast immer hatte er recht. Aber jetzt im Nachhinein denke ich, dass diese Aussage doch nur ein weiterer Versuch war, Macht über mich auszuüben. Er war so besessen von dem Wunsch, mich zu kontrollieren, dass er mir einzureden versuchte, ich könnte ohne seine Zustimmung nicht einen selbstständigen Gedanken fassen.

»Angelica Wennerlind und Emma Bohman hatten beide eine Beziehung zu Jesper Orre«, sagt Manfred und gießt frisch aufgebrühten Kaffee in die dünnen Pappbecher. »Wir müssen davon ausgehen, dass es in der Umgebung noch mindestens ein weiteres Opfer gibt, das wir noch nicht gefunden haben. Die Umgebung von Orres Haus wird morgen früh erneut durchsucht, und dann wird auch der Suchradius erweitert. Darum kümmert sich Bergdahl. Wir müssen die Däumchen drücken, dass wir in der Gegend nicht auf einen weiteren Leichnam stoßen, das wäre zu peinlich. Sanchez wird weiter nach einer Verbindung zwischen Orre und dem Calderón-Mord suchen, und wir warten noch immer auf die Erkenntnisse der Rechtsodontologie über die Frau in Orres Haus. Die müssten innerhalb der nächsten Stunden eintreffen.«

»Der scheint ja ein richtig mieser Psychopath zu sein«, murmelt Bergdahl.

Manfred fängt meinen Blick auf.

»Was meinst du, Hanne?«

Ich zucke mit den Schultern. Geschmeichelt und zugleich beunruhigt, weil Manfred zu glauben scheint, ich könnte das entscheiden, ohne Jesper Orre je getroffen zu haben. Laien machen diesen Fehler oft – sie glauben, Verhaltensforscher, Psychologen oder Profiler könnten jemanden diagnostizieren, einfach, indem sie einen Bericht über diese Person lesen. Als ob man die Bewertung der mentalen Gesundheit eines Menschen im Fernstudium bestimmen könnte.

»Psychopath ist ein missbrauchtes Wort. Heutzutage wird doch jeder Zweite als Psychopath bezeichnet.«

»Scheiß jetzt auf die psychologischen Spitzfindigkeiten«, sagt Manfred.

»Psychologische Spitzfindigkeiten sind mein Beruf«, sage ich. »Und ich habe nicht vor, darauf zu scheißen, bloß weil du eine vorläufige Aussage erzwingen willst. Wenn wir von dem ausgehen, was wir bisher über ihn wissen, dann spricht nichts dafür, dass er ein Psychopath ist. Dass er viele Beziehungen und besondere sexuelle Vorlieben hatte, bedeutet nicht, dass er Menschen umbringt. Und im Job ein Mistkerl zu sein, wiegt auch nicht unbedingt schwer. Natürlich kann er die Frauen umgebracht haben, aber in seiner Vergangenheit gibt es nicht viele Hinweise darauf, dass er zu so etwas fähig sein könnte. Mehr kann ich nicht sagen.«

»Aha«, sagt Manfred. »Aber was *glaubst* du denn?«

Ich überlege, gehe zur Tafel und sehe mir die dort angebrachten Informationen über Orre, Calderón und die verschwundenen Frauen an. Etwas daran stimmt nicht, etwas verbirgt sich dicht unter der Oberfläche, will aber nicht hervorkommen, und das frustriert mich.

»Etwas stimmt hier nicht«, sage ich.

»Das kann doch wohl nicht dein Ernst sein«, sagt Manfred säuerlich.

Ich achte nicht auf ihn. Lasse meinen Finger über die Zettel laufen. Bleibe an den Informationen über Emma Bohmans Hintergrund hängen: aufgewachsen in der Kapellgränd auf Södermalm. Hat die Katarina-Norra-Schule besucht. Vor drei Jahren angefangen, bei Clothes & More zu arbeiten. Ihre Mutter ist in diesem Jahr im September gestorben, ihr Vater im Mai vor genau zehn Jahren.

»Hier!«, sage ich. »Hier ist es!«

Aber als ich meine Gedanken gerade in Worte kleiden will, werde ich von einem Telefonklingeln abgelenkt.

Manfred hebt die Hand und meldet sich.

»Ja«, sagt er dann. »Okay. Und er ist sicher? Danke, dann sehen wir uns nachher.«

Er drückt das Gespräch weg, legt das Mobiltelefon auf den Schreibtisch und verschränkt die Hände im Nacken.

»Das war Sanchez. Die Ermordete ist als Angelica Wennerlind identifiziert.«

EMMA

Eine Woche früher

Die erste Nacht im Gartenhaus. Ich schließe die Augen und hoffe, dass der Schlafsack halten wird, was er verspricht. Bisher ist es erträglich, aber ich trage auch Mütze und Jacke, während ich hier unbeweglich in meinem gelben Polyesterkokon ruhe.

Ich bin genau wie der Schmetterling, denke ich. Ich warte ab, halte aus, bis sich die Verwandlung vollzogen hat, damit ich das tun kann, wozu ich geschaffen bin. Ich spiele ein wenig an meinen kurzen Haarstoppeln herum und stelle mir vor, wie es wohl Mahnoor und Olga geht, während sie im Laden hin- und herlaufen und sich tagaus tagein diese hoffnungslos blöde Musik anhören müssen. Plötzlich tun sie mir leid. Sie sind einfach nur Tiere in einem Käfig. Ich fühle mich so unendlich viel freier. Ich bin pleite und bin sitzengelassen worden, aber ich bin wenigstens frei. Und bald, sehr bald, werde ich das vollenden, was ich angefangen habe.

Mein Plan ist einfach. Ich werde warten, bis die dunkelhaarige Frau und das Kind das Haus verlassen, und dann werde ich zu ihm gehen, um mit Jesper zu sprechen. Ich werde ihn zum Zuhören zwingen, auch wenn ich ihn bedrohen muss. Und diesmal wird er mir nicht entkommen. Er ist mir die Wahrheit schuldig.

Was danach passieren soll, weiß ich nicht so recht. Aber ich bin ja kein Monster, ich werde ihm nichts tun.

Ein Monster ist ein Mensch, der lügt und betrügt. Einer, der um des eigenen Vergnügens willen zerstört und vernichtet. Der das Leben eines anderen Menschen verwüstet zurücklässt wie einen Kahlschlag, eine bombardierte Stadt oder einen abgebrannten Wald.

Ein Monster ist jemand, der all das tut und es genießt.

Wie Jesper!

Mama sagte, ich sollte mich vor den Männern hüten, denn die wollten immer nur das eine. Das klang, als ob sie mir etwas stehlen würden: einen Teil meiner Würde oder Selbstständigkeit vielleicht. Ich wünschte, sie hätte stattdessen die Wahrheit gesagt, dass es genau andersherum ist. Die Männer, die wir an uns heranlassen, werden wir niemals los. Es ist so, als ob sie sich an meinem Leben festgeklebt hätten.

Jesper. Nagel.

Ich trage sie mit mir, wohin ich auch gehe. Sie sind in meinen Gedanken und in meinen Träumen. Sogar mein Körper erinnert sich an sie: an die Gerüche, das Gefühl weicher Haut an meiner, und das Geräusch erstickten Stöhnens und schwerer Atemzüge an meinem Ohr.

Ich wünschte, ich könnte sie einfach wegduschen wie Schmutz. Wünschte, Seife und Wasser könnten das verschwinden lassen, was ich selbst nicht aus meinem Bewusstsein zu tilgen vermag. Ich wünschte, dass ich auf irgendeine geheimnisvolle Weise zurück in die Zeit versetzt werden könnte, in der ich die beiden noch nicht gekannt habe. Damals, als ich voller Hoffnungen war und ein so klares wie naives Bild davon hatte, wie mein Leben verlaufen würde.

Ich werde davon geweckt, dass etwas meine Wange kitzelt. Graues Licht kriecht durch die schmutzigen Fensterscheiben, auf denen sich der Reif ausgebreitet hat. Obwohl es hier im Gartenhaus unter null Grad sein muss, friere ich nicht, aber mein Nacken und mein Rücken schmerzen nach der Nacht auf dem harten und viel zu kurzen Sofa.

Vorsichtig setze ich mich auf, strecke die Hand nach der Thermoskanne aus und gieße das heiße Getränk in den Plastikbecher. Der Boden ist eiskalt, schnell ziehe ich die Schutzhose an. Dann gehe ich mit dem Fernglas in der Hand ans Fenster. Erst jetzt sehe ich, dass die Fenster von innen bereift sind. Ich reibe mit dem Jackenärmel eine kleine Fläche frei, um besser sehen zu können. Der Hang hinunter zu Jespers Haus liegt unberührt unter der dicken Decke aus frischgefallenem Schnee, der Himmel scheint noch mehr davon in sich zu tragen, er ist von dumpfem Stahlgrau. Niemand, keine Menschen, keine schlittenfahrenden Kinder, keine Hunde waren über Nacht in der Nähe meines Verstecks.

Das ist fast ein bisschen komisch.

Sie sitzen am Küchentisch und frühstücken, auf genau denselben Plätzen, auf denen ich sie zuletzt gesehen habe, gestern Abend. Als ob sie die ganze Nacht dort gesessen und nur das Fleisch durch Müsli ersetzt hätten. Das kleine blonde Mädchen ist auch dabei, sie trägt eine Art gestreiften Trainingsanzug, die dunkelhaarige Frau hat einen weißen Morgenrock an, so einen, wie man ihn in Werbeanzeigen für Spa-Anlagen sieht. Jesper kehrt mir noch immer den Rücken zu, als wüsste er genau, wo ich mich aufhalte, und wollte klarstellen, wie wenig ich ihn interessiere.

Du kehrst mir den Rücken zu, aber du kannst mir nicht

entkommen, denke ich. Ich bin jetzt ganz nah bei dir. Kann fast die Hand ausstrecken und dich und dein perfektes Leben anfassen. Darin herumstochern und es in sich zusammenfallen lassen, als wäre es bloß eine Kulisse, eine leere Hülle, und das ist es ja auch.

Bei diesem Gedanken bessert sich meine Stimmung, und ich ziehe Brot und Schinken aus der Tüte, die ich unter den alten rostigen Grill gestopft hatte. Dann frühstücken wir zusammen, oder wie man das nun nennen mag. Ich habe mein Frühstück und sehe zu, wie sie ihres essen. Etwas später verschwindet Jesper aus der Küche. Die Frau und das Kind bleiben sitzen. Fünf Minuten danach kommt er wieder herein, jetzt trägt er eine Art Trainingsanzug. Die dunkelhaarige Frau, die noch immer am Esstisch sitzt, lässt sich zurücksinken, so dass ihr Morgenrock sich ein wenig öffnet, Jesper küsst sie, während er die Hand unter den Morgenrock schiebt, hin zu ihrer Brust.

Ich lasse das Fernglas auf meine Knie sinken, kneife die Augen zusammen. Zupfe so hart an der Kruste auf meiner Hand, dass sie aufreißt und rotes Blut auf den Boden tropft. Es ist seltsam, dass es immer wieder so wehtut. Ich weiß doch, dass er mich betrügt. Das ist nichts Neues. Ich war in ihrem Haus, habe sie zusammen gesehen. Warum tut es also noch immer so weh, so verdammt weh? Warum habe ich noch nicht gelernt, mich gegen den Schmerz zu wehren?

Ich hebe das Fernglas wieder und kann gerade noch sehen, wie Jesper aus dem Haus und in Richtung Wasser joggt. Dann verschwindet er. Und jetzt ist die Küche leer. Nur eine einsame Tasse steht noch auf dem Tisch.

Ich lasse das Fernglas an der Fassade hochwandern, zu den Fenstern im Obergeschoss. Die Vorhänge in Jespers Schlafzimmer sind geschlossen, aber durch das Fenster daneben sehe ich wieder das Mädchen. Es ist nicht zu erkennen, was sie tut, aber das blonde Köpfchen bewegt sich im Zimmer auf und ab, als ob sie herumhüpft oder springt. Dann verschwindet auch sie. Das Haus sieht leer aus, verlassen, aber ich weiß ja, dass sie irgendwo dort drinnen sind, denn nur Jesper ist herausgekommen.

Ich beschließe, eine Pause zu machen. Pisse in den alten roten Plastikeimer in der Ecke, putze mir die Zähne und fahre mir mit den Fingern durch meine kurzen Haare. Dann setze ich mich wieder auf das Sofa und warte, schaue aus dem kleinen Fenster. Nach ungefähr einer halben Stunde kommt Jesper zurück. Ich kann sehen, dass er mit vorsichtigen Schritten läuft, als sei es glatt und als habe er Angst zu stürzen. Er bleibt stehen und macht an einen Baum gelehnt einige Dehnübungen, dann geht er auf die Haustür zu.

Es ist Sonntag. Was macht eine erfolgreiche Kleinfamilie in einem so feinen Vorort am Sonntag? Ins Museum gehen? Ihre erfolgreichen Freunde zu einem aufwendigen Brunch mit Omelettes, Smoothies und frischgebackenem Sauerteigbrot einladen? In dem frischgefallenen Schnee Schneelaternen bauen?

Das müsste doch ich sein!

Ich müsste da sitzen, und nicht die dunkelhaarige Frau.

Erst jetzt merke ich, wie sehr ich sie hasse.

Der ganze Tag verstreicht ereignislos. Ich esse meine Butterbrote und schlinge mir in der Kälte die Arme um den Leib. Der Kaffee ist alle und ich bin auf Limonade umgestiegen, die zum Glück über Nacht nicht gefroren ist.

Plötzlich taucht Mama in meinem Bewusstsein auf, wie ein Springteufel. Ich weiß nicht so recht, aber ich glaube, es liegt daran, dass sie, genau wie Jesper, in einer Lüge gelebt hat.

Ich erinnere mich an den Anruf aus dem Krankenhaus, eines Morgens, als ich auf dem Weg zur Arbeit war. Erst wusste ich nicht so recht, ob ich ihn annehmen sollte, denn ich war ohnehin schon zu spät dran, und eine Verspätung bedeutete einen roten Punkt. Dann jedenfalls, wenn Björne in der richtigen Stimmung war.

Die Frau am Telefon stellte sich als Ärztin vor und erklärte, Mama sei krank. Sie sei gestern Abend in die Notaufnahme eingeliefert worden und werde zur Beobachtung dabehalten.

»Wie geht es ihr denn?«, fragte ich, klemmte mir das Telefon zwischen Schulter und Ohr, zog die Wohnungstür zu und rannte die Treppen hinunter.

»Wir wissen noch nicht so recht, was ihr fehlt, aber ihr Zustand ist stabil. Es besteht keine unmittelbare Lebensgefahr, aber sie ist sehr unruhig und fragt immer wieder nach Ihnen.«

»Sie fragt nach *mir*?«

Mama hatte sich seit Monaten nicht mehr gemeldet, und ich konnte mir kaum vorstellen, dass ich ihr fehlte. Auch nicht, wenn sie einsam und krank war.

»Ja. Sie würde sich sehr über Ihren Besuch freuen.«

Ich schwieg.

»Wir haben zwischen zwei und sechs Besuchszeit«, sagte nun die Ärztin. »Kann ich ihr ausrichten, dass Sie kommen werden?«

»Ja. Ich komme«, hörte ich meine Stimme sagen, als ich auf die Straße hinaustrat.

Wir legten auf und ich lief zur U-Bahn. Lief Slalom zwi-

schen den Eisbuckeln und kniff in der scharfen Frühlingssonne die Augen zusammen. Sog den Geruch feuchter Erde
und des fauligen Laubs vom Vorjahr ein.

Sie ist sehr unruhig und fragt immer wieder nach Ihnen.

Ich war verwirrt. Wusste, dass ich sofort ins Krankenhaus
fahren müsste. Und sei es nur, um in Erfahrung zu bringen,
warum Mama mich plötzlich so dringend sehen wollte.

Sie lag allein in einem Zimmer am Ende des Ganges. Der
Raum sah aus wie alle anderen Krankenhauszimmer, die ich
je gesehen hatte. Ein Bett mit einem kleinen Tisch auf Rädern
und einem verchromten Hocker, ein an der Wand gegenüber
angebrachter Fernseher. Zwei verschließbare Schränke und
daneben ein Waschbecken. Die obligatorischen Flaschen mit
Seife und Desinfektionsmittel hingen neben dem Wasserhahn
an der Wand.

Sie saß im Bett und las eine Illustrierte. Ich weiß nicht, was
ich erwartet hatte, aber ich hatte sie für kränker gehalten. Und
nicht gedacht, dass sie im Trainingsanzug eine Klatschzeit-
schrift lesen würde.

»Emma, Liebling!«

Sie nahm die Brille ab und strich sich die blondierten Haare
aus der Stirn, machte aber keine Anstalten, aufzustehen. Vom
Gang zog Essensgeruch in das Zimmer. Das Mittagessen war
unterwegs.

»Hallo. Wie geht es dir?«

Ich streifte Jacke und Tasche ab und setzte mich auf den
Hocker vor dem Bett. Mama legte die Illustrierte auf die gelb
karierte Decke, die über ihren Beinen gelegen hatte, und sah
mich aus ihren tiefliegenden Augen an.

»Es ist unglaublich, was man sich hier bieten lassen muss.«
Ich registrierte, dass sie nicht auf meine Frage antwortete.

»Ach?«

Sie hustete und hielt sich die Hand auf den Bauch, als ob sie Schmerzen hätte.

»Sie jagen uns um sechs Uhr morgens hoch. Um sechs! Kannst du dir das vorstellen? Und dann rennen sie hier die ganze Zeit rein und raus. Jede Menge Menschen, die man nicht wiedererkennt. Da könnte man auch gleich versuchen, im Bahnhof zu schlafen. Und die ganze Bande nur Ausländer! Die können natürlich nichts dafür, aber die reden ja nicht gerade ein Schwedisch, das man versteht. Wie soll man denn jemanden ordentlich pflegen können, ohne mit ihm zu kommunizieren, was? Und heute Nacht lag noch eine andere hier im Zimmer. Die hat so laut geschnarcht, dass ich kein Auge zutun konnte. Ich habe der Nachtwache Bescheid gesagt, habe erklärt, dass ich sehr lärmempfindlich bin, aber sie behaupteten, kein anderes Zimmer zu haben. Am Ende bekam ich eine Schlaftablette, und nicht mal die wollte sie mir zuerst geben. Hat mich wie eine Drogensüchtige behandelt, die um Heroin bettelt. Das ist doch verrückt. Da hat man sein Leben lang gerackert und Steuern bezahlt, und dann wird man so behandelt, wenn man Hilfe braucht.«

Ich erinnerte Mama nicht daran, dass sie große Teile ihres Erwachsenenlebens durchaus nicht gearbeitet, sondern Krankengeld bezogen hatte. Sie hob ihre fette Hand an den Augenwinkel, wischte eine unsichtbare Träne weg.

»Nein, du, Emma. Alt und krank zu werden macht keinen Spaß. Das kann ich dir sagen.«

Sie schaute mich auffordernd an, als ob sie Zustimmung

von mir erwartete, aber ich schwieg, denn ich wusste nicht, was ich sagen sollte. Eine Pflegerin kam mit einem Tablett herein. Ihre Tracht war blendendweiß auf ihrer schwarzen Haut.

»Was hab ich dir gesagt?«, fragte Mama und nickte zu der Frau hinüber.

»Für Sie gibt es heute flüssige Nahrung«, sagte die Pflegerin und lächelte, während sie das Tablett auf den Tisch neben dem Bett stellte.

Mama gab keine Antwort. Schaute die hellbraune Suppe nur angewidert an.

»Das ist doch keine Menschennahrung! Soll ich das wirklich essen?«, sagte sie dann, rührte mit dem Löffel in der Suppe und stellte den Teller wieder auf das Tablett.

»Was ist denn jetzt eigentlich passiert?«, fragte ich noch einmal.

Mama machte eine wegwerfende Handbewegung.

»Das wissen sie nicht. Irgendwas mit dem Magen. Man sollte doch meinen, die könnten schneller eine Diagnose stellen, wenn man bedenkt, wie viele Leute hier rumlaufen.«

Sie grinste verächtlich.

»Aber … wann darfst du denn wieder nach Hause?«

Mama zuckte mit den Schultern.

»Das einzig Positive hier ist, dass man dankbar dafür wird, was man hat.«

Sie sah mich an. Ihre Augen lagen so tief, dass es unmöglich war, ihre Farbe zu erkennen. Die Wangen waren rot und sahen geschwollen aus, als ob sie den Mund voller Watte hätte.

»Wir haben doch *einander*, Emma«, sagte sie plötzlich und griff nach meiner Hand.

Wenn sie gesagt hätte, dass sie zum Mond reisen wollte,

wäre ich nicht überraschter gewesen. In den vergangenen fünf Jahren hatten wir uns vielleicht zweimal getroffen. Wieso meinte sie jetzt, wir hätten einander?

Mama seufzte tief und wischte sich mit der freien Hand eine weitere unsichtbare Träne ab, während sie zugleich meine Hand so fest drückte, dass ich das Gefühl hatte, dass sie ganz taub würde.

»Weißt du noch, Emma? Es war doch alles so schön. Dein Papa, du und ich. Und als dein Papa... verschwand, haben wir uns gegenseitig getröstet. Ich fand uns eine starke kleine Familie, auch ohne ihn. Wir haben einander geholfen, so gut es ging. Vielleicht haben die Probleme uns sogar stärker gemacht. Es heißt doch, dass so etwas die Menschen einander näherbringt, nicht wahr?!«

Ich saß wie versteinert auf meinem Hocker. Traute meinen Ohren nicht. Wann waren wir denn jemals eine glückliche Familie gewesen? Und dass wir uns nach Papas Selbstmord nähergekommen sein sollten, war der pure Unfug. Ich war Mama nur einmal nahegekommen, rein physisch jedenfalls, und zwar, als ich sie in ihr Bett gebracht hatte, nachdem sie am Esstisch, oder vielleicht war es auch auf der Toilette, eingeschlafen war. Das einzige Mal, dass ich ihr geholfen hatte, war, als ich für sie Zigaretten und ein Mittel gegen Sodbrennen gekauft hatte, als sie verkatert war. Und ich konnte mich nicht erinnern, dass sie mir jemals irgendwie geholfen hätte.

»Ich würde nichts anders machen«, schluchzte sie, und jetzt sah ich echte Tränen. Sie kullerten wie Glasperlen über die fetten Wangen. »Aber ich wünschte, ich hätte deinen Papa ein bisschen länger behalten dürfen. Er war so ein wunderbarer Mensch und wir haben uns so geliebt.«

Das Letzte sagte sie mit kaum hörbarer Stimme.

Die Erinnerung an die Streitereien zwischen meinen Eltern flackerte in meinem Inneren auf, wie Schatten am Rand meines Blickfeldes. Kaum zu erkennen, aber dennoch vorhanden. Fragmente eines Lebens, das es nicht mehr gab. Porzellan, das durch die Küche flog. Geschrei. Die Polizei, die mitten in der Nacht vor der Tür stand, weil sich die Nachbarn beschwert hatten. Der tote blaue Schmetterling zwischen den zerbrochenen Glasscherben auf dem Küchenboden.

Eine Sekunde lang fragte ich mich, ob ich widersprechen sollte. Sie daran erinnern, wie es wirklich in der engen Wohnung auf Södermalm zugegangen war. Aber ich ahnte schon, dass es sinnlos sein würde, dass das Bild der Geschichte, das sie sich so sorgfältig zurechtgelegt hatte, nicht mehr zu verändern sein würde. Dass ihr Weltbild in diesem Zimmer stand, zwischen uns wie ein Elefant, und uns daran hinderte, einander wirklich nahezukommen.

Ich war plötzlich müde. Sehnte mich danach, nach Hause zu gehen und mich einfach hinzulegen. Nicht mehr an die dicke Frau zu denken, die im Krankenhausbett lag und mich und sich und sicher auch alle anderen, die ihr zuhörten, anlog.

»Ich muss los.«

Meine Stimme war ein Flüstern.

»Schon?«

Sie hörte plötzlich auf zu schluchzen, fast wie auf Knopfdruck. Ich nickte und stand auf.

»Wir haben eine Besprechung bei der Arbeit«, log ich.

Als ich über den Gang zurücklief, fiel mir ein, dass Mama kein einziges Mal gefragt hatte, wie es mir ging. Nicht mit einem Wort hatte sie irgendein Interesse an mir gezeigt. Es war so gewesen, als ob es mich gar nicht gäbe.

Ich zittere, so sehr friere ich. Einige Male habe ich Jesper, die Frau oder das Kind hinter einem der Fenster gesehen. Es ist schwerer, als ich gedacht hatte, das Haus zu bewachen, ohne die Konzentration zu verlieren. Und das Fernglas ist schwer. Nach einigen Stunden tun meine Arme vor Anstrengung weh und meine Finger sind steif vor Kälte. Ich habe es mit Handschuhen versucht, aber mit denen kriegte ich das Fernglas nicht richtig zu fassen, deshalb bleibt mir nichts anderes übrig, als sie in der Tasche liegen zu lassen.

Ich hätte fast verpasst, wie die Frau und das Kind das Haus verlassen und zur Straße hinuntergehen. Es dämmert jetzt wieder. Der Himmel ist noch immer hell, aber die Landschaft ist dunkel geworden und die Lampen im Haus lassen die Fenster strahlen. Die Frau und das Mädchen steigen in einen roten Volvo und fahren in Richtung Stadt davon.

Langsam richte ich mich auf, auf Beinen, die nach Stunden in der Kälte steif sind. Sie sind weg. Das bedeutet, dass Jesper allein im Haus ist.

Ich mache einige Schritte auf das Fenster zu und richte das Fernglas auf das Haus. Und plötzlich überkommt mich eine Welle der Wärme. Meine Hände werden weich und warm. Meine Wangen glühen und mein Herz hämmert los, als ob es aus meinem Brustkorb fliehen wollte.

Es ist so weit.

Ich stehe auf seiner Treppe und lege den Finger auf den Klingelknopf. Es ist so weit. Ich kann jetzt nichts mehr tun, um das Unvermeidliche zu verhindern. Vielleicht ist alles schon vor langer Zeit entschieden worden, vielleicht ist es eine logische Folge der Ereigniskette, die Jesper an dem Abend ausgelöst hat, als er verschwunden ist. Ja, so muss es sein, sage ich mir. Da hat es angefangen, als ich in der Küche stand und die Schnittchen für unser Verlobungsessen vorbereitet habe. Da hat es angefangen.

Da hat *er* angefangen.

Dieser Gedanke gibt mir Kraft. Ich drücke auf die Klingel und höre hinter der Tür das surrende Geräusch. Es ist kein schöner Klang. Kein *Dingdong*, kein heller Ton, sondern ein aggressives Brummen. So eins, das mich in den Wahnsinn treiben würde, wenn ich es oft genug hören würde.

Zuerst glaube ich, dass er nichts mitbekomen hat, denn nichts passiert. Dann wird die Tür geöffnet, und da steht er. Die Krone der Schöpfung. Der mächtige Mann, der mein Leben zerstört, es in Dreck verwandelt hat, ohne auch nur die geringste Spur von Reue an den Tag zu legen. Er sieht heute nicht gerade umwerfend aus. Seine Haare sind grauer als in meiner Erinnerung, und sein Gesicht ist eingefallen und müde, als ob er an einer zehrenden Krankheit leidet oder lange nicht mehr geschlafen hat.

»Hallo«, sage ich.

PETER

Manfred steht mitten im Zimmer, scheinbar bewegungslos wie ein Monolith. Lässt seinen Blick in die Runde schweifen. In seiner Miene liegt etwas Listiges. Etwas Primitives, wie bei einem Raubtier, das soeben die Fährte einer Beute gewittert hat.

»Ja, verdammt«, murmelt Bergdahl. »Dann war es also doch nicht diese Emma Bohman. Also müssen wir uns jetzt auf die andere konzentrieren, diese Angelica Wennerlind.«

»Nein«, sagt Manfred. »Nein. Hier stimmt etwas nicht. Zwei Frauen hatten etwas mit Orre. Beide sind verschwunden, aber wir haben nur ein Mordopfer. Und Orre selbst wird in Solna aufgetaut, wie ein Paket gefrorener Krebse.«

Hanne richtet sich auf. Geht langsam zur Tafel und zeigt auf einen Zettel. Sie sieht komisch klein aus neben Manfred, aber ihre Stimme ist tief und klangvoll, als sie das Wort ergreift:

»Emma Bohmans Mutter ist drei Monate vor dem Mord an der Frau in Orres Haus gestorben. Und ihr Vater im Mai vor zehn Jahren, genauer gesagt, vier Monate vor dem Mord an Miguel Calderón.«

Es wird zunächst still im Raum. Auf dem Gang nähert sich ein Wächter, schaut kurz herein und grüßt. Das Klappern seiner Schlüssel verschwindet in Richtung Treppenhaus.

»Worauf willst du hinaus?«, fragt Manfred.

»Bei einem Menschen, der instabil ist, mental instabil, kann der Verlust eines nahen Angehörigen psychische Probleme und sogar Psychosen auslösen. Ich meine nur, dass es seltsam ist, dass beide Elternteile so kurz vor den Morden verstorben sind. Das ist vielleicht kein Zufall.«

Ich staune darüber, wie sicher Hanne ist, als sie da vorn vor der Tafel steht. Wie ihre ganze schmächtige Gestalt Ruhe und Autorität ausstrahlt. Wenn sie wirklich Probleme mit dem Gedächtnis hat, dann ist ihr das im Moment jedenfalls nicht anzumerken.

»Diese Ermittlung wimmelt geradezu von seltsamen Zufällen«, sagt Manfred und lässt sich auf einen Stuhl sinken. »Dass Emma Bohman und Angelica Wennerlind beide etwas mit Orre hatten, zum Beispiel.«

»Das wissen wir nicht«, erwidert Hanne gelassen. »Sie behaupten, dass sie mit ihm zusammen waren, aber wir haben keine Zeugen dafür, dass es wirklich stimmt. Angelica Wennerlinds Freundin *sagt*, dass Angelica ihr von ihrer Beziehung zu Orre erzählt hat. Und Emma Bohman *behauptet*, Orre sei ihr Verlobter und habe ihr einen Ring gekauft. Aber im Film aus dem Schmuckgeschäft ist nur Emma zu sehen. Sonst niemand. Und er selbst hat alles abgestritten, als die Kollegen mit ihm gesprochen haben.«

»Das ist ja an sich kein Wunder«, sagt Sanchez. »Er hat seine Freundinnen doch meistens geheim gehalten.«

»Wir müssen noch einmal mit Emma Bohmans Tante sprechen«, fällt Manfred ihr ins Wort. »Der Tante, die Emma Bohman als vermisst gemeldet hat. Bergdahl, kannst du sie anrufen? Und hol sie her, wenn sie wach ist.«

Bergdahl nickt und verschwindet mit dem Telefon in der Hand aus dem Zimmer.

Manfred dreht sich wieder zu Hanne um.

»Könnte Emma Bohman in das eigentliche Verbrechen verwickelt sein?«

Hanne zuckt mit den Schultern.

»Ich halte das für möglich. Zugleich gibt es aber keinen besonderen Grund zu dieser Annahme, abgesehen von der Tatsache, dass ihre Eltern so kurz vor den Morden gestorben sind. Wissen wir, ob es einen Zusammenhang zwischen Emma und Calderón gibt? Abgesehen vom Zeitpunkt des Mordes, meine ich?«

Manfred verschränkt die Arme vor der Brust. Blinzelt.

»Wir haben nach keinem solchen Zusammenhang gesucht.«

»Das hätten wir vielleicht tun sollen«, sagt Hanne.

»Wir hätten ganz schön viel tun sollen«, sagt Manfred leise.

Aus dem Treppenhaus nähern sich Schritte, und einige Sekunden später taucht Bergdahl wieder auf.

»Die Tante war noch wach. Ich habe ihr einen Wagen geschickt. Sie ist in zwanzig Minuten hier.«

Während wir auf Emma Bohmans Tante warten, gehe ich mit Manfred nach draußen, um eine Zigarette zu rauchen. Er bittet Hanne, mit uns zu kommen, und sie legt sich den Mantel über die Schultern und nimmt ihren kleinen Block mit, als wollte sie auch draußen Notizen machen.

Seit das Polizeigebäude zum rauchfreien Arbeitsplatz erklärt und das Raucherzimmer abgeschafft wurde, müssen die eingefleischten Nikotinsüchtigen ihrem Hobby auf dem

Balkon oder der Straße frönen. Wir gehen auf die kleine Terrasse im zweiten Stock mit Blick auf den Innenhof. Zwei verschneite Terrakottakrüge mit längst vertrockneten Pflanzen dienen als Aschenbecher, aber überall liegen Kippen herum, wie Fallobst unter einem alten Baum. Der Himmel ruht schwarz und sternlos über der Stadt, die Kälte beißt uns in die Wangen.

»Was du da über Emma Bohman und Angelica Wennerlind gesagt hast«, beginnt Manfred und dreht sich zu Hanne um. »Dass sie behauptet haben, eine Beziehung zu Jesper Orre zu haben. Was hast du damit gemeint?«

Hannes Blick wandert davon, über die klobigen Hausformen und weiter zur Innenstadt. Sie spielt an ihrem Notizblock herum und sagt:

»Genau das, was ich gesagt habe. Dass wir nicht wissen können, ob sie die Wahrheit sagen oder lügen.«

»Warum sollten sie denn in einer solchen Sache lügen?«

Hanne zuckt mit den Schultern und ringt sich eine Art Grinsen ab.

»Warum lügt jemand? Um spannender oder interessanter zu wirken, vielleicht. Oder weil er es selbst glaubt.«

»Jetzt komme ich nicht richtig mit«, sagt Manfred und zündet sich eine Zigarette an.

»Man kann an Wahnvorstellungen leiden. Das ist zum Beispiel bei Psychosepatienten gar nicht so selten. Es gibt viele Beispiele für Personen, die glaubten, eine Beziehung zu jemandem zu haben, dem sie im wirklichen Leben noch nie begegnet sind. Es gibt sogar einen medizinischen Begriff für dieses Phänomen: Erotomanie. Oft verlieben sich Menschen, die an solchen Wahnvorstellungen leiden, hoffnungslos in eine bekannte Persönlichkeit oder eine Autoritätsfigur, und ab und zu sind sie davon überzeugt, viele Jahre mit dieser Person zusammengelebt zu haben. Vielleicht sogar verheiratet zu sein und Kinder zu haben.«

»Ein Promi oder eine Autoritätsfigur. Wie der Geschäftsführer der Firma, in der du arbeitest?«, frage ich.

»Genau«, sagt Hanne und erwidert meinen Blick. »Und sie können glauben, dass ihre Liebe erwidert wird, obwohl das gar nicht der Fall ist.«

In diesem Moment scheint Hanne direkt zu mir zu sprechen, und etwas in mir zerbricht. Knackt wie ein trockener Zweig unter einem Stiefel. Eine Sekunde lang frage ich mich, ob ich mir vielleicht alles eingebildet habe, was während der vergangenen vierundzwanzig Stunden passiert ist: unsere Gespräche, die Nacht bei Hanne, der Spaziergang durch den Schnee am Söder Mälarstrand. Das greifbare Gefühl von Nähe ist vielleicht nur ein Produkt meines Gehirns, weil es in meinem Leben keine anderen engen Beziehungen zu Menschen gibt, oder es soll die Last der Schuld erleichtern, an der ich immer noch zu schleppen habe.

Manfred drückt die Zigarette an der Mauer aus und schaut auf die Uhr.

»Viertel nach. Die Tante kann jeden Moment hier sein. Wir sollten hineingehen.«

Lena Brogren ist Mitte sechzig und ziemlich übergewichtig. Sie trägt eine zeltähnliche geblümte Tunika, die ihr bis zu den Knien reicht, und eine Art genoppte Stretchhose. Ihre Füße hat sie in Pelzstiefel gequetscht – es sieht fast aus, als hätte sie zwei kleine Hunde bei sich, die zu ihren Füßen sitzen. Als sie uns begrüßt, staune ich darüber, wie verängstigt sie wirkt. Ihr Blick irrt zwischen uns hin und her, und sie spielt an der Zigarettenpackung in ihrer Hand herum.

»Hier darf man wohl nicht rauchen?«, fragt sie.

Ihre Stimme ist seltsam hell und klar – sie wäre ein Gewinn für jeden Chor – und bildet einen scharfen Kontrast zu dem kräftigen Körper und dem müden, speckigen Gesicht.

»Leider nicht«, sagt Manfred.

Die Frau nickt und sieht mich an.

»Die kleine Emma. Was hat sie jetzt wieder angestellt?«, fragt sie leise und schüttelt langsam den Kopf, so dass ihr Doppelkinn bebt.

»Es ist nicht sicher, ob sie überhaupt etwas angestellt hat«, sagt Manfred und erklärt, warum Lena Brogren um kurz nach zehn Uhr abends noch hergeholt worden ist. Dass wir den Mord an einer jungen Frau untersuchen und dass im Zusammenhang mit den Ermittlungen Emmas Name aufgetaucht ist.

»Können Sie uns ein bisschen über Emma erzählen?«, frage ich.

»Emma ist … lieb und vorsichtig. Macht nicht viel Aufhebens um sich. Hat sie wirklich noch nie getan. Ich kenne sie ja schon, seit sie ein kleines Mädchen war, und deshalb kann ich durchaus behaupten, sie wirklich gut zu kennen. Aber unsere Emma hatte immer Probleme mit dem Sozialen. Und nachdem Gun gestorben ist, ja, das war Emmas Mama, meine Schwester, hat sie sich sehr zurückgezogen. Es war irgendwie schwer, an sie heranzukommen. Ich besuche sie ja ab und zu da oben im Värtaväg, sehe nach, ob alles in Ordnung ist, das habe ich Gun versprochen. Aber die beiden letzten Male hat sie nicht aufgemacht. Obwohl ich hören konnte, dass sie zu Hause war. Als ich das Bild dieser Toten gesehen habe, habe ich sofort bei Ihnen angerufen.«

Die Frau atmet schwer und sagt dann:

»Sie ist doch wohl nicht tot?«

»Nein, nein«, sage ich. »Die Frau, die wir in Jesper Orres Haus gefunden haben, ist identifiziert, und es ist nicht Emma.«

Lena Brogrens Erleichterung ist deutlich erkennbar. Sie versinkt tiefer im Sessel. Nickt und wischt sich den Schweiß von der Stirn.

»Warum ist Emma aus der Oberstufe abgegangen?«, fragt Hanne.

Die Frau macht ein verwirrtes Gesicht.

»Sie ist nicht aus der Oberstufe abgegangen. Sie hat nie angefangen. Diese schreckliche Geschichte mit ihrem Werklehrer hatte sie wohl aus dem Gleichgewicht geworfen.«

»Geschichte mit dem Werklehrer?«, wiederhole ich.

»Ja, diesem Vertretungslehrer. Der sich an Emma vergriffen hatte. Er wurde natürlich gefeuert, aber was konnte das schon helfen? Dadurch konnte man es ja nicht ungeschehen machen. Sich an einer Fünfzehnjährigen zu vergreifen, für die man noch dazu verantwortlich ist! Was für ein Ungeheuer tut denn so was? Aber manche straft der liebe Gott sofort, nicht wahr?! Er ist ja dann gestorben, dieser Mann. Wurde wohl ermordet. Eine scheußliche Geschichte, aber ich konnte kein Mitleid mit ihm haben. Heutzutage werden die Verbrecher viel zu gut behandelt, finden Sie nicht? Wo Sie den ganzen Tag damit zu tun haben, meinen Sie doch sicher auch, dass ...«

Manfred unterbricht sie vorsichtig:

»Dieser Vertretungslehrer. Wie hieß der?«

Sie zögert zuerst, versucht sich zu erinnern.

»Er wurde wohl Nagel genannt.«

Hanne legt Lena Brogren leicht die Hand auf den Arm. Eine Geste, die Fürsorge bedeutet, aber auch Erwartung und Neugier.

»Nagel? Das klingt wie ein Spitzname, Lena. Können Sie sich an seinen richtigen Namen erinnern?«

Die Frau blinzelt einige Male, und eine Sekunde lang glaube ich, dass sie gleich losweinen wird.

»Nein«, sagt sie. »Etwas Ausländisches war das, natürlich. Ja, er war Ausländer. Hab ich das schon gesagt?«

»Miguel Calderón?«, schlägt Hanne vor.

Der Blick der Frau klärt sich auf, und sie zittert. Nickt langsam und mit zusammengebissenen Zähnen.

»Calderón. Ja, so hieß er.«

EMMA

Eine Woche früher

Jesper drückt die Haustür blitzschnell wieder zu, aber ich bin noch schneller, schiebe meinen Stiefel – der mich vor Feuchtigkeit und fallenden Steinen beschützen soll – dazwischen. Dann ziehe ich das kleine Plastikding hervor, das ich im Internet gekauft habe und das aussieht wie ein Mobiltelefon. Halte es gegen seine Hand, während ich zugleich auf den roten Knopf drücke.

Jesper stößt einen schrillen Schrei aus, lässt die Tür los und fällt im Flur drinnen auf den Boden. Ich schaue mich rasch um, dann schiebe ich mich ins warme Haus und schließe die Tür hinter mir.

Die Elektroschockpistole ist nicht gefährlich, das stand klar und deutlich in der Gebrauchsanweisung. Sie schaltet das Opfer nur für einige Minuten aus. Es ist unangenehm, aber für gesunde Menschen absolut nicht gefährlich. Und Jesper ist gesund. Er ist gesund und erfolgreich und genau wie die meisten anderen gesunden, erfolgreichen Menschen sieht er nicht ein, was für ein Glück er hat, und vielleicht muss er manchmal ein wenig daran erinnert werden.

Ich stecke die Elektroschockpistole wieder in die Tasche und sinke neben ihm in die Hocke. Ziehe das Klebeband hervor und fessele ihm die Hände auf den Rücken. Er schnaubt und faucht und windet sich, aber er leistet eigentlich keinen

Widerstand, was mich fast enttäuscht. Es ist gewissermaßen ein bisschen zu leicht. Ich habe mir zahllose Szenen vorgestellt, bei denen Jesper und ich ringen, uns im Kampf um Leben und Tod über den Boden wälzen. Und dann liegt er einfach nur hier, hilflos wie ein Kind.

Ich sehe, dass er überhaupt nicht mehr gut oder sexy aussieht. Er ist nur noch ein blasser Mann mittleren Alters, der am Ende seinem eigenen Größenwahn zum Opfer gefallen ist.

»Das ist nicht gefährlich«, sage ich. »Ich musste das tun. Wir müssen reden, denn du schuldest mir eine Erklärung.«

Seine Beine zucken ein wenig und er sabbert auf den Boden, was mir unangenehm ist, denn er erinnert an einen ans Bett gefesselten Greis. Dann hustet er.

»Lass mich los, zum Teufel. Das tut weh!«

»Tut mir leid«, sage ich, »aber du musst still liegen und mir zuhören. Danach kannst du machen, was du willst.«

Er gibt keine Antwort. Liegt nur auf dem Boden und sieht jämmerlich aus. Sein Brustkorb hebt und senkt sich und seine Augen sind geschlossen, als ob er mich aussperren wollte. Ich ziehe die Jacke aus. Falte sie zusammen und lege sie ihm unter den Kopf. Dann setze ich mich neben ihn auf den Boden und streichele vorsichtig seine Haare.

»Was willst du?«

Seine Stimme ist ein Flüstern.

»Ich will wissen, warum.«

»Was denn warum?«

Er klingt verwirrt, und ich nehme an, das ist immer noch die Wirkung des Elektroschocks.

»Warum du mich verlassen hast. Warum du mein Geld genommen hast. Und das Bild. Warum du dafür gesorgt hast, dass mir gekündigt wurde. Warum du den Kater umgebracht hast. Warum. Warum. Warum!«

»Ich weiß nicht, wovon du redest.«

Seine Stimme ist so hart und abweisend wie der steifgefrorene Boden draußen. Als wäre ich eine schnöde Einbrecherin, die in sein Haus eingedrungen ist, und nicht seine Verlobte. Ich ziehe die Pistole hervor und verpasse ihm noch einen Stoß, vor allem, um zu betonen, dass er so nun wirklich nicht mit mir sprechen darf. Er zuckt zusammen, wie nach einem Tritt in den Schritt, stöhnt und bleibt dann still liegen.

»Wag ja nicht, mich zu verspotten. Du hast mit mir gespielt, solange dir das passte, und dann hast du mich weggeworfen. Ich will nur wissen, warum. Ist das zu viel verlangt?«

Er gibt keine Antwort, aber ich kann sehen, dass er atmet. Um seine Hüften hat sich ein feuchter Fleck gebildet, der breitet sich auf dem Boden aus, kriecht langsam bis zur Tür.

»Du hast unser Kind getötet«, sage ich mit leiser Stimme.

Er stößt ein kleines Geräusch aus. Es klingt wie ein Hüsteln oder vielleicht wie ein trockenes, unglückliches kleines Lachen, das er zu tarnen versucht.

»Ich weiß nicht, wovon du redest«, sagt er noch einmal.

Ich überlege, ob ich ihm noch einen Stoß verpassen soll, entscheide aber, dass das keine gute Idee ist. Ich will ihm ja nichts tun, ich will ihn nur zu einer Erklärung zwingen.

»Warum hast du dich nie gemeldet?«

Jesper holt tief Atem und sieht mich zum ersten Mal an, seit er auf den Boden gefallen ist. Seine Augen sind rot unterlaufen. Sein Blick irrt unruhig zwischen mir und der Decke hin und her.

»Hast du diesen Brief geschrieben?«, fragt er.

»Ja.«

»Ich … ich dachte, es wäre besser, mich nicht zu melden.«

Er seufzt und windet sich auf dem Boden wie eine Krabbe. Er schweigt einen Moment, dann redet er weiter:

»Wie heißt du?«

»Aber. Das weißt du doch. Ich heiße Emma.«

»Bitte, Emma …«

Tränen laufen über seine eingefallenen Wangen, als er hinzufügt:

»Hör mir zu. Kannst du das?«

»Sicher.«

Ich lehne mich an die Wand und verschränke die Arme vor der Brust, neugierig und zugleich verstört über diese plötzliche Initiative.

»Ich weiß, dass du glaubst, dass wir uns kennen. Dass wir … einander nahestehen. Aber das stimmt nicht, Emma. Ich bin dir noch nie begegnet. Das, woran du dich erinnerst … ist nicht passiert. Ich habe dich nicht im Stich gelassen und betrogen und … deine Katze getötet oder was auch immer. Das alles … das existiert nur in deinem Kopf. Verstehst du? Das ist Einbildung. Wir haben noch nie … du und ich. Wir sind uns noch nie begegnet. Ich weiß nicht, wie ich dich dazu bringen soll, mir zu glauben, aber … Du. Ich glaube eigentlich nicht, dass du ein schlechter Mensch bist.«

Ich lege mich neben ihn auf den Boden, lasse meine Wange auf den kalten Steinplatten ruhen. Mein Gesicht ist nur Zentimeter von seinem entfernt. Ich frage mich, ob das, was er sagt, einfach gelogen ist oder ob er es wirklich glaubt, ob es sich vielleicht um eine Art Verdrängung handelt.

»Du hast mich an dem Tag verlassen, an dem wir uns verlobt

haben. Und ich weiß nicht, warum du so plötzlich verschwunden bist, aber ich vermute, es hat mit dieser Dunkelhaarigen zu tun. Aber du hast nicht gewusst, dass ich schwanger war.«

Er gibt keine Antwort, liegt nur still da, und seine Tränen fließen. Ich füge hinzu:

»Dass du mich verlassen hast… ich kann verstehen, dass das passieren kann. Das kann ich wirklich. Was ich nicht begreife, ist, warum du alles andere getan hast, warum du mich… brechen musstest.«

Sein Gesicht verzieht sich zu einer Grimasse, und er sieht so elend aus, dass ich die Hand hebe und an seine Wange lege.

So liegen wir eine Weile stumm auf dem kalten Boden. Sein Atem beruhigt sich ein wenig und er schluchzt nicht mehr so sehr.

»Du, Jesper. Alles wird wieder gut.«

Er nickt und ein kleiner Speichelfaden zieht sich von seinem Mundwinkel zum Boden.

»Alles wird wieder gut«, sagt er leise.

»Wir lieben uns doch«, sage ich und küsse seine Wange, die von Tränen und Rotz klebrig ist.

»Wir lieben uns«, wiederholt er.

In diesem Moment höre ich draußen auf der Treppe Schritte und ein Klicken, als die Tür aufgeht.

Ich drehe mich um, und da steht sie.

Die dunkelhaarige Frau schlägt die Hände vor den Mund, als ob sie einen Schrei verhindern wollte. Weicht langsam zur Haustür zurück, ohne etwas zu sagen, während ich aufspringe und auf sie zurenne. Sie riecht nach Parfüm und ich weiß plötzlich, wie ich auf sie wirken muss: ungeduscht, übelriechend und mit wirren Haaren.

Ich packe ihr Handgelenk, und sie verliert das Gleichgewicht. Sie trägt elegante hochhackige Stiefel aus schwarzem Leder, die eher zum Shoppen geeignet sind als zum Nahkampf.

»Was zum Teufel?«

Ihre Stimme ist schrill, klingt aber zugleich überrascht, und ich vermute, es war das Letzte, was sie erwartet hätte, mich hier in ihrem Haus vorzufinden. Sie muss doch davon ausgegangen sein, dass er mich schon aus dem Weg geschafft hat. Wir ringen, sie zieht an mir, ich lasse ihr Handgelenk genau im richtigen Augenblick los, als sie genau vor der Treppe steht. Sie fliegt wie ein Kind, das von einer Schaukel gesprungen ist. Ihr Schrei, als sie auf die Kellertreppe aufprallt, ist markerschütternd, und ich muss an ein sterbendes Tier denken.

Sie bleibt auf halber Höhe der Treppe liegen, und ich mache einige Schritte auf sie zu. Ihre dunklen Haare sind wie ein Fächer um ihren Kopf ausgebreitet, und eine rote Lache verteilt sich rasch auf dem Steinboden. Ich gehe neben ihr in die Hocke und betrachte sie. Es ist unmöglich zu sehen, ob sie atmet, aber das Blut strömt immer weiter. Ein See aus Blut hat sich auf dem Boden gebildet, und aus dem See hat sich ein kleiner Fluss losgerissen. Er strömt über die Treppenstufe.

Ich richte mich auf. Der Raum schwankt. Das hier war nicht geplant. Niemand sollte verletzt werden. Ich wollte mit Jesper reden, mehr nicht. Ich schließe die Augen in dem Versuch, das Schwindelgefühl zu vertreiben.

Jesper schreit auf.

»Schluss! Sie hat nichts damit zu tun. Schlag doch lieber mich! Ich hätte deine Briefe, deine SMS beantworten müssen!

Mach mit mir, was du willst, aber rühr Angelica nicht an. Bitte. Du. Bitte!«

Der Raum dreht sich immer schneller und mir wird plötzlich schlecht. Der Geruch von Blut und Urin wird aufdringlich. Ich werfe noch einen Blick auf die Frau. Sie liegt so unbeweglich da wie vorher. Neben ihren Füßen blinkt etwas Metallisches auf: Autoschlüssel. Ich hebe sie auf und ziehe den Körper der Frau auf den Dielenboden. Trete ihr ins Gesicht, um zu sehen, ob sie noch lebt. Sie wimmert leise.

»Bitte. Lass sie los. Bitte … Verzeih mir! Ich hätte anrufen müssen. Bitte! Verzeih mir!«

Jespers Stimme scheint von weither zu kommen, wie aus einer Röhre. Ich sehe keinen Grund, ihm zu antworten, und ehrlich gesagt weiß ich auch nicht, was ich sagen sollte. Alles ist misslungen, und ich will nur noch weg von hier. Weg von dem Anblick von Jespers magerem Körper auf dem Boden und dem Gestank von Angst und Tod.

Aber das geht nicht. Noch nicht.

Ich muss dieser Frau, die mir Jesper weggenommen hat, zeigen, dass sie nicht gewonnen hat. Sie muss sehen, wen er liebt und wem er gehört, und wenn ich sie dazu zwingen muss.

»Schau jetzt her«, flüstere ich. »Schau genau hierher!«

HANNE

Owes SMS kommt gegen fünf Uhr morgens. Reißt mich aus meinem unruhigen Schlaf. Ich hebe das Mobiltelefon vom Boden auf und lese:

Ich liebe dich!

Das ist alles. Keine Bitte, zurückzukehren. Ich starre das im Dunkeln leuchtende Display an. Staune darüber, wie abgegriffen diese Formulierung klingen kann. Es ist, als hätten die Wörter ihren Inhalt verloren – sie wirken bemüht und geschmacklos, wie am Fließband hergestelltes Essen.

Ich setze mich auf. Mein Rücken schmerzt nach Stunden auf dem unbequemen Sofa im Pausenraum. Alle waren die ganze Nacht an der Arbeit, aber ich musste mich zwischendurch hinlegen. So war ich immer schon. Owe fand das immer lustig. Hat mich damit aufgezogen, dass ich wie ein kleines Kind sei, das zu bestimmten Zeiten essen und schlafen muss.

Aber Tatsache ist, es stimmt. Ich kann keine längeren Zeiträume ohne Schlaf durchhalten. Nicht, dass ich dann übellaunig und sauer werde – nein, ich verliere die Fähigkeit, klar zu denken, kann die einfachsten Zusammenhänge nicht mehr erkennen.

Und das kann ich mir gerade jetzt nicht erlauben.

Wohin kann sie verschwunden sein, die Frau, die Jesper Orre und seine Freundin ermordet hat? Die Frau, die …

Ich erkenne mit wachsender Frustration, dass ich mich nicht mehr an ihren Namen erinnern kann. Der scheint mir im Schlaf abhandengekommen zu sein, sich in den Stunden, in denen ich auf dem harten Sofa geschlafen habe, in Luft aufgelöst und in der stickigen Luft des Pausenraumes zerteilt zu haben.

Ich stehe auf und ziehe meine Strickjacke an. Der Boden ist kalt unter meinen nackten Füßen, als ich zum Fenster gehe. In der Dunkelheit draußen wirbeln einsame Schneeflocken vorüber. Die Häuser der Umgebung sind schwarz, und nur einzelne Fenster hier und dort schimmern ein wenig, glimmen wie Feuer in der Nacht.

Im Raum im dritten Stock herrscht fieberhafte Aktivität. Manfred, Sanchez und Bergdahl sind dort, dazu etwa ein Dutzend andere Personen, die mir unbekannt vorkommen. Peter eilt sofort auf mich zu, als ich das Zimmer betrete. Legt mir die Hand auf die Schulter.

»Wie geht es?«

Seine schlaksige Gestalt, das offene, jungenhafte Gesicht. Die leichte Berührung seiner Hand. Alles trifft mich, ohne dass ich mich wehren könnte. Es macht mich schwach und zugleich ungeduldig, als ob mein Körper signalisiert, dass etwas Wichtiges und Unausweichliches sich ankündigt, eine Art Naturkatastrophe vielleicht. Mein ganzer Körper spürt das.

Ich zittere ein bisschen und trete unfreiwillig einen Schritt zurück.

»Gut. Ein bisschen müde. Habt ihr etwas gefunden?«

Peter nickt zu den Kollegen hinüber.

»Wir sind Emma Bohmans Kontobewegungen durchgegangen. Zwei Tage vor dem Mord an Angelica Wennerlind hat

sie für fast dreitausend Kronen in einem Outdoorladen einge-
kauft. Außerdem hat sie einen Wagen gemietet und nicht zurückgebracht. Wir haben ihn zweihundert Meter von Orres
Haus entfernt gefunden. Und einige Wochen zuvor, an dem
Abend, an dem es in Orres Garage gebrannt hat, hat sie fast
fünfzehnhundert Kronen in einem Farbenladen ausgegeben.«

»Für Benzin?«

»Das glauben wir. Und nun haben wir Angelica Wennerlinds Wagen zur Fahndung ausgeschrieben. Einen roten
Volvo 740 Kombi. Wir glauben, dass Emma Bohman den benutzt haben kann, um sich vom Tatort zu entfernen.«

»Wart ihr in … Emma Bohmans Wohnung?«

»Ja, aber die war leer. Der diensthabende Staatsanwalt hat
uns eine Erlaubnis zur Durchsuchung ausgestellt, und wir
waren vorhin dort. Es war verdammt chaotisch. Jede Menge
leere Eispackungen und zerschnittene Papierstücke. Einge-
trocknete Spaghetti auf dem Küchenboden und Ketchupflecken am Spiegel. Kissen auf dem ganzen Boden verstreut.
Die von der Spurensicherung sind noch immer da. Hast du
irgendeine Vorstellung, wo sie jetzt sein kann?«

Ich schaue mich im Zimmer um. Mustere die in ihre Arbeit
vertieften Kollegen.

»Irgendwo, wo sie sich sicher fühlt. Lass mich noch einmal
eure Hintergrundinformationen über sie durchgehen. Vielleicht kann ich da etwas finden.«

Die Stunden vergehen, während ich mich durch den Papierstapel arbeite. Vor dem Fenster wird es hell, eine Dämmerung,
hart und kalt wie Granit. Die Gänge füllen sich mit Menschen, und der Geruch von frisch aufgebrühtem Kaffee ver-

breitet sich im Zimmer. Der Geräuschpegel hebt sich. Jemand stellt mir eine Tasse Kaffee hin, und ich nicke zum Dank, ohne aufzublicken.

Gegen zehn mache ich einen Spaziergang. Stapfe im frischgefallenen Schnee um den Block, lasse den eiskalten Wind meinen offenen Mantel fangen und die Schneeflocken in meinem Gesicht schmelzen.

Wieder ist es da: das Gefühl, dass ich etwas Wichtiges gelesen habe, ohne den Zusammenhang zu erkennen. Das weiße Strahlen des Schnees brennt auf meiner Netzhaut und meine Wangen schmerzen vor Kälte. Und irgendwo gleich unter der Oberfläche lauert die Erkenntnis. Ich weiß es, aber ich bekomme sie nicht zu fassen. Sie entzieht sich, verbirgt sich in den dunkelsten Winkeln meines Bewusstseins, wie ein scheues Tier.

Als ich ins Polizeigebäude zurückkehre, ist es da. Und plötzlich habe ich solche Angst, es zu vergessen, dass ich zur Rezeption gehen und um Papier und einen Stift bitten will. Aber ich beschließe dann doch, mich auf mein Gedächtnis zu verlassen, und laufe zu den Fahrstühlen. Renne dann durch den Gang zu den Kollegen.

»Kapellgränd«, sage ich zu Manfred, der mit einer Tasse Kaffee in der Hand mitten im Raum steht. »Emma Bohman ist in der Kapellgränd aufgewachsen. Und als sie nach dem gestohlenen Ring gefragt wurde, sagte sie, dass Orre in der Kapellgränd wohne.«

»Ja?«

Manfred macht ein verwirrtes Gesicht. Sanchez und Peter treten neben uns. Stehen stumm da und sehen mich an.

»Sie vermischt Fantasie und Wirklichkeit und aus irgend-

einem Grund ist die Wohnung in der Kapellgränd, wo sie aufgewachsen ist, wichtig. Wir suchen nach einem Ort, an dem
sie sich zu Hause fühlt. Geborgen. Die Kapellgränd könnte
dieser Ort sein.«

In diesem Moment hebt Sanchez die Hand. Sie sieht müde
aus und hat Flecken aus alter, verschmierter Schminke unter
den Augen.

»Euch ist doch klar, dass wir ein neues Problem am Hals
haben?«, fragt sie leise. »Angelica Wennerlinds fünf Jahre alte
Tochter Wilma ist verschwunden.«

EMMA

Eine Woche früher

Die Straße liegt stumm und still da. Große, schwere Schnee-flocken fallen vom dunkler werdenden Himmel. Vor dem Haus steht der rote Volvo. Ich gehe mit festem Griff um Jespers Oberarm über den Plattenweg auf das Auto zu. Bei den Rhododendronbüschen bleibe ich stehen und wische mir den Schnee ab. Reibe mein Gesicht mit einer Handvoll kaltem Weiß ab, lasse das Blut verschwinden. Jesper steht dicht neben mir. Hechelt wie ein Hund.

Ich ziehe die Schlüssel hervor, die ich der Frau abgenommen habe. Dann schließe ich den Wagen auf, gebe Jesper wie-der einen Stoß und drücke ihn auf den Beifahrersitz. Er sagt nichts. In seinem Gesicht ist keinerlei Gefühl zu sehen, und seine Augen gleichen feuchten schwarzen Steinen.

Der schwarze Lederbezug des Fahrersitzes ist abgenutzt und riecht nach Stall. Zum ersten Mal seit Stunden erlaube ich mir, mich ein bisschen zu entspannen. Nur ein biss-chen, damit der krampfhafte Schmerz über der Brust ein wenig nachlässt.

»Wo ist Mama?«

Die Stimme kommt von der Rückbank. Eine Sekunde lang bin ich wie erstarrt vor Überraschung und Angst. Dann drehe ich mich um und sehe die Kleine mit festem Blick an. Für einige Sekunden ist es still und wir mustern einander. Sie sieht aus, als wäre sie gerade aufgewacht, scheint aber keine Angst zu haben, wirkt eher neugierig. Hinter ihr ahne ich Reisetaschen im Kofferraum.

»Mama musste zum Doktor fahren«, sage ich und lasse den Motor an. »Jesper und ich sind jetzt deine Babysitter.«

»Wilma«, sagt Jesper mit belegter Stimme.

»Halt die Fresse«, fauche ich ihn an und verpasse ihm abermals einen Stoß.

Er fährt zusammen und sitzt mit gesenktem Kopf da, während ihm der Speichel aus dem Mund rinnt.

»Jesper ist auch ein bisschen krank«, sage ich zur Rückbank gewandt. »Wir werden uns zu Hause um ihn kümmern.«

Es ist seltsam still im Auto. Ich hatte erwartet, dass die Kleine jede Menge Fragen stellen und protestieren würde, aber sie sitzt mit großen Augen da und sagt keinen Ton.

»Heißt du Wilma?«, frage ich vorsichtig.

Sie steckt den Daumen in den Mund, ohne zu antworten, und schaut durch das Fenster ins Dunkel.

»Man darf nicht am Daumen lutschen. Man hat Schmutz und Bakterien an den Fingern«, sage ich und versuche, nicht zu streng zu klingen. Sie erwidert im Rückspiegel stumm meinen Blick.

»Ich heiße jedenfalls Emma.«

Wir fahren einige hundert Meter, ohne etwas zu sagen. Vielleicht liegt es am Stress, aber ich verpasse die Abzweigung zu Jespers Haus. Die Straße sieht plötzlich unbekannt aus, und die Häuser sind verschneiten Bäumen und weiten Feldern gewichen. Keine Menschenseele ist zu sehen.

Ich habe keine Ahnung, wo ich bin.

»Ich will zu meiner Maaaaaama!«, brüllt die Kleine plötzlich.

Ich zögere, schalte das Radio ein und überlege. Drehe mich kurz um, um ihr zu sagen, sie solle den Mund halten. Doch ehe ich reagieren kann, hat Jesper sich auf mich geworfen und presst mich vom Lenkrad weg. Er hat offenbar das Klebeband irgendwie abreißen können, denn seine Hände sind frei. Er greift nach Lenkrad und Handbremse.

Der Wagen gerät ins Schlingern, als ich aus Versehen aufs Gaspedal trete, fliegt über eine Senke und jagt auf eine Birke zu. Der Knall ist ohrenbetäubend und der Geruch von verbranntem Kunststoff verbreitet sich im Wageninneren.

Jesper liegt mit dem Kopf zum Fenster über meinen Knien. Riesige Risse ziehen sich über das Glas. Wie Spinnweben.

Ich drehe mich wieder um.

Die Kleine sieht mich aus großen Augen an, scheint aber unverletzt zu sein.

Vorsichtig hebe ich die Hand an Jespers Hals, suche nach dem Puls, finde aber nichts. Ein wenig Blut fließt von seinem Kopf auf die Kupplung. Alles ist still, und nur Wilmas Atemzüge auf der Rückbank sind zu hören.

Vorsichtig schüttele ich Jesper, aber er zeigt keine Reaktion. Atmet nicht.

Ich schaue hinaus in die Dunkelheit. Ich sehe nur verschneite Büsche und Felder. Langsam wird mir klar, dass ich nicht mit Jesper im Wagen weiterfahren kann. Dass ich ihn zurücklassen muss.

Aber ich kann ihn doch nicht hier ablegen, mitten auf der Straße?

Ich starre in die Dunkelheit. Ein Stück weiter vorn ahne ich eine viereckige Kiste mit einer hellen Aufschrift.

»STREUSAND.«

Sie liegt in meinem Bett und schläft ruhig, als seien die Geschehnisse dieses Abends schon längst verblasst. Der Aufprall und Jespers Körper, den ich aus dem Wagen gezerrt habe und nach vielen Versuchen in der Sandkiste verstauen konnte. Wie wir dann weiterfuhren, als ob nichts geschehen wäre, und wie wir endlich zwischen hunderten von anderen Autos auf dem Parkplatz des Krankenhauses von Danderyd hielten, wo sich der fallende Schnee rasch wie eine schützende Decke über der zerbrochene Windschutzscheibe und die eingedrückte Motorhaube ausbreitete. Die einzige Frage, die sie während der kurzen Fahrt mit der U-Bahn stellte, war, wohin ich Jesper gebracht hätte. Ich antwortete gelassen, auch der habe zum Doktor fahren müssen, genau wie Mama.

Ich weiß nicht, ob sie mir glaubte, sie sagte jedenfalls nichts. Nickte nur ernst.

Wilmas blasses kleines Gesicht ist so erschreckend perfekt: die Rundung der Wangen, die langen dunklen Wimpern, der halboffene Kussmund. Vorsichtig berühre ich ihre Wange. Die Haut ist glatt und warm.

Wie schön, denke ich. Wie perfekt und unversehrt. Sie ist wirklich ein kleines Wunder. Es gibt nur ein Problem: Sie gehört nicht mir. Mein Kind ist tot und für immer verschwunden. Es verschwand, ehe wir uns auch nur begegnet waren.

In dieser Nacht schlafe ich neben ihr. Mehrmals werde ich davon geweckt, dass sie sich umdreht und mit den kleinen, aber starken Beinchen strampelt. Dennoch hat es sich in mir festgesetzt: das Gefühl, dass ich etwas Fantastisches und Einzigartiges erlebe. Dass dieses Kind hier, wie alle Kinder, der eigentliche Sinn des Lebens sein muss. Dass der Kern des Daseins in diesem molligen kleinen Körper neben mir wohnt, und dass hinter den blassblauen und seltsam runden Augen irgendeine Wahrheit verborgen ist.

Vielleicht kann ich sie behalten, denke ich. Vielleicht können wir zusammen fliehen. Irgendwo, wo uns niemand kennt, neu anfangen.

Vielleicht kann sie wirklich mir gehören.

Wilma wird vor mir wach. Als ich die Augen aufmache, sitzt sie da und spielt an meinen Ohrringen herum, die ich auf den Nachttisch gelegt habe. Ihre Arme sind blass, erinnern fast an Marmor.

»Hast du Hunger?«

Sie gibt keine Antwort.

»Warte hier. Ich hole uns was zu essen.«

Ich gehe in die Küche. Der Kühlschrank ist leer. Eine vertrocknete Zwiebel und eine Packung ranzige Butter sind alles, was ich finde. Ich schaue in der Speisekammer nach. Keine Plätzchen. Kein Müsli. Nichts, was einem kleinen Kind schmecken könnte. Auch die Tiefkühltruhe ist fast leer. Aber im untersten Regalfach sehe ich etwas. Ich nehme die Dose heraus, öffne dann eine Küchenschublade und suche nach einem Löffel.

Wilma sitzt brav auf dem Boden und isst das Eis. Sie bekleckert ihre Kleider und den Teppich, aber das interessiert mich nicht. Sie ist einfach perfekt, denke ich, und schon stellt sich der Gedanke wieder ein.

Was, wenn sie mir gehörte.

Ich gehe ins Badezimmer und schaue in den Spiegel. Meine kurzen Haare stehen zu Berge. Schwarze Schminke ist auf der weißen Haut unter meinen geröteten Augen verschmiert. Blutflecken bedecken meinen Hals und meine Arme. Sorgfältig trage ich Gesichtswaschlotion auf, gehe unter die Dusche und lasse das heiße Wasser auf meine Schultern prasseln. Wasche die ganze klebrige Schicht ab.

Aus der Küche höre ich das Klappern der Besteckschublade. Ich vermute, dass Wilma auf Entdeckungsreise gegangen ist. Ich weiß, ich müsste nachsehen, was sie da treibt. Dann höre ich ein aufgeregtes Geheul aus der Küche. Wilma ruft:

»Ich hab einen Schatz gefunden! Komm!«

Ich trockne mich ab und wickele mir das Handtuch um den Körper. Gehe hinaus in die Küche.

Wilma sieht aufgeregt aus. Hüpft fast schon auf und ab.

»Du hast also einen Schatz gefunden?«, frage ich.

»Schau mal!«

Zuerst begreife ich nicht, worauf sie da zeigt, aber dann sehe ich die Stapel aus Hundertern, die wild verstreut auf dem Boden liegen. Ich gehe in die Hocke. Kleine rote Gummibänder halten die Banknoten fest. Und plötzlich verstehe ich. Das ist mein ererbtes Geld. Das spurlos verschwundene. Ich erkenne sogar die Gummibänder.

»Wo hast du das gefunden?«

Meine Stimme klingt hohl, als gehörte sie einer anderen.

»Da.«

Wilmas Körper springt auf und ab, als sie auf einen kleinen Schrank neben dem Herd zeigt, in dem ich Teller aufbewahre. Ich habe diesen Schrank sicher schon seit Monaten nicht mehr geöffnet. Ich weiß sogar genau, wann ich das zuletzt getan habe. An dem Abend, an dem Jesper und ich zu unserem Verlobungsessen verabredet waren. Als ich die Schnittchen im Backofen anwärmen wollte. Ich schaue in den dunklen Hohlraum. Meine Augen brauchen einige Sekunden, um sich an das Licht dort zu gewöhnen. Am Boden liegen mehrere Bündel aus Geldscheinen. Ich hebe sie auf, zähle sie und überlege eine Weile. Es sieht wirklich so aus, als sei all mein Geld in diesem Schrank.

»Wie …? War die Klappe geöffnet?«

Wilma schüttelt mit wichtiger Miene den Kopf. Sie hat große Eisflecken auf Kinn und T-Shirt.

»Nö, ich hab aufgemacht und den Schatz gefunden.«

Ich nicke, ich sinke zusammen. Setze mich auf den kalten Boden. Versuche zu begreifen, was passiert ist. Jesper hat also offenbar das Geld zurückgebracht. Aber warum hat er es in diesen Schrank in der Küche gelegt? Die einzige Erklärung, die ich finden kann, ist, dass ich das Geld nicht finden sollte. Dass er es deshalb versteckt hat.

Als ob er mich in den Wahnsinn treiben wollte.

Als ich gerade die schmale Klappe zuschlagen will, entdecke ich noch etwas, das sich dort in der Dunkelheit versteckt. Es sieht aus wie ein Tablett, das an die Wand gelehnt worden ist. Ich strecke vorsichtig die Hand aus und greife danach. Der Rand ist aus Holz. Vorsichtig ziehe ich es ans Licht, lege es vor mir auf den Boden. Versuche zu verstehen.

Es ist das Gemälde von Ragnar Sandberg.

Ich stehe wieder vor dem Badezimmerspiegel. Suche in meiner Erinnerung. Kann ich selbst Geld und Bild versteckt haben, ohne mich daran zu erinnern? Etwas flattert vorüber. Ein vages Erinnerungsbild aus einer dunklen Küche. Das Gewicht des Bildes in meinen Händen, als ich vor dem Schrank hocke.

Werde ich etwa verrückt?

Dann setze ich mich auf die Toilette und pinkle. Komme zu dem Schluss, dass ich das sicher geträumt habe. Denke an Mama.

Daran, dass sie mir nie eine Antwort gegeben hat.

Die Frau in den grünen Kleidern legte mir tröstend die Hand auf den Arm. Sie war jung. Sehr jung sogar. Auf ihrem Namensschild stand Soraya.

»Emma. Wie gut, dass Sie sofort kommen konnten. Ich bringe Sie jetzt zu ihr.«

Wir gingen schweigend über den Gang. Vor den Fenstern sah ich die Baumwipfel. Das hellgrüne Laub tanzte im Wind. Wolkenfetzen jagten einander über den blauen Himmel. Wir kamen an einer Art Küche vorbei. Auf dem runden Tisch mit der Laminatplatte stand eine schwarze Plastikvase mit verwelkten Osterglocken. Der Geruch von Kaffee und Essen aus der Mikrowelle zog in den Gang hinaus.

Die Schritte der Krankenpflegerin neben mir waren lautlos, aber trotzdem energisch. Sie blieb vor einer Tür stehen und drehte sich zu mir um.

»Ehe wir hineingehen … Ihre Mutter wird jetzt künstlich beatmet. Die vielen Schläuche und Geräte können scheußlich aussehen, aber sie tun ihr nicht weh. Sie hat eine große Dosis Morphium erhalten, deshalb hat sie keine Schmerzen, aber das bedeutet auch, dass sie vielleicht nicht ansprechbar ist. Sie ist nicht die ganze Zeit bei vollem Bewusstsein.«

»Wird sie mich erkennen?«

Die Pflegerin lächelte. Ich wusste nicht, ob es daran lag, dass meine Frage dumm war, oder ob sie nur versuchte, freundlich zu sein.

»Wenn sie zu sich kommt, erkennt sie Sie bestimmt. An ihrem Intellekt ist nichts auszusetzen, wie Sie wissen. Es ist nur der Körper, der …«

Sie beendete den Satz nicht.

»Darf ich sie anfassen?«

»Natürlich. Sie dürfen mit ihr sprechen, ihre Hand halten. Sie küssen. Es ist nicht gefährlich, Sie tun ihr damit nicht weh. Aber wie gesagt, ich weiß nicht, wie klar sie bei Bewusstsein ist. Während der letzten vierundzwanzig Stunden haben Leber und Nieren versagt, deshalb ist sie überaus … gebrechlich.«

Aus der Ferne sah ich einen alten Mann auf den Gang hinaushumpeln, gestützt von einem Pfleger. Er zog einen Ständer mit einem Tropf hinter sich her. Die Endstation des Lebens, so sah sie also aus. Ein weiß gestrichener Krankenhausgang mit glänzendem Linoleumboden und rostfreien, verstellbaren Betten. Ein Schweigen, das nur vom Saugen und Zischen der Geräte unterbrochen wurde.

Die Pflegerin neben mir öffnete die Tür zu Mamas Zimmer. Ich legte ihr die Hand auf den Arm, spürte, dass ich zu dieser Frage gezwungen war.

»Wird sie noch einmal zu sich kommen?«

»Das ist schwer zu sagen.«

Ihre braunen Augen begegneten meinen. Dann lächelte sie kurz und machte kehrt. Verschwand auf ihren lautlosen weißen Schuhen.

Auf halbem Weg durch den Gang drehte sie sich zu mir um.

»Ich bin im Stationszimmer, wenn etwas sein sollte.«

Ich nickte und ging ins Zimmer.

Sie war fast nicht wiederzuerkennen. Sie schien am ganzen Leib angeschwollen zu sein. Mama war ja ohnehin dick, aber das hier war etwas anderes. Ihr ganzer Körper schien mit Flüssigkeit gefüllt zu sein. Die Haut war blank und sah glasig aus, fast durchsichtig. Plötzlich hatte ich Angst, sie könnte platzen, wenn ich sie berührte. Und dann würde die Flüssigkeit aus ihr entweichen wie Luft aus einem Ballon.

Sie war durch Schläuche mit dem Tropf verbunden, und zu hören war nur das Fauchen des Beatmungsgerätes, das gewissenhaft Luft in ihren Brustkorb und wieder herauspumpte.

Ich war auf diesen Schock nicht vorbereitet gewesen.

Ich glaube, ich war davon ausgegangen, dass es mich nicht berühren würde, weil Mamas und meine Beziehung so war, wie sie nun einmal war. Aber das stimmte nicht. Ich zitterte am ganzen Leib, und als ich den Stuhl heranzog und mich ans Kopfende setzte, spürte ich, wie mir der kalte Schweiß ausbrach. Seltsame Erinnerungsbilder, gegen die ich mich nicht wehren konnte, überfielen mich. Mama, Papa und ich, die den im Vitabergspark gestohlenen Weihnachtsbaum schmückten. Mama, die in meinem Bett lag, mich an sich drückte, in einem der seltenen Augenblicke von Liebe und Nähe, das Bild dieser Momente hütete ich wie Edelsteine. Ihr Atem, der süß nach Bier und Gula-Blend-Zigaretten roch. Und ich, die es nicht wagte, mein Gesicht auch nur einen Millimeter wegzudrehen, trotz des Geruchs, erfüllt von unausgesprochener Dankbarkeit über ihre Zärtlichkeitsbezeugungen. Der blaue

Schmetterling, tot zwischen Glasscherben und dornigen, verdorrten Zweigen.

Ich legte Mama vorsichtig die Hand auf den Unterarm und gab mir alle Mühe, nicht die großen blauroten Flecken zu berühren. Sie reagierte nicht. Ihr Gesicht war ebenfalls angeschwollen, vor allem um die Augen herum. Ich konnte fast nicht erkennen, ob sie geöffnet oder geschlossen waren.

Die Tränen überraschten mich. Plötzlich liefen sie mir über die Wangen und ich ließ sie laufen, versuchte nicht einmal, sie wegzuwischen. Entzündung der Bauchspeicheldrüse und Leberversagen, hatten sie mir gesagt. Und als ich fragte, ob das daran liegen könnte, dass sie trank, hatte der Arzt nur genickt, erklärt, das sei möglich. Dass sie hier auf dieser Station viele alkoholbedingte Krankheiten sähen.

Ich beugte mich über sie. Legte mein Gesicht auf ihren Brustkorb. Spürte, wie der sich hob und senkte, während das Beatmungsgerät arbeitete. Und plötzlich wusste ich, dass ich es wissen musste. Dass ich keine zweite Möglichkeit erhalten würde, die Frage zu stellen, die mir schon so lange zu schaffen machte.

Ich wischte mir das Gesicht an der gelb karierten Decke ab und räusperte mich. Fasste Mamas Arm fester und starrte ihr ins Gesicht.

»Mama, hier ist Emma.«

Das geschwollene Gesicht zeigte keine Reaktion. Ich drückte den Arm fester, so dass ihre Haut unter meinen Fingern weiß wurde und meine Nägel kleine halbmondförmige Abdrücke auf der seltsam gespannten Haut hinterließen. Dann versetzte ich ihr mit der anderen Hand einen Klaps ins Gesicht. Vielleicht ein wenig zu hart.

»Hier ist Emma, Mama!«

Ein Augenlid zuckte ein wenig. Ich wusste nicht, ob das ein Reflex war oder ob es bedeutete, dass sie mich vielleicht doch gehört hatte. Ich ging ganz nah heran. Legte den Mund an ihr Ohr.

»Mama. Ich muss das wissen…«

Das Beatmungsgerät fauchte und Mama zuckte zusammen, als ob ich sie in die Wange gekniffen hätte.

»Mama. Du musst es mir sagen… und ehrlich sein. Stimmt etwas nicht mit mir?«

PETER

Ab und zu wünschte ich, ich könnte bei Ermittlungen meine Mutter um Rat fragen. Ich stelle mir vor, wie sie mitten im Raum steht, vor der Tafel, die Hände in die Seiten gestemmt und mit mürrischer Miene. Vollkommen unberührt von den Polizisten um sie herum. Tatsache ist, dass sie einen ungewöhnlich klaren Blick hatte. Auf ihre besondere, ein wenig zynische Art und Weise durchschaute sie alles. Sie konnte eine Lüge so schnell erkennen, wie sie ausgesprochen wurde, und sie hatte keine Angst, ihre Meinung zu sagen, wenn sie die Dinge anders sah als andere. Ein wenig unbequem, mit anderen Worten. Und ein Dorn im Fleisch des Establishments – so wollte sie sich jedenfalls sehen.

Hanne erinnert mich oft an sie. Ohne den Zynismus natürlich.

Seltsam. Warum habe ich mir das noch nie überlegt?

Ich sehe Hanne an, die vor dem Schreibtisch sitzt und in den Stapel Unterlagen vertieft ist. Es gibt sogar eine physische Ähnlichkeit, etwas an den Haaren und den fein gezeichneten dunklen Augenbrauen. Und die Bewegungen, die Art, wie sie den Kopf in den Nacken legt, wenn sie lacht. Als sollte der ganze Himmel sie hören.

Ist es so einfach? Habe ich mich in meine eigene Mutter verliebt?

Lieben ist ein Reflex, denke ich. Etwas, das wir einfach tun, wie schlafen oder essen. Und vielleicht verlieben wir uns in einen Menschen, der uns bekannt vorkommt, wie Heimat irgendwie. Der uns daran erinnert, wie das Leben war, ehe wir von all den Verlusten getroffen wurden.

Manfred kommt auf mich zu. Versetzt mir einen leichten Rippenstoß.

»Du siehst ja schrecklich aus. Ist etwas passiert?«

Ich lache über seinen hilflosen Versuch fürsorglich zu sein.

»Danke. Wann brechen wir auf?«

»Einsatzgruppe und Vermittler sind in einer halben Stunde vor Ort. Das Haus in der Kapellgränd steht offenbar leer. Es soll abgerissen werden, wir brauchen also auf keine Bewohner Rücksicht zu nehmen. Fährst du mit uns?«

»Wenn du die Klappe hältst.«

Er schnaubt laut und boxt mich in den Rücken.

»Gut gemacht, Lindgren. Du hast ja doch noch Eier, trotz allem.«

Das Haus in der Kapellgränd liegt dunkel vor uns und sieht verlassen aus. Im Erdgeschoss sind die Fenster mit Brettern vernagelt, und ich ahne scharfe Glasscherben darunter. Wir sitzen in Manfreds Wagen. Sanchez, Manfred, Hanne und ich. Irgendwo dort draußen in der Dunkelheit versteckt sich das Einsatzkommando. Sie haben die Wohnung bereits durchsucht und festgestellt, dass sie leer ist, bis auf jede Menge leerer Flaschen, einen Stapel alter Pornozeitschriften und einiger verdreckter Decken auf dem Dachboden. Sie haben keine Spur von einem Kind gefunden, aber wir haben beschlossen, noch zu warten, für den Fall, dass Emma doch herkommt, das war Hannes Idee.

Sie hat schon häufiger recht gehabt.

In der Anlage läuft Morissey, wie üblich, aber so leise, dass ich den Text fast nicht verstehen kann: *You have never been in love, until you've seen the sunlight thrown over smashed human bone.*

Kann das sein, frage ich mich. Hat sie es aus Liebe getan?

Einsame Abendwanderer gehen im Wind spazieren. Einige Frauen mit Kopftüchern kommen Arm in Arm durch die Götgata. Vielleicht sind sie auf dem Weg in die Moschee.

Manfred trommelt ungeduldig auf das Lenkrad und späht hinaus in die Dunkelheit. Wischt die beschlagene Windschutzscheibe mit dem Ärmel seines Kamelhaarmantels ab und seufzt.

»Vielleicht kommt sie nicht mehr, vielleicht suchen wir am falschen Ort?«

Niemand antwortet.

Ein einsamer Radfahrer schlingert vorüber. In diesem Moment klingelt mein Telefon.

Es ist Janet.

Normalerweise würde ich den Anruf sofort wegdrücken, aber da ich jetzt schon vier Anrufe von ihr verpasst habe und gerade nichts Besonderes passiert, beschließe ich, zu antworten.

»Du musst kommen«, sagt sie mit atemlos klingender Stimme.

»Ist etwas passiert?«

Manfred dreht sich zu mir um und schaut mich fragend an. Ich verstehe sofort, dass er das hier nicht für den richtigen Augenblick hält, um über Familienprobleme zu sprechen. Aber Janet hat auf solche Dinge noch nie Rücksicht genommen.

»Es geht um Albin«, schluchzt Janet. »Sie haben ihn geholt.«

»Ihn geholt?«

»Ja, die Polizei hat ihn geholt.«

»Die Polizei? Warum denn das?«

»Er … sie … gefunden …«

»Beruhige dich doch. Was ist passiert?«

Meine Unruhe mischt sich mit Verlegenheit. Das hier ist so typisch für Janet. Mich mitten in einem wichtigen Einsatz anzurufen und zu erwarten, dass ich alles stehen und liegen lasse. Sie hat noch nie irgendein Verständnis dafür gezeigt, dass ich meine Arbeit zu erledigen habe. Obwohl ich ihr seit fünfzehn Jahren jeden Monat Geld schicke.

Die Blicke der Kollegen brennen auf meiner Haut. Aber dann taucht vor meinem inneren Auge Albins Gesicht auf. Der magere Teenagerkörper und die Ohren, die zwischen den dünnen Haaren hervorragen. Janets Ohren! Und ich erinnere mich an seine Worte an dem Abend, als er mit dem Skateboard in der einen und der Tüte aus dem Supermarkt in der anderen Hand zu mir nach Farsta kam:

Hab mich mit Mama gestritten. Kann ich bei dir pennen?

Dann denke ich an seinen Blick, als Janet ihn zum Auto zog, und als ich mich hinter dem Vorhang verkrochen habe, weil ich nicht von ihm gesehen werden wollte.

Wann bin ich denn jemals für ihn da gewesen?

»Sie haben in seiner Schultasche Marihuana gefunden, Peter. Und jetzt sitzt er zusammen mit dieser schrecklichen Bande aus Skogås im Arrest. Du musst etwas unternehmen. Du bist doch schließlich sein Vater. Du musst …«

Ihre Stimme schlägt ins Falsett um und ich lasse instink-

tiv das Telefon sinken, um diesem schrillen Ton zu ent-
gehen.

»Aber was zum Teufel soll ich denn tun?«, schreie ich jetzt.

Ich höre, dass sie losbrüllt, obwohl ich das Telefon auf den
Knien liegen habe. Alle im Auto hören es. Denselben Schrei
wie damals, als sie die Hochzeitseinladungen in meiner
Schreibtischschublade gefunden hat. Ein Gebrüll wie aus dem
Abgrund, das genau dieselbe bodenlose Wut und Abscheu ent-
hält wie damals. Und plötzlich sehe ich mich durch ihre Augen.
Sehe das Monster, für das sie mich hält. Die rücksichtslose Bes-
tie, die sie mit der Verantwortung für Albin alleingelassen hat.

Eine Sekunde danach höre ich Mamas Stimme. Leise und
belegt, als ob die Ewigkeit sie ihrer Schärfe beraubt hätte.

*Verantwortung, Peter. Wird es nicht Zeit, ein bisschen Ver-
antwortung zu übernehmen?*

»Ich komme«, sage ich.

Hannes Blick lastet auf mir, als ich das Auto verlasse. Sie öffnet die Tür und kommt auf mich zu. Legt mir die Hand auf
den Arm.

»Bleib hier«, sagt sie kurz.

»Ich kann nicht«, sage ich und erwidere ihren Blick.

Ich müsste ihr erklären, was geschehen ist. Von Albin und
Janet und der Schuld erzählen, die eines Tages zurückgezahlt
werden muss. Erklären, dass dieser Tag gekommen ist, und
dass ich wohl immer gewusst habe, dass es irgendwann so
weit sein würde – nur nicht gerade heute.

»Ich flehe dich an«, sagt Hanne. »Ich bin sicher, dass sie
herkommt.«

»Ich muss gehen«, sage ich noch einmal.

In der Götgata komme ich an einer Kneipe vorbei. Das rote Neonschild blinkt in der Dunkelheit, schreit sein Versprechen von Wärme und Vergessen, und plötzlich sehne ich mich nach einem Bier. Einem einzigen Glas dort drinnen in der Wärme, statt sofort zur Wache von Farsta zu fahren oder zu Hanne zurückzugehen. Eine Freistätte von allen Entscheidungen, die es so verdammt schwer machen, sich im Leben zurechtzufinden.

Es wäre falsch, das weiß ich. Das Richtige wäre, mich sofort in die U-Bahn zu setzen oder möglicherweise zu Hanne zurückzugehen, das zu tun, worum sie mich gebeten hat. Aber dennoch kann ich mich nicht von der Stelle rühren. Ich stehe einfach da, vor den großen Fenstern, und schaue in das Lokal hinein. Sehe die Menschen und den Fernseher an, der Sport zeigt. Sehe die mit Kunststoff überzogenen Bänke und die Gläser, die in dem trüben gelblichen Licht funkeln.

Dort hineinzugehen ist keine Alternative. Es würde nichts lösen, sondern mir auch noch den letzten Rest Selbstachtung nehmen.

Und dennoch.

Ein Bier. Ein einziges kleines Bier.

Könnte das denn wirklich schaden?

EMMA

Ich werde aus Wilma nicht richtig schlau. Seit einer Woche gebe ich mir alle Mühe, damit sie sich wohlfühlt bei mir. Ich habe ihr vorgelesen, Pfannkuchen gebacken und Puzzle gelegt. Wir haben die Tauben auf dem Karlaplan gefüttert und Hunden zugesehen, die in Gärdet im Schnee spielten. Und wenn jemand an der Tür geklingelt hat, haben wir uns unter dem Bett versteckt und stumm Verschwinden gespielt. Aber statt mir näherzukommen, entfernt sie sich immer weiter von mir. Zieht sich auf seltsame Weise in sich selbst zurück. Sie sitzt lange da und starrt nur ihre Hände an, oder sie zerschneidet Papier in winzige Fetzen, die dann wie Blütenblätter um sie herum auf den Boden rieseln.

Wir sind oft an Zeitungen mit Jespers Bild vorbeigekommen, aber die hat sie nicht gesehen, oder sie hat sie gesehen und nicht verstanden. Ich habe immer weggeschaut, wenn ich ein Foto mit der Schlagzeile »Modezar unter Mordverdacht« sah. Brachte es nicht über mich, noch einmal seinem Blick zu begegnen und an alles zu denken, was er mir angetan hat.

In den letzten Nächten ist Wilma immer wieder schreiend aus dem Schlaf hochgefahren, als ob sie etwas Schreckliches geträumt hätte, und wenn ich sie ein wenig geschüttelt habe, um sie aus ihrem Albtraum zu reißen, hat sie nach ihrer Mama gefragt und mich weggestoßen. Ich wünschte nur, ich könnte ihr Geborgenheit vermitteln, aber ich weiß nicht wie. Mehrmals habe ich mich dabei ertappt, dass ich böse auf sie war, weil sie so undankbar ist, und ich musste mich energisch daran erinnern, dass sie doch nur ein Kind ist und nichts dafür kann, dass sie in diese Lage geraten ist. Dass es meine Aufgabe – meine Pflicht – als Erwachsene ist, nicht die Geduld zu verlieren.

Wir sind auf dem Weg zu McDonald's – das ist offenbar das Einzige, was Wilma in bessere Laune versetzen kann. Ihre klebrige kleine Hand hält meine, während sie darüber plappert, wie sie vorige Woche den Schatz gefunden hat. Ich denke, dass es immerhin einen positiven Aspekt hat, dass das Geld und das Bild wieder aufgetaucht sind. Meine finanziellen Probleme sind gelöst. Jedenfalls bis auf weiteres. Und natürlich freue ich mich darüber, dass ich das Bild gefunden habe. Es bedeutet mir sehr viel, nicht nur, weil es wertvoll ist, sondern auch, weil es auf eine seltsame Weise das Damals und Heute verbindet, wie eine Brücke in meine Kindheit ist. In ein Land, das es nicht mehr gibt. Zu Mama und den Tanten und ihren endlosen Kaffeevisiten in der Wohnung. Zu gezuckerten, leicht angebrannten Zimtschnecken, dem Geruch von Zigarettenrauch und dem Gefühl der Geborgenheit, wenn ich auf Tante Agnetas Knien saß, zwischen ihre riesigen Brüste eingeklemmt.

Schnee fällt über dem Karlaplan. Große wollige Flocken hüllen den trockenen Springbrunnen ein. Die großen Bäume stehen stumm und ernst da, als ob sie den Platz und die Bewohner der Stadt bewachten. Vor dem Eisenwarenladen drängen sich wütend grüne Plastiktannen und Säcke voller Holz.

Die Menschen strömen mit Einkaufstüten voller Weihnachtsgeschenke durch die Türen des Einkaufszentrums. Plötzlich wird mir klar, dass ich in diesem Jahr keine Weihnachtsgeschenke bekommen oder verschenken werde, denn Mama ist ja tot. Auch dieses Jahr wird es Weihnachten werden, aber eine andere Art Weihnachten. Beim Zeitungskiosk sehe ich die Schlagzeile: »Fünfjährige entführt.« Wilmas Bild ist ihr nicht gerade ähnlich, aber ich packe ihre Hand doch fester. Ziehe sie weg.

»Kann ich ein Happy Meal kriegen? Bitte, ich will ein Happy Meal. Bitte!«

»Okay«, sage ich ohne weiter nachzudenken. Vielleicht ist es eine schlechte Idee, Wilma selbst entscheiden zu lassen, was sie isst. Vielleicht wird sie schlechte Essgewohnheiten entwickeln.

»Und einen Milkshake? Bitte!«

Ich zögere eine Sekunde. Beschließe dann, dass wir uns den Essgewohnheiten später widmen werden. Dass es wichtiger ist, die Augenblicke auszunutzen, in denen Wilma ein bisschen kommunikativer und mir gegenüber freundlicher eingestellt ist.

»Sicher.«

Schweigend essen wir dann in dem hektischen Restaurant.

Die Eisflecken auf Wilmas Kleidern werden durch Ketchupflecken und Fettflecken von den Pommes vervollständigt. Es ist eng und feucht. Auf dem Boden liegt eine dicke braune Matschschicht, die die Gäste hereingetragen haben. Plötzlich rutscht eine Frau aus. Eines der Getränke auf ihrem Tablett kippt um und fällt Richtung Wilma. Ich fange es in der Sekunde, ehe es sie trifft. Die Frau, die Daunenjacke und Skimütze trägt, hat zwei Kinder im Schlepptau. Sie hebt erschrocken die Hand vor den Mund.

»Oh nein. Entschuldigen Sie. Ist Ihrer Tochter etwas passiert?«

Zuerst begreife ich nicht, was sie meint. Dann lächele ich strahlend.

»Kein Problem. Alles in bester Ordnung.«

Etwas Warmes breitet sich in meinem gefrorenen Körper aus. Ich schaue Wilma an, die das kleine Drama offenbar gar nicht bemerkt hat. Sie leckt sich Salz und Fett von den Fingerchen und legt dabei den Kopf schräg. Die blonden Haare fallen in verfilzten Locken über ihre Schultern.

Ist Ihrer Tochter etwas passiert?

Auf dem Heimweg muss ich die ganze Zeit darüber nachdenken. Wenn sie doch wirklich mir gehören könnte. Jetzt, wo ich wieder Geld habe, ist das vielleicht möglich. Wir könnten uns irgendwo weit weg verstecken. In Norrland vielleicht. Einen großen Bogen um die Menschen machen. Uns eine neue Katze zulegen, oder vielleicht einen Hund.

Es wird sicher eine Weile dauern, bis ihre Albträume verschwinden und sie es wagt, sich ganz auf mich zu verlassen, aber ich bin sicher, dass es möglich sein wird. Ich muss ihr nur Zeit lassen.

Ich greife wieder nach Wilmas Hand. Die ist genauso klebrig wie vorher.

»Wann fahren wir nach Hause zu Mama?«, fragt Wilma.

Die Gereiztheit in mir erwacht wieder zum Leben.

»Ich weiß nicht«, sage ich wahrheitsgemäß. »Wenn Mama wieder gesund ist.«

»Aber wann ist Mama denn wieder gesund?«

»Das weiß ich auch nicht. Das weiß nur der Doktor.«

»Können wir nicht den Doktor fragen?«

Plötzlich kann ich ihr Gequengel nicht mehr ertragen. Ich habe diese Fragen schon tausendmal beantwortet – wie lange will sie denn noch von ihrer Mama reden?

»Nein, das können wir nicht, weil…«

Ich fahre zurück. Schaue zu meinem Hauseingang hinüber. Merke, wie meine Beine fast unter mir nachgeben.

Auf der Straße vor meinem Haus stehen mehrere Streifenwagen. Dunkel gekleidete Gestalten haben sich vor dem Eingang versammelt. Zwei Schäferhunde schnüffeln auf dem Bürgersteig herum.

Wir laufen zurück zum Karlaplan. Wilma ist jetzt bockig. Sie will nach Hause und den Schatz ansehen, nicht wieder woandershin fahren.

»Au, die Schere tut weh«, jammert sie, als ich an ihr ziehe, versuche, sie zur Eile zu bewegen.

»Welche Schere?«

Wilma zieht meine große Küchenschere, mit der sie gespielt hat, aus der Tasche.

»Mit der ich geschnitten habe.«

»Bist du nicht ganz bei Trost, hast du die Schere in die Tasche gesteckt? Was, wenn du gefallen wärst und dich damit verletzt hättest?«

Ich reiße ihr die Schere aus der Hand und stecke sie in meine Tasche. Werde von einem neuen und ungewohnten Gefühl erfüllt: der Angst, Wilma könnte etwas passieren. So fühlen sich also Eltern, denke ich, und aus irgendeinem Grund verspüre ich eine gewisse Befriedigung.

Ehe wir im U-Bahn-Eingang verschwinden, wage ich, noch einen Blick zurückzuwerfen, aber uns scheint niemand gefolgt zu sein. Die Menschen vor dem Eingang sehen aus der Ferne überhaupt nicht bedrohlich aus. Ich werde langsamer. Atme auf. Lasse Wilmas Arm los. Sie sagt nichts, kneift aber ihren kleinen Mund zu einem Strich zusammen.

»Krieg ich ein Eis?«, fragt sie, als wir am Kiosk vorbeikommen.

Ihre hellblauen Augen starren mich an.

»Aber es ist doch schrecklich kalt«, sage ich hilflos.

»Mir ist aber nicht kalt. Mir ist schrecklich heiß. Krieg ich ein Eis? Bitte.«

Sie zieht an meinem Arm.

Ich seufze. Gehe mit ihr in den Kiosk und bezahle ihr Eis. In meiner Brieftasche liegen drei einsame Hunderter. Ich hatte nicht mehr eingesteckt, als wir die Wohnung verlassen haben, und jetzt ist es zu spät, um zurückzugehen. Das hier reicht nicht einmal für einen Mietwagen, was schade ist, denn wenn wir einen Mietwagen hätten, könnten wir doch immerhin die Stadt verlassen. Irgendwo anders hinfahren.

Wir gehen hinunter in die U-Bahn-Station. Wilma isst ihr Eis und es tropft auf ihre Nylonjacke. Ich beschließe, das zu ignorieren. Ich habe wirklich dringendere Sorgen.

Der Zug in die Innenstadt kommt und wir steigen ein. Setzen uns einander gegenüber an ein Fenster. Wilma hat ihr Eis aufgegessen, aber sie hat den Stiel noch immer im Mund. Sie lutscht und nagt daran, bis er in zwei Stücke bricht.

Beim Östermalmstorg steigt eine Frau in einer dicken Daunenjacke ein. Sie kommt durch den Wagen und teilt laminierte Zettel aus. »Bitte, bitte, helfen Sie meiner Tochter. Sie ist aufgrund von CP gelähmt und wir haben kein Geld für einen Rollstuhl und Krankengymnastik zu Hause in Odessa.« Ich schaue mir das Bild an. Ein lächelndes Mädchen von vielleicht zehn sitzt in einem Sessel. Ihre Zähne und ihre Brille wirken viel zu groß für das kleine Gesicht. Ihre Arme und Beine sind verkrümmt, als hätte sie einen Krampf. Die Beine sehen seltsam dünn aus, als ob sie einem ganz anderen und viel dünneren Körper gehörten. Neben ihr steht ein Hund.

»Das ist meine Tochter.«

Plötzlich steht die Frau neben mir. Ihre fremde Aussprache und die blauen Augen erinnern mich an etwas, und plötzlich fügt sich das Bild zusammen und ich weiß genau, wo wir hingehen können.

Ich gebe der Frau das Foto zurück und schüttele den Kopf. Spüre, wie mein Herz hämmert.

»Tut mir leid. Ich habe kein Geld.«

Olga faltet Jeans zusammen, als wir hereinkommen. Ich sehe weder Mahnoor noch Björne. Vielleicht sind sie hinten im Lager. Vielleicht haben sie Pause.

Ihre Umarmung ist hart. Der Parfümgeruch, der sie umlagert, bringt mich fast zum Niesen.

»Aber. Was hast du denn angestellt?«

Sie reißt die blassblauen Augen auf und ich sehe, wie ähnlich sie der Frau aus der U-Bahn sieht. Nicht nur in der Aussprache, sondern auch im Aussehen ähneln sie sich wie ein Ei dem anderen. Sie könnten Schwestern sein.

»Wieso denn angestellt?«

Sie fährt mit der Hand durch meine kurzen Haare.

»Du siehst aus wie ein Mann, Emma. Willst du das, aussehen wie ein Mann?«

Ehe ich antworten kann, taucht hinter mir Mahnoor auf, legt ihre Hand sanft auf meine Schulter. Ich drehe mich um und sie umarmt mich.

»Du bist wunderschön«, flüstert sie mir ins Ohr. »Achte nicht auf sie. Und du, wir haben gehört, dass sie dich entlassen haben. Saubande.«

Dann sehen sie Wilma. Olga runzelt die Stirn.

»Das ist Wilma«, sage ich. »Ich passe auf sie auf.«

»Du hast also einen Job gefunden?«, fragt Olga.

Ich nicke.

Mahnoor und Olga sehen Wilma an, aber die scheint kein Interesse an meinen Kolleginnen zu haben. Sie untersucht den Laden. Kriecht unter die Kleidergestelle. Spielt an den Alarmknöpfen herum. Wühlt zwischen den Haarspangen und Ohrringen neben der Kasse herum.

»Das ist nur vorübergehend. Ihre Mutter ist krank. Ich kümmere mich um Wilma, bis sie wieder gesund ist.«

Mahnoor und Olga nicken. Ich drehe mich zu Olga um.

»Ich habe ihr versprochen, mit ihr in dieses Abenteuerschwimmbad in Södertälje zu fahren. Du weißt schon, das mit den Wasserrutschen und der Wellenanlage. Könnte ich wohl noch mal deinen Wagen leihen, Olga? Ich bringe ihn morgen zurück.«

»Sicher. Hier einen Parkplatz zu finden ist ja sowieso die Hölle, dann kann ich auch die Bahn nehmen.«

Olga verdreht die Augen.

»Danke, das ist lieb von dir.«

Ich folge ihr ins Personalzimmer. Sie holt ihre Tasche mit

den Goldstickereien und dem Strass. Durchwühlt sie. Legt Zigaretten, eine Packung Tampons und eine Haarbürste auf den Tisch. Dann findet sie das Gesuchte.

»Hier. Du kannst ihn bis morgen Nachmittag behalten. Heute brauche ich kein Auto.«

Ich nehme die Schlüssel und umarme Olga ganz schnell.

»Danke. Du bist so verdammt lieb.«

Sie starrt den Boden an, plötzlich verlegen.

»Ach. Das ist doch nicht der Rede wert.«

Wir gehen zurück in den Laden. Wilma sitzt auf dem Tisch mit den Jeans und hilft Mahnoor beim Zusammenfalten. Mahnoor und Wilma lachen. Es sieht richtig idyllisch aus. Sie könnten auch in einem Park oder auf einem Spielplatz sitzen.

Ich gehe zu ihnen. Streichele Wilmas Wange.

»Wir müssen jetzt los, Herzchen.«

»Nö. Ich arbeite doch«, protestiert sie und klingt richtig energisch. Olga und Mahnoor lachen.

»Die ist ja vielleicht süß. Am liebsten würde ich sie mit nach Hause nehmen.«

Mahnoors dunkle Augen funkeln. Sie hat natürlich keine Ahnung, dass genau das passiert ist. Ich habe Wilma mit nach Hause genommen.

Als ich gerade gehen will, kommt ein Typ in einem grünen Parka zur Tür herein. Er steuert auf uns zu, und als unsere Blicke sich begegnen, erkenne ich ihn.

Es fühlt sich an wie ein Schlag in den Bauch. Er ist es. Anders Jönsson, der Journalist, mit dem ich mich getroffen habe. Der sich darauf spezialisiert hat, Jesper Orre das Leben und die Karriere zu verderben. Eine Art Kollege von mir, könnte man vielleicht sagen.

Er sieht Wilma an, dann mich, und mir ist klar, dass er Bescheid weiß.

Ich fahre herum, lasse dabei die Wagenschlüssel fallen, achte aber nicht darauf. Ich packe Wilmas Hand und renne aus dem Laden und weiter Richtung U-Bahn.

HANNE

Peter ging. Er machte nach diesem Anruf einfach die Tür auf und verließ das Auto, obwohl ich ihn gebeten hatte zu bleiben. Eigentlich hätte mich das wohl nicht überraschen dürfen. Wann hat er denn je das getan, worum ich ihn gebeten habe? Wann hat er jemals ein Versprechen gehalten?

Die Stimmung im Auto ist gedrückt. Sanchez und Manfred wechseln vielsagende Blicke, aber sie sagen nichts. Ich wüsste gern, was sie denken, ob auch sie überrascht sind von Peters plötzlichem Aufbruch, und davon, dass er mit schnellen Schritten in Richtung U-Bahn verschwunden ist.

»So ist er manchmal«, sagt Manfred beschwichtigend, als ob er meine Gedanken gelesen hätte.

Ich gebe keine Antwort.

»Sicher ist irgendwas passiert«, sagt Sanchez und ihr Blick bleibt an mir haften.

Wissen sie es, frage ich mich. Haben sie erraten, dass meine und Peters Beziehung alles andere als kollegial ist?

»Wir schaffen das auch ohne ihn«, sagt Manfred nun.

»Aber warum verteidigt ihr ihn?«, frage ich. »Er verschwindet einfach, und ihr findet das offenbar ganz in Ordnung. Ist das so? Findet ihr das wirklich in Ordnung?«

Niemand antwortet.

Wir bleiben eine Weile sitzen. Schweigend. Dann klingelt

Manfreds Telefon. Er hebt seinen umfangreichen Leib an, um das Telefon aus der Tasche ziehen zu können, und meldet sich. Hört lange zu. Als er aufgelegt hat, dreht er sich zu uns um.

»Ein Zeuge hat Emma Bohman vor einer halben Stunde gesehen, an ihrem alten Arbeitsplatz. Ein Journalist, der über Orre schreibt und sie von früher kennt.«

»Was tun wir?«, fragt Sanchez.

»Wir hören hier auf«, sagt Manfred und lässt den Motor an.

»Warte«, sage ich. »Können wir nicht noch eine Weile bleiben? Ich glaube, dass sie herkommen wird.«

Manfred sieht mich müde an.

»Wir suchen am falschen Ort. Wir fahren jetzt zurück.«

»Nein. Ich bleibe.«

»Du kommst mit«, sagt Manfred und ich höre einen scharfen Unterton in seiner Stimme.

Ich öffne die Autotür und steige aus. Es ist dunkel und auf dem Schneematsch hat sich eine harte Kruste gebildet.

»Ich bleibe«, sage ich noch einmal an Manfred gewandt.

Manfred und Sanchez wechseln einen Blick.

»Mach, was du willst«, sagt Manfred. »Ich finde, du solltest nach Hause fahren und ein paar Stunden schlafen. Du kannst hier ja doch nichts ausrichten, so allein.«

Dann verschwindet der Wagen in einer Wolke aus Abgasen.

Ich friere. Die Kälte dringt durch meinen dünnen Daunenmantel, ich merke, dass ich Handschuhe und Mütze im Auto vergessen habe. Zu meinem Glück habe ich den Notizblock bei mir. Der liegt sicher verwahrt in der Innentasche meines

Mantels. Die Vorstellung, dass Manfred und Sanchez meine Notizen, die mit den Namen und dem Aussehen von allen aus der Ermittlungsgruppe, lesen und dass sie das Ausmaß meines Problems erfassen könnten, kommt mir viel bedrohlicher vor als die Kälte. Die Beschämung über das Unaussprechliche übertrifft alles.

Dement.

Ein Fall für die Gedächtniserfassung.

Wird bald zum Gegenstand, der aufbewahrt werden muss.

Ich balle die Faust in der Manteltasche. Versuche, nicht an die Krankheit und die Kälte zu denken, die meine Wangen schmerzen lässt, sondern an die Inuit. Daran, wie sie einen Winter nach dem anderen überlebten, in schneidender Kälte. Wie sie fischten und jagten, obwohl sie monatelang in andauernder Dunkelheit lebten. Und wie sie der Meeresgöttin Sedna Opfer brachten, damit die sie die Meerestiere fangen ließ und sie nicht in die Tiefe hinabzog.

Eine halbe Stunde vergeht, ohne dass etwas passiert. Ich ziehe die Kapuze über den Kopf und bohre die Hände in die Taschen. Trete auf der Stelle, weiß plötzlich nicht mehr, was ich machen soll. Das Haus in der Kapellgränd liegt leer und dunkel vor mir, und die scharfen Glasscherben hinter den Spanplatten glitzern im Mondlicht wie spitze Zähne.

Vielleicht hatte Manfred recht. Vielleicht sollte ich zu Gunilla nach Hause fahren. Eine Runde mit Frida drehen und dann ins Bett gehen. Schlafen, ohne den Wecker zu stellen. Diesen Tag vergessen – vergessen, dass Peter den Wagen verlassen hat und dass meine Mütze und die Handschuhe noch auf der Rückbank liegen.

Mir kommt zudem für eine Sekunde der Gedanke, Owe anzurufen. Aber nicht einmal hier, allein in der klirrenden Kälte, ist das eine Alternative. Ich will lieber die ganze Nacht allein hier vor dem verlassenen Haus in der Kapellgränd stehen, als in das Gefängnis in der Skeppargata zurückkehren.

Ich gehe langsam auf die funkelnden Lichter der Götgata zu. Bleibe vor einer Kneipe stehen, unsicher, was ich nun tun soll – nach Hause fahren oder weiter warten.

Dann sehe ich sie.

Sie kommt mit dem Mädchen an der Hand die Högbergsgata hoch. Ihre Schritte sind langsam, zögerlich. Ihr Blick klebt am Boden. Und plötzlich weiß ich, dass ich mich entscheiden muss. Soll ich mich zu erkennen geben, Kontakt zu ihr aufnehmen, oder die beiden einfach vorübergehen lassen?

Die Schritte der Kleinen sind ebenfalls schwer. Sie schleppt die Füße durch den Schneematsch und zieht an Emmas Arm, wie um sich loszureißen. Ich weiß, wenn ich nichts unternehme, kann der Kleinen einfach alles passieren. Sie kann heute Nacht erfrieren oder irgendwo versteckt werden. Und dann finden wir sie vielleicht niemals wieder. Aber wenn ich Emma anspreche, setze ich mein Leben aufs Spiel.

Aber was habe ich denn eigentlich noch für ein Leben? Was bleibt mir denn noch, wenn diese Ermittlung erst abgeschlossen ist?

Die Gedächtniserfassung?

Ich gehe auf Emma und das Mädchen zu.

»Ich weiß, was Jesper Orre dir angetan hat«, sage ich.

Emma Bohman erstarrt und sieht mich misstrauisch an. Die Kleine bleibt ebenfalls stehen. Sieht mich mit offenem

Mund an, sagt aber nichts. Die blonden Haare hängen ihr in verfilzten Strähnen über die Schultern, als ob sie seit Wochen nicht mehr gebürstet worden seien. Die Jacke ist von Flecken in allen Regenbogenfarben übersät. Ihre freie Hand ist zu einer Faust geballt, und mir ist klar, dass sie friert.

»Was?«, fragt Emma.

»Ich weiß, dass er dich belogen und betrogen hat. Und du warst nicht die Einzige.«

Sie blinzelt und ihr Blick wandert zum Mond hoch, der groß und schwer am Nachthimmel hängt.

»Wer bist du?«, fragt sie.

»Nur eine, die sehr viel über Jesper und darüber, was er tut, weiß.«

»Ach. Und was machst du hier?«

Ihre Stimme ist rau, ich ahne das Weinen darin.

»Ja, was mache ich eigentlich hier«, sage ich. »Ich warte auf einen Mann. Auf einen Mann, der nie kommt.«

Sie erwidert meinen Blick. Nickt langsam.

»Das verstehe ich sehr gut«, sagt sie und betont jedes Wort.

Vorsichtig lege ich ihr die Hand auf den Arm.

»Komm, dann finden wir eine Lösung.«

Sie schaut sich nervös um.

»Wir müssen weiter.«

»Wollen wir uns nicht erst mal aufwärmen?«, schlage ich vor. »Du kannst doch nicht bis in alle Ewigkeit weglaufen, Emma.«

Ihr Blick wird hart, als ich ihren Namen ausspreche, und ich ahne, dass ich einen Fehler gemacht habe.

»Wer bist du eigentlich? Kommst du von der Polizei?«

»Nein. Ich bin …«

»Scheiß du doch auf uns!«, sagt sie und reißt sich mit unerwarteter Kraft von mir los.

Ich trete einen Schritt auf sie zu. Versuche ihren Blick einzufangen, aber sie ist schneller, versetzt mir einen harten Stoß, so dass ich hilflos zur Seite auf den eisigen Bordstein kippe. Mein Kiefer lässt ein krachendes Geräusch hören, und mein Mund füllt sich sofort mit Blut. Bohrende Schmerzen strahlen bis in meine Schulter.

Ich packe ihre Beine, klammere mich an sie.

»Lass mich in Ruhe, du alte Kuh«, schreit sie und tritt um sich.

Dann macht sie sich über mich her. Setzt sich rittlings auf meine Brust und hält meinen Blick fest. Etwas blinkt in ihrer Hand. Zuerst begreife ich nicht, was es ist, ahne nicht, was gleich geschehen wird. Dann sehe ich es. Sie hält eine große Küchenschere in der Hand. Im selben Moment, in dem sie die Schere auf mich herabschießen lässt, bleibt die Welt plötzlich stehen und ich sehe alles mit überraschender Klarheit: die Wut in Emmas Gesicht. Wilma, die uns stumm und mit offenem Mund beobachtet. Die Schneekristalle neben meinem Kopf, die im Licht der Straßenlaternen funkeln.

Und dann etwas anderes.

Hinter dem Kneipenfenster sitzt Peter an einem Tisch und starrt ein noch volles Bierglas an.

Als die Schere durch meinen Mantel dringt, reckt er sich und sein Blick fällt auf mich. Sein Blick verrät eine Mischung aus Angst und Überraschung, und er stößt das Bier um, als er jetzt aufspringt.

Das ist alles.

Dann gibt es nur noch einen brennenden Schmerz und die

harte Kälte des Bürgersteigs. Ich schließe die Augen, verspüre auf einmal eine betäubende Müdigkeit. Der Schmerz ebbt ab, wird abgelöst von einem daunenweichen Gefühl, als läge ich in frischgefallenem Schnee oder schwebte einige Zentimeter über dem harten Straßenbelag, schwerelos und ganz und gar unberührt von dem, was hier vor sich geht.

Alles wird wunderbar still.

Und mitten in all dem spüre ich sie doch: Peters Nähe, wie eine warme Hand, die meine Seele umschließt.

EMMA

Vier Monate später

Ich sitze in dem kleinen Zimmer und schaue aus dem Fenster. Ahne kleine grüne Knospen an dem Baum hinter der dicken Glasscheibe. Auf der Straße unten watschelt eine schwangere Frau vorüber. Ein Mann hält stützend ihren Arm. Ich nehme an, dass es bald so weit ist und dass sie losgeschickt wurde, um durch das Gehen die Wehen in Gang zu setzen. Weiter hinten, hinter den großen ziegelroten Häusern, sehe ich hier und da das Wasser. Es ist graublau, und der Wind lässt weißen Schaum auf der Oberfläche tanzen.

Angeblich ist es kalt draußen.

Und sie sagen, es sehe viel wärmer und einladender aus, als es wirklich ist. Ich kann nicht überprüfen, ob das stimmt. Es ist genau sieben Wochen her, dass ich das letzte Mal einen Fuß vor das Klinkergebäude gesetzt habe. Sieben Wochen sitze ich nun schon hier, sehe die kleinen harten Knospen am Baum anschwellen und die Zugvögel zurückkehren.

Es klopft an der Tür. Urban schaut herein.

»Möchtest du eine Tasse Kaffee?«

»Tee, bitte«, sage ich und staune darüber, dass er offenbar nie lernt, dass ich keinen Kaffee trinke. Obwohl wir uns seit Wochen fast jeden Tag sehen, fragt er noch immer, ob ich Kaffee möchte. Aber das ist typisch Urban. Trotz seines messerscharfen Intellekts und seines offenkundigen Interesses an mir, ist er manchmal verwirrt. Dann scheinen seine Gedanken irgendwo in ihm zu verschwinden, als sei er gar nicht richtig anwesend.

Er verschwindet und die Tür schließt sich mit einem Seufzer. Eine Minute später ist er schon wieder da. Er bringt zwei Tassen Tee und hat sich einen blauen Notizblock unter den Arm geklemmt.

»Tee, bitte sehr.«

»Danke, das ist lieb von dir.«

Er setzt sich mir gegenüber auf den Hocker und setzt seine Brille mit dem dünnen Stahlrahmen auf. Dann fährt er sich mit der Hand über seine Bartstoppeln und liest seine Notizen.

Das Ganze ist ziemlich komisch. Er scheint eine Art Fassade aufrechterhalten zu wollen. Als ob sich unsere Beziehung nur dadurch definierte, dass er Arzt ist und ich Patientin. Als ob er die Wahrheit verleugnete. Ich lächele, das passiert einfach, ich kann nichts dafür, die Lage ist einfach so absurd. Erst vor wenigen Tagen haben wir in meinem Bett gelegen. Waren einander so nah, wie es zwischen zwei Menschen nur möglich ist. Und jetzt sitzt er da und scheint meinen Krankenbericht durchzugehen wie irgendein dahergelaufener Hausarzt.

Er erwidert meinen Blick.

»Was ist so komisch? Habe ich etwas verpasst?«

Ich schüttele den Kopf.

»Nein, es ist bloß …«

Ich lasse den Satz offen, denn ich sehe ja, was Sache ist. Wenn wir diesen Tanz hier tanzen, dann nach seinen Bedingungen. Er fühlt sich wahrscheinlich schuldig, weil er das getan hat. Vielleicht würde er sogar gefeuert werden, wenn es herauskäme. Wenn er sich besser fühlt, wenn er tut, als sei es nicht passiert, dann muss ich das akzeptieren.

Er nimmt die Brille ab und legt den Block auf den Tisch. Sieht mich an.

»Wie geht es dir denn heute, Emma?«

Ich schiebe die Brust vor und lasse meinen Pullover ein wenig über meine eine Schulter rutschen, wie durch Zufall.

»Ja. Wo soll ich anfangen?«

HANNE

So stelle ich mir die Ewigkeit vor.

Alles ist weiß, vage und still. Und die Kälte, die immer da ist, macht mir aus irgendeinem Grund nichts mehr aus. Sie ist einfach nur da, genau wie das Meer und die Vögel und die Meeresgöttin Sedna, die in der blauschwarzen Tiefe thront.

Unter mir breitet sich der Friedhof von Kulusuk aus, und hinter den schlichten weißen Holzkreuzen beginnt das Meer. Vermählt sich am Horizont mit dem Himmel. Die Berge spiegeln sich im ruhigen Wasser des Tursuut-Tunoq-Sundes, und große türkisblaue Eisblöcke treiben auf der Oberfläche.

Die Kreuze der Inuit sind namenlos.

Wenn jemand stirbt, wird sein Name einem Neugeborenen gegeben und das Leben geht weiter. Das ist schön, finde ich. Ich will auch eines Tages ein namenloses weißes Holzkreuz haben und keinen klobigen Granitstein mit goldener Inschrift. Vielleicht werde ich auch hier begraben, auf der Anhöhe, wo der Permafrost niemals nachlässt und der Boden aufgebrochen werden muss.

Peter tritt neben mich. Legt mir den Arm um die Taille und schaut auf den Sund hinaus. Ich verspüre einen Schauer des Glücks, weil er mit mir hergekommen ist, weil er um die halbe Welt gereist ist, um das Land zu besuchen, von dem ich schon so lange träume.

Die tiefe Stichwunde in meinem Bauch ist verheilt. Die Ärzte sagten, ich habe Glück gehabt. Unvorstellbares Glück. Wenn der Notizblock nicht in meiner Tasche gesteckt und die Schere teilweise aufgehalten hätte, wäre ich heute vielleicht nicht mehr am Leben. Der Stoß wurde mit großer Kraft ausgeführt, und die Leber, die nur um Millimeterbreite verschont worden ist, ist ein empfindliches Organ.

So wurde ich also durch meinen Ordnungssinn und meine Angst vor dem Kontrollverlust gerettet.

Das ist fast komisch.

Es hat mir jedenfalls genug Zeit verschafft, damit Peter, der aus der Kneipe gestürzt kam, Emma überwältigen und Hilfe rufen konnte.

Peter fuhr später an diesem Abend zu Albin, nachdem Emma festgenommen und Wilma in Sicherheit gebracht worden war. Aber er will mir noch immer nicht erzählen, warum seine Beziehung zu Albin eben so ist, wie sie ist. Das muss ich akzeptieren. Damit leben. Genau wie er mit meiner Krankheit leben muss.

Ich fange seinen Blick ein. Er lächelt vielleicht ein wenig, ich weiß es nicht. Vielleicht kneift er in dem scharfen Licht auch nur die Augen zusammen.

Ich weiß, dass er auf Besserung für mich hofft. Dass er mich nicht an die Krankheit verlieren will. Aber ich weiß auch, dass genau das passieren wird. Eines Tages werde ich ins Vergessen abdriften und genau zu dem werden, was er fürchtet.

Aber nicht heute.

Und das ist doch eigentlich das Einzige, was zählt, oder?!

DANKE

Ich möchte mich herzlich bei allen bedanken, die mir bei der Arbeit an *Wenn das Eis bricht* geholfen haben, vor allem meiner Verlegerin Sara, meiner Lektorin Katarina und allen anderen Mitarbeiterinnen und Mitarbeitern bei Wahlström & Widstrand sowie meinen Agentinnen Astri und Christine von der Ahlander Agency.

Außerdem bin ich euch allen, die mein Manuskript gelesen und bereichert haben, ewig dankbar, unter anderen: Eva von Vogelsang, Martin Csatlos, Cina Jennehov und Kristina Ohlsson – ihr habt mich mit wichtigen Fakten und Informationen über alles zwischen Rechtsmedizin und polizeilichen Fragen versorgt.

Schließlich möchte ich meiner Familie und meinen Freunden für Verständnis und aufmunternde Worte während der Arbeit an diesem Buch danken. Ohne eure Liebe und eure Geduld gäbe es kein Buch!

Camilla Grebe

Camilla Grebe

Tagebuch meines Verschwindens

Psychothriller

608 Seiten, btb 71881
Aus dem Schwedischen von Gabriele Haefs

Sie ist Profilerin.
Sie ist Zeugin eines Mordes.
Warum kann sie sich nicht erinnern?

Eine Tote, mitten im Wald. Getötet an dem Ort, wo vor Jahren das Skelett eines kleinen Mädchens lag. Ein Cold Case, der nie gelöst wurde. Wer sind die Toten? Was hat der spurlos verschwundene Kommissar mit ihnen zu tun? Und warum erinnert Profilerin Hanne sich an keine Ermittlungsergebnisse? Die Einwohner des kleinen trostlosen Ormberg, das mitten zwischen dunklen Kiefernwäldern liegt, halten sich bedeckt. Doch niemand, nicht einmal die Polizei, kann der Wahrheit entkommen, die sich nach jahrelangem Schweigen bahnbricht…

Atemberaubend, fesselnd und psychologisch extrem raffiniert – der neue Thriller von Camilla Grebe.

Ausgezeichnet mit dem Skandinavischen Krimipreis und als bester schwedischer Thriller.

btb